W0342803

Das Buch

An einem heißen Julinachmittag macht ein Bauarbeiter irgendwo in den Blue Ridge Mountains eine sensationelle Entdeckung: Er stößt auf einen fünftausend Jahre alten menschlichen Schädel. Der Fundort wird zur Ausgrabungsstätte erklärt und die Archäologin Callie Dunbrook übernimmt die Leitung des Projekts. Warum aber hat Callie das dumpfe Gefühl, dass in Woodsboro Gefahr auf sie lauert? Als ihr Exmann, der Anthropologe Jake Greystone, erscheint und ankündigt, dass er eng mit ihr zusammenarbeiten werde, ist Callie alles andere als begeistert. Und dann taucht auch noch eine ältere Frau am Ausgrabungsort auf, die vorgibt, ein Geheimnis aus Callies Kindheit zu kennen. Callie steht plötzlich vor der größten Herausforderung ihres Lebens ...

Die Autorin

Nora Roberts wurde 1950 in Maryland geboren. Ihren ersten Roman veröffentlichte sie 1981; inzwischen zählt Nora Roberts zu den meistgelesenen Autorinnen der Welt. Sie lebt mit ihrem Ehemann in Keedysville, Maryland, und hat zwei erwachsene Söhne.

Von Nora Roberts ist in unserem Hause bereits erschienen:

Gestohlene Träume

Nora Roberts

Die falsche Tochter

Roman

Aus dem Englischen
von Margarethe van Pée

Ullstein

Besuchen Sie uns im Internet:
www.ullstein-taschenbuch.de

Umwelthinweis:
Dieses Buch wurde auf chlor- und säurefreiem Papier gedruckt.

Ungekürzte Sonderausgabe im Ullstein Taschenbuch
1. Auflage Mai 2006
© für die deutsche Ausgabe Ullstein Buchverlage GmbH, Berlin 2004/
Marion von Schröder Verlag
© 2003 by Nora Roberts
Published by Arrangement with Eleanor Wilder
Dieses Werk wurde vermittelt durch die Literarische Agentur
Thomas Schlück GmbH, Garbsen.
Titel der englischen Originalausgabe:
Birthright (G. P. Putnam's Sons, New York)
Umschlaggestaltung: Büro Hamburg
Titelabbildung: © Stephanie Cabrera/Zefa/Corbis
Satz: Franzis print & media, München
Gesetzt aus der Sabon und Rowena
Druck und Bindearbeiten: Ebner & Spiegel, Ulm
Printed in Germany
ISBN-13: 978-3-548-26476-9
ISBN-10: 3-548-26476-X

Für meinen geliebten Kayla, das neue Licht meines Lebens. Meine Wünsche für dich lassen sich nicht zählen, also wünsche ich dir einfach Liebe. Sie bewirkt allen Zauber, alles Reale, alles, was wirklich zählt.

Schenk einem Kind ein Lächeln,
Und im Himmel läuten die Freudenglocken.
Gib einem Kind ein Heim,
Und du baust himmlische Paläste.
Bring ein Kind zur Welt,
Und Jesus, unser Retter, wird wieder geboren.

JOHN MASEFIELD

Erkenne dich selbst.

INSCHRIFT AUF DEM TEMPEL DES APOLLO IN DELPHI

PROLOG

12. Dezember 1974

Douglas Edward Cullen musste dringend Pipi machen. Schuld daran waren seine Nervosität, die Aufregung und die Cola, die er bei McDonald's bekommen hatte, damit er artig war, während Mama einkaufte.

Gequält trat er von einem Fuß auf den anderen. Wie gern wäre er jetzt einfach losgerannt, oder wie gern hätte er laut geschrien! Sein Herz klopfte so heftig, dass er fast das Gefühl hatte zu explodieren.

Er liebte es, wenn im Fernsehen etwas explodierte.

Aber Mama hatte zu ihm gesagt, er *müsse* artig sein. Wenn kleine Jungen nicht artig waren, steckte der Nikolaus statt Spielzeug Kohle in ihre Strümpfe. Douglas wusste nicht genau, was Kohle war, aber dass er lieber Spielzeug wollte, das wusste er. Also stellte er sich nur vor, dass er schreien und rennen würde – wie immer, wenn es wirklich wichtig war, leise zu sein, und so, wie es ihm sein Daddy beigebracht hatte.

Der große Schneemann neben ihm grinste. Er war sogar noch dicker als Douglas' Tante Lucy. Douglas wusste nicht, wovon sich Schneemänner ernährten, aber dieser hier aß sicherlich immer eine Menge.

Die leuchtend rote Nase von Rudolf, dem Rentier, blinkte immerzu, bis alles vor Douglas' Augen verschwamm. Er versuchte, sich dadurch abzulenken, dass er die roten Punkte zählte, die vor seinen Augen tanzten, so wie Graf Zahl es immer in der Sesamstraße tat.

Eins, zwei, drei! Drei rote Punkte! Hahaha!

Aber es half nichts. Es wurde ihm sogar ein bisschen übel dabei.

Im Einkaufszentrum war es laut, von überall her ertönte Weihnachtsmusik, die Douglas' Ungeduld noch verstärkte, dazu das Schreien anderer Kinder, weinende Babys …

Seit er eine kleine Schwester hatte, kannte er sich aus mit Babys. Wenn sie weinten, musste man sie auf den Arm nehmen, mit ihnen umhergehen und ihnen dabei etwas vorsingen. Oder man musste sich mit ihnen in den Schaukelstuhl setzen und ihnen so lange vorsichtig auf den Rücken klopfen, bis sie ein Bäuerchen machten.

Wenn Babys ganz laut rülpsten, brauchten sie sich nicht dafür zu entschuldigen. Klar, Babys konnten ja noch gar nicht sprechen.

Im Moment weinte Jessica jedoch nicht. Sie schlief in ihrem Buggy und sah in ihrem roten Kleidchen mit den weißen Rüschen wie eine Babypuppe aus. So nannte Grandma Jessica immer: ihre kleine Babypuppe. Aber manchmal schrie seine Schwester auch und hörte gar nicht mehr auf. Dann wurde ihr Gesicht ganz rot und verschrumpelt, und nichts konnte sie vom Schreien abhalten, weder das Singen noch das Hinundhergehen und auch nicht der Schaukelstuhl.

Douglas fand, dass Jessica in solchen Momenten gar nicht mehr wie eine Babypuppe aussah, sondern eher gemein und böse. Mama war dann immer zu müde, um mit ihm zu spielen. Bevor Jessica in ihren Bauch gekommen war, war sie nie zu müde dazu gewesen.

Aber meistens war es ganz in Ordnung, eine kleine Schwester zu haben. Douglas beobachtete gern, wie sie mit den Beinen strampelte. Und wenn sie manchmal nach seinem Finger griff und ihn richtig fest umklammerte, musste Douglas immer lachen.

Grandma sagte oft, er müsse Jessica beschützen, weil er ihr großer Bruder sei. Er hatte sich schon so viele Gedanken darüber gemacht, dass er sich eines Nachts sogar neben Jessicas Wiege auf den Fußboden gelegt hatte, für den Fall, dass die Monster, die im Schrank lebten, herauskämen und sie im Schlaf auffressen wollten. Aber am nächsten Morgen war er in seinem eigenen Bett aufgewacht. Vielleicht hatte er ja auch nur geträumt, dass er in Jessicas Zimmer gegangen war, um sie zu beschützen.

In diesem Augenblick bewegte sich die Schlange der wartenden Kinder weiter vor, und Douglas schielte ein wenig unbehaglich zu den Elfen hinüber, die um den Stand herumtanzten. Obwohl sie lächelten, wirkten sie ein wenig böse und gemein – wie Jessica, wenn sie so richtig laut schrie.

Wenn seine Schwester nicht endlich aufwachte, würde sie nicht beim Nikolaus auf dem Schoß sitzen können. Aber irgendwie wäre es ja auch blöd für Jessie, so fein gemacht auf seinem Schoß zu sitzen, wo sie ihm doch nicht einmal sagen könnte, was sie sich zu Weihnachten wünschte. Aber Douglas konnte es. Er war schon dreieinhalb Jahre alt – ein großer Junge, das sagten alle.

Jetzt beugte sich seine Mama zu ihm herunter und fragte ihn leise, ob er Pipi machen müsse. Er schüttelte den Kopf. Mama sah schon wieder so müde aus, und Douglas hatte Angst, dass sie sich wieder hinten anstellen würden und er nicht zum Nikolaus auf den Schoß käme, wenn sie jetzt zur Toilette gingen. Lächelnd drückte seine Mama ihm die Hand und versicherte ihm, es würde jetzt nicht mehr lange dauern.

Er wünschte sich ein Hot Wheels und einen G. I. Joe, eine Garage von Fisher Price, ein paar Matchbox-Autos und einen großen, gelben Bulldozer, wie ihn sein Freund Mitch zum Geburtstag geschenkt bekommen hatte. Jessica war noch zu klein, um mit richtigem Spielzeug zu spielen. Sie hatte nur hübsche Kleider und Plüschtiere, richtigen Mädchenkram eben. Mädchen waren ganz schön blöd, aber Babys eigentlich noch mehr.

Doch Douglas würde dem Nikolaus trotzdem von Jessica erzählen, damit er nicht vergaß, auch für sie Geschenke mitzubringen, wenn er durch den Kamin in ihr Haus kam.

Mama unterhielt sich jetzt mit jemandem, aber Douglas hörte nicht hin. Das Gerede der Erwachsenen interessierte ihn nicht. Dann bewegte sich die Schlange der Wartenden erneut weiter, und Douglas konnte durch eine Lücke zwischen den Leuten den Nikolaus sehen. Er war groß – viel größer als in den Zeichentrickfilmen oder den Bilderbüchern, schien es Douglas – und saß auf einem Thron. Zahlreiche Elfen, Rentiere und Schneemänner standen und tanzten um ihn herum und lächelten breit. Nikolaus' Bart war so lang, dass Douglas sein Gesicht kaum erkennen konnte. Und als er ein dröhnendes »Ho, Ho, Ho!« ausstieß, hatte Douglas das Gefühl, als drückte es ihm direkt auf die Blase. Aber er war jetzt ein großer Junge, ganz bestimmt. Er hatte keine Angst vor Santa Claus.

In diesem Moment zog seine Mama ihn an der Hand und sagte, er sei jetzt an der Reihe und solle nach vorn gehen. Auch sie lächelte. Douglas trat einen Schritt vor, dann noch einen, und seine Beine begannen zu zittern. Der riesige Niklaus zog ihn auf den Schoß. *Frohe Weihnachten! Warst du auch brav?*

Vor Entsetzen wurde es Douglas eiskalt. Die Elfen kamen immer näher, Rudolfs rote Nase blinkte. Der Schneemann wandte seinen großen runden Kopf um und grinste Douglas höhnisch an. Der große Mann in dem roten Anzug hielt ihn fest umklammert und blickte ihn aus winzigen Knopfaugen an.

Schreiend und strampelnd rutschte Douglas vom Schoß des Nikolaus hinunter und landete unsanft auf dem Boden. Und dann konnte er das Pipi nicht mehr zurückhalten. Menschen umringten ihn und redeten auf ihn ein, aber er rollte sich zusammen und weinte jämmerlich. Dann war auf einmal Mama da, zog ihn an sich und sagte zu ihm, es sei alles in Ordnung. Sie wischte an ihm herum, weil er sich die Nase gestoßen hatte und blutete. Dann küsste sie ihn und schimpfte auch gar nicht, weil er sich in die Hose gemacht hatte. Schluchzend kuschelte Douglas sich an sie. Mama umarmte ihn fest und hob ihn hoch, sodass er sein Gesicht an ihrer Schulter verbergen konnte. Leise Trostworte murmelnd, drehte sie sich mit ihm zu Jessicas Buggy um. Und dann begann sie plötzlich zu schreien und rannte los.

Douglas klammerte sich an ihr fest und blickte nach unten. Der Buggy war leer.

Teil I
Die oberste Schicht

Auf der *Oberfläche* der Dinge können wir
gehen, wohin wir wollen;
es war immer schon jemand vor uns da.

Henry David Thoreau

1

Das Bauvorhaben am Antietam Creek wurde abrupt gestoppt, als die Schaufel von Billy Youngers Bagger den ersten Schädel zutage förderte.

Für Billy, der schwitzend und fluchend in seiner Baggerkabine gehockt hatte, war es eine unliebsame Überraschung. Ihm war es vollkommen egal, was mit dem Gelände geschehen sollte, und selbst in dieser grauenhaft feuchten Julihitze gefiel ihm nichts besser, als mit der Baggerschaufel in das Erdreich zu fahren und große Brocken herauszuholen. Ein Job war nun einmal ein Job, und Dolan bezahlte gut, fast so viel, dass es Bill für die ständigen Tiraden seiner Frau entschädigte.

Missy war entschieden gegen die Bebauung des Grundstücks und hatte Billy an diesem Morgen bereits mit schriller Stimme einen Vortrag gehalten, während er versucht hatte, sein Spiegelei und die Würstchen zu essen. Mit ihrem verfluchten Nörgeln hatte sie ihm regelrecht das Frühstück verdorben, dabei musste ein Mann doch etwas Anständiges im Magen haben, wenn er den Rest des Tages schuften sollte. Den ganzen Vormittag hatten ihm die wenigen Bissen, die er herunterbekommen hatte, wie ein Stein im Magen gelegen. Und als ihn jetzt aus der dunklen, fruchtbaren Erde ein schmutziger Schädel mit leeren Augenhöhlen angrinste, schrie der 233 Pfund schwere Billy entsetzt auf, sprang behände wie ein Tänzer von seiner Maschine herunter und rannte so schnell quer über die

Baustelle davon, wie er in seinen besten Tagen auf der Highschool rund um den Sportplatz gerannt war.

Ihm war klar, dass ihn seine Kollegen gnadenlos mit dieser schreckhaften Reaktion aufziehen würden. Wahrscheinlich würde er am Ende seinem besten Freund die Nase blutig schlagen müssen, um zu beweisen, dass er trotz allem ein Mann war. Es dauerte eine Weile, bis Billy wieder zu Atem gekommen war und die ersten zusammenhängenden Sätze hervorbringen konnte. Er erstattete dem Vorarbeiter Bericht, der daraufhin sofort Ronald Dolan und den Bezirkssheriff informierte.

Als der Bezirkssheriff eintraf, hatten neugierige Arbeiter bereits weitere Knochen freigelegt. Der Sheriff ließ den Gerichtsmediziner holen, und schon bald tauchte auch ein Reporter von der Lokalzeitung auf, um Billy, Dolan und weitere Personen zu befragen. In Windeseile verbreiteten sich die ersten Gerüchte. Es war die Rede von Mord, von Massengräbern und Serienkillern, und als die Untersuchung abgeschlossen war und sich herausgestellt hatte, dass die Knochen sehr alt waren, wussten einige Leute nicht, ob sie erfreut oder enttäuscht sein sollten.

Für Dolan jedoch, der gegen Petitionen, Protestkundgebungen und Einwände gekämpft hatte, um das Bauprojekt auf dem fruchtbaren Ackerland durchzusetzen, spielte das Alter der Knochen keine Rolle. Allein die Tatsache, dass sie gefunden worden waren, war ihm ein Ärgernis.

Und als zwei Tage später Lana Campbell, eine Anwältin aus der Stadt, die es aufs Land verschlagen hatte, ihre Beine übereinander schlug und Dolan spöttisch anlächelte, musste er sehr an sich halten, um ihr nicht in ihr hübsches Gesicht zu springen.

»Die gerichtliche Verfügung ist glasklar«, erklärte Lana. Sie hatte am schärfsten gegen die Bebauung protestiert und jetzt allen Grund zum Lächeln.

»Sie brauchen keine gerichtliche Verfügung. Ich habe die Arbeiten ohnehin einstellen lassen und arbeite mit der Polizei und der Planungskommission zusammen.«

»Es ist nur eine zusätzliche Sicherheitsmaßnahme. Die Bezirksplanungskommission gibt Ihnen sechzig Tage Zeit, um einen Bericht vorzulegen und sie davon zu überzeugen, dass Sie mit der Bebauung fortfahren können.«

»Ich kenne die Bestimmungen, Schätzchen. Meine Firma baut seit sechsundvierzig Jahren Häuser in dieser Gegend.«

Dolan nannte die Anwältin absichtlich »Schätzchen«, um sie zu ärgern, doch Lana grinste nur. »Die Umweltschutzorganisation und die historische Gesellschaft haben mich engagiert, ich tue nur meine Arbeit. Mitglieder der archäologischen und anthropologischen Fakultäten der Universität von Maryland wollen das Gelände besichtigen. In ihrem Namen bitte ich Sie um Erlaubnis, dass sie Proben mitnehmen und untersuchen dürfen.«

»Engagierte Anwältin, Vertreterin der Universität.« Dolan, ein kräftig gebauter Ire mit rötlichem Gesicht, lehnte sich in seinem Schreibtischstuhl zurück. Seine Stimme triefte vor Sarkasmus. »Sie haben viel zu tun.«

Er hakte die Daumen in seine roten Hosenträger, die er immer über einem blauen Arbeitshemd trug. Er betrachtete sie als Teil seiner Uniform, die ihn als Mitglied der arbeitenden Klasse auswies, ohne die seine Stadt und das ganze Land nicht zu dem geworden wären, was sie waren. Wie auch immer sein Bankkonto aussehen mochte – und er kannte den Betrag bis auf den Penny genau –, er brauchte keine vornehmen Kleider oder schicke Autos, um etwas darzustellen. Im Unterschied zu der hübschen Anwältin aus der Stadt war *er* in Woodsboro geboren und aufgewachsen. Und niemand, weder sie noch sonst irgendjemand, musste ihm sagen, was seine Gemeinde brauchte. Er wusste besser als die meisten anderen Leute, was für Woodsboro gut war. Er war ein Mann, der nach vorn blickte und sich um seine Zukunft kümmerte.

»Wir haben beide viel zu tun, deshalb komme ich gleich auf den Punkt.« Lana war entschlossen, das siegessichere Grinsen von Dolans Gesicht zu wischen. »Sie können mit den Bauarbeiten erst fortfahren, wenn das Gelände vom Bezirk überprüft und freigegeben worden ist. Dazu müssen Proben entnommen werden. Falls Kunstgegenstände ausgegraben werden, nützen sie Ihnen sowieso nichts. Wenn Sie sich in dieser Angelegenheit kooperativ verhalten, können unsere PR-Probleme dadurch beigelegt werden.«

»Für mich sind es keine Probleme.« Dolan hob seine großen Arbeiterhände. »Menschen brauchen Häuser. Die Gemeinde braucht Jobs. Das Bauvorhaben am Antietam Creek schafft beides. So etwas nennt man Fortschritt.«

»Dreißig neue Häuser. Mehr Verkehr auf Straßen, die nicht dafür ausgelegt sind, Schulen, die bereits jetzt überfüllt sind, der Verlust von Freiflächen und Ackerland.«

Das »Schätzchen« hatte Lana nicht erschüttern können, doch jetzt spürte sie den alten Ärger wieder in sich aufsteigen. Sie holte tief Luft und stieß sie langsam wieder aus. »Die Gemeinde hat sich gegen das Bauprojekt gewehrt. So etwas nennt man Verlust von Lebensqualität. Aber das ist ein anderes Thema«, fügte sie hinzu, bevor er etwas erwidern konnte. »Bis die Knochen überprüft worden sind, arbeiten Sie nicht weiter.« Sie tippte mit dem Finger auf die gerichtliche Verfügung. »Sie werden diesen Prozess sicher beschleunigen wollen, indem Sie die Tests bezahlen, nicht wahr? Radiokarbonmethode.«

»Bezahlen ...«

Na, dachte sie, wer ist jetzt der Sieger? »Das Land gehört Ihnen, und damit gehören Ihnen auch die Fundstücke.« Lana hatte ihre Hausaufgaben gemacht. »Sie wissen, dass wir Sie mit Gerichtsbeschlüssen und einstweiligen Verfügungen überschütten werden, bis das alles geklärt ist. Bezahlen Sie die zwei Dollar, Mr Dolan«, erklärte sie und stand auf. »Ihre Anwälte werden Ihnen das Gleiche raten.«

Lana wartete, bis sie Dolans Bürotür hinter sich geschlossen hatte. Erst dann ließ sie es zu, dass sich ein Grinsen auf ihrem Gesicht ausbreitete. Sie trat aus dem Gebäude und atmete die schwüle Sommerluft ein, während sie die Hauptstraße von Woodsboro entlangblickte. Beinahe wäre Lana wie eine Zehnjährige über den Gehweg gehüpft. Dies war jetzt *ihre* Stadt, ihr Zuhause. Sie hatte es schon so empfunden, als sie vor zwei Jahren von Baltimore nach Woodsboro gezogen war. Sie mochte diese kleine Stadt voller Tradition und Geschichte im Schatten der fernen Blue Ridge Mountains, die so weit vom großstädtischen Treiben Baltimores entfernt war.

Lana war in der Großstadt geboren und aufgewachsen und hatte sich mit der Entscheidung, nach Woodsboro zu ziehen, sehr schwer getan. Aber nachdem sie ihren Mann verloren hatte, konnte sie Baltimore, wo sie so viel an ihn erinnerte, nicht mehr ertragen. Steves Tod hatte sie völlig aus der Bahn geworfen, und es dauerte fast sechs Monate, bis sie die Trauer einigermaßen überwunden hatte und sich erneut dem Leben stellen konnte. Doch sie vermisste Steve noch immer schmerzlich. Er hatte eine große Lücke hinterlassen, die noch nicht wieder geschlossen war. Aber Lana musste funktionieren, schließlich hatte sie Tyler. Ihr Baby, ihren Jungen, ihren kleinen Schatz. Sie konnte ihm seinen Daddy nicht zurückbringen, aber sie konnte dafür sorgen, dass er eine schöne Kindheit hatte. In Woodsboro hatte Ty genug Platz zum Toben, er hatte einen Hund, Nachbarn und Freunde – und eine Mutter, die alles Menschenmögliche tat, um ihn sicher und glücklich aufwachsen zu lassen.

Im Gehen blickte Lana auf ihre Armbanduhr. Heute war Ty nach der Vorschule mit zu seinem Freund Brock gegangen. In einer Stunde würde sie bei Jo, Brocks Mutter, anrufen, um zu hören, ob alles in Ordnung war. An der Kreuzung blieb Lana stehen und wartete darauf, dass die Ampel grün wurde. Es herrschte nicht viel Verkehr, schließlich war Woodsboro eine Kleinstadt.

Lana sah allerdings nicht aus, als lebte sie in einer Kleinstadt. Ihre Garderobe stammte aus jenen Zeiten, als sie noch eine aufstrebende Anwältin in einer großen Kanzlei in der Stadt gewesen war. Jetzt hatte sie ihr Büro in einem Nest auf dem Land, das noch nicht einmal viertausend Einwohner hatte, aber das bedeutete nicht zwangsläufig, dass sie sich nicht weiterhin wie eine erfolgreiche Frau kleiden konnte. An diesem Tag trug sie einen hellblauen Anzug aus kühlem Leinen. Der klassische Schnitt betonte ihre zarte Gestalt. Die blonden Haare, die zu einem Bob geschnitten waren, umrahmten ihr hübsches, jugendliches Gesicht. Lana hatte runde, blaue Augen, weshalb sie irrtümlicherweise oft für arglos gehalten wurde, eine Stupsnase und einen großzügig geschwungenen Mund.

Als sie den »Treasured Pages«-Laden betrat, strahlte sie den Mann hinter der Theke an und tanzte einen kleinen Siegestanz. Roger Grogan nahm seine Lesebrille ab und zog die buschigen, weißen Augenbrauen hoch. Er war ein schlanker, agiler Mann von fünfundsiebzig, bei dessen Anblick Lana immer an einen verschmitzten Kobold denken musste. Er trug ein weißes, kurzärmeliges Hemd, und seine dichten, silberweißen Haare standen ihm wirr und ungezähmt vom Kopf ab.

»Du siehst ziemlich zufrieden aus«, sagte er. Seine Stimme klang wie ein Reibeisen. »Hast du Ron Dolan getroffen?«

»Ich komme gerade von ihm.« Lana wirbelte noch einmal um die eigene Achse und lehnte sich dann an die Theke. »Du hättest mitkommen sollen, Roger, nur um sein Gesicht zu sehen.«

»Du springst zu hart mit ihm um.« Roger tippte mit der Fingerspitze auf Lanas Nase. »Er tut nur das, was er für richtig hält.«

Als Lana den Kopf schief legte und Roger kühl anblickte, lachte er. »Ich sage ja gar nicht, dass ich einer Meinung mit ihm bin. Der Junge ist ein Dickkopf, genau wie sein alter Herr. Er besitzt nicht genug Verstand, um sein Vorhaben noch einmal zu überdenken, obwohl er sieht, dass es in der Stadt zwei verschiedene Lager gibt.«

»Jetzt wird er es noch mal überdenken *müssen*«, erklärte Lana. »Es wird eine ganze Weile dauern, bis die ausführliche Untersuchung der Knochen abgeschlossen ist. Und wenn wir Glück haben, sind sie alt genug, um eine Menge Aufmerksamkeit zu erregen – nationale Aufmerksamkeit. Wir können das Bauvorhaben monatelang verzögern, vielleicht sogar Jahre.«

»Dolan ist genauso stur wie du. Du hast ihn doch schon monatelang aufgehalten.«

»Er behauptet, das Bauprojekt bedeute Fortschritt für Woodsboro«, murmelte sie.

»Damit steht er nicht allein.«

»Allein oder nicht – es stimmt nun einmal nicht. Man kann Häuser nicht wie Mais pflanzen. Unsere Untersuchungen zeigen ...«

Roger hob abwehrend die Hände. »Das brauchst du *mir* nicht zu erzählen.«

»Ich weiß.« Lana stieß die Luft aus. »Nach der archäologischen Auswertung werden wir mehr wissen. Ich kann es kaum abwarten. Und je länger das Bauvorhaben aufgehalten wird, desto mehr Geld verliert Dolan. Dafür haben wir umso mehr Zeit, Geld zusammenzubekommen. Vielleicht überlegt er sich ja doch noch, das Gelände an die Umweltschutzorganisation zu verkaufen.«

Sie schob sich die Haare aus der Stirn. »Lässt du dich von mir zum Mittagessen einladen? Wir können den Etappensieg feiern.«

»Warum lässt *du* dich nicht von einem jungen, gut aussehenden Mann zum Mittagessen einladen?«

»Weil ich mein Herz an dich verloren habe, Roger, vom ersten Moment an.« Das war noch nicht einmal besonders weit von der Wahrheit entfernt. »Weißt du was, vergessen wir das Mittagessen. Wir hauen einfach zusammen nach Aruba ab.«

Roger schmunzelte. Er hatte seine Frau im gleichen Jahr verloren wie Lana ihren Mann, und er fragte sich oft, ob das wohl der Grund war, warum so schnell eine tiefe Bindung zwischen ihnen entstanden war. Roger bewunderte Lanas scharfen Verstand, ihren Eigensinn, ihre tiefe Liebe zu ihrem Sohn. Manchmal ging ihm durch den Kopf, dass er irgendwo eine Enkeltochter in demselben Alter haben musste.

»Das würde aber die Gerüchteküche zum Kochen bringen,

was?«, sagte er schließlich. »Das wäre der größte Skandal, seit man damals diesen Methodistenpfarrer mit der Chorleiterin erwischt hat. Aber leider muss ich Bücher katalogisieren, die gerade hereingekommen sind. Ich habe keine Zeit für Mittagessen oder tropische Inseln.«

»Ich wusste gar nicht, dass du eine neue Lieferung bekommen hast. Gehört das dazu?« Lana nahm ein Buch in die Hand, und als er nickte, drehte sie es vorsichtig um.

Roger handelte mit seltenen Büchern, und sein winziger Laden glich einer kleinen Kathedrale. Es roch nach altem Leder, altem Papier und nach Old Spice, jenem Rasierwasser, das Roger jetzt schon seit sechzig Jahren benutzte. Ein Antiquariat war nicht gerade die Art von Laden, die man in einem Ort wie Woodsboro erwartete, aber Lana wusste, dass Rogers Kunden – wie seine Bücher – von weither kamen.

»Es ist wunderschön.« Sie fuhr mit dem Finger über den Ledereinband. »Woher stammt es?«

»Aus einem Besitz in Chicago.« In diesem Moment ertönte hinten aus dem Laden ein Geräusch. »Aber es ist mit etwas noch Wertvollerem gekommen.«

Lana sah, wie sich Rogers Gesicht vor Freude erhellte, und drehte sich um. In der Tür, die vom Laden zu der Wohnung im ersten Stock führte, stand ein junger Mann.

Er hatte ein markantes Gesicht, und seine dichten Haare, die bis zum Hemdkragen reichten, waren tiefbraun mit goldenen Lichtern darin. Die Augen waren ebenfalls dunkelbraun und wirkten im Moment ein wenig verdrießlich, ebenso wie der Mund des Mannes. Klug und eigensinnig, dachte Lana als Erstes. Aber vielleicht lag es auch nur daran, dass Roger seinen Enkel oft so beschrieben hatte. Die Tatsache, dass er so aussah, als sei er gerade aus dem Bett gestiegen und habe sich im letzten Moment noch eine Jeans angezogen, ließ ihn sexy wirken, und zum ersten Mal seit langem verspürte Lana ein gewisses Ziehen in der Magengegend.

»Doug!« Stolz und Liebe schwangen in Rogers Stimme mit. »Ich habe mich schon gefragt, wann du endlich herunterkommst. Das nenne ich perfektes Timing – gerade ist auch Lana gekommen. Ich habe dir ja schon von ihr erzählt. Lana Campbell, mein Enkel, Doug Cullen.«

»Nett, Sie kennen zu lernen.« Sie reichte ihm die Hand. »Seit ich nach Woodsboro gezogen bin, haben wir uns immer verpasst, wenn Sie zufällig mal zu Hause waren.«

Er schüttelte ihr die Hand und musterte sie neugierig. »Sie sind also die Anwältin.«

»So ist es. Ich bin nur kurz vorbeigekommen, um Ihrem Großvater die Neuigkeiten über das Dolan-Bauprojekt zu erzählen. Wie lange bleiben Sie?«

»Ich weiß noch nicht genau.«

»Sie reisen sicher viel, wenn Sie antiquarische Bücher kaufen und verkaufen. Das muss faszinierend sein.«

»Mir gefällt es.«

»Ich wüsste gar nicht, was ich ohne Doug machen sollte«, warf Roger ein. »Schließlich kann ich nicht mehr so durch die Gegend fahren wie früher. Er hat ein Händchen fürs Geschäft, den richtigen Instinkt sozusagen. Wenn er nicht ständig für mich unterwegs wäre, hätte ich mich schon längst zur Ruhe setzen können – und würde mich wahrscheinlich zu Tode langweilen.«

»Es muss sehr befriedigend sein, wenn man die gleichen Interessen hat und das Familienunternehmen gemeinsam führen kann.« Da Douglas von dieser Unterhaltung offenbar gelangweilt war, wandte sich Lana an seinen Großvater: »Nun, Roger, da du mir einen Korb gegeben hast, mache ich mich wohl wieder an die Arbeit. Sehen wir uns morgen Abend bei der Versammlung?«

»Ja, sicher.«

»Es war nett, Sie kennen zu lernen, Doug.«

»Ja. Bis dann.«

Als Lana die Tür hinter sich geschlossen hatte, stieß Roger einen schweren Seufzer aus. »Bis dann? Fällt dir nichts Besseres ein, wenn du mit einer hübschen Frau redest? Du brichst mir das Herz, Junge.«

»Ich hatte noch keinen Kaffee, und ohne Kaffee kann ich nicht klar denken. Ich bin ja schon froh, wenn ich überhaupt einen einfachen Satz herausbringe.«

»Im Hinterzimmer steht eine Kanne Kaffee«, erwiderte Roger kopfschüttelnd und wies mit dem Daumen in die Richtung. »Das Mädchen ist klug, hübsch, interessant, und«, rief er Doug hinterher, »sie ist zu haben.«

»Ich bin nicht auf der Suche nach einer Frau.«

Der verlockende Duft des Kaffees stieg Doug in die Nase. Er schenkte sich eine Tasse ein und verbrannte sich prompt die Zunge, als er daran nippte.

Er trank noch einen Schluck und blickte dabei seinen Großvater an. »Sie ist ganz schön elegant für Woodsboro.«

»Ich dachte, du hättest gar nicht hingeschaut.«

Doug grinste und sah auf einmal gar nicht mehr so verdrießlich aus. »Sehen und hinschauen ist nicht dasselbe.«

»Sie weiß sich eben zu kleiden. Das bedeutet noch lange nicht, dass sie eingebildet ist.«

»Ich habe es nicht als Beleidigung gemeint«, erwiderte Douglas amüsiert über den brummigen Tonfall seines Großvaters. »Ich wusste ja nicht, dass sie deine Freundin ist.«

»Wenn ich in deinem Alter wäre, wäre sie es bestimmt.«

»Ach, Grandpa!« Vom Kaffee wiederbelebt schlang Douglas Roger den Arm um die Schultern. »Das Alter ist doch völlig unwichtig. Ist es okay, wenn ich mit dem Kaffee nach oben gehe? Ich muss noch aufräumen und will dann Mom besuchen.«

»Ja, ja, bis dann.« Roger wedelte ungeduldig mit der Hand. »Jämmerlich«, murmelte er, als Doug den Laden verlassen hatte.

Callie Dunbrook trank den letzten Schluck aus ihrer Dose Diät-Pepsi, während sie sich durch den Verkehr von Baltimore kämpfte. Sie war zu spät losgefahren, um rechtzeitig in Philadelphia zu sein, wo sie ein dreimonatiges Sabbatical antreten sollte. Als sie der Anruf mit der Bitte um eine Konsultation erreicht hatte, hatte sie weder an die Uhrzeit noch an den üblichen Wahnsinn auf dem Baltimore Beltway um Viertel nach vier an einem Mittwochnachmittag gedacht. Sie hupte und zwängte ihren geliebten alten Landrover in eine Lücke, die eher für ein Spielzeugauto geeignet gewesen wäre. Die finstere Miene des Fahrers, den sie schnitt, bekümmerte sie nicht im Geringsten. Seit sieben Wochen war sie nicht mehr draußen gewesen, und die Aussicht auf die bevorstehende Feldforschung beflügelte sie so sehr, dass sie ihren Wagen rücksichtslos durch den Verkehr lenkte.

Sie kannte Leo Greenbaum gut und hatte seiner Stimme angehört, wie aufgeregt er war. Er war definitiv nicht der Mann, der sie nach Baltimore holte, um ihr ein paar Knochen zu zeigen, wenn diese Knochen nicht sehr interessant waren. Callie brauchte weiß Gott ein weiteres Projekt. Es langweilte sie zu Tode, Vorträge zu halten, Berichte für Magazine zu schreiben oder Berichte zu lesen, die ihre Kollegen für die gleichen Magazine geschrieben hatten. Archäologie hatte für Callie nichts mit Unterrichten oder Veröffentlichungen zu tun. Für sie lag der Reiz dieses Berufes darin, dass sie in der Erde wühlen konnte, in der Sonne braten, im Regen ertrinken, im Schlamm versinken und bei lebendigem Leib von Insekten aufgefressen werden. Das war für sie der Himmel.

Als die Nachrichten aus dem Autoradio tönten, schaltete sie den CD-Player ein. Diesen starken Autoverkehr konnte sie nur mit lauter, harter Rockmusik ertragen – zu viel Gerede störte sie nur. Die ersten Klänge eines Songs von *Metallica* ertönten, und sofort hob sich ihre Stimmung. Sie tippte im Takt mit den Fingern auf das Lenkrad, dann riss sie es herum und scherte erneut in eine Lücke auf der Nebenspur ein. Ihre goldbraunen Augen funkelten hinter der Sonnenbrille.

Callie trug ihre Haare lang, weil sie sie so leichter zusammenbinden oder unter einem Hut aufstecken konnte, wie sie es auch an diesem Tag getan hatte. So brauchte sie sich keine Gedanken über den Schnitt oder die Frisur zu machen. Außerdem war sie eitel genug, um zu wissen, dass ihr die glatten langen honigblonden Haare gut standen. Sie hatte große Augen mit Brauen, die fast gerade waren. Jetzt, mit beinahe dreißig, wirkte ihr Gesicht nicht mehr so niedlich wie früher, aber sehr attraktiv. Wenn sie lächelte, entstanden drei Grübchen auf ihrem Gesicht, eins auf jeder gebräunten Wange und das dritte genau über dem rechten Mundwinkel. Das sanft geschwungene Kinn verriet nichts von jener Eigenschaft, die ihr Ex-Mann als grenzenlose Sturheit bezeichnet hatte. Allerdings konnte sie dasselbe von ihm behaupten, was sie auch bei jeder sich bietenden Gelegenheit tat.

Callie tippte leicht auf die Bremse und bog schwungvoll auf einen Parkplatz ein. *Leonard G. Greenbaum and Associates* war in einem schmucklosen Stahlgebäude mit zehn Stockwerken untergebracht, das nach Callies Meinung keinen besonderen ästhetischen Wert hatte. Aber das Labor und die Techniker der Firma gehörten zu den besten im ganzen Land. Callie parkte den Landrover auf dem Besucherparkplatz ein und stieg aus. Sofort umfing sie die grauenhaft schwüle Hitze des Tages, und ihre Füße schwitzten bereits, bevor sie bis zum Eingang des Gebäudes gelangt war.

Die Empfangsdame lächelte die Frau mit dem athletischen Körper, dem hässlichen Strohhut und der schicken Sonnenbrille freundlich an.

»Dr. Dunbrook für Dr. Greenbaum.«

»Tragen Sie sich bitte hier ein.«

Die Frau reichte Callie einen Besucherausweis. »Dritter Stock.«

Als sie zu den Aufzügen ging, blickte Callie auf ihre Armbanduhr. Sie war nur eine Dreiviertelstunde zu spät. Aber die Wirkung des Hamburgers, den sie während der Fahrt hinuntergeschlungen hatte, ließ bereits langsam nach. Sie überlegte, ob sie Leo wohl dazu überreden konnte, mit ihr zum Mittagessen zu gehen. Im dritten Stock traf sie auf eine weitere Empfangsdame. Dieses Mal wurde sie gebeten, sich einen Moment zu gedulden. Es machte ihr nichts aus zu warten. Nun ja, jedenfalls weniger als früher, gestand Callie sich ein, als sie sich auf einen Stuhl sinken ließ. Aber ihre Arbeit erforderte nun einmal äußerste Geduld, sodass für andere Bereiche nicht mehr viel davon übrig blieb.

Zum Glück ließ Leo sie nicht lange warten. Sein rascher Gang erinnerte Callie immer an einen Welsh Corgi – Leo hatte kurze, stämmige Beine, die sich für den Rest des Körpers viel zu schnell bewegten. Er war kleiner als Callie und hatte braune Augen und walnussbraun getöntes Haar, das er glatt zurückgekämmt trug. Sein schmales Gesicht war wettergegerbt und sonnengebräunt, und seine braunen Augen blitzten hinter einer randlosen eckigen Brille. Wie gewöhnlich trug er eine ausgebeulte braune Hose und ein zerknittertes Baumwollhemd. Aus sämtlichen Taschen lugten irgendwelche Papiere hervor. Er trat auf Callie zu und küsste sie – er war der einzige, nicht mit ihr verwandte Mann, dem sie es erlaubte.

»Du siehst gut aus, Blondie.«

»Du siehst auch nicht gerade schlecht aus.«

»Wie war die Fahrt?«

»Grauenhaft. Hoffentlich hat es sich gelohnt, Leo.«

»Oh, ich glaube schon. Wie geht es deiner Familie?«, fragte er, während sie den Flur entlanggingen.

»Sehr gut. Mom und Dad kommen endlich mal für ein paar Wochen aus Dodge heraus und wollen Maine unsicher machen. Wie geht es Clara?«

Bei dem Gedanken an seine Frau schüttelte Leo den Kopf. »Sie hat angefangen zu töpfern. Du kannst dich schon einmal auf eine sehr hässliche Vase als Weihnachtsgeschenk einstellen.«

»Und die Kinder?«

»Ben spielt mit Aktien und Fonds herum und Melissa versucht, Mutterschaft und Zahnarztpraxis unter einen Hut zu bringen. Wie ist so ein alter Goldgräber wie ich nur an so normale Kinder gekommen?«

»Das liegt nur an Clara«, erklärte Callie.

Leo öffnete eine Tür und ließ sie eintreten.

Eigentlich hatte sie erwartet, dass er mit ihr in eines der Labors gehen würde, aber stattdessen fand sie sich in seinem sonnigen, gut eingerichteten Büro wieder. »Ich hatte ganz vergessen, wie schick dein Büro ist, Leo«, sagte sie. »Verspürst du nicht trotzdem manchmal den brennenden Wunsch, wieder aufs Feld zu gehen und zu graben?«

»Oh, ab und zu überkommt es mich schon. Für gewöhnlich lege ich mich dann ein bisschen hin und warte, bis der Anfall vorbei ist. Aber dieses Mal ... Komm, sieh dir das mal an.«

Er trat hinter seinen Schreibtisch, schloss eine Schublade auf und nahm eine versiegelte Plastiktüte mit einem Knochenfragment heraus.

Callie hängte ihre Sonnenbrille mit einem Bügel in den Ausschnitt ihres T-Shirts, nahm die Tüte entgegen und musterte das Knochenstück. »Sieht aus wie der Teil eines Schienbeins. Der Größe und Beschaffenheit nach zu urteilen, stammt es wahrscheinlich von einer jungen Frau. Sehr gut erhalten.«

»Was schätzt du, wie alt er ist?«

»Es stammt aus dem westlichen Maryland, nicht wahr? Aus der Nähe eines Baches. Du weißt doch, dass ich nicht gerne schätze. Hast du Erdproben und den stratigraphischen Bericht?«

»Ach komm, Blondie, du sollst es ja nur ungefähr schätzen.«

»Du liebe Güte!« Stirnrunzelnd drehte Callie die Tüte um. Sie hätte den Knochen gerne angefasst. Ungeduldig wippte sie mit dem Fuß. »Ich kenne den Boden nicht. Von der rein visuellen Schätzung her würde ich sagen, er ist ungefähr drei- bis fünfhundert Jahre alt. Könnte auch älter sein, je nach den Schlammablagerungen und dem Grundwasser.«

Als sie den Knochen erneut umdrehte, meldete sich ihr Instinkt. »In der Gegend hat doch der Bürgerkrieg getobt, oder? Aber der Knochen ist älter. Er stammt nicht von einem Soldaten der Rebellen.«

»Er ist allerdings älter, als du glaubst«, stimmte Leo zu. »Um ungefähr fünftausend Jahre.«

Callie blickte überrascht auf und sah, dass Leo sie angrinste.

»Bestimmt mit der Radiokarbonmethode«, sagte er und reichte ihr eine Aktenmappe.

Sie überflog die Seiten, wobei sie feststellte, dass Leo den Test zwei Mal mit drei verschiedenen Geländeproben hatte machen lassen.

Als sie den Kopf wieder hob, grinste sie genauso breit wie er. »Heiße Sache«, sagte sie.

2

Auf dem Weg nach Woodsboro verfuhr sich Callie. Leo hatte ihr zwar den Weg erklärt, aber als sie danach die Karte studiert hatte, war ihr eine Abkürzung aufgefallen. Jedenfalls hätte es eine Abkürzung sein sollen, dachte sie, jeder logisch denkende Mensch hätte es als solche betrachtet, und die Kartografen sollten eigentlich logisch denken können. Callie stand mit Kartografen auf Kriegsfuß. Es machte ihr jedoch nichts aus, dass sie sich verirrt hatte, denn durch den Umweg lernte sie zumindest die Gegend kennen.

Sie fuhr an Kornfeldern vorbei, aus denen hier und da silberfarbene Felsen wie verkrüppelte Finger ragten. In einiger Entfernung konnte man die zerklüfteten Umrisse der Berge erkennen. Beim Anblick der Landschaft stellte sich Callie vor, wie die Bauern in längst vergangenen Zeiten mit ihren primitiven Werkzeugen diesen felsigen Grund bearbeitet hatten, um das Überleben ihrer Familien zu sichern. Die Sonne lugte über die Hügel und warf einen goldenen Schein über die Felder, auf denen der Mais bereits hüfthoch stand. Hier und da standen vereinzelte Häuser und Gehöfte aus Stein oder Holz, neben denen Kühe auf eingezäunten Weiden grasten. Nach einer Weile gingen die Felder in ein Waldgebiet über, in dem wilde Mimosen und Sumach wucherten. Jetzt schlängelte sich die Straße an einem Bach entlang, und die Bäume, die auf beiden Seiten standen, bildeten ein schattiges Dach.

Callie fuhr zehn Meilen, ohne einem anderen Auto zu begegnen. Ab und zu entdeckte sie weitere Häuser, und manche standen so nahe an der Straße, dass sie das Gefühl hatte, es müsse jeden Moment jemand heraustreten, um sie zu begrüßen. Die Gärten waren eine einzige Sommerpracht, voller üppig blühender Blumen.

Eine Schlange, so dick wie ein Handgelenk, kroch über den Asphalt, und ein Stück weiter sah Callie eine gelbe Katze, die im Gebüsch am Straßenrand lauerte. Während sie im Takt zu Dave Matthews und seiner Band mit den Fingern auf das Lenkrad klopfte, versuchte sie sich vorzustellen, was geschähe, wenn die Katze auf die Schlange träfe. Wahrscheinlich würde die Katze als Siegerin aus der Begegnung hervorgehen.

Als Callie um eine Kurve bog, erblickte sie eine Frau, die gerade ihre Post aus einem grauen Briefkasten holte, der am Straßenrand stand. Obwohl sie den Landrover kaum eines Blickes würdigte, hob sie geistesabwesend die Hand zum Gruß. Callie winkte zurück. Während sie weiter die Straße entlangfuhr, sang sie laut den Text des Songs mit. Nach einer Weile endete das Waldgebiet, und Callie erhöhte das Tempo und fuhr auf die Berge zu, vorbei an Äckern, einem Motel und ein paar verstreuten Häusern. Als sie sich schließlich Woodsboro näherte, wurden die Häuser zahlreicher und kleiner.

Sie hielt vor einer Ampel und entdeckte erfreut, dass es an der Ecke von Laurel Mountain und Main Street eine Pizzeria gab. Gegenüber befand sich ein Laden mit alkoholischen Getränken. Callie erinnerte sich an Leos Wegbeschreibung und bog in westlicher Richtung auf die Main Street ab.

Entlang der Straße standen hübsche alte Häuser aus Holz oder Ziegelsteinen mit blumengeschmückten Veranden. Es waren nur wenige Fußgänger unterwegs, und auch der Verkehr war mäßig. Genau wie man sich eine Kleinstadt vorstellt, dachte Callie. Im Vorbeifahren registrierte sie ein Café, einen Eisenwarenladen, eine kleine Bücherei und einen noch kleineren Buchladen, einige Kirchen, zwei Banken und verschiedene

Handwerksbetriebe, die auf schlichten Schildern für ihre Dienste warben.

Callie musste erneut vor einer Ampel halten, und als sich kurz darauf die Straße gabelte, fuhr sie rechts und folgte einem gewundenen Weg, der wieder durch einen Wald führte. Sie kam über eine Anhöhe und sah vor sich die Berge liegen. Und dann entdeckte sie die Baustelle. Sie hielt an einem Schild und las:

Wohnen am Antietam Creek

Ein Bauvorhaben von Dolan & Sohn

Callie griff nach ihrer Schultertasche und der Kamera und stieg aus. Dann blickte sie sich in Ruhe um. Ringsum erstreckte sich das Bauland, und es war offenbar ziemlich morastig, wie sie an den bereits aufgeworfenen Erdhügeln sah. Am Ufer eines Baches standen dicht an dicht alte Eichen, hoch aufragende Pappeln und Krüppelweiden. Ein Teil des Geländes war abgesperrt; dort staute sich der Bach zu einem kleinen Teich. Nach der kleinen Skizze, die Leo für sie gemacht hatte, hieß er Simon's Hole. Wer mochte dieser Simon wohl gewesen sein und warum war der Teich nach ihm benannt?

Auf der anderen Seite der Straße entdeckte Callie ein paar verwitterte Stallgebäude, ein altes Steinhaus und einige verrostete Landmaschinen. Im Schatten des Hauses lag ein großer, brauner Hund. Er schaute zu Callie herüber und wedelte zwei Mal träge mit dem Schwanz.

»Steh bloß nicht auf«, sagte sie. »Es ist viel zu heiß für den Austausch von Höflichkeiten.«

In der Tat summte die Luft förmlich vor Hitze, Insekten und Einsamkeit.

Callie schoss ein paar Fotos und wollte gerade über den Bauzaun klettern, als sie hörte, dass sich ein Auto näherte. Es war ebenfalls ein Geländewagen, eines jener kleinen, schicken Modelle, die eher für Frauen gebaut wurden und in den Vorstädten langsam, aber sicher die Kombis ersetzten. Dieser hier war leuchtend rot und so blitzblank wie ein Vorführmodell. Die Frau, die ausstieg, wirkte auf Callie ebenso elegant und perfekt wie ihr Wagen. Mit ihren glatten blonden Haaren und der hellgelben Hose mit passendem Top wirkte sie wie ein personifizierter Sonnenstrahl.

»Dr. Dunbrook?« Lana lächelte zögernd.

»Ja, genau. Sind Sie Ms Campbell?«

»Ja, Lana Campbell.« Sie ergriff Callies Hand und schüttelte sie begeistert. »Ich freue mich so, Sie kennen zu lernen. Es tut mir Leid, dass ich Sie habe warten lassen. Ich hatte Schwierigkeiten mit der Tagesmutter meines Sohnes.«

»Kein Problem. Ich bin auch gerade erst gekommen.«

»Wir freuen uns so, dass jemand mit Ihrem Ruf und Ihrer Erfahrung Interesse an dem Fund zeigt.« Als Callie die Augenbrauen hochzog, fügte Lana rasch hinzu: »Ich hatte vorher natürlich noch nie von Ihnen gehört – ich verstehe nichts von Archäologie –, aber man hat Sie wärmstens empfohlen.«

Lana blickte zu dem abgesperrten Gelände. »Als wir gehört haben, dass die Knochen tausende von Jahren alt sind …«

»Ich vermute, ›wir‹ ist die Natur- und Denkmalschutzorganisation, die Sie vertreten?«

»Ja. Hier in der Gegend gibt es zahlreiche Orte, die von signifikanter historischer Bedeutung sind. Bürgerkrieg, Revolution, Indianer und so weiter.« Lana schob sich eine Haarsträhne aus der Stirn, und Callie sah, dass sie einen Ehering trug. »Die Gesellschaft zur Erhaltung historisch wertvoller Anlagen und zahlreiche Einwohner von Woodsboro und der umliegenden Gemeinden haben sich zusammengeschlossen, um gegen dieses Bauprojekt zu protestieren. Die Probleme, die entstehen, wenn hier fünfundzwanzig bis dreißig Häuser gebaut werden – zirka fünfzig weitere Autos, fünfzig weitere Kinder, die zur Schule gehen müssen, die …«

Callie hob die Hand. »Bitte verschonen Sie mich! Kommunalpolitik ist nicht mein Gebiet. Ich bin lediglich hier, um mir einen ersten Eindruck von dem Gelände zu verschaffen – mit Dolans Erlaubnis übrigens«, fügte sie hinzu. »Bis jetzt hat er sich äußerst kooperativ gezeigt.«

»Das wird mit Sicherheit nicht so bleiben.« Lana presste die

Lippen zusammen. »Er will dieses Bauvorhaben unbedingt durchführen. Er hat bereits viel Geld hineingesteckt, und drei der Häuser sind schon verkauft.«

»Auch das ist nicht mein Problem. Damit wird er sich auseinander setzen müssen, wenn er versucht, die Grabungen zu verhindern.« Callie kletterte über den Zaun und blickte sich nach Lana um. »Vielleicht warten Sie lieber hier. Der Boden ist ganz schön schlammig, Sie ruinieren sich nur die Schuhe.«

Lana zögerte einen Moment lang, dann blickte sie seufzend auf ihre Lieblingssandalen und kletterte ebenfalls über den Zaun.

»Können Sie mir etwas über Ihr Vorgehen erzählen? Was werden Sie als Erstes tun?«

»Zuerst einmal schaue ich mich um, mache Fotos und nehme ein paar Bodenproben. Auch dazu habe ich die Genehmigung des Grundstücksbesitzers.« Sie warf Lana einen Seitenblick zu. »Weiß Dolan, dass Sie auch hier draußen sind?«

»Nein. Das würde ihm sicher nicht gefallen.« Lana trippelte vorsichtig durch den Schlamm, wobei sie versuchte, mit Callie Schritt zu halten.

»Oh, du meine Güte, wie viele Leute sind denn hier schon herumgetrampelt? Sehen Sie sich diesen Mist an!« Callie bückte sich, um eine leere Zigarettenschachtel aufzuheben. Sie steckte sie in die Tasche.

Je näher sie dem Teich kamen, desto tiefer sank sie mit ihren Stiefeln in dem weichen Boden ein. »Der Bach tritt über die Ufer«, sagte sie wie zu sich selbst. »Das macht er schon seit tausenden von Jahren. Der Schlamm steckt wahrscheinlich in allen Schichten.«

Sie hockte sich hin und spähte in eine bereits ausgehobene Grube. Beim Anblick der Fußspuren, die kreuz und quer hindurchführten, schüttelte sie den Kopf. »Als ob das hier eine verfluchte Touristenattraktion wäre!«

Sie fotografierte die Grube, dann reichte sie Lana geistesabwesend die Kamera. »Wir müssen auf dem ganzen Gelände Schaufelproben machen, die Stratigraphie ...«

»Damit untersucht man die Ablagerungsschichten im Boden, nicht wahr? Das habe ich schon nachgeschlagen«, warf Lana ein.

»Gut. Na, ich könnte eigentlich hier schon mal nachschauen.« Callie holte eine kleine Handschaufel aus ihrem Rucksack und rutschte in das ein Meter fünfzig tiefe Loch hinunter.

Langsam und methodisch begann sie zu graben, während Lana oben am Rand der Grube stehen blieb, nach den Mücken schlug und sich fragte, was sie jetzt tun sollte.

Sie hatte eine ältere, wettergegerbte Frau erwartet, die in ihrem Beruf aufging und lauter faszinierende Geschichten zu erzählen hatte. Auf jeden Fall jemanden, der sie uneingeschränkt in dem Protest gegen das Bauvorhaben unterstützen würde. Stattdessen kam eine junge, attraktive Frau daher, die der Sache offenbar gleichgültig gegenüberzustehen schien.

»Gibt es eigentlich häufig solche zufälligen Funde?«, fragte Lana schließlich.

»Nun, es gibt auch andere Ursachen, ein Erdbeben zum Beispiel. Oder man sucht systematisch mithilfe von Luftaufnahmen und Bodenproben. Es gibt zahlreiche wissenschaftliche Methoden, um einen Fundort zu entdecken. Aber der Zufall ist natürlich so gut wie jede andere.«

»Also ist das hier nicht so ungewöhnlich?«

Callie hielt mit dem Graben inne und blickte Lana an. »Wenn Sie hoffen, mit diesem Fund auf so viel Interesse zu stoßen, dass Sie den großen, bösen Bauunternehmer fern halten können, dann werden Sie wohl eine Enttäuschung erleben. Je mehr Bauland erschlossen und je mehr Städte gebaut werden, desto häufiger finden wir Überreste anderer Zivilisationen darunter.«

»Aber wenn der Fundort von bedeutendem wissenschaftlichem Interesse ist, könnte es doch etwas nützen, oder?«

»Höchstwahrscheinlich.« Callie grub vorsichtig weiter.

»Kommt eigentlich noch ein Team hierher? Ich habe aus meinem Gespräch mit Dr. Greenbaum geschlossen …«

»Teams kosten Geld und erfordern eine Menge Papierkram.

Das ist Leos Sache. Im Moment bezahlt Dolan nur die Voruntersuchungen und die Arbeit im Labor.« Sie blickte noch nicht einmal auf. »Glauben Sie etwa, er gibt uns freiwillig das Geld für eine komplette Mannschaft einschließlich Ausrüstung und Unterkunft?«

»Nein.« Lana stieß die Luft aus. »Nein, das glaube ich nicht. Das dürfte nicht in seinem Interesse sein. Aber wir haben Geld gesammelt, und wir bemühen uns, noch mehr zusammenzubekommen.«

»Ich bin gerade durch Ihre Stadt gefahren, Ms Campbell. Ehrlich gesagt, ich glaube nicht, dass Sie mehr als ein paar Studenten mit Schaufeln und Notizblöcken finanzieren könnten.«

Lana runzelte verärgert die Stirn. »Ich nahm an, dass jemand mit Ihrem Beruf bereit sei, Zeit und Energie auf einen solchen Fund zu verwenden und hart dafür zu arbeiten, dass er nicht zerstört wird.«

»Ich habe ja gar nicht behauptet, dass das nicht der Fall ist. Geben Sie mir die Kamera.«

Lana trat einen Schritt näher an den Rand der Grube und spürte, wie ihre Sandalen tiefer in den Schlamm sanken. »Ich bitte Sie ja nur darum ... Oh Gott, ist das noch ein Knochen? Ist das ...«

»Der Oberschenkelknochen eines Erwachsenen«, erwiderte Callie, und Lana hörte ihrer Stimme an, wie aufgeregt sie war. Sie ergriff die Kamera und machte Aufnahmen aus verschiedenen Blickwinkeln.

»Nehmen Sie ihn mit ins Labor?«

»Nein. Ich lasse ihn hier. Ich nehme ihn nur aus dem nassen Boden heraus, damit er trocknen kann. Bevor ich die Knochen ausgrabe, brauche ich geeignete Behälter. Aber das hier nehme ich mit.« Vorsichtig zog Callie einen flachen, spitzen Stein aus der feuchten Erde. »Helfen Sie mir bitte hinauf.«

Lana zuckte ein wenig zusammen, griff dann jedoch beherzt nach Callies schmutziger Hand. »Was ist das?«

»Eine Speerspitze.« Callie hockte sich hin, holte eine Tüte

aus ihrem Rucksack, legte den Stein hinein und beschriftete die Tüte. »Vor ein paar Tagen wusste ich noch gar nichts über diese Gegend hier und ihre geologische Geschichte. Aber auch ich lerne schnell.«

Sie wischte sich die Hände an der Jeans ab und richtete sich auf. »In den Bergen gab es viel Rhyolith. Dies hier« – sie drehte die versiegelte Tüte mit dem Stein in der Hand – »sieht mir ganz nach Rhyolith aus. Möglicherweise war das hier ein Lagerplatz im Neolithikum. Aber vielleicht war es auch mehr – schließlich begannen die Menschen in dieser Zeit, sesshaft zu werden, Ackerbau zu betreiben und Tiere zu domestizieren.«

Wenn Callie in diesem Moment allein gewesen wäre, hätte sie nur die Augen zu schließen brauchen, um es vor sich zu sehen. »Sie zogen gar nicht so viel umher, wie wir früher angenommen haben. Auf jeden Fall kann ich Ihnen schon nach dieser flüchtigen Prüfung sagen, Ms Campbell, dass das hier eine kleine Sensation ist.«

»Sensationell genug, um eine richtige Ausgrabung zu finanzieren?«

»Oh ja.« Callie ließ ihren Blick prüfend über das Gelände schweifen und begann es im Geiste schon aufzuteilen. »In der nächsten Zeit wird hier mit Sicherheit niemand Häuser bauen. Gibt es hier irgendwelche Lokalmedien?«

Lanas Augen glänzten. »Eine kleine Wochenzeitung in Woodsboro und eine Tageszeitung in Hagerstown. Dort gibt es auch einen Radiosender. Sie haben die Geschichte bereits aufgegriffen.«

»Wir werden ihnen weitere Informationen geben, und dann sehen wir zu, dass die Sache landesweit in die Presse kommt.« Callie betrachtete die hübsche Anwältin prüfend, während sie den versiegelten Beutel in ihren Rucksack packte. »Ich wette, Sie kommen im Fernsehen richtig gut rüber.«

»Ja, das stimmt«, erwiderte Lana grinsend. »Und Sie?«

»Ich schlage ein wie eine Bombe.« Callie schaute sich noch einmal um. »Dolan weiß es noch nicht, aber sein Bauvorhaben ist bereits vor fünftausend Jahren abgeschmettert worden.«

»Er wird sich wehren.«

»Diesen Kampf wird er verlieren, Ms Campbell.«

Wieder streckte Lana die Hand aus. »Ich heiße Lana. Wie schnell wollen Sie die Presse informieren, Doktor?«

»Nennen Sie mich doch Callie.« Nachdenklich schürzte sie die Lippen. »Nun, zuerst einmal werde ich mit Leo reden und mir eine Unterkunft suchen. Wie ist das Motel vor der Stadt?«

»Nun ja, sagen wir, es passt zu Woodsboro.«

»Ich habe schon in den schlimmsten Behausungen gewohnt. Für den Anfang wird das Motel in Ordnung sein. Kann ich Sie irgendwie erreichen?«

»Über Handy.« Lana zog eine Karte aus der Tasche und kritzelte eine Nummer darauf. »Tag und Nacht.«

»Wann laufen hier die Abendnachrichten?«

»Um halb sechs.«

Callie blickte auf ihre Armbanduhr und rechnete. »Das sollte reichen. Ich werde Sie um drei anrufen.«

Sie ging auf ihr Auto zu, während Lana neben ihr herstolperte. »Wären Sie bereit, auf einer Gemeindeversammlung zu sprechen?«, fragte sie.

»Das sollten wir lieber Leo überlassen. Er kann besser mit Menschen umgehen als ich.«

»Ich könnte mir denken, dass die Leute eher an einer jungen, attraktiven Archäologin interessiert sind als an einem älteren Mann, der hauptsächlich im Labor arbeitet.«

»Deshalb übernehme *ich* ja auch das Fernsehen.« Callie schwang sich über den Zaun. »Und unterschätzen Sie Leos Wirkung nicht. Er hat schon Ausgrabungen geleitet, als wir beide noch am Daumen gelutscht haben. Seine Leidenschaft für die Archäologie reißt die Menschen mit.«

»Meinen Sie, er hat Lust, aus Baltimore hierher zu kommen?«

Callie ließ ihren Blick noch einmal über die Landschaft schweifen. Fruchtbare Felder, grüne, geheimnisvolle Wälder, ein plätschernder Bach und die glitzernde Oberfläche des Teiches – ja, sie konnte verstehen, warum Menschen hier Häuser bauen und sich niederlassen wollten. Und genauso hatten sie wahrscheinlich schon vor vielen tausend Jahren gedacht.

»Er wird es kaum erwarten können. Um drei«, sagte sie schließlich und setzte sich in ihren Landrover.

Als sie davonfuhr, hatte sie bereits ihr Handy hervorgeholt und wählte Leos Nummer.

»Leo!« Sie klemmte das Handy zwischen Ohr und Schulter, damit sie mit der freien Hand die Klimaanlage höher stellen konnte. »Wir sind auf eine Goldader gestoßen.«

»Ist das deine wissenschaftliche Meinung?«

»Mir sind ein Oberschenkelknochen und eine Speerspitze praktisch in den Schoß gefallen. Und das in einer Baggergrube, durch die ständig Leute getrampelt sind. Wir brauchen dringend eine ganze Mannschaft hier, einschließlich Sicherheitskräften. Und zwar so schnell wie möglich.«

»Die Mittel sind bereits ausgereizt, Callie. Hol dir ein paar Studenten von der University of Maryland.«

»Graduierte oder Erstsemester?«

»Darüber wird noch diskutiert. Die Universität möchte den ersten Zugriff auf einige der Artefakte haben. Ich werde so schnell wie möglich mit dem Museum für Naturgeschichte reden. Hier läuft schon einiges, Blondie, aber ich brauche noch wesentlich mehr als ein paar Knochen und eine Speerspitze, um etwas zu erreichen.«

»Das wirst du alles bekommen. Es ist eine Siedlung, Leo, ich spüre es. Was die Bodenbedingungen angeht, so könnten sie besser sein. Außerdem werden wir wahrscheinlich mit diesem Dolan Ärger bekommen. Aber diese Anwältin macht ihm bereits die Hölle heiß. Die Angelegenheit ist ein Politikum, und wir werden schwere Geschütze auffahren müssen, damit Dolan kooperiert. Campbell möchte eine Gemeindeversammlung einberufen.«

Im Vorbeifahren warf Callie einen sehnsüchtigen Blick auf die Pizzeria, bog jedoch tapfer in Richtung Motel ab. »Ich habe dich dafür eingeplant.«

»Wann?«

»Je eher, desto besser. Ich möchte übrigens dem lokalen Fernsehsender heute am Spätnachmittag ein Interview geben.«

»Für die Medien ist es noch zu früh, Callie. Wir sammeln doch erst Munition. Du kannst doch noch nicht die Story preisgeben, bevor wir uns über die Strategie einig sind.«

»Leo, es ist Hochsommer. Uns bleiben nur noch ein paar Monate, bevor wir alles für den Winter abdecken müssen. Und wenn die Medien es bringen, gerät Dolan unter Druck. Wenn er uns nicht unsere Arbeit machen lässt, wenn er sich weigert, uns die Funde zu überlassen, und um jeden Preis sein Bauvorhaben zu Ende bringen will, wird er in aller Öffentlichkeit wie ein Arschloch dastehen, das keinen Respekt vor der Wissenschaft hat.«

Callie lenkte den Wagen auf den Parkplatz des Motels, stellte den Motor ab und griff nach ihrem Rucksack.

»Aber du kannst ihnen doch noch gar nicht viel erzählen«, sagte Leo.

»Ich kann ja das Wenige, was ich schon weiß, ein bisschen aufbauschen«, erwiderte sie, während sie ausstieg und zum Kofferraum ging, um ihre Reisetasche herauszuholen.

Sie schlang sich den Trageriemen über die Schulter und griff nach ihrem Cellokasten. »Vertrau mir, und besorg mir ein Team. Von mir aus nehme ich auch die Studenten. Ich kann sie ja für Basisarbeiten einsetzen, bis ich weiß, was sie drauf haben.«

Sie trat in die Lobby und ging zur Rezeption. »Ich hätte gerne ein Zimmer. Das größte Bett, das Sie haben, in der ruhigsten Ecke. Besorg mir Rosie«, fuhr sie an Leo gewandt fort. »Und Nick Long, wenn er verfügbar ist.« Sie zog ihre Kreditkarte heraus und legte sie auf die Theke. »Sie können auch in dem Motel vor der Stadt wohnen. Ich checke gerade ein.«

»Wie heißt das Motel?«

»Himmel, das weiß ich doch nicht! Wie heißt der Laden hier?«, fragte sie die Angestellte an der Rezeption.

»*The Hummingbird Inn.*«

»Ehrlich? Süß. Hörst du, Leo? *Hummingbird Inn* an der Maryland Route 34. Ich brauche tatkräftige Unterstützung. Morgen früh fange ich mit den Schaufeltests an. Ich melde mich wieder bei dir.«

Sie schaltete das Handy aus und steckte es in die Tasche. »Gibt es bei Ihnen Zimmerservice?«, fragte sie die Frau hinter der Rezeption.

Sie sah aus wie eine gealterte Puppe und roch wie ein ganzer Lavendelsack. »Nein, Schätzchen. Aber unser Restaurant hat jeden Tag in der Woche von sechs Uhr morgens bis zehn Uhr abends geöffnet. Hier gibt es das beste Frühstück, das außerhalb der Küche Ihrer Mama zu haben ist.«

»Wenn Sie meine Mutter kennen würden, wüssten Sie, dass das nicht viel bedeutet«, erwiderte Callie schmunzelnd. »Haben Sie vielleicht eine Kellnerin oder einen Pagen, der sich gerne zehn Dollar verdienen möchte, indem er mir einen Burger, Pommes frites und eine Diät-Pepsi aufs Zimmer bringt? Den Burger gut durchgebraten. Ich habe etwas zu tun, das nicht warten kann.«

»Meine Enkelin kann immer Geld brauchen. Ich kümmere mich darum.« Die Frau nahm den Zehn-Dollar-Schein entgegen und reichte Callie einen Schlüssel mit einem riesigen roten Plastikanhänger. »Zimmer 603, ganz hinten durch. Es ist sehr ruhig und hat ein extrabreites Bett. Der Hamburger dauert ungefähr eine halbe Stunde.«

»Das ist nett von Ihnen. Danke.«

»Miss … äh …« Die Frau versuchte blinzelnd, die Unterschrift auf der Anmeldung zu entziffern. »Dunbock.«

»Dunbrook.«

»Ms Dunbrook. Sind Sie Musikerin?«

»Nein, ich verdiene meinen Lebensunterhalt damit, dass ich im Dreck wühle. Das hier« – Callie wies auf den großen schwarzen Cellokasten – »spiele ich nur zur Entspannung. Richten Sie Ihrer Enkelin aus, sie soll den Ketchup nicht vergessen.«

Um vier Uhr fuhr Callie noch einmal zur Baustelle. Sie trug eine saubere olivgrüne Hose und ein khakifarbenes Hemd und hatte die frisch gewaschenen Haare zu einem Pferdeschwanz zusammengebunden. Ihren ersten Bericht hatte sie bereits fertig gestellt und Leo per E-Mail eine Kopie geschickt. Danach hatte sie ihre kleinen keltischen Silberohrringe angelegt und zehn äußerst intensive Minuten damit verbracht, sich zu schminken.

Vor dem Bauzaun bauten die Kameraleute bereits ihr Equipment für die Außenübertragung auf. Callie sah, dass auch Lana Campbell da war. Sie hielt einen blonden Jungen an der Hand, der eine Schramme am Knie, Schmutz am Kinn und jene Art von Engelsgesicht hatte, die nichts Gutes verhieß. Dolan stand in einem blauen Hemd und roten Hosenträgern direkt neben seinem Geschäftsschild und sprach mit einer Frau, die offensichtlich die Reporterin war. Zumindest nahm Callie an, dass es sich bei dem Mann um Ronald Dolan handelte, da er nicht besonders glücklich aussah. Als er Callie erblickte, brach er sein Gespräch ab und kam auf sie zu.

»Sind Sie Ms Dunbrook?«

»Dr. Callie Dunbrook.« Sie schenkte ihm ihr strahlendstes Lächeln. Callie hatte schon erlebt, dass manche Männer dann zu hechelnden Hunden wurden, aber Dolan schien immun gegen ihren Charme zu sein.

»Was zum Teufel ist hier eigentlich los?« Anklagend richtete er den Finger auf ihre Brust, stach jedoch glücklicherweise nicht zu.

»Der Lokalsender hat mich um ein Interview gebeten, und ich versuche immer, kooperativ zu sein, Mr Dolan.« Lächelnd legte sie die Hand auf seinen Arm, als seien sie miteinander vertraut. »Sie sind ein glücklicher Mann. Weder die Archäologen noch die Anthropologen werden jemals Ihren Namen vergessen. Über Ihr Gelände werden noch die nächsten Generationen von Studenten an der Universität sprechen. Ich habe eine Kopie meines vorläufigen Berichts dabei.«

Sie streckte ihm eine Mappe entgegen. »Ich erkläre Ihnen

gerne alles, was Sie nicht verstehen. Manches ist Ihnen bestimmt zu wissenschaftlich. Hat sich schon ein Vertreter des National History Museum an der Smithsonian mit Ihnen in Verbindung gesetzt?«

»*Was?*« Dolan starrte entgeistert auf den Bericht, als hielte Callie ihm eine lebende Schlange unter die Nase. »Was?«, wiederholte er.

»Ich wollte Ihnen nur die Hand schütteln« – sie ergriff Dolans Hand und drückte sie herzlich – »und Ihnen für Ihren Anteil an dieser unglaublichen Entdeckung danken.«

»Jetzt hören Sie mal zu ...«

»Es wäre mir eine Freude, Sie, Ihre Frau und Ihre Familie bei der nächsten Gelegenheit zum Essen einzuladen.« Callie lächelte ihn erneut verführerisch an. »Allerdings werde ich leider in den nächsten Wochen äußerst beschäftigt sein. Und jetzt entschuldigen Sie mich bitte, ich möchte gerne das Interview hinter mich bringen. Es macht mich immer ein wenig nervös, vor laufenden Kameras zu sprechen.« Sie legte die Hand auf ihr Herz und unterstrich diese Lüge mit einem atemlosen Lachen. »Falls Sie irgendwelche Fragen zu dem Bericht oder auch allgemeiner Natur haben, sprechen Sie mich oder Mr Greenbaum an. Ich werde nicht schwer zu finden sein, da ich ohnehin die meiste Zeit auf dem Gelände verbringen werde.«

Als Dolan gerade lospoltern wollte, drehte sich Callie auf dem Absatz um und trat auf das Fernsehteam zu, um sich vorzustellen.

»Gekonnt«, murmelte Lana, die die Szene beobachtet hatte. »Äußerst gekonnt.«

»Danke.« Callie hockte sich hin und musterte den kleinen Jungen. »Hi. Bist du der Reporter?«

»Nein.« Er kicherte, und seine moosgrünen Augen funkelten vor Freude. »Du kommst jetzt ins Fernsehen. Mommy hat gesagt, ich kann zugucken.«

»Tyler, das ist Dr. Dunbrook. Sie ist die Wissenschaftlerin, die ganz, ganz alte Sachen untersucht.«

»Knochen und so«, erklärte Tyler. »Wie Indiana Jones. Warum hast du nicht so eine Peitsche wie er?«

»Ich habe sie im Motel gelassen.«

»Ach so. Hast du schon mal einen Dinosaurier gesehen?«

Callie vermutete, dass der Kleine einige Filme durcheinander brachte und zwinkerte ihm zu. »Ich habe ein paar Dinosaurierknochen. Aber das ist nicht meine Spezialität. Menschliche Knochen mag ich lieber.« Prüfend drückte sie seinen Arm. »Du hast bestimmt gute Knochen. Deine Mom bringt dich sicher mal mit, dann darfst du auch mal graben. Vielleicht findest du ja auch etwas.«

»Wirklich? Darf ich wirklich?« Vor Freude hüpfte Tyler auf und ab und zerrte an Lanas Hand. »Darf ich, Mom? Bitte!«

»Na klar, wenn Dr. Dunbrook es erlaubt. Das ist nett von Ihnen«, sagte Lana zu Callie.

»Ich mag Kinder«, erwiderte Callie und richtete sich auf. »Sie sind so unverdorben. Na, dann bringe ich es jetzt wohl mal besser hinter mich.« Sie fuhr Tyler mit der Hand durch die Haare. »Bis später, Ty-Rex.«

Suzanne Cullen probierte ein neues Kuchenrezept aus. Ihre Küche war für sie wissenschaftliches Labor und heimeliger Zufluchtsort zugleich. Vor langer Zeit hatte Suzanne einmal gebacken, weil sie es gerne tat und weil es zu den Pflichten einer Hausfrau gehörte. Und wenn ihr damals jemand vorgeschlagen hatte, doch eine eigene Bäckerei aufzumachen, hatte sie stets nur gelacht. Sie war Hausfrau und Mutter und hatte nie eine berufliche Karriere angestrebt.

Später hatte sie dann gebacken, um ihrem Schmerz, ihren Schuldgefühlen und Ängsten zu entfliehen. Sie verschanzte sich förmlich hinter ihren Kuchen und Keksen, und alles in allem war es eine effektivere Therapie als alle Sitzungen bei ihrem Therapeuten, alle Gebete und öffentlichen Auftritte. Und als schließlich ihre Ehe zerbrochen war, hatte Suzanne das Backen zu ihrem Beruf gemacht.

Suzanne's Kitchen war in einem einzigen Zimmer entstanden, in einem kleinen Haus, das nur einen Steinwurf von Suzannes Elternhaus entfernt lag. Zuerst hatte sie nur von zu Hause aus verkauft und alles – von der Planung über das Backen und Einpacken bis zur Lieferung – selbst gemacht. Innerhalb von fünf Jahren war die Nachfrage nach ihren Backwaren jedoch so stark gestiegen, dass sie eine Hilfe einstellen und einen Lieferwagen kaufen musste. Zu dieser Zeit verkaufte sie ihre Produkte bereits im ganzen Bezirk, und weitere fünf Jahre später belieferte sie das ganze Land.

Obwohl Suzanne mittlerweile längst nicht mehr selbst backte, und eigene Abteilungen ihres Unternehmens für Verpackung, Vertrieb und Werbung zuständig waren, stand sie immer noch gerne in der Küche, um neue Rezepte auszuprobieren. Sie lebte allein in einem großen Haus auf einer Anhöhe direkt am Waldrand. Ihre riesige, sonnendurchflutete Küche war ganz in Blau eingerichtet und verfügte über vier professionelle Öfen und zwei tadellos aufgeräumte Speisekammern. In einem Erker standen ein gemütliches Sofa und ein Polstersessel, wo Suzanne sich ausruhte, wenn sie erschöpft war. Auf einem Tisch stand ein Computer, den sie nutzte, wenn sie ein Rezept aufschreiben oder etwas nachschauen musste. Durch eine Flügeltür gelangte sie in einen gepflasterten Innenhof und von dort in den Garten. Die Küche war das größte Zimmer im Haus, und Suzanne konnte ganze Tage darin verbringen. Sie war mittlerweile zweiundfünfzig, eine sehr reiche Frau, die überall auf der Welt hätte leben können. Aber sie zog es vor, in ihrem Heimatort zu bleiben.

Während sie jetzt, vor sich hinsummend, Eier und Sahne in einer Schlüssel vermischte, lief im Hintergrund der Fernseher. Mit geschlossenen Augen probierte Suzanne die Creme und gab noch einen Teelöffel Vanille dazu. So, jetzt war sie perfekt. Sorgfältig schrieb sie die Zutaten auf ihren Block.

Als um halb sechs die Nachrichten begannen und sie hörte, dass Woodsboro erwähnt wurde, schenkte sie sich ein Glas Wein ein und wandte sich dem Fernseher zu. Lächelnd beobachtete sie, wie die Kamera die Main Street entlangfuhr, vorbei am Laden ihres Vaters. Dann wurden die Hügel und Felder vor der Stadt gezeigt, und die Reporterin erzählte von einer historischen Siedlung, die dort entdeckt worden sei. Suzanne trat näher an den Bildschirm heran. Auch ihren Vater würde es bestimmt freuen, dass die Reporterin davon sprach, wie bedeutend der Fund war und welche Aufregung in der wissenschaftlichen Welt über die bevorstehende Ausgrabung herrschte.

Sie nippte an ihrem Wein und überlegte gerade, ob sie nach dem Bericht ihren Vater anrufen sollte, als die Reporterin eine Frau Dr. Callie Dunbrook vorstellte. Suzanne starrte entgeistert auf das Gesicht der Archäologin. Sie verspürte ein Brennen in der Kehle und trat noch näher an den Bildschirm heran. Ihr Herz begann heftig zu schlagen, als sie die bernsteinfarbenen Augen unter den geraden Brauen sah. Ihr wurde heiß und dann wieder kalt, und in ihrem Körper summte es wie in einem Bienenstock. Als Callie dann ihre Lippen zu einem Lächeln verzog und die drei Grübchen sichtbar wurden, fiel Suzanne das Glas aus den zitternden Fingern. Es schlug auf dem Fußboden auf und zersprang in tausend Scherben.

3

Suzanne saß im Wohnzimmer ihres Elternhauses. Lampen, die sie zusammen mit ihrer Mutter zehn Jahre zuvor ausgesucht hatte, standen auf Deckchen, die ihre Großmutter gehäkelt hatte, lange bevor Suzanne geboren wurde.

Das Sofa war neu. Sie hatte ihren Vater nur mit Mühe überreden können, sich von dem alten zu trennen. Die Teppiche waren für den Sommer aufgerollt und weggeräumt worden, und die Wintervorhänge waren durch gepunktete Sommergardinen ersetzt worden. Diese Jahreszeitenroutine hatte ihre Mutter schon vor langer Zeit eingeführt, und Suzannes Vater hatte diese Tradition nach ihrem Tod fortgesetzt.

Suzanne hatte die Hände so fest auf ihren Bauch gepresst, dass die Knöchel weiß hervortraten. Es sah aus, als müsse sie das Kind, das einst in ihrem Leib gewachsen war, beschützen. Aus ihrem Gesicht war alle Farbe gewichen. Douglas hockte auf der Kante eines Barcaloungers, der älter war als er selbst, und beobachtete seine Mutter aus den Augenwinkeln. Sie saß da wie erstarrt und machte einen völlig abwesenden Eindruck. Unwillkürlich zog sich ihm der Magen zusammen.

Im Zimmer roch es angenehm nach dem Kirschtabak, mit dem sein Großvater nach dem Abendessen immer seine Pfeife stopfte. Die Anspannung seiner Mutter erinnerte Douglas an die schrecklichen, hilflosen Tage seiner Kindheit. Damals war alles von dieser dunklen Stimmung durchdrungen gewesen.

Sein Großvater griff nach der Fernbedienung und legte die andere Hand beruhigend auf Suzannes Schulter.

»Ich wollte den Bericht nicht verpassen«, sagte Roger und räusperte sich. »Deshalb habe ich Doug gebeten, ihn aufzunehmen.«

Er hatte Tee gekocht. Der vertraute Anblick der weißen Kanne mit den kleinen Rosenknospen hatte etwas Tröstliches für Suzanne, ebenso wie die gehäkelten Deckchen und die dünnen Sommervorhänge.

»Spiel das Video ab, Daddy.« Suzannes Stimme überschlug sich, und sie zitterte am ganzen Leib. »Bitte, spiel es ab.«

»Mom, du solltest dich nicht so aufregen …«

»Spiel es!« Sie warf ihrem Sohn einen Blick aus rot geränderten Augen zu. »Schau es dir einfach nur an.«

Roger startete das Video. Abwesend begann er, Suzannes Schulter zu massieren.

»Du musst es ein Stück vorspulen – gib mal her.« Suzanne nahm ihrem Vater die Fernbedienung aus der Hand. Als Callies Gesicht auf dem Bildschirm erschien, ließ sie das Band wieder mit normaler Geschwindigkeit laufen. »Sieh sie dir doch nur an. Oh, mein Gott!«

»Du liebe Güte«, murmelte Roger.

»Siehst du, was ich meine?« Suzanne grub ihre Fingernägel in sein Bein, wandte jedoch den Blick nicht vom Bildschirm. »Du siehst es doch. Es ist Jessica. Es ist meine Jessie.«

»Mom!« Douglas tat das Herz weh. Wie seine Mutter die Worte ausgesprochen hatte, *meine Jessie*! »Es gibt eine gewisse Ähnlichkeit, aber … Himmel noch mal, Grandpa, diese Anwältin – sie könnte genauso gut Jessie sein wie diese Frau. Mom, du kannst es doch nicht wissen.«

»Doch, das kann ich!«, fuhr sie ihn an. »Sieh sie doch an! Sieh hin!« Sie hielt das Band an, als Callie lächelte. »Sie hat Jays Augen – die gleiche Farbe, die gleiche Form. Und meine Grübchen. Drei Grübchen, genau wie ich. Ma hatte sie doch auch, Daddy …«

»Ja, da ist in der Tat eine große Ähnlichkeit«, erwiderte Roger heiser. »Die Haarfarbe, die Gesichtsform, die Züge.« Er spürte einen Kloß im Hals. »Die letzte Zeichnung …«

»Ich habe sie dabei.« Suzanne sprang auf, griff nach der Mappe, die sie mitgebracht hatte, und zog ein computergeneriertes Bild hervor. »Jessica mit fünfundzwanzig.«

Douglas erhob sich ebenfalls. »Ich dachte, du hättest damit aufgehört.«

»Ich habe niemals aufgehört.« Suzanne traten die Tränen in die Augen, aber sie unterdrückte sie mit jenem eisernen Willen, der sie jeden Tag in den letzten neunundzwanzig Jahren aufrecht gehalten hatte. »Ich habe nur nicht mehr mit dir darüber gesprochen, weil ich dich nicht beunruhigen wollte. Aber ich habe nie aufgehört, nach ihr zu suchen und daran zu glauben, dass ich sie eines Tages wieder finden werde. Sieh dir deine Schwester an.« Sie drückte Doug das Bild in die Hand. »Sieh sie an!«, befahl sie und wandte sich wieder dem Bildschirm zu.

»Um Himmels willen, Mom!« Plötzlich überwältigte Doug der Schmerz, den er all die Jahre unterdrückt hatte. Er fühlte sich völlig hilflos.

»Okay, es gibt eine gewisse Ähnlichkeit«, fuhr er fort. »Sie hat braune Augen und blonde Haare. Aber in wie vielen anderen Mädchen und Frauen hast du Jessica schon gesehen? Ich ertrage es nicht, wenn du das alles noch einmal durchmachst. Du weißt nichts über diese Frau. Du weißt nicht, wie alt sie ist und wo sie herkommt.«

»Ich werde es herausfinden.« Suzanne nahm das Bild wieder an sich und steckte es in die Mappe zurück. Ihre Hände zitterten nicht mehr. »Wenn du es nicht ertragen kannst, dann halte dich da heraus. Wie dein Vater.«

Sie wusste, dass es falsch war, ihrem Sohn Vorwürfe zu machen. Aber entweder half er ihr, oder er ließ es bleiben. Bei der Suche nach Jessica gab es für Suzanne keine Kompromisse.

»Ich werde im Internet recherchieren und dir alle Informationen beschaffen, die du brauchst«, sagte Douglas leise.

»Danke.«

»Ich setze mich hinten im Laden an meinen Laptop. Es geht ganz schnell, und falls ich etwas finde, sage ich dir sofort Bescheid.«

»Ich komme mit dir.«

»Nein.« Doug konnte genauso gut Schläge austeilen wie seine Mutter. »Wenn du so bist, kann ich nicht mit dir reden. Niemand kann das. Ich mache es besser allein.« Ohne ein weiteres Wort zu verlieren, verließ er den Raum.

Roger stieß einen tiefen Seufzer aus. »Suzanne, er macht sich Sorgen um dich.«

»Um mich braucht sich niemand Sorgen zu machen. Ich brauche Unterstützung, aber es hilft mir nichts, wenn sich jemand Sorgen macht. Das ist meine Tochter. Ich weiß es einfach.«

»Vielleicht ist sie es wirklich.« Roger stand auf und streichelte Susanne liebevoll über den Arm. »Aber Doug ist genauso dein Sohn. Spring nicht so mit ihm um, Liebes! Du darfst nicht das eine Kind verstoßen, nur weil du das andere suchst.«

»Er will nicht daran glauben. Aber ich *muss* es.« Wieder starrte sie Callies Gesicht auf dem Bildschirm an. »Ich muss es einfach.«

Sie ist also im richtigen Alter, dachte Doug, als er noch einmal durchlas, was er bei seiner Internetrecherche herausgefunden hatte. Aber aus der Tatsache, dass Callie Dunbrook in der gleichen Woche wie Jessica Geburtstag hatte, konnte man kaum etwas schließen. Seine Mutter würde es jedoch als Beweis ansehen und alle anderen Daten ignorieren.

Für ihn sprachen die anderen Fakten allerdings Bände. Callie Dunbrook stammte aus der oberen Mittelschicht und war in einem Vorort von Philadelphia als einziges Kind von Elliot und Vivian Dunbrook aufgewachsen. Mrs Dunbrook, geborene Humphries, hatte vor ihrer Ehe die zweite Geige im Boston Symphony Orchestra gespielt. Sie, ihr Mann und ihre kleine Tochter waren nach Philadelphia gezogen, wo Elliot Dunbrook als Chirurg im Krankenhaus arbeitete.

Callie hatte als Erste aus ihrem Jahrgang den Abschluss in Carnegie Mellon und anschließend ihren Master's Degree gemacht und erst kürzlich ihre Promotion abgeschlossen. Mit sechsundzwanzig hatte sie geheiratet, und nicht ganz zwei Jahre später war sie schon wieder geschieden worden. Keine Kinder. Als Archäologin hatte sie anschließend Karriere gemacht. Sie war Partner bei *Leonard Greenbaum and Associates*, Mitglied der Paläolithischen Gesellschaft und lehrte an verschiedenen Universitäten. Außerdem hatte sie bereits zahlreiche Schriften veröffentlicht. Was für Doug zugänglich war, druckte er aus, um es später durchzulesen. Er erkannte jedoch schon auf den ersten Blick, dass diese Frau ihren Beruf liebte und vermutlich brillant darin war. Und es fiel ihm schwer, in ihr das Baby zu erkennen, das mit den Beinchen gestrampelt und ihn an den Haaren gezogen hatte. Da Callie Dunbrook die Tochter wohlhabender, angesehener Eltern war, konnte es sich wohl kaum um einen Entführungsfall handeln. Aber seine Mutter würde es anders sehen, das wusste er. Sie würde nur das Geburtsdatum sehen und sonst gar nichts. Genauso wie die zahllosen Male vorher.

Manchmal, wenn er den Gedanken zuließ, fragte sich Doug, woran seine Familie zerbrochen war. War es in dem Augenblick geschehen, als Jessica verschwand? Oder lag es an der hartnäckigen Entschlossenheit seiner Mutter, sie wieder zu finden? Vielleicht war es auch in jenem Moment passiert, als Doug klar geworden war, dass seine Mutter ihn verlassen hatte, weil sie nach ihrer Tochter suchte. Jetzt würde er all das tun, was er schon zahllose Male zuvor getan hatte. Er speicherte die Dateien und schickte sie per E-Mail an seine Mutter. Dann fuhr er den Computer herunter und vergrub sich in einem Buch, um auf andere Gedanken zu kommen.

Callie liebte nichts mehr als den Moment, wenn sie mit einer Ausgrabung beginnen konnte. Man hatte ihr zwei sympathische Studenten geschickt, die einen ganz brauchbaren Eindruck machten. Außerdem hatte die Universität ein wenig

Geld beigesteuert. Als Geologin würde Rose Jordan mitarbeiten, eine Frau, die Callie sehr schätzte. Auf Leos Labor konnte sie sich verlassen, ebenso wie auf seine Hilfe als Berater. Und wenn erst einmal der Anthropologe Nick Long eingetroffen wäre, konnte eigentlich nichts mehr schief gehen.

Zusammen mit den Studenten wollte Callie die ersten Probegrabungen durchführen, und sie hatte sich bereits die zweistämmige Eiche am nordwestlichen Ufer des Teiches als Fixpunkt ausgesucht. Das war der Bezugspunkt, von dem aus man das Gelände horizontal und vertikal vermessen konnte. Den Plan, der das Gelände in Parzellen unterteilte, hatte Callie am Vorabend fertig gestellt. An diesem Tag sollten nun die Parzellen mit Seilen markiert werden, und dann würde das eigentliche Vergnügen beginnen.

Eine Kaltfront hatte die Feuchtigkeit vertrieben und die Temperaturen auf ein fast erträgliches Maß gesenkt. In der Nacht hatte es geregnet, und der Boden war weich und morastig. Callies Stiefel waren bereits bis über den Knöchel voller Schlamm, ihre Hände waren schmutzig, und sie roch nach Schweiß und dem Eukalyptusöl, mit dem sie sich zum Schutz gegen die Insekten einrieb. Callie war in ihrem Element.

Als eine Hupe ertönte, blickte sie auf und stützte sich grinsend auf ihre Schaufel. Sie hatte ja gewusst, dass Leo so schnell wie möglich herkommen würde.

»Macht weiter«, sagte sie zu den Studenten. »Grabt langsam und siebt die Erde gründlich durch. Ihr müsst alles dokumentieren.«

Dann ging sie zu Leo, um ihn zu begrüßen. »Wir finden jede Menge Steinsplitter«, sagte sie zu ihm. »Meiner Theorie nach sind wir hier auf der Kuppe des Hügels.« Sie wies auf die beiden Studenten, die gruben und die Erde durchsiebten. »Rosie wird uns sicher bestätigen können, dass es sich um Rhyolithsplitter handelt. Sie haben dort aus dem Felsen Pfeil- und Speerspitzen und Werkzeuge hergestellt. Wenn wir ein bisschen tiefer graben, finden wir bestimmt Scherben.«

»Rosie wird heute Nachmittag eintreffen.«

»Super!«

»Wie machen sich die Studenten?«

»Nicht schlecht. Das Mädchen da, Sonya, hat Potenzial. Auch Bob ist ernsthaft bei der Sache. Sie sind beide sehr willig.« Callie zuckte mit den Schultern. »Wir werden in kürzester Zeit einiges schaffen. Ich werde Bob beauftragen, die Einheimischen auf dem Laufenden zu halten. Ständig kommen Schaulustige vorbei.«

Sie blickte zu den beiden Studenten hinüber. »Bob hat so ein nettes, frisches Gesicht, das wird den Leuten gefallen. Er kann ja bei Bedarf erzählen, was wir hier tun, wonach wir suchen und wie wir das machen. Ich kann jedenfalls meine Arbeit nicht alle zehn Minuten unterbrechen, um die Leute zu unterhalten.«

»Heute übernehme ich das für dich.«

»Wunderbar. Ich spanne jetzt die Seile. Den Oberflächenplan habe ich schon ausgearbeitet – wenn du mal einen Blick darauf werfen möchtest? Du kannst mir beim Markieren der Parzellen helfen, wenn du Zeit hast.«

Callie blickte auf ihre uralte Timex, dann heftete sie die Liste, die sie bereits erstellt hatte, an ihr Klemmbrett. »Leo, ich brauche Behälter. Ich kann die Knochen, die ich heraushole, nicht einfach im Freien liegen lassen. Und ich brauche Nitrogengas und Trockeneis. Außerdem benötigen wir noch mehr Werkzeuge, Siebe, Schaufeln, Eimer und so weiter. Und noch ein paar Hilfskräfte.«

»Wirst du alles bekommen«, versprach Leo. »Der wunderbare Staat Maryland gewährt dir Mittel für das archäologische Forschungsprojekt am Antietam Creek.«

»Tatsächlich?« Entzückt packte sie ihn an den Schultern. »Oh, Leo, du bist meine einzige große Liebe!« Sie gab ihm einen geräuschvollen Schmatz auf die Wange.

»Apropos« – er tätschelte ihre schmutzigen Hände und trat einen Schritt zurück –, »wir müssen noch über ein weiteres wichtiges Mitglied des Teams reden. Dabei solltest du daran denken, dass wir alle Profis sind und hier Enormes leisten müssen. Dieses Projekt könnte Wissenschaftler aus der ganzen Welt anziehen. Es geht nicht um Individuen, sondern um Entdeckungen.«

»Ich weiß nicht, worauf du hinauswillst, Leo, aber so, wie du es formulierst, gefällt es mir nicht.«

»Callie ...« Er räusperte sich. »Dieser Fund ist in anthropologischer Hinsicht genauso bedeutend wie in archäologischer. Deshalb musst du mit dem anthropologischen Leiter des Projekts eng zusammenarbeiten.«

»Ja, klar, Leo. Wofür hältst du mich? Für eine Diva?« Sie ergriff die Feldflasche, die an ihrem Gürtel hing, und trank einen Schluck. »Ich habe keine Probleme mit Nick. Im Gegenteil, ich habe ja extra darum gebeten, dass er kommt, weil ich weiß, dass wir gut miteinander auskommen.«

»Tja, nun ...« In diesem Moment näherte sich auf der Straße ein Auto, und Leo brach mitten im Satz ab. Mit gequältem Lächeln blickte er den Neuankömmlingen entgegen. »Man bekommt nicht immer, was man haben will«, fuhr er schließlich fort.

Als Callie den schwarzen Wagen mit Vierradantrieb und den uralten rot-blau-grauen Pick-up mit dem schmutzigweißen, zerkratzten Wohnwagen dahinter erkannte, verschlug es ihr vor Schreck zunächst die Sprache. Auf der Seite des Wohnwagens war ein Dobermann abgebildet. Darunter stand der Name *Digger*. Widersprüchliche Gefühle schnürten Callie die Kehle zu, und das Herz schlug ihr bis zum Hals.

»Callie, bevor du etwas sagst ...«

»Das kannst du nicht tun«, brachte sie mühsam hervor. Sie musste schlucken.

»Ich habe es schon getan.«

»Leo, nein, verdammt noch mal! Ich habe um Nick gebeten.«

»Er ist in Südamerika. Das Projekt braucht den besten Mann, Callie, und Graystone ist der Beste.« Leo wich unwillkürlich einen Schritt zurück, als sie sich empört zu ihm umdrehte. »Das weißt du doch, Callie. Lass die persönlichen Geschichten bitte außer Acht. Du weißt, dass er und Digger die besten sind. Die Mittel sind dir nur gewährt worden, weil ich ihn gewinnen konnte. Ich erwarte von dir, dass du dich wie ein Profi verhältst.«

»Man bekommt nicht immer, was man haben will«, knurrte Callie.

Sie beobachtete, wie Jacob Graystone aus dem Wagen sprang. Er war einen Meter siebenundachtzig groß und trug einen alten braunen Hut, unter dem seine schwarzen Haare hervorquollen, und ein schlichtes weißes T-Shirt, das er in die verwaschene Levi's gesteckt hatte. Er hatte einen fantastischen Körper, langgliedrig und muskulös, die Haut leicht gebräunt von der Arbeit im Freien und dem Viertel Apachenblut, das durch seine Adern floss. Er drehte sich zu Callie um, und obwohl er eine Sonnenbrille trug, wusste sie, dass er wunderschöne graugrüne Augen hatte. Dann lächelte er sie an – arrogant und spöttisch zugleich. Callie hatte immer schon gefunden, dass er viel zu gut aussah. Die gerade Nase, das entschlossene Kinn mit der diagonalen Narbe. In ihren Schläfen begann es zu pochen. Automatisch führte sie ihre Hand zu der Kette um ihren Hals, um sich zu vergewissern, ob sie auch unter ihrer Bluse steckte.

»Das tut weh, Leo.«

»Ich weiß, dass es für dich keine ideale Situation ist, aber ...«

»Seit wann wusstest du, dass er kommen würde?«, fragte Callie.

Leo schluckte. »Seit ein paar Tagen. Ich wollte es dir auf jeden Fall persönlich sagen. Schließlich konnte ich nicht ahnen, dass er heute schon auftaucht. Wir brauchen ihn, Callie. Das Projekt braucht ihn.«

»Scheiße, Leo.« Sie straffte ihre Schultern wie ein Boxer vor dem großen Kampf. »Das ist Scheiße.«

Jetzt stieg auch Jacobs Partner aus dem Pick-up. Stanley Digger Forbes, hundertfünfundzwanzig Pfund geballte Hässlichkeit. Callie widerstand der Versuchung, laut zu fluchen.

Stattdessen stemmte sie die Hände in die Hüften und blickte den Männern entgegen.

»Graystone«, sagte sie und nickte kurz zur Begrüßung.

»Dunbrook.« Er zog die Augenbrauen hoch. »Ach nein, du bist ja jetzt *Dr.* Dunbrook, nicht wahr?«

»Das ist richtig.«

»Herzlichen Glückwunsch.«

Sie blickte absichtlich an ihm vorbei. Bei Diggers Anblick verzog sie den Mund. Er grinste wie eine Hyäne und zeigte dabei einen goldenen Eckzahn. Im linken Ohr trug er einen goldenen Ring, und hinten aus seinem leuchtend roten Bandana lugte ein aschblonder, dünner Pferdeschwanz heraus.

»Hey, Dig, willkommen an Bord.«

»Callie, du siehst gut aus. Du wirst immer hübscher.«

»Danke. Du nicht.«

Er stieß sein übliches bellendes Lachen aus. »Was ist das denn für ein Mädchen mit den langen Beinen?« Er wies mit dem Kinn auf Sonya. »Ist sie zu haben?«

Trotz seines Aussehens war Digger dafür berühmt, dass er bei jeder Ausgrabung eine Schar von Groupies anzog.

»Lass die Finger von ihr, Digger«, fauchte Callie.

Er würdigte sie keiner Antwort, sondern schlenderte wortlos zu den beiden Studenten hinüber.

»Okay, beginnen wir mit dem Stand der Dinge«, setzte Callie an.

»Wie bitte?« unterbrach Jake sie. »Kein Smalltalk? Willst du gar nicht wissen, was ich gemacht habe, seit sich unsere Wege getrennt haben?«

»Es ist mir ehrlich gesagt egal, womit du deine Zeit verbracht hast. Leo ist der Meinung, dass wir dich für das Projekt brauchen.« Ihr würde bestimmt noch eine geeignete Methode einfallen, wie sie Leo umbringen könnte. »Ich teile diese Meinung nicht. Aber jetzt bist du schon mal da, und es gibt keinen Grund, darüber zu debattieren oder alte Zeiten aufzuwärmen.«

»Digger hat Recht. Du siehst gut aus.«

»Alles was Brüste hat, sieht für Digger gut aus.«

»Da kann ich nicht widersprechen.«

Tatsächlich durchfuhr es Jake allein bei Callies Anblick wie ein Stromstoß. Der vertraute Eukalyptusduft stieg ihm in die Nase. Immer, wenn er in den vergangenen Monaten das verdammte Zeug gerochen hatte, hatte er im Geiste ihr Gesicht vor sich gesehen. Sie trug immer noch dieselbe wuchtige Armbanduhr und diese hübschen Silberohrringe. Der Kragen ihrer Bluse stand offen, und er konnte sehen, dass sie schwitzte. Ihre vollen Lippen waren ungeschminkt. Jake wusste, dass sie bei der Arbeit nie Lippenstift trug.

Vor zehn Monaten hatte er sie zum letzten Mal gesehen. Und seitdem hatte er Tag und Nacht an sie gedacht, wie sehr er sich auch bemüht hatte, sie aus seinen Gedanken zu verbannen.

»Ich habe gehört, dass du ein Sabbatical machst«, sagte er beiläufig, ohne sich etwas anmerken zu lassen.

»Ja, aber jetzt bin ich hier. Du sollst dich um die anthropologischen Details des Projekts kümmern. Es läuft übrigens unter dem Namen Antietam Creek.«

Callie wandte sich ab, als wolle sie einen Blick auf das Gelände werfen, aber in Wahrheit konnte sie es nur nicht ertragen, Jake anzusehen. »Ich glaube, es handelt sich um eine neolithische Siedlung. Nach der Radiokarbon-Untersuchung sind die menschlichen Knochen, die wir bereits ausgegraben haben, fünftausenddreihundertfünfundsiebzig Jahre alt, plus minus hundert. Rhyolith ...«

»Ich habe die Berichte gelesen, Callie. Das ist wirklich eine heiße Geschichte.« Er blickte sich prüfend um. »Warum gibt es keine Sicherheitskräfte?«

»Ich habe mich schon darum gekümmert.«

»Gut. Digger kann unser Lager hier aufschlagen. Ich hole meine Ausrüstung, und dann kannst du mich herumführen. Machen wir uns an die Arbeit.«

Als er zu seinem Wagen ging, holte sie tief Luft und zählte bis zehn. »Dafür bringe ich dich um, Leo. Das wirst du mir büßen.«

»Ihr habt doch früher auch schon zusammengearbeitet. Ihr beide habt als Team hervorragende Arbeit geleistet.«

»Ich möchte Nick. Sobald er verfügbar ist, soll er herkommen.«

»Callie ...«

»Sprich mich nicht an, Leo! Halt einfach den Mund.« Sie biss die Zähne zusammen und bereitete sich innerlich darauf vor, ihrem Ex-Mann das Gelände zu zeigen.

Während Callie unter der Dusche stand, dachte sie darüber nach, dass Jake und sie tatsächlich gut zusammenarbeiten konnten. Sie liebte seinen Verstand, auch wenn er im größten Dickschädel steckte, an dem sie sich je gestoßen hatte. Aber es ärgerte sie, dass sie einander in beruflicher Hinsicht herausforderten und dadurch beide noch besser wurden. So war es immer schon gewesen. Und eine Zeit lang hatten sie einander auch im Privatleben wunderbar ergänzt. Die meiste Zeit hatten sie sich jedoch heftig gestritten. Und wenn sie nicht gerade Streit hatten, lagen sie miteinander im Bett. Ihre Ehe war ein Fehler gewesen, das sah Callie mittlerweile ein. Am Anfang war alles so romantisch, aufregend und sexy gewesen. Wie zwei verliebte Teenager waren Jake und sie durchgebrannt. Aber nur zu bald hatte die Realität im Alltag Einzug gehalten, und ihre Ehe war zu einem Schlachtfeld geworden.

Allerdings hatte Jake auch absurde Vorstellungen von ihrem Zusammenleben gehabt, während ihre doch nur rational waren. Trotzdem haben wir nie die Finger voneinander lassen können, erinnerte sich Callie. Und auch jetzt wusste ihr Körper noch ganz genau, wie es sich anfühlte, von seinen Händen gestreichelt zu werden.

Dabei beschäftigte Jake sich auch gerne mit anderen Körpern und war dabei nicht einmal besonders wählerisch, der Bastard. Diese Brünette in Colorado hatte das Fass zum Überlaufen gebracht, dieses vollbusige Luder mit der Babystimme. Und als Callie ihn damals mit ihren Vorwürfen konfrontierte und ihn einen Bastard und Betrüger nannte, hatte er noch nicht einmal den Mumm besessen, alles zuzugeben. Wie hatte er sie damals noch genannt? Callie presste die Lippen zusammen, als sie daran dachte.

Kindisch und hysterisch.

Sie war sich nie sicher gewesen, welches der beiden Worte sie mehr aufgebracht hatte, aber damals hatte sie rotgesehen. An den Rest des Streits konnte sie sich kaum noch erinnern, sie wusste nur noch, dass sie danach die Scheidung verlangt hatte – der erste vernünftige Gedanke, seitdem sie ihn kennen gelernt hatte. Und hatte er damals etwa um sie gekämpft? Zum Teufel, nein. Hatte er sie um Verzeihung gebeten, ihr seine Liebe und Treue erklärt? Keineswegs. Er war einfach gegangen. Genauso wie die vollbusige Brünette – was für ein Zufall!

Wütend trat Callie aus der Dusche und trocknete sich mit einem der dünnen Handtücher des Motels ab. Dann griff sie nach dem Ring, den sie an einer Kette um den Hals trug. Sie hatte ihren Ehering an jenem Tag vom Finger gezogen, als die Scheidungspapiere mit der Post kamen. Fast hätte sie ihn dort, wo sie damals gerade arbeitete, in den Fluss geworfen. Aber das hatte sie dann doch nicht fertig gebracht. Von dem Ring konnte sie sich nicht so entschieden trennen wie von Jacob, und deshalb trug sie ihn seitdem an einer Kette um den Hals.

Jetzt nahm sie die Kette ab und warf sie auf die Kommode. Wenn er den Ring an ihrem Hals sah, würde er am Ende noch denken, sie sei nie über die Trennung hinweggekommen. Sie wollte jetzt nicht mehr an ihn denken. Sie würde mit ihm zusammenarbeiten, aber das bedeutete noch lange nicht, dass sie auch in ihrer Freizeit an ihn denken musste. Jacob Graystone war ein Fehler, ein Ausrutscher gewesen. Und sie hatte sich weiterentwickelt. Er allerdings auch, dachte Callie. Ihre Branche war so überschaubar, dass sie rasch erfahren hatte, dass Jake sein Leben als Junggeselle genoss. Reiche Amateur-Archäologinnen, das ist seine Welt, dachte sie, während sie eine frische Jeans aus dem Schrank zerrte. Reiche Frauen mit großen Brüsten und Stroh im Kopf, die ihm das Gefühl gaben, intellektuell überlegen zu sein. Genau das hatte er doch immer gewollt.

»Scheiß drauf!«, murmelte Callie und schlüpfte in Jeans und T-Shirt.

Sie würde Rosie fragen, ob sie mit ihr essen ginge, und im Übrigen keinen weiteren Gedanken an Graystone verschwenden.

Als sie ihre Zimmertür öffnete, wäre sie beinahe mit einer Frau zusammengeprallt, die unmittelbar davor stand.

»Entschuldigung.« Callie trat aus dem Zimmer und schloss die Tür hinter sich. »Kann ich Ihnen helfen?«

Suzanne bekam kein Wort heraus. Tränen traten ihr in die Augen, als sie in Callies Gesicht blickte. Sie zwang sich zu einem Lächeln und umklammerte ihre Handtasche.

»Ich wollte Sie nicht erschrecken«, fuhr Callie fort, als die Frau sie weiterhin nur wortlos anstarrte. »Suchen Sie jemanden?«

»Ja. Ja, ich suche jemanden. Sie ... ich muss mit Ihnen sprechen, es ist sehr wichtig.«

»Mit mir?« Callie runzelte die Stirn. Die Frau wirkte ein wenig verstört. »Es tut mir Leid, aber ich kenne Sie nicht.«

»Nein, natürlich. Sie kennen mich nicht. Ich bin Suzanne Cullen. Es ist wirklich äußerst wichtig, dass ich mit Ihnen sprechen kann. Unter vier Augen. Darf ich ein paar Minuten hereinkommen?«

»Ms Cullen, wenn es um die Ausgrabung geht, können Sie sich jederzeit tagsüber an mich oder meine Kollegen wenden, und wir werden Ihnen gerne alles über das Projekt berichten. Aber jetzt ist es gerade ungünstig. Ich habe eine Verabredung.«

»Wenn Sie mir nur fünf Minuten Zeit geben, werden Sie verstehen, warum es so wichtig ist. Für uns beide. Bitte! Nur fünf Minuten.«

Die Stimme der Frau klang so drängend, dass Callie die Tür zu ihrem Zimmer wieder öffnete. »Also gut. Fünf Minuten.« Sie bat die Frau herein, ließ aber die Tür offen stehen. »Was kann ich für Sie tun?«

»Ich wollte eigentlich heute Abend noch nicht kommen, sondern erst warten, bis ...« Suzanne brach ab. »Ich habe schon so viel Zeit verloren. So viel Zeit«, fuhr sie schließlich fort.

»Wollen Sie sich nicht lieber hinsetzen? Sie sehen nicht gut aus.« Die Frau machte den Eindruck, als ob sie im nächsten Moment zusammenbrechen würde. »Ich habe eine Flasche Wasser hier.«

»Danke.« Suzanne setzte sich auf die Bettkante. Sie hatte sich vorgenommen, ganz ruhig zu bleiben, aber am liebsten hätte sie jetzt ihr kleines Mädchen in die Arme gerissen und einfach nur fest gehalten.

Sie nahm die Flasche, die Callie ihr reichte, und trank einen Schluck. Etwas gefasster fuhr sie fort: »Ich muss Ihnen eine Frage stellen. Sie ist sehr persönlich, aber äußerst wichtig.« Sie holte tief Luft. »Sind Sie adoptiert?«

»Was?« Callie lachte überrascht auf und schüttelte den Kopf. »Nein. Was soll die Frage? Wer sind Sie eigentlich?«

»Sind Sie sicher? Sind Sie absolut sicher?«

»Natürlich bin ich sicher. Um Himmels willen, gute Frau. Sehen Sie ...«

»Am 12. Dezember 1974 wurde meine kleine Tochter Jessica in der Hagerstown Mall aus ihrem Buggy gestohlen.« Suzanne hatte ihre Fassung wiedererlangt und sprach mit fester Stimme weiter: »Ich war dort, damit ihr dreijähriger Bruder Douglas den Nikolaus sehen konnte. Einen Moment lang war ich abgelenkt, nur einen Moment lang. Mehr brauchte es nicht. Mein Baby war verschwunden. Wir suchten überall nach ihm. Die Polizei, das FBI, Familie, Freunde, der gesamte Ort. Wir haben auch Hilfsorganisationen für Eltern vermisster Kinder eingeschaltet. Jessie war erst drei Monate alt. Wir haben sie nie gefunden. Am 8. September würde sie neunundzwanzig.«

»Es tut mir Leid.« Callies Verärgerung verwandelte sich in Mitgefühl. »Es tut mir sehr Leid. Das muss für Sie und Ihre Familie furchtbar gewesen sein. Wenn Sie jedoch glauben, ich könnte Ihre Tochter sein, so muss ich Sie enttäuschen. Ich bin es nicht.«

»Ich muss Ihnen etwas zeigen.« Suzanne öffnete ihre Tasche und holte eine Aktenmappe hervor, in der mehrere Fotos lagen »Das ist ein Bild von mir, als ich ungefähr in Ihrem Alter war. Sehen Sie es sich bitte an?«

Zögernd ergriff Callie das Foto. Als sie das Gesicht der Frau auf dem Bild betrachtete, lief es ihr kalt den Rücken herunter. »Eine gewisse Ähnlichkeit ist tatsächlich vorhanden. Aber so etwas kommt vor, Ms Cullen. Vielleicht haben wir ähnliches Erbmaterial, die gleiche Genmischung. Es heißt immer, jeder Mensch hätte einen Doppelgänger, und im Grunde genommen stimmt das auch.«

»Sehen Sie die Grübchen? Es sind drei.« Suzanne strich mit zitternden Fingern über ihr Gesicht. »Sie haben sie auch.«

»Hören Sie, Ms Cullen, ich bin am 11. September 1974 in Boston geboren. Es gibt eine Geburtsurkunde.«

»Das ist meine Mutter.« Suzanne zog ein weiteres Foto hervor. »Dieses Bild wurde aufgenommen, als sie ungefähr dreißig war. Vielleicht war sie auch ein paar Jahre jünger; mein Vater ist sich nicht ganz sicher. Sie sehen ja, wie ähnlich Sie ihr sehen. Und hier, mein Mann Jay.«

Suzanne zog das nächste Foto aus der Mappe. »Sie haben seine Augen – die Form, die Farbe. Sogar die Augenbrauen sind gleich. Dunkel und gerade. Als Sie – als Jessica zur Welt kam, habe ich gleich gesagt, dass sie einmal Jays Augen haben würde. Und sie waren schon bernsteinfarben, als sie, als wir ... oh Gott! Als ich Sie im Fernsehen sah, wusste ich es sofort. Ich wusste es einfach.«

Callies Herz hämmerte wie wild in ihrer Brust, und ihre Handflächen wurden feucht. »Ms Cullen, ich bin nicht Ihre Tochter. Meine Mutter hat auch braune Augen. Wir sind ungefähr gleich groß und haben die gleiche Figur. Ich weiß, wer meine Eltern sind, ich kenne unsere Familiengeschichte. Ich weiß, wer ich bin und wo ich herkomme. Es tut mir Leid. Ich kann nichts tun, um Ihnen zu helfen.«

»Fragen Sie sie«, flehte Suzanne. »Schauen Sie ihnen ins Gesicht und fragen Sie sie. Wenn Sie es nicht tun, dann fahre ich nach Philadelphia und frage sie selbst. Ich weiß, dass Sie mein Kind sind.«

»Ich möchte, dass Sie jetzt gehen.« Mit zitternden Knien trat Callie zur Tür. »Ich möchte, dass Sie gehen«, wiederholte sie.

Suzanne stand auf, ließ jedoch die Fotos auf dem Bett liegen. »Sie sind um vier Uhr fünfunddreißig morgens im Washington County Hospital in Hagerstown, Maryland, geboren. Wir haben Sie Jessica Lynn genannt.«

Sie zog ein weiteres Bild aus ihrer Tasche und legte es zu den anderen aufs Bett. »Das ist eine Kopie des Fotos, das kurz nach Ihrer Geburt vom Krankenhaus gemacht worden ist. Haben Sie jemals ein Bild von sich in den ersten drei Lebensmonaten gesehen?«

Sie schwieg einen Moment lang, dann ging sie zur Tür. Wie unabsichtlich streifte sie Callies Hand. »Fragen Sie sie. Meine Adresse und Telefonnummer stehen auf der Rückseite der Fotos. Fragen Sie sie«, wiederholte sie und eilte hinaus.

Zitternd schloss Callie die Tür und lehnte sich von innen dagegen.

Die Frau war offenbar traurig und verwirrt. Und verrückt. Wahrscheinlich hatte sie den Verlust ihres Kindes nicht verkraftet. Konnte sie ihr einen Vorwurf daraus machen? Wahrscheinlich sah sie in jeder Frau, die auch nur eine Spur von Ähnlichkeit aufwies, ihre Tochter.

Doch als Callie die Fotos auf ihrem Bett erneut betrachtete, musste sie zugegeben, dass es mehr als nur eine Spur von Ähnlichkeit gab. Es war eine fast unheimliche Ähnlichkeit. Aber das musste Zufall sein – alles andere wäre Wahnsinn. Schließlich stahlen ihre Eltern keine Babys, um Himmels willen! Sie waren intelligente, liebevolle Menschen. Mit jemandem wie Suzanne Cullen würden sie bestimmt Mitleid haben. Die Ähnlichkeit und das gleiche Alter waren nur Zufälle.

Fragen Sie sie.

Wie konnte man seine Eltern so etwas fragen? Hey, Mom, warst du zufällig um die Weihnachtszeit '74 in einem Einkaufszentrum in Maryland? Hast du vielleicht außer den Weihnachtsgeschenken in letzter Minute auch noch ein Baby besorgt?

»Großer Gott.« Callie legte sich die Hand auf den knurrenden Magen.

Als es an der Tür klopfte, riss sie sie ärgerlich auf. »Ich habe Ihnen doch gesagt, ich bin nicht ... Was zum Teufel willst *du* denn hier?«

»Trinkst du ein Bier mit mir?« Jake hob die beiden Flaschen, die er in der Hand hielt. »Waffenstillstand?«

»Ich will kein Bier, und wir brauchen keinen Waffenstillstand zu schließen. Ich bin nicht mehr daran interessiert, mit dir zu streiten.«

»Es sieht dir gar nicht ähnlich, ein kostenloses Bier nach der Arbeit abzulehnen.«

»Da hast du Recht.« Sie nahm ihm eine Flasche aus der Hand und wollte ihm die Tür vor der Nase zuknallen, aber er war schneller. Er hatte schon immer eine schnelle Reaktion gehabt.

»Hey, ich versuche doch nur, freundlich zu sein.«

»Sei doch zu jemand anders freundlich. Das kannst du doch gut.«

»Ah, das klingt ja, als hättest du doch noch Interesse an einem Streit.«

»Hau ab, Graystone! Ich bin nicht in der Stimmung, mit dir zu streiten.« Sie drehte ihm den Rücken zu und sah ihren Ehering auf der Kommode liegen. Na, das war ja großartig! Rasch trat sie vor das Schränkchen und ergriff die Kette mit dem Ring.

»Die Callie Dunbrook, die wir alle kennen und lieben, ist *immer* in der Stimmung zu streiten.« Jake schlenderte zum Bett, während sie die Kette in der Hosentasche verschwinden ließ. »Was ist das denn? Schaust du dir Familienfotos an?«

Callie wurde leichenblass. »Warum sagst du das?«

»Na, wegen der Fotos da. Wer ist das? Deine Großmutter? Ich habe sie nie kennen gelernt, oder? Aber wir haben ja auch nie besonders viel Zeit mit unseren Familien verbracht.«

»Das ist nicht meine Großmutter.« Sie riss ihm das Foto aus der Hand. »Und jetzt verschwinde!«

»Hey, hey!« Er strich ihr mit den Fingerknöcheln über die Wange, eine vertraute Geste, die ihr unwillkürlich die Tränen in die Augen trieb. »Was ist los?«

»Los ist, dass ich verdammt noch mal gerne allein wäre.«

»Babe, ich kenne das Gesicht doch. Du bist nicht sauer auf mich, sondern du hast dich aufgeregt. Sag mir, was los ist.«

Einen Moment lang spielte Callie mit dem Gedanken, ihm alles zu erzählen. »Es geht dich nichts an. Ich brauche dich nicht«, sagte sie dann.

Seine Augen wurden kalt und hart. »Du hast mich noch nie gebraucht. Okay, ich werde dir also aus dem Weg gehen. Das habe ich ja lange genug geübt.«

Er trat zur Tür. Dort drehte er sich noch einmal um und blickte auf den Cellokasten in der Ecke, die Sandelholzkerze, die auf der Kommode brannte, den Laptop auf dem Bett und die Tüte mit Oreos-Keksen neben dem Telefon.

»Immer noch die gleiche alte Callie«, murmelte er.

»Jake?« Sie trat so dicht vor ihn, dass sie ihn fast berührte. Und um ein Haar hätte sie dem Drang nachgegeben, ihn am Arm zu fassen, um ihn am Gehen zu hindern. »Danke für das Bier«, sagte sie. Dann schloss sie leise die Tür hinter ihm.

4

Sie kam sich vor wie ein Einbrecher. Dabei spielte es kaum eine Rolle, dass sie einen Haustürschlüssel hatte, dass sie jedes Geräusch und jeden Geruch in der Nachbarschaft kannte, jede Ecke und jeden Winkel in dem hübschen Ziegelhaus in Mount Holly. Dies alles änderte nichts an der Tatsache, dass sich Callie um zwei Uhr morgens heimlich ins Haus schleichen wollte.

Nach Suzanne Cullens Besuch hatte Callie keine Ruhe mehr gefunden. Sie konnte weder essen noch schlafen oder arbeiten. Und ihr war klar geworden, dass sie durchdrehen würde, wenn sie in dem stickigen Motelzimmer bliebe und über das vermisste Baby einer Fremden nachdenken würde. Natürlich glaubte Callie nicht eine Minute lang daran, dass sie dieses Baby war. Aber sie war nun einmal eine Wissenschaftlerin, deren Beruf es war, die Vergangenheit zu erforschen, und sie würde nicht eher ruhen, bis sie diese Angelegenheit geklärt hatte.

Als sie in die Einfahrt zum Haus ihrer Eltern einbog, dachte sie an Leo, der ärgerlich geworden war, als sie ihm am Telefon gesagt hatte, dass sie sich einen Tag frei nehmen würde und ihm den Grund nicht nennen wollte. Auf der Fahrt von Maryland nach Philadelphia hatte sie sich eingeredet, dass sie das einzig Logische tat, auch wenn sie das Haus ihrer Eltern betrat, während diese nicht zu Hause waren, auch wenn sie ihre Unterlagen durchsuchte, um einen Beweis für das zu finden, was sie doch bereits wusste.

Sie war Callie Ann Dunbrook.

In dem eleganten Wohnviertel war es still wie in einer Kirche. Obwohl Callie die Autotür so leise wie möglich schloss, knallte das Geräusch wie ein Schuss durch die Stille, und in der Nähe begann prompt ein Hund zu bellen. Das Haus war dunkel, bis auf einen schwachen Lichtschein, der aus dem Zimmer ihrer Mutter drang. Bestimmt hatten ihre Eltern für die Zeit, die sie in Maine waren, die Alarmanlage und die Zeitschaltuhr für die Lampen eingeschaltet. Außerdem hatten sie vermutlich wie immer die Zeitungen abbestellt, ließen die Post zurücklegen und hatten die Nachbarn über ihre Abwesenheit informiert. Als sie über den gepflasterten Weg zum Hauseingang ging, dachte Callie darüber nach, dass ihre Eltern äußerst vernünftige, verantwortungsbewusste Menschen waren. Vivian und Elliot Dunbrook waren recht gesellig, spielten Golf und gaben gern elegante Dinnerpartys. Sie verstanden sich gut und lachten über dieselben Witze.

Ihr Vater liebte seinen Garten und pflegte mit Hingabe seine Rosen und Tomaten. Vier Tage im Monat arbeitete er in einer privaten Klinik. Ihre Mutter spielte Geige und sammelte alte Uhren, und nebenbei gab sie Kindern aus armen Verhältnissen kostenlosen Musikunterricht. Die beiden waren seit achtunddreißig Jahren verheiratet, und obwohl sie sich gelegentlich stritten, hielten sie immer noch Händchen, wenn sie zusammen spazieren gingen.

Vivian überließ Elliot bei allen wichtigen Fragen und auch bei den meisten unwichtigeren die Entscheidung. Dieses Verhalten ihrer Mutter empfand Callie als eine Art Unterwürfigkeit, die sie nur schlecht ertragen konnte. Manchmal schämte sie sich regelrecht dafür, dass ihre Mutter so schwach war und ihr Vater es darauf anzulegen schien, sie abhängig zu halten. Er gab ihr sogar Taschengeld. Natürlich nannten sie es nicht so, sondern bezeichneten es als Haushaltsgeld. Für Callie lief es jedoch auf das Gleiche hinaus. Doch auch wenn ihre Eltern

– wie alle Menschen – ihre Fehler hatten, so machte sie das noch lange nicht zu Monstern, die fremde Babys stahlen.

Schuldgefühle und Nervosität stiegen in Callie auf, als sie die Haustür aufschloss. Sie schaltete das Licht in der Diele ein und gab den Code zum Ausschalten der Alarmanlage ein. Einen Moment lang blieb sie im Flur stehen. Sie konnte sich kaum erinnern, wann sie das letzte Mal allein in ihrem Elternhaus gewesen war. Wahrscheinlich lange bevor sie ausgezogen war und sich eine eigene Wohnung genommen hatte. Es roch schwach nach Murphy Oil Soap. Offensichtlich war Sarah, die langjährige Putzfrau ihrer Mutter, vor kurzem da gewesen. Und es duftete süß nach Rosen, Vivians Lieblingsduft. Auf dem Refektoriumstisch unter der Treppe stand ein eleganter Sommerstrauß. Bestimmt hatte sie Sarah gebeten, sich darum zu kümmern. Und wahrscheinlich hatte sie hinzugefügt, dass Blumen im Haus sein mussten, ob nun jemand zu Hause war oder nicht.

Callie durchquerte den Flur mit seinen im Schachbrettmuster verlegten Fliesen und ging die Treppe hinauf. Im ersten Stock angekommen, blieb sie zunächst an der Tür zu ihrem früheren Zimmer stehen. Es hatte seit ihrer Kindheit zahlreiche Veränderungen durchgemacht und wurde jetzt als elegantes Gästezimmer genutzt. Die Wände waren blassgrün gestrichen, an den Fenstern hingen strahlend weiße Vorhänge, und auf dem Bett lag ein antiker Quilt. Überall standen jene hübschen kleinen Nippesfiguren herum, die ihre Mutter von den Einkaufsbummeln mit ihren Freundinnen mitbrachte. Callie hatte in diesem Zimmer gewohnt, bis sie aufs College gegangen war, und in gewisser Weise war es dadurch zu einem Teil von ihr geworden.

Sie ging den breiten Flur entlang zum Arbeitszimmer ihres Vaters. Auf der Schwelle blieb sie zögernd stehen und erschauerte leicht, als sie auf seinen schönen alten Mahagonischreibtisch mit der makellos aufgeräumten Platte blickte. Der Schreibtischstuhl war mit burgunderfarbenem Leder bezogen. Callie sah ihren Vater förmlich vor sich, wie er dort saß und einen Gartenkatalog oder eine medizinische Zeitschrift studierte. Seine Brille rutschte ihm beinahe von der Nase, und seine blonden, von silbernen Fäden durchzogenen Haare fielen ihm in die Stirn. Um diese Jahreszeit würde er bestimmt ein Golfhemd und Chinos tragen, und wahrscheinlich würde er klassische Musik hören.

Callie hatte ihren Vater oft in seinem Arbeitszimmer besucht, hatte sich in einen der Ledersessel geworfen und ihn mit Neuigkeiten, Klagen und Fragen von der Arbeit abgehalten. Wenn er wirklich zu viel zu tun hatte, um auf sie einzugehen, hatte er ihr einen langen Blick über den Rand seiner Brille zugeworfen, was stets genügte, um sie zum Schweigen zu bringen. Doch meistens war sie ihm willkommen gewesen. Und jetzt kam sie sich vor wie ein Eindringling.

Callie zwang sich, nicht darüber nachzudenken. Sie würde einfach das erledigen, was sie sich vorgenommen hatte, schließlich waren es auch ihre Papiere. Sie atmete tief ein und trat zum ersten der hölzernen Aktenschränke. Das, was sie suchte, würde sie in diesem Zimmer finden, denn ihr Vater kümmerte sich um die Finanzen und die Familiendokumente. Sie öffnete die oberste Schublade und begann mit ihrer Suche.

Eine Stunde später ging sie nach unten, um sich einen Kaffee zu kochen. Sie durchforstete die Speisekammer und fand eine Tüte mit fettarmen Kartoffelchips. Jämmerlich, dachte sie, während sie ihre Ausbeute nach oben trug. Warum lebte man überhaupt, wenn man nur noch Pappe essen durfte?

Sie nahm sich vor, zehn Minuten Pause zu machen. Wenn sie in dem Tempo weiterarbeitete, würde sie sogar schneller fertig sein, als sie erwartet hatte. Ihr Vater hatte sämtliche Papiere peinlich genau geordnet, und wenn sie nicht an den Aufzeichnungen über ihre Schulzeit hängen geblieben wäre, wäre sie wahrscheinlich schon durch.

Während sie den Kaffee trank, dachte sie über die alten Zeiten und ihre Schulfreunde nach. Schon in der Grundschulzeit hatte sie mit ihren Freunden gespielt, dass sie Archäologen wären. Ihr Freund Donny Riggs hatte eines Tages eine Strafpredigt seiner Mutter über sich ergehen lassen müssen, weil die Kinder tiefe Löcher in ihrem Garten gegraben hatten.

Dann erinnerte sie sich an ihren ersten richtigen Kuss, den sie mit dreizehn von ihrem großen Schwarm Joe Torrento bekommen hatte. Er trug eine schwarze Lederjacke und Red-Wing-Stiefel und kam ihr damals äußerst sexy und gefährlich vor. Das Letzte, was sie von ihm gehört hatte, war, dass er Biologie an der St. Bernadette's High School in Cherry Hill unterrichtete, zwei Kinder hatte und Vorsitzender des örtlichen Rotarierclubs war.

Ihre beste Freundin Natalie Carmichael hatte direkt nebenan gewohnt. Callie und sie standen sich so nahe wie Schwestern und teilten jedes Geheimnis. Als sie dann später verschiedene Colleges besuchten, versuchten sie zunächst noch, ihre Freundschaft aufrechtzuerhalten, aber sie hatten sich schließlich doch aus den Augen verloren.

Da sie der Gedanke an Natalie traurig machte, beendete Callie ihre Pause und machte sich daran, die zweite Schublade im Aktenschrank zu durchsuchen. Sie enthielt medizinische Unterlagen, und für jedes Familienmitglied gab es eine Mappe. Als sie ihre eigene Mappe herausholte, wurde ihr klar, dass sie am besten gleich damit angefangen hätte. Nur bei diesen Unterlagen konnte sich der Beweis befinden, den sie suchte. Sie setzte sich wieder an den Schreibtisch und öffnete die Mappe, in der sich zuoberst Unterlagen über ihre Impfungen, ihre Röntgenuntersuchungen und der Bericht über den Armbruch befanden, den sie sich zugezogen hatte, als sie mit zehn Jahren vom Baum gefallen war. Im Juni 1983 waren ihre Mandeln entfernt worden, und mit sechzehn hatte sie sich beim Basketballspiel den Finger verstaucht. Ihr Vater hatte alles aufgehoben, sogar die Berichte über ihre jährlichen Untersuchungen beim Gynäkologen, bis sie schließlich von zu Hause ausgezogen war.

»Das ist nun wirklich übertrieben, Dad«, murmelte Callie.

Erst als sie die Papiere ein zweites Mal durchgegangen war, fiel ihr auf, dass es keine Unterlagen über ihre Geburt gab.

Und keinen einzigen Bericht über die Vorsorgeuntersuchungen in den ersten drei Lebensmonaten.

Aber das musste ja nichts bedeuten, wahrscheinlich bewahrte ihr Vater diese Papiere woanders auf. Vielleicht gab es ja eine zusätzliche Mappe mit Unterlagen über ihre Babyzeit. Oder er hatte sie in die Mappe ihrer Mutter einsortiert. Ja, genau, so musste es sein. Er musste die Papiere aus Vivians Schwangerschaft und Callies ersten Lebensmonaten zusammen abgelegt haben.

Um sich selbst zu beweisen, dass sie sich keine Sorgen machte, schenkte sie sich noch einen Kaffee ein und trank erst einen Schluck, bevor sie aufstand und die Mappe ihrer Mutter aus der Schublade holte. Sie erlaubte sich keine Schuldgefühle, weil sie die Unterlagen anderer durchsuchte, schließlich musste sie diese Angelegenheit jetzt endlich abschließen. Deshalb blickte sie die Papiere in der Mappe nur rasch durch, ohne sie wirklich zu lesen.

Zunächst stieß sie auf die Berichte über die beiden Fehlgeburten, die ihre Mutter erlitten hatte, eine im August 1969 und die zweite im Herbst 1971. Ihre Mutter hatte ihr einmal erzählt, wie niedergeschlagen sie danach gewesen war, und dass sie sogar wegen einer Depression behandelt werden musste. Es hatte ihr unendlich viel bedeutet, danach endlich ein gesundes Mädchen zur Welt zu bringen.

Und dann fand Callie zu ihrer Erleichterung auch die Unterlagen über die dritte Schwangerschaft ihrer Mutter. Wegen der vorangegangenen Fehlgeburten war der behandelnde Gynäkologe natürlich besorgt gewesen und hatte ihrer Mutter während der ersten drei Monate strikte Bettruhe verordnet. Dr. Henry Simpson hatte die Schwangerschaft sorgfältig überwacht. Im siebten Monat war ihre Mutter wegen Bluthochdruck und Dehydrierung aufgrund morgendlicher Übelkeit für zwei Tage ins Krankenhaus eingewiesen worden. Dort war sie behandelt und dann entlassen worden. Und genau an diesem Punkt endete zu Callies Verwirrung die Dokumentation der Schwangerschaft. Danach war ihre Mutter erst wieder ungefähr ein Jahr später wegen eines verstauchten Knöchels behandelt worden.

Rasch blätterte Callie die übrigen Krankenberichte durch, überzeugt davon, noch weitere Aufzeichnungen über die Schwangerschaft zu finden. Aber sie fand nichts; es gab keinerlei Unterlagen. So, als ob die Schwangerschaft im siebten Monat beendet gewesen wäre. Callies Magen krampfte sich unwillkürlich zusammen, als sie erneut aufstand und an den Aktenschrank trat. Sie öffnete die nächste Schublade, fand jedoch auch darin keine weiteren medizinischen Berichte. Dann hockte sie sich hin und versuchte, die unterste Schublade aufzuziehen. Sie war verschlossen.

Einen Moment lang verharrte Callie zögernd vor dem polierten Holzschrank, die Hand auf dem Messinggriff. Dann ging sie zum Schreibtisch und suchte nach dem Schlüssel. Als sie ihn nicht fand, ergriff sie den Brieföffner, kniete sich wieder vor die Schublade und brach das Schloss auf. Sie entdeckte eine rechteckige Metallkassette, die ebenfalls verschlossen war. Callie nahm sie mit zum Schreibtisch und setzte sich wieder. Eine Weile lang starrte sie die Kassette einfach nur an und wünschte sich, sie würde verschwinden.

Sie konnte sie natürlich wieder in die Schublade legen und so tun, als sei sie gar nicht da. Was auch immer sie enthielt, es war etwas, das ihr Vater unbedingt verstecken wollte. Mit welchem Recht verletzte sie seine Privatsphäre? Aber machte sie das nicht ohnehin jeden Tag? Sie drang in die Privatsphäre von Toten ein, um ihnen ihre Geheimnisse zu entlocken. Und jetzt wollte sie den Inhalt der Metallkassette untersuchen, weil sie womöglich Geheimnisse enthielt, die ihr eigenes Leben betrafen.

»Es tut mir Leid, Dad«, sagte sie laut und brach mit einiger Mühe das Schloss mit dem Brieföffner auf. In der Kassette lagen weitere Unterlagen. Callie nahm den obersten Bogen heraus und begann zu lesen.

Vivian hatte keine dritte Fehlgeburt gehabt, aber sie hatte auch kein Kind geboren. Der Fötus in Vivian Dunbrooks Leib war in der ersten Woche des achten Schwangerschaftsmonats gestorben. Man hatte die Wehen eingeleitet, und am 24. Juni 1974 hatte sie ein totes Mädchen zur Welt gebracht. Die Diagnose lautete auf Schwangerschaftsvergiftung. Die Muttermundschwäche und der extreme Bluthochdruck während dieser letzten Schwangerschaft machten eine weitere Schwangerschaft zu gefährlich. Und eine Hysterektomie, die zwei Wochen später durchgeführt wurde, machte sie unmöglich.

Anschließend wurde Vivian wegen Depressionen behandelt.

Am 16. Dezember 1974 adoptierten Elliot und sie ein Mädchen, das sie Callie Ann nannten. Es war eine private Adoption, die ein Anwalt arrangiert hatte. Für seine Arbeit hatte er zehntausend Dollar bekommen. Zusätzlich wurden über ihn zweihundertfünfzigtausend Dollar an die unbenannte biologische Mutter gezahlt. Der Säugling wurde von Dr. Peter O'Malley, einem Bostoner Kinderarzt, untersucht und für gesund befunden. Die nächste Untersuchung – die übliche Vorsorgeuntersuchung im Alter von sechs Monaten – hatte Dr. Marilyn Vermer in Philadelphia durchgeführt. Sie war bis zu Callies zwölftem Lebensjahr ihre Kinderärztin geblieben.

»Bis ich nicht mehr zum Babydoktor wollte«, murmelte Callie vor sich hin. Zu ihrer eigenen Überraschung fiel eine Träne auf das Dokument.

Callies Magen krampfte sich erneut zusammen, und sie schlang die Arme um ihren Leib und beugte sich vor, bis der Schmerz nachließ. Das durfte alles einfach nicht wahr sein. Wie konnten ihre Eltern, von denen sie glaubte, dass sie sie noch nie angelogen hatten, während all dieser Jahre mit einer solchen Lüge leben? Es war einfach nicht möglich.

Callie richtete sich wieder auf und zwang sich, die ärztlichen Berichte noch einmal durchzulesen. Und in diesem Moment erkannte sie, dass es die Realität war.

»Was zum Teufel heißt das, sie hat sich einen Tag freigenommen?« Jake schob seinen Hut zurück und blickte Leo finster an. »Wir müssen das Gelände vermessen, und sie nimmt sich Urlaub?«

»Sie sagte, es sei ihr etwas dazwischen gekommen.«

»Was kann denn wichtiger sein als ihre Arbeit, verdammt noch mal?«

»Das hat sie mir nicht gesagt. Im Übrigen weißt du genauso gut wie ich, dass es ihr gar nicht ähnlich sieht. Normalerweise schuftet sie wie ein Stier.«

»Ja, ja. Aber es sähe ihr schon ähnlich, das Projekt sausen zu lassen, nur weil ich dazugestoßen bin.«

»Nein, das stimmt nicht.« Leo tippte Jake mit dem Finger auf die Brust. »Du weißt verflucht gut, dass Callie solche Spielchen nicht spielt. Wenn sie ein Problem mit dir hat – oder mit mir, weil ich dich geholt habe –, dann regelt sie das schon. Aber mit dem Projekt hat das gar nichts zu tun. Dazu ist sie viel zu professionell und auch viel zu eigensinnig.«

»Okay, du hast mich überzeugt.« Jake steckte die Hände in die Taschen und blickte über das Feld, mit dessen Aufteilung sie begonnen hatten. In Wahrheit hatte er sich nur so aufgeregt, weil er sich Sorgen um Callie machte. Irgendetwas hatte am Vorabend nicht mit ihr gestimmt, das hatte er gespürt. Aber anstatt sie zu überreden, ihm zu erzählen, was sie bedrückte, war ihm sein eigener Stolz wichtiger gewesen. Nun ja, alte Gewohnheiten legte man nur schwer ab.

»Würde sie dir eigentlich sagen, wenn mit ihrer Familie irgendwas nicht in Ordnung wäre?«, fragte er nach einer Weile.

Leo rieb sich den Nacken. »Ich glaube schon. Aber sie hat nur gesagt, dass sie eine persönliche Angelegenheit erledigen müsse, die keinen Aufschub dulde. Wenn sie es schafft, kommt sie heute Abend noch wieder, sonst morgen früh.«

»Hat sie einen Freund?«

»Graystone –«

»Bitte, Leo, mach es mir nicht so schwer«, sagte Jake leise. »Also, hat sie nun einen Freund?«

»Woher zum Teufel soll ich das wissen? Sie redet mit mir nicht über ihr Liebesleben.«

»Clara wüsste es bestimmt. Wenn sie etwas wissen will,

kann ihr keiner widerstehen. Und Clara würde es dir bestimmt erzählen.«

»Wenn es nach Clara ginge, wäre Callie noch mit dir verheiratet.«

»Ach ja? Deine Frau ist sehr klug. Spricht sie jemals über mich?«

Leo starrte ihn ausdruckslos an. »Wir reden jeden Abend beim Essen über dich.«

»Du weißt, dass ich Callie gemeint habe. Meine Güte, Leo, quäl mich doch nicht so!«

»Was Callie so über dich von sich gibt, möchte ich nicht wiederholen. Es entspricht nicht meiner Ausdrucksweise.«

»Süß.« Jake blickte zum Teich, die Augen hinter einer dunklen Sonnenbrille verborgen. »Aber ganz egal, was sie über mich sagt und denkt – wenn sie Probleme hat, hole ich sie da heraus.«

»Wenn du so an ihr interessiert bist und dir so viele Gedanken über sie machst, warum zum Teufel hast du dich dann scheiden lassen?«

Jake zuckte die Schultern. »Gute Frage, Leo. Verdammt gute Frage. Wenn ich es herausgefunden habe, werde ich dich sofort informieren. In der Zwischenzeit machen wir uns besser an die Arbeit, egal, ob die Chefarchäologin nun da ist oder nicht.«

Als Jake Callie kennen gelernt hatte, hatte er sich auf den ersten Blick in sie verliebt, und seitdem teilte er sein Leben in Gedanken in die Zeit vor und die Zeit nach Callie Dunbrook ein. Irgendwie war es erschreckend und ärgerlich zugleich. Er war damals dreißig und ungebunden gewesen und hatte die Absicht gehabt, es auch zu bleiben. Jake liebte seine Arbeit. Und er liebte die Frauen. Und wenn ein Mann seine beiden Lieben miteinander kombinieren konnte, dann war das der Himmel auf Erden. Gott, wie hatte er Callies gemeine Ader geliebt! Der Sex mit ihr war genauso faszinierend und leidenschaftlich gewesen wie ihre Streitigkeiten. Aber sein Problem hatte er nicht lösen können: Je mehr Jake von Callie besessen hatte, desto mehr hatte er gewollt. Sie schenkte ihm ihren Körper und ihren Verstand, sie war seine Gefährtin – aber sie hatte ihm nie vertraut. Weder darauf, dass er bei ihr blieb, noch dass er ihr bei ihren Problemen half. Und ganz gewiss hatte sie nicht auf seine Treue vertraut.

Noch Monate nachdem sie ihn zum Teufel gejagt hatte, tröstete er sich damit, dass ihr offensichtlicher Mangel an Vertrauen die Ehe ruiniert hatte. Genauso, wie er sich monatelang eingeredet hatte, dass sie schon wieder angekrochen käme. Das war dumm von ihm gewesen, wie er jetzt zugeben musste. Callie kam nicht gekrochen, das zumindest hatten sie gemeinsam. Und mit der Zeit hatte Jake eingesehen, dass vielleicht auch er Fehler gemacht hatte.

Natürlich war es Callie gewesen, die sich von ihm getrennt hatte, aber seine Einsicht verlieh ihm den Mut, von neuem auf sie zuzugehen. Schließlich fühlten sie sich beide noch voneinander angezogen, und das Antietam-Projekt bot ihm die Möglichkeit, es noch einmal zu versuchen. Er würde alles tun, um sie zurückzugewinnen. Und Callie würde ihm schon erzählen, was sie bekümmerte, und wenn er sie dafür festbinden und es aus ihr herauspressen musste.

Der Morgen dämmerte bereits, als sich Callie in ihr ehemaliges Bett legte. Sie schlang die Arme um das Kopfkissen, so wie sie es schon als Kind getan hatte, wenn sie irgendetwas bedrückte, und schloss die Augen. Sie war physisch und emotional dermaßen erschöpft, dass sie sofort einschlief. Vier Stunden später erwachte sie davon, dass die Haustür zugeschlagen wurde und jemand fröhlich ihren Namen rief.

Einen Moment lang war sie wieder das kleine Mädchen, das sich am Samstagmorgen ins Bett kuschelte, bis ihre Mutter nach ihr rief. Auf dem Frühstückstisch würden Cornflakes und eine Schüssel mit frischen Erdbeeren stehen, und wenn ihre Mutter nicht hinsähe, würde Callie heimlich noch ein wenig Zucker darüber streuen.

Sie wälzte sich auf die andere Seite. Ihr ganzer Körper schmerzte, und der Druck auf ihrer Brust machte ihr nur zu deutlich klar, dass sie kein kleines Mädchen mehr war, dessen größte Sorge darin bestand, wie es heimlich seine Erdbeeren nachsüßen konnte. Sie war eine erwachsene Frau. Und sie wusste nicht, wessen Kind sie war. Langsam richtete sie sich auf, setzte sich auf die Bettkante und stützte den Kopf in die Hände.

»Callie!« Vivians Stimme klang hell vor Entzücken, als sie ins Zimmer trat. »Baby, wir hatten ja keine Ahnung, dass du nach Hause kommst. Ich war so überrascht, als ich dein Auto in der Einfahrt stehen sah.«

Sie umarmte Callie und strich ihr mit der Hand über den Kopf. »Wann bist du denn gekommen?«

»Gestern Abend«, erwiderte Callie mit gesenktem Blick. Sie war nicht in der Lage, ihrer Mutter in die Augen zu blicken. »Ich dachte, ihr wärt in Maine.«

»Das waren wir auch, aber wir haben beschlossen, schon heute und nicht erst am Sonntag nach Hause zu fahren. Dein Dad hat sowieso ständig an seinen Garten gedacht, und außerdem muss er am Montag den ganzen Tag ins Krankenhaus.« Vivian hielt inne und legte die Hand unter Callies Kinn. »Was ist los, Baby? Geht es dir nicht gut?«

Sie hat braune Augen, dachte Callie. Aber sie waren dunkler als ihre eigenen, und sie passten so wundervoll zu dem rosigen Teint und den weichen, lockigen Haaren ihrer Mutter. »Ich bin nur ein bisschen groggy«, sagte sie schließlich. »Ist Dad auch da?«

»Ja, natürlich. Er wollte nur noch rasch nach seinen Tomatenpflanzen schauen, bevor er das restliche Gepäck hereinbringt. Süße, du siehst schrecklich blass aus.«

»Ich muss mit dir reden. Mit euch beiden.«

Ich will nicht, ich will nicht, schrie sie innerlich, stand jedoch entschlossen auf. »Rufst du bitte Dad? Ich wasche mir nur rasch das Gesicht.«

»Callie, du machst mir Angst!«

»Bitte. Ich bin gleich fertig und komme dann sofort herunter.«

Ohne eine Antwort abzuwarten, eilte Callie ins Badezimmer. Dort stützte sie sich auf den Rand des Waschbeckens und atmete tief durch. Ihr war leicht übel. Sie drehte den Wasserhahn auf, ließ das Wasser so lange laufen, bis es eiskalt war, und wusch sich das Gesicht. Als sie sich wieder aufrichtete, vermied sie es, in den Spiegel zu sehen.

Vivian wartete unten in der Diele auf sie. Sie hielt die Hand ihres Mannes fest umklammert. Wie groß er doch ist, dachte Callie. So groß, schlank und gut aussehend. Sie sind das perfekte Paar – Dr. Elliot Dunbrook und seine hübsche Frau Vivian. Doch sie hatten Callie ihr Leben lang angelogen, an jedem einzelnen Tag.

»Callie, du hast deine Mutter sehr beunruhigt.« Elliot trat auf sie zu und schloss sie in die Arme. »Was ist denn mit meinem Mädchen los?«, fragte er.

Callie traten unwillkürlich die Tränen in die Augen. »Ich habe euch heute noch nicht zurückerwartet.« Sie löste sich von ihm. »Ich dachte, mir bliebe mehr Zeit, um mir zurechtzulegen, wie ich es euch sagen soll. Aber jetzt muss es eben so gehen.«

»Callie, steckst du in Schwierigkeiten?«

Sie blickte ihren Vater an. In seinem Gesicht stand nur Liebe und Sorge. »Ich weiß nicht«, erwiderte sie und ging voraus ins Wohnzimmer.

Ein perfekt eingerichteter Raum für wohlhabende Menschen mit Geschmack, dachte sie. Sorgfältig ausgesuchte und gepflegte Antiquitäten. Komfortable Sessel in den warmen Farben, die ihre Eltern so liebten. Elegantes altes Kristall, Kunstdrucke an den Wänden. Auf dem Kaminsims standen Familienbilder, bei deren Anblick Callie das Herz schmerzte.

»Ich muss euch etwas fragen ...« Callie brach ab. Nein, sie durfte ihnen nicht den Rücken zuwenden. Was auch immer sie von den beiden erfahren würde, sie verdienten es, dass sie ihnen dabei in die Augen sah. Sie holte tief Luft und wandte sich um.

»Ich muss euch fragen, warum ihr mir nie gesagt habt, dass ich adoptiert bin.«

Vivian gab einen erstickten Laut von sich. Ihre Lippen zitterten. »Callie, wo hast du –«

»Bitte, streite es nicht ab. Bitte nicht.« Sie bekam die Worte kaum heraus. »Es tut mir Leid, aber ich habe mir die Unterlagen angesehen.« Callie blickte ihren Vater an. »Ich habe die verschlossene Schublade aufgebrochen und die medizinischen Berichte und die Adoptionspapiere gelesen, die in der Metallkassette liegen.«

»Elliot!«

»Setz dich, Vivian. Setz dich hin.« Elliot führte seine Frau zu einem der Sessel. »Ich konnte die Papiere nicht vernichten.« Er strich Vivian über die Wange, als sei sie ein verängstigtes Kind. »Es wäre nicht richtig gewesen.«

»Aber es war richtig, mir meine Herkunft vorzuenthalten?«, fragte Callie.

Elliot ließ die Schultern sinken. »Das hatte für uns keine Bedeutung.«

»Hatte keine …«

»Du darfst deinem Vater keinen Vorwurf machen.« Vivian griff nach Elliots Hand. »Er hat es für mich getan. Er musste es mir versprechen, sogar schwören. Ich brauchte …«

Plötzlich begann sie zu weinen. Die Tränen strömten ihr übers Gesicht. »Du darfst mich nicht hassen, Callie. Oh Gott, bitte, du darfst mich deswegen nicht hassen. In dem Moment, als ich dich im Arm hielt, warst du mein Baby. Nichts sonst zählte.«

»War ich der Ersatz für das Baby, das du verloren hast?«

»Callie!« Elliot trat einen Schritt vor. »Sei nicht grausam.«

»Grausam?« Wer war dieser Mann, der sie so traurig und zornig zugleich anblickte? Wer war ihr Vater? »Du wirfst mir Grausamkeit vor, nach allem, was ihr mir angetan habt?«

»Was haben wir dir denn schon angetan?«, erwiderte er aufgebracht. »Nun gut, wir haben es dir nicht erzählt. So schlimm kann das doch nicht sein. Zunächst brauchte deine Mutter die Illusion. Sie war untröstlich, als sie erfuhr, dass sie nie mehr ein Kind würde gebären können. Und als sich die Chance bot, dich zu adoptieren – eine Tochter zu bekommen –, ergriffen wir sie. Wir liebten dich von der ersten Sekunde an, und zwar nicht, weil du *wie* unser Kind bist, sondern *weil* du unser Kind bist.«

»Ich konnte den Verlust dieses Babys nicht ertragen«, schluchzte Vivian. »Ich hatte zwei Fehlgeburten gehabt, und ich hatte alles dafür getan, dass dieses Kind gesund auf die Welt kam. Ich wollte nicht, dass irgendwer auf die Idee kam, du seiest ein Ersatz. Also sind wir hierher gezogen, um noch einmal ganz von vorn anzufangen. Nur wir drei. Und alles andere habe ich verdrängt. Es ändert nichts daran, wer du bist. Aber es ändert auch nichts daran, wer wir sind oder wie sehr wir dich lieben.«

»Ihr habt ein Kind auf dem Schwarzmarkt gekauft. Ihr habt ein Kind gekauft, das einer anderen Familie gestohlen wurde, und das soll nichts ändern?«

»Was redest du da?« Elliot stieg Zornesröte ins Gesicht. »So etwas Gemeines darfst du nicht sagen. Was immer wir auch getan haben, das haben wir nicht verdient.«

»Ihr habt eine Viertelmillion Dollar bezahlt!«

»Das stimmt. Mit Geld kann man eine private Adoption beschleunigen. Das mag weniger begüterten Familien gegenüber unfair sein, aber ein Verbrechen ist es nicht. Wir haben der Summe zugestimmt und waren einverstanden damit, dass die biologische Mutter entschädigt wird. Wenn du dich aber hinstellst und sagst, wir hätten dich gekauft, dich *gestohlen*, beschmutzt du damit alles, was wir als Familie jemals waren.«

»Willst du gar nicht wissen, warum ich hergekommen bin und heimlich deine Unterlagen durchsucht habe?«

Elliot fuhr sich mit der Hand durch die Haare. Dann setzte er sich. »Ich komme da nicht mit. Du meine Güte, Callie, erwartest du etwa Logik und Vernunft, wenn du uns mit so etwas konfrontierst?«

»Gestern Abend kam eine Frau in mein Motelzimmer. Sie hatte den Fernsehbericht über mein neuestes Projekt gesehen. Sie sagte, ich sei ihre Tochter.«

»Du bist *meine* Tochter«, sagte Vivian leise. »Du bist mein Kind.«

»Sie sagte, dass ihre kleine Tochter am 12. Dezember 1974 im Einkaufszentrum in Hagerstown gestohlen wurde«, fuhr Callie fort. »Sie zeigte mir Fotos von sich und ihrer Mutter in meinem Alter. Es gibt eine sehr starke Ähnlichkeit. Die Gesichtsform, Haarfarbe, Teint. Die verdammten drei Grübchen. Ich sagte ihr, es könne nicht sein. Ich sagte ihr, ich sei nicht adoptiert. Dabei bin ich es doch.«

»Mit uns kann das nichts zu tun haben.« Elliot rieb sich mit der Hand über die Herzregion. »Das ist Wahnsinn.«

»Sie irrt sich.« Vivian schüttelte langsam den Kopf. »Sie muss sich ganz furchtbar irren.«

»Natürlich irrt sie sich.« Wieder ergriff Elliot ihre Hand. »Natürlich.« An Callie gewandt fügte er hinzu: »Wir haben damals einen Anwalt gehabt. Einen angesehenen Anwalt, der auf private Adoptionen spezialisiert war. Der Gynäkologe deiner Mutter hat ihn uns empfohlen. Wir haben lediglich den Adoptionsprozess beschleunigt, indem wie diese Summe bezahlt haben, mehr nicht. Wir entführen doch keine Babys oder handeln mit ihnen. Das kannst du doch nicht im Ernst glauben.«

Callie blickte zu ihrem Vater, dann zu ihrer Mutter, deren Augen in Tränen schwammen. »Nein«, sagte sie und spürte, wie ihr ein wenig leichter ums Herz wurde. »Nein, das glaube ich auch nicht. Aber ihr müsst mir genau erzählen, wie ihr damals vorgegangen seid.«

Dann hockte sie sich vor den Sessel, in dem ihre Mutter saß. »Mom«, sagte sie leise und berührte Vivians Hand. »Mom.« Mit einem erstickten Schluchzen schlang Vivian die Arme um Callie.

5

Callie kochte Kaffee, um ihren Eltern Zeit zu geben, die Fassung wiederzugewinnen. Sie waren schließlich ihre Eltern, daran hatte sich nichts geändert. Allmählich ließen auch ihre Wut und das Gefühl, verraten worden zu sein, nach. Wie hätte sie wütend sein können, wenn sie in das tränenüberströmte Gesicht ihrer Mutter blickte und den Kummer ihres Vaters spürte? Was jedoch blieb, war das Bedürfnis aufzuklären, was damals geschehen war. Ganz gleich, wie sehr sie ihre Eltern liebte, sie musste die ganze Wahrheit erfahren.

Als sie den Kaffee ins Wohnzimmer trug, sah sie, dass ihre Eltern Hand in Hand nebeneinander auf der Couch saßen.

»Ich weiß nicht, ob du mir jemals verzeihen kannst«, begann Vivian.

»Ich glaube, du verstehst nicht, worum es mir geht«, erwiderte Callie, während sie den Kaffee einschenkte. »Ich muss die Fakten wissen. Das Gesamtbild kann ich erst dann begreifen, wenn ich alle Einzelheiten weiß. Wir sind eine Familie. Daran ändert sich nichts, aber ich muss die Fakten wissen.«

»Wir wollten dich bestimmt nicht verletzen«, sagte Elliot.

»Darüber braucht ihr euch im Moment keine Gedanken zu machen.« Callie setzte sich im Schneidersitz auf den Fußboden. »Ich muss erst einmal alles über die Adoption wissen. Hattet ihr jemals das Gefühl, dass ihr, ich ... *wir* dadurch weniger wert waren?«

»Eine Familie ist immer etwas Wunderbares, ganz gleich, auf welche Weise sie entsteht«, erwiderte Elliot. »Du warst wie ein Wunder für uns.«

»Aber ihr habt die Adoption geheim gehalten.«

»Es ist meine Schuld.« Wieder traten Vivian Tränen in die Augen. »Es ist allein meine Schuld.«

»Es geht hier nicht um die Schuldfrage«, sagte Callie. »Erzählt mir einfach alles.«

»Wir wünschten uns so sehr ein Kind.« Vivian umklammerte Elliots Hand ein wenig fester. »Es war schrecklich, als ich damals die erste Fehlgeburt hatte. Ich empfand eine Mischung aus Verlust, Trauer und Panik. Außerdem hatte ich das Gefühl ... nun, ich glaubte, ich hätte versagt. Mein Arzt sagte, wir könnten es jederzeit noch einmal versuchen, aber ich hätte ... ich hätte möglicherweise Schwierigkeiten, ein Kind bis zum errechneten Geburtstermin auszutragen. Jede weitere Schwangerschaft müsse sorgfältig überwacht werden. Und obwohl das auch geschah, hatte ich beim nächsten Mal wieder eine Fehlgeburt. Ich war ... ich fühlte mich ... völlig gebrochen.«

Callie reichte ihrer Mutter eine Tasse Kaffee. »Ich weiß. Ich verstehe.«

»Ich bekam Psychopharmaka, um die Depression zu überwinden.« Vivian rang sich ein leises Lächeln ab. »Es war Elliot, der mich von der Tablettenabhängigkeit heilte, indem er dafür sorgte, dass ich ständig beschäftigt war. Wir kauften Antiquitäten, gingen ins Theater, und wann immer er es ermöglichen konnte, fuhren wir aufs Land.« Sie zog seine Hand an die Wange. »Er hat mich aus dem Loch geholt.«

»Deine Mutter hatte das Gefühl, die Fehlgeburten seien ihre Schuld.«

»Du musst wissen, dass ich auf dem College ziemlich viel Pot geraucht habe.«

Callie lachte unwillkürlich auf. »Meine Güte, Mom, du warst ja eine ganz Wilde!«

»Na ja, so war das damals eben.« Vivian wischte sich die

Tränen ab und lächelte mit bebenden Lippen. »Einmal habe ich sogar LSD genommen.«

»Okay, damit wäre ja alles erklärt. Du hast nicht zufällig auch jetzt ein bisschen Gras im Haus?«

»Nein, natürlich nicht!«

»Na ja, dann müssen wir das hier eben ohne Rausch überstehen.« Callie tätschelte ihrer Mutter das Knie. »Du warst also ständig bekifft. Hab schon verstanden.«

»Du willst es mir nur leichter machen.« Vivian lehnte den Kopf an Elliots Schulter. »Sie ist genauso stark wie du. Wie auch immer, ich wollte es noch einmal mit einer Schwangerschaft versuchen. Elliot hätte zwar gerne noch etwas gewartet, aber ich war fest entschlossen und wollte auf niemanden hören. Vermutlich war ich förmlich davon besessen. Wir haben deswegen sogar gestritten.«

»Ich habe mir Sorgen um die physische und emotionale Gesundheit deiner Mutter gemacht.«

»Er schlug vor, wir sollten ein Kind adoptieren, und brachte mir Informationsmaterial mit. Aber ich wollte davon nichts wissen. Ich hatte so viele schwangere Frauen, so viele Mütter mit Babys gesehen und dachte, dass ich es auch schaffen müsste. Alle meine Freundinnen hatten Kinder. Sie bemitleideten mich, und das machte alles nur noch schlimmer.«

»Ich konnte es nicht ertragen, dass sie so unglücklich war. Ich konnte es einfach nicht ertragen.«

»Also wurde ich wieder schwanger. Ich war so glücklich. Mir war häufig furchtbar übel, genau wie bei den beiden Malen zuvor. Aber dieses Mal war ich vorsichtig, und als mir der Arzt sagte, ich müsse strikte Bettruhe einhalten, legte ich mich sofort hin. So überstand ich die ersten drei Monate, und es sah alles ganz gut aus. Ich spürte sogar schon die Bewegungen des Kindes. Weißt du noch, Elliot?«

»Ja, ich erinnere mich.«

»Ich kaufte Umstandskleider, und wir begannen, das Kinderzimmer einzurichten. Ich las ganze Berge von Büchern über Schwangerschaft, Geburt und Kindererziehung. Als ich bereits im siebten Monat war, gab es auf einmal Probleme mit meinem Blutdruck, und ich musste ins Krankenhaus. Aber trotzdem schien alles in Ordnung zu sein, bis ...« Vivian brach ab.

»Wir gingen zur Untersuchung«, erzählte Elliot weiter. »Es war kein Herzschlag mehr zu hören, und es stellte sich heraus, dass der Fötus gestorben war.«

»Ich habe den Ärzten nicht geglaubt. Ich wollte es einfach nicht glauben, obwohl ich schon gemerkt hatte, dass sich das Baby nicht mehr bewegte. Ich las noch mehr Bücher und plante weiter. Elliot durfte kein Wort darüber sagen – ich geriet außer mir, wenn er es erwähnte.«

»Dann wurden die Wehen eingeleitet.«

»Es war ein kleines Mädchen«, sagte Vivian leise. »Eine Totgeburt. Sie war so wunderschön. So winzig. Ich hielt sie im Arm, und für eine Weile redete ich mir ein, sie schliefe nur. Aber ich wusste, dass das nicht stimmte, und als man mir das Baby schließlich wegnahm, brach ich zusammen. Ich nahm wieder Tabletten, um es durchzustehen. Ich ... ich stahl deinem Vater Rezepte, um mir Beruhigungsmittel besorgen zu können. Dadurch war ich tagsüber völlig benebelt und schlief in den Nächten wie eine Tote. Am liebsten hätte ich alle Tabletten auf einmal genommen, um zu sterben.«

»Mom!«

»Deine Mutter hatte eine schwere Depression. Die Totgeburt, die Hysterektomie. Sie hatte ja nicht nur ein weiteres Kind verloren, sondern auch jegliche Hoffnung, jemals noch einmal schwanger zu werden.«

Wie alt ist sie damals wohl gewesen?, fragte sich Callie. Sechsundzwanzig? Auf jeden Fall viel zu jung, um die Hoffnung zu verlieren. »Es tut mir so Leid, Mom«, sagte sie leise.

»Die Leute schickten Blumen«, fuhr Vivian fort. »Es war furchtbar. Ich schloss mich im Kinderzimmer ein, faltete immer wieder die kleinen Kleidungsstücke, die ich für das Baby gekauft hatte. Wir nannten es Alice. Ich weigerte mich, auf den Friedhof zu gehen, und Elliot durfte nichts wegräumen.

Solange ich ihr Grab nicht sah, solange ich in ihrem Kinderzimmer war, war sie nicht tot.«

»Ich hatte Angst um deine Mutter. Damals hatte ich wirklich Angst um sie«, gestand Elliot. »Und es erschreckte mich zutiefst, als ich entdeckte, dass sie zusätzlich zu den Mitteln, die ich ihr verschrieben hatte, noch stärkere Medikamente einnahm. Ich fühlte mich völlig hilflos, kam nicht an sie heran. Und die Probleme ließen sich nicht einfach dadurch lösen, dass wir die Medikamente absetzten. Eines Tages sprach ich mit Vivians Gynäkologen, und er war es auch, der eine Adoption vorschlug.«

»Ich wollte zunächst nichts davon wissen«, warf Vivian ein. »Aber Elliot zwang mich, ihm zuzuhören. Es war eine Art Schockbehandlung, könnte man sagen. Er sagte, es müsse mir klar sein, dass ich nie mehr schwanger werden würde. Er liebte mich, und wir könnten uns auf ein Leben zu zweit einrichten, nur wir beide. Wenn wir jedoch ein Kind wollten, würden wir auch andere Möglichkeiten in Betracht ziehen müssen. Wir waren jung, wohlhabend, gebildete und liebevolle Menschen, die einem Kind ein sicheres Heim bieten konnten. ›Willst du ein Kind, oder willst du nur schwanger sein?‹, fragte er mich und sagte, dass wir ein Kind bekommen könnten, wenn ich wirklich eines wolle. Also entschied ich mich für die Adoption.«

»Wir gingen zu mehreren Agenturen«, fuhr Elliot fort. »Doch überall gab es Wartelisten, und je öfter wir das hörten, desto schwerer war es für Vivian.«

»Es wurde zu einer neuen Obsession.« Vivian seufzte. »Ich strich die Wände des Kinderzimmers in einer anderen Farbe, verschenkte die Wiege und kaufte eine neue. Ich gab alles weg, was wir für Alice gekauft hatten, damit dieses neue Kind nur eigene Sachen hätte, wenn es zu uns käme. Ich hatte fast das Gefühl, wieder schwanger zu sein. Irgendwo da draußen gab es ein Kind, das mir gehörte, und wir warteten nur noch darauf, einander zu finden.«

»Vivian strahlte wieder vor Hoffnung. Und weil ich den Gedanken nicht ertragen konnte, dass dieses Strahlen eines Tages wieder der Trauer weichen könnte, sprach ich noch einmal mit Simpson, ihrem Gynäkologen, und erzählte ihm, wie frustrierend und schmerzlich es für uns beide war, dass es mit der Adoption möglicherweise noch Jahre dauern konnte. Und schließlich nannte er mir den Namen eines Anwalts, der private Adoptionen vermittelte.«

»Marcus Carlyle«, warf Callie ein, die sich an den Namen aus den Unterlagen erinnerte.

»Ja.« Vivian hatte sich wieder gefangen. Sie trank einen Schluck Kaffee und erzählte weiter: »Er war wundervoll, so mitfühlend und verständnisvoll. Und er gab mir viel mehr Hoffnung als die Agenturen. Sein Honorar war zwar sehr hoch, aber wir konnten es uns leisten. Er sagte, er habe eine Klientin, die ihre neugeborene Tochter nicht behalten könne. Es sei noch ein junges Mädchen, das mit seinem Leben als allein erziehende Mutter nicht zurechtkäme. Carlyle wollte ihr von uns berichten und ihr sagen, was wir für Menschen seien und wie viel Geld wir hätten. Und wenn sie einverstanden sei, könnten wir ihr Kind bekommen.«

»Warum gerade ihr?«

»Er erklärte, wir seien genau die Menschen, die das junge Mädchen für ihr Baby suche. Emotional stabil, finanziell abgesichert, gebildet und kinderlos. Sie wolle lieber die Schule beenden, aufs College gehen und ein neues Leben beginnen. In der Zeit, in der sie versucht hatte, ihr Kind allein großzuziehen, habe sie Schulden gemacht, die sie jetzt abbezahlen müsse. Und sie wolle, dass es ihrem kleinen Mädchen so gut wie möglich ginge, bei Eltern, die es liebten.« Vivian zuckte die Schultern. »Innerhalb einer Woche wollte er uns Bescheid geben.«

»Wir versuchten, uns nicht allzu viel Hoffnung zu machen«, sagte Elliot, »aber uns kam es so vor, als habe das Schicksal es gewollt, dass wir dieses Baby bekommen.«

»Acht Tage später rief Carlyle an. Es war halb fünf nachmittags, ich weiß es noch genau.« Vivian stellte ihre Kaffeetasse ab. »Ich hatte gerade Vivaldi auf der Geige gespielt und mich ganz auf die Musik konzentriert, als das Telefon läutete. Ich wusste, dass es der Anwalt war. Es ist mir klar, dass das albern klingt, aber ich wusste es einfach. Und als ich den Hörer abnahm, sagte er: ›Herzlichen Glückwunsch, Mrs Dunbrook. Es ist ein Mädchen.‹ Ich brach schluchzend zusammen. Er war unendlich geduldig und freute sich aufrichtig mit mir. Er sagte, dies seien die Augenblicke, in denen er seinen Job liebte.«

»Die leibliche Mutter habt ihr also nie kennen gelernt?«

»Nein.« Elliot schüttelte den Kopf. »Es wurden auch keine Namen ausgetauscht. Wir bekamen lediglich die medizinischen Daten und ein grundlegendes Profil. Am nächsten Tag gingen wir zu Carlyle in die Kanzlei, und dort stand eine Krankenschwester und hielt dich im Arm. Du schliefst gerade. Wir unterschrieben erst die Papiere und zahlten das Honorar, nachdem wir dich gesehen hatten.«

»Aber du warst von der ersten Sekunde an mein Kind, Callie«, warf Vivian ein. »Die Krankenschwester legte dich mir in die Arme, und ich spürte, dass du zu mir gehörtest. Du warst mein Baby, kein Ersatz, keine Kompensation. Elliot musste mir versprechen, dass er die Adoption nie wieder erwähnt und dass er nie mit jemand anders darüber reden würde. Du warst mein Kind.«

»Es schien uns einfach nicht wichtig«, sagte Elliot. »Als kleines Mädchen hättest du es sowieso nicht verstanden. Und für Vivian war es lebenswichtig, damit sie ihren Schmerz und die Enttäuschung überwinden konnte. Wir brachten unser Kind nach Hause. Nur das zählte.«

»Aber die Familie ...«, setzte Callie an.

»Sie machten sich alle genauso viele Sorgen um Vivian wie ich«, erwiderte Elliot. »Und sie liebten dich vom ersten Augenblick an. Dass du adoptiert warst, verdrängten wir einfach, und als wir dann hierher zogen, war es noch leichter zu vergessen. Niemand wusste davon, warum sollten wir also darüber reden? Die Unterlagen und die Papiere bewahrte ich allerdings auf, obwohl Vivian mich bat, sie zu vernichten. Ich hatte das Gefühl, das sei ein Fehler, und deshalb schloss ich sie einfach weg.«

»Callie!« Vivian griff nach der Hand ihrer Tochter. »Diese Frau – es ist doch gar nicht sicher, dass sie etwas damit zu tun hat. Mr Carlyle war ein angesehener Anwalt, und wir hätten auch gar nicht mit ihm zusammengearbeitet, wenn wir ihm nicht absolut vertraut hätten. Er wurde uns von meinem Gynäkologen empfohlen, und beide Männer hatten hohe ethische Standards. Ich kann mir nicht vorstellen, dass sie etwas mit illegalem Babyhandel zu tun hatten.«

»Siehst du nicht auch, dass es da einen Zusammenhang geben kann? Das Baby dieser Frau wurde am 12. Dezember gestohlen, und drei Tage danach ruft dein Anwalt an und sagt, dass er ein kleines Mädchen für dich hat. Ihr unterschreibt die Papiere, lasst mich untersuchen und nehmt mich mit nach Hause.«

»Du weißt doch gar nicht, ob ihr Baby wirklich gestohlen wurde«, widersprach Vivian.

»Nein, aber das lässt sich leicht nachprüfen, und das werde ich auch tun. Du weißt, dass ich gar nicht anders reagieren kann.«

»Wenn das Kind wirklich entführt wurde, kann man Tests machen lassen, um zu bestimmen … um festzustellen, ob es eine biologische Verbindung gibt«, sagte Elliot mit bebender Stimme.

»Ich weiß. Diesen Schritt werde ich auch gehen, wenn es notwendig ist.«

»Ich kann die Prozedur beschleunigen, damit du schneller Bescheid weißt.«

»Danke.«

»Was wirst du tun, wenn …« Vivian konnte den Satz nicht zu Ende sprechen.

»Ich weiß es nicht.« Callie stieß geräuschvoll den Atem aus. »Ich weiß es wirklich nicht. Eins nach dem anderen. Du bist meine Mutter, und daran wird sich nichts ändern. Dad, ich möchte die Unterlagen mitnehmen. Ich muss jeden überprüfen, der etwas mit der Adoption zu tun hatte. Dr. Simpson, Carlyle. Hast du den Namen der Krankenschwester, die mich in die Kanzlei gebracht hat?«

»Nicht dass ich wüsste.« Elliot schüttelte den Kopf. »Aber ich kann Simpson für dich ausfindig machen. Für mich ist es einfacher als für dich, ich brauche nur ein paar Anrufe zu tätigen.«

»Sag mir Bescheid, sobald du etwas herausgefunden hast. Meine Handynummer hast du ja, und ich gebe dir auch noch die Nummer des Motels in Maryland.«

»Fährst du denn gleich wieder zurück?«, fragte Vivian. »Oh, Callie, kannst du nicht noch ein wenig hier bleiben?«

»Nein, leider nicht. Ich liebe dich und werde dich immer lieben, ganz egal, was wir herausfinden. Aber es gibt eine Frau, die unsäglich unter dem Verlust ihres Kindes leidet. Sie verdient eine Antwort.«

Doug konnte sich nicht erinnern, jemals so wütend gewesen zu sein. Er musste sich zusammenreißen, um nicht mit überhöhter Geschwindigkeit zu fahren. Mit seiner Mutter war einfach nicht zu reden – er hatte es aufgegeben. Genauso gut hätte er mit dem Kopf gegen die Wand laufen können. Auch sein Großvater war ihm keine Hilfe. Er konnte den beiden noch so eindringlich die Realität vor Augen führen und sie an die zahlreichen Enttäuschungen erinnern, die sie in der Vergangenheit erlebt hatten – es beeindruckte sie überhaupt nicht.

Doug war entsetzt gewesen, als er erfahren hatte, dass seine Mutter Callie Dunbrook in ihrem Motelzimmer aufgesucht und ihr Familienbilder gezeigt hatte. Dadurch hatte Suzanne nur die alten Wunden wieder aufgerissen und obendrein eine Fremde in ihre Tragödie hineingezogen. Wahrscheinlich würde es nicht mehr lange dauern, bis ganz Woodsboro über die Familiengeschichte der Cullens tratschte.

Es blieb ihm wohl nichts anderes übrig, als Callie Dunbrook selbst aufzusuchen. Er musste sie bitten, den Besuch seiner

Mutter für sich zu behalten – wenn es dazu nicht schon zu spät war. Und er musste sich entschuldigen. Dabei ging es ihm nicht darum, sie persönlich in Augenschein zu nehmen. Was ihn anging, so gab es seine Schwester Jessica einfach nicht mehr. Sie war schon so lange weg, dass nichts sie zurückbringen würde.

Und selbst wenn sie zurückkäme – was brächte das schon? Wenn sie noch lebte, wäre sie mittlerweile eine erwachsene Frau mit einem eigenen Leben, die nichts mehr mit dem Baby zu tun hatte, das sie verloren hatten. Ganz gleich, was dabei herauskam – für seine Mutter bedeutete das Ganze nur noch mehr Leid. Aber er konnte nichts dagegen unternehmen. Die Suche nach Jessica war nun einmal das Wichtigste in ihrem Leben, ihr Heiliger Gral.

Doug fuhr rechts heran und hielt vor dem Bauzaun. An dieses Gelände erinnerte er sich noch gut – der weiche Wiesenboden, die geheimnisvollen Pfade durch den Wald. Als Junge war er immer in Simon's Hole schwimmen gegangen, und einmal hatte er dort sogar in einer mondbeschienenen Nacht mit Laurie Worrell nackt gebadet und sie beinahe dazu gebracht, sich in dem kühlen, dunklen Wasser die Jungfräulichkeit nehmen zu lassen.

Jetzt war das Gelände abgesperrt, und überall türmten sich riesige Erdhügel auf. Doug würde nie verstehen, warum die Menschen nicht einfach die Dinge auf sich beruhen lassen konnten. Als er aus dem Auto stieg und an dem Zaun entlangging, löste sich ein kleiner Mann in schmutzig brauner Kleidung aus einer Gruppe und kam ihm entgegen.

»Wie läuft es?«, fragte Doug, weil ihm nichts anderes einfiel.

»Sehr gut. Interessieren Sie sich für die Ausgrabung?«, erwiderte Leo.

»Nun …«

»Zum jetzigen Zeitpunkt sieht es für einen Außenstehenden vermutlich recht verwirrend aus, aber in Wahrheit stehen wir am Beginn einer äußerst gut durchorganisierten archäologischen Ausgrabung. Die erste Untersuchung hat Artefakte zutage gefördert, die wir auf das Neolithikum datieren konnten. Ein Baggerführer hatte beim Ausschachten menschliche Knochen entdeckt, die fast sechstausend Jahre alt sind.«

»Ja, ich weiß. Dolan wollte hier bauen. Ich ... ich habe es in den Nachrichten gesehen«, fügte Doug hinzu und blickte über Leos Schulter auf die Leute, die bei der Arbeit waren. »Ich dachte, Callie Dunbrook würde das Projekt leiten.«

»Dr. Dunbrook ist die archäologische Leiterin des Antietam-Creek-Projekts. Der leitende Anthropologe ist Dr. Graystone. Wir teilen gerade das Feld auf«, fuhr Leo fort und wies hinter sich. »Es wird in quadratische Segmente eingeteilt, und jedes einzelne Segment bekommt eine Referenznummer. Das ist einer der wichtigsten Schritte für die Dokumentation. Wenn wir graben, zerstören wir das Gelände, und wir können es in seiner Gesamtheit nur erhalten, indem wir jedes Segment fotografieren und aufzeichnen.«

»Oh.« Doug war die Ausgrabung völlig gleichgültig. »Ist Dr. Dunbrook hier?«

»Leider nicht. Aber Ihre Fragen können auch ich oder Dr. Graystone jederzeit beantworten.«

Doug bemerkte, dass Leo ihm einen merkwürdigen Blick zuwarf. Wahrscheinlich denkt er, dass ich sie kennen lernen will, weil ich sie im Fernsehen gesehen habe, dachte er und änderte rasch seine Taktik. »Ich kenne Ausgrabungen bisher nur aus *Indiana Jones*. Es ist ganz anders, als ich erwartet hatte.«

»Auf jeden Fall viel weniger dramatisch. Es gibt weder böse Nazis noch Verfolgungsjagden. Aber es kann trotzdem äußerst spannend sein.«

Doug spürte, dass er jetzt nicht mehr einfach so wieder verschwinden konnte. Der Mann erwartete offenbar, dass er weitere Fragen hatte. »Also, um was geht es denn hier eigentlich? Ich meine, was wollen Sie herausfinden, indem Sie sich diese alten Knochen anschauen?«

»Wer die Menschen waren, warum sie hier lebten, *wie* sie

lebten. Und je mehr wir über die Vergangenheit wissen, desto besser verstehen wir uns selbst.«

Doug vertrat eigentlich die Ansicht, dass die Vergangenheit vorüber war und nur die Gegenwart zählte. »Ich habe nicht das Gefühl, mit einem – was sagten Sie noch? – sechstausend Jahre alten Mann viel gemeinsam zu haben.«

»Nun, er aß und schlief, er liebte und wurde krank, spürte Hitze und Kälte.« Leo nahm seine Brille ab und polierte sie mit einem Zipfel seines Hemdes. »Und er entwickelte sich weiter und ebnete denen, die nach ihm kamen, den Weg. Ohne ihn wären wir nicht hier.«

»Da haben Sie sicher Recht«, gab Doug zu. »Na ja, ich wollte es mir nur mal anschauen. Als Kind habe ich immer hier im Wald gespielt, und im Sommer bin ich oft im Simon's Hole geschwommen.«

»Warum heißt der Teich eigentlich so?«

»Wie bitte? Oh!« Doug warf Leo einen Blick zu. »Es heißt, dass vor vielen hundert Jahren ein Junge namens Simon in dem Teich ertrunken sei. Und jetzt spukt er in den Wäldern herum – falls Sie an solche Geschichten glauben.«

Leo schürzte die Lippen und setzte seine Brille wieder auf. »Wer war er?«

Doug zuckte mit den Schultern. »Ich weiß nicht. Irgendein Kind.«

»Sehen Sie, und für mich ist es wichtig, ich möchte es gerne wissen. Wer war Simon? Wie alt war er? Was tat er hier? Es interessiert mich einfach. Dadurch, dass er hier ertrunken ist, hat er das Leben anderer Menschen verändert. Der Verlust jedes Menschen, vor allem aber eines Kindes, verändert das Leben seiner Familienmitglieder.«

Ein dumpfer Schmerz breitete sich in Dougs Magen aus. »Ja, da haben Sie Recht. Tja, jetzt will ich Sie aber nicht länger aufhalten. Danke für Ihre Mühe.«

»Kommen Sie jederzeit wieder. Wir freuen uns über das Interesse der Leute hier.«

Es ist schon in Ordnung, dass Callie nicht da war, sagte sich

Doug, als er zum Auto zurückging. Was hätte er ihr schon sagen können? Wahrscheinlich hätte er alles nur noch schlimmer gemacht. In diesem Moment hielt ein anderes Auto hinter seinem. Das ist ja die reinste Touristenattraktion, dachte Doug verbittert. Warum können die Leute eigentlich keine Ruhe geben?

Lana sprang aus ihrem Wagen und winkte ihm fröhlich zu. »Hallo! Schauen Sie sich auch den Ort an, der Woodsboro ewigen Ruhm einbringen wird?«

Doug erkannte die junge Frau sofort. Ein Gesicht wie ihres vergaß man nicht so schnell. »Ziemlich viele Löcher hier. Ich weiß nicht, ob das unbedingt besser ist als Dolans Häuser.«

»Oh doch, hundertprozentig.« Der Wind fuhr ihr durch die Haare. Mit geschürzten Lippen ließ sie ihren Blick über das Gelände schweifen. »Wir bekommen schon eine Menge Aufmerksamkeit im ganzen Land. Jedenfalls so viel, dass Dolan hier in absehbarer Zeit keinen Stein mehr auf den anderen setzen wird. Hm –« Sie sah sich suchend um. »Ich kann Callie gar nicht sehen.«

»Kennen Sie sie?«

»Ja. Haben Sie sich die Ausgrabung angeschaut?«

»Nein.«

Lana legte den Kopf schräg. »Sagen Sie, sind Sie eigentlich von Natur aus unfreundlich, oder empfinden Sie nur eine spontane Antipathie mir gegenüber?«

»Vermutlich bin ich von Natur aus unfreundlich.«

»Na, da bin ich ja erleichtert.«

Sie wollte gerade losgehen, als Doug sie leise fluchend am Arm festhielt. Er musste sich eingestehen, dass er wirklich nicht gerade höflich zu ihr gewesen war, und das, wo sein Großvater sie so gern mochte.

»Hören Sie, es tut mir Leid, aber mir geht im Moment eine Menge durch den Kopf.«

»Das merkt man.« Sie machte noch einen Schritt, dann wandte sie sich rasch zu ihm um. »Stimmt irgendetwas mit Roger nicht? Ich hätte es doch erfahren, wenn …«

»Nein, ihm geht es gut. Sie mögen ihn, nicht wahr?«

»Ja, sehr, Ich bin geradezu verrückt nach ihm. Hat er Ihnen erzählt, wie wir uns kennen gelernt haben?«

»Nein.«

Lana schwieg, während sie darauf wartete, dass Doug sie aufforderte, es ihm zu erzählen. Als jedoch nichts kam, lachte sie auf. »Okay, drängen Sie mich nicht so, ich erzähle es Ihnen ja schon. Ein paar Tage nachdem ich nach Woodsboro gezogen war, landete ich zum ersten Mal in seinem Laden. Ich hatte gerade meine Kanzlei eröffnet, mein Sohn war bei der Tagesmutter untergebracht, und ich wusste nicht, wo mir der Kopf stand. Also machte ich einen Spaziergang, der in der Buchhandlung Ihres Großvaters endete. Er fragte mich, ob er etwas für mich tun könne, und ich brach in Tränen aus. Stand einfach nur da und schluchzte hysterisch. Er trat hinter seiner Theke hervor, nahm mich in die Arme und tröstete mich. Und dabei kannte er mich gar nicht; ich war eine Fremde, die in seinem Geschäft einen Nervenzusammenbruch hatte. Seitdem liebe ich ihn.«

»Das sieht ihm ähnlich. Er kann gut mit verirrten Seelen umgehen.« Doug zuckte zusammen. »Oh, Verzeihung, ich wollte Sie nicht beleidigen.«

»Das haben Sie nicht. Aber ich hatte mich nicht verirrt. Ich wusste, wo ich war, wie ich dorthin gekommen war und wohin ich wollte. Aber in jenem Moment kam mir alles so düster vor. Und Roger hielt mich einfach nur fest und baute mich wieder auf. Er hängte das ›Geschlossen‹-Schild an die Tür und ging mit mir ins Hinterzimmer. Dort kochte er mir Tee und hörte sich meinen Kummer an. Manche Dinge hatte ich mir bis dahin selbst nicht eingestanden, geschweige denn, dass ich sie irgendjemandem erzählt hätte.« Lana hielt einen Moment lang inne. »Ich würde alles für Roger tun«, fuhr sie dann schmunzelnd fort. »Ich würde Sie sogar heiraten, weil das nämlich sein sehnlichster Wunsch ist. Also, nehmen Sie sich bloß in Acht!«

»Du meine Güte!« Instinktiv trat Doug einen Schritt zurück. »Was soll ich dazu sagen?«

»Sie könnten mich zum Beispiel zum Abendessen einladen. Es wäre sicher sinnvoll, dass wir ein oder zwei Mal miteinander ausgehen, bevor wir beginnen, die Hochzeit zu planen.« Bei diesen Worten starrte Doug sie so voller Entsetzen an, dass Lana lachte, bis sie Seitenstechen bekam.

»Entspannen Sie sich, Doug, ich habe noch keine Tischkärtchen gekauft. Ich hielt es nur für fair, es Ihnen zu sagen, falls Sie noch nicht gemerkt haben sollten, dass Roger diese Fantasie über uns beide hegt. Er liebt uns beide, deshalb denkt er, wir müssten füreinander geschaffen sein.«

Doug dachte einen Augenblick lang nach. »Alles, was ich jetzt sage, könnte möglicherweise gegen mich verwendet werden, deshalb halte ich lieber den Mund«, sagte er dann.

»In Ordnung. Ich bin spät dran, und ich möchte mir doch wenigstens noch einmal rasch anschauen, was die Ausgrabung für Fortschritte macht, bevor ich wieder ins Büro fahre.« Sie ging auf den Zaun zu, blickte jedoch noch einmal über die Schulter zurück und schenkte Doug ein strahlendes Lächeln. »Wollen wir heute Abend nicht wirklich essen gehen? Im *Old Antietam Inn*? Sieben Uhr?«

»Ich glaube nicht ...«

»Angst?«

»Nein, zum Teufel, ich habe keine Angst. Es ist nur ...«

»Also um sieben Uhr. Ich lade Sie ein.«

Er klimperte mit den Wagenschlüsseln in seiner Tasche und sah sie stirnrunzelnd an. »Sind Sie immer so dominant?«

»Ja«, entgegnete sie. »Immer.«

Kurz nachdem Lana wieder in ihrem Büro eingetroffen war, trat Callie ein. Sie marschierte ohne ein Wort zu verlieren an der Sekretärin im Vorzimmer vorbei und stellte sich in den Türrahmen zu Lanas Zimmer.

»Ich muss mit Ihnen sprechen.«

»Ja, gern. Lisa? Stellen Sie bitte im Moment keine Telefonate durch. Kommen Sie herein, Callie. Setzen Sie sich. Möchten Sie etwas trinken?«

»Nein, danke.« Callie zog die Tür hinter sich zu.

Das Büro war klein, hübsch und gepflegt und hatte eine eindeutig weibliche Note. Aus dem Fenster hinter dem eleganten kleinen Schreibtisch blickte man auf einen Park. Lana Campbell musste eine Menge Geld haben, um sich eine solch bevorzugte Lage leisten zu können. Außerdem besaß sie Geschmack, wie Callie an der schicken Einrichtung ihrer Kanzlei erkannte. Doch das bedeutete noch lange nicht, dass sie eine gute Anwältin war.

»Wo haben Sie studiert?«, fragte Callie.

Lana lehnte sich in ihrem Stuhl zurück. »Bis zur Zwischenprüfung an der Michigan State. Dann habe ich meinen Mann kennen gelernt und bin zur Maryland University gewechselt. Er war aus Maryland. Und dort habe ich, so wie er, Examen gemacht.«

»Warum sind Sie hierher gezogen?«

»Wird das ein persönliches oder ein dienstliches Gespräch?«

»Dienstlich.«

»Gut. Nun, früher arbeitete ich in einer Kanzlei in Baltimore. Ich bekam ein Kind, und dann starb mein Mann. Als ich wieder halbwegs klar denken konnte, beschloss ich, in eine Gegend zu ziehen, in der ich zum einen weniger Stress bei der Arbeit hätte und zum anderen mein Kind unter guten Bedingungen großziehen könnte. Ich wollte, dass Tyler in einem Haus mit Garten aufwächst, und dass seine Mutter nicht zehn Stunden am Tag in der Kanzlei ist und danach noch zwei Stunden lang zu Hause arbeiten muss. Zufrieden?«

»Ja. Ja, natürlich.« Callie trat ans Fenster. »Wenn ich Sie engagieren würde, blieben unsere Gespräche doch absolut vertraulich, nicht wahr?«

»Natürlich.« Lana fiel auf, welch ungeheure Energie Callie ausstrahlte. Ob es wohl anstrengend war, ständig so auf Hochtouren zu laufen?

Lana zog eine Schublade auf und holte einen Notizblock heraus. »Ob Sie mich nun engagieren oder nicht, alles, was Sie mir hier erzählen, ist vertraulich. Also fangen Sie am besten einfach einmal an, damit wir entscheiden können, wie es weitergehen soll.«

»Ich suche einen Anwalt.«

»Sieht so aus, als hätten sie ihn gefunden.«

»Nein, so meinte ich es nicht. Ich suche einen bestimmten Anwalt, Marcus Carlyle. Er hat zwischen 1968 und 1979 in Boston praktiziert.« So viel hatte Callie schon herausgefunden.

»Und nach 1979?«

»Da hat er die Kanzlei geschlossen. Mehr weiß ich nicht, bis auf die Tatsache, dass er sich auch mit privaten Adoptionen befasst hat.«

Callie holte eine Mappe aus ihrer Tasche, zog ihre Adoptionspapiere heraus und legte sie vor Lana auf den Schreibtisch. »Ich möchte auch, dass Sie diese Papiere prüfen.«

Lana überflog das Schriftstück und blickte auf. »Ich verstehe. Versuchen Sie, Ihre leiblichen Eltern zu finden?«

»Nein.«

»Callie, wenn ich Ihnen helfen soll, müssen Sie mir vertrauen. Ich kann Carlyle suchen lassen. Ich kann, mit Ihrer schriftlichen Zustimmung, versuchen, die Geheimhaltungspflicht bei Adoptionen in den siebziger Jahren zu umgehen, damit Sie etwas über Ihre leibliche Familie erfahren. Wenn Sie sich jedoch entschließen würden, mir mehr Informationen zu geben, könnte ich schneller und effizienter für Sie arbeiten.«

»Ich bin noch nicht in der Lage, Ihnen mehr zu sagen. Ich möchte, dass Sie so viel wie möglich über Carlyle herausfinden, am besten auch, wo er sich gerade befindet. Außerdem möchte ich alles über den Hergang dieser Adoption wissen. In anderen Bereichen werde ich selbst nachforschen. Wenn wir die ersten Antworten haben, werden wir sehen, ob wir noch weiter gehen müssen. Möchten Sie einen Vorschuss?«

»Ja. Für den Anfang reichen fünfhundert.«

Jake fuhr nach Woodsboro hinein, um im Eisenwarenladen ein paar Werkzeuge zu besorgen. Den ganzen Tag lang war er schon versucht gewesen, Callie auf ihrem Handy anzurufen. Da er jedoch wusste, dass ein Gespräch wahrscheinlich in einem Streit enden würde, ersparte er sich die Kopfschmerzen. Wenn sie am nächsten Morgen immer noch nicht bei der Ausgrabung erschiene, konnten sie sich immer noch streiten. Callie wütend zu machen war eine todsichere Methode, um herauszufinden, was mit ihr los war.

Als er ihren Rover am Straßenrand vor der Bücherei stehen sah, fuhr er rechts heran. Er parkte genau vor ihrer Stoßstange, für den Fall, dass sie ihm weglaufen wollte, dann stieg er aus und schlenderte die Stufen zu dem alten Steingebäude hinauf. Am Schalter saß eine ältere Frau. Jake beugte sich zu ihr hinunter und lächelte sie charmant an.

»Guten Tag, Ma'am. Entschuldigen Sie bitte, dass ich Sie störe, aber ich habe draußen vor der Tür den Wagen meiner Partnerin gesehen. Ich bin Jacob Graystone vom Antietam-Creek-Projekt.«

»Ich habe Sie erkannt. Sie sind einer der Wissenschaftler. Ich habe meinem Enkel versprochen, mit ihm zur Ausgrabung zu gehen, damit er sich anschauen kann, was Sie dort machen. Wir sind schon ganz aufgeregt.«

»Wir auch. Wie alt ist Ihr Enkel?«

»Er ist zehn.«

»Es wird mir eine Freude sein, Sie über das Gelände zu führen, wenn Sie uns besuchen kommen.«

»Das ist sehr nett von Ihnen.«

»Wir möchten die Funde nicht nur dokumentieren, sondern die Menschen an unseren Erkenntnissen teilhaben lassen. Können Sie mir sagen, ob Dr. Dunbrook in der Bibliothek ist? Callie Dunbrook. Eine sehr attraktive blonde Frau, ungefähr so groß.«

Er hob die Hand bis zur Schulter, und die Frau nickte. »Ja, sie ist da hinten, im Archiv.«

»Danke.« Jake zwinkerte der Frau zu und eilte in die angegebene Richtung.

Soweit er sehen konnte, war die Bibliothek leer, bis auf Callie, die an einem Tisch saß und Mikrofiches las. Sie hatte die Beine auf dem Stuhl untergeschlagen, woran er erkannte, dass sie schon eine ganze Weile hier sitzen musste. Immer wenn sie länger als zwanzig Minuten am Schreibtisch arbeiten musste, setzte sie sich so hin. Jake trat hinter sie und blickte über ihre Schulter hinweg auf den Bildschirm. Mit den Fingern ihrer linken Hand trommelte Callie leise auf die Schreibtischplatte, ein weiteres Zeichen dafür, dass sie schon länger hier war.

»Warum schaust du dir dreißig Jahre alte Tageszeitungen an?«

Callie fuhr vor Schreck zusammen und sprang so abrupt auf, dass sie mit dem Kopf gegen sein Kinn knallte.

»Verdammt!«, fluchten sie beide wie aus einem Munde.

»Warum schleichst du dich so an?«, fragte sie aufgebracht.

»Was zum Teufel denkst du dir eigentlich dabei, nicht zur Arbeit zu kommen?« Er packte sie am Handgelenk, um sie daran zu hindern, das Lesegerät abzustellen. »Seit wann interessierst du dich für Entführungsfälle aus dem Jahr 1974?«

»Hau ab, Graystone!«

»Cullen?« Ohne ihre Hand loszulassen, las Jake die alte Zeitungsmeldung laut vor. »Jay und Suzanne Cullen? Der Name kommt mir irgendwie bekannt vor. Gestern wurde die drei Monate alte Jessica Lynn Cullen in der Hagerstown Mall aus ihrem Buggy entführt«, las er weiter. »Ach du liebe Güte, das ist ja schrecklich, was? Hat man sie denn je wieder gefunden?«

»Ich will nicht mit dir reden.«

»Zu dumm! Du weißt genau, dass ich keine Ruhe gebe, bis ich herausgefunden habe, was dich so aufgeregt hat. Dir stehen die Tränen in den Augen, Callie, und du weinst nicht so leicht.«

»Ich bin nur müde.« Wie ein Kind rieb sie sich über die Augen. »Ich bin einfach nur verdammt müde.«

»Ist ja okay.« Jake legte ihr die Hände auf die Schultern und massierte sie sanft, um die Spannung zu lösen. Offensichtlich brauchte er sie gar nicht wütend zu machen. Das war gut, denn dazu hatte er sowieso keine Lust. Wenn sie gegen Tränen kämpfen musste, war sie nämlich genauso offen. Allerdings wollte er auch nicht ihre Schwäche ausnutzen.

»Ich bringe dich ins Motel zurück, damit du dich ausschlafen kannst.«

»Ich will noch nicht zurück. Ich brauche was zu trinken.«

»Gut. Wir stellen dein Auto am Motel ab und suchen uns eine Bar.«

»Warum bist du eigentlich so nett zu mir, Graystone? Wir können uns doch noch nicht einmal besonders leiden.«

»Eine Frage nach der anderen, Babe. Und jetzt komm.«

6

Das *Blue Mountain Hideaway* war ein mit Schindeln verkleidetes Gasthaus, das ein paar Meilen außerhalb der Stadt ein wenig abseits von der Straße lag. Ein Schild verkündete, dass es hier sowohl Essen als auch Getränke gäbe.

An einer Wand gab es drei Nischen, und mitten im Raum standen ungefähr ein halbes Dutzend Tische mit Klappstühlen, die aussahen, als habe sie jemand zusammengeschoben und dann vergessen. Die Bar war vom Alter schon ganz dunkel und der Boden mit beigefarbenem, grau gesprenkeltem Linoleum ausgelegt. Die einzige Kellnerin war jung und dünn wie ein Vögelchen. Aus der Jukebox ertönte Travis.

Zwei Männer, offenbar Einheimische, saßen an der Bar und tranken Bier. Callie nahm an, dass es Arbeiter waren, denn sie trugen derbe Stiefel, Kappen und verschwitzte T-Shirts. Vielleicht gehörten sie sogar zu Dolans Bauunternehmen. Die Männer blickten sich um, als Callie und Jake eintraten, und musterten die beiden unverblümt.

Callie setzte sich an einen Tisch in einer der Nischen, wobei sie sich fragte, warum sie eigentlich hierher gekommen war. Am liebsten hätte sie jetzt auf ihrem Bett im Motel gelegen und wäre in einen traumlosen Schlaf gesunken, um alles zu vergessen.

»Ich weiß gar nicht, was ich hier soll.« Sie blickte Jake in die Augen und versuchte an seinem Blick abzulesen, was er dachte. Aber wie schon so oft, gelang es ihr nicht. »Was zum Teufel ist das hier?«

»Ein Gasthaus, wo man essen und trinken kann.« Er schob ihr die Speisekarte über den Tisch zu. »Und zwar genau nach deinem Geschmack.«

Sie betrachtete das Angebot. »Ich möchte nur ein Bier«, sagte sie schließlich.

»Das habe ich ja noch nie erlebt, dass du Essen ablehnst, vor allem nicht, wenn es vor Fett trieft.« Er fuhr mit dem Finger die Speisekarte entlang und ließ ihn an einer Stelle ruhen, als die Kellnerin an ihren Tisch trat. »Zwei Burger mit Fritten und zwei Bier vom Fass.«

Callie wollte protestieren, zuckte jedoch nur die Schultern und verfiel in grüblerisches Schweigen. Allmählich machte Jake sich wirklich Sorgen um sie. Wenn sie ihn nicht anfauchte, weil er eine Entscheidung für sie traf – auch, wenn er dieses Mal nur etwas zu essen bestellt hatte –, musste sie tatsächlich in einer äußerst schlechten Verfassung sein. Dabei sah sie eigentlich nicht müde aus, sondern eher erschöpft. Am liebsten hätte er sie an der Hand genommen und ihr versprochen, alles in Ordnung zu bringen. Das wäre allerdings ein todsicherer Weg gewesen, die Hand abgehackt zu bekommen.

Er beugte sich vor. »Erinnert dich dieser Ort nicht an etwas?«

Teilnahmslos blickte sie sich um. Travis war mittlerweile durch Faith Hill abgelöst worden. Die Kerle an der Bar kippten ihre Biere hinunter und warfen Callie und Jake immer wieder feindselige Blicke zu. Es roch nach abgestandenem Frittenfett.

»Nein.«

»Na, komm schon. Dieses Lokal in Spanien, als wir bei der El-Aculadero-Ausgrabung waren.«

»Spinnst du? Das war doch etwas völlig anderes. Die haben diese blöde Musik gespielt, und überall schwirrten schwarze Fliegen herum. Außerdem wog der Kellner mindestens dreihundert Pfund, hatte Haare bis zum Hintern und keine Schneidezähne mehr.«

»Ja, aber da haben wir auch Bier getrunken. Genau wie hier.«

Callie warf ihm einen spöttischen Blick zu. »Wo haben wir *kein* Bier getrunken?«

»Im Veneto haben wir Wein bestellt, und da war es ganz anders.«

Unwillkürlich musste sie lachen. »Kannst du dich etwa an alle alkoholischen Getränke erinnern, die wir jemals zusammen getrunken haben?«

»Du wärest überrascht, wenn du wüsstest, an was ich mich alles erinnere.« Ihr Lachen hatte den Knoten in seinem Magen gelockert. »Ich weiß auch noch, dass du nachts immer die Decke weggestrampelt und darauf bestanden hast, mitten auf dem Bett zu liegen. Und dass du schnurrst wie ein Kätzchen, wenn man dir die Füße massiert.«

Sie erwiderte darauf nichts, da die Kellnerin in diesem Augenblick das Bier an den Tisch brachte. Als Callie den ersten Schluck getrunken hatte, erklärte sie: »Und ich kann mich daran erinnern, wie du dir nach den Muscheln in Moçambique die Seele aus dem Leib gekotzt hast.«

»Du hattest schon immer eine wahnsinnig romantische Ader, Cal.«

»Ja. Aber es stimmt doch.« Sie hob ihr Glas und trank noch einen Schluck. Offenbar versuchte Jake, sie aufzumuntern, aber sie hatte keine Ahnung, warum er sich die Mühe machte. »Wieso machst du mich eigentlich nicht an, weil ich heute nicht auf dem Feld war?«

»Das habe ich mir für später aufgespart. Ich wollte zuerst ein Bier trinken.« Er grinste sie an. »Soll ich jetzt gleich mit dem Meckern anfangen, oder wollen wir zuerst mal was essen?«

»Ich musste etwas erledigen, was nicht warten konnte. Und da du nicht mein Boss bist, hast du auch kein Recht, dich zu beklagen, wenn ich mir einen Tag freinehmen muss. Außerdem war ich als Erste hier.«

Jake lehnte sich zurück, als die Kellnerin mit den Burgern an den Tisch kam. »Wow, jetzt hast du es mir aber gegeben!«

»Ach, hör auf, Graystone! Ich muss nicht …« Als sie sah, dass die Männer von der Bar auf ihren Tisch zukamen, hielt sie inne.

»Gehört ihr beiden zu den Arschlöchern, die am Simon's Hole graben?«, fragte einer der Arbeiter.

Jake drückte ungerührt Senf aus einer Tube auf seinen Burger. »Ja, wir sind sogar die leitenden Arschlöcher. Was können wir für Sie tun?«

»Ihr könnt abhauen und aufhören, euch mit einem Haufen alter Knochen abzugeben und anständige Männer von der Arbeit abzuhalten.«

Callie nahm die Senftube von Jake entgegen und musterte die Männer, während sie ebenfalls Senf auf ihrem Burger verteilte. Der Wortführer war groß und massig, der andere Mann hatte den getrübten Blick eines Alkoholikers.

»Ich muss Sie leider bitten, auf Ihre Wortwahl zu achten.« Callie legte die Senftube auf den Tisch und öffnete die Ketchupflasche. »Mein Partner ist sehr empfindlich.«

»Ach, fick ihn doch.«

»Das habe ich bereits, und es war gar nicht mal übel. Aber egal. Sie arbeiten also für Dolan?«, fuhr sie beiläufig fort.

»Genau. Und wir brauchen hier keine Fremden, die uns sagen, was wir tun sollen.«

»In diesem Punkt stimmen wir leider nicht überein.« Jake salzte seine Pommes frites und reichte den Salzstreuer dann Callie.

Sein freundlicher Tonfall und die entspannten Bewegungen vermittelten den Eindruck eines Mannes, der nicht im Geringsten an einem Streit interessiert war. Callie wusste, dass es in seinem Innern ganz anders aussah.

Jake gab etwas Pfeffer auf seinen Burger und legte die obere Brötchenhälfte wieder darauf. »Da es unwahrscheinlich ist, dass einer von Ihnen etwas von archäologischer Forschung oder anthropologischen Studien sowie den dazu gehörigen Gebieten wie Dendrochronologie oder Stratigraphie versteht, kümmern wir uns an Ihrer Stelle darum. Und wir tun es gern. Möchtest du noch ein Bier?«, fragte er Callie.

»Ja, gern.«

»Wenn du glaubst, dass deine hochgestochenen Wörter uns davon abhalten, euch aus der Stadt zu vertreiben, dann hast du dich geirrt, du Arschloch.«

Jake seufzte nur, aber Callie sah das eiskalte Glitzern in seinen Augen. Die Kerle hatten noch eine Chance, solange Jake nur in Frieden essen wollte.

»Sie glauben vermutlich, weil wir Akademiker sind, könnten wir nur mit hochgestochenen Wörtern um uns werfen.« Achselzuckend griff Jake nach seinem Glas. »Tatsache ist jedoch, dass meine Partnerin den schwarzen Gürtel in Karate hat und gefährlich wie eine Schlange ist. Ich muss es wissen, schließlich ist sie meine Frau.«

»Ex-Frau«, korrigierte Callie ihn. »Aber er hat Recht. Ich bin gefährlich wie eine Schlange.«

»Welchen willst du?«, fragte Jake.

»Ich will den Großen.« Fröhlich grinsend blickte sie die Männer an.

»Okay, aber halt dich zurück, ja?«, warnte Jake sie. »Weißt du noch, dieser große Mexikaner letztes Mal? Er hat fünf Tage lang im Koma gelegen. Ich will nicht wieder so einen Ärger haben.«

»Hey, *du* warst derjenige, der diesem Typ in Oklahoma den Kiefer gebrochen und die Netzhaut abgelöst hat.«

»Ich hätte nie gedacht, dass ein Cowboy so leicht zu Boden geht. Na ja, man lernt nie aus.« Jake schob seinen Teller weg. »Ist es euch recht, wenn wir vor die Tür gehen? Ich habe keine Lust, ständig für die Schäden in irgendwelchen Bars zu bezahlen.«

Die Männer traten von einem Fuß auf den anderen und ballten die Fäuste. Dann knurrte der Dicke: »Wir kämpfen nicht mit Weicheiern und Mädchen.«

»Ganz wie es Ihnen beliebt.« Jake winkte die Kellnerin herbei. »Könnten wir bitte noch zwei Bier bekommen?« Er hob seinen Burger und biss mit sichtlichem Genuss hinein, während die Männer, Beleidigungen murmelnd, zur Tür marschierten. »Ich habe dir doch gesagt, dass mich dieser Laden an das Lokal in Spanien erinnert«, fuhr Jake an Callie gewandt fort.

»Sie meinen es nicht böse«, sagte die Kellnerin, als sie ihnen frisches Bier auf den Tisch stellte und die beiden leeren Gläser abräumte. »Austin und Jimmy sind nicht die Klügsten, aber sie meinen es nicht böse.«

»Kein Problem«, erwiderte Jake.

»Die meisten Leute hier finden es schrecklich aufregend, was am Simon's Hole passiert, aber manche haben eben ein Problem damit. Dolan hatte zusätzliche Leute angeheuert, und jetzt haben sie Leerlauf. Und wenn es ans eigene Portemonnaie geht, kann einen das schon ärgern. Sind die Burger in Ordnung?«

»Ja, sie sind sehr gut. Danke«, erwiderte Callie.

»Sagen Sie mir Bescheid, wenn Sie etwas brauchen. Und machen Sie sich keine Gedanken wegen Austin und Jimmy. Sie haben nur ein bisschen zu viel Bier getrunken.«

»Für ein bisschen zu viel Bier haben sie ganz schön die Klappe aufgerissen«, sagte Jake, als die Kellnerin wieder gegangen war. »Das könnte ein Problem werden. Digger hat sein Lager auf dem Gelände aufgeschlagen, aber wir sollten doch die Sicherheitsvorkehrungen noch erhöhen.«

»Wir brauchen auf jeden Fall noch mehr Hilfskräfte. Ich rede mal mit Leo. Ich wollte sowieso beim Gelände vorbeifahren und mir anschauen, was ihr heute geleistet habt.«

»Das Feld ist aufgeteilt, und die Segmente sind in den Computer eingegeben worden. Und wir haben begonnen, die oberste Erdschicht abzutragen.«

Callie zuckte unwillkürlich zusammen. Bei diesem ersten Schritt wäre sie gerne dabei gewesen. »Haben die Studenten die Erde durchgesiebt?«

»Ja. Ich habe dir den ersten Bericht bereits gemailt. Wenn du willst, kann ich dir sagen, was drinsteht, aber du wirst ihn ja sowieso lesen. Callie, sag mir, was los ist. Warum warst du in der Bibliothek, um die Artikel über einen Entführungsfall zu lesen, der 1974 stattgefunden hat? Das ist doch dein Geburtsjahr.«

»Ich will nicht darüber sprechen. Ich wollte nur in Ruhe ein Bier trinken.«

»Gut, dann rede ich eben darüber. Als ich gestern Abend in deinem Motelzimmer war, lagen Fotos auf dem Bett. Du warst aufgeregt. Du hast zwar behauptet, es seien keine Familienfotos, aber die Ähnlichkeit zwischen den Frauen auf dem Bild und dir war nicht zu übersehen. Heute bist du nicht zur Arbeit gekommen, und ich erwische dich dabei, wie du die Lokalzeitung nach Artikeln über die Entführung eines Babys durchforstest, das im selben Jahr geboren wurde wie du. Wie kommst du auf die Idee, du könntest dieses Baby sein?«

Callie antwortete nicht, sondern stützte die Ellbogen auf den Tisch und legte ihren Kopf in die Hände. Sie hatte gewusst, dass Jake die richtigen Schlussfolgerungen ziehen würde. Dem Mann brauchte man nur ein paar beliebige Fakten zu nennen, und schon machte er innerhalb kürzester Zeit ein zusammenhängendes Bild daraus.

Und sie hatte auch gewusst, dass sie es ihm erzählen würde. Als er sie in der Bibliothek aufgespürt hatte, war ihr klar gewesen, dass Jake der einzige Mensch war, dem sie davon erzählen würde. Warum das so war, wollte sie jetzt lieber nicht analysieren.

»Die Frau, die mich im Motel aufgesucht hat, heißt Suzanne Cullen«, begann Callie. Und dann erzählte sie ihm alles.

Jake unterbrach sie nicht ein einziges Mal und sah sie die ganze Zeit über unverwandt an. Er kannte ihre Stimmungen so gut. Callie kämpfte immer noch mit dem Schock, doch er spürte, dass sie auch Schuldgefühle hatte.

»Es werden also Bluttests gemacht werden müssen, damit meine Identität bestätigt werden kann«, schloss sie ihren Bericht. »Doch wenn man die Daten und Informationen betrachtet, ist es nur vernünftig, anzunehmen, dass Suzanne Cullen Recht hat.«

»Du musst den Anwalt, den Arzt und überhaupt jeden, der etwas mit der Adoption zu tun hatte, aufspüren.«

Callie blickte Jake dankbar an. Er belastete sie nicht mit Mitleid oder Wutausbrüchen, sondern verstand von vornherein, dass sie pragmatisch vorgehen musste. Das war einer der Gründe, warum sie mit ihm über alles reden konnte.

»Damit habe ich schon begonnen. Mein Vater versucht, den Gynäkologen für mich aufzuspüren. Außerdem habe ich eine Anwältin engagiert, die Carlyle suchen soll. Es ist Lana Campbell, sie vertritt die Leute, die gegen das Bauprojekt am Antietam Creek sind. Ich war gestern bei ihr. Sie erscheint mir clever und gründlich, und sie gibt sicher nicht schnell auf. Ich muss zuerst die oberste Erdschicht abtragen, damit ich sehen kann, was darunter liegt.«

»Dieser Anwalt muss seine Finger im Spiel gehabt haben.«

»Ja, allerdings.« Callie presste die Lippen zusammen.

»Also spielt er eine Schlüsselrolle bei dem Ganzen. Ich möchte dir helfen, Callie.«

»Warum?«

»Wir sind beide gut im Rätselraten, Babe, aber gemeinsam schlagen wir sie alle.«

»Das ist noch nicht die Antwort auf meine Frage.«

»Es war schon immer schwer, dir irgendwas zu verheimlichen.« Jake schob seinen Teller weg und griff nach ihrer Hand. Als sie versuchte, sich loszureißen, packte er fester zu. »Sei doch nicht so verdammt abweisend. Du liebe Güte, Dunbrook, ich habe schon jeden Zoll deines Körpers angefasst, und du zuckst zusammen, nur weil ich deine Finger berühre.«

»Ich zucke nicht zusammen, und die Zeiten haben sich nun einmal geändert.«

»Glaubst du wirklich, du bist mir egal, nur weil du mich in die Wüste geschickt hast?«

»Ich habe dich nicht in die Wüste geschickt«, fauchte sie. »Du …«

»Komm, lass uns das vertagen.«

»Weißt du eigentlich, was mich bei dir immer besonders aufgeregt hat?«

»Ja, ich habe eine ganze Liste mit diesen Punkten in meiner Datenbank.«

»Wie du mich immer unterbrichst, wenn du weißt, dass ich Recht habe.«

»Gut, ich werde es notieren. Callie, warum können wir eigentlich nicht Freunde sein? Ich möchte es so gern ausprobieren.«

Wenn Jake ihr erzählt hätte, er wolle seine wissenschaftliche Laufbahn aufgeben und ab sofort Avon-Produkte an der Haustür verkaufen, hätte Callie nicht erstaunter sein können. »Du willst, dass wir Freunde werden?«

»Ich biete dir meine Freundschaft an, du Dickkopf. Ich möchte dir helfen, herauszufinden, was geschehen ist.«

»Es ist nicht sehr freundlich, mich als Dickkopf zu bezeichnen.«

»Freundlicher als das andere Wort, das mir spontan eingefallen ist.«

»Okay, ein Punkt für dich. Wir haben damals einen ganzen Berg Scherben hinterlassen, Jake.«

»Vielleicht sollten wir in der nächsten Zeit versuchen, ihn beiseite zu schaffen. Im Moment sind jedoch zwei Dinge am wichtigsten.« Unwillkürlich streichelte er mit seinem Daumen über ihre Knöchel. »Die Ausgrabung und deine Herkunft. Bei Ersterem müssen wir wohl oder übel zusammenarbeiten. Warum sollen wir dann nicht auch versuchen, das Rätsel deiner Herkunft gemeinsam zu lösen?«

»Wir werden uns streiten.« Allerdings störte Callie diese Vorstellung bei weitem nicht so sehr wie die Tatsache, dass sie das Bedürfnis verspürte, ihre Finger mit den seinen zu verschränken.

»Das ist wohl wahr.«

»Das ist lieb von dir, Jake. Wirklich. Und jetzt lass endlich meine Hand los. Ich komme mir langsam blöd vor.«

Jake gab ihre Hand frei und zog sein Portemonnaie aus der Tasche. »Wir können in dein Motel zurückfahren, und ich massiere dir die Füße.«

»Diese Zeiten sind vorbei, Jake.«

»Schade. Ich mochte deine Füße immer gern.«

Er bezahlte die Rechnung und steckte die Hände in die Hosentaschen, als sie nach draußen gingen.

Erstaunt blinzelte Callie ins Sonnenlicht. Ihr kam es vor, als hätten sie Stunden in dem Lokal gesessen. Sie setzte ihre Sonnenbrille auf und beschloss, gleich zum Feld hinüberzufahren, um sich den Fortgang der Arbeiten anzuschauen, solange sie noch die Energie dazu aufbrachte. In diesem Moment zog Jake einen Zettel unter seinem Scheibenwischer hervor.

»Geh zurück nach Baltimore oder du zahlst«, las er vor. Er knüllte den Zettel zusammen und warf ihn ins Auto. »Ich glaube, ich fahre mal raus und schaue nach Digger.«

»Ich komme mit.«

»Gut.« Er stieg ein und wartete, bis sie neben ihm saß. »Ich habe dich gestern Abend im Motel üben gehört«, sagte er dann. »Mein Zimmer liegt direkt nebenan, und die Wände sind dünn.«

»Dann muss ich wohl leise sein, wenn Austin und Jimmy zum Feiern zu mir kommen.«

»Siehst du, wie umsichtig du jetzt bist, wo wir Freunde sind?«

Als Callie lachte, beugte Jake sich zu ihr herüber und gab ihr einen Kuss. Verwirrt stellte sie fest, dass sie das dringende Bedürfnis verspürte, ihm die Arme um den Hals zu schlingen und den Kuss zu erwidern. Sie hatte das Gefühl, bei lebendigem Leib zu verbrennen.

Doch bevor sie reagieren konnte, hatte Jake sich schon wieder zurückgelehnt und drehte den Zündschlüssel herum. »Schnall dich an«, sagte er beiläufig.

Callie biss die Zähne zusammen. Sie war wütender auf sich selbst als auf ihn. »Halt deine Hände und deine Lippen bei dir, Graystone, sonst dauert unsere Freundschaft nicht lange.«

»Ich mag deinen Geschmack immer noch.« Er fuhr vom Parkplatz. »Schwer zu sagen, warum nach so …« Plötzlich schlug Jake mit der flachen Hand aufs Lenkrad. »Warte mal, warte! Da wir gerade von Geschmack sprechen – Suzanne Cullen, *Suzanne's Kitchen*!«

»Hä?«

»Ich wusste doch, dass mir der Name bekannt vorkam. Himmel, Cal! *Suzanne's Kitchen.*«

»Die Plätzchen? Diese tollen Plätzchen mit den Schokoladestückchen?«

»Brownies mit Macadamia-Nüssen.« Jake gab einen leisen, genießerischen Laut von sich.

»Und Suzanne Cullen gehört *Suzanne's Kitchen*?«

»Es war eine tolle Geschichte. Sie backt Kuchen und Kekse in ihrem kleinen Haus auf dem Land, verkauft sie auf Messen in der Umgebung und wird – zack! – auf einmal landesweit berühmt.«

»*Suzanne's Kitchen*«, wiederholte Callie. »Ja, verdammt, du hast Recht.«

»Es könnte eine Erklärung dafür sein, warum du so versessen auf Süßes bist.«

»Sehr komisch!« Callie hatte einen Kloß im Hals. »Ich muss zu ihr, Jake. Ich muss ihr sagen, dass wir diese Tests machen müssen, aber ich weiß nicht, wie ich ihr gegenübertreten soll.«

Jake tätschelte ihr flüchtig die Hand. »Du machst das schon richtig.«

»Sie hat übrigens einen Sohn. Mit dem muss ich wohl auch sprechen.«

Doug war sich nicht ganz im Klaren darüber, wie er sich Lana Campbell gegenüber verhalten sollte.

Als er das Restaurant betrat, saß sie bereits an einem Tisch und trank gerade einen Schluck Weißwein. Statt des üblichen Business-Kostüms trug sie ein einfaches, dünnes Sommerkleid, das sich weich um ihren Körper schmiegte. Als er sich ihr gegenüber hinsetzte, lächelte sie und legte den Kopf schräg.

»Ich war mir nicht sicher, ob Sie kommen würden.«

»Wenn ich nicht gekommen wäre, hätte mich mein Großvater enterbt.«

»Wir sind gemein, Sie so unter Druck zu setzen, was? Möchten Sie etwas trinken?«

»Was haben Sie denn da?«

»Das?« Lana hob ihr Glas, dessen Inhalt im Schein der Kerze, die auf dem Tisch zwischen ihnen stand, sanft schimmerte. »Das ist ein sehr angenehmer kalifornischer Chardonnay, nicht zu aufdringlich, mit einem delikaten Bouquet und einem guten Nachklang.«

Ihre Augen lachten, als sie noch einen Schluck trank. »Pompös genug für Sie?«

»Allerdings. Nun gut, ich werde ihn versuchen.« Er überließ es ihr, ihm ebenfalls ein Glas Wein und eine große Flasche Mineralwasser zu bestellen. »Okay, warum haben Sie beide mich im Visier?«, fragte er dann unvermittelt.

»Roger deshalb, weil er Sie liebt. Er ist stolz auf Sie und macht sich Sorgen um Sie. Er war mit Ihrer Großmutter sehr glücklich und kann sich nicht vorstellen, wie Sie ohne eine Frau, mit der Sie Ihr Leben teilen, jemals glücklich werden sollen.«

»Und er denkt, dass Sie diese Frau sind?«

»Ja, ich glaube schon. Mich liebt Ihr Großvater nämlich auch. Und er macht sich Sorgen um mich, weil ich allein bin und mein Kind ohne Vater großziehe. Er ist altmodisch, im besten Sinne des Wortes.«

»Das erklärt sein Verhalten. Und was ist mit Ihnen?«

Lana nahm sich Zeit. Sie beherrschte die Kunst des Flirtens und musterte Doug zunächst einmal ungeniert. »Ich dachte, ich könnte ruhig einmal mit einem attraktiven Mann ausgehen. Und Sie sind der Erwählte.«

»Wie bin ich in die engere Wahl gekommen?«, fragte er.

Sie lachte. »Ich will aufrichtig mit Ihnen sein, Doug. Ich hatte nicht viele Verabredungen, seit mein Mann tot ist. Aber ich bin gerne mit Menschen zusammen, genieße die Gespräche, die Gesellschaft. Ich bezweifle ernsthaft, dass Roger sich um einen von uns beiden Sorgen machen muss, aber das bedeutet noch lange nicht, dass wir ihn nicht glücklich machen können, indem wir miteinander essen gehen und uns angeregt unterhalten.«

Sie schlug die Speisekarte auf. »Und das Essen ist hier wirklich sehr gut.«

In diesem Moment brachte der Kellner Dougs Wein und trug ihnen mit großer Geste die speziellen Gerichte des Tages vor, bevor er sich wieder zurückzog, um sie in Ruhe wählen zu lassen.

»Woran ist Ihr Mann gestorben?«, fragte Doug.

Lana schwieg einen Moment lang, und Doug sah die Trauer in ihren Augen.

»Er ist bei einem Überfall auf einen Lebensmittelladen erschossen worden. Er war noch spätabends zum Einkaufen gegangen, weil Ty so unruhig war und wir beide nicht schlafen konnten.«

Die Erinnerung an jenen Abend schmerzte noch immer, und Lana wusste, dass es nie anders sein würde. Aber sie hatte zumindest keine Angst mehr, daran zu zerbrechen. »Ich wollte Eiscreme haben, und Steve ist rasch zum *7-Eleven* gelaufen, um mir welche zu holen. Er wollte gerade bezahlen, als diese Typen hereinkamen.«

»Es tut mir Leid.«

»Es war so sinnlos. Es war nicht besonders viel Geld in der Kasse, und weder Steve noch der Angestellte wehrten sich. Es war schrecklich – von einer Minute zur anderen hat sich mein Leben völlig verändert.«

»Ja, ich weiß, wie das ist.«

»Tatsächlich?« Noch bevor Doug antworten konnte, legte Lana ihre Hand auf seine. »Es tut mir Leid – ich hatte Ihre Schwester vergessen. Vermutlich haben wir damit ein traumatisches Erlebnis gemeinsam. Hoffentlich stellen wir auch fröhlichere Gemeinsamkeiten fest. Ich mag zum Beispiel Bücher. Leider behandle ich sie ziemlich sorglos und würde damit Bibliophile wie Roger und Sie bestimmt auf die Palme bringen.«

Sie ist offenbar zäher, als sie auf den ersten Blick wirkt, dachte Doug. Auf jeden Fall zäh genug, um ihr Leben wieder in den Griff zu bekommen, nachdem es in tausend Stücke zersprungen war. Davor hatte er Respekt, und so beschloss er, sein Bestes zu tun, damit es ein netter Abend wurde.

»Knicken Sie etwa die Seiten um?«

»Bitte, so weit würde selbst ich nicht gehen! Aber ich zerkratze Einbände und schütte versehentlich Kaffee über die Seiten. Und einmal habe ich einen Roman von Elisabeth Berg in der Badewanne versenkt. Ich glaube, es war sogar eine Erstausgabe.«

»Offensichtlich ist Ihre Beziehung zu Büchern schwer gestört. Wollen wir nicht bestellen?«

Nachdem sie ihr Essen bestellt hatten, fuhr Lana fort: »Und Sie, lesen Sie eigentlich selbst, oder handeln Sie nur mit Büchern?«

»Wenn man Bücher nicht schätzt, kann man es in dieser Branche niemals zu etwas bringen.«

»Ich war einmal zufällig in Rogers Laden, als er eine Lieferung von Ihnen bekam, in der die Erstausgabe von *Moby Dick* war. Ihr Großvater hat das Buch zärtlich gestreichelt – aber er hätte sich nie im Leben in seinem Lieblingssessel niedergelassen, um es zu lesen.«

»Dafür gibt es ja auch Taschenbücher.«

Lana legte den Kopf schräg, und die kleinen, bunten Steine an ihren Ohrläppchen glitzerten. »Ist es die Entdeckung, die den Reiz ausmacht? Die Schatzsuche?«

»Zum Teil.«

»Na, allzu gesprächig sind Sie nicht gerade, aber das reicht jetzt auch für Sie«, sagte Lana nach einer Weile. »Wollen Sie mich nicht fragen, warum ich Anwältin geworden bin?«

»Wissen Sie, was bei den meisten Leuten das Problem ist, wenn man ihnen eine Frage stellt?«

Sie lächelte ihn über den Rand ihres Weinglases hinweg an. »Sie beantworten sie.«

»Genau. Aber da wir schon einmal hier sitzen, kann ich Sie eigentlich wirklich fragen. Warum sind Sie Anwältin geworden?«

»Ich streite gern.« In diesem Moment servierte der Kellner den ersten Gang, und Lana ergriff ihre Gabel.

»Sie streiten gerne. Ist das alles? Wollen Sie das nicht noch ein bisschen ausführen?«

»Hmm. Im Moment nicht. Und wenn Sie mir das nächste Mal eine Frage stellen, dann wahrscheinlich, weil Sie die Antwort wirklich interessiert. Was tun Sie denn gerne, abgesehen vom Lesen und der Jagd nach wertvollen Büchern?«

»Damit bin ich die meiste Zeit beschäftigt.«

»Sie reisen bestimmt gerne, nicht wahr?« Wenn sie ihm die Würmer einzeln aus der Nase ziehen musste, so würde sie das eben tun.

»Ja, es hat so seine Reize.«

»Und die wären?«

Dougs Gesicht drückte eine so deutliche Frustration aus, dass Lana unwillkürlich lachen musste. »Ich weiß, ich bin unbarmherzig. Aber Sie könnten auch einfach aufgeben und mir etwas über sich erzählen. Warten Sie ... Spielen Sie ein Musikinstrument? Interessieren Sie sich für Sport? Glauben Sie, Lee Harvey Oswald hat aus eigenem Antrieb gehandelt?«

»Nein. Ja. Ich habe keine definitive Meinung dazu.«

»Ich habe Sie erwischt!« Sie zeigte mit der Gabel auf ihn. »Sie haben gelächelt.«

»Nein, habe ich nicht.«

»Oh doch. Da, jetzt tun Sie es schon wieder. Sie haben ein nettes Lächeln. Tut es weh?«

»Nur ein bisschen. Ich bin aus der Übung.«

Schmunzelnd ergriff sie ihr Weinglas. »Das können wir bestimmt in Ordnung bringen.«

Doug genoss den Abend mehr, als er erwartet hatte. Allerdings hieß das nicht viel, da er sich nur mit Lana getroffen hatte, um seinen Großvater zufrieden zu stellen. Und doch musste er sich eingestehen, dass er gerne mit ihr zusammen war. Sie ist faszinierend, dachte er, als sie das Restaurant verließen, eine intelligente, interessante Frau, die stark genug ist, um einen Schicksalsschlag hinzunehmen und sich dennoch ein erfülltes Leben aufzubauen. Er bewunderte das, weil es ihm selber nicht annähernd so gut gelungen war. Außerdem schaute er sie gern an. Das Zusammensein mit ihr hatte ihn wenigstens für ein paar Stunden von seinen familiären Sorgen abgelenkt.

»Es war ein schöner Abend«, sagte Lana, als sie vor ihrem Auto standen und sie den Schlüssel aus ihrer kleinen Handtasche nahm. »Ich würde ihn gerne wiederholen.« Sie warf ihre dunklen Haare zurück und blickte Doug mit ihren strahlend blauen Augen an. »Das nächste Mal laden Sie mich ein«, fügte sie hinzu. Dann stellte sie sich auf die Zehenspitzen und küsste ihn.

Das hatte er nicht erwartet. Es hätte ihn nicht überrascht, wenn sie mit ihren Lippen kurz seine Wange gestreift hätte, aber dieser Kuss war eine warme, feuchte Einladung. Er war von einer verführerischen Intimität, die einen Mann in Abgründe stürzen konnte, von denen er nicht einmal etwas geahnt hatte. Ihre Finger glitten durch seine Haare, ihre Zunge tanzte leicht über seine, und ihr Körper schmiegte sich eng an seinen.

Doug schmeckte den Wein, den sie getrunken hatten, und die Schokolade, die es zum Nachtisch gegeben hatte, und atmete Lanas Duft ein. Sie seufzte leise und löste sich dann von ihm. Benommen blieb er stehen.

»Gute Nacht, Doug.«

Lana stieg in den Wagen und warf ihm noch einen langen, intensiven Blick zu, bevor sie losfuhr.

Es dauerte fast eine Minute, bis er wieder klar denken konnte. »Meine Güte, Grandpa, wo hast du mich denn da hineingeritten?«, murmelte er, als er zu seinem Auto ging.

7

Callie beschloss, das Feld sowohl horizontal als auch vertikal zu bearbeiten. Dadurch konnte das Team die Besiedlungsperioden aufdecken und die Verbindungen zwischen den ausgegrabenen Artefakten und Knochen herstellen, während sie gleichzeitig die Veränderungen von einer Periode zur anderen dokumentierten. Die horizontale Methode brauchte sie, um beweisen zu können, dass es sich um eine neolithische Siedlung handelte.

Callie musste sich eingestehen, dass sie auch Jake dazu brauchte. Nur ein erfahrener Anthropologe wie er konnte die Fundstücke unter kulturellen Gesichtspunkten identifizieren und analysieren.

Digger arbeitete bereits auf seinem Abschnitt, wobei er vorsichtig und geschickt wie ein Chirurg mit den Funden umging. Über seinem Bandana trug er Kopfhörer, und Callie wusste, dass er die Musik ganz laut gestellt hatte, was seiner Konzentration jedoch keinen Abbruch tat. Am nächsten Segment arbeitete Rosie, die kaffeebraune Haut bedeckt mit Schweiß. Ihre schwarzen Haare hatte sie zu einem Pferdeschwanz gebunden. Die beiden Studenten trugen Eimer voller Erde zu der Stelle, an der sie durchgesiebt wurde. Leo und Jake machten gerade ein paar Fotos von dem Abschnitt, auf dem sie arbeiteten. Callie ging zu dem Segment, das am weitesten von den anderen entfernt lag. Sie wollte nachdenken und wusste aus Erfahrung, dass sie sich am besten konzentrieren konnte, wenn sie sich ein wenig abseits von der Gruppe hielt.

Sie beschloss, dass sie einen Projektfotografen brauchten, noch einen Assistenten für die Fundstücke sowie weitere Hilfskräfte zum Graben und mehr Spezialisten. Sie standen zwar noch ganz am Anfang, aber für Callie war es nie zu früh, ein starkes Team zu planen. Immer wieder gab sie die abgetragene Erde in ein Sieb. Ab und zu hielt sie inne, um eine neue Schicht mit der Kamera zu dokumentieren. Trotz der zahlreichen Mücken, die sie umschwärmten, arbeitete sie methodisch weiter und konzentrierte sich nur auf das, was sie gerade tat. Wenn sie einen Knochen freigelegt hatte, vermerkte sie es sorgfältig auf ihrem Berichtsblatt. Es war heiß, und der Schweiß lief ihr übers Gesicht und rann ihr den Rücken hinunter. Callie zog sich die Bluse aus und arbeitete im Unterhemd weiter.

Dann entdeckte sie plötzlich tief unten in der feuchten Erde einen Schädel. Vorsichtig arbeitete sie weiter, und als sie schließlich zwei Skelette zur Hälfte freigelegt hatte, hockte sie sich hin und blickte sich auf dem Feld um. Als ob sie sich telepathisch miteinander verständigt hätten, hörte auch Jake in diesem Moment auf zu arbeiten und kam zu ihr herüber.

Gemeinsam blickten sie auf die Knochen, ein größeres Skelett und dicht daneben ein kleines. Es war, als wollten sie ihnen ihre Geschichte erzählen.

»Sie sind zusammen begraben worden«, sagte Callie nach einer Weile. »Der Größe nach zu urteilen, stammt das kleine Skelett von einem Säugling, der bei der Geburt oder kurz darauf gestorben ist. Das andere ist wahrscheinlich die Mutter, das kann uns das Labor sicherlich bestätigen. Sie sind zusammen begraben worden«, wiederholte sie.

»Leo soll es sich einmal anschauen. Wir müssen den Rest der beiden Skelette freilegen und dieses ganze Segment hier ausgraben. Wenn diese Menschen so weit entwickelt waren, dass sie diese beiden hier gemeinsam beerdigt haben, dann werden das nicht die einzigen Skelette hier sein.«

»Nein. Sie sind nicht allein hier. Das ist ein Friedhof.«

Ob sich die beiden wohl geliebt haben?, fragte sie sich. Hatte Suzanne sie wohl auch so im Arm gehalten, als sie zur Welt gekommen war? Ganz nah bei sich und sicher? Wie viel bekam ein Baby vor der Geburt und in den ersten Augenblicken seines Lebens von seiner Mutter mit? Waren Mutter und Kind von Anfang an emotional miteinander verbunden? Aber galt dies alles nicht auch für ihre Adoptivmutter? Hatte Vivian Dunbrook nicht die gleiche Bindung verspürt, als sie das Baby, nach dem sie sich so gesehnt hatte, zum ersten Mal im Arm hielt? Was machte denn das Verhältnis zwischen Eltern und Kind aus, wenn nicht die Liebe? Und Callie sah vor sich den Beweis, dass diese Liebe tausende von Jahren überdauerte. Warum machte sie der Gedanke bloß so schrecklich traurig?

»Bevor wir sie ausgraben, müssen wir einen Vertreter der amerikanischen Ureinwohner zu Rate ziehen.« Jake legte Callie die Hand auf die Schulter, während er neben ihr vor den Skeletten kniete. »Ich übernehme die nötigen Telefonate.«

Sie richtete sich auf. »Das kannst du gerne tun, aber wir müssen die auf jeden Fall hier herausholen. Nein, widersprich nicht«, fuhr sie fort, noch bevor er den Mund aufmachen konnte. »Rituale und Empfindlichkeiten hin oder her – sie sind jetzt der Luft ausgesetzt worden. Wenn wir sie nicht präparieren, vertrocknen sie und zerfallen zu Staub.«

Jake blickte zum Himmel, an dem dunkle Wolken aufgezogen waren. In der Ferne hörte man bereits Donner grollen. »Heute wird gar nichts mehr austrocknen. Es gibt ein Gewitter.« Er zog sie hoch. »Komm, lass uns die Fotos machen, bevor es regnet. Sei nicht traurig«, fuhr er fort und rieb mit dem Daumen über einen frischen Kratzer auf ihrem Handrücken.

Callie riss sich los. »Es ist ein entscheidender Fund.«

»Und er trifft dich im Moment mitten ins Herz.«

»Darum geht es nicht.« Entschlossen griff sie nach ihrer Kamera und begann, die Fundstelle von allen Seiten zu fotografieren.

»Ich gehe jetzt telefonieren«, sagte Jake.

»Ich werde sie und ihr Kind nicht zerfallen lassen, während du dich berätst. Also beeil dich, Graystone«, erwiderte Callie und machte sich auf die Suche nach Leo.

Diggers Fundstücke, ein Hirschhorn und ein hohler Knochen, der vielleicht als eine Art Pfeife benutzt worden war, waren bei weitem nicht so spektakulär wie die beiden Skelette, aber zusammen mit den Steinsplittern und den zerbrochenen Speerspitzen, die Rosie ausgegraben hatte, ergaben sie für Callie ein klares Bild der Siedlung, die sich hier befunden hatte.

Wie Jake es vorhergesagt hatte, brach ein Gewitter los. So hatte sie Gelegenheit, sich in ihr Motelzimmer zurückzuziehen und die Siedlung, die sie vor Augen hatte, aufzuzeichnen. Die Anlage, die Hütten, den Friedhof. Wenn sie Recht hatte, würden sie die Feuerstelle irgendwo zwischen D-25 und E-12 finden. Sie brauchten dringend mehr Hilfskräfte, und Callie hoffte, dass der Fund dieses Tages dazu beitrug, dass sie zügig genehmigt wurden.

Als das Telefon klingelte, nahm Callie geistesabwesend ab und wurde schlagartig aus ihren Gedanken gerissen, als die Stimme ihres Vaters an ihr Ohr drang.

»Ich war mir nicht sicher, ob ich dich um diese Tageszeit erwische, aber ich wollte es zuerst auf dem Festnetz probieren, bevor ich dich auf dem Handy anrufe.«

»Hier geht gerade ein Unwetter nieder«, erwiderte sie. »Ich sitze im Motel und erledige Papierkram.«

»Ich wollte dir nur sagen, dass ich Henry Simpson aufgespürt habe. Er ist mittlerweile pensioniert und wieder nach Virginia gezogen. Ich ... ich habe nur kurz mit ihm gesprochen. Liebes, ich wusste nicht genau, wie viel ich ihm sagen durfte, also habe ich ihm erklärt, du wolltest mehr über deine leiblichen Eltern erfahren. Ich hoffe, das war in Ordnung so.«

»Es war sicher am einfachsten so.«

»Er konnte mir nicht viel erzählen. Er glaubt, dass Marcus Carlyle weggezogen ist, wusste aber auch nicht, wohin oder wann. Aber er sagte, er wolle versuchen, es herauszufinden.«

»Danke. Das alles ist bestimmt nicht leicht für dich und Mom. Wenn ich mich dazu entschließe, selbst mit Dr. Simpson zu reden, werde ich dich wahrscheinlich bitten, ihn vorher etwas genauer zu informieren.«

»Ganz wie du willst. Callie, diese Frau, Suzanne Cullen ... was willst du ihr eigentlich sagen?«

»Ich weiß es noch nicht, aber ich kann die Angelegenheit auf keinen Fall auf sich beruhen lassen, Dad.« Callie dachte an die Skelette, die sie gefunden hatte, Mutter und Kind. »Damit könnte ich nicht leben.«

Ihr Vater schwieg, dann stieß er einen kurzen Seufzer aus. »Nein, vermutlich nicht. Wir sind hier, wenn du etwas brauchst.«

»Ihr wart immer für mich da.«

Nachdem sie aufgelegt hatte, fühlte sie sich nicht mehr in der Lage, weiterzuarbeiten. Doch sie wollte auch nicht in diesem winzigen Zimmer auf und ab laufen. Sie warf einen Blick auf ihr Cello, aber ihr war klar, dass es Situationen gab, in denen sie auch die Musik nicht trösten würde.

Sie musste jetzt den nächsten Schritt tun. Also griff sie zum Telefon und rief Suzanne an.

Die Wegbeschreibung war detailliert und exakt. Während Callie die lange, geschwungene Kieseinfahrt zu Suzannes Haus hinauffuhr, dachte sie, dass Suzanne, wenn es nötig war, offenbar klar strukturiert denken konnte. Aber man konnte schließlich ein großes Unternehmen wie *Suzanne's Kitchen* auch nicht aufbauen, wenn man so hysterisch und überdreht war, wie Suzanne bei ihrem Besuch in Callies Motelzimmer gewirkt hatte.

Das Haus lag recht abgeschieden und zeugte von Suzannes gutem Geschmack, von finanzieller Sicherheit und dem Bedürfnis nach Weitläufigkeit. Es war ein moderner Bau aus honigfarbenem Holz, mit zwei lang gestreckten Terrassen und viel Glas. Während sie den üppig wuchernden Garten betrachtete, stellte Callie fest, dass Suzanne Blumen offenbar über alles liebte.

Callie war es gewohnt, eine Person nach ihrem Lebensumfeld zu analysieren. Jake würde ihr sicher zustimmen. Wie und wo ein Mensch leben wollte, war Ausdruck seiner Persönlichkeit, seines Hintergrunds und der Kultur, in der er aufgewachsen war.

Während sie hinter einem brandneuen Mercedes parkte, versuchte sie sich zu erinnern, welche Kleidung Suzanne getragen hatte, als sie ins Motel gekommen war. Aber Callie konnte sich nur noch verschwommen an den Besuch erinnern.

Mittlerweile blitzte und donnerte es zwar nicht mehr, aber der Regen prasselte noch mit unverminderter Wucht vom Himmel. Callie schlüpfte aus dem Auto und rannte zur Haustür, die sofort geöffnet wurde.

Suzanne trug eine schmale schwarze Hose und eine hellblaue, taillierte Bluse. Sie hatte sich sorgfältig geschminkt und frisiert und war barfuß. Neben ihr stand ein großer schwarzer Labrador, dessen Schwanz wie ein Metronom an die Wand schlug.

»Bitte, kommen Sie herein. Sie werden ja ganz nass. Sadie ist harmlos, aber ich kann sie auch wegsperren, wenn Sie möchten.«

»Nein, das ist nicht nötig.« Callie ließ den Hund an ihrem Handrücken schnuppern und kraulte ihn zwischen den Ohren. »Was für ein hübscher Hund!«

»Sie ist drei und ein bisschen ungebärdig, aber ich bin froh, dass sie da ist. Ich lebe zwar gerne hier draußen, aber mit Sadie fühle ich mich doch ein bisschen sicherer. Allerdings ist sie so freundlich, dass sie einen Verbrecher vermutlich höchstens zu Tode lecken würde, wenn ... Verzeihen Sie, ich plappere dummes Zeug.«

»Nein, ist schon okay.«

Suzanne beobachtete, wie Callie verlegen den Hund streichelte. »Wir müssen miteinander reden«, sagte sie schließlich.

»Ja, natürlich. Ich habe Kaffee gekocht.« Suzanne führte Callie ins Wohnzimmer. »Ich bin so froh, dass Sie angerufen haben, weil ich nicht genau wusste, was ich als Nächstes tun sollte.« Sie blieb am Sofa stehen und drehte sich um. »Ich weiß es ehrlich gesagt immer noch nicht.«

»Meine Eltern –« Callie brach ab. Sie kam sich plötzlich schrecklich illoyal vor, als sie in Suzannes hübschem Wohnzimmer Platz nahm und der große, freundliche Hund sich anbetend vor ihre Füße legte.

»Sie haben mit ihnen gesprochen?«

»Ja. Ich bin im Dezember 1974 adoptiert worden. Es war eine private Adoption. Meine Eltern sind anständige, gesetzestreue und liebevolle Menschen. Mrs Cullen ...«

»Bitte nennen Sie mich nicht so.« Suzanne ergriff die Kaffeekanne und schenkte ihnen Kaffee ein, ohne einen Tropfen zu verschütten. »Könnten Sie ... würden Sie mich wenigstens Suzanne nennen?«

»Es war eine private Adoption«, wiederholte Callie. »Meine Eltern engagierten einen Anwalt, der ihnen vom Gynäkologen meiner Mutter empfohlen worden war. Er beschaffte ihnen sehr schnell und für ein beachtliches Honorar ein kleines Mädchen und gab ihnen über die leibliche Mutter nur sehr wenige Informationen.«

»Sie haben mir doch gesagt, Sie seien nicht adoptiert«, unterbrach Suzanne sie. »Sie wussten es also gar nicht?«

»Meine Eltern hatten ihre Gründe, warum sie es mir nicht erzählt haben. Gründe, die nur mit ihnen etwas zu tun haben. Ganz gleich, in welcher Situation wir uns befinden, Sie müssen vor allen Dingen verstehen, dass meine Eltern nichts Unrechtes getan haben.«

Jetzt zitterten Suzannes Hände doch ein wenig. »Sie lieben sie sehr, nicht wahr?«

»Ja. Auch das müssen Sie verstehen. Wenn ich das Kind bin, das Ihnen gestohlen wurde ...«

»Sie wissen, dass Sie es sind.« *Jessica. Meine Jessie.* Suzanne kämpfte gegen die Tränen an.

»Es wäre denkbar, aber wissen können wir es nicht. Es gibt Tests, mit denen man es feststellen könnte.«

Suzanne atmete tief ein. Ihre Haut glühte. »Und Sie wären bereit, sich solchen Tests zu unterziehen?«

»Ich werde alles tun, um die Wahrheit herauszufinden. Das bin ich Ihnen schuldig. Aber ob ich Ihnen mehr geben kann als das, weiß ich nicht. Es tut mir Leid.« Callies Herz klopfte heftig, als sie die Tränen in Suzannes Augen sah. »Es ist für uns alle schwer. Aber selbst wenn ich dieses Kind wäre, so bin ich doch heute eine andere.«

»Ich werde die Tests machen lassen«, sagte Suzanne mit tränenerstickter Stimme. »Und Jay, Ihr ... mein Ex-Mann auch. Ich rufe ihn an. Wie lange wird es dauern, bis wir es definitiv wissen?«

»Mein Vater ist Arzt, er kann die Untersuchung durchführen.«

»Wie soll ich mir sicher sein, dass er die Ergebnisse nicht verfälscht?«

Ein Anflug von Unmut glitt über Callies Gesicht. »Weil er der ist, der er ist. Entweder Sie vertrauen mir, oder wir lassen es bleiben. Ich habe die Informationen dabei.« Sie zog ein Blatt Papier aus der Tasche und legte es auf den Wohnzimmertisch neben das Tablett mit dem Kaffee und den Plätzchen. »Hier steht, was Sie tun und wohin Sie die Blutproben schicken müssen. Sollten Sie Fragen haben, so kann sie auch Ihr Hausarzt beantworten.«

»Es tut mir Leid, ich kann gar nicht klar denken.« Tränen trübten Suzannes Blick. Das war ihr Kind. Sie musste doch ihr Kind sehen! »Mein Leben änderte sich in dem Moment, als ich dir damals den Rücken zudrehte, während du in deinem Buggy schliefst. Eine Minute«, fuhr sie fort, so ruhig sie konnte, »vielleicht auch zwei, aber nicht länger. Und mein ganzes Leben änderte sich. Und deins auch. Ich möchte nur die Chance haben, dich kennen zu lernen und einen Teil dieser verlorenen Jahre mit dir nachzuholen.«

»Im Moment können wir nur versuchen, die Wahrheit herauszufinden – was damals geschehen ist, warum und hoffentlich auch, wer daran beteiligt war. Aber diese Fakten können Sie nicht für das, was geschehen ist, entschädigen. Wir können die Zeit nicht zurückdrehen und aus mir wieder Ihre Tochter machen.«

Suzanne war verzweifelt. Sie hatte ihr Kind endlich wiedergefunden, und jetzt sprach es so kühl und distanziert mit ihr. Ihre eigene Tochter sah sie an, als seien sie einander fremd.

»Wenn du das so empfindest, warum bist du dann überhaupt zu mir gekommen? Du hättest mich ja ignorieren oder behaupten können, es habe nie eine Adoption gegeben.«

»Ich kann nicht lügen oder den Kummer eines anderen Menschen einfach ignorieren. Was geschehen ist, ist nicht Ihre Schuld. Meine oder die meiner Eltern jedoch auch nicht. Aber irgendjemand hat, vermutlich aus Profitgier, diese Schuld auf sich geladen. Ich möchte herausfinden, wer es war.«

»Du bist offen und aufrichtig. Ich habe mir oft ausgemalt, wie es sein würde, dich wieder zu sehen, mit dir zu sprechen. Aber so habe ich es mir nicht vorgestellt.«

»Sie hoffen auf eine Art Wiedervereinigung, aber es tut mir Leid – ich spüre kein Band zwischen uns.«

Bei diesen Worten brachen die alten Wunden in Suzannes Herz auf und bluteten erneut. »Was spürst du dann?«, fragte sie mit erstickter Stimme.

»Mitleid, Mrs Cullen ... Suzanne«, korrigierte sich Callie. Am liebsten hätte sie die Hand ausgestreckt, aber sie konnte nicht aus ihrer Haut. »Es tut mir Leid um Sie und Ihre Familie. Und um mich. Das Ganze hat mich ziemlich erschüttert. Ein Teil von mir wünscht, Sie hätten mich nie in den Nachrichten gesehen, weil in dieser Minute mein Leben auf den Kopf gestellt wurde. Und ich weiß nicht mehr, was jetzt daraus werden wird.«

»Ich würde dir nie wehtun.«

»Ich wünschte, dasselbe könnte ich von mir behaupten.«

»Vielleicht kannst du mir ja ein bisschen über dich erzählen. Irgendetwas, das du getan hast oder gerne tun wolltest. Einfach ... irgendetwas.«

»Ich habe heute Knochen gefunden.« Als Suzanne verständnislos blinzelte, zwang Callie sich zu einem Lächeln und nahm sich ein Plätzchen. »Bei der Ausgrabung«, fuhr sie fort. »Offensichtlich sind wir auf eine Siedlung gestoßen. Eine neolithische Siedlung am Bach, in der Nähe der Berge, wo ein Stamm Hütten baute, Kinder aufzog, jagte und Ackerbau betrieb. Heute habe ich vermutlich den Beweis gefunden, mit dem diese Theorie verifiziert werden kann. Wenn die Siedlung so groß ist, wie ich hoffe, müssen wir wahrscheinlich mehrere Jahre lang graben.«

»Oh! Nun, da wird Ronald Dolan wohl einen Wutanfall bekommen.«

»Vermutlich. Aber es wird ihm nichts nützen. Wir werden beträchtliche Aufmerksamkeit in der wissenschaftlichen Welt und bei den Medien erregen, und Dolan wird seine Bebauungspläne begraben müssen.«

»Wenn ich einmal auf dem Gelände vorbeikäme, würdest du mir zeigen, was du dort tust?«

»Ja, klar. Haben Sie die selbst gebacken?« Callie hielt ein Plätzchen hoch.

»Ja. Schmecken sie dir? Ich gebe dir eine Schachtel davon mit. Ich ...«

»Sie sind toll.« Das ist schließlich auch eine Art von Entgegenkommen, dachte Callie. Mehr gelang ihr in diesem Moment noch nicht. »Mein ... Partner – er hat Ihren Namen erkannt«, fuhr sie fort, wobei sie fand, dass Jake so am leichtesten zu beschreiben war. »Gehört Ihnen wirklich *Suzanne's Kitchen*? Ich stopfe Ihr Gebäck seit Jahren in mich hinein.«

»Wirklich?« Erneut traten Suzanne Tränen in die Augen, aber sie drängte sie zurück. Callie sah ihr an, wie sehr sie sich freute. »Das ist sehr nett von dir.«

»Nein, ich bin nicht nett. Ich bin eigensinnig und egoistisch und nur sehr selten freundlich. Ich denke nur nicht darüber nach.«

»Zu mir warst du sehr nett, und dabei ... Nun, mir ist erst

jetzt klar geworden, dass du vielleicht böse auf mich sein könntest.«

»Ich weiß nicht. Darüber habe ich noch nicht nachgedacht.«

»Und du bist vorsichtig mit deinen Gefühlen.« Als Callie die Stirn runzelte, rückte Suzanne beiläufig das Tablett zurecht. »Na ja, du machst auf mich den Eindruck, als ob du deine Gefühle nicht so leicht preisgibst. Douglas ist genauso. Schon als kleiner Junge war er sehr vorsichtig. Er hat viel zu viel nachgedacht, wenn du weißt, was ich meine. Man konnte ihm immer ansehen, wenn er mal wieder über irgendetwas nachgrübelte.« Lachend ergriff sie ein Plätzchen und legte es wieder hin. »Ich möchte dir so viel sagen. So viel ... Ich möchte dir etwas geben.«

»Suzanne ...«

»Kein Geschenk, das meine ich nicht.« Sie stand auf, trat zu einem Beistelltisch und ergriff eine Schachtel. »Es sind Briefe. Ich habe dir jedes Jahr zu deinem Geburtstag einen Brief geschrieben. Es hat mir geholfen, die Zeit zu überstehen.«

»Bis jetzt wissen wir noch nicht genau, ob ich wirklich Ihre Tochter bin.«

»Doch, wir wissen es beide.« Suzanne setzte sich wieder hin und legte Callie die Schachtel auf den Schoß. »Es würde mir viel bedeuten, wenn du sie nähmst. Du brauchst sie nicht zu lesen, obwohl ich schon glaube, dass du es tust. Du bist neugierig, sonst wärest du nicht hierher gekommen.«

»Okay. Also, ich habe noch zu tun«, sagte Callie und stand auf.

»Ich möchte dir noch so viel ...« Als Suzanne aufsprang, bellte Sadie plötzlich fröhlich und lief zur Tür.

Die Tür wurde geöffnet, und Doug trat ins Wohnzimmer. »Aus!« Lachend schob er Sadie, die ihn freudig ansprang, beiseite. »Haben wir das nicht schon letztes Mal besprochen? Du könntest dir wirklich einmal Mühe geben und –«

Er brach ab, als er die beiden Frauen im Wohnzimmer stehen sah.

»Doug!« Suzanne griff sich an die Kehle und nestelte am obersten Knopf ihrer Bluse. »Ich wusste gar nicht, dass du vorbeikommen wolltest. Das ist ... oh Gott!«

»Callie.« Sie wäre am liebsten geflüchtet. »Callie Dunbrook.«

»Ja, ich weiß. Tut mir Leid«, fügte er an seine Mutter gewandt hinzu. »Ich hätte vorher anrufen sollen.«

»Sei doch nicht albern, Doug.«

»Ich wollte sowieso gerade gehen. Ich ... ich melde mich«, sagte Callie zu Suzanne.

»Ich begleite dich hinaus«, sagte Suzanne.

»Ist schon okay.« Callie blickte Doug unverwandt an. Das Herz schlug ihr bis zum Hals, als sie ihn im Vorbeigehen versehentlich streifte, aber es gelang ihr, die Fassung zu wahren und die Haustür zu öffnen. Rasch rannte sie zu ihrem Auto, schloss auf und legte die Schachtel auf den Beifahrersitz.

»Warum sind Sie hierher gekommen?«

Sie schob sich die nassen Haare aus den Augen und drehte sich um. Doug stand neben ihr im strömenden Regen. Erneut traf sie sein Anblick wie ein Stromschlag.

»Bestimmt nicht, um Sie wütend zu machen. Ich kenne Sie ja gar nicht.«

»Meine Mutter ist im Moment in einer heiklen Gemütsverfassung, und sie kann es nicht brauchen, dass Sie auf eine Tasse Kaffee und Plätzchen vorbeischauen.«

»Okay, hören Sie zu: Wir leben in einem freien Land, und wenn ich auf Kaffee und Plätzchen vorbeikommen möchte, dann tue ich das. Zufällig bin ich jedoch nicht aus diesem Grund vorbeigekommen. Ich wollte Ihre Mutter nicht aufregen, und ich will auch nicht Ihr Leben durcheinander bringen, aber es gibt offenbar ein paar wichtige Fragen, die geklärt werden müssen.«

»Wozu?«

»Die Fragen sprechen für sich.«

»Seit *Suzanne's Kitchen* ein großes Unternehmen geworden ist, kommt alle paar Jahre irgendeine Frau vorbei und behauptet, sie sei die lange vermisste Tochter. Sie sind bei Ihrer Arbeit auf Stipendien und Fördermittel angewiesen, nicht wahr?«

Callie hob das Kinn und trat so dicht vor Doug, dass ihre Schuhspitzen seine berührten. »Arschloch!«, fauchte sie.

»Ich will nicht, dass ihr jemand wehtut. Nie wieder.«

»Und das macht Sie zu einem guten Sohn?«

»Es macht mich zumindest nicht zu Ihrem Bruder.«

»Na, da bin ich ja erleichtert. Darf ich Sie daran erinnern, Doug, dass Ihre Mutter zu mir gekommen ist? Aus heiterem Himmel stand sie vor mir und hat mein ganzes Leben auf den Kopf gestellt. Als ich gestern von meinen Eltern weggefahren bin, waren sie in einem elenden emotionalen Zustand. Ich muss mir Blut abnehmen und Tests machen lassen und mich mit einer Angelegenheit befassen, mit der ich nicht einmal im Traum gerechnet hätte. Und glauben Sie nicht, dass ich darüber glücklich bin – also lassen Sie mich in Ruhe!«

»Meine Mutter bedeutet Ihnen doch gar nichts.«

»Das ist nicht meine Schuld«, gab Callie zurück, obwohl sie es in Wahrheit genauso empfand. »Und auch nicht die Ihrer Mutter. Wenn Sie Angst um Ihr Erbe haben, entspannen Sie sich. Ich will Ihr Geld nicht. Im Übrigen bin ich ziemlich schlecht gelaunt, weil ich die letzten zwanzig Minuten mit ansehen musste, wie sich Suzanne krampfhaft bemüht hat, die Fassung zu bewahren. Wenn Sie möchten, dass ich das an Ihnen auslasse, dann tue ich das nur zu gerne. Aber eigentlich habe ich etwas Besseres zu tun, als hier im Regen zu stehen und mich mit Ihnen zu streiten.«

Sie drehte sich auf dem Absatz um, stieg in den Rover und knallte die Fahrertür zu. Wenn es so ist, einen Bruder zu haben, dann habe ich die ersten achtundzwanzig Jahre meines Lebens ja nichts verpasst, dachte sie, wobei sie kaum der Versuchung widerstehen konnte, ihm über die Füße zu fahren.

Als Callie im Motel ankam, hatte ihre Wut den Höhepunkt erreicht. Kaum hatte sie die Tür zu ihrem Zimmer geöffnet, da klingelten gleichzeitig das Telefon und ihr Handy.

Sie zerrte ihr Handy aus der Tasche. »Dunbrook, einen Moment.« Dann griff sie nach dem Hörer. »Dunbrook, was ist?«

»Reißen Sie mir nicht gleich den Kopf ab«, erwiderte Lana. »Ich rufe nur an, um Ihnen den neuesten Stand mitzuteilen. Aber wenn Sie mich so anschnauzen, erhöhe ich meinen Stundensatz.«

»Entschuldigung. Was haben Sie denn herausbekommen?«

»Das möchte ich Ihnen lieber persönlich sagen. Kann ich vorbeikommen?«

»Ich bin gerade erst zurückgekommen und muss mich noch umziehen.«

»Ich bin in einer halben Stunde da.«

»Können Sie ...«

»Nein. In einer halben Stunde«, sagte Lana bestimmt und legte auf.

»Scheiße!« Callie warf den Hörer auf die Gabel und wollte gerade wieder nach ihrem Handy greifen, als es an der Tür klopfte. »Na, toll.« Sie riss die Tür auf. Es war Jake. Finster funkelte sie ihn an. »Habt ihr eigentlich alle nichts Besseres zu tun, als mir auf die Nerven zu gehen?«

Sie wandte sich von ihm ab und griff nach dem Handy. »Ja, was gibt es?«

»Ich habe mich nur gefragt, wo du bist«, ertönte Jakes Stimme in Stereo aus dem Handy und von hinten. »Ich war gerade im Restaurant und dachte, ich teile dir ein paar Neuigkeiten mit. Und weil du nicht ans Telefon gegangen bist, habe ich es auf deinem Handy probiert.«

»Warum zum Teufel telefonierst du eigentlich mit mir, wenn du genau vor mir stehst?«

»Du machst das doch auch.«

Callie verdrehte die Augen, schaltete das Handy ab und warf es aufs Bett. »Also, was für Neuigkeiten?«

Er trat ein und schloss die Tür. Als er auf sie zukam, hob sie die Hand wie ein Verkehrspolizist auf der Kreuzung. Sie kannte dieses Leuchten in seinen Augen. »Oh, oh!«, machte sie.

»Du bist ganz nass. Du weißt doch, wie wild du mich machst, wenn du nass bist.«

»Richtig wild wirst du erst werden, wenn ich dir diese Lampe hier über den Kopf gezogen habe. Bleib, wo du bist, Graystone! Ich bin nicht in der Stimmung für Spielchen.«

»Du siehst aber so aus, als könntest du ein schönes Spielchen vertragen.«

»Warum glauben Männer eigentlich immer, Frauen hätten nur schlechte Laune, weil sie Sex brauchen?«

»Vielleicht, weil die Hoffnung niemals stirbt?«, schlug er vor und sah erfreut, dass sie unwillkürlich grinsen musste.

»Was willst du denn außer Sex noch?«

»Alles andere ist nur ein jämmerlicher Ersatz, aber …« Er brach ab und ließ sich auf ihr Bett fallen. »Ich habe mir den Dorfklatsch zu Gemüte geführt. Frieda, die Kellnerin, hat mir erzählt, dass Dolan bereits vom heutigen Fund weiß. Er ist abgegangen wie eine Rakete – den Ausdruck hat sie übrigens von ihrem Neffen übernommen, der zufällig für Dolan arbeitet und dabei war, als er es erfahren hat.«

Callie war froh, einmal über etwas anderes als ihr eigenes Drama sprechen zu können, aber der Form halber zuckte sie gleichgültig mit den Schultern. »Und?«

»Dolan hat getobt, er wolle uns vor Gericht stellen. Er behauptet, wir würden das Ganze nur erfinden, wir steckten mit den Naturschützern unter einer Decke, und es sei alles nur ein Komplott, um sein Bauvorhaben zu verhindern. Hast du ein Bier da?«

»Nein, ich habe kein Bier. Und dieser Kerl kann toben, so viel er will. Die Knochen sind da.«

»Und außerdem gibt es noch ein Gerücht …«

»Du platzt ja gleich vor Neuigkeiten, was?«

»Die Leute behaupten, das Gelände sei verflucht. Du weißt schon, die Gräber der Vorfahren, die von verrückten Wissenschaftlern gestört werden und so.«

Amüsiert griff Callie nach ihrem Feuerzeug und zündete eine Kerze an. »Doch nicht schon wieder so eine Mumiengeschichte?«

»Na ja, in einer anderen Variante. Wir befreien uralte Mächte und Kräfte und so weiter, blabla.« Seine Blicke folgten ihr, als sie sich ein Handtuch aus dem Badezimmer holte und ruhelos im Zimmer auf und ab ging, während sie sich die Haare trocken rieb. »Du weißt doch, wie gern die Leute so eine Scheiße hören.«

»Also haben wir es mit einem verfluchten Gelände und einem stinksauren Bauunternehmer zu tun und müssen unsere Arbeit von einem Vertreter der amerikanischen Ureinwohner überwachen lassen.«

Callie holte eine frische Bluse aus der Kommode und ging zu Jakes Enttäuschung ins Badezimmer, um sich umzuziehen. »Dabei haben wir immer noch zu wenige Hilfskräfte, und bei diesem Regen wird das Feld morgen eine einzige Schlammgrube sein«, rief sie ihm über Schulter zu.

Er legte den Kopf schräg, um einen Blick auf ihren halbnackten Körper im Spiegel zu erhaschen. Ein Mann hatte schließlich das Recht auf seine kleinen Freuden. »Ja, so sieht es aus.«

Sie trat wieder ins Zimmer, nahm sich eine Flasche Wasser und lief weiter auf und ab.

»Alles in allem ist das eine tolle Sache«, erklärte sie grinsend. »Ich liebe diesen Job.«

»Wo warst du eigentlich eben?«

Schlagartig erlosch das Grinsen auf Callies Gesicht. »Eine persönliche Angelegenheit.«

Er wies mit dem Daumen auf die große Schuhschachtel am Fußende des Bettes. »Hast du dir etwa Schuhe gekauft? Willst du behaupten, dass du deine weibliche Ader entdeckt hast, Dunbrook?«

»Ich war nicht einkaufen.« Sie ergriff die Schachtel und stellte sie seufzend auf die Kommode. »Das sind Briefe. Suzanne Cullen hat sie ihrer Tochter jedes Jahr zum Geburtstag geschrieben. Meine Güte, Jake, du hättest ihr Gesicht sehen sollen, als ich bei ihr war, um mit ihr zu reden. Sie wirkte so hilflos, und ich weiß überhaupt nicht, wie ich damit umgehen soll.«

»Ich hätte dich begleiten können.«

Callie schüttelte den Kopf. »Es war schon schwer genug, ohne dass jemand dabei war. Und als ich gerade gehen wollte, kam auch noch ihr Sohn. Er ist gar nicht glücklich über diese Geschichte. Verdammt, als ob ich mich damals selbst aus dem blöden Buggy davongemacht hätte, um ihm das Leben zu vermiesen. Wir haben im Regen gestanden und uns wie zwei Idioten angeblökt. Er hat mich sogar beschuldigt, hinter ihrem Geld her zu sein.«

»Wie lange muss er im Krankenhaus bleiben?«

Bei Jakes Kommentar ging es ihr gleich ein bisschen besser. Sie hob den Kopf, und ihre Blicke trafen sich im Spiegel. »Du hast auch Geschwister, nicht wahr? Streitet ihr euch auch wegen eurer Eltern wie Hunde um einen Knochen?«

»Wir streiten über alles Mögliche«, erwiderte er. »Ich kann meinen Bruder in den Hintern treten, aber wenn jemand anders das versucht, verteidige ich ihn. Das hat was mit dem Zusammenhalt der Stämme zu tun. Und wenn meiner kleinen Schwester was zustieße, würde ich wahrscheinlich durchdrehen.«

»Ich war nur drei Monate lang seine kleine Schwester. Was für ein Band soll das sein, das uns verbindet?«

»Ein unsichtbares, Cal. Reiner Instinkt. Und außerdem hat man ihm, da er ein Junge und der Ältere war, höchstwahrscheinlich immer gesagt, er solle auf dich aufpassen.«

Jake wies auf die Wasserflasche, damit sie ihm auch einen Schluck abgab. »Das hätte er instinktiv sowieso gewusst, aber die Anweisungen anderer Verwandter haben seine Instinkte noch verstärkt und bestätigt. Du warst hilflos und schwach, und er musste dich beschützen.« Er trank einen Schluck und reichte ihr die Flasche zurück. »Aber er hat versagt. Jetzt ist er ein Mann und hat vermutlich als einziger Sohn diese Pflichten auf seine Mutter übertragen. Auf eine Art seid ihr beide Außenseiter und vermisste Kinder.«

»Das klingt ja fast, als wolltest du ihn in Schutz nehmen.«

»Ich wiederhole nur die grundlegenden Theorien. Wenn du

dich allerdings jetzt an mich schmiegen und mich bitten würdest, ihn für dich zu verprügeln, würde ich es in Erwägung ziehen.«

In diesem Moment klopfte es. Callie zuckte zusammen und wies mit dem Daumen auf die Tür. »Raus!«

Jake verschränkte jedoch lediglich die Hände hinter dem Kopf und machte es sich auf dem Bett gemütlich.

8

Lana schüttelte ihren Schirm aus, bevor sie ins Zimmer trat. Callie hatte den Eindruck, als habe die Anwältin keinen einzigen Tropfen abbekommen. Eine Frau, die in einem solchen Unwetter nicht nass wurde, hatte für sie etwas Unheimliches.

»Das ist ja furchtbar da draußen«, sagte Lana. »Man kann kaum ... Oh!« Sie legte den Kopf schräg, als sie Jake auf dem Bett erblickte. »Entschuldigung, ich wusste nicht, dass Sie Besuch haben.«

»Er ist kein Besuch, er ist ein Klotz am Bein. Jacob Graystone, Lana Campbell.«

»Ja, wir haben uns bei der Ausgrabung kennen gelernt. Nett, Sie wieder zu sehen, Dr. Graystone.«

»Jake«, korrigierte er sie. »Wie geht es Ihnen?«

»Gut, danke.« Klotz am Bein oder nicht, er schien sich auf jeden Fall ganz wie zu Hause zu fühlen. »Callie, wenn der Zeitpunkt jetzt ungünstig ist, können wir einen Termin für morgen ausmachen.«

»Der Zeitpunkt ist so gut wie jeder andere. Es ist nur ein bisschen voll hier«, erwiderte Callie mit einem viel sagenden Blick auf Jake.

»Hier ist doch genug Platz.« Er klopfte einladend auf das Bett neben sich.

»Eigentlich ist das, was ich mit Callie zu besprechen habe, vertraulich.«

»Ist schon in Ordnung«, erwiderte er. »Wir sind verheiratet.«

»Geschieden.« Callie schlug nach seinem Fuß. »Wenn Sie etwas herausgefunden haben, können Sie es ruhig in Gegenwart dieses Idioten sagen. Er weiß Bescheid.«

»Was ich von mir bis jetzt nicht sagen kann.« Lana blickte sich um und beschloss dann, sich auf den zerbrechlich wirkenden Stuhl neben der Tür zu setzen. »Ich habe einige Informationen über Marcus Carlyle zusammengetragen. Er hatte in der fraglichen Zeit eine Anwaltskanzlei in Boston. Vorher hat er vierzehn Jahre in Chicago und dreizehn Jahre in Houston praktiziert. Nach Boston, wo er sich ungefähr zehn Jahre lang aufhielt, zog er nach Seattle, wo er sich noch weitere sieben Jahre niederließ.«

»Der Typ ist viel herumgekommen«, bemerkte Jake.

»Ja. 1986 hat er sich zur Ruhe gesetzt, und über die Zeit danach habe ich nichts mehr in Erfahrung bringen können. Ich kann einen Privatdetektiv engagieren, der nach Seattle, Boston, Chicago und Houston reist, um mehr Informationen zu sammeln, aber das könnte teuer für Sie werden. Bevor Sie sich dazu entschließen«, fuhr sie fort, ehe Callie etwas sagen konnte, »müssen Sie aber erst wissen, was ich außerdem herausgefunden habe.«

»Wenn Sie so schnell arbeiten, werden Sie Ihre fünfhundert Dollar Vorschuss nicht einspielen.«

»Oh, das glaube ich schon.« Lana öffnete ihre Aktentasche und holte Callies Adoptionspapiere heraus. »Ich habe die Unterlagen für meine Akten kopiert und sie dabei auch gleich überprüfen lassen. Diese Papiere haben nie bei Gericht vorgelegen.«

»Was soll das heißen, sie haben nie bei Gericht vorgelegen?«

»Das soll heißen, dass es keine Adoption gegeben hat. Die Papiere haben weder einem Gericht in Boston noch sonst wo in Massachusetts vorgelegen. Es gibt nirgendwo ein Protokoll darüber, dass Elliot und Vivian Dunbrook zu diesem oder einem anderen Zeitpunkt ein Kind adoptiert haben.«

»Was zum Teufel soll das bedeuten?«

»Marcus Carlyle hat diesen Antrag nie bei Gericht eingereicht. Das Aktenzeichen auf dem Antrag und die abschließende Verfügung sind gefälscht. Wahrscheinlich sind auch die Unterschrift des Richters und das Gerichtssiegel gefälscht, aber das kann ich nicht mit absoluter Sicherheit sagen. Die einzelnen Schritte kann ich allerdings verfolgen. Diese Papiere sind in Carlyles Kanzlei hergestellt worden, Callie, und haben sie nie verlassen. Die Adoption hat nicht stattgefunden.«

Fassungslos starrte Callie auf die Papiere, auf die Namen ihrer Eltern. »Das ergibt doch gar keinen Sinn.«

»Ich könnte es Ihnen vielleicht erklären, wenn Sie mir sagen, warum Sie mich engagiert haben, um diesen Anwalt zu finden.«

Jake stand auf, packte Callie bei den Schultern und schob sie zum Bett. »Setz dich, Babe.«

Dann ging er vor ihr in die Hocke und strich mit den Händen über ihre Oberschenkel. »Darf sie es erfahren?«

Callie nickte benommen, und Jake berichtete Lana, was sie wussten. Callie kam es fast vor, als hörte sie der Zusammenfassung eines Ereignisses zu, das nichts mit ihr zu tun hatte. Vermutlich war genau das Jakes Absicht.

Während er sprach, stand Callie auf, ging ins Badezimmer und holte eine Packung Aspirin aus ihrem Reisenecessaire. Sie schluckte drei Tabletten, stützte sich auf dem Rand des Waschbeckens ab und betrachtete ihr Gesicht im Spiegel. Sie fragte sich, ob sie jemals diejenige gewesen war, für die sie sich gehalten hatte. Doch wer auch immer sie war, irgendwelche Papiere konnten nichts daran ändern. Nichts und niemand konnte daran etwas ändern, außer ihr selbst. Solange sie sich daran festhielt, war alles in Ordnung. Sie würde es überstehen.

Als sie wieder ins Zimmer trat, machte sich Lana gerade eifrig Notizen. Sie blickte auf.

»Callie, ich muss Ihnen eine wichtige Frage stellen, und ich bitte Sie, mir ehrlich zu antworten. Halten Sie es für möglich, dass Elliot und Vivian Dunbrook auf irgendeine Art in die Entführung verwickelt waren?«

»Meine Mutter bekommt schon Schuldgefühle, wenn sie in der Bücherei ein Buch zu spät zurückgibt. Und mein Vater liebt sie so sehr, dass er die Adoption auf ihren Wunsch hin geheim hielt, aber er ist so integer, dass er die Papiere immerhin an einem sicheren Ort aufbewahrte. Sie hatten nichts mit der Entführung zu tun, ganz bestimmt nicht. Ich habe ihre Gesichter gesehen, als ich ihnen von Suzanne Cullen erzählt habe. Sie waren genauso überrascht wie ich.«

Lana nickte. Das Cullen-Baby. Douglas Cullens Schwester, Rogers Enkeltochter. Wie viele Leben würden jetzt auf den Kopf gestellt werden?

»Sie kennen sie nicht«, fuhr Callie fort. »Deshalb sind Sie nicht überzeugt. Aber Sie können die Informationen, die Jake Ihnen gegeben hat, nachprüfen. Sie können auch meine Eltern überprüfen, wenn Sie es für nötig halten. Aber ich möchte nicht, dass Sie Ihre Zeit mit ihnen verschwenden, statt diesen Hurensohn von einem Anwalt zu finden.«

Sie warf die Papiere aufs Bett. »Bestimmt bin ich nicht der einzige Säugling gewesen. Er hat wahrscheinlich im großen Stil Babys nicht nur gestohlen, sondern sie auch noch verkauft, und seine Opfer waren verzweifelte kinderlose Ehepaare.«

»Ich stimme Ihnen zu, aber wir müssen Beweise dafür finden.«

»Engagieren Sie einen Privatdetektiv.«

»Das wird sehr teuer werden.«

»Tun Sie es einfach. Ich sage es Ihnen schon, wenn ich es mir nicht mehr leisten kann.«

»Okay, ich kümmere mich gleich heute Abend darum. Ich kenne jemanden, den die Kanzlei in Baltimore, für die mein Mann gearbeitet hat, häufig eingesetzt hat. Wenn er keinen Termin frei hat, wird er mir sicher jemand anders empfehlen können. Callie, wissen die Cullens Bescheid?«

»Ich war heute bei Suzanne. Wir lassen Bluttests machen.«

Lana machte sich eine weitere Notiz auf ihrem Block und legte dann ihren Stift ab. »Ich sollte Ihnen sagen, dass ich eine persönliche Beziehung zu Roger Grogan habe. Das ist Suzanne Cullens Vater«, fügte sie hinzu, als Callie sie verständnislos anblickte. »Wir sind sehr gut befreundet. Und wie der Zufall so spielt, hatte ich gestern Abend eine Verabredung mit Douglas Cullen.«

»Ich dachte, Sie seien verheiratet?«

»Ja. Aber mein Mann ist vor fast vier Jahren umgekommen, und ich bin in persönlicher Hinsicht sehr an Doug interessiert. Wenn das für Sie ein Problem bedeutet, dann müssen wir das klären, bevor ich weitere Schritte unternehme.«

»Meine Güte, Kleinstädte!« Callie rieb sich mit den Händen übers Gesicht. »Ich wüsste nicht, was das für eine Rolle spielen sollte, solange Sie im Auge behalten, für wen Sie arbeiten.«

»Damit habe ich keine Probleme. Ich bin *Ihre* Anwältin.«

»Ihr Freund glaubt, ich sei hinter dem Geld seiner Mutter her.«

»Eine Verabredung macht ihn noch nicht zu meinem Freund«, wies Lana sie milde zurecht. »Ich kann mir vorstellen, dass es ziemlich viele Reibungspunkte gibt, und er scheint mir nicht gerade ein einfacher, friedfertiger Mann zu sein.«

»Im Gegenteil, mir kam er ziemlich rabiat vor.«

»Ja, diesen Eindruck macht er auf den ersten Blick.« Lana erhob sich lächelnd. »Ich werde also weitere Nachforschungen betreiben und den Detektiv engagieren. Morgen im Laufe des Tages sollten Sie in der Kanzlei vorbeikommen, dann kann ich Ihnen hoffentlich schon mehr erzählen – und Sie können mir einen größeren Scheck geben.«

Sie ergriff Callies Hand und verabschiedete sich mit einem festen Händedruck. »Ich sage Ihnen am besten erst gar nicht, dass Sie sich keine Sorgen machen sollen. Ich würde mir an Ihrer Stelle bestimmt auch welche machen. Aber ich werde mein Bestes für Sie tun, und ich bin in meinem Job bestimmt genauso gut wie Sie in Ihrem.«

»Dann können wir sicher alles ziemlich schnell klären. Ich bin nämlich wirklich gut in meinem Job.«

»Kommen Sie morgen vorbei«, erwiderte Lana und ergriff ihren Schirm. »Auf Wiedersehen, Jake.«

Er trat zur Tür und öffnete sie für sie, weil sie offenbar genau der Typ Frau war, die solche Gesten mochte. Zögernd schloss er die Tür wieder. Er war sich nicht ganz sicher, was er mit Callie machen sollte. Sie hatte sich vor Lana sehr zusammengenommen, aber er sah ihr an, dass sie hinter der Fassade zutiefst verunsichert war. Und unglücklich.

»Lass uns eine Pizza bestellen«, sagte er.

Benommen blickte sie ihn an. »Was?«

»Lass uns eine Pizza bestellen und ein bisschen arbeiten.«

»Ich ... du warst doch eben erst im Restaurant.«

»Ich habe nur einen Kaffee getrunken. Okay, ich habe auch ein Stück Kuchen gegessen, aber das zählt nicht, weil es nur der Vorwand war, um den ganzen Klatsch aus Frieda herauszulocken. Aber er war nicht schlecht – Pfirsichkuchen.«

»Lass mich einfach allein.«

»Wenn ich dich allein lasse, versinkst du nur in Trübsinn, und das bringt doch nichts. Du kannst ja nichts unternehmen, bevor du nicht mehr weißt. In dieser Stadt hier muss es doch eine Pizzeria geben.«

»Ja, *Modesto's*, an der Ecke Main und Mountain Laurel.«

Er griff zum Hörer. »Ich wusste, dass du die wichtigsten Dinge schon gespeichert hast. Ich bestelle eine Funghi, okay?«

»Nein.«

»Wenigstens zur Hälfte. Ich mag nun einmal Pilze.«

»Wenn deine Pilze auch nur in die Nähe meiner Hälfte kommen, kannst du die Pizza allein bezahlen.«

»Ich habe letztes Mal schon bezahlt.«

»Dann bestell dir eben deine blöde Funghi. Die Nummer steht auf dem Block neben dem Telefon.«

Jake bestellte die Pizza mit Peperoni und schwarzen Oliven, weil ihm einfiel, wie gerne Callie sie mochte. »Dreißig Minuten«, sagte er, als er aufgelegt hatte. »Weißt du, hier im Motel können wir wohl nicht mehr lange bleiben. Wir werden uns ein Haus mieten müssen.«

»Es ist fast August. So lange dauert der Sommer nicht mehr.«

»Noch lange genug. Wir finden bestimmt etwas, das wir von Monat zu Monat mieten können.«

»Ich weiß gar nicht, wie ich es meinen Eltern beibringen soll«, sagte Callie unvermittelt. Resigniert hob sie die Hände und ließ sie wieder sinken. »Was soll ich ihnen bloß sagen?«

»Nichts.« Er trat zu ihr. »Es hat doch gar keinen Zweck, sie zu belasten, bevor du selbst nicht mehr weißt. Bei Ausgrabungen weißt du doch auch, wie du vorgehen musst. Schicht um Schicht, Punkt für Punkt. Wenn du zu rasch Schlussfolgerungen ziehst, übersiehst du Details.«

»Ich kann im Moment einfach nicht klar denken.«

»Das wird schon wieder.« Aufmunternd streichelte er ihr über die Wange. »Lass dich einfach ein bisschen von mir in die Arme nehmen. Das hast du lange nicht mehr versucht.«

»Ich …«, begann Callie, aber er schlang einfach die Arme um sie und zog sie an sich. Nach kurzem Widerstand legte sie den Kopf an seine Schulter und atmete tief durch.

»Siehst du, genau so.« Sein Herz schlug wie wild.

»Ich weiß nicht, warum ich nicht wütend bin. Anscheinend kann ich nicht mehr wütend werden.«

»Oh doch, das kommt schon wieder.«

»Hoffentlich bald.« Sie schloss die Augen. Er hatte vermutlich Recht. Es tat gut, von ihm gehalten zu werden. »Gehört das auch zu unserer Freundschaft?«

»Ja. Das und die Möglichkeit, dass du scharf wirst und Sex haben möchtest. Lass uns einfach abwarten.«

Er knabberte an ihrem Ohrläppchen, und dann glitten seine Lippen zu ihrem Kinn.

Oh, sie kannte diese Technik; Jake war verdammt gut darin. Sie konnte sich ihm widersetzen oder mitmachen. Sie entschied sich für Letzteres, und dann waren seine Lippen über ihren, verheißungsvoll und voller Lust. Ihre Herzen schlugen heftig, als sie sich an ihn presste. Stöhnend schlang sie die Arme um ihn, und er packte sie an der Bluse. Diese besitzergreifende Geste hatte sie schon immer erregt. Callie war erleichtert, dass sie diese plötzliche Lust, das große Verlangen nach Jake, empfinden konnte. Es bewies ihr, dass sich an ihrer Person nichts geändert hatte, sie war immer noch Callie Ann Dunbrook. Und sie sehnte sich immer noch nach Dingen, die nicht gut für sie waren.

Mit beiden Händen umfasste Jake ihr Gesicht und strich ihr so zärtlich über die Wange, dass sie vollends aus dem Gleichgewicht geriet.

»Wir begehren einander noch immer, Callie.«

»Das war nie unser Problem.«

»Nein, ganz bestimmt nicht.« Er drückte ihr einen Kuss auf die Stirn. »Möchtest du ein Bier zu der Pizza? Ich habe welches in meinem Zimmer.«

Sie trat einen Schritt zurück und musterte ihn misstrauisch. »Du verzichtest für Pizza und Bier auf Sex?«

»So darfst du es nicht formulieren – das tut weh. Willst du jetzt ein Bier oder nicht?«

»Ja, klar.« Sie zuckte mit den Schultern, weil sie sich seltsamerweise abgewiesen fühlte. Entschlossen wandte sie sich ihrem Laptop zu. »Ich werde so lange die restlichen Funde von heute eintragen.«

»Ja, okay. Ich bin gleich wieder da.«

In seinem Zimmer lehnte sich Jake mit der Stirn an die Wand. Er hatte immer noch Callies einzigartigen Geschmack auf der Zunge. Und ihre Haare hatten nach Regen geduftet.

Er spürte sie in seinem Körper wie eine Droge. Nein, eher wie einen verdammten Virus, dachte er, während er den Deckel seiner Kühlbox öffnete. Er konnte nichts dagegen tun. Oder schlimmer noch, er wollte nichts dagegen tun. Er wollte sie zurückgewinnen, und es würde ihm auch gelingen.

Er setzte sich für einen Moment auf die Bettkante, um sich zu beruhigen. Der Zeitpunkt könnte nicht ungünstiger sein, dachte er. Callie hatte Probleme und brauchte Hilfe. In dieser

Situation war der Plan, den er verfolgte, seit er sich dem Team angeschlossen hatte, völlig fehl am Platz. Er hatte sie auf subtile Art verführen wollen, sodass sie sich wieder daran gewöhnte, ihn um sich zu haben, in der Hoffnung, dass sie sich schließlich wieder in ihn verlieben würde. Aber jetzt war nicht der richtige Zeitpunkt, um mit ihr ins Bett zu gehen.

Als Lana Callie die Sache mit der Adoption berichtet hatte, hatte sie ausgesehen, als habe ihr jemand einen Kinnhaken verpasst. Und doch hatte sie nicht gejammert oder sich selbst bemitleidet. Das ist mein Mädchen, dachte Jake. Unerschütterlich wie ein Felsen. Und doch brauchte sie ihn jetzt, und er musste ihr und sich selbst beweisen, dass er sie nicht im Stich ließ. Ganz gleich, wie sehr er sie begehrte – dieses Mal würde er sich der Situation stellen und nicht nur an Sex denken.

Er hatte es fast ein Jahr lang ohne sie ausgehalten, hatte sämtliche emotionale Phasen einer Trennung durchlaufen. Er war wütend gewesen und verletzt, hatte Bitterkeit und Verzweiflung empfunden, bis er die Trennung schließlich akzeptiert hatte. Doch er wusste, dass er zu jenen Menschen zählte, die mit ihrem Partner alt werden konnten, wenn es nur der richtige war. Jake spürte, dass er Callie Zeit lassen musste, während er ihr half, das Chaos in ihrem Leben durchzustehen. Und dann würden sie gemeinsam einen neuen Anfang wagen.

Bei diesen Gedanken fühlte er sich gleich besser. Er ergriff die Bierdosen und ging zurück in Callies Zimmer.

Jake hat Recht gehabt, dachte Callie, als sie sich zum Schlafen fertig machte. Durch die Arbeit war sie nicht nur von ihren Sorgen abgelenkt worden, sondern auch ihr Gehirn funktionierte wieder einwandfrei. Der Nebel hatte sich gelichtet.

Sie wusste jetzt, was sie zu tun hatte. Lana sollte einen Termin zur Blutabnahme bei einer Arztpraxis am Ort vereinbaren. Die Probe würde dann zum Partner ihres Vaters in Philadelphia geschickt. Callie würde Lana bitten, als Zeugin dabei zu sein, wenn die Blutprobe versiegelt und beschriftet würde.

In Philadelphia würde dann ebenfalls ein unabhängiger Zeuge anwesend sein müssen. Auf diese Art konnten die Ergebnisse nicht gefälscht werden, und das Ganze bekam einen offiziellen Anstrich.

Sie würden ihren Eltern gegenüber nichts von dem erwähnen, was Lana bisher herausgefunden hatte. Jake hatte Recht: Es war unnötig, solange sie nicht über weitere Erkenntnisse verfügten. Alles in allem wollte Callie in dieser Privatangelegenheit genauso vorgehen wie in ihrem Beruf: methodisch, wissenschaftlich und gründlich. Sie würde alle Daten im Computer zusammentragen und jeden Tag einen Bericht schreiben. Und um Douglas Cullen auf Abstand zu halten, würde sie Lana bitten, ein Dokument aufzusetzen, mit dem sie auf jeglichen Anspruch auf Suzanne Cullens Vermögen verzichtete.

Um auf andere Gedanken zu kommen, beschloss Callie, noch ein wenig Cello spielen, bevor sie ins Bett ging. Sie ergriff ihr Instrument, schloss die Augen und ließ die Suite No.1 in g-Moll von Bach auf sich wirken. Diese Musik versetzte sie stets in eine ruhige, friedliche Stimmung. Wegen jener kostbaren Momente schleppte Callie das unhandliche Instrument auf jeder Reise mit sich, ganz gleich, wie umständlich es sein mochte. Schließlich legte sie den Bogen beiseite. Dann cremte sie sich ein und blies die Kerze aus.

Sie hatte noch keine fünf Minuten in ihrem Bett gelegen, als sie auch schon wieder aufsprang und die Schachtel holte, die Suzanne ihr gegeben hatte. Kein Wunder, dass ich neugierig bin, sagte sie sich. Schließlich war das der Grund, weshalb sie großen Erfolg in ihrem Beruf hatte. Sie würde das Rätsel um ihre Vergangenheit lösen und alles wieder in Ordnung bringen.

In der Schachtel lagen die Briefe, in schlichten weißen Umschlägen und nach Datum geordnet. Offenbar war Suzanne ein ordentlicher Mensch. Callie nahm sich vor, die Briefe zu lesen, um eine bessere Vorstellung vom Wesen dieser Frau zu bekommen. Schließlich geht es darum, Fakten zu sammeln, sagte sie sich und nahm den ersten Brief aus der Schachtel.

Während sie den Umschlag, auf dem »Jessica« stand, öffnete, empfand sie die gleiche Vorfreude, die sie immer verspürte, wenn sie die Erde von einem Artefakt abbürstete.

Meine geliebte Jessica,

heute bist du ein Jahr alt. Ich kann kaum glauben, dass schon ein ganzes Jahr vergangen sein soll, seit ich dich zum ersten Mal im Arm hielt. Für mich ist diese Zeit immer noch wie ein Traum, verschwommen und unwirklich. Manchmal höre ich dich weinen und gehe in dein Zimmer. Oder ich spüre, wie du dich in mir bewegst, wie in der Zeit vor deiner Geburt.

Aber dann fällt mir alles wieder ein, und ich spüre jenen Schmerz, den ich einfach nicht ertragen kann.

Meine Mutter hat mir geraten, diesen Brief zu schreiben. Ich weiß nicht, was ich in den vergangenen Monaten ohne sie getan hätte. Wahrscheinlich kann nur eine Mutter wirklich verstehen, was ich durchmache. Dein Daddy versucht es, und ich weiß, dass er dich auch sehr vermisst, aber ich glaube nicht, dass er die gleiche Leere empfindet, jene Leere, die mir das Gefühl gibt, ich könnte im nächsten Moment zu Staub zerfallen.

Ein Teil von mir wünscht sich, dass es so wäre, aber da ist schließlich noch dein Bruder, der arme, süße kleine Junge. Er ist so verwirrt und weiß nicht, warum du nicht mehr da bist.

Wie soll ich es ihm erklären, wenn ich es selbst nicht verstehe?

Ich weiß, dass wir dich eines Tages wieder finden werden, Jessie, weil wir nie, niemals aufhören werden, nach dir zu suchen. Ich bete jeden Tag, dass du eines Nachts wieder in deinem Bettchen liegst, und ich bete darum, dass es dir bis dahin gut ergehen wird. Dass du keine Angst haben musst, und dass derjenige, der dich mitgenommen hat, freundlich und liebevoll zu dir ist. Ich stelle mir vor, dass es eine Frau ist und dass sie dich so wiegt, wie ich es getan habe, und dir deine Lieblingsschlaflieder vorsingt.

Eines Tages wird dieser Frau klar werden, dass das, was sie getan hat, falsch war, und sie wird dich nach Hause bringen.

Es tut mir so Leid, dass ich mich einen Moment lang von dir abgewandt habe. Ich schwöre dir, es war nur ein kurzer Augenblick. Wenn ich die Zeit zurückdrehen könnte, würde ich dich nicht loslassen, und niemand könnte dich mir jemals wegnehmen.

Wir suchen alle nach dir, Jessie. Wir alle. Mama und Daddy, Grandpa und Grandma, Nanny und Pop. Alle Nachbarn und die Polizei. Du darfst niemals glauben, dass wir dich einfach haben fortgehen lassen. Wir werden die Suche niemals aufgeben.

Du bist hier in meinem Herzen, mein Baby, meine Jessie.

Ich liebe dich. Ich vermisse dich.

Mama.

Callie faltete den Briefbogen sorgfältig zusammen und steckte ihn in den Umschlag zurück. Dann legte sie den Deckel auf die Schachtel und stellte sie auf den Fußboden. Als sie das Licht ausgeschaltet hatte, starrte sie im Dunkeln an die Decke und weinte aus Mitleid mit einer Frau, die sie kaum kannte.

Den größten Teil des nächsten Tages verbrachte Callie mit der mühsamen Aufgabe, die Überreste der beiden Skelette freizulegen. Stundenlang arbeitete sie mit Bürsten, Zahnstochern und Zungenspatel, um die Knochen von der Erde zu befreien. Aber dieser jüngste Fund hatte ihr zumindest zwei neue studentische Hilfskräfte beschert.

Dory Teasdale, eine langbeinige Brünette, war Fotografin. Und mit Bill McDowell, der so jung aussah, als dürfe er noch keinen Alkohol kaufen, aber bereits bei drei Ausgrabungen mitgeholfen hatte, gewann Callie einen hilfsbereiten Assistenten hinzu. Auch Dory machte einen kompetenten Eindruck, und Callie versuchte zu ignorieren, dass sie vom Typ her Veronica Weeks ähnlich sah, jener Frau, die der Auslöser für das Scheitern ihrer Ehe mit Jake gewesen war. Es spielte keine Rolle, wie Dory aussah, solange sie ihre Arbeit gut machte.

»Wir haben noch eine Hilfe bekommen«, ertönte in diesem

Augenblick Jakes Stimme neben Callie. Er wies mit dem Kinn auf einen schlaksigen Mann, der neben Digger stand. »Ein freier Archäologe, hat seine eigenen Werkzeuge. Er heißt Matt Kirkendal. Er hat von dem Projekt gehört und will sich uns anschließen. Anscheinend hat er eine Menge Erfahrung.«

Callie musterte den Neuankömmling. Seine grauen Haare waren zu einem langen Zopf geflochten, er trug ausgetretene Arbeitsschuhe, und unter seinem Hemdsärmel blitzte eine Tätowierung hervor. Offensichtlich hatten er und Digger sich bereits angefreundet.

»Wir können gar nicht genug Hilfskräfte haben«, sagte Callie. »Lass ihn ein paar Tage mit Digger zusammenarbeiten, dann sehen wir ja, was er leistet.«

»Das hatte ich auch vor.«

Jake beobachtete, wie sie eine Schnur zwischen zwei Nägeln befestigte, damit sie eine Skizze für den vertikalen Schnitt des Grabungsabschnitts machen konnte.

»Soll ich dir helfen?«

»Nein, ich komme schon zurecht. Was hältst du übrigens von den neuen Studenten?«

»Das Mädchen ist ein erfreulicher Anblick.« Jake befestigte mit Wäscheklammern ein Bandmaß an den Nägeln und ignorierte den Blick, den Callie ihm zuwarf. »Sie hat offensichtlich keine Angst, sich die Hände schmutzig zu machen. Der Junge scheint ziemlich eifrig zu sein – wahrscheinlich will er dich beeindrucken. Er wirft dir ständig sehnsüchtige Blicke zu.«

»Blödsinn!«

»Doch, er hat sich ernsthaft in dich verliebt. Ich kenne mich da aus.«

Aufgebracht schnaubte sie: »Sich in eine Frau zu verlieben ist etwas anderes, als sie mit Blicken auszuziehen.«

»Oh! Na gut, offenbar kenne ich mich in diesen Dingen doch nicht so gut aus«, sagte Jake und ging weiter, während sich Callie ein Grinsen nicht verkneifen konnte.

Der jüngste Fund hatte dem Ausgrabungsteam ein großes Medieninteresse eingebracht. Nachmittags gab Callie, die neben den beiden Skeletten kniete, einer Reporterin von *The Washington Post* ein Interview.

»Es handelt sich um ein weibliches Skelett«, erläuterte sie. »Das einer Frau zwischen zwanzig und fünfundzwanzig.«

»Woher wissen Sie ohne Labortests, wie alt sie geworden ist?«

»Wenn man etwas von Knochen versteht, kann man das Alter schätzen.« Mit einem Zungenspatel wies Callie auf die Armknochen. »Sehen Sie hier, das ist interessant. Sie hatte einen Oberarmbruch, höchstwahrscheinlich irgendwann in der Kindheit. Vermutlich im Alter zwischen zehn und zwölf Jahren. Er ist zwar verheilt, aber die Knochen sind nicht gut zusammengewachsen.«

Mit dem Zungenspatel fuhr sie leicht über die Bruchstelle. »Dieser Arm war wahrscheinlich ihr Leben lang schwächer als der andere und hat sie ziemlich beeinträchtigt. Es war ein glatter Bruch, was mir sagt, dass er eher von einem Sturz als von einem Schlag herrührt. Trotz der Verletzung war die Frau in einem guten allgemeinen Gesundheitszustand, was bedeutet, dass der Stamm sie nicht verstoßen hat. Sie haben offenbar für ihre Kranken und Verletzten gesorgt, was sich auch daran zeigt, dass sie mit ihrem Kind zusammen beerdigt worden ist.«

»Woran ist sie gestorben?«

»Da keine anderen Verletzungen zu erkennen sind und das Kinderskelett auf ein Neugeborenes hinweist, vermuten wir, dass sie und das Kind bei der Geburt gestorben sind. Sie sehen ja, man hat sie nicht nur zusammen beerdigt, sondern die Frau so hingelegt, dass sie das Kind im Arm hält. Das weist auf Mitgefühl, möglicherweise sogar Trauer hin.«

»Manche Menschen haben etwas dagegen, dass Tote zu Studienzwecken ausgegraben werden, entweder aus religiösen Gründen oder einfach nur aus der Überzeugung heraus, dass man die Totenruhe nicht stören darf. Wie stehen Sie dazu?«

»Sie sehen ja, mit welcher Sorgfalt hier gearbeitet wird. Wir möchten die Menschen, die vor langer Zeit hier gelebt haben, nicht ignorieren, sondern etwas über sie erfahren. Das hat in meinen Augen etwas damit zu tun, dass wir sie ehren.«

»Was können Sie mir zu dem Fluch sagen?«

»Ich kann Ihnen nur sagen, dass dies hier keine Episode aus *Akte X* ist. Und jetzt entschuldigen Sie mich bitte, aber ich muss mich wieder an die Arbeit machen. Vielleicht möchten Sie ja noch mit Dr. Greenbaum sprechen.«

Nachdem die Journalistin gegangen war, arbeitete Callie schweigend und konzentriert weiter. Eine Stunde später griff sie gerade nach ihrer Kamera, als Jake zu ihr herüberkam. »Was ist das?«, fragte er.

»Es sieht aus wie ein Schildkrötenpanzer. Er steckt zwischen den Skeletten. Ich muss Detailfotos von den Knochen machen.«

»Ich hole Dory. Du brauchst eine Pause.«

»Von mir aus kann sie die Fotos machen, aber ich möchte unbedingt noch herausfinden, was es ist.«

Callie ging in die Hocke und machte sich wieder an die Arbeit, während Jake Dory holen ging, damit sie die Skelette fotografieren konnte.

Mit halbem Ohr lauschte Callie dem entspannten Geplauder zwischen Dory und Jake. Die beiden schienen gut miteinander auszukommen.

»So, das war's«, verkündete Dory nach einer Weile. »Nichts gegen den Rest der Ausgrabung, aber Sie haben wirklich die beste Stelle erwischt. Es ist einfach faszinierend.« Dory warf noch einen Blick auf die Skelette. »Auch wenn es schon so lange her ist – der Gedanke, dass das die Knochen von einem Säugling sind, macht mich traurig.«

»Wir werden die Toten ehren. Hören Sie, Dory, ich möchte diese Bilder so schnell wie möglich haben.«

»Der Film ist sowieso voll. Wenn Sie möchten, kann ich ihn sofort entwickeln.«

»Großartig.«

Dory eilte weg, und Callie fuhr behutsam fort, den Schildkrötenpanzer auszugraben. Als sie ihn vorsichtig anhob, stellte sie fest, dass er mit kleinen Steinchen gefüllt war, die darin rasselten.

»Offenbar hat man den beiden ein Spielzeug mit ins Grab gegeben«, murmelte Callie. Sie trug den Fund in ihre Liste ein. »Ich sage Leo Bescheid, dass sie jetzt geborgen und weggebracht werden können. Ich habe einen Termin, bin aber in einer Stunde wieder zurück.«

»Babe –« Jake rieb mit den Knöcheln über ihre Wange. »Du bist schmutzig.«

»Ich wasche mich schnell ein bisschen.«

»Hör mal, Leo hat soeben mit Dolan telefoniert. Dolan will uns eine einstweilige Verfügung an den Hals hängen. Wir sollen nichts mehr vom Gelände entfernen dürfen.«

»Damit kommt er niemals durch.«

»Hoffentlich hast du Recht. Aber wenn er schlau ist, wird er darauf abzielen, dass wir die Totenruhe stören. Und dann wird er einiges an Unterstützung bekommen.«

»Und wie will er dann sein Bauvorhaben rechtfertigen?«

»Gute Frage. Ich schätze, dass er in diesem Moment genau darüber nachdenkt.« Jake ließ seinen Blick über das stille Wasser des Teichs und das üppige Grün der Bäume schweifen. »Das ist ein verflucht hübsches Fleckchen Erde.«

»Deshalb hat man hier auch den Friedhof angelegt.«

»Da hast du vermutlich Recht. Wie auch immer, Dolan will die Ausgrabung unbedingt stoppen. Und ihm gehört nun einmal das Land. Wenn er es darauf anlegt, kann er uns daran hindern, die Artefakte von hier wegzuschaffen.«

»Dann müssen wir ihm eben das Handwerk legen.«

»Zunächst sollten wir es mit Vernunft und Diplomatie versuchen. Ich habe morgen eine Verabredung mit ihm.«

»Du? Warum denn du?«

»Weil ich ihm im Gegensatz zu dir nicht gleich eins auf die Nase gebe«, erwiderte Jake und gab ihr einen flüchtigen Kuss auf die Wange. »Und weil ich der Anthropologe bin und viel spannendere Sachen über die verschiedenen Kulturen und ihre Auswirkung auf die heutige Zeit erzählen kann als du.«

»Das ist doch Blödsinn«, sagte Callie ärgerlich und machte sich auf den Weg zu ihrem Wagen. »Jede Wette, dass Leo dich zu dem Kerl schickt, weil du im Unterschied zu mir ein Mann bist.«

»Das ist auch ein Gesichtspunkt. Dolan und ich werden ein Gespräch von Mann zu Mann führen, und ich werde versuchen, ihn zu überzeugen.«

»Na, dann sieh mal zu, dass es dir gelingt, Graystone, sonst muss ich dem Kerl leider eins mit der Schaufel über den Kopf ziehen.«

»Ich werde mein Bestes tun«, sagte Jake grinsend. »Ach übrigens, Dunbrook«, fügte er hinzu, als sie ihre Autotür öffnete, »wasch dein Gesicht.«

9

Als Callie am nächsten Morgen aus ihrem Motelzimmer trat, sah sie zu ihrem Entsetzen, dass ihr Rover über und über mit leuchtend roten Graffiti verschmiert war, die in der Sonne glänzten wie frisches Blut.

Schlampe, stand da, *Grabschänderin* und *Fotze* neben andere ausgesuchten Obszönitäten, Gemeinheiten und der Aufforderung *Verpiss dich!*

Instinktiv sprang Callie auf ihr Auto zu, wie eine Mutter, die ihr Kind beschützen will. Erstickte Laute drangen aus ihrer Kehle, während sie mit den Fingerspitzen über die roten Buchstaben fuhr. Ungläubig starrte sie die Motorhaube an, auf der in großen Buchstaben das Wort *Lesbe* stand.

Doch dann wich der Schock einer unsäglichen Wut. Callie stürmte zurück in ihr Zimmer, ergriff das Telefonbuch und suchte die Nummer von *Dolan und Söhne* heraus. Als sie gerade wieder ins Freie trat und die Tür hinter sich zuknallte, kam Jake aus seinem Zimmer. »Wie oft willst du die Tür eigentlich noch zuknal –« In diesem Moment entdeckte er Callies Wagen. »Ach du liebe Scheiße!«, entfuhr es ihm. Obwohl er barfuß war und nur eine Jeans trug, ging er zu dem Rover hinüber, um sich die Schmierereien genauer anzuschauen. »Glaubst du, das waren Austin und Jimmy oder ihre Kumpane?«

»Das werde ich noch herausfinden.« Callie schob Jake beiseite und riss die Fahrertür auf.

»He, warte! Warte einen Moment.« Er kannte diesen mordlustigen Blick. »Gib mir zwei Minuten Zeit, dann komme ich mit.«

»Ich brauche keine Unterstützung, um mit ein paar ungebildeten Lümmeln fertig zu werden.«

»Warte einfach auf mich.« Zur Sicherheit nahm Jake Callie die Autoschlüssel ab. Dann rannte er in sein Zimmer, um sich Hemd und Schuhe anzuziehen.

Als er dreißig Sekunden später wieder hinausrannte, stellte er verblüfft fest, dass Callie trotz allem ohne ihn gefahren war. Er hatte ganz vergessen, dass sie immer einen Ersatzschlüssel im Handschuhfach liegen hatte.

»Oh, verdammt! Verdammte Scheiße!«, fluchte er leise.

Callie blickte sich nicht einmal mehr nach Jake um. In Gedanken war sie bereits bei dem, was vor ihr lag. Sie besaß den Rover bereits seit sechs Jahren; er gehörte sozusagen zu ihrem Team. Jede Schramme und jeder Kratzer war mit einer Erinnerung verbunden, und niemand vergriff sich ungestraft an Callie Dunbrooks Besitz.

Minuten später hielt sie mit quietschenden Bremsen vor Dolans Büro auf der Hauptstraße. Wutschnaubend sprang sie aus dem Wagen und konnte nur mit Mühe der Versuchung widerstehen, die Tür einzutreten. Stattdessen hämmerte sie mit der Faust dagegen.

Eine freundlich aussehende Frau öffnete die Tür. »Es tut mir Leid, aber wir machen erst in einer Viertelstunde auf.«

»Ich muss zu Dolan, Ronald Dolan.«

»Mr Dolan ist heute früh auf einer Baustelle. Soll ich Ihnen einen Termin bei ihm geben?«

»Was für eine Baustelle?«

»Oben auf der Turkey Neck Road.«

Callie ballte die Fäuste. »Erklären Sie mir bitte, wie ich dorthin komme.«

Die Fahrt dauerte zwanzig Minuten, und am Ende musste Callie über eine kurvenreiche Landstraße holpern, weil sie die richtige Abzweigung verpasst hatte. Weder die Sonnenstrahlen, die durch das Laub der Bäume brachen, noch die friedliche Morgenstimmung konnten Callie besänftigen. Im Gegenteil, je länger die Fahrt dauerte, desto wütender wurde sie. Immer wieder fiel ihr Blick auf die Motorhaube. Sie gelobte sich, dass der Schuldige dafür würde bezahlen müssen, obwohl sie noch keine genaue Vorstellung hatte, wie.

Schließlich bog sie in eine schmale Privatstraße ab, überquerte eine hübsche kleine Brücke und fuhr auf das große, bewaldete Grundstück, das ihr die Sekretärin beschrieben hatte. Schon von weitem konnte sie die Geräusche der Baustelle hören, das Hämmern und Sägen, das Dudeln eines Radios. Callie musste zugeben, dass das Haus nicht schlecht aussah, vor allem passte es gut zu dem pittoresken Waldgrundstück. Überall lagen Berge von Bauschutt herum, und mehrere Pickups standen kreuz und quer in dem Schlamm, den der Regen vom Vortag hinterlassen hatte. Ein paar stämmige Männer waren bereits schweißüberströmt bei der Arbeit. Dolan stand, wie immer in Arbeitshose und blauem Hemd mit hochgekrempelten Ärmeln, mit in die Hüfte gestemmten Händen da und überwachte die Arbeiten.

Als Callie die Wagentür zuknallte, wandte Dolan kurz den Kopf zu ihr um, blickte dann jedoch betont desinteressiert wieder weg, als sie auf ihn zukam.

»Austin und Jimmy, diese Arschgesichter!«, fuhr sie ihn ohne eine Begrüßung an. »Wo sind sie?«

Dolan drehte sich um und musterte die Schmierereien auf Callies Auto. »Wenn Sie ein Problem mit einem meiner Männer haben, wenden Sie sich bitte an mich.«

»Gut.« Das passte Callie hervorragend. »Sehen Sie das?«, fragte sie und zeigte auf ihren Rover. »Ich mache Sie dafür verantwortlich.«

Dolan spürte, dass seine Leute ihn beobachteten, und hakte betont lässig die Daumen in seine Hosenträger. »Wollen Sie etwa behaupten, dass ich Ihren Wagen beschmiert hätte?«

»Ich behaupte nur, dass derjenige, der das getan hat, für Sie arbeitet und genau zugehört hat, als Sie Ihre Bemerkungen über die Arbeit meines Teams am Antietam Creek losgelassen haben.«

»Davon weiß ich nichts. Für mich sieht es danach aus, als seien es Kinder gewesen. Und was Ihre Arbeit am Antietam Creek angeht – damit ist es sowieso bald vorbei.«

»Bei Ihnen arbeiten zwei Schwachköpfe namens Austin und Jimmy, und für mich sieht es danach aus, als seien diese beiden es gewesen.«

»Bei mir arbeiten eine Menge Leute«, antwortete Dolan und grinste höhnisch.

»Finden Sie das etwa amüsant?« Callie verlor den letzten Rest an Beherrschung und stieß ihm mit der Faust gegen die Brust. Die Bauarbeiter hatten mittlerweile aufgehört zu arbeiten und beobachteten die Szene mit unverhohlener Neugierde. »Glauben Sie etwa, die böswillige Zerstörung von fremdem Eigentum ist ein gottverdammter Witz?«

»Nun, vielleicht sollten Sie es einmal so sehen: Wenn Sie irgendwo sind, wo Sie nicht erwünscht sind, und etwas tun, was Sie nicht tun sollten, dann müssen Sie eben unter Umständen den Preis dafür zahlen.« Am liebsten hätte Dolan ihr ebenfalls einen Stoß versetzt, um seinen Männern zu zeigen, dass er sich von einer Frau nichts gefallen ließ, doch er begnügte sich damit, ihr drohend mit dem Finger vor dem Gesicht herumzufuchteln. »Anstatt mich anzuschreien, sollten Sie lieber schleunigst aus Woodsboro verschwinden.«

Callie schlug seine Hand weg. »Wir sind hier nicht in einem John-Ford-Western, Sie blödes Erbsenhirn!«, fauchte sie. »Und es wird sich schon noch zeigen, wer hier welchen Preis zahlt. Wenn Sie glauben, ich lasse Sie einfach so davonkommen, dann haben Sie sich aber gründlich geirrt. Das gilt für jeden von euch«, fuhr sie fort und warf den Bauarbeitern einen wütenden Blick zu. »Wenn Sie wirklich glauben, dass mir so ein böswilliges, infantiles Benehmen Angst einjagt, dann sind Sie genauso dumm, wie Sie aussehen.«

Einer der Arbeiter kicherte, und Dolans Gesicht lief knallrot an. »Sie stehen auf meinem Besitz!«, brüllte er. »Verschwinden Sie! Leute wie Sie, die anständigen Männern die Arbeit wegnehmen, brauchen wir hier nicht. Außerdem sind Sie bei mir an der falschen Adresse mit Ihrem Gejammer wegen dem bisschen Farbe.«

»Das nennen Sie Gejammer? *Sie* werden derjenige sein, der jammert, Dolan, wenn ich Ihnen den Arsch aufreiße.«

Diese Ankündigung löste Pfiffe und Buhrufe bei Dolans Männern aus. Callie hatte bereits die Fäuste geballt, als ihr plötzlich jemand die Hand auf die Schulter legte.

»Ich könnte mir vorstellen, dass Mr Dolan und seine fröhlichen Gesellen der Polizei mehr zu erzählen haben«, ertönte Jakes Stimme. »Sollten wir das nicht mal in die Wege leiten?«

»Ich weiß nichts von dieser Geschichte«, antwortete Dolan. »Und mehr kann ich dem Sheriff auch nicht sagen.«

»Nun, das wird sich zeigen.« Jake wandte sich zum Gehen und zog Callie mit sich. »Denk daran, dass hier ein Dutzend überaus kräftiger Männer herumhängen«, raunte er ihr zu, während sie zum Rover zurückgingen. »Und denk daran, dass sie bestimmt zuerst auf mich losgehen würden, da ich keine Frau bin. Also halt den Mund.«

Callie wand sich aus seinem Griff und riss die Wagentür auf. »Das war noch nicht alles, Dolan!«, schrie sie über die Schulter zurück. »Ich werde Ihr kostbares Bauvorhaben stoppen, verlassen Sie sich darauf! In den nächsten zehn Jahren werden Sie keinen einzigen Tropfen Beton am Antietam Creek vergießen. Dafür werde ich persönlich sorgen.«

Dann stieg sie ein, knallte die Fahrertür zu und wendete so rasant, dass der Schlamm aufspritzte. Nach einer halben Meile fuhr sie rechts an den Straßenrand. Jake hielt hinter ihr. Türenknallend stiegen sie aus ihren Wagen.

»Ich habe dir gesagt, dass ich deine Unterstützung nicht brauche.«

»Und ich habe dir gesagt, du sollst zwei Minuten warten.«

»Das ist *mein* Auto.« Sie schlug mit der Faust auf den Rover. »Und *mein* Problem.«

Jake hob sie einfach hoch und setzte sie auf die Motorhaube. »Und was hat dein blödsinniges Duell mit Dolan gebracht?«

»Nichts! Aber darum geht es gar nicht.«

»Nein, in der Tat. Aber es geht darum, dass du einen taktischen Fehler begangen hast. Er war auf seinem Territorium, umgeben von seinen Männern. Meine Güte, Dunbrook, ich habe gedacht, du verstehst mehr von Psychologie. Er ist der Boss. Er kann sich doch nicht vor seinen Männern von einer Frau fertig machen lassen. Er kann es sich nicht leisten, vor diesem Publikum das Gesicht zu verlieren.«

»Ich bin stinksauer!« Callie wollte von der Motorhaube springen, doch Jake legte einfach seine Hände über ihre und hielt sie fest. »Diese ganze Psychologie kann mir gestohlen bleiben«, fuhr sie fort. »Wenn jemand auf mich schießt, schieße ich zurück. Und seit wann schreckst du eigentlich vor einer Prügelei zurück? Normalerweise bist du doch derjenige, der damit anfängt.«

Sie ahnte ja nicht, wie gerne er genau das getan hätte. Als Jake Callie dort hatte stehen sehen, hätte er am liebsten blindlings drauflos geschlagen. »Ich prügele mich nicht, wenn meine Gegner in der Überzahl und obendrein mit gefährlichen Werkzeugen bewaffnet sind. Aber es versetzt mich nicht gerade in gute Laune, wenn ich mich zurückziehen muss.«

»Ich habe dich nicht darum gebeten, dich einzumischen.«

»Nein.« Er ließ ihre Hände los. »Darum hat mich niemand gebeten.«

Trotz ihrer Wut bemerkte Callie, dass eine Veränderung in Jake vorging. Plötzlich war er eiskalt. Beschämt murmelte sie: »Okay, vielleicht hätte ich nicht allein dorthin fahren sollen, und vielleicht hätte ich auch warten sollen, bis ich mich wieder unter Kontrolle habe. Meine Güte, Jake, ich liebe dieses Auto.«

»Ich weiß.«

Seufzend ließ Callie die Beine baumeln. Dann warf sie einen Blick auf Jakes schwarzen Mercedes. »Warum haben sie eigentlich nicht dein Auto beschmiert?«

»Vielleicht war ihnen klar, dass du viel wütender sein würdest als ich.«

»Ich hasse es, wenn ich so sauer werde. Ich kann dann gar nicht mehr klar denken.« Callie warf ihm einen Blick zu und seufzte. »Okay, okay, du hattest Recht – wie es mich ankotzt, das sagen zu müssen!«

»Warte, ich hole schnell mein Aufnahmegerät aus dem Wagen«, sagte Jake grinsend.

»Wenn du dich über mich lustig machst, werde ich mich nicht bei dir bedanken.«

»Du hast gesagt, dass ich Recht hatte, und willst dich auch noch bei mir bedanken? Ich hebe gleich ab!«

»Ich hätte wissen müssen, dass du mich nicht ernst nimmst.« Callie sprang von der Motorhaube. Sie wusste genau, dass Jake sämtliche Männer auf der Baustelle in Grund und Boden geprügelt hätte, wenn einer von ihnen auch nur ansatzweise die Hand gegen sie erhoben hätte. Bei diesem Gedanken wurde ihr beinahe ein wenig warm ums Herz.

»Ich sage ja nur, dass ich Dolan nicht inmitten seiner Männer aufsuchen und ihm die Schuld an der Schmiererei hätte geben sollen. Deshalb bin ich dir dankbar, dass du mich da herausgeholt hast, bevor etwas Schlimmeres passiert ist.«

»Gern geschehen. Willst du jetzt die Polizei anrufen?«

»Ja.« Sie stieß die Luft aus. »Aber zuerst brauche ich einen Kaffee.«

»Ich auch. Fahr einfach hinter mir her.«

»Ich brauche nicht –«

»Du bist in die falsche Richtung gefahren.« Grinsend ging Jake zu seinem Auto zurück.

»Gib mir meinen Schlüssel wieder«, sagte Callie. Er warf ihr den Schlüssel zu, und sie fing ihn auf. »Woher wusstest du überhaupt, wo ich war?«

»Ich bin zu Dolans Büro gefahren und habe die wahrscheinlich immer noch zitternde Sekretärin gefragt, wo du hingefahren bist. Der Rest war ganz einfach.«

Er stieg in seinen Wagen. »Den Kaffee bezahlst du.«

Als Lana an diesem Nachmittag zum Ausgrabungsgelände fuhr, hatte sie Tyler dabei. Sie hoffte, dass Callie es mit ihrer Einladung ernst gemeint hatte, denn der Junge hatte seitdem von nichts anderem mehr gesprochen.

Lana war von der Kanzlei aus zunächst nach Hause gefahren, um sich Jeans, eine Bluse und ihre ältesten Turnschuhe anzuziehen. Wenn sie ihren Sohn auf das matschige Gelände begleiten wollte, musste sie schließlich passend angezogen sein.

»Wenn ich Knochen finde, darf ich sie dann behalten?«, fragte Tyler, als sie am Straßenrand einparkte.

»Nein.«

»Bitte, Mom!«

»Das sehe bestimmt nicht nur ich so, Kumpel. Ich kann dir versprechen, dass Dr. Dunbrook das Gleiche sagen wird.« Sie schnallte ihren Sohn ab, gab ihm einen Kuss auf den Schmollmund und hob ihn aus dem Wagen. »Und erinnerst du dich auch noch an die anderen Regeln?«

»Ich darf nicht weglaufen. Ich darf nicht zu nahe ans Wasser, und ich darf nichts anfassen.«

Lachend nahm Lana ihn auf den Arm und ging mit ihm zum Tor.

»Was bedeutet F-O-T-Z-E, Mom?«, fragte Tyler.

Lana blieb wie angewurzelt stehen und starrte ihn fassungslos an. Er blickte mit angestrengt zusammengekniffenen Augen zu Callies Auto hinüber, und als Lana seinem Blick folgte, keuchte sie entsetzt auf.

»Ach, nichts. Gar nichts, Süßer. Da … fehlen ein paar Buchstaben.«

»Warum stehen da Wörter auf dem Auto, Mom?«

»Ich weiß nicht. Das muss ich auch erst fragen.«

In diesem Moment kam Leo auf die beiden zu. »Na, wen haben wir denn da?«, fragte er und wischte sich die Hände an den Hosenbeinen ab. »Du siehst wie ein richtiger Archäologe aus.«

»Ich habe meine Schaufel mitgebracht.« Ty schwenkte seine Sandschaufel, die er unbedingt hatte mitnehmen wollen.

»Das ist gut. Hier gibt es nämlich eine Menge zu tun.«

»Das ist Tyler«, sagte Lana, die erleichtert war, dass ihr Sohn von dem verschmierten Auto abgelenkt wurde. »Ty, das ist Dr. Greenbaum. Ich hoffe, es ist okay, dass ich ihn mitgebracht habe. Callie hat gesagt, er könne gerne mitkommen, und er war ganz versessen darauf.«

»Ja, natürlich, kein Problem. Möchtest du mit mir kommen, Ty?«

Ohne auch nur einen Augenblick lang zu zögern, ließ sich Ty von Leo auf den Arm nehmen.

»Da bin ich wohl abgemeldet«, sagte Lana lachend.

»Das ist das Großvater-Syndrom«, erwiderte Leo augenzwinkernd. »Er weiß, dass er was Tolles bekommt. Wir haben da drüben eine hübsche Kollektion von Speer- und Pfeilspitzen. Möchten Sie sie sehen?«

»Ja, schon, aber ich muss zuerst mit Callie sprechen.«

»Kommen Sie einfach vorbei, wenn Sie fertig sind. Ty und ich werden uns schon zu beschäftigen wissen.«

»Darf ich einen Knochen haben?«, flüsterte Ty, als Leo mit ihm wegging. Offenbar glaubte er, dass seine Mutter ihn nicht mehr hören konnte.

Kopfschüttelnd machte sich Lana auf den Weg zu Callie, die sie etwas weiter hinten auf dem Gelände entdeckt hatte.

»Hey, schöne Frau!« Digger hielt in der Arbeit inne und zwinkerte Lana zu. »Wenn Sie etwas wissen möchten, fragen Sie nur mich.«

Geschmeidig kletterte er aus der Grube und baute sich vor Lana auf. Sie stellte fest, dass er nach Pfefferminz und Schweiß roch und im Übrigen ein wenig Ähnlichkeit mit einem Maulwurf hatte. Sie beugte sich vor, um einen Blick in die Grube zu werfen. »Sind das Knochen?«, fragte sie.

»Ja, aber keine menschlichen. Wir befinden uns hier im Bereich der Feuerstelle. Das sind Tierknochen, Überreste von Wild. Sehen Sie, dass die Erde hier verschiedene Farben aufweist?«

»Ja.«

»Im Winter Lehm, im Sommer Schlamm. Da war alles überflutet, verstehen Sie? An den Erdschichten und den Knochen können wir erkennen, dass es hier über längere Zeit eine Siedlung gegeben hat. Außerdem können wir erkennen, wie die Menschen damals gejagt haben.«

»Das können Sie alles an der Erde und an den Knochen ablesen?«

Digger tippte sich mit dem Zeigefinger an den Nasenflügel. »Ich habe ein Gespür dafür. In meinem Wohnwagen habe ich eine Menge interessanter Artefakte. Er steht da drüben. Wenn Sie heute Abend vorbeikommen möchten, kann ich sie Ihnen zeigen.«

»Ah ...«

»Digger, hör auf, meine Anwältin anzubaggern!«, rief Callie in diesem Moment herüber. »Lana, halten Sie sich bloß von ihm fern!«

»Ach was, ich bin harmlos wie ein Baby.«

»Wohl eher wie ein Babyhai«, rief Callie zurück.

»Du brauchst nicht eifersüchtig zu sein, Schätzchen. Du weißt doch, dass ich nur dich liebe.« Digger warf Callie eine geräuschvolle Kusshand zu, zwinkerte Lana noch einmal zu und sprang dann wieder in die Grube.

»Er wollte mir seine Artefakte zeigen«, sagte Lana zu Callie, als sie vor ihrer Grube stand. »Ist das die vorgeschichtliche Version der Briefmarkensammlung?«

»Das ist Diggers ältester Trick; ständig will er jemandem seine Artefakte zeigen. Und aus Gründen, die ich noch nicht durchschaut habe, kriegt er mit erstaunlicher Regelmäßigkeit Frauen herum.«

»Na ja, er ist ja auch süß.«

»Du liebe Güte, er ist so hässlich wie ein Eselsarsch.«

»Deshalb ist er ja so süß.« Lana blickte Callie an. »Was ist eigentlich mit Ihrem Landrover passiert?«

»Das war wahrscheinlich einer von Dolans Männern.« Callie zuckte mit den Schultern. »Ich habe Dolan heute früh zur Rede gestellt.«

»Sie haben mit ihm geredet?«

Callie lächelte die adrette Anwältin an. »So könnte man es nennen, ja.«

Lana legte den Kopf schräg. »Brauchen Sie einen Anwalt?«

»Noch nicht. Der Bezirkssheriff kümmert sich um die Angelegenheit.«

»Hewitt? Er ist ein bisschen langsam, aber sehr gründlich. Er wird schon herausfinden, wer es war.«

»Ja, den Eindruck hatte ich auch. Er wollte auf jeden Fall mit Dolan reden.«

»Mir tut es zwar Leid um Ihr Auto, aber je mehr Probleme Dolan bekommt, desto besser ist es für uns.«

»Es freut mich, dass ich Ihnen behilflich sein konnte. Darf ich Ihnen eine persönliche Frage stellen? Warum bügeln Sie eigentlich Ihre Jeans?«

Lana blickte an sich hinunter. »Tja, ich schätze, weil mein Hintern in einer gebügelten Jeans besser zur Geltung kommt.«

»Gut zu wissen. Wie ich sehe, hat Leo Ty-Rex gezähmt?«

»Es war Liebe auf den ersten Blick, auf beiden Seiten.« Lana blickte in Callies Grube und unterdrückte ein Schaudern. »Das sind keine Tierknochen, nicht wahr?«

»Nein, die sind von Menschen.« Callie griff nach ihrer Thermoskanne und goss Eistee in einen Plastikbecher. »Ein Mann, muss ungefähr sechzig geworden sein. Die Arthritis hat ihn fast zum Krüppel gemacht, den armen Kerl.«

Sie bot Lana von dem Tee an und nahm dann selbst einen Schluck, als die Anwältin dankend ablehnte. »In diesem Bereich hier gibt es zahlreiche Vermischungen. Dieser hier zum Beispiel« – Callie tippte mit ihrem Spatel auf einen langen Knochen – »stammt von einer Frau, die ungefähr im gleichen Alter wie der Mann war. Und dieser hier stammt von einem Mann, der mit Sicherheit noch keine zwanzig war, als er starb.«

»Sind sie alle zusammen beerdigt worden?«

»Das glaube ich nicht. Wahrscheinlich liegen sie wegen der wechselnden Wasserstände und der Klimaveränderungen so dicht beieinander. In diesem Bereich hat es immer wieder Überflutungen gegeben. Wenn wir hier tiefer graben – was wir im Herbst bestimmt tun werden –, finden wir bestimmt mehr zusammengehörige Überreste. Hey, schauen Sie mal, Ty darf Leo helfen.«

Lana richtete sich auf und sah, dass Ty glückselig in einem Haufen Erde buddelte. Leo stand neben ihm.

»Der Erdhaufen ist schon durchgesiebt worden«, erklärte Callie. »Jede Wette, dass Leo irgendeinen Stein oder ein Fossil in der Tasche hat, das er den Jungen finden lässt.«

»Er ist wirklich nett.«

»Er hat ein Faible für Kinder.«

»Hören Sie, ich würde gerne mit Ihnen reden, solange Tyler beschäftigt ist.«

»Ja, das dachte ich mir schon. Kommen Sie, wir machen einen Spaziergang. Ich muss mir sowieso ein wenig die Beine vertreten.«

»Ich möchte Ty nicht gern allein lassen.«

»Glauben Sie mir, Leo wird schon gut auf ihn aufpassen«, entgegnete Callie und klopfte sich den Staub von der Hose. Sie eilte voraus, und Lana blieb nichts anderes übrig, als ihr zu folgen.

»Ich habe weitere Informationen über Carlyle.«

»Hat der Detektiv ihn gefunden?«

»Noch nicht, aber wir haben etwas Interessantes entdeckt. Als Carlyle in Chicago und Houston praktizierte, hat er über siebzig Ehepaare in Adoptionsfällen vertreten, die alle ordnungsgemäß über das Gericht gelaufen sind. Damit hat er mit Sicherheit den Löwenanteil seines Einkommens bestritten. In seiner Zeit in Boston war er der beratende Anwalt bei zehn Adoptionen.«

»Und was heißt das?«

»Nun, als er danach in Seattle praktizierte, vermittelte er vier Adoptionen über das Gericht. Das ist weniger als eine im Jahr. Was sagt Ihnen das?«

»Vermutlich das Gleiche wie Ihnen. Offenbar war es lukrativer, Babys zu stehlen und sie zu verkaufen, statt den mühsamen Weg durch die Instanzen zu nehmen.« Callie ging auf die Bäume am Bach zu. »Das klingt einleuchtend, aber es ist trotzdem eine Hypothese, die wir nicht beweisen können.«

»Noch nicht. Wenn wir jedoch Adoptiveltern finden, die ihn an jemanden weiterempfohlen haben, für den die Adoption nicht ordnungsgemäß abgewickelt wurde, dann hätten wir etwas in der Hand. Das wäre auf jeden Fall eine Spur, und Spuren muss er hinterlassen haben, ganz gleich, wie vorsichtig er war.«

»Und was sagen wir diesen Leuten, wenn wir sie finden?«, fragte Callie. »Sagen wir ihnen, hören Sie, das Kind, das Sie großgezogen haben, wurde gestohlen und stammt aus einer anderen Familie? Sagen wir ihnen, dass ihnen ihr Kind nie rechtmäßig zugesprochen wurde?«

»Ich weiß es nicht, Callie, ich weiß es wirklich nicht.«

»Ich möchte keine anderen Familien da hineinziehen. Das kann ich nicht, zumindest jetzt noch nicht.«

»Wenn wir Carlyle finden und herauskommt, was er getan hat, würde er letztendlich –«

»Ich sehe noch nicht, wo das hinführen könnte«, unterbrach Callie die Anwältin und blickte nachdenklich auf das Gelände, von dem Schicht um Schicht abgetragen wurde. »Ich muss die Dinge einfach so nehmen, wie sie kommen.«

»Soll ich den Detektiv zurückpfeifen?«

»Nein. Aber er soll sich nur darauf konzentrieren, Carlyle zu finden, und sich nicht damit befassen, was geschieht, wenn wir ihn haben. Das überlegen wir uns dann schon noch. Suzanne hat mir übrigens Briefe geschrieben.« Callie hielt einen Moment lang inne und beobachtete nachdenklich einen Eichelhäher. »Sie hat mir jedes Jahr zu meinem Geburtstag einen Brief geschrieben und sie alle in einer Schachtel aufbewahrt. Gestern Abend habe ich den ersten gelesen. Es hat mir fast das Herz gebrochen, und doch hat es irgendwie gar nichts mit mir zu tun. Jedenfalls nicht so, wie Suzanne es gerne hätte. Sie ist nicht meine Mutter, und sie wird es auch nie werden.«

Callie schüttelte den Kopf. »Aber jemand muss für den

Kummer bezahlen, den diese Frau ihr Leben lang empfunden hat. Wir werden Carlyle finden, und er und alle anderen, die an dieser Schweinerei beteiligt waren, werden dafür zahlen müssen. Das bin ich Suzanne schuldig.«

»Ich habe versucht, mir vorzustellen, wie es wäre, wenn mir jemand Tyler wegnehmen würde. Aber es gelingt mir nicht, der Gedanke daran ist einfach zu schrecklich. Ich glaube, dass es Freude und Schmerz zugleich für Suzanne bedeutet, dass sie Sie wieder gefunden hat. Ich weiß nicht, was Sie noch für sie tun könnten, aber das, was Sie bereits getan haben, ist sehr lieb und sehr tapfer von Ihnen.«

Callie lachte freudlos. »Es ist keins von beidem, es ist einfach eine Notwendigkeit.«

»Da irren Sie sich, aber ich werde nicht meine Zeit damit vergeuden, mit einer Mandantin zu streiten. Deshalb werde ich Sie auch gar nicht erst darauf hinweisen, wie überflüssig es ist, dass ich dieses Schriftstück für Sie aufgesetzt habe.« Sie holte ein Dokument aus ihrer Umhängetasche. »Bitte sehr, die Erklärung, dass Sie keine Ansprüche auf Suzanne oder Jay Cullens Besitz erheben. Sie müssen nur noch unterschreiben, und Ihre Unterschrift muss beglaubigt werden.«

Callie nickte und ergriff das Dokument. »Das kann Leo machen.«

»Ich würde Ihnen raten, noch ein paar Tage darüber nachzudenken.«

»Suzanne ist nicht meine Mutter, jedenfalls meiner Empfindung nach nicht. Ich habe kein Recht auf ihren Besitz. Ich möchte, dass Sie Douglas Cullen eine Kopie von dem Schreiben übergeben.«

»Vielen Dank«, erwiderte Lana mit sarkastischem Unterton. »Das wird mir eine große Hilfe sein, wenn ich noch einmal mit ihm ausgehen möchte.«

»Wenn er Sie wegen mir abserviert, hat er Sie auch nicht verdient.«

»Sie können das leicht sagen.« Die beiden Frauen machten sich auf den Rückweg zum Feld. »Sie haben ja einen Mann.«

»Habe ich nicht.«

»Oh, bitte!«

»Wenn Sie Graystone meinen, dann irren Sie sich. Das ist längst vorbei.«

»Was Sie nicht sagen.«

Callie blieb stehen und blickte Lana über den Rand ihrer Sonnenbrille hinweg an. »Was soll das heißen?«

»Ich mag Sie«, erwiderte Lana und rückte ihre Schultertasche zurecht. »Also nennen wir es mal eine harmlose Beobachtung mit einer Spur von Neid. Jake ist ein toller Mann.«

»Ja, er sieht gut aus.« Callie blickte zu Jake hinüber, der gemeinsam mit Sonya über einer Skizze brütete. »Jake und ich sind Partner, und wir arbeiten daran, dass wir uns im gleichen Raum aufhalten können, ohne einander an die Gurgel zu gehen.«

»Gestern Abend ist Ihnen das offenbar gelungen. Ich weiß, was es bedeutet, wenn ein Mann eine Frau ansieht, als ob er sie am liebsten verschlingen möchte – daher rührt auch die Spur von Neid. Mein Mann hat mich manchmal so angeschaut.«

Callie fragte sich, wie sie Lana ihr kompliziertes Verhältnis zu Jake erklären sollte. Sie beobachtete, wie er Sonya geistesabwesend die Schulter tätschelte. Dann ging er zu Tyler, hob ihn hoch, hielt ihn an den Füßen fest und ließ ihn mit dem Kopf nach unten baumeln. Der Junge quietschte vor Vergnügen. Callie musste sich eingestehen, dass er mit Kindern genauso gut umgehen konnte wie mit Frauen.

»Wir hatten eine ziemlich schwierige Beziehung. Der Sex war – na ja, wir haben uns im Bett ziemlich gut verstanden, aber darüber hinaus kamen wir nicht besonders gut miteinander aus.«

»Und doch haben Sie ihm die Geschichte mit der Adoption erzählt.«

Callie schlug ungeduldig mit dem zusammengerollten Dokument gegen ihren Oberschenkel. »Er hat mich in einem schwachen Moment erwischt. Außerdem kann man auf Jakes

Diskretion bauen – er ist keine Plaudertasche. Und er ist teuflisch gut, wenn es um Details geht. Ihm entgeht nichts.«

Als Jake sich am Spätnachmittag mit Ronald Dolan traf, biss er auf Granit. Mit dem Mann war nicht zu reden, obwohl Jake wirklich alle Register zog. Er entschuldigte sich sogar – sozusagen von Mann zu Mann – für Callies Auftritt auf der Baustelle, wofür sie ihm wahrscheinlich an die Gurgel gegangen wäre, wenn sie es geahnt hätte. Dann versuchte er es mit Charme, mit dem Hinweis auf die Bedeutung der Wissenschaft, mit Geduld und Humor. Doch Dolan ließ sich beim besten Willen nicht aus der Reserve locken.

»Mr Dolan, Tatsache ist nun einmal, dass die Bezirksplanungskommission Ihr Bauvorhaben stoppt, und das aus gutem Grund.«

»In ein paar Wochen ist das vorbei, aber in der Zwischenzeit verwüstet ihr mir da draußen das Grundstück.«

»Eine Ausgrabung dieser Art verläuft äußerst systematisch und organisiert.«

Dolan schnaubte verächtlich und lehnte sich in seinem Schreibtischstuhl zurück. »Alles, was man da sieht, sind ein Haufen gigantischer Löcher und ein paar Collegestudenten, die durch die Gegend rennen und Dope rauchen oder Gott weiß was. Und sie zerren Leichen aus ihren Gräbern.«

»Die sterblichen Überreste werden mit Sorgfalt und Respekt behandelt. Das Studium der prähistorischen Skelette ist äußerst wichtig für das Projekt.«

»Es ist aber nicht mein Projekt. Und vielen Leuten hier in der Gegend gefällt die Vorstellung überhaupt nicht, dass Sie sich an Gräbern zu schaffen machen, und wenn Sie noch so oft behaupten, sie seien tausende von Jahren alt.«

»Es gibt eindeutige Tests ...«

»In der Wissenschaft ist nichts eindeutig.« Dolan ballte unwillkürlich die Fäuste. »Ihr Wissenschaftler ändert doch alle naslang eure Meinung und könnt euch nicht einmal darauf einigen, wann und wie die Welt entstanden ist. Diese ganze Geschichte mit der Evolution ist doch Blödsinn.« Er ließ seine Hosenträger knallen.

»Wir könnten stundenlang über das Thema Evolution kontra Schöpfungsgeschichte diskutieren, aber das löst unser aktuelles Problem auch nicht. Welcher Theorie Sie auch anhängen mögen, es gibt solide Beweise dafür, dass am Antietam Creek eine neolithische Siedlung existiert hat. Die Knochen, die Artefakte und Geofakte, die wir bisher ausgegraben und datiert haben, belegen das.«

»Das ändert auch nichts an der Tatsache, dass man die Toten, die dort beerdigt wurden, nicht gefragt hat, ob man sie ausgraben und unters Mikroskop legen darf. Meiner Meinung nach haben die Toten ein Recht darauf, in Frieden zu ruhen.«

»Wenn das so ist, wie wollen Sie denn dann Ihr Bauvorhaben durchführen?«

Darüber hatte sich Dolan bereits Gedanken gemacht. »Wir werden einen Bereich absperren und Hinweistafeln aufstellen«, erklärte er. Er hoffte, dass dies sogar ein Anreiz für potenzielle Käufer sein könnte; schließlich wurde in manchen Gegenden auch mit Schlachtfeldern des Bürgerkriegs geworben. Aber er konnte es sich auf keinen Fall leisten, noch länger untätig herumzusitzen.

»Es kann sein, dass das ganze Gelände zu einem neolithischen Friedhof erklärt wird«, erwiderte Jake. »Was zum Teufel wollen Sie dann absperren?«

»Ich werde selbst Untersuchungen durchführen lassen, und wir werden schon das Richtige unternehmen. Sie haben doch ein paar Indianer – verzeihen Sie, amerikanische Ureinwohner – angefordert, damit sie irgendwelche Beschwörungsformeln murmeln und Ihnen die Erlaubnis geben, weiterzumachen. Nun, ich habe auch ein bisschen herumtelefoniert, und ich kann einen amerikanischen Ureinwohner kommen lassen, der jegliche Manipulation an diesen Skeletten untersagt.«

Jake lehnte sich zurück. »Ja, das können Sie vermutlich. Die einzelnen Stämme sind sich nicht einig, wie man in solchen Fällen verfahren soll. Aber glauben Sie mir, Mr Dolan, in diesem Punkt sind wir Ihnen voraus. Ich mache seit fast fünfzehn Jahren Ausgrabungen, und ich habe Kontakte, von denen Sie nur träumen können. Außerdem bin ich selbst zu einem Viertel Indianer, Verzeihung, amerikanischer Ureinwohner. Und es mag zwar ein paar Leute geben, die der Meinung sind, dass die Gräber unangetastet bleiben sollten, aber die meisten halten gar nichts von der Idee, diese Gräber zuzubetonieren, damit Sie daran verdienen können.«

»Ich habe für das Land bezahlt.« Dolan presste die Lippen zusammen. »Es war ein faires Geschäft. Es gehört mir.«

»In der Tat, dem Gesetz nach gehört es Ihnen.« Jake nickte. »Aber am Ende werden Recht und Gesetz auf unserer Seite sein.«

»Erzählen Sie mir nichts vom Gesetz.« Dolan wurde allmählich wütend, was Jake nicht überraschte, im Gegenteil, er hatte es kommen sehen. »Ich bin es verdammt Leid, dass irgendwelche Flachländer hier herumlaufen und mir vorschreiben wollen, was ich tun soll. Ich lebe schon mein ganzes Leben lang in dieser Gegend. Mein Vater hat das Bauunternehmen vor fünfzig Jahren gegründet, und wir haben uns immer darum gekümmert, dass die Leute anständige Häuser haben. Und plötzlich kommen irgendwelche Umweltschützer und Ökos daher und machen uns das Leben zur Hölle, nur weil wir auf Ackerland bauen. Sie fragen die Bauern nicht, warum sie das Land verkaufen, warum sie die Nase voll davon haben, sich Jahr für Jahr den Arsch aufzureißen, nur um sich anhören zu müssen, dass die Milch zu teuer ist. Sie haben doch überhaupt keine Ahnung von dem Leben hier, und deshalb haben Sie nicht das Recht, in mein Büro zu kommen und mir zu erklären, dass ich nur an meinen Profit dächte.«

»Nun, ich kann Ihre Gedanken tatsächlich nicht lesen, Mr Dolan, aber ich weiß, dass wir jetzt nicht mehr nur über Ackerland und den Verlust freier Flächen reden. Es geht hier um einen Fund von enormer wissenschaftlicher und historischer Tragweite, und um ihn zu schützen, werden wir Sie an weiteren Schritten hindern.«

»Ihr Pack sollt von meinem Land verschwinden!«

»Reden Sie mit dem Staat Maryland, mit Ihrer Bezirksplanungskommission oder dem Gericht.« Jake blickte den Bauunternehmer mit seinen grünen Augen kühl an. Als er fortfuhr, klang sein Tonfall nicht im Entferntesten mehr verbindlich. »Wenn Sie uns Steine in den Weg legen, Dolan, dann wird die Presse Sie in der Luft zerreißen, lange bevor das Gericht entscheidet, wer in dieser Sache im Recht ist. Und das wäre das Ende von *Dolan und Söhne*.«

Jake verließ das Büro. Die Sekretärin starrte ihn mit offenem Mund an und beugte sich rasch über ihre Tastatur, als er an ihr vorüberging.

Der Zwischenfall wird sich wie ein Lauffeuer im Ort verbreiten, dachte Jake. In den nächsten Tagen würden sie bestimmt viele Besucher auf dem Gelände haben. Als er im Auto saß, zog er sein Handy aus der Tasche.

»Wir müssen den Rechtsweg beschreiten, Leo. Ich habe nichts erreicht, Dolan weicht keinen Millimeter von seiner Meinung ab. Ich fahre rasch bei Lana Campbell vorbei und erstatte ihr Bericht.«

»Sie ist immer noch hier draußen.«

»Dann bin ich gleich da.«

Anderthalb Meilen außerhalb der Stadt saß Jay Cullen neben seiner Ex-Frau und betrachtete das Video mit dem Interview mit Callie Dunbrook. Wie immer in solchen Situationen hatte er einen Kloß im Hals, und sein Magen krampfte sich zusammen.

Jay war immer schon ein ruhiger Mann gewesen. Als Junge hatte er die örtliche Highschool besucht, dann hatte er Suzanne Grogan geheiratet – das Mädchen, in das er sich schon mit sechs Jahren auf den ersten Blick verliebt hatte – und schließlich sein Lehrerexamen gemacht. Zwölf Jahre lang unterrichtete er Mathematik. Als er Suzannes besessene Suche nach ihrer vermissten Tochter nicht mehr aushielt, reichte er die Scheidung ein, und zog in den benachbarten Bezirk, wo er sich an eine andere Schule versetzen ließ. Doch Frieden hatte er auch danach nur bedingt gefunden. Zwar vergingen manchmal Wochen, ohne dass er an seine Tochter dachte, aber an Suzanne dachte er jeden Tag.

Jetzt saß er neben ihr in jenem Haus, in dem sie nie zusammen gewohnt hatten. Er fühlte sich nicht wohl darin, es war zu groß, zu offen, zu elegant.

»Suzanne ...«, setzte Jay an.

»Bevor du mir jetzt wieder sämtliche Gründe aufzählst, warum das nicht Jessica sein kann, hör dir an, was ich herausgefunden habe. Callie ist, vier Tage nachdem Jessica verschwand, adoptiert worden. Es war eine private Adoption. Sie hat dort gesessen, wo du jetzt sitzt, und mir erklärt, dass sie es nach ihren Nachforschungen für notwendig hält, Tests durchführen zu lassen. Du brauchst nicht einer Meinung mit mir zu sein, Jay, ich bitte dich nur, den Tests zuzustimmen.«

»Was soll das denn? Du bist ja bereits davon überzeugt, dass diese Frau Jessica ist, das sehe ich dir doch an.«

»*Sie* muss davon überzeugt werden. Und du, und Doug ...«

»Um Himmels willen, Suzanne, zieh doch nicht schon wieder Doug da hinein!«

»Sie ist seine Schwester.«

»Sie ist eine Fremde.« Geistesabwesend legte Jay seine Hand auf Sadies Kopf. »Ganz gleich, was bei der Blutuntersuchung herauskommt – sie ist und bleibt eine Fremde.«

Er wandte den Blick vom Fernsehschirm ab. »Wir bekommen Jessica nicht mehr zurück, Suzanne. Du kannst die Uhr nicht zurückdrehen.«

»Du würdest am liebsten nichts davon wissen, nicht wahr?« Die Bitterkeit schnürte ihr die Kehle zu. »Du würdest es lieber abschließen, alles vergessen, damit du in Ruhe und Frieden leben kannst.«

»Das stimmt. Ich wünschte bei Gott, ich könnte es vergessen. Aber ich kann es nicht. Ich kann nur versuchen, mein Leben nicht zu sehr davon beeinflussen zu lassen. Suzanne, ich will mich nicht dauernd so herunterziehen lassen.«

Er kraulte Sadie hinter den Ohren und wünschte, es wäre genauso leicht, Suzanne zu trösten. Und auch sich selbst. »An jenem verdammten zwölften Dezember habe ich nicht nur ein Kind verloren, sondern auch meine Frau – und mit ihr meine beste Freundin. Ich habe alles verloren, was mein Leben ausmachte, weil du aufgehört hast, mich wahrzunehmen. Du hast nur noch Jessie gesehen.«

Susanne kannte diese Worte, und sie kannte auch die Trauer auf Jays Gesicht.

»Du hast sie aufgegeben«, sagte sie mit Tränen in den Augen. »Du hast sie einfach irgendwann aufgegeben, so, als ob uns ein kleiner Hund weggelaufen wäre.«

»Das stimmt nicht.« Er war zu erschöpft, um wütend zu sein. »Ich habe nicht aufgegeben. Ich habe es lediglich akzeptiert. Du hast doch gar nicht mitbekommen, was ich getan und empfunden habe. Das konntest du gar nicht, weil du mich nicht mehr angeschaut hast. Und dann war eines Tages einfach nichts mehr übrig von uns.«

»Du hast mir die Schuld gegeben.«

»Oh nein, Liebling, das habe ich nie getan.« Er konnte es nicht ertragen, dass Suzanne sich wieder einmal in ihre Verzweiflung, ihr Schuldgefühl und ihre Trauer hineinsteigerte. »Nicht ein einziges Mal.«

Er stand auf und nahm sie in die Arme. Eng umschlungen standen sie da, und als er an ihrem Zittern spürte, dass sie weinte, fühlte er sich genauso hilflos und nutzlos wie damals, als sie angerufen und ihm gesagt hatte, dass Jessica verschwunden war.

»Ich werde mich den Tests unterziehen. Sag mir, was ich tun soll«, flüsterte er.

Bevor er Suzanne verließ, telefonierte er mit dem Arzt und verabredete einen Termin für den Bluttest. Es schien sie zu beruhigen, aber Jay war so aufgewühlt, dass er den Druck in seiner Brust kaum ertragen konnte. Obwohl Suzanne ihn angefleht hatte, zu der Ausgrabungsstätte zu fahren und mit Callie Dunbrook zu sprechen, beschloss er, es nicht zu tun. Er war einfach noch nicht so weit. Was hätten sie sich außerdem auch schon sagen können?

An Jessicas einundzwanzigstem Geburtstag war Jay klar geworden, dass seine Tochter, wenn sie noch lebte, nun eine erwachsene Frau war und ihm nie, nie mehr im Leben, gehören konnte.

Jetzt konnte er den Gedanken an den einsamen Abend, der vor ihm lag, kaum ertragen, obwohl er normalerweise gern allein war. Er redete sich stets ein, dass sein Bedürfnis nach Einsamkeit auch der Grund dafür war, dass er nie wieder geheiratet hatte. Dabei war Jay Cullen in Wahrheit tief in seinem Herzen immer noch mit Suzanne verheiratet. Jessica mochte das lebende Gespenst in Suzannes Leben sein; Jays Gespenst jedoch war seine Ehe.

Wenn er gelegentlich dem Drängen seiner Freunde oder seinen eigenen Bedürfnissen nachgab und mit einer Frau ins Bett ging, kam es ihm vor wie Ehebruch. Und er versuchte, nicht an die Männer zu denken, die Suzanne im Laufe der Jahre nach der Scheidung gehabt hatte. Jay wusste, dass Suzanne es für seinen größten Fehler hielt, dass er Dinge, die ihn unglücklich machten, einfach verdrängte. Und er musste zugeben, dass sie darin Recht hatte.

Als er durch die vertrauten Straßen von Woodsboro fuhr, empfand er wie üblich eine Mischung aus Bedauern und Freude. Auch wenn er längst woanders wohnte – dies war seine Heimatstadt. Er erinnerte sich daran, wie Suzanne als kleines Mädchen immer an der Ecke auf ihn gewartet hatte. Ihre Rattenschwänzchen im ersten Schuljahr, das komische kleine Barett, die rosa Blumen und blauen Schmetterlinge, die sie sich in die Haare geflochten hatte. Unter der alten Eiche an der Ecke von Main und Church hatte er sie zum ersten Mal geküsst. Sie hatten schulfrei bekommen, weil es so heftig schneite, und anstatt mit seinen Freunden eine Schneeballschlacht zu veranstalten, brachte er sie nach Hause. Sein Herz hatte so heftig geklopft, als sie sich küssten, dass ihm ganz schwindlig geworden war.

Dann musste er daran denken, wie glücklich sie gewesen waren, als er sein Examen gemacht hatte und sie wieder nach Woodsboro zurückgehen konnten. In der kleinen Wohnung in der Nähe des Colleges hatten sie sich nie richtig heimisch gefühlt. Und als sie dann mit Douglas, der damals noch ein Baby war, zurückkehrten, waren sie schon eine richtige Familie gewesen.

Noch bevor Jay merkte, was er tat, hatte er seinen Wagen am Straßenrand abgestellt. Er stieg aus und ging den halben Block zum Laden seines Schwiegervaters zu Fuß. Roger stand hinter der Theke und bediente einen Kunden. Jay hob grüßend die Hand und schlenderte zwischen den Regalen hindurch. Er hatte Roger schon immer näher gestanden als seinem eigenen Vater, dem es lieber gewesen wäre, wenn sein Sohn mehr Erfolge im Sport als in Geisteswissenschaften vorzuweisen gehabt hätte.

Jay blieb unvermittelt stehen, als er Doug entdeckte, der das Regal mit den Biographien aufräumte. Seitdem sein Sohn wieder in Woodsboro war, hatte er ihn erst zwei Mal gesehen. Es war jedes Mal beinahe ein Schock für ihn, wenn er begriff, dass dieser große, breitschultrige Mann sein Junge war.

»Hast du etwas Unterhaltsames für den Strand zu lesen?«, fragte Jay.

Doug blickte über die Schulter, und sein ernstes Gesicht verzog sich zu einem breiten Grinsen. »Ich habe einige ziemlich heiße Bücher in meiner Privatbibliothek, aber die sind teuer. Was machst du in der Stadt?«

Kaum hatte er die Frage ausgesprochen, da wusste er die Antwort bereits. Sein Grinsen erlosch.

»Mom hat's dir erzählt, nicht wahr?«

»Hast du das Video gesehen?«

»Mehr als das. Ich habe sie persönlich kennen gelernt.«

Jay trat näher. »Und, wie hast du dich gefühlt?«

»Wie soll ich mich schon gefühlt habe? Ich kenne die Frau ja gar nicht. Aber Mom hat das Ganze mal wieder ziemlich aufgewühlt.«

»Was ist mit Roger?«

»Die Nachricht hat ihn erschüttert, aber er hält sich gut. Du kennst ja Grandpa.«

»Hat er sie auch schon kennen gelernt?«

»Nein.« Doug schüttelte den Kopf. »Er hat gesagt, er hätte Angst, dass sie einfach abhaut oder sich weigert, die Tests zu machen, wenn wir sie zu sehr bedrängen. Aber er möchte sie gerne kennen lernen. Er liest jetzt sogar Bücher über Archäologie. Wahrscheinlich will er ein Thema haben, über das er mit ihr reden kann, wenn wir erst mal wieder eine große, glückliche Familie sind.«

»Wenn sie deine Schwester ist ... wenn sie es wirklich ist, müssen wir es wissen. Und wir müssen wissen, wie wir damit umgehen sollen. Ich werde mit Roger sprechen, bevor ich wieder fahre. Halte du ein Auge auf deine Mom, ja?«

10

Noch ganz erfüllt von den Eindrücken seines spannenden Besuches bei der Ausgrabung riss sich Tyler von seiner Mutter los, als sie die Buchhandlung betraten. Sein verschwitztes Gesicht glühte vor Erregung, als er auf die Theke zustürmte. In der Hand hielt er einen flachen Stein.

»Sieh mal, Grandpa Roger, sieh mal, was ich bekommen habe!«, rief er aufgeregt.

»Ty, du darfst die Leute nicht einfach unterbrechen, wenn sie sich unterhalten«, ermahnte ihn Lana mit einem entschuldigenden Blick auf Jay. Doch Roger hatte sich bereits vorgebeugt und ruckte seine Brille zurecht. »Na, was hast du denn da, mein großer Junge?«

»Das ist ein Teil von einem Speer von einem Indianer, und vielleicht hat er Leute damit getötet.«

»Das würde mich gar nicht wundern. Ist das nicht sogar ein bisschen Blut da vorne?«

Fasziniert von der Vorstellung betrachtete Ty eingehend die Speerspitze. »Vielleicht«, flüsterte er voller Ehrfurcht.

»Entschuldigung.« Kopfschüttelnd nahm Lana ihren Sohn auf den Arm. »Indiana Jones hat offenbar seine guten Manieren vergessen.«

»Wenn ich groß bin, will ich auch Knochen ausgraben.«

»Na, das wird aber ein Spaß.« Lana verdrehte die Augen und verlagerte Tys Gewicht auf ihrer Hüfte. Dabei schoss ihr durch den Kopf, dass sie ihn nicht mehr lange so würde tragen können, ein Gedanke, der sie mit Wehmut erfüllte.

»Setz ihn hier ab.« Roger klopfte mit der flachen Hand vor sich auf die Theke. »Lana, das ist mein ...« *Schwiegersohn*, hätte er fast gesagt. »Das ist Douglas' Vater, Jay. Jay, das ist Lana Campbell, die hübscheste Anwältin in ganz Woodsboro, und ihr Sohn Tyler.«

Lana setzte Tyler auf die Theke und streckte die Hand aus. »Nett, Sie kennen zu lernen, Mr Cullen.«

Sie stellte fest, dass Jay Callies Augen und Dougs Nase hatte. Ob es ihn wohl auch so mit Staunen und gleichzeitig mit Freude erfüllte, wenn er seine eigenen Züge in den Gesichtern seiner Kinder erkannte, so wie es ihr selbst bei Ty ging? »Tyler und ich waren gerade beim Antietam-Creek-Projekt.«

An dem Schatten, der in diesem Moment über Jays Gesicht huschte, erkannte sie, dass er Bescheid wusste. Er wusste, dass seine vermisste Tochter nur ein paar Meilen von hier entfernt arbeitete.

»Und sie haben Teile von Skeletten und viele Steine und Fo- ... Wie heißt das noch mal?«, fragte Ty seine Mutter.

»Fossilien.«

»Dr. Leo hat mir das hier gegeben. Es ist *Millionen* Jahre alt.«

»Du liebe Güte«, sagte Roger lächelnd. Lana bemerkte, wie er Jay beruhigend die Hand auf den Arm legte. »Dann ist dieser Stein ja sogar älter als ich.«

»Wirklich?« Ty blickte neugierig in Rogers runzeliges Gesicht. »Du kannst mal mitkommen und auch ein bisschen graben. Ich zeige dir dann, wie es geht. Und Bonbons habe ich auch bekommen. Dr. Jake hat sie aus meinem Ohr gezogen!«

»Was du nicht sagst!« Roger tat so, als schaue er in Tylers Ohren nach. »Hm, nichts mehr da. Offenbar hast du sie alle aufgegessen.«

»Es waren ja nur zwei Stück. Dr. Leo hat gesagt, dass Dr. Jake viele Zaubertricks kennt. Aber sonst hat er mir keinen gezeigt.«

»Na, das klingt ja ganz so, als hättest du einen tollen Tag gehabt.« Amüsiert tippte Jay Ty aufs Knie. »Darf ich deinen Stein auch mal in die Hand nehmen?«

»Okay.« Ty zögerte. »Aber du darfst ihn nicht behalten.«

»Nein. Ich will ihn mir nur anschauen.« Einfach nur, um etwas in der Hand zu halten, das eine Verbindung zu Jessica herstellt, fügte er in Gedanken hinzu. »Der ist wirklich toll. Als ich klein war, habe ich auch Steine gesammelt. Ich habe sogar ein paar Kugeln aus dem Bürgerkrieg gefunden.«

»Sind damit Leute erschossen worden?«, fragte Ty.

»Vielleicht.«

»Ty ist in der letzten Zeit ziemlich blutrünstig.« Aus den Augenwinkeln bemerkte Lana eine Bewegung und drehte sich um. »Hallo, Doug.«

»Hallo, Lana.« Doug musterte den Jungen, der ungeduldig auf der Theke vor und zurück schaukelte und dem fremden Mann vermutlich gerne gesagt hätte, er solle ihm seinen Schatz zurückgeben. Hübscher Junge, dachte Doug, ganz die Mutter. Geistesabwesend wuschelte er Ty durch die zerzausten Haare. Dann nahm er Jay die Speerspitze aus der Hand und betrachtete sie von allen Seiten, bevor er sie Ty zurückgab. »Willst du Archäologe werden?«

»Nein, ich werde ... wie heißen die anderen noch mal?«, wandte sich der Junge Hilfe suchend an seine Mutter.

»Paläontologen.«

»Ja, genau, das werde ich, weil man dann Dinosaurier findet. Dinosaurier sind toll. Ich habe ganz viele Dino-Sticker in meinem Stickerbuch.«

»Ja, Dinosaurier sind wirklich faszinierend«, sagte Doug. »Ich hatte früher mal eine Dinosaurier-Sammlung, weißt du noch, Dad?«

»Die markerschütternden Schreie, die aus deinem Zimmer drangen, werde ich wohl nie vergessen«, antwortete Jay lächelnd.

»Ist das dein Dad?«, fragte Ty.

»Ja, das ist er.«

»Mein Dad ist im Himmel, aber er passt von da oben auf mich auf.« Ty baumelte mit den Beinen. Wie immer war er von dem Thema Väter fasziniert. »Spielst du Baseball? Ich spiele T-Ball und übe manchmal mit Mom. Aber sie kann nicht so gut fangen.«

»Das hört man gerne.« Lana pikste Ty mit dem Finger in den Bauch. »Haben Sie eine Minute Zeit?«, fuhr sie dann an Doug gewandt fort. »Ich muss mit Ihnen reden.«

»Klar.«

Lana warf Roger einen Hilfe suchenden Blick zu.

»Lass deinen Jungen ruhig bei mir«, bot er sofort an. »Doug, du kannst dich mit Lana im Hinterzimmer unterhalten. Und biete ihr etwas zu trinken an, ja?«

»Okay.« Doug versetzte Ty einen sanften Nasenstüber. »Bis später, Ty-Rex. Was ist?«, fragte er, als Lana einen erstickten Laut von sich gab.

»Nichts. Danke, Roger. Es war nett, Sie kennen zu lernen, Mr Cullen. Ty, benimm dich bitte ordentlich.« Mit diesen Worten folgte sie Doug ins Hinterzimmer.

Während Doug auf der Suche nach kalten Getränken den kleinen Kühlschrank öffnete, fuhr sich Lana verlegen durch die Haare. »Sie haben vermutlich unseren gemeinsamen Abend nicht so genossen wie ich«, sagte sie.

»Ich würde sagen, doch.«

»Sie haben aber nicht gefragt, ob Sie mich wieder sehen können.«

»Ich hatte viel zu tun.« Doug reichte ihr eine Dose Cola. »Aber ich habe schon darüber nachgedacht.«

»Nun, ich kann leider keine Gedanken lesen.«

Während sie die Dose öffnete, schoss ihm durch den Kopf, wie gut ihr die enge Jeans stand. »Vermutlich ist das auch besser so«, erklärte er.

Lana legte den Kopf schräg. »War das jetzt ein Kompliment?«

»Nun, lassen Sie es mich so ausdrücken: Meine Gedanken waren ziemlich schmeichelhaft.« Er grinste. »Ich wusste gar nicht, dass Sie Jeans besitzen. Bisher waren Sie immer so aufgedonnert, wenn wir uns gesehen haben.«

»Dann kam ich auch gerade von der Arbeit oder bin mit einem interessanten Mann ausgegangen. Heute bin ich mit meinem Sohn unterwegs.«

»Ein niedlicher Junge.«

»Ja, das finde ich auch. Also – falls Sie mich fragen möchten, ob ich noch einmal mit Ihnen ausgehe, dann sollten Sie das jetzt tun.«

»Warum?«

Lana zog die Augenbrauen hoch.

»Okay, okay«, sagte Doug. »Wollen Sie morgen Abend mit mir essen gehen?«

»Ja, gerne. Um wie viel Uhr?«

»Ich weiß nicht.« Er fühlte sich nicht wohl in seiner Haut. »Um sieben?«

»Sieben Uhr passt wunderbar.« Lana stellte ihre Aktentasche auf Rogers Schreibtisch. »Da wir das jetzt geklärt haben, sollte ich Ihnen sagen, dass ich Callie Dunbrooks Anwältin bin.«

»Wie bitte?«

»Ich vertrete Callie Dunbrook in Sachen der Feststellung ihrer Identität.«

Doug spürte, wie sich seine Nackenmuskulatur verkrampfte. »Wofür zum Teufel braucht sie denn einen Anwalt?«

»Das geht nur meine Mandantin und mich etwas an. Sie hat mich jedoch gebeten, Ihnen dies hier persönlich zu überreichen.« Lana öffnete ihre Aktentasche und holte ein Schreiben heraus. »Dieses Schriftstück habe ich auf Callies Wunsch hin erstellt, und sie hat mich gebeten, Ihnen eine Kopie davon zu geben.«

Er nahm den Bogen nicht entgegen. Zuerst überredet sie mich, sie zum Essen einzuladen, und dann lässt sie diese Bombe platzen, dachte er. Und dabei sah sie aus, als könne sie kein Wässerchen trüben.

»Was zum Teufel ist eigentlich mit Ihnen los?«

»Wie meinen Sie das?«

Er knallte die Coladose auf den Schreibtisch. »Sind Sie hergekommen, um mir eine weitere Verabredung abzupressen, oder wollten Sie mir irgendwelche offiziellen Dokumente überreichen?«

Lana schürzte ihre sinnlichen Lippen. »Abpressen ist vermutlich das richtige Wort, wenn es auch wenig schmeichelhaft ist. Im Übrigen muss ich Ihnen dieses Schreiben auf Anweisung meiner Mandantin übergeben. Wenn Sie also die Frage in diesem Sinne noch einmal umformulieren würden, lautet die Antwort: aus beiden Gründen.«

Sie nahm Dougs Coladose und stellte sie auf ein Blatt Löschpapier, damit sie keine Ringe auf der Schreibtischplatte hinterließ. »Wenn Ihnen die Vorstellung nicht gefällt, dass Sie sich mit mir privat treffen, während ich gleichzeitig Callie Dunbrook vertrete, so respektiere ich das natürlich.«

Sie nippte an ihrer Cola. »Allerdings fände ich das dumm und kurzsichtig. Also: Wollen Sie Ihre Einladung für morgen Abend wieder zurücknehmen?«

»Dann wäre ich ja dumm und kurzsichtig«, knurrte Doug.

Sie lächelte ihn zuckersüß an. »Genau. Schließlich würden Sie sich meiner stimulierenden Gesellschaft berauben.«

Unwillkürlich musste er lachen, trat jedoch zur Sicherheit einen Schritt zurück. »Hören Sie, ich fühle mich angezogen von Ihnen. Und das ist kein leeres Geschwätz. Ich mag Sie«, fügte er hinzu. »Ich weiß zwar noch nicht genau, warum ich Sie mag, aber weil es nun einmal so ist, will ich aufrichtig mit Ihnen sein: Ich bin nicht beziehungsfähig.«

»Vielleicht will ich ja auch nur unverbindlichen Sex.«

Sein Unterkiefer fiel herunter. »Nun ... äh ...«

»Das war ein Scherz.« Lana reichte ihm seine Coladose, obwohl er aussah, als könne er etwas Stärkeres vertragen. »Aber es ist wirklich verdammt kleingeistig von Ihnen, anzunehmen, dass ich auf eine feste Beziehung aus bin, nur weil ich mich zum zweiten Mal mit Ihnen verabreden will. Vermutlich glauben Sie, dass ich als Witwe mit einem kleinen Sohn zwangsläufig auf der Suche nach einem Mann sein muss.«

»Ich wollte nicht ... Ich glaube, ich sollte ...« Doug brach verlegen ab und trank einen Schluck Cola. »Vergessen Sie's. Alles, was ich jetzt sage, reitet mich wahrscheinlich nur noch tiefer hinein. Wir sehen uns dann morgen um sieben.«

»Gut.« Lana reichte ihm das Schriftstück.

Doug hatte insgeheim gehofft, sie hätte es mittlerweile vergessen. »Was zum Teufel ist das eigentlich?«

»Lesen Sie es doch einfach durch. Anschließend beantworte ich Ihnen gerne alle Fragen, die Sie haben.«

Lana beobachtete, wie sich Dougs Züge verhärteten, während er mit zusammengekniffenen Augen das Schreiben las. Er war offenbar ein komplizierter Mann, und wahrscheinlich war es ziemlich dumm, sich in ihn zu verlieben. Aber von Zeit zu Zeit musste man auch einmal eine Dummheit begehen.

Doug senkte das Schriftstück und funkelte Lana wütend an. »Sie können Ihrer Mandantin sagen, dass sie mich am Arsch lecken kann.«

Mit ausdrucksloser Miene erwiderte sie sanft: »Das sollten Sie ihr lieber selbst sagen.«

»Gut. Dann werde ich das tun.«

»Hören Sie –« Lana legte ihm die Hand auf den Arm und spürte, wie seine Muskeln zitterten. »Ich glaube nicht, dass ich meiner Mandantin gegenüber einen Vertrauensbruch begehe, wenn ich Ihnen sage, dass sie meiner Meinung nach eine starke, leidenschaftliche Frau ist, die im Moment völlig durcheinander ist und nur versucht, allen Beteiligten gerecht zu werden.«

»Das ist mir egal.«

»Das mag ja sein.« Lana klappte ihre Aktentasche zu. »Aber vielleicht interessiert es Sie, dass Callie Tyler auch gleich Ty-Rex genannt hat, als sie ihn kennen lernte. Genau wie Sie.«

Doug blinzelte. »Na und? Er heißt Tyler, und er mag Dinosaurier. Da liegt es doch nahe, ihn so zu nennen.«

»Möglich. Trotzdem ist es interessant. Bis morgen dann.«

»Ich glaube nicht ...«

»Oh, oh.« Sie schüttelte den Kopf. »Eine Abmachung ist eine Abmachung. Sieben Uhr. Roger hat meine Adresse.«

Nachdem die ausgegrabenen Knochen fotografiert und ihr Fundort genau dokumentiert worden war, wickelten Callie und Jake sie in nasse Tücher und Plastikfolie, um sie feucht zu halten. Als Nächstes würden die üblichen Tests durchgeführt werden, durch die sie mehr über das Alter erfahren würden. Im Unterschied zu vielen ihrer Kollegen konnte Callie im Geiste aus einem Knochen ein menschliches Wesen erschaffen, das gelebt hatte und gestorben war.

»Wer war er?«, fragte sie Jake.

»Welcher?«

»Der Oberschenkelknochen.«

»Er war ein Mann, ungefähr fünfunddreißig. Etwa ein Meter fünfzig groß«, antwortete Jake. Aber er wusste schon, dass Callie eigentlich etwas anderes hatte hören wollen. »Er hat gelernt, wie man Ackerbau betreibt, wie man jagt und fischt, um die Nahrung für den Stamm zu beschaffen. Sein Vater hat es ihm beigebracht.«

Callie wischte sich mit dem Unterarm über die feuchte Stirn. »Ich glaube, der Oberarmknochen und die Fingerknochen gehören auch zu ihm. Sie haben das richtige Alter und die richtige Größe.«

»Könnte sein.«

Sie hockte sich hin. »Und die Handaxt, die wir hier gefunden haben, die hat ihn getötet. Natürlich nicht genau diese hier, dann hätte man sie ihm nicht mit ins Grab gegeben. Aber der Schnitt im Oberarmknochen rührt auf jeden Fall von einer Handaxt her. Ob er wohl bei einem Kampf gestorben ist?«

»Das kann gut sein.« Jake blickte Callie an und begriff, dass sie versuchte, sich mit der Geschichte dieses Mannes von ihrer eigenen Situation abzulenken.

»Möglicherweise kam es zum Krieg mit einem anderen Stamm«, fuhr er fort. »Oder vielleicht ging es auch um einen Streit in seinem eigenen Stamm. Er hatte wahrscheinlich eine

Gefährtin und Kinder. Vielleicht ist er gestorben, weil er sie beschützen wollte.«

Callie lächelte. »Er könnte auch ein Arschloch gewesen sein, das sich an irgendeinem gegorenen Saft berauscht und dann Streit angefangen hat.«

»Weißt du, Dunbrook, du bist wirklich wahrsinnig romantisch.«

»Ist doch wahr. Blöde Kerle sind doch keine Erfindung der Neuzeit – die hat es immer schon gegeben. Typen, die sich gegenseitig die Köpfe eingeschlagen haben, weil es Spaß macht. Dass wir die sterblichen Überreste unserer Vorfahren respektieren, bedeutet doch noch lange nicht, dass wir die Menschen, die sie einmal waren, in rosigen Farben malen müssen.«

»Du solltest vielleicht mal eine Abhandlung über das Thema schreiben. ›Der Macho der Steinzeit und sein Einfluss auf den modernen Mann‹ oder so ähnlich.«

»Vielleicht mache ich das sogar eines Tages. Aber wie immer er gewesen sein mag – er war ein Sohn und wahrscheinlich auch ein Vater.«

Sie ließ ihren Kopf kreisen, um die Anspannung in ihren Nackenmuskeln zu lockern. Als sie eine Autotür zuschlagen hörte, blickte sie auf. Ihre Lippen verzogen sich spöttisch. »Da wir gerade von blöden Kerlen sprechen …«

»Kennst du den Typen?«

»Das ist Douglas Cullen.«

»Ach ja?« Jake richtete sich ebenfalls auf und musterte den Mann neugierig. »Im Augenblick sieht er nicht wie der freundliche große Bruder aus.«

»Halt dich da raus, Graystone.«

Jake schwieg und blieb neben Callie stehen, während Doug mit entschlossenem Gesichtsausdruck quer über das Feld auf sie zukam. Callie hob das Kinn und stemmte die Hände in die Hüften, als er sich vor ihr aufbaute. Einen Moment lang hielt er stumm das Schriftstück hoch, das Lana ihm überreicht hatte, dann zerriss er es energisch in kleine Fetzen.

Er hätte sich keine bessere Methode ausdenken können, um

Callie wütend zu machen. »Hören Sie auf, Ihren Müll auf unser Feld zu schmeißen, Cullen!«, fauchte sie.

»Sie haben noch Glück, dass ich es Ihnen nicht in den Mund gestopft und angezündet habe.«

Jake trat drohend einen Schritt vor. »Warum sammeln Sie nicht die Fetzen auf und versuchen es mal, Kumpel?«

»Halt dich da raus!« Callie rammte Jake ihren Ellbogen in den Bauch.

Ringsum hielten alle bei der Arbeit inne, was Callie an ihren Auftritt bei Dolan erinnerte. In diesem Moment durchzuckte sie der Gedanke, dass sie und Douglas Cullen womöglich mehr gemeinsam hatten, als ihnen beiden lieb war.

»Das geht nur sie und mich etwas an«, erklärte Doug.

»Wenn Sie sich unbedingt prügeln wollen – ich stehe Ihnen zur Verfügung«, knurrte Jake.

Callie trat zwischen die beiden Streithähne. »Wenn sich hier jemand prügelt, dann wir beide. Und jetzt heben Sie Ihren Müll auf und verschwinden Sie.«

»Diese Dokumente sind eine Beleidigung für mich und meine Familie.«

»Ach ja?« Kampfeslustig reckte Callie ihr Kinn in die Höhe. Ihre Augen funkelten. »Nun, Sie haben *mich* beleidigt, als Sie mich beschuldigt haben, hinter dem Geld Ihrer Mutter her zu sein.«

»Ja, da haben Sie Recht.« Doug blickte auf die Papierfetzen. »Ich würde sagen, damit sind wir quitt.«

»Nein, quitt sind wir erst, wenn ich an Ihrem Arbeitsplatz auftauche und vor Ihren Kollegen einen Auftritt inszeniere.«

»Okay, im Moment arbeite ich in der Buchhandlung meines Großvaters. Sie heißt *Treasured Pages* und liegt an der Main Street. Wir haben sechs Tage pro Woche von zehn Uhr morgens bis sechs Uhr abends geöffnet.«

»Ich werde sehen, ob ich es in meinem Terminkalender unterbringen kann.« Callie hakte die Daumen in die Taschen ihrer Jeans. »Und jetzt hauen Sie endlich ab, oder ich versetze Ihnen einen Tritt in den Hintern!«

Sie grinste boshaft, und in diesem Augenblick traten ihre Grübchen deutlich hervor.

»Meine Güte!«, flüsterte Doug und starrte sie entgeistert an.

Er wurde so blass, dass Callie plötzlich Angst bekam, er könne in Ohnmacht fallen. »Was zum Teufel ist mit Ihnen los?«

»Du ... du siehst aus wie meine Mutter. Wie meine Mutter mit den Augen meines Vaters. Du meine Güte, du hast wirklich Vaters Augen!«

Seine Verwirrung und der Aufruhr der Gefühle, die man in seinem Gesicht lesen konnte, waren mehr, als Callie ertragen konnte. Unvermittelt verpuffte ihre Wut. »Ich weiß nicht ... Ich weiß nicht, was wir ... Jake?«

»Wollt ihr das nicht lieber in Diggers Wohnwagen besprechen?« Er strich ihr sanft über den Rücken. »Ich mache das hier schon fertig. Na los, Cal.« Jake gab ihr einen leichten Schubs. »Es sei denn, du willst hier stehen bleiben, damit es alle mitbekommen.«

»Ja, du hast Recht, verdammt noch mal. Na los, komm.«

Jake bückte sich, um die Papierfetzen aufzusammeln. Dabei blickte er nach links, wo Digger und Bob standen und mit offenen Mündern herüberstarrten. Als Jake mit zusammengekniffenen Augen zurückstarrte, machten sie sich sofort wieder an die Arbeit.

Mit hängenden Schultern ging Callie zu Diggers Wohnwagen hinüber. Sie blickte sich noch nicht einmal um, um zu sehen, ob Doug ihr folgte. Sie trat ein, stieg geschickt über den Müll, der überall herumlag, und öffnete den kleinen Kühlschrank. »Es gibt Bier, Wasser und Gatorade«, sagte sie, ohne sich umzudrehen.

»Du liebe Güte, das ist ja vielleicht eine Müllhalde.«

»Ja, Digger hat seinen Dienstboten freigegeben.«

»Ist Digger ein Mensch?«

»Das muss noch wissenschaftlich nachgewiesen werden. Also, Bier, Wasser oder Gatorade?«

»Bier.«

Callie holte zwei Flaschen aus dem Kühlschrank, öffnete sie und drehte sich um, um Doug eine zu reichen.

Doug starrte sie an. »Es tut mir Leid, aber ich weiß nicht, wie ich damit umgehen soll.«

»Willkommen im Club.«

»Ich will nicht, dass du hier bist. Ich will nicht, dass es dich überhaupt gibt. Ich komme mir vor wie der letzte Abschaum, aber ich will einfach nicht, dass meine Familie das alles noch einmal durchmachen muss. Nicht schon wieder.«

Callie gefiel seine absolute Aufrichtigkeit, und sie konnte seinen Widerwillen gegen die Situation gut verstehen. Plötzlich sah sie ihn mit anderen Augen, und ihr ging durch den Kopf, dass sie Doug wahrscheinlich gemocht hätte, wenn sie ihn unter anderen Umständen kennen gelernt hätte.

»Mir liegt auch nicht allzu viel daran, mit dieser Situation konfrontiert zu sein. Schließlich habe ich auch eine Familie. Willst du jetzt das Bier oder nicht?«

Er nahm ihr die Flasche aus der Hand. »Ich hoffe so sehr, dass sich meine Mutter irrt. Sie hat sich ja schon häufiger Hoffnungen gemacht, nur um dann wieder enttäuscht zu werden. Aber wenn ich dich anschaue, dann weiß ich, dass sie sich dieses Mal nicht irrt.«

Callie hatte das Gefühl, sich auf einem emotionalen Minenfeld zu bewegen, und vermutete, dass es Doug nicht anders ging.

»Nein, ich glaube auch nicht, dass sie sich irrt. Wir müssen zwar noch die Testergebnisse abwarten, aber es gibt schon genug Hinweise, die für sich sprechen.«

»Du bist meine Schwester.« Dougs Hals schmerzte, als er die Worte laut aussprach. Er setzte die Bierflasche an den Mund und trank einen Schluck.

»Es ist wahrscheinlich, dass ich deine Schwester *war*.«

»Können wir uns setzen?«

Callie räumte Bücher, Pornohefte, Steine, leere Bierflaschen und zwei Skizzen des Geländes von der Sitzbank.

»Ich ... will nur nicht, dass du ihr wehtust. Mehr nicht«, sagte Doug.

»Warum sollte ich?«

»Du verstehst das nicht.«

»Nein. Okay.« Sie rieb sich über die Augen. »Dann erklär es mir.«

»Sie ist nie darüber hinweggekommen. Ich glaube, wenn du gestorben wärst, wäre es einfacher für sie gewesen.«

»Das ist zwar hart, aber, klar, ich verstehe schon, was du meinst.«

»Die furchtbare Ungewissheit, ihr unerschütterlicher Glaube, dass sie dich eines Tages wieder finden würde, die Verzweiflung, als es dann nicht so war – meine Mutter ist an all dem zerbrochen. Letztendlich ist auch die Ehe meiner Eltern daran gescheitert. Meine Mutter hat sich auf den Trümmern des Lebens, das sie vorher geführt hatte, ein neues Leben aufgebaut, und ich will einfach nicht, dass jetzt alles wieder von vorn losgeht.«

Callie verspürte ein tiefes Mitleid mit Suzanne, und doch war das alles weit weg von ihr, genauso weit weg wie der Tod jenes Mannes, dessen Knochen sie ausgegraben hatte. »Ich will ihr nicht wehtun«, sagte sie leise. »Ich empfinde zwar nicht das für sie, was du empfindest, aber wehtun will ich ihr nicht. Sie will ihre Tochter zurück, doch das wird nie geschehen. Ich kann ihr nur das Wissen, vielleicht auch den Trost geben, dass ich lebe, gesund bin und ein schönes Leben bei guten Menschen geführt habe.«

»Sie haben dich gestohlen.«

Sie ballte unwillkürlich die Fäuste, als müsse sie ihre Eltern verteidigen. »Nein, das stimmt nicht. Sie wussten es nicht. Und sie leiden darunter, dass sie es jetzt erfahren haben.«

»Und wie fühlst *du* dich jetzt?«, fragte Doug leise.

»Ich ... ich habe Angst«, gab sie zu. »Ich habe Angst, weil ich das Gefühl habe, von der Situation überrollt zu werden. Meine Beziehung zu meinen Eltern hat sich bereits verändert. Wir gehen viel vorsichtiger miteinander um, als wir es eigentlich müssten. Ich weiß nicht, wie lange es dauern wird, bis wir einander wieder unbefangen gegenübertreten können, aber so wie früher wird es nie mehr sein, das weiß ich genau. Und das bringt mich auf die Palme. Und es tut mir Leid für deine Mutter«, fügte sie hinzu. »Sie hat das nicht verdient. Und du oder dein Vater auch nicht.«

»Du auch nicht. Was ist eigentlich deine erste klare Erinnerung?«

»Die erste?« Callie trank einen Schluck Bier und dachte über die Frage nach. »Ich sitze auf den Schultern meines Vaters. Am Strand, in Martha's Vineyard, wahrscheinlich, weil wir fast jeden Sommer für zwei, drei Wochen dorthin gefahren sind. Ich halte mich mit den Händen an seinen Haaren fest und lache, weil er auf und ab springt. Und ich höre, wie meine Mutter sagt: ›Elliot, bitte sei vorsichtig!‹ Aber sie hat auch gelacht.«

»Meine erste Erinnerung ist, wie wir in der Hagerstown Mall in der Schlange gestanden haben, um auf den Nikolaus zu warten. Die Musik, die Stimmen, der riesige runde Schneemann, das war alles ein bisschen Furcht erregend. Du hast in deinem Buggy geschlafen.«

Doug nahm noch einen Schluck Bier. Er spürte, dass er es Callie erzählen musste. »Du hattest so ein rotes Kleidchen an – aus Samt. Ich wusste damals allerdings nicht, dass es Samt war. Hier hatte es Spitze.« Er fuhr sich mit der Hand über den Brustkorb. »Mom hatte dir das Mützchen ausgezogen, damit deine Haare nicht so platt anlagen. Du hattest nur ganz wenige, weiche Haare. Eigentlich warst du fast kahl.«

Während Doug sprach, spürte Callie sich dem kleinen Jungen, der er damals gewesen war, auf merkwürdige Art nahe. Sie lächelte und zupfte an ihren dicken Haaren. »Das hat sich geändert.«

»Ja.« Zaghaft erwiderte er ihr Lächeln. »Ich dachte die ganze Zeit nur daran, dass ich bald beim Nikolaus auf dem Schoß sitzen würde. Ich musste dringend aufs Klo, wollte jedoch um nichts in der Welt aus der Schlange ausscheren. Aber je näher wir ihm kamen, desto bedrohlicher wurde alles. Überall tanzten diese riesigen Elfen herum.«

»Man fragt sich wirklich, warum die meisten Leute nicht kapieren, dass Elfen kleinen Kindern Angst einjagen können.«

»Dann war ich an der Reihe, und Mom sagte mir, ich solle mich beim Nikolaus auf den Schoß setzen. Ihre Augen waren ganz nass, und ich dachte, irgendetwas sei nicht in Ordnung, dabei war sie wohl nur gerührt. Als mich der Nikolaus dann hochhob und sein polterndes ›Ho, Ho, Ho!‹ von sich gab, drehte ich durch. Er war so riesig! Ich begann zu schreien, riss mich von ihm los und fiel zu Boden, direkt aufs Gesicht. Meine Nase blutete. Mom hob mich hoch, hielt mich fest und wiegte mich in ihren Armen. Da wusste ich, dass alles gut war. Mom war bei mir, und sie würde nicht zulassen, dass mir irgendetwas Schlimmes passierte. Und dann begann sie zu schreien, und du warst fort.«

Doug setzte die Bierflasche an und trank. »Danach erinnere ich mich an gar nichts mehr«, fuhr er nach einer Weile fort. »Es ist alles nur noch ein einziges Durcheinander. Aber diese eine Erinnerung sehe ich so klar und deutlich vor mir, als sei es gestern gewesen.«

Callie versuchte sich vorzustellen, wie sich der dreijährige Doug damals gefühlt haben musste – außer sich vor Angst, traumatisiert und offenbar von Schuldgefühlen überwältigt.

»Und, hast du immer noch Angst vor dicken Männern in roten Anzügen?«, fragte sie, um ihn auf andere Gedanken zu bringen.

Doug lachte kurz auf und seine Schultern entspannten sich. »Oh ja.«

Es war schon nach Mitternacht, als Dolan durch die Bäume schlich und auf das Gelände blickte, dass er bebauen wollte. Das Antietam-Creek-Projekt, sein Vermächtnis an Woodsboro. Gute, solide Häuser zu erschwinglichen Preisen. Häuser für junge Familien, die auf dem Land leben wollten, ohne auf modernen Komfort zu verzichten. Eine fantastisch ruhige Lage, aber nur fünfzehn Minuten von der Autobahn entfernt.

Dolan hatte viel Geld für das Land bezahlt. So viel jedenfalls, dass die Zinsen für das Darlehen ihn einen Jahresgewinn kosten würden, wenn er nicht endlich mit den Erschließungsarbeiten fortfahren konnte. Die ersten Käufer, die bereits bezahlt hatten, würden abspringen, wenn sich die Arbeiten noch länger als die vereinbarten sechzig Tage hinziehen würden, und dann würde er ihnen die Kaufsumme zurückerstatten müssen.

Es war einfach nicht richtig, dass Leute, die nichts in dieser Gegend zu suchen hatten, ihm vorschreiben wollten, was mit seinem Land geschehen sollte. Dabei hatten ihn die verdammten Naturschützer bereits mehr Zeit und Geld gekostet, als sich ein normaler Mann leisten konnte. Aber er hatte sich der Diskussion gestellt, hatte Anwälte bezahlt, auf Gemeindeversammlungen gesprochen, Interviews gegeben. Bisher hatte er sich an die Spielregeln gehalten, doch jetzt war es an der Zeit, dass er andere Saiten aufzog.

Dolan war sich absolut sicher, dass die Naturschützer mit Hilfe von Lana Campbell das Ganze nur angezettelt hatten, damit er das Land mit Verlust verkaufte. Diese Hippie-Wissenschaftler spielten doch nur herum und machten viel Wind um einen Haufen blöder alter Knochen. Dabei konnte kein Mensch von irgendwelchen Knochenfunden leben. Menschen brauchten Häuser, und er, Dolan, würde sie ihnen bauen.

Die Idee war ihm gekommen, als dieser geschniegelte Graystone in seinem Büro aufgekreuzt war und versucht hatte, Druck auf ihn auszuüben. Große wissenschaftliche und historische Bedeutung – du liebe Güte! Was wohl die Presse dazu sagen würde, wenn sie erfuhr, dass es sich bei den Funden hauptsächlich um Tierknochen handelte, Überreste von Wild, Schweinen und Rindern. Davon hatte Dolan immer einen ordentlichen Vorrat in der Tiefkühltruhe für seine Hunde.

Zufrieden blickte er auf den Müllsack, den er von seinem Auto mitgeschleppt hatte. Den Wagen hatte er eine Viertelmeile entfernt abgestellt. Er würde es Graystone schon zeigen, und diesem Luder von Dunbrook auch … Wie sie auf seiner Baustelle aufgetaucht war und ihn vor seinen Männern unmöglich gemacht hatte! Und wegen ihr musste er sich auch noch mit den Fragen des Bezirkssheriffs herumschlagen. Aber das würde er ihnen nicht durchgehen lassen, oh nein. Wenn Callie Dunbrook ihn unbedingt wegen Vandalismus anzeigen wollte, dann konnte sie das haben. Er würde diesen verdammten Wissenschaftlern schon zeigen, wo der Hase lief. Die Leute würden sich über sie kaputtlachen, und er konnte sich endlich wieder an die Arbeit machen.

Außerdem musste er seine Männer bezahlen, und diese Männer hatten Familien, die darauf angewiesen waren, dass sie ihnen was zu essen nach Hause brachten. Das alles tue ich schließlich für meine Gemeinde, dachte Dolan selbstgerecht, während er langsam aus dem Schatten der Bäume schlich.

Auf der anderen Seite des Feldes konnte er die Silhouette des Wohnwagens erkennen, in dem einer von diesen Typen hauste. Das Licht war aus; wahrscheinlich hatte er sich mit Pot zugedröhnt und schlief jetzt wie ein Baby.

»Gott sei Dank!«, murmelte Dolan und leuchtete mit seiner Taschenlampe über die Erdhügel, die überall auf dem Gelände aufragten. Leise schlich er zu einer der Gruben, blickte erneut auf den Wohnwagen und dann auf das Waldstück, weil er meinte, ein Rascheln gehört zu haben.

Als eine Eule schrie, ließ er vor Schreck den Plastiksack fallen. Dann lachte er leise auf. Ein Kerl wie er ließ sich im Dunkeln erschrecken! Er war doch schon als Junge im Dunkeln durch den Wald gelaufen. Mit einem letzten misstrauischen Blick auf die Bäume in seinem Rücken hob er den Sack wieder auf. Seine Hand zitterte, als er hineingriff und sich seine Finger um einen kühlen, feuchten Knochen schlossen.

Einen Moment lang spielte er mit dem Gedanken, in das Erdloch hinabzusteigen, doch dann entschied er sich dagegen. Die Grube erinnerte ihn zu sehr an ein Grab. Was waren diese Wissenschaftler nur für Menschen, dass sie ihr Leben in den

Gräbern anderer Leute verbrachten? Er würde sich eine der Schaufeln nehmen. Ja, genau, er würde sich eine Schaufel nehmen und die Knochen neben den Erdhügeln vergraben. Das war doch genauso gut.

Wieder hörte er Geräusche – ein Platschen im Wasser, ein Rascheln im Gebüsch. Er drehte sich um und richtete den dünnen Strahl seiner Taschenlampe auf die Bäume und den Teich, in dem ein kleiner Junge namens Simon ertrunken war, noch bevor Dolan geboren worden war.

»Wer ist da?«, rief er leise. Seine Stimme zitterte ein wenig. »Sie haben nicht das Recht, hier nachts herumzuschleichen. Das ist mein Land. Ich habe ein Gewehr.«

Auf der Suche nach einer Schaufel lief Dolan zu einer der Abdeckplanen und blieb dabei mit dem Fuß in einem der Absperrungsseile hängen. Er schlug hart auf den Boden auf, wodurch ihm die Taschenlampe aus der Hand fiel. Fluchend rappelte er sich auf. Er benahm sich albern, natürlich war um ein Uhr in der Nacht niemand auf dem Gelände.

Doch plötzlich sah er einen Schatten über sich, und es blieb ihm nicht einmal mehr die Zeit zu schreien. Er verspürte einen dumpfen Schmerz am Kopf, dann versank alles in Dunkelheit.

Teil II

Die Ausgrabung

Was sucht ihr den Lebenden bei den Toten?

Lukas, 24,5

11

Digger war klatschnass und sog gierig an der Marlboro, die er bei einem der Hilfssheriffs geschnorrt hatte. Eigentlich rauchte er seit mittlerweile zwei Jahren, drei Monaten und vierundzwanzig Tagen nicht mehr, aber dass er eine Leiche gefunden hatte, als er in der Morgendämmerung nur rasch seine Blase erleichtern wollte, erschien ihm als perfekter Grund, wieder damit anzufangen.

»Ich bin einfach reingesprungen. Hab nicht groß nachgedacht, bin einfach gesprungen. Und ich hatte ihn schon halb am Ufer, als ich sah, dass sein Schädel eingeschlagen war. Da machte Mund-zu-Mund-Beatmung dann auch keinen Sinn mehr.«

»Du hast getan, was du konntest.« Callie legte Digger den Arm um die mageren Schultern. »Du solltest dir was Trockenes anziehen.«

»Sie haben gesagt, dass sie noch mal mit mir reden müssen.« Seine Haare hingen in wirren, nassen Strähnen um sein Gesicht. Die Hand, mit der er die Zigarette hielt, zitterte. »Ich habe noch nie gern mit Bullen geredet.«

»Wer tut das schon gern?«

»Sie durchsuchen gerade meinen Wohnwagen.«

Callie zuckte zusammen und blickte sich nach dem schmutzigen Wohnwagen um. »Hast du Pot da drin? Irgendwas, das dich in Schwierigkeiten bringen könnte?«

»Nein. Seit ich mit dem Rauchen aufgehört habe, habe ich auch kein Gras mehr geraucht.« Digger rang sich ein Lächeln ab und betrachtete die Zigarette, die er fast bis zum Filter hinuntergeraucht hatte. »Vielleicht fange ich jetzt mit beidem wieder an. Verdammt, Cal, die Scheißkerle glauben, ich wäre es gewesen.« Ihm wurde ganz übel bei dem Gedanken.

»Es ist ihre Pflicht, alles zu überprüfen. Aber wenn du dir Sorgen machst, besorge ich dir einen Anwalt. Ich könnte Lana Campbell anrufen.«

Digger schüttelte den Kopf. »Nein, lass nur. Die Bullen werden sowieso nichts finden. Ich kannte den Kerl doch nicht einmal.«

»Du solltest dich jetzt ein bisschen ausruhen. Ich sehe zu, ob ich herausfinden kann, was da vor sich geht.«

Digger nahm ihre Aufforderung wörtlich und ließ sich zu Boden sinken. Stumm starrte er in die aufgehende Sonne. Callie signalisierte Rosie, dass sie bei ihm bleiben solle, dann machte sie sich auf den Weg zu Jake.

»Haben die Bullen schon etwas gesagt?«, fragte sie.

»Nicht viel. Aber man kann sich seinen Teil zusammenreimen.«

Sie schauten sich auf dem Gelände um. Der Sheriff und drei seiner Männer waren da und hatten die Abschnitte B-10 bis D-15 bereits abgesperrt. Dolans Leiche lag immer noch da, wo Digger sie abgelegt hatte, mit dem Gesicht nach unten auf dem zertrampelten Gras am Teich. Die Wunde war ausgeblutet, und Callie konnte die Einbuchtung am Schädel deutlich erkennen, dort, wo der Schlag ihn getroffen hatte. Vermutlich hatte jemand mit einem großen Stein auf ihn eingeschlagen. Wenn sie den Schädel aus der Nähe untersuchen könnte, würde sie sich ein genaueres Bild machen können.

An der Stelle, wo Dolan zusammengebrochen war, war das Gras mit Blut durchtränkt, und von dort verlief eine Blutspur bis zum Teich. Überall auf dem Gelände waren Fußspuren zu sehen. Callie vermutete, dass sie zum Teil von ihr selbst stammten, andere auch von Jake und dem Rest des Teams. Sie erkannte auch die Spuren, die Diggers nackte Füße hinterlassen hatten, als er zum Teich hinunter und dann zum Wohnwagen zurücklief. Es war unübersehbar, dass Digger langsam ans Wasser gegangen und dann zurückgerannt sein musste, nachdem er die Leiche entdeckt hatte – die Fußspuren, die zum Wohnwagen zurückführten, waren tiefer als die anderen und weiter voneinander entfernt. Die Polizisten würden schon einsehen, dass er die Wahrheit sagte. Und sie würden herausbekommen, warum Ron Dolan auf dem Gelände gewesen war. Neben Abschnitt B-12 lag ein großer grüner Müllsack auf dem Boden, aus dem Knochen quollen.

Einer der Hilfssheriffs fotografierte soeben die Leiche, den Müllsack und die Spuren auf dem Boden. Callie wusste, dass der Gerichtsmediziner bereits unterwegs war, aber es bedurfte keines großen Fachwissens, um sich alles zusammenzureimen.

»Wahrscheinlich ist Dolan hergekommen, um Tierknochen auf dem Feld zu verbuddeln«, sagte sie leise zu Jake. »Vielleicht dachte er, er könne die Ausgrabung damit unglaubwürdig machen, damit wir sie einstellen müssen. Und dann hat ihm jemand den Schädel eingeschlagen. Der arme Kerl! Wer zum Teufel tut so etwas? Falls ihn jemand begleitet hat, kann das doch nur ein Freund gewesen sein, jemand, den er kannte und dem er vertraute.«

»Ich weiß nicht.« Jake blickte zu Digger hinüber und stellte erleichtert fest, dass er neben Rosie auf dem Boden saß und Kaffee trank.

»Es geht ihm nicht besonders gut«, erklärte Callie ihm. »Er ist außer sich vor Angst, dass die Bullen ihm den Mord anhängen wollen.«

»Damit würden sie nicht durchkommen. Digger kannte Dolan ja noch nicht einmal. Außerdem würde jeder von uns auf die Bibel schwören, dass Digger niemanden umbringen könnte. Vor ein paar Wochen ist ihm ein Eichhörnchen vors Auto gelaufen, danach war er eine ganze Stunde lang nicht zu gebrauchen.«

»Und warum klingst du dann so besorgt?«

»Immerhin geht es hier um einen Mord. Und das bedeutet eine größere Verzögerung für die Ausgrabung, als es ein paar Tierknochen bewirkt hätten. Vielleicht müssen wir sogar ganz aufhören.«

Callie öffnete und schloss den Mund ein paar Mal, bevor sie schließlich herausbrachte: »Meine Güte, Jake, glaubst du, jemand hat Dolan umgebracht, um uns Steine in den Weg zu legen? Das ist doch Wahnsinn.«

»Mord ist immer Wahnsinn«, entgegnete er. Instinktiv legte er Callie die Hand auf die Schulter, als Sheriff Hewitt auf sie zutrat.

Der Bezirkssheriff war ein großer, schwerer Mann, der sich auffällig langsam bewegte. In seiner braunen Uniform hatte er Ähnlichkeit mit einem riesigen, schwerfälligen Bär.

»Dr. Dunbrook« – er nickte ihr zu –, »ich möchte Ihnen gern ein paar Fragen stellen.«

»Ich weiß nicht, was ich zu berichten hätte.«

»Für den Anfang könnten Sie mir zum Beispiel erzählen, was Sie gestern getan haben. Nur, damit ich einen Eindruck bekomme.«

»Ich bin um kurz vor neun aufs Feld gekommen und habe den größten Teil des Tages an meinem Befund gearbeitet.« Sie wies auf das Areal kurz hinter der Absperrung.

»Allein?«

»Teilweise allein und ansonsten zusammen mit Dr. Graystone, als wir die ausgegrabenen Skelette für den Transport vorbereitet haben. Mittags habe ich ungefähr eine Stunde Pause gemacht, etwas gegessen und meine Notizen aufgearbeitet. Da hinten.« Callie wies auf ein paar Campingstühle, die im Schatten der Bäume am Bach standen. »Wir haben ungefähr bis sieben gearbeitet und dann Feierabend gemacht. Ich habe mir bei dem Italiener in der Stadt etwas zu essen geholt und bin damit in mein Motel gefahren, weil ich Papierkram zu erledigen hatte.«

»Sind Sie danach noch einmal ausgegangen?«

»Nein.«

»Sie sind also in Ihrem Zimmer im *Hummingbird Inn* geblieben?«

»Das ist richtig. Und zwar allein«, fügte sie hinzu, bevor er danach fragen konnte. »Von meinem gestrigen Zusammenstoß mit Dolan auf seiner Baustelle wissen Sie ja sicher schon.« Sie blickte zu ihrem Rover, auf dem sich die Schmierereien grellrot gegen den dunkelgrünen Lack abhoben. »Ich war wütend, weil jemand mein Auto beschmiert hat. Ich bin immer noch wütend, aber deswegen bringe ich niemanden um. Ein Alibi habe ich allerdings nicht.«

»Sie hat ihr Zimmer nicht verlassen«, warf Jake ein, worauf Callie und der Polizist ihn verblüfft anschauten. »Mein Zimmer liegt direkt daneben«, fuhr er fort. »Du hast um elf Uhr angefangen, Cello zu spielen, und ungefähr eine Stunde lang auf dem verdammten Ding herumgesägt.«

»Nimm dir doch ein anderes Zimmer, wenn es dich stört.«

»Ich habe ja nicht gesagt, dass es mich stört.« Jake erwähnte nicht, dass er im Dunkeln gelegen, den leisen, melancholischen Tönen gelauscht und sich nach Callie gesehnt hatte. »Sie spielt Bach, wenn sie versucht, zur Ruhe zu kommen«, erklärte er dem Sheriff.

»Du kennst Bach?«, sagte Callie. »Ich bin beeindruckt.«

»Gegen Mitternacht hat sie mit dem Cellospielen aufgehört. Wer auch immer das Zimmer auf der anderen Seite neben ihr bewohnt, wird das bestätigen können. Außerdem war Dr. Dunbrooks Rover draußen direkt neben meinem Wagen geparkt. Ich habe einen leichten Schlaf, und wenn sie weggefahren wäre, hätte ich es mit Sicherheit gehört.«

»Ich habe gestern Nachmittag auf Ihre Beschwerde hin mit Mr Dolan gesprochen.« Umständlich zog Hewitt einen Notizblock aus der Tasche. Er leckte sich über die Fingerspitze und blätterte die Seiten um, bis er fand, was er suchte. »Haben Sie den Verstorbenen, als Sie gestern mit ihm gestritten haben, tätlich angegriffen?«

»Nein, ich ...« Callie brach ab. »Na ja, ich habe ihm wohl einen kleinen Schubs versetzt.« Sie imitierte die Geste, indem sie Hewitt leicht mit der Faust vor die Brust stieß. »Wenn das ein tätlicher Angriff ist, bin ich sicher schuldig. Er hatte mir ein paar Mal mit dem Finger vor dem Gesicht herumgefuchtelt.«

»Und haben Sie ihm gedroht, ihn umzubringen, wenn er noch einmal in Ihre Nähe käme?«

»Nein«, erwiderte Callie freundlich. »Ich habe ihm gesagt, ich würde ihm den Arsch aufreißen, wenn er sich noch einmal mit mir anlegt. Das mag ja unangenehm sein, aber tödlich endet es eigentlich nicht.«

»Sie sind gestern ebenfalls mit Dolan zusammengetroffen?«, wandte sich Hewitt an Jake.

»Ja, das ist richtig. Dolan war nicht glücklich mit der Situation. Er wollte, dass wir verschwinden – was vermutlich auch der Grund ist, weshalb er letzte Nacht hierher gekommen ist.« Jake warf einen viel sagenden Blick auf den Müllbeutel. »Wenn er auch nur die leiseste Ahnung davon gehabt hätte, was wir hier tun und wie und warum wir es tun, wäre ihm klar gewesen, dass sein Plan sinnlos ist. Das Problem war jedoch, dass er gar nicht wissen wollte, was wir hier eigentlich machen. Das zeigt, wie engstirnig und verbohrt er war. Aber den Tod hat er dafür sicher nicht verdient.«

»Ich weiß auch nicht besonders viel über das, was Sie hier tun, aber ich kann Ihnen mit Sicherheit sagen, dass Sie in den nächsten Tagen hier nicht arbeiten können. Allerdings müssen Sie sich alle zu meiner Verfügung halten.«

»Wir werden hier nicht so schnell wieder fortgehen«, erwiderte Callie. »Das war es, was Dolan auch nicht verstanden hat.«

»Noch etwas –« Hewitt befeuchtete erneut seine Fingerspitze und blätterte in seinem Notizbuch. »Ich war gestern im Baumarkt in Woodsboro. Offenbar hat jemand ein paar Spraydosen mit roter Farbe gekauft, die zu der auf Ihrem Auto passt.«

»Jemand?«, wiederholte Callie.

»Ich habe gestern Abend mit Jimmy Duke gesprochen.« Hewitts Gesicht verzog sich zu einem säuerlichen Lächeln. »Und mit seinem Freund Austin Seldon. Jimmy hat behauptet, er habe die Farbe gekauft, um das Auto seines Sohnes wieder herzurichten, aber der Wagen ist völlig verrostet und hatte vorher eine ganz andere Farbe. Es hat nicht lange gedauert, bis die beiden gestanden haben.«

»Gestanden«, wiederholte Callie.

»Jetzt kann ich sie wegen der Tat verhaften, wenn Sie das möchten. Oder ich kann dafür sorgen, dass sie die Neulackierung Ihres Wagens bezahlen und sich persönlich bei Ihnen entschuldigen.«

Callie holte tief Luft. »Wer von den beiden ist mit Ihnen zur Schule gegangen?«

Hewitts Lächeln wurde ein wenig breiter. »Austin. Und er ist zufällig mit meiner Kusine verheiratet. Aber das bedeutet nicht, dass ich ihn ... dass ich beide nicht einsperren würde, wenn Sie Anzeige erstatten wollen.«

»Ich werde den Lackschaden schätzen lassen, und danach möchte ich innerhalb von vierundzwanzig Stunden einen gültigen Scheck in der Hand haben. Auf der Entschuldigung bestehe ich nicht.«

»Ich kümmere mich darum.«

»Sheriff?« Jake sprach erst weiter, als Hewitt sein Notizbuch wieder in der Tasche verstaut hatte. »Sie kennen Austin vermutlich gut genug, um zu wissen, dass er ein ziemliches Arschloch sein kann.«

»Ja, sicher.«

»Und Sie wissen – als sein Freund und als Menschenkenner –, wozu er fähig wäre und wozu nicht.«

Hewitt musterte Jake, dann glitt sein Blick zu der Stelle, wo Digger auf dem Boden saß und eine weitere geschnorrte Zigarette rauchte. »Ich werde es im Kopf behalten.«

Als der Gerichtsmediziner eintraf, zogen sich Callie und Jake an den Zaun zurück. Von dort aus konnten sie die Geschehnisse beobachten, ohne im Weg zu stehen.

»Ich war noch nie in einen Mordfall verwickelt«, sagte Callie. »Und es ist gar nicht so aufregend, wie ich es mir immer vorgestellt habe. Eigentlich ist es eher beleidigend, dass wir uns gegenseitig ein Alibi beschaffen müssen.«

»Niemand glaubt im Ernst, dass einer von uns Dolan den Schädel eingeschlagen hat.« Jake steckte die Hände in die Taschen seiner Jeans und stieß dort auf eine vergessene Tüte mit Sonnenblumenkernen. »Hewitt ist cleverer, als er aussieht.«

»Das kannst du laut sagen.«

Jake griff in die Tüte, fuhr Callie durch die Haare und präsentierte ihr dann ein paar Sonnenblumenkerne, als habe er sie dort hervorgezaubert. Sie lächelte und zeigte dabei ihre Grübchen.

»Er wird schnell herausfinden, dass Dolan tot ein viel größeres Hindernis für die Ausgrabung ist als lebendig.«

»Das glaube ich auch«, sagte Callie kauend.

»Wir werden einige Tage verlieren, und dabei ist die erste Saison sowieso schon kurz. Die ganze Stadt ist in Aufruhr, und wahrscheinlich haben wir das Gelände voller Gaffer, wenn es wieder freigegeben wird.«

In diesem Moment kam Rosie zu ihnen herüber. »Sie lassen Digger jetzt in den Wohnwagen, damit er sich umziehen kann. Der arme Kerl ist völlig fertig.«

»Es ist ein Unterschied, ob man jemand findet, der erst seit ein paar Stunden tot ist, oder ein Skelett, das schon seit tausenden von Jahren in der Erde liegt«, sagte Callie.

»Da sagst du was.« Rosie blies die Wangen auf und stieß geräuschvoll die Luft aus. »Hört mal, ich habe keine Lust, hier herumzuhängen, während die Polizei ermittelt. Heute lassen sie uns sowieso nicht mehr arbeiten. Ich dachte, ich mache mit Digger einen Ausflug. Vielleicht sehen wir uns die Schlachtfelder mal an und gehen später noch ins Kino. Wollt ihr mitkommen?«

»Ich habe noch etwas Privates zu erledigen.« Callie warf einen Blick zum Wohnwagen. »Glaubst du, du kommst allein mit ihm klar?«

»Ja. Ich lasse ihn in dem Glauben, dass er mich ins Bett bekommt. Das wird ihn aufheitern.«

»Lass mich zuerst noch mal mit ihm reden.« Jake tippte Callie auf die Schulter. »Warte hier auf mich, ja?«

»Du und Jake, ihr seid euch wieder näher gekommen, was?«, fragte Rosie, als er fort war.

Callie blickte auf die Tüte mit den Sonnenblumenkernen. »Ich weiß nicht, was du meinst.«

»Süße, wenn ihr euch anseht, werden harmlose Passanten von den Funken getroffen, die zwischen euch hin und her fliegen. Er ist aber auch wirklich ein toller Typ«, fügte sie mit einem Blick auf Jake hinzu, der gerade in den Wohnwagen stieg.

»Ja, er sieht gut aus.«

Rosie versetzte Callie einen leichten Stoß mit dem Ellbogen. »Gib schon zu, dass du immer noch verrückt nach ihm bist.«

Entschlossen drehte Callie die Tüte mit den Sonnenblumenkernen zu und steckte sie in die Tasche. »Ich weiß nur, dass er mich immer noch verrückt macht. Das ist ein Unterschied. Willst du mich etwa auch aufheitern?«

»Irgendetwas muss ich ja tun. Ich habe bisher nur einmal Polizisten auf einer Ausgrabung erlebt, unten in Tennessee. Die Ausgrabung war für die Öffentlichkeit freigegeben, und so ein dämlicher Geologe ist von einem Felsen gestürzt und hat sich das Genick gebrochen. Das war ziemlich scheußlich. Aber das hier ist noch schlimmer.«

»Ja.« Callie beobachtete, wie einer der Hilfssheriffs einen Leichensack öffnete. »Das hier ist schlimmer.«

»Ich habe ihm erzählt, du seiest heiß auf ihn«, sagte Jake zu Rosie, als er zurückkam. Er stellte sich absichtlich so vor Callie, dass sie nicht mehr sehen konnte, was am Teich vor sich ging. »Ich habe ihn ein bisschen aufgemuntert, und jetzt duscht er.«

»Na, was habe ich doch für ein Glück«, kommentierte Rosie trocken und schlenderte davon.

»Ich habe die Leiche schon gesehen, Jake.«

»Du musst ja nicht ständig hingucken.«

»Vielleicht solltest du mit Rosie und Digger zusammen wegfahren.«

»Quatsch.« Jake ergriff Callie am Arm und steuerte mit ihr auf das offene Tor zu. »Ich fahre mit dir.«

»Ich habe doch gesagt, dass ich etwas Privates zu erledigen habe.«

»Ja, genau. Und ich fahre dich.«

»Du weißt ja noch nicht einmal, wohin ich will.«

»Dann sag es mir.«

»Ich fahre nach Virginia zu Dr. Simpson. Dabei brauche ich keine Begleitung, und fahren will ich sowieso selbst.«

»Ich bin aber noch zu jung zum Sterben, und deshalb werde ich fahren.«

»Ich kann besser Auto fahren als du.«

»Oh, oh! Wie viele Strafzettel wegen Geschwindigkeitsüberschreitung hast du denn im letzten Jahr angehäuft?«

Sie musste unwillkürlich lachen, fauchte ihn dann aber an: »Das ist doch irrelevant.«

»Im Gegenteil, es ist extrem relevant. Außerdem bezweifle ich, dass du mit den hässlichen Schmierereien auf deinem Auto bis nach Virginia fahren möchtest.«

»Verdammt!«, zischte Callie. Sie sah ein, dass Jake Recht hatte, also stieg sie in seinen Wagen. »Wenn du fährst, darf ich aber bestimmen, was wir im Radio hören.«

»Das kommt überhaupt nicht in die Tüte, Babe.« Er legte eine CD ein. »Die Straßenverkehrsordnung besagt, dass der Fahrer die Musik aussucht.«

»Wenn du glaubst, dass ich mir jetzt stundenlang Country-Music anhöre, täuschst du dich.« Sie schaltete auf Radioempfang um.

»Country-Music spiegelt die amerikanische Kultur wider, ihre sozialen, sexuellen und familiären Sitten und Gebräuche.« Er schaltete die CD wieder ein. Clint Black hatte gerade die erste Zeile gesungen, als Callie wieder auf Radio umschaltete.

Henry Simpson wohnte in einer eleganten Vorstadtsiedlung, die Ronald Dolan sicher gefallen hätte. Schmucke Villen standen auf gepflegten Rasenflächen; manche hatten Veranden, andere Carports, einige waren mit Ziegeln verklinkert und andere makellos weiß verputzt. Trotzdem wirkten die Häuser auf deprimierende Art gleichförmig auf Callie. Ihr fiel auf, dass es in der Siedlung keine alten Bäume gab, nichts Verwittertes oder Altes, das dadurch interessant gewirkt hätte. Überall in den Vorgärten wuchsen die gleichen pflegeleichten Büsche und Blumen.

»Wenn ich hier leben müsste, würde ich mich erschießen.«

»Ach was!« Jake fuhr langsam die Sackgasse entlang und hielt nach den Hausnummern Ausschau. »Du würdest deine Haustür leuchtend rot anstreichen, dir rosa Flamingos in den Vorgarten stellen und es dir zur Lebensaufgabe machen, deine Nachbarn in den Wahnsinn zu treiben.«

»Stimmt, das wäre lustig«, stimmte Callie zu. »Da, links, die nächste Einfahrt. Vergiss nicht, wir haben uns darauf geeinigt, dass ich rede.«

»Darauf haben wir uns keineswegs geeinigt. Ich habe nur gesagt, dass du immer redest.« Jake bog in die Einfahrt ein und stellte den Motor ab. »Wo würdest du denn gerne leben, wenn du es dir aussuchen könntest?«

»Ganz bestimmt nicht hier. Jake, ich muss das jetzt erst einmal alles in den Griff bekommen.«

»Ja, ich weiß.« Er stieg aus dem Auto. »Ich stelle mir irgendein riesiges, heruntergekommenes Haus auf dem Land vor. Eines, das Geschichte und Charakter atmet, das du herrichten könntest, um ihm deinen Stempel aufzudrücken.«

»Wovon redest du eigentlich?«

»Von dem Haus, das ich kaufen würde, wenn ich eins kaufen würde.«

»Man dürfte nicht einfach loslegen mit dem Renovieren.« Callie zog eine Bürste aus ihrer Tasche und fuhr sich kurz über die Haare. »Zuerst müsste man alles über die Geschichte und den Charakter des Hauses herausbekommen, damit man es auch wirklich respektiert. Und es müssten Bäume da sein. Richtige Bäume«, fügte sie hinzu, während sie den weiß gepflasterten Pfad zu dem weiß gestrichenen Haus entlanggingen. »Nicht solche komischen Büsche wie diese hier.«

»Bäume mit dicken Ästen, an die man eine Schaukel hängen kann.«

»Genau.« Sie blickte ihn stirnrunzelnd an. Über dieses Thema hatten sie noch nie zuvor geredet.

»Was ist?«

»Nichts.« Sie zuckte die Achseln. »Nichts. Okay, los geht's.« Sie läutete und lauschte dem Dreiklang, der im Innern des Hauses ertönte. Als sie die Hand sinken ließ, ergriff Jake sie.

»Was soll das?«

»Ich will dir nur beistehen.«

»Nun ... stell dich da drüben hin und steh mir bei.« Sie gab ihm einen Klaps auf den Handrücken. »Du machst mich nervös.«

»Du willst mich immer noch, nicht wahr?«

»Ja, ich will dich immer noch. Ich will, dass du Marshmallows in der Hölle röstest. Lass meine Hand los, bevor ich ...«

Sie brach ab, als die Tür geöffnet wurde. Vor ihnen stand eine Frau im mittleren Alter, die erstaunlich jugendlich wirkte. Ihr glänzendes kastanienbraunes Haar schmiegte sich in einem weichen Kurzhaarschnitt um ihr Gesicht. Sie trug eine enge Dreiviertelhose und eine lose fallende weiße Bluse. Aus ihren Riemchensandalen lugten lachsrosa lackierte Zehennägel heraus.

»Sie sind sicher Callie Dunbrook. Ich bin Barbara Simpson. Ich freue mich so, Sie kennen zu lernen.« Die Frau streckte die Hand aus. »Und Sie sind ...«

»Das ist mein Partner, Jacob Graystone«, sagte Callie. »Es ist sehr freundlich von Ihnen und Dr. Simpson, dass Sie mich so kurzfristig empfangen.«

»Aber das ist doch überhaupt kein Problem. Kommen Sie doch bitte herein. Henry war ganz entzückt von der Idee, Sie kennen zu lernen, als ich ihn anrief. Er war beim Golf spielen und macht sich gerade noch ein bisschen frisch. Kommen Sie, nehmen Sie doch bitte im Wohnzimmer Platz. Ich hole rasch ein paar Erfrischungen.«

»Ich möchte Ihnen keine Umstände machen, Mrs Simpson.«

»Aber davon kann gar keine Rede sein.« Barbara berührte kurz Callies Arm und wies auf die steingraue Ledercouch. »Bitte, setzen Sie sich doch. Ich bin gleich wieder da.«

Auf dem riesigen gläsernen Couchtisch stand eine Vase mit exotischen weißen Blüten. Auch der Kamin, der jetzt im Sommer mit Kerzen und Blumen gefüllt war, bestand aus weiß gestrichenen Ziegelsteinen. Callie vermutete, dass die schwarze Schleiflackanrichte an der Wand ein komplettes, modernes Mediencenter enthielt. Gegenüber dem Sofa standen zwei Sessel, ebenfalls aus Leder, aber leuchtend rot. Callies Arbeitsstiefel versanken in dem Teppichboden, der ein paar Nuancen heller war als das Sofa. Mit einigem Unbehagen musterte sie ein riesiges Keramikkaninchen, das in der Ecke auf dem Boden stand.

»Keine Kinder«, bemerkte Jake, als er sich in die Lederpolster sinken ließ. »Und auch keine Enkel mit klebrigen Fingern, die hier frei herumlaufen dürfen.«

»Dad hat gesagt, Simpson hätte eine Tochter aus erster Ehe. Und zwei Enkelkinder. Aber sie leben wohl weiter im Norden.« Vorsichtig hockte Callie sich auf die Sofakante. »Diese Barbara ist seine zweite Frau. Sie haben geheiratet, nachdem meine Eltern nach Philadelphia gezogen sind. Simpson zog damals nach Virginia, und daraufhin haben sie den Kontakt verloren.«

Jake legte Callie die Hand aufs Knie. »Dein Bein zittert«, sagte er sanft.

»Das stimmt doch gar nicht.« Sie hasste es, dabei ertappt zu werden.

Als Henry Simpson das Wohnzimmer betrat, stand Callie auf, um ihn zu begrüßen. Er war leicht gebräunt – wahrscheinlich vom Golfspielen, dachte Callie – und trug einen Schal im Kragen seines Strickhemdes. Die Haare rings um die

Glatze waren schneeweiß, und er trug eine Brille mit Metallrahmen. Callie wusste, dass Simpson Anfang siebzig sein musste, und registrierte überrascht, dass sein Händedruck fest wie der eines jungen Mannes war.

»Vivians und Elliots kleines Mädchen – eine erwachsene Frau! Ich weiß wirklich nicht, wo die Zeit geblieben ist. Das letzte Mal habe ich dich gesehen, als du ein paar Monate alt warst. Gott, plötzlich fühle ich mich uralt.«

»Sie sehen aber nicht so aus. Das ist Jacob Graystone. Mein ...«

»Auch ein Archäologe.« Simpson schüttelte Jake herzlich die Hand. »Faszinierend, faszinierend. Bitte, nehmen Sie doch Platz. Barb bereitet gerade Limonade und Plätzchen vor. So, und du bist also Dr. Callie Dunbrook«, fuhr er fort und strahlte Callie an. »Deine Eltern sind bestimmt sehr stolz auf dich.«

»Ich hoffe es, Dr. Simpson.«

»Du kannst Henry zu mir sagen. Bitte.«

»Henry, ich weiß nicht, wie viel mein Vater Ihnen erzählt hat, als er Sie angerufen hat.«

»Genug jedenfalls, dass ich mich hingesetzt habe und alle Unterlagen noch einmal durchgegangen bin, die irgendwie hilfreich für dich sein könnten.«

Er blickte auf, als seine Frau ins Zimmer kam. Sie schob einen Servierwagen aus Glas und Chrom vor sich her. »Nein, nein, bleiben Sie sitzen«, sagte sie zu Jake, der aufgesprungen war, um ihr zu helfen. »Ich komme schon zurecht. Sie haben ja bereits angefangen, sich zu unterhalten.«

»Ich habe Barbara von dem Gespräch mit deinem Vater erzählt.« Henry lehnte sich seufzend zurück. »Ich will ganz aufrichtig mit dir sein, Callie. Ich glaube, diese Frau, die zu dir gekommen ist, irrt sich. Marcus Carlyle hatte einen sehr guten Ruf in Boston, sonst hätte ich ihn deinen Eltern nie empfohlen.«

Barbara stellte ein Tablett mit winzigen Gebäckstücken auf den Couchtisch und strich ihrem Mann über den Arm. »Henry macht sich Gedanken, dass er verantwortlich ist, falls die Geschichte stimmt.«

»Ich habe Vivian und Elliot zu Carlyle geschickt und sie gedrängt, sich um eine Adoption zu bemühen.«

Er ergriff die Hand seiner Frau. »Ich kann mich noch gut an den Moment erinnern, als ich Vivian sagen musste, dass ihr die Gebärmutter entfernt werden müsse. Sie war noch so jung und sah so niedergeschlagen aus. Sie wünschte sich verzweifelt ein Kind. Dein Vater übrigens auch.«

»Warum haben Sie den beiden ausgerechnet Carlyle empfohlen?«, fragte Callie.

»Ich hatte eine andere Patientin, deren Mann zeugungsunfähig war. Wie deine Eltern ließen sie sich auf die Warteliste von Adoptionsagenturen setzen. Als diese Patientin eines Tages zur jährlichen Untersuchung kam, strahlte sie vor Glück, weil sie und ihr Mann über Carlyle ein Kind adoptiert hatten. Sie hörte gar nicht mehr auf, ihn in den höchsten Tönen zu loben. Ich habe häufig mit Patientinnen zu tun, die nicht empfangen oder ein Kind nicht bis zum Ende der Schwangerschaft austragen können, und ich stehe auch mit Kollegen in Kontakt.«

Henry griff nach seinem Glas. »Über Carlyle hörte ich nur Gutes, und eines Tages lernte ich ihn beim Abendessen im Haus einer Patientin persönlich kennen. Er war sehr eloquent, amüsant und voller Leidenschaft bei der Sache, wenn es darum ging, kinderlosen Ehepaaren zu helfen. Ich weiß noch genau, wie er es formulierte: Familien zu bilden. Ich war jedenfalls äußerst beeindruckt, und bei meinem nächsten Gespräch mit Vivian empfahl ich ihr Carlyle.«

»Haben Sie ihn auch anderen empfohlen?«

»Ja, soweit ich mich erinnere, drei oder vier anderen Patientinnen. Einmal hat er mich angerufen, um sich bei mir zu bedanken. Dabei entdeckten wir, dass wir beide leidenschaftlich gern Golf spielen, und von da an sind wir häufiger zusammen auf den Platz gegangen. Ich kann mir wirklich nur vorstellen, dass hier ein Irrtum vorliegt, Callie. Der Mann, den ich damals kannte, kann unmöglich in Kindesentführungen verwickelt gewesen sein.«

»Erzählen Sie mir ein bisschen mehr über ihn.«

»Er war sehr dynamisch.« Simpson schwieg einen Moment lang nachdenklich und nickte dann. »Genau das war mein erster Eindruck – ein dynamischer Mann. Er war sehr klug und hatte einen ausgezeichneten Geschmack. Eine distinguierte Erscheinung. Er war sehr stolz auf seine Arbeit und hatte das Gefühl, wie er einmal sagte, durch die Adoptionen der Gesellschaft einen Dienst zu erweisen.«

»Was war mit seiner eigenen Familie?«, fragte Callie. »Es muss doch Menschen gegeben haben, denen er nahe stand, persönlich wie im Beruf.«

»Was seinen Beruf angeht, kann ich das nicht sagen. Auf gesellschaftlicher Ebene hatten wir zahlreiche gemeinsame Bekannte. Seine Frau war reizend, wenn auch ein wenig unscheinbar. Nein, das ist der falsche Ausdruck«, korrigierte sich Simpson entschuldigend. »Sie war still und kümmerte sich hingebungsvoll um Carlyle und ihren Sohn. Aber sie wirkte ... irgendwie substanzlos, möchte ich sagen. Eigentlich nicht die Art Frau, die man mit einem solchen Mann in Verbindung bringt. Er hatte übrigens zahlreiche Affären.«

»Er hat seine Frau betrogen?« Callies Stimme klang kalt.

»Ja, es gab andere Frauen.« Simpson räusperte sich und rutschte unbehaglich auf seinem Sessel hin und her. »Er sah gut aus, und, wie gesagt, er war äußerst dynamisch. Offensichtlich verschloss seine Frau die Augen vor seinen Indiskretionen. Allerdings haben sie sich letztendlich doch scheiden lassen.«

Simpson beugte sich vor und legte eine Hand auf Callies Knie. »Untreue beweist vielleicht, dass ein Mann schwach ist, aber er wird dadurch noch lange nicht zum Monster. Und, gestatte mir die Bemerkung, das Kind wurde in Maryland entführt, und du wurdest deinen Eltern in Boston übergeben.« Er tätschelte ihr väterlich das Knie und lehnte sich dann wieder in seinem Sessel zurück. »Ich kann zwischen diesen beiden Ereignissen beim besten Willen keinen Zusammenhang erkennen.«

Er schüttelte den Kopf und schwenkte sein Glas, sodass die Eiswürfel darin klirrten. »Woher hätte er wissen sollen, dass es eine Gelegenheit geben würde, genau zu dem Zeitpunkt, als er einen Säugling brauchte, ein Kind zu entführen?«

»Genau das möchte ich herausfinden.«

»Haben Sie immer noch Kontakt zu Carlyle?«, fragte Jake.

Simpson schüttelte den Kopf. »Nein, schon seit einigen Jahren nicht mehr. Als er aus Boston wegzog, haben wir uns aus den Augen verloren. Außerdem war Marcus beträchtlich älter als ich; er könnte mittlerweile durchaus schon tot sein.«

»Oh, Henry, sag doch so etwas nicht!« Barbara nahm die Kuchenplatte vom Tisch, um Callie die Petits Fours anzubieten.

»Aber das ist doch nur realistisch«, entgegnete er. »Er müsste mittlerweile an die neunzig sein, und als Anwalt praktiziert er bestimmt nicht mehr. Ich selbst habe mich vor fünfzehn Jahren zur Ruhe gesetzt und bin hierher gezogen, um den Wintern in New England zu entkommen.«

»Und um mehr Golf zu spielen«, fügte Barbara nachsichtig lächelnd hinzu.

»Das ist definitiv ein wesentlicher Faktor.«

»Diese Frau da in Maryland – es muss furchtbar für sie gewesen sein«, sagte Barbara. »Ich selbst hatte nie Kinder, aber ich kann mir vorstellen, was sie durchgemacht hat. Glauben Sie nicht auch, dass man in einer solchen Situation nach jedem Strohhalm greift?«

»Ja, sicher«, stimmte Callie ihr zu. »Manchmal erwischt man jedoch auch den richtigen.«

Als sie wieder in Jakes Auto saßen, lehnte Callie sich auf dem Beifahrersitz zurück und schloss die Augen. Jetzt war sie froh, dass Jake darauf bestanden hatte zu fahren. Sie hätte nicht mehr die Energie dazu aufgebracht.

»Er will es einfach nicht wahrhaben. Er betrachtet Carlyle

immer noch als Freund. Der brillante, dynamische Ehebrecher.«

Jake legte den Rückwärtsgang ein. »Und du hast gedacht, dass dir diese Beschreibung irgendwie bekannt vorkommt, nicht wahr?«

Es ist dir also nicht entgangen, dachte Callie. Sie spürte, dass sie in diesem Moment nicht die Kraft hatte, mit Jake zu streiten. »Das ist mir alles zu viel«, sagte sie. »Ich will einfach nur hier weg.«

»Gut.« Jake steuerte den Wagen rückwärts von der Einfahrt auf die Straße zurück. Dann lenkte er ihn an den Straßenrand und strich Callie mit dem Handrücken über die Wange. »Ich ... ich habe dich lieb, ob du es nun glaubst oder nicht.«

In diesem Moment hätte sie sich am liebsten abgeschnallt und wäre zu ihm auf den Schoß gekrabbelt. Sie wollte seine Arme um sich spüren, ihn ebenfalls umarmen. Aber sie würde diesem Verlangen niemals nachgeben. »Okay, dann lass uns das Ganze mal zusammenfassen. Mein erster Kommentar ist der: Wir haben Henry und Barb nicht gerade den Tag verschönt, oder?«

Jake fuhr wieder an und lenkte den Wagen auf die Straße zurück. »Hast du das erwartet?«

»Ich weiß nicht, was ich erwartet habe. Ich weiß nur, dass ich dem alten Mann Schuldgefühle verursacht habe, obwohl er mir nicht glauben will. Was meinst du, wie viele seiner anderen Patientinnen mögen Carlyle wohl noch weiterempfohlen haben?«

»Ich glaube, Flüsterpropaganda war ein entscheidender Faktor für seinen beruflichen Erfolg. Wohlhabende, unfruchtbare Paare, die mit anderen wohlhabenden, unfruchtbaren Paaren über ihn gesprochen haben. Es wird sogar einige Klienten geben, die ihn häufiger in Anspruch genommen haben. Das funktioniert doch alles auf der gleichen Basis. Du bekommst dein Produkt –«

»Du lieber Himmel, Graystone! *Produkt*?«

»Ich versuche doch nur, es so zu sehen wie er«, entgegnete

Jake. »Die Leute bekommen das Produkt aus einer ganz anderen sozialen Schicht. Von Leuten mit unterem bis mittlerem Einkommen, die es sich nicht leisten können, einen Privatdetektiv zu engagieren. Und zur Sicherheit hat er die Babys immer jenseits der Grenze besorgt. Als er in Boston praktizierte, konnte er keine Kinder aus Boston oder Umgebung vermitteln.«

»Das klingt plausibel«, murmelte Callie und richtete sich auf dem Beifahrersitz auf. »Er muss doch eine Art von Netzwerk gehabt haben, irgendwelche Kontakte. Die meisten Leute wollen doch Babys adoptieren, oder? Und mit älteren Kindern hätte es ja auch gar nicht funktioniert, also musste er sich schon auf Säuglinge beschränken. Aber man kann ja nicht einfach durch die Gegend laufen und hoffen, dass man zufällig ein Baby findet. Da muss man schon zielgerichteter vorgehen.«

»Du brauchst Informationen, und du willst ja auch sichergehen, dass du ein gesundes Baby übergibst«, ergänzte Jake. »Schließlich musst du ein gutes Produkt und einen guten Kundendienst vorweisen können, sonst wirst du mit Beschwerden überhäuft.«

»Carlyle hatte bestimmt Kontakt zu Entbindungsstationen in Krankenhäusern, zu Ärzten, Krankenschwestern, vielleicht auch zu irgendwelchen sozialen Organisationen, die sich um ledige Mütter oder Paare mit sehr geringem Einkommen kümmern.«

»Wo ist Jessica Cullen eigentlich geboren?«

»Im Washington County Hospital, am 8. September 1974.«

»Es könnte sich lohnen, dort ein wenig nachzuforschen. Lana sucht nach Carlyle, also können wir uns auf etwas anderes konzentrieren.«

Eine Weile lang schwiegen sie beide.

»Graystone?«, fragte Callie dann.

Er warf ihr einen Blick zu und sah, dass sie ihn nachdenklich musterte. »Dunbrook?«

»Du machst mich gar nicht mehr so wütend wie sonst.«

Er streichelte ihr sanft über den Handrücken. »Gib mir Zeit.«

Um sieben Uhr faltete Lana ihre Wäsche zusammen. Sie hatte bereits die Küche gründlich geputzt, im ganzen Haus Staub gesaugt und sogar den Hund eingeseift – was ihm gar nicht gefallen hatte. Sie hatte alles Mögliche getan, nur um nicht an Ronald Dolan denken zu müssen. Aber es funktionierte nicht.

Während sie Tylers kleine weiße Socken zusammenlegte, dachte sie an die furchtbaren Dinge, die sie zu Dolan gesagt hatte, und an die noch schlimmeren Dinge, die sie über ihn gedacht hatte. In den letzten vierzehn Monaten hatte sie alles getan, was in ihrer Macht stand, um seine Pläne für das Grundstück am Antietam Creek zunichte zu machen. Jetzt war er tot, und jeder Gedanke, jede Tat, jeder Hohn und jedes Wort, das sie über ihn gesagt hatte, würden sie bis ans Ende ihrer Tage verfolgen.

Als sie den Wäschekorb hochhob, lief der Hund bellend zur Haustür und sprang an ihr hoch. In diesem Moment klopfte es auch schon. »Schon gut, schon gut, jetzt hör endlich auf!«, schimpfte Lana und zog ihn am Halsband weg. »Sitz! Ich meine es ernst.«

Gerade als sie die Tür öffnen wollte, kam Tyler die Treppe heruntergesprungen. »Wer ist da? Wer ist da?«

»Ich weiß nicht. Mein Röntgenblick muss kaputt sein.«

Kichernd umarmte Ty den Hund.

Als Lana die Tür öffnete, stand sie Doug gegenüber. Sie blinzelte verwirrt, während Tyler und der Hund sofort auf ihn zustürmten.

»Aus! Elmer, Platz! Tyler, benimm dich!«

»Ich hab' ihn schon.« Zu Tylers Entzücken klemmte Doug ihn unter den Arm, als sei er ein Football. »Sieht so aus, als wollten die beiden abhauen.« Er hielt den quietschenden Jungen fest und beugte sich zu dem schwarzweißen Hund hinunter, um ihn zwischen den Ohren zu kraulen. »Elmer? Fudd oder Gantry mit Nachnamen?«

»Fudd«, stammelte Lana. »Ty liebt Bugs-Bunny-Cartoons. Oh, Doug, es tut mir so Leid, ich habe völlig vergessen, dass wir heute Abend verabredet waren.«

»Siehst du?« Doug drehte Ty um, sodass der Junge ihm sein lachendes Gesicht zuwandte. »So sieht ein Mann aus, dessen Ego zusammenbricht.«

»Ich sehe nichts.«

»Bitte, kommen Sie doch herein«, sagte Lana. »Ich stecke nur gerade mitten im Chaos.«

»Sie sehen hübsch aus.«

»Ha! Das kann ich mir nicht vorstellen.«

Sie trug hellrosa Shorts mit Aufschlägen am Saum, ein rosa-weiß gestreiftes T-Shirt und weiße Segelschuhe. In ihren Ohrläppchen steckten kleine Goldknöpfe, und die Haare hatte sie im Nacken zusammengebunden. Alles in allem erinnerte sie Doug an eine besonders leckere Zuckerstange.

»Sagen Sie mal, sind Sie an Ihren Haushaltstagen immer so sorgfältig gekleidet?«

»Natürlich. Ty, würdest du mir einen Gefallen tun? Würdest du Elmer für ein paar Minuten mit hoch in dein Zimmer nehmen?«

»Kann ich ihm mein Zimmer zeigen?«

»*Er* heißt Mr Cullen. Vielleicht später. Geh jetzt erst einmal mit Elmer hinauf.«

Doug ließ Ty zu Boden gleiten. »Hübsch haben Sie's hier«, sagte er, als Ty mit dem Hund die Treppe hinaufstürmte.

»Danke.« Lana blickte sich flüchtig in dem jetzt makellos sauberen Wohnzimmer mit den blassgrünen Wänden und den schlichten Möbeln um. »Doug, es tut mir wirklich Leid. Es ist mir schlichtweg entfallen. Die Sache mit Dolan hat mich völlig durcheinander gebracht. Ich fasse es einfach nicht.«

»Ich glaube, die ganze Stadt befindet sich im Schockzustand.«

»Ich habe mich ihm gegenüber schrecklich benommen.« Ihre Stimme brach, und sie setzte den Wäschekorb auf dem Couchtisch ab. »Einfach schrecklich. Dabei weiß ich, dass er eigentlich kein schlechter Mensch war. Aber er war nun einmal mein Gegner, und deshalb musste ich in ihm den Bösen sehen. Anders funktioniert es nicht …«

»Hey.« Doug legte ihr die Hände auf die Schultern und drehte sie zu sich herum. »Es ist nicht Ihre Schuld – es sei denn, Sie wollten mir als Nächstes gestehen, Sie seien am Simon's Hole gewesen und hätten Dolan eins über den Schädel gezogen. Es bringt gar nichts, wenn Sie sich Vorwürfe machen, nur weil Sie Ihren Job gemacht haben.«

»Aber ist es nicht grauenhaft, dass ich jetzt, wo er tot ist, besser über ihn denke als vorher? Was sagt das über mich aus?«

»Erstens, dass Sie keine Heilige sind, und zweitens, dass Sie ein bisschen Ablenkung brauchen. Also, lassen Sie uns gehen.«

»Ich kann nicht.« In einer hilflosen Geste hob sie die Hände. »Ich bin keine gute Gesellschaft heute Abend, und außerdem habe ich keinen Babysitter. Ich …«

»Wir nehmen den Jungen mit. Was ich vorhatte, wird ihm schon gefallen.«

»Sie wollen Tyler mitnehmen?«

»Ja. Es sei denn, Sie legen Wert darauf, dass er allein zu Hause bleibt und heimlich fernsieht.«

»Er besitzt bereits seine eigene Videosammlung«, erwiderte sie grinsend. »Na gut, Sie haben Recht, ich würde wirklich gerne mal rauskommen. Danke. Ich laufe nur rasch nach oben und ziehe mich um.«

»Sie sehen gut aus.« Doug ergriff ihre Hand und hinderte sie daran, die Treppe hinaufzugehen. Er würde es nicht zulassen, dass sie diese hübschen rosa Shorts auszog. »Hey, Ty-Rex! Komm, wir gehen aus!«

Lana hätte nicht erwartet, jemals einen Samstagabend mit einem Baseballschläger in der Hand zu verbringen. In dem Vergnügungspark gab es drei Trainingskäfige für Erwachsene und drei weitere für Kinder unter zwölf Jahren. Außerdem gab es einen Miniatur-Golfplatz, eine Eisdiele und eine Go-kart-Bahn. Es war laut und voll und wimmelte von aufgeregten Kindern.

»Nein, nein, Sie sollen niemanden damit erschlagen. Sie sollen nur den Ball treffen.« Doug beugte sich von hinten über Lana und umfasste ihren Schläger mit beiden Händen.

»Ich habe noch nie Baseball gespielt, nur ein paar Mal mit Ty im Vorgarten.«

»Sie brauchen gar nicht zu versuchen, mit Ihrer armseligen Kindheit bei mir Mitleid zu erheischen. Sie werden jetzt die richtige Technik lernen. Schultern zuerst. Oberkörper. Dann die Hüften.«

»Darf ich mal? Darf ich?«, bettelte Ty hinter der Absperrung.

»Einer nach dem anderen, Puncher.« Doug zwinkerte ihm zu. »Deine Mom macht den Anfang, und dann zeigen wir ihr, wie richtige Männer den Ball schlagen.«

»Ihre sexistischen Bemerkungen können Sie sich sparen«, sagte Lana.

»Achten Sie auf den Ball«, erwiderte Doug. »Nur der Ball ist von Interesse. Sie haben kein anderes Ziel, als den Ball mit dem Schläger zu treffen. Sie sind der Schläger und der Ball zugleich.«

»Ach, dann ist das sozusagen Zen-Baseball?«

»Sehr witzig. Fertig?«

Lana zog die Unterlippe zwischen die Zähne und nickte. Albern wie ein junges Mädchen kreischte sie auf, als der Ball aus der Maschine heraussprang und auf sie zugeflogen kam.

»Du hast ihn verfehlt, Mommy!«, rief Tyler.

»Ja, Ty, ich weiß.«

»Schlag Nummer eins. Lassen Sie es uns noch einmal versuchen.« Dieses Mal hielt Doug sie von hinten umfangen und führte den Schläger mit ihr gemeinsam, als der Ball auf sie zuflog. Als er den Schläger traf und Lana ein Vibrieren in ihren Armen spürte, musste sie lachen. »Noch einmal.«

Sie trafen den Ball noch ein paar Mal, wobei Tyler jedes Mal wie wild jubelte. Dann lehnte Lana sich spielerisch mit dem Rücken an Doug und blickte zu ihm auf, bis ihre Lippen fast sein Kinn streiften. Sie wartete, bis er sie anblickte.

»Wie war ich?«, fragte sie leise.

»Sie werden nie in der ersten Liga mitspielen, aber es war schon in Ordnung.«

Er legte ihr die Hand auf die Hüfte und ließ sie einen Moment lang da liegen. Dann trat er einen Schritt zurück. »Okay, Ty, du bist dran.«

Lana sah den beiden zu, betrachtete Dougs große Hände, die über den kleinen ihres Kindes auf dem Baseballschläger lagen. Einen Moment lang verspürte sie in ihrem Herzen erneut jene schmerzvolle Sehnsucht nach ihrem Mann, den sie so geliebt und schließlich verloren hatte. Und in diesem Augenblick hatte sie fast das Gefühl, er stünde neben ihr, so wie an manchen Abenden, wenn sie am Bett ihres schlafenden Sohnes stand.

Als Ty den Ball traf, lachte er vor Begeisterung hell auf und riss dadurch Lana aus ihren Gedanken. Der Kummer verging, und sie sah nur noch ihr Kind und den großen Mann, der mit ihm spielte.

12

Es dauerte drei Tage, bis das Gelände wieder für die Ausgrabung freigegeben wurde und Callie an ihrem Befund weiterarbeiten konnte. Einen dieser Tage hatte sie im Labor in Baltimore verbracht, ansonsten war sie die meiste Zeit in ihrem Motelzimmer geblieben und hatte an ihren Berichten gearbeitet. Als sie ihre offizielle Aussage vor dem Bezirkssheriff machen musste, hatte sie eine Stunde lang in seinem Büro gesessen und seine Fragen beantwortet.

Aus der Zeitung und nach dem, was in der Stadt geredet wurde, wusste Callie, dass die Polizei bei der Suche nach Dolans Mörder noch im Dunkeln tappte. Während sie die Erde in ihrer Grube untersuchte, dachte sie darüber nach, wie sonderbar es war, dass sie das Leben, die soziale Ordnung, ja sogar die tägliche Routine der Menschen erforschen konnte, die vor tausenden von Jahren an diesem Ort gelebt hatten, aber über Dolan, den sie persönlich gekannt und mit dem sie sich gestritten hatte, so gut wie gar nichts wusste.

»Du warst immer schon am glücklichsten, wenn du mit einer Schaufel in der Hand vor einem Haufen Erde sitzen konntest.«

Sie schaute auf und wischte sich den Schweiß ab, der ihre Schläfen hinunterrann. Als sie ihren Vater sah, setzte ihr Herz einen Schlag lang aus.

»Das ist ein Dentalhaken«, sagte sie und hielt das Instrument hoch. Dann legte sie ihn beiseite und kletterte aus der Grube. »Ich werde dich lieber nicht umarmen, sonst versaue ich dir noch deinen schönen Anzug.« Sie reckte sich, um ihrem Vater einen Kuss auf die Wange zu geben, und wischte sich die Hände am Hosenboden ihrer Jeans ab. »Ist Mom auch da?«

»Nein.« Er blickte sich um. »Ihr scheint ja hier ganz schön beschäftigt zu sein.«

»Ja, wir müssen verlorene Zeit aufholen. Wir konnten drei Tage nicht arbeiten, bis die Polizei das Gelände wieder freigegeben hat.«

»Polizei? Hat es denn einen Unfall gegeben?«

»Nein. Offenbar sind die Nachrichten nicht so weit nach Norden vorgedrungen. Es hat einen Mord gegeben.«

»Einen Mord?« Erschreckt griff Elliot nach Callies Hand. »Mein Gott, Callie. Jemand aus eurem Team?«

»Nein, nein.« Beruhigend drückte sie seine Hand, und in diesem Moment verschwand die Verlegenheit, die sie beide zunächst empfunden hatten. »Komm, wir gehen ein bisschen in den Schatten.«

Sie bückte sich und holte zwei Flaschen Wasser aus ihrer Kühltasche. »Es war der Typ, dem das Land hier gehört, der Bauunternehmer. Offenbar ist er mitten in der Nacht hierher gekommen, um uns ein paar Tierknochen unterzuschieben. Er war nicht besonders glücklich darüber, dass wir mit der Ausgrabung sein Bauprojekt durchkreuzt haben. Jemand hat ihm den Schädel eingeschlagen, wahrscheinlich mit einem Stein. Im Moment wissen wir noch nicht, wer es war und warum er es getan hat.«

»Du wohnst doch nicht etwa hier, oder? Du bist in einem Motel in der Stadt, nicht wahr?«

»Ja, keine Sorge, ich bin absolut sicher.« Callie reichte ihrem Vater eine der Wasserflaschen, während sie auf die Bäume zugingen. »Digger schläft hier. Du erinnerst dich doch noch an Digger? Mom und du, ihr habt ihn bei dieser Ausgrabung in Montana kennen gelernt.« Sie wies auf die Stelle, an der Digger Seite an Seite mit Rosie arbeitete.

»Er hat die Leiche gefunden«, fuhr sie fort. »Es hat ihn ziemlich mitgenommen. Und die Polizei nimmt ihn ganz schön in die Mangel, weil er ein paar Vorstrafen hat. Harmlose Sachen wie Zerstörung fremden Eigentums und Schlägereien in Bars«, fügte sie achselzuckend hinzu, »aber er stirbt vor Angst, sie könnten ihn einsperren.«

»Bist du sicher, dass er nicht …«

»Ja, hundertprozentig sicher. Dig ist ein bisschen verrückt, und er prügelt sich auch gerne, vor allem, wenn es um eine Frau geht, aber er könnte niemals jemandem ernsthaft etwas zuleide tun. Wahrscheinlich war es jemand aus der Stadt, der aus irgendeinem Grund einen Groll gegen Dolan gehegt hat. Nach dem, was ich gehört habe, hatte er ebenso viele Feinde wie Freunde, und die Ansichten über sein Bauvorhaben waren durchaus geteilt.«

»Was passiert jetzt mit eurem Projekt?«

»Ich weiß nicht.« Es war ein Fehler, wenn ihr Herz allzu sehr an einer Ausgrabung hing, das war Callie klar. Aber es passierte ihr jedes Mal. »Wir machen einen Schritt nach dem anderen. Graystone hat einen Vertreter der amerikanischen Ureinwohner angefordert, damit er die Skelette freigibt, die wir hier gefunden haben.«

Sie wies auf Jake und den untersetzten Mann neben ihm. »Sie kennen sich und haben auch schon früher zusammengearbeitet, deshalb sind in dieser Hinsicht keine Probleme zu erwarten.«

Elliot blickte zu dem Mann hinüber, der früher sein Schwiegersohn gewesen war. Er kannte ihn kaum. »Und wie ist es für dich, wieder mit Jacob zusammenzuarbeiten?«

»Es ist okay. Was die Arbeit angeht, ist er eben einfach der Beste auf seinem Gebiet. Und da ich auf meinem Gebiet ebenfalls die Beste bin, funktioniert es gut. Ansonsten kommen wir besser miteinander aus als früher. Er hat sich verändert; irgendwie ist er nicht mehr so nervtötend wie sonst. Aber du hast sicher nicht den weiten Weg von Philadelphia hierher gemacht, um dir die Ausgrabung anzusehen oder mich nach Jake zu fragen.«

»Ich interessiere mich immer für deine Arbeit und dein Leben. Aber du hast Recht, das ist nicht der eigentliche Grund.«

»Du hast das Ergebnis der Blutuntersuchungen.«

»Es ist noch ein vorläufiges Ergebnis, Callie, aber ... ich dachte, du würdest es gerne wissen wollen.«

Als Callie seinen Gesichtsausdruck sah, wusste sie, wie das Ergebnis ausgefallen war. Sie ergriff die Hand ihres Vaters und drückte sie. »Hast du es Mom schon gesagt?«

»Nein, das mache ich heute Abend.«

»Sag ihr, dass ich sie liebe.«

»Das werde ich.« Tränen verschleierten Elliots Blick. Er räusperte sich. »Sie weiß, dass du sie liebst, aber es wird ihr helfen, dass du es jetzt sofort gesagt hast. Ich denke, du solltest es den ... den Cullens sagen. Wenn du möchtest, begleite ich dich dorthin.«

Callie blickte starr vor sich hin, bis sie ihrer Stimme wieder trauen konnte. »Du bist so gut. Ich liebe dich.«

»Callie ...«

»Nein, warte. Ich muss das jetzt sagen. Alles, was ich bin, verdanke ich dir und Mom. Meine Augenfarbe oder die Form meines Gesichts haben damit nichts zu tun. Das ist lediglich biologisches Roulett. Alles, was zählt, habe ich von euch. Du bist mein Vater, und das kann nicht ... Es tut mir Leid für die Cullens, schrecklich Leid. Und irgendwie bin ich auch wütend. Das macht mir Angst. Ich weiß nicht, was passieren wird, Daddy.«

Sie trat auf ihn zu und legte ihre Wange an seine Brust. Er schlang seine Arme um sie, und sie klammerte sich wie ein Kind an ihn und weinte. Elliot wollte stark für sie sein, ein Fels in der Brandung. Aber er kämpfte selbst mit den Tränen.

»Ich möchte das alles am liebsten für dich in Ordnung bringen, mein Baby. Aber ich weiß nicht, wie.«

»Ich wünsche mir so sehr, dass es ein Irrtum ist.« Callie legte ihre heiße, tränennasse Wange an seine Schulter. »Warum kann es nicht einfach ein Irrtum sein? Aber das ist es nicht.« Zitternd stieß sie den Atem aus. »Ich muss mich damit auseinander setzten, und das kann ich nur auf meine Weise. Schritt für Schritt, Punkt für Punkt. Wie bei einem Ausgrabungsprojekt. Ich kann mir nicht nur die Oberfläche anschauen und mich damit zufrieden geben. Ich muss nachschauen, was darunter liegt.«

»Ich weiß.« Elliott zog ein Taschentuch aus seiner Hosentasche und tupfte ihre Wangen ab. »Ich werde dir helfen. Ich werde alles tun, was ich kann, um dir zu helfen.«

»Ich weiß.« Sie nahm ihm das Taschentuch aus der Hand. »Und jetzt trockne deine Tränen«, murmelte sie und wischte ihm sanft über die Augen. »Sag Mom nicht, dass ich geweint habe.«

»Nein. Soll ich mit dir zu den Cullens gehen?«

»Nein. Aber danke für das Angebot.« Sie umfasste sein Gesicht mit den Händen. »Wir schaffen das schon, Dad. Es wird alles in Ordnung kommen.«

Jake beobachtete die beiden aus der Ferne. Er hatte es, genau wie Callie, in der Sekunde gewusst, als er Elliot gesehen hatte. Und als sie weinend in den Armen ihres Vaters zusammengebrochen war, hatte es ihm fast das Herz zerrissen. Jetzt sah er, wie Callie das Gesicht ihres Vaters umfasst hielt. Die beiden behandelten einander mit einer Zärtlichkeit, die Jake in seiner eigenen Familie nie erfahren hatte. Die Graystones waren nie in der Lage gewesen, ihren Gefühlen Ausdruck zu verleihen.

Er dachte an seinen Vater, der stets eine stoische Ruhe ausstrahlte. Er hatte nie viele Worte gemacht, sein Leben lang hart gearbeitet und sich selten beklagt. Jake hatte nie daran gezweifelt, dass seine Eltern einander und ihre Kinder liebten, aber er konnte sich nicht erinnern, dass es ihm sein Vater jemals gesagt hätte. Er hielt es vermutlich für überflüssig, zeigte er doch seine Liebe dadurch, dass regelmäßig etwas zu essen auf dem Tisch stand, seine Kinder zur Schule gehen konnten und er ihnen gelegentlich über die Haare streichelte oder auf die Schulter klopfte. Jake fragte sich, ob er vielleicht deshalb nie in der Lage gewesen war, Callie die Dinge zu sagen, die Frauen hören wollten. Dass sie wunderschön war. Dass er sie liebte. Dass sie für ihn der wichtigste Mensch auf der ganzen Welt war.

Er konnte die Zeit nicht zurückdrehen und das ungeschehen machen, was zwischen ihnen vorgefallen war, aber dieses Mal würde er alles anders machen. Er würde für Callie da sein und diese Krise gemeinsam mit ihr durchstehen, ob sie ihn nun wollte oder nicht.

Jake beobachtete, wie Elliot die Wasserflaschen aufhob. Als er sich aufrichtete, schaute er zu Jake herüber. Ihre Blicke begegneten sich, und Elliot trat aus dem Schatten der Bäume und kam auf ihn zu. Jake ging ihm entgegen.

»Hallo Jacob. Wie geht es dir?«

»Danke, gut.«

»Ich wollte dir schon seit langem sagen, dass es Vivian und mir Leid getan hat, dass es zwischen Callie und dir nicht funktioniert hat.«

»Danke. Ich erzähle dir besser gleich, dass ich Bescheid weiß.«

»Callie hat dir alles anvertraut?«

»So könnte man es formulieren. Man könnte aber auch sagen, dass ich es aus ihr herausgepresst habe.«

»Du liebe Güte.« Elliot rieb sich den Nacken. »Es ist gut zu wissen, dass sie in dieser Zeit jemanden hat, bei dem sie sich anlehnen kann.«

»Sie will sich nicht anlehnen, das ist eines unserer Probleme. Aber ich bin so oder so für sie da.«

»Sag mir bitte, ob ich mir wegen des Mordes hier auf dem Gelände Sorgen machen muss.«

»Ich kann mir nicht vorstellen, dass jemand glaubt, dass Callie etwas mit dem Mord zu tun hat. Außerdem bleibe ich immer in ihrer Nähe.«

»Auch wenn ihr für diese Saison die Ausgrabung abschließt?«

Jake nickte. »Ja, ich habe da schon ein paar Ideen.« Er blickte an Elliot vorbei zu Callie, die quer über das Feld auf sie zukam. »Ich habe eine ganze Menge Ideen.«

Obwohl Callie wusste, dass es feige war, bat sie Lana, bei Suzanne anzurufen und sie für den nächsten Tag in ihr Büro einzuladen. Callie hätte die Angelegenheit gerne noch ein wenig länger vor sich hergeschoben, aber Lana hatte keinen anderen Termin mehr frei. Jetzt saß Callie in ihrem Zimmer und versuchte, ihren Tagesbericht fertig zu stellen, konnte sich jedoch nicht konzentrieren. Einen Moment lang spielte sie mit dem Gedanken, sich in ihr Auto zu setzen und ein wenig durch die Gegend zu fahren, verwarf ihn jedoch gleich wieder, weil sie gar nicht gewusst hätte, wohin sie fahren sollte. Ob sie sich wohl weniger eingesperrt vorkommen würde, wenn sie das Motelzimmer aufgeben und auf dem Feld campieren würde? Es war eine Überlegung wert, doch vorläufig musste sie sich mit dem kleinen Zimmer begnügen.

Callie ließ sich auf ihr Bett sinken und öffnete Suzannes Schuhschachtel. Eigentlich hatte sie keinen weiteren Brief mehr lesen wollen, aber irgendwie fühlte sie sich doch magisch von ihnen angezogen. Dieses Mal nahm sie einfach wahllos einen der Umschläge aus der Schachtel.

Herzlichen Glückwunsch zum Geburtstag, Jessica. Heute wirst du fünf Jahre alt.

Bist du glücklich? Bist du gesund? Kennst du mich, tief in deinem Herzen?

Hier ist heute ein wundervoller Tag. Es liegt schon ein leiser Hauch von Herbst in der Luft. Die Pappeln beginnen sich gelb zu färben, und die Büsche vor Grandmas Haus leuchten bereits feuerrot.

Heute früh kamen deine beiden Großmütter vorbei. Natürlich wissen sie alle beide, dass es ein schwerer Tag für mich ist. Nanny und Pop reden davon, nächstes oder übernächstes Jahr vielleicht nach Florida zu ziehen. Sie haben die Winter hier satt, aber ich kann nicht verstehen, warum manche Menschen das ganze Jahr über Sommer haben möchten.

Grandma und Nanny glaubten, sie helfen mir, indem sie auf mich einredeten und Pläne für den Tag machten. Sie wollten mit mir in das Einkaufszentrum drüben in West Virginia fahren, um Weihnachtseinkäufe zu machen und zu Mittag zu essen. Ich war wütend. Merken sie denn nicht, dass ich keinen Wert auf den Rummel im Einkaufszentrum lege? Ich wollte am liebsten allein sein. Offenbar habe ich mit meiner Reaktion ihre Gefühle verletzt, aber das ist mir egal.

Alles ist mir egal.

Manchmal möchte ich am liebsten nur schreien. Schreien und schreien und nie mehr aufhören. Denn du wirst heute fünf Jahre alt, und ich weiß nicht einmal, wo du bist. Ich habe dir einen Kuchen gebacken und ihn mit grünem Zuckerguss überzogen. Er sieht so hübsch aus. Ich habe fünf weiße Kerzen auf den Kuchen gestellt, sie angezündet und Happy Birthday für dich gesungen.

Ich möchte, dass du weißt, dass ich dir einen Kuchen gebacken und Kerzen darauf gestellt habe.

Deinem Daddy darf ich das nicht erzählen. Er wird dann bestimmt böse auf mich, und dann streiten wir uns, oder, was noch schlimmer ist, er schweigt einfach und sagt gar nichts mehr. Aber du und ich, wir wissen es.

Als Doug aus der Schule kam, habe ich ihm ein Stück von dem Kuchen gegeben. Er sah ganz ernst und traurig aus, als er sich an den Tisch setzte und aß. Ich wünschte, ich könnte ihm erklären, dass ich dir einen Kuchen gebacken habe, weil keiner von uns dich vergessen kann.

Aber er ist nur ein kleiner Junge.

Ich habe dich nicht vergessen, Jessie. Ich habe dich nicht vergessen.

Ich liebe dich.

Mama

Callie faltete den Brief wieder zusammen und stellte sich vor, wie Suzanne in einem leeren Haus für ihr kleines Mädchen Kerzen anzündete und »Happy Birthday« sang. Und sie dachte an die Tränen, die ihr Vater an diesem Nachmittag vergossen hatte. Liebe war so oft mit Schmerz verbunden. Es war ein

Wunder, dass die Menschen ständig danach strebten. Aber vielleicht war Einsamkeit ja noch schlimmer.

Callie hatte das Gefühl durchzudrehen, wenn sie noch länger in ihrem Zimmer allein bliebe. Entschlossen stand sie auf und ging zur Tür. In dem Moment, als sie die Hand auf den Türgriff legte, merkte sie plötzlich, wonach sie sich sehnte – sie wollte zu Jake. Aber warum? Um ihren Schmerz mit Lust zu übertünchen? Um die Einsamkeit mit belanglosem Geplauder zu vertreiben? Um sich mit ihm zu streiten? So etwas Ähnliches würde wohl passieren. Callie legte ihre Stirn gegen die Tür. Sie hatte kein Recht, sich nach Jake zu sehnen.

Kurz entschlossen packte sie ihr Cello aus, rieb den Bogen mit Kolophonium ein und setzte sich auf dem wackeligen Stuhl zurecht. Ursprünglich hatte sie Brahms spielen wollen, doch als sie den Bogen zum ersten Ton ansetzte, überlegte sie es sich plötzlich anders. Sie warf einen raschen Blick auf die Wand zwischen ihrem und Jakes Zimmer. Vielleicht konnte sie ja nicht zu ihm hinübergehen, aber wer sagte denn, dass sie ihn nicht dazu bringen konnte, zu ihr zu kommen?

Lächelnd begann sie zu spielen. Es dauerte keine dreißig Sekunden, bis Jake mit der Faust gegen die Wand hämmerte, doch sie spielte weiter. Plötzlich hörte das Hämmern auf. Callie hörte, wie Jake seine Tür zuknallte, und dann hämmerte er gegen ihre Tür. Betont langsam legte Callie den Bogen beiseite, lehnte ihr Instrument gegen den Stuhl und öffnete die Tür. Jake sah so verdammt sexy aus, wenn er wütend war.

»Hör auf!«, fauchte er.

»Wie bitte?«

»Hör auf«, wiederholte er und gab ihr einen leichten Schubs. »Ich meine es ernst.«

»Ich weiß nicht, wovon du sprichst. Und pass auf, wen du schubst.« Sie versetzte ihm ebenfalls einen Stoß, nur ein bisschen fester als er.

»Du weißt, dass ich es hasse, wenn du das spielst.«

»Ich kann auf meinem Cello spielen, wann ich will. Es ist noch nicht mal zehn Uhr. Ich belästige niemanden.«

»Mir ist egal, wie spät es ist. Meinetwegen kannst du bis zum Morgengrauen spielen – nur nicht das!«

»Ach, bist du auf einmal unter die Musikkritiker gegangen?«

Er knallte die Tür hinter sich zu. »Du spielst das Stück doch nur, um mich zu ärgern. Du weißt genau, dass es mich rasend macht.«

»Warum denn? Schlaf doch einfach weiter.«

Sie ergriff ihren Bogen und tippte sich damit leicht auf die Handfläche. Seine Augen wurden ganz schmal und grün, und sie sah ihm an, dass er außer sich vor Wut war.

»Sonst noch was?«, fragte sie hochmütig.

Er riss ihr den Bogen aus der Hand und warf ihn beiseite.

»Hey!«

»Du hast noch Glück, dass ich ihn dir nicht um den Hals wickele.«

Sie trat ganz dicht an ihn heran. »Versuch's doch mal.«

Er schob eine Hand unter ihr Kinn und drückte einmal leicht zu. »Ich ziehe meine eigenen Hände vor.«

»Du machst mir keine Angst. Das ist dir noch nie gelungen.«

Er hielt ihr Kinn weiter umfasst, konnte ihre Haare, ihre Haut riechen, die Kerze, die auf der Kommode brannte. Und plötzlich vermischte sich Lust mit seiner Wut. »Das kann ich ändern«, sagte er leise.

»Weißt du, was dich so wütend macht, Graystone? Du konntest mich nie dazu bringen, so zu reagieren, wie du es wolltest. Es hat dich immer schon gewurmt, dass ich meinen eigenen Kopf habe. Früher konntest du mir nicht vorschreiben, was ich zu tun habe, und heute kannst du es genauso wenig. Also hau ab!«

»Das hast du schon mal zu mir gesagt, und es gefällt mir immer noch nicht. Und mich hat nicht dein Eigensinn aufgeregt, sondern deine sture, egoistische Bösartigkeit.«

Er packte ihre Faust, bevor sie sie ihm in den Magen rammen konnte. Einen Moment lang rangelten sie miteinander, dann fielen sie auf das Bett.

Callie zerrte an seinem Hemd und zerriss den Stoff, als sie es ihm ungeduldig über den Kopf zog. Keuchend riss er ihre Bluse auf. Sie schlug die Zähne in seine Schulter, während er in ihren Haaren wühlte.

Gott sei Dank, Gott sei Dank, war ihr einziger Gedanke, als sich sein Körper schwer auf sie legte, und ihre Lippen sich trafen. Sie spürte, wie die Lust sie durchströmte, und ihr wurde klar, wie kalt und tot sie in der vergangenen Zeit gewesen war. Sie bog sich Jake entgegen, und alles in ihr schrie nach mehr. Ihre Hände glitten an seinem Körper entlang, den sie so gut kannte, jeden Knochen, jeden Muskel, jede einzelne Narbe.

Er war grob. Callie hatte jenen Schalter bei ihm umgelegt, der aus dem zivilisierten Mann einen Urmenschen macht. Sein Verlangen nach ihr grenzte an Schmerz, und am liebsten hätte er sie schnell und hart genommen. Er wollte in sie eindringen, um sich in ihrer feuchten Hitze aufzulösen.

Die Monate der Trennung, das aufgestaute Begehren, die vorgetäuschte Gleichgültigkeit, all das brach auf wie eine Wunde, und jede Faser seines Körpers schmerzte. Er umfasste ihre Brust, zuerst mit der Hand, dann mit den Lippen. Sie bäumte sich auf, und ihre Hand glitt nach unten, um den Reißverschluss seiner Hose aufzuziehen.

Sie wälzten sich herum, und noch während sie beide ihre Jeans auszogen, fielen sie vom Bett. Auf dem Fußboden drang er in sie ein. Callie schrie leise auf und umschlang ihn mit den Beinen. Wortlos presste sie sich an ihn und ihre Hüften bewegten sich im Rhythmus seiner Stöße. Sie spürte ihn mit ihrem ganzen Körper, bis alles vor ihren Augen verschwamm.

Ihr Höhepunkt war so überwältigend, dass sie das Gefühl hatte, aufzubrechen und in Stücke gerissen zu werden. Einen Moment lang sah sie sein Gesicht klar und deutlich über sich. Seine Augen waren fast schwarz, und er blickte sie so intensiv an, als könne er bis auf den Grund ihrer Seele schauen. Und dann kam auch er.

Callie hatte sich auf den Bauch gerollt und lag flach auf dem Fußboden. Jake lag neben ihr, starrte an die Decke und grübelte. Ein zweitklassiges Motelzimmer, ein sinnloser Streit und hemmungsloser Sex. Änderten sich manche Muster eigentlich nie?

So hatte er es sich nicht vorgestellt. Sie hatten nur kurzfristig Spannung abgebaut. Warum waren sie beide nur bereit gewesen, sich damit zufrieden zu geben? Er hatte ihr doch eigentlich viel mehr geben wollen. Nicht nur ihr, sondern auch sich selbst. Aber vielleicht war mehr zwischen ihnen einfach nicht möglich. Diese Vorstellung brach ihm das Herz.

»Geht es dir jetzt besser?«, fragte er nach einer Weile und griff nach seinen Jeans.

Sie wandte den Kopf um und sah ihn mit einem wachsamen Blick an. »Dir nicht?«

»Doch, klar.« Er stand auf und zog die Hose an. »Wenn du das nächste Mal einen schnellen Fick brauchst, klopf nur an die Wand«, fuhr er fort. Bei diesen Worten huschte ein Schatten über ihr Gesicht, und sie wandte sich rasch ab.

»Was ist los? Habe ich deine Gefühle verletzt?« Er hörte selbst, wie grausam seine Worte klangen, doch es war ihm gleich. »Na komm, Dunbrook, wir brauchen uns das nicht schönzureden. Du hast die richtigen Knöpfe gedrückt und das gewünschte Ergebnis bekommen. Und niemandem ist Schaden entstanden.«

»Stimmt.« Callie wünschte plötzlich, er würde gehen. Nein, sie wünschte sich, er würde sie in die Arme nehmen und ganz fest halten. »Wir werden beide heute Nacht gut schlafen.«

»Ich habe sowieso keine Schlafprobleme, Babe. Bis morgen früh dann.«

Sie wartete, bis er die Tür hinter sich geschlossen hatte und in sein Zimmer gegangen war. Dann weinte sie zum zweiten Mal an diesem Tag.

Als Callie am nächsten Nachmittag Lanas Büro betrat, redete sie sich ein, dass sie völlig gefasst sei. Vor ihr lag nur ein weiterer notwendiger Schritt, den sie gehen musste.

»Möchten Sie eine Tasse Kaffee?«, fragte Lana.

»Nein, danke.«

»Sie sehen ehrlich gesagt nicht besonders gut aus – so, als hätten sie seit einer Woche nicht mehr richtig geschlafen.«

»Ich hatte nur eine schlechte Nacht, mehr nicht.«

»Die Situation ist für alle Beteiligten nicht leicht, aber für Sie ist sie besonders schwierig.«

»Ich würde sagen, für die Cullens ist es schlimmer.«

»Das sehe ich anders.«

Callie blickte Lana wortlos an. Dann drückte sie sich die Fingerspitzen auf die Augenlider. »Danke. Danke dafür, dass Sie Anteil nehmen und sich nicht nur als Rechtsbeistand begreifen.«

Lana setzte sich an ihren Schreibtisch. »Der Detektiv hat unsere Vermutungen über Carlyle bestätigt. Jedes Mal, wenn er sich irgendwo neu als Anwalt niedergelassen hat, hat er weniger offizielle Anträge auf Adoption gestellt. Sein Einkommen und die Zahl seiner Mandanten sind jedoch ständig gestiegen. Wir können wohl mit Fug und Recht davon ausgehen, dass seine Haupteinnahmequelle der Babyhandel war. Wir konnten seine Spur nicht mehr aufnehmen, seit er aus Seattle weggezogen ist. Es gibt keinen Hinweis darauf, dass er noch einmal woanders eine Kanzlei eröffnet hat. Aber dafür haben wir etwas anderes gefunden.«

»Was?«

»Seinen Sohn, Richard Carlyle. Er lebt in Atlanta und ist ebenfalls Anwalt.«

»Na, wie praktisch.«

»Laut dem Bericht des Detektivs ist er sauber. Sein Ruf ist einwandfrei. Er ist achtundvierzig, verheiratet und hat zwei Kinder. Er hat in Harvard Examen gemacht und gehörte zu den besten fünf Prozent seines Jahrgangs. Danach hat er in einer renommierten Bostoner Kanzlei gearbeitet. Seine Frau hat er über gemeinsame Freunde in Atlanta kennen gelernt. Sie führten zwei Jahre lang eine Wochenendbeziehung. Als sie heirateten, zog er nach Atlanta und trat in eine andere Kanzlei ein. Mittlerweile hat er seine eigene.«

Lana legte die Aktenmappe beiseite und fuhr fort: »Er praktiziert schon seit sechzehn Jahren in Atlanta, hauptsächlich in Grundbesitzangelegenheiten. Nichts deutet darauf hin, dass er über seine Verhältnisse lebt. Als Sie entführt wurden, muss er neunzehn, zwanzig gewesen sein. Wir haben keinen Grund zu der Annahme, dass er irgendwie beteiligt war.«

»Aber er weiß bestimmt, wo sein Vater ist.«

»Der Detektiv kann ihn danach fragen, wenn Sie es möchten.«

»Ja, bitte.«

»Ich werde mich darum kümmern.«

In diesem Moment summte Lanas Sprechanlage.

»Das sind die Cullens«, sagte sie. »Sind Sie bereit?«

Callie nickte langsam.

»Wenn Sie zu irgendeinem Zeitpunkt möchten, dass ich das Sprechen übernehme, oder wenn Sie eine Pause einlegen möchten, brauchen Sie mir nur ein Zeichen zu geben.«

»Lassen Sie es uns so schnell wie möglich hinter uns bringen.«

13

Als die Cullens Lanas Büro betraten, wusste Callie nicht, wie sie sich verhalten sollte. Es war seltsam, die Familie zu sehen, in der sie aufgewachsen wäre, wenn das Schicksal nicht jene Wendung genommen hätte. Verstohlen musterte Callie Jay Cullen. Er trug Chinos, ein blaugrün kariertes Hemd mit einer blauen Krawatte und bequeme Schuhe. Callie fand ihn auf eine zurückhaltende Art attraktiv. Als sie die Schatten unter seinen Augen bemerkte – oh Gott, es waren ihre Augen! –, ging ihr durch den Kopf, dass er wahrscheinlich nicht besonders gut geschlafen hatte.

Da es in Lanas kleinem Büro nicht genug Stühle für so viele Menschen gab, standen alle einen Moment lang verlegen herum. Dann trat Lana auf die Cullens zu und reichte ihnen die Hand.

»Danke, dass Sie gekommen sind, Mrs Cullen, Mr Cullen. Es tut mir Leid, aber ich hatte keine Ahnung, dass Doug Sie begleiten würde. Warten Sie, ich besorge noch einen Stuhl.«

»Ich kann stehen«, erwiderte Doug.

»Es macht keinerlei Umstände.«

Er schüttelte nur den Kopf. Wieder herrschte verlegenes Schweigen. »Setzen Sie sich doch, Mrs Cullen. Möchten Sie eine Tasse Kaffee? Oder etwas Kaltes zu trinken?«

»Lana – es ist für uns alle sehr schwer«, sagte Doug. Er legte seiner Mutter die Hand auf die Schulter und dirigierte sie zu einem Stuhl. »Lass es uns einfach hinter uns bringen.«

Lana nickte und setzte sich hinter ihren Schreibtisch. »Wie Sie wissen vertrete ich Callie in dieser Angelegenheit«, begann sie. »In der letzten Zeit haben sich einige Fragen und Informationen …«

»Lana –« Dieses Mal war es Callie, die sie unterbrach. »Ich mache das schon. Also, die vorläufigen Ergebnisse der Bluttests liegen vor. Sie sind noch sehr grob, weil die komplexeren DNA-Untersuchungen wesentlich mehr Zeit erfordern. Einer der Tests, der Vaterschaftstest, basiert auf dem Ausschlussverfahren, das heißt, dadurch kann bewiesen werden, dass ein Mann nicht der Vater eines Kindes ist. Das ist hier nicht der Fall.«

Sie hörte, wie Suzanne den Atem anhielt, und bemühte sich, ihren Tonfall weiter sachlich und nüchtern zu halten. »Die bisherigen Ergebnisse weisen darauf hin, dass wir wahrscheinlich … biologisch miteinander verwandt sind. Wenn man jetzt noch die anderen Informationen …«

»Callie!« Doug, dessen Hand immer noch auf Suzannes Schulter ruhte, spürte, wie seine Mutter zitterte. »Ja oder nein?«

»Ja. Natürlich besteht noch die Möglichkeit, dass es sich bei den Testergebnissen um einen Irrtum handelt, aber es ist eher unwahrscheinlich. Endgültig sicher sein können wir erst, wenn wir Marcus Carlyle – den Anwalt, der meine Adoption vermittelt hat – gefunden und befragt haben.«

»Fast neunundzwanzig Jahre«, flüsterte Suzanne. »Ich wusste, dass wir dich finden würden. Ich wusste, dass du eines Tages zurückkommst.«

»Ich …« *Ich bin nicht zurückgekommen*, hätte Callie am liebsten gesagt, doch als sie sah, dass Suzanne die Tränen über die Wangen liefen, hatte sie nicht den Mut, die Worte laut auszusprechen.

Als Suzanne aufsprang, erhob sich auch Callie instinktiv. Und als ihre leibliche Mutter dann die Arme um sie schlang, wusste sie nicht, ob sie ihrem Gefühl oder ihrem Verstand folgen sollte. Suzanne roch nach einem frischen Sommerduft, der nicht zu der Dramatik des Augenblicks passte. Ihr dichtes, weiches Haar war etwas dunkler als Callies, und ihr Herz pochte hart und schnell. Dann stand auch Jay auf. Einen Augenblick lang blickten Callie und er sich an, aber dann musste Callie vor dem Ansturm der Emotionen, die sich auf seinem Gesicht spiegelten, die Augen schließen.

»Es tut mir Leid.« Sie wusste nicht, was sie sagen sollte, und mechanisch wiederholte sie die Worte immer wieder. »Es tut mir so Leid.«

»Jetzt ist ja alles gut.« Suzanne streichelte Callie über die Haare und den Rücken, als sei sie noch ein Kind. »Alles ist jetzt gut.«

Callie kämpfte verzweifelt gegen den Drang an, sich loszureißen und einfach davonzulaufen.

»Suze.« Jay berührte Suzanne an der Schulter und zog sie sanft weg. Als sie sich zu ihm wandte, nahm er sie in die Arme.

»Unser Baby, Jay. Unser Baby«, stammelte sie.

»Schscht! Weine jetzt nicht. Komm, setz dich wieder hin.« Er drückte sie auf ihren Stuhl und ergriff das Glas mit Wasser, das Lana ihm reichte. »Hier, Liebes, trink einen Schluck.«

»Wir haben Jessica gefunden.« Suzanne ignorierte das Glas und ergriff stattdessen seine freie Hand. »Wir haben unser Baby gefunden. Ich habe es dir doch gesagt. Ich habe es dir immer gesagt.«

»Ja, du hast es mir immer gesagt.«

»Mrs Cullen, möchten Sie vielleicht mit mir kommen?« Lana schob Suzanne eine Hand unter den Arm. »Sie wollen sich sicher ein wenig erfrischen. Kommen Sie bitte mit mir«, wiederholte sie, zog Suzanne hoch und legte ihr einen Arm um die Taille. Als sie die weinende Frau aus dem Zimmer führte, warf sie einen Blick auf Doug. Sein Gesicht war völlig ausdruckslos.

Jay wartete, bis sich die Tür hinter den beiden geschlossen hatte, dann wandte er sich an Callie. »Wir haben unsere Tochter nicht wieder gefunden, nicht wahr?«, sagte er. »Sie sind nicht Jessica.«

»Mr Cullen …«

Jays Hände zitterten so heftig, dass er das Glas abstellen musste, um nicht das Wasser zu verschütten. »Die Testergebnisse spielen keine Rolle. Sie wissen das – ich sehe es Ihnen an. Sie gehören nicht mehr zu uns. Und wenn Suzanne das eines Tages begreift …«

Seine Stimme brach, und er rang sichtlich um Fassung. »Wenn sie es begreift, wird sie das Gefühl haben, Sie noch einmal und dieses Mal endgültig verloren zu haben.«

Callie hob die Hände. »Was soll ich denn sagen? Was soll ich tun?«

»Ich wünschte, ich wüsste es. Sie … Sie hätten das nicht zu tun brauchen. Sie hätten uns nicht informieren müssen. Ich möchte … Ich weiß nicht, ob Sie es verstehen, aber ich muss Ihnen sagen, wie stolz es mich macht, dass Sie sich nicht einfach abgewendet haben.«

»Danke.«

»Ganz gleich, wie Sie sich entscheiden mögen – bitte tun Sie Suzanne nicht zu sehr weh.« Jay stand auf und ging zur Tür. »Ich brauche frische Luft – Doug, kümmere dich bitte um deine Mutter«, sagte er, ohne sich noch einmal umzublicken.

Callie ließ sich wieder auf ihren Stuhl sinken und legte den Kopf in den Nacken. Er fühlte sich unerträglich schwer an. »Hast du auch etwas Grundlegendes zu sagen?«, fragte sie Doug.

Er setzte sich neben sie, stützte die Ellenbogen auf die Oberschenkel und ließ die Hände zwischen den Knien baumeln. Dann richtete er sich wieder auf und blickte Callie scharf an. »Mein ganzes Leben lang, so weit ich zurückdenken kann, war dein Geist präsent. Ganz gleich, wo wir gelebt haben, du warst immer da. Es gab Zeiten, da habe ich dich dafür gehasst.«

»Ziemlich unbedacht von mir, mich einfach so wegschnappen zu lassen, was?«

»Wenn es nicht passiert wäre, hätten wir ein ganz normales Leben geführt. Und meine Eltern wären immer noch zusammen.«

»Ach, du liebe Güte!« Callie stieß einen Seufzer aus.

»Wenn es nicht passiert wäre, wäre nicht meine gesamte Kindheit und Jugend davon überschattet gewesen. Meine Mutter geriet schon in Panik, wenn ich nur mal fünf Minuten zu spät nach Hause kam. Oft weinte sie nachts und wanderte ruhelos durchs Haus, immer auf der Suche nach etwas, das nicht da war.«

»Daran kann ich nichts ändern.«

»Nein, das kannst du nicht. Ich habe den Eindruck gewonnen, dass du eine schöne Kindheit hattest. Du bist offenbar in gehobenen Verhältnissen aufgewachsen, in einem Umfeld, das dich nicht erdrückt hat.«

»Und das alles hast du nicht gehabt.«

»Nein. Bis jetzt hat mich die Tatsache, dass du damals verschwunden warst, daran gehindert, mein eigenes Leben zu führen. Mit der neuen Situation kann ich wahrscheinlich besser umgehen als alle anderen Beteiligten, denn für mich ist es einfacher, einem Menschen aus Fleisch und Blut gegenüberzustehen als einem Geist.«

»Jessica ist immer noch ein Geist.«

»Ja, das habe ich kapiert. Du hättest Mutter am liebsten weggestoßen, als sie dich umarmt hat. Aber du hast es nicht getan. Warum?«

»Ich bin nicht herzlos.«

»Ich habe dich geliebt.« Die Worte waren Doug entschlüpft, bevor er es verhindern konnte. »Zum Teufel, ich war ja erst drei, also habe ich dich wahrscheinlich so gern gehabt, wie man einen Welpen gern hat. Ich hoffe allerdings, dass wir Freunde werden können.«

Callie stieß zitternd die Luft aus und musterte Doug aufmerksam. Er schaute sie mit seinen dunkelbraunen Augen direkt an, und in seinem Blick lag eine Freundlichkeit, die sie nicht erwartet hatte.

»Mit einem Bruder kann ich wohl eher fertig werden als mit ...« Sie verstummte und warf einen Blick auf die Tür.

»Sei dir da bloß nicht zu sicher. Ich muss einiges nachholen.

Was ist zum Beispiel mit diesem Graystone? Ihr seid doch geschieden, oder? Warum lungert er die ganze Zeit in deiner Nähe herum?«

Sie blinzelte. »Machst du Witze?«

»Ja, aber das kann sich schnell ändern.« Er beugte sich dichter zu ihr. »Erzähl mir von diesem Carlyle.«

Callie öffnete den Mund, schloss ihn aber sofort wieder, als die Tür aufging. »Später«, murmelte sie und stand auf, als Lana mit Suzanne eintrat.

»Entschuldigung, ich wollte eigentlich nicht so aus der Fassung geraten. Wo ist Jay?«, fragte Suzanne und blickte sich um.

»Er ist gerade nach draußen gegangen, um ein wenig frische Luft zu schnappen«, erwiderte Doug.

»Ich verstehe.« Suzanne presste die Lippen zusammen.

»Lass ihn doch zu sich kommen, Mom. Er hat einiges zu verdauen.«

»Heute ist ein glücklicher Tag.« Suzanne ergriff Callies Hand. »Wir sollten ihn zusammen verbringen. Ich weiß, dass du völlig überwältigt bist. Du brauchst sicher ein bisschen Zeit, aber ich habe so viel mit dir zu bereden. Ich möchte dich so vieles fragen, ich weiß gar nicht, wo ich anfangen soll.«

Callie blickte auf ihre ineinander verschränkten Hände. »Was dir – was euch passiert ist, war schrecklich. Daran ist nichts mehr zu ändern.«

»Aber jetzt ist doch alles gut.« Suzannes Stimme klang freudig erregt. »Wir wissen, dass es dir gut geht. Du bist hier.«

»Wir wissen gar nichts. Wir wissen nicht, wie das alles passiert ist. Das müssen wir erst herausfinden.«

»Selbstverständlich. Aber das Wichtigste ist doch, dass du da bist. Jetzt können wir nach Hause fahren. Wir können nach Hause fahren und …«

»Was?«, fragte Callie entgeistert. Panik schnürte ihr die Kehle zu. »Du meinst, wir sollten dort ansetzen, wo wir aufgehört haben? Dazwischen liegt ein ganzes Leben, Suzanne. Ich kann dich nicht für alles entschädigen, was dir entgangen ist. Ich kann nicht dein kleines Mädchen sein, noch nicht einmal deine erwachsene Tochter. Ich kann nicht aufgeben, was ich bin. Ich wüsste gar nicht, wie ich das anstellen sollte.«

»Du kannst doch nicht von mir verlangen, dass ich mich jetzt einfach wieder von dir verabschiede, Jessie ...«

»Ich bin nicht Jessie, und wir müssen herausfinden, warum das so ist. Du hast nie aufgegeben«, fügte sie hinzu, als Suzanne erneut die Tränen in die Augen traten. »Das haben wir gemeinsam. Ich gebe auch nie auf. Ich werde herausfinden, was passiert ist, und du kannst mir dabei helfen.«

»Ich würde alles für dich tun.«

»Du musst versuchen, dich an alles zu erinnern. Bei welchem Arzt warst du, als du mit mir schwanger warst? Mit wem hattest du in der Arztpraxis oder nach der Entbindung sonst noch Kontakt? Wie ist es mit dem Kinderarzt und seinen Helferinnen? Wer wusste, dass du an jenem Tag ins Einkaufszentrum wolltest? Wer könnte dich und deine Gewohnheiten so gut gekannt haben, dass er genau zum richtigen Zeitpunkt ebenfalls dort war? Mach mir eine Liste«, fügte Callie hinzu. »Ich bin verrückt nach Listen.«

»Ja, sicher – aber was soll das nützen?«

»Es muss irgendwo eine Verbindung zwischen dir und Carlyle geben. Jemanden, der dich kannte. Du bist beobachtet worden, da bin ich mir sicher. Für einen Zufall ist damals alles viel zu schnell und zu glatt gegangen.«

»Die Polizei ...«

»Ja, genau, die Polizei.« Callie nickte. »Das FBI. Schreib alles auf, was du von den Ermittlungen noch weißt. Ich bin gut darin, einzelne Puzzleteilchen zu einem einheitlichen Ganzen zusammenzufügen. Ich muss es für mich und auch für dich tun, und du kannst mir dabei helfen.«

»Ja, natürlich, ich tue alles, was du willst. Aber lass mich ein wenig Zeit mit dir verbringen. Bitte!«

»Wir überlegen uns etwas. Soll ich dich jetzt zu deinem Wagen begleiten?«

»Geht schon voraus, Mom.« Doug trat zur Tür und öffnete sie. »Ich komme gleich nach.«

Er schloss die Tür hinter den beiden Frauen, lehnte sich mit dem Rücken dagegen und blickte Lana an. »Danke, dass du meiner Mutter geholfen hast, sich wieder zu fangen.«

»Sie ist sehr stark. Und sie hatte das Recht, zusammenzubrechen. Das Ganze geht ja selbst mir nahe.« Sie stieß die Luft aus. »Wie geht es dir?«

»Das weiß ich noch nicht. Ich mag eigentlich keine Veränderungen.« Doug trat ans Fenster und blickte auf den Park. »Das Leben ist viel unkomplizierter, wenn man die Dinge einfach laufen lässt.«

»Glaub mir, nichts bleibt immer gleich. Ob es nun gut, schlecht oder alltäglich ist.«

»Nein, weil die Menschen es nicht zulassen. Callie kann die Dinge nicht auf sich beruhen lassen. Sie strahlt sogar Energie und Ruhelosigkeit aus, wenn sie still steht. Es ist wie bei einer Reihe von Dominosteinen. Ein Stein fällt um und löst damit eine Kettenreaktion aus. Und am Ende hat man ein ganz neues Muster.«

»Und das alte Muster hat dir besser gefallen?«

»Ich habe es zumindest verstanden.« Er zuckte mit den Schultern. »Aber jetzt ist alles in Scherben gegangen. Ich habe eben hier gesessen und mich mit ... mit meiner Schwester unterhalten. Zum zweiten Mal innerhalb weniger Tage. Davor habe ich sie das letzte Mal gesehen, als sie noch kahlköpfig war und keine Zähne hatte. Das alles ist ein bisschen surreal.«

»Und du wirst von allen gebraucht.«

Stirnrunzelnd blickte er Lana an. »Das glaube ich nicht.«

»Für einen objektiven Betrachter lag es auf der Hand. Und mir erklärt es, warum du immer wieder fortgehst, aber auch immer wieder zurückkommst.«

»Das liegt an meinem Job.«

»Ja, bis zu einem gewissen Grad mag das stimmen«, pflichtete sie ihm bei. »Aber du bräuchtest schließlich nicht immer wieder zurückzukommen. Ja, sicher, ab und zu für einen Besuch, wie man das in der Familie so macht. Aber du kehrst wegen deinen Eltern und wegen dir selbst immer wieder zurück. Das gefällt mir an dir, wie mir überhaupt einige Dinge an dir gefallen. Willst du dich heute Abend nicht ein bisschen von all dem erholen? Komm doch einfach vorbei. Ich koche uns was Leckeres.«

Doug blickte Lana an. Er hatte noch nie eine hübschere Frau gesehen, zumindest keine, die so viel Ruhe und Gelassenheit ausstrahlte.

»Du musst wissen, dass ich nicht vorhabe zu bleiben.«

»Ich habe dir angeboten, etwas für dich zu kochen. Ich wollte keinen Schrank freiräumen, damit du einziehen kannst.«

»Ich möchte mit dir schlafen.«

Seine Stimme klang beinahe zornig, als er es aussprach, und Lana zog die Augenbrauen hoch. »Nun, das steht heute Abend nicht auf der Speisekarte. Es mag sich eines Tages ändern, aber deswegen räume ich immer noch keinen Schrank frei.«

»Ich neige sowieso dazu, Beziehungen zu vermasseln, deshalb gehe ich lieber keine ein.«

»Ich sage dir Bescheid, wenn du unsere zu vermasseln beginnst.« Sie trat auf ihn zu und streifte seinen Mund leicht mit ihren Lippen. »Gegrilltes Hühnchen, Doug. Leider kein Sex zum Dessert, da ich Rücksicht auf Tyler nehmen muss. Ich könnte mich jedoch dazu verführen lassen, den Peach Cobbler aufzutauen, den ich im Tiefkühlschrank habe. Er stammt von *Suzanne's Kitchen*«, fügte sie lächelnd hinzu.

Es könnte kompliziert werden, dachte Doug. Die Frau, das Kind, die Gefühle, die die beiden in ihm auslösten. Aber er war noch nicht dazu bereit, die Finger davon zu lassen. Noch nicht.

»Ich hatte schon immer eine Schwäche für den Peach Cobbler meiner Mutter. Um wie viel Uhr gibt es Abendessen?«

Jay stand auf der Veranda und starrte auf den Geranientopf, als Callie mit Suzanne aus dem Haus trat. Er schaute auf und blickte Suzanne an. Es kam Callie vor, als werfe er einen prüfenden Blick auf ein Barometer, um sich auf die Wetterbedingungen einstellen zu können.

»Ich wollte gerade wieder hineingehen.«

»Ach ja?«, erwiderte Suzanne kühl.

»Ich musste für einen Moment allein sein, um wieder einen klaren Kopf zu bekommen, Suzanne.« Er wollte sie am Arm berühren, aber sie wich mit einer solchen Entschiedenheit zurück, dass es ihn wie eine Ohrfeige traf.

»Wir reden später«, fuhr sie in dem gleichen eisigen Tonfall fort. »Ich glaube, du hast deiner Tochter etwas zu sagen.«

»Ich weiß nicht, was ich sagen oder tun soll.«

»Dann verschwinde.« Suzanne drehte sich um und gab Callie einen Kuss auf die Wange. »Willkommen zu Hause. Ich liebe dich. Ich warte im Auto auf Doug.«

»Ich kann es weder ihr noch dir recht machen«, sagte Jay leise zu Callie, als Suzanne fort war.

»Mir gegenüber hast du auch keine Verpflichtung dazu.«

Er blickte sie an, kam jedoch keinen Schritt näher. »Du bist wunderschön. Ich weiß nicht, was ich dir sonst sagen soll. Du bist wunderschön. Und du siehst aus wie deine Mutter.«

Er wandte sich ab und ging die Treppe hinunter. In diesem Moment trat Doug aus der Tür.

»Es könnte etwas ungemütlich für dich werden«, sagte Callie und wies mit dem Kopf auf das Auto.

»Das war mein ganzes Leben lang so. Hör mal, möchtest du nicht mal im Buchladen auf der Main Street vorbeikommen und meinen Großvater kennen lernen?«

Sie massierte sich die Schläfen. »Ja, okay.«

»Okay, bis später dann.«

»Doug?«, rief sie ihm nach. »Vielleicht können wir ja mal ein Bier zusammen trinken. Wir können versuchen, Freunde zu werden, und du weihst mich in die Geheimnisse der Familie Cullen ein. Ich weiß irgendwie gar nicht, wie ich mich verhalten soll.«

Er lachte kurz auf. »Willkommen im Club. Familiengeheimnisse? Da müssen wir schon ein ganzes Fass zusammen leeren.«

Callie blickte ihm nach, als er in den Wagen stieg. Er setzte sich ans Steuer, während Suzanne auf dem Beifahrersitz saß und Jay sich auf den Rücksitz quetschte. Callie fragte sich, wo wohl ihr Platz im Auto gewesen wäre, wenn sie dazugehört hätte. Als sie zu ihrem eigenen Auto ging, sah sie Jake, der an der Kühlerhaube lehnte. Für den Bruchteil einer Sekunde hielt sie in der Bewegung inne, und obwohl sie gleich darauf weiterging, als sei nichts geschehen, war sie sich sicher, dass Jake es gemerkt hatte. Ihm entging selten etwas. Entschlossen holte Callie ihre Sonnenbrille aus der Tasche und setzte sie auf.

»Was tust du hier?«, fragte sie.

»Ich war zufällig in der Gegend.«

Sie wippte auf den Fersen. »Wo ist dein Auto?«

»Bei der Ausgrabung. Sonya hat mich hier abgesetzt. Das Mädchen hat wirklich tolle Beine.« Er grinste breit.

»Und sie ist erst zwanzig.«

»Einundzwanzig. Aber Dig hat schon sein Claim abgesteckt, also brauche ich mir nicht allzu viele Hoffnungen zu machen.«

Callie nahm den Autoschlüssel aus der Tasche und klimperte damit. »Bedeutet deine Anwesenheit etwa, dass du nicht mehr böse auf mich bist?«

»So weit würde ich nicht gehen.«

»Vielleicht habe ich dich ja benutzt, aber so richtig dagegen gewehrt hast du dich auch nicht.«

Jake ergriff ihren Arm. »Wir haben uns gegenseitig benutzt, und vielleicht bin ich genau deshalb ein bisschen sauer. Möchtest du gerne darüber streiten?«

»Im Moment ist mir nicht nach Streiten zumute.«

»Kann ich mir vorstellen.« Er massierte ihr die Schultern. »Wie war es?«

»Es hätte schlimmer sein können. Was zum Teufel tust du eigentlich hier, Jake? Wolltest du mir zu Hilfe kommen?«

»Nein.« Er nahm ihr die Autoschlüssel aus der Hand. »Ich wollte fahren.«

»Das ist mein Auto.«

»Ich wollte dich ja auch vorher um Erlaubnis fragen. Wann willst du eigentlich die Schmierereien beseitigen lassen?«

Stirnrunzelnd betrachtete sie die Graffiti auf ihrem Wagen. »Irgendwie habe ich mich schon daran gewöhnt. Was tust du da?«

»Oh, mein Gott, Dunbrook, ich halte dir die Autotür auf.«

»Habe ich mir etwa den Arm gebrochen?«

»Das könnte ich arrangieren«, antwortete er grinsend. Dann hob er Callie hoch und setzte sie auf den Beifahrersitz. Sie blickte ihn völlig entgeistert an.

»Was ist denn mit dir los?«

»Das Gleiche wie immer.« Während Jake um den Rover herumging, rang er um Beherrschung, doch als er auf dem Fahrersitz saß, war ihm plötzlich alles egal. Er zog Callie zu sich herüber, schlang die Arme um sie und küsste sie leidenschaftlich. Sie stieß ihn fort und bemühte sich verzweifelt, einen klaren Gedanken zu fassen. »Hör auf.«

»Nein.«

Er war immer schon stärker als sie gewesen, was sie wütend machte und zugleich anzog. Außerdem war er nicht leicht zu durchschauen und reagierte oft auf völlig unvorhersehbare Weise. Bei Jake konnte Callie sich nie ganz sicher sein, und genau das faszinierte sie an ihm. Als seine Lippen zu ihrem Hals hinunterglitten, stöhnte sie leise auf.

»Noch vor einer Minute warst du böse auf mich, weil wir uns gestern Abend gegenseitig benutzt haben. Und jetzt willst du es schon wieder tun, noch dazu am helllichten Tag auf einer öffentlichen Straße.«

Wieder küsste er sie lange und zärtlich, dann schob er sie seufzend von sich und trommelte mit den Fingern aufs Lenkrad.

»Das hat dich ein bisschen von dem abgelenkt, was du eben erlebt hast, nicht wahr?«, fragte er.

»Ein rechter Haken hätte das Gleiche bewirkt.«

»Da ich Frauen nun einmal nicht schlage, ist mir nichts Besseres eingefallen. Übrigens bin ich nicht hierher gekommen, um im Auto herumzualbern oder Beleidigungen auszutauschen, so unterhaltsam das ja auch sein mag.«

»*Du* hast doch damit angefangen.«

»Wenn du dich weiter so aufführst, muss ich doch noch zuschlagen. Wir haben ein Haus gemietet.«

»Wie bitte?«

»Unser eigenes kleines Liebesnest, Zuckerpflaume.« Er startete den Wagen. »Die Motelzimmer sind doch viel zu klein und zu unbequem. Das Team braucht ein Basislager hier am Ort.«

Callie hatte bereits den gleichen Gedanken gehabt und ärgerte sich, dass Jake ihr zuvorgekommen war. »In ein paar Monaten müssen wir das Gelände sowieso für den Winter dichtmachen«, sagte sie. »Außerdem ist das Motel billig.«

»Aber wir brauchen alle Platz, um arbeiten zu können. Rosie, Dory, Bill und Matt werden auch in dem Haus wohnen. Und heute Nachmittag werden noch zwei arbeitswütige junge Leute aus West Virginia eintreffen. Der Junge hat schon ein paar Ausgrabungen hinter sich und arbeitet an seinem Master in Anthropologie. Sie ist noch grün hinter den Ohren, tut aber bereitwillig alles, was man ihr sagt.«

Callie stützte sich mit den Füßen an der Ablage ab und dachte nach. »Na ja, wir können noch ein paar Hilfskräfte brauchen«, sagte sie schließlich.

»Ganz bestimmt. Und Leo muss auch ein Plätzchen haben, wo er ab und zu übernachten kann, genauso wie die Spezialisten, die zwischendurch kommen. Außerdem brauchen wir Lagerraum und eine Küche.«

Während sie aus der Stadt hinausfuhren, schwiegen sie beide für einen Moment. Jake war klar, dass Callie in Gedanken nach Einwänden gegen das Haus suchte.

»Du wirst auch nach der Saison noch eine Wohnung hier brauchen«, fuhr er nach einer Weile fort. »Schließlich müssen wir uns noch um eine ganz andere Grabung kümmern.«

»Wir?«

»Ich habe doch gesagt, dass ich dir helfe.«

Callie runzelte die Stirn, als er auf einen holperigen Feldweg abbog. »Ich weiß nicht, was ich von dir halten soll, Jake. In der einen Minute bist du das blöde alte Arschloch, das du immer warst, und im nächsten Moment bist du das blöde alte Arschloch, das versucht, nett zu sein.« Sie setzte ihre Sonnenbrille auf und blickte ihn über den Rand hinweg an. »Willst du mir Angst einjagen?«

Er lächelte nur und wies mit dem Kinn aus dem Seitenfenster. »Was hältst du davon?«

Sie standen vor einem großen Haus, das von schönen alten Bäumen umgeben war. Auf der einen Seite des Grundstücks floss ein Bach vorbei, und als Callie aus dem Auto stieg, konnte sie das Wasser plätschern hören. Das Haus war aus Holz und wirkte, als sei es in drei Etappen gebaut worden. Auf das Erdgeschoss im Stil einer Ranch war ein weiteres Stockwerk aufgesetzt worden, und an der Seite befand sich ein Anbau mit einer kleinen Veranda. Der Rasen rings um das Haus musste dringend gemäht werden. Als sie auf den Eingang zugingen, reichte Callie das Gras bis zu den Knöcheln.

»Wie hast du es entdeckt?«

»Eine Frau aus der Stadt, die sich die Ausgrabung angesehen hat, hat Leo von dem Haus erzählt. Es gehört ihrer Schwester. Sie hat vor ein paar Monaten geheiratet, und jetzt wollen sie das Haus erst einmal vermieten. Es stehen auch noch ein paar Möbel drin, allerdings nicht mehr viele. Wir haben es für ein halbes Jahr gemietet, und es kommt uns billiger als das Motel.«

Callie wollte Jake gegenüber noch nicht zugeben, dass ihr das Haus und die Umgebung sehr gut gefielen. »Wie weit sind wir hier vom Antietam Creek entfernt? Ich habe auf der Fahrt hierher nicht aufgepasst.«

»Sechs Meilen.«

»Nicht schlecht.« Callie schlenderte zur Tür und versuchte, den Knopf zu drehen. »Hast du den Schlüssel?«

»Wo habe ich ihn bloß hingetan?« Seine Hand glitt an ihrem Rücken entlang, und er präsentierte ihr den Schlüssel wie durch einen Zaubertrick, was ihr ein zögerndes Grinsen entlockte. »Schließ die Tür auf, Houdini.«

Jake schloss auf, und dann hob er Callie bereits zum zweiten Mal an diesem Tag hoch.

»Was ist denn mit dir los?«

»Ich habe dich noch nie über eine Schwelle getragen«, sagte er und küsste sie sanft.

»Es gab schließlich nie eine Schwelle.« Sie hatte einen Kloß im Hals und schmiegte sich enger in seine Arme. »Das Hotelzimmer in Vegas, wo wir unsere Hochzeitsnacht verbracht haben, zählt ja nicht.«

»Ich erinnere mich gern daran. Die große herzförmige Badewanne, der Spiegel über dem Bett, der ...«

»Daran erinnere ich mich auch noch.«

»Und ich weiß noch, wie du in diesem Schaumbad gelegen und ›I'm Too Sexy‹ gesungen hast.«

»Ich war betrunken.«

»Stimmt, du hattest dich ganz schön voll laufen lassen. Seit damals habe ich übrigens eine Schwäche für den Song.« Er stellte sie wieder auf die Füße und gab ihr einen leichten Klaps auf den Po. Dann öffnete er eine Tür. »Hier ist das Wohnzimmer – der Gemeinschaftsbereich.«

»Was um Gottes willen ist denn mit dem Sofa passiert?«

Jake warf einen Blick auf die zerfetzte Armlehne des braun, beige und rot karierten Sofas. »Die Besitzer hatten Katzen. Die Küche ist dahinten, sie ist komplett eingerichtet. Es gibt auch eine Essecke. Bad und Gästetoilette sind auf dieser Etage, und oben gibt es drei Schlafzimmer und ein weiteres Bad. Da drüben ist noch ein Schlafzimmer oder ein Büro, und dort ...«

Jake durchquerte das Wohnzimmer, drehte sich um und wies auf einen großzügigen Raum mit einer Glasschiebetür, die auf die hübsche kleine Terrasse führte, die sie bereits von draußen gesehen hatten. Callie öffnete den Mund, doch bevor sie etwas sagen konnte, schüttelte Jake den Kopf.

»Zu spät, Babe. Darauf habe ich bereits Ansprüche angemeldet.«

»Bastard!«

»Nett, vor allem, weil ich dir das größte Schlafzimmer oben reserviert habe. Wir können morgen einziehen.«

»Gut.« Sie trat auf die Terrasse. »Es ist schön ruhig hier.«

»Wenn wir erst einmal hier wohnen, ist es mit der Ruhe vorbei.«

Callie wunderte sich, wie normal sich in diesem Moment alles anfühlte. Nach dem Treffen mit den Cullens in Lanas Büro erschien ihre diese Normalität ein wenig merkwürdig. »Kannst du dich noch an dieses Haus in der Nähe von Kairo erinnern? Wir waren nur ein paar Wochen da.«

»Und das war schon zu lange.«

»Es war nur eine kleine Schlange.«

»Als sie zu mir ins Badezimmer kam, sah sie gar nicht so klein aus.«

»Du hast gekreischt wie ein kleiner Junge.«

»Ganz sicher nicht. Ich habe gebrüllt wie ein Mann. Und obwohl ich splitternackt war, habe ich die Schlange eigenhändig entfernt.«

»Du hast sie mit einem Handtuchhalter zu Brei geschlagen.«

»Aber den habe ich mit bloßen Händen aus der Wand gerissen. Das läuft aufs Gleiche hinaus.«

Callie konnte sich gut erinnern, wie Jake ihr damals nackt und mit entsetztem Blick die Schlange präsentiert hatte, die schlaff über dem Handtuchhalter hing.

»Aber es war doch nicht schlecht. Wir hatten auch schöne Zeiten«, sagte sie leise.

»Ja, oft.« Er legte ihr die Hand auf den Nacken. »Willst du mir nicht von dem Treffen mit den Cullens erzählen, Callie? Warum fällt es dir immer so schwer, außer deiner Wut etwas herauszulassen?«

»Ich weiß nicht. Suzanne war völlig außer sich, Jake. Sie ist in Lanas Büro fast zusammengebrochen. Sie hat mich so fest gehalten, dass ich kaum Luft bekam. Ich weiß nicht, was ich empfunden habe oder was ich jetzt empfinde. Ich kann es nicht identifizieren. Aber ich habe angefangen, darüber nachzudenken, wie ich wohl geworden wäre, wenn all das nicht passiert wäre. Wenn Suzanne sich nicht für ein paar Sekunden abgewendet hätte und ich bei ihr aufgewachsen wäre.«

Sie wollte sich von Jake lösen, aber er hielt sie fest. »Erzähl weiter. Tu einfach so, als sei ich nicht da.«

»Man merkt dir an, dass du das Grundstudium in Psychologie absolviert hast«, erwiderte sie. »Nun, ich habe schon oft daran gedacht, wie es wäre, wenn ich als Jessica aufgewachsen wäre. Jessica Lynn Cullen wäre bestimmt sehr modebewusst. Sie würde einen Minivan fahren und wahrscheinlich gerade das zweite Kind erwarten. Vielleicht hätte sie einen Abschluss in Kunst gemacht und würde ihr Talent dazu nutzen, ihr Haus geschmackvoll einzurichten. Wenn die Kinder älter sind, wird sie wieder arbeiten gehen, aber zurzeit kümmert sie sich nur um ihre Ehrenämter, das reicht ihr. Aber vielleicht wäre Jessica auch immer Jessie geblieben. Dann wäre sie eine andere Person.«

»Inwiefern?«

»Jessie wäre mit Sicherheit Cheerleader gewesen. Wahrscheinlich hätte sie sich in den Captain des Footballteams verliebt. Die beiden waren in der Highschool ein heißes Pärchen, aber die Beziehung hat nicht gehalten. Jessie hat schließlich ihren besten Freund vom College geheiratet, einen von den zahlreichen Typen, die sie ständig umschwärmten, weil sie so strahlend und lustig war. Jessie arbeitet halbtags, um das Familieneinkommen aufzubessern. Sie hat auch ein Kind und verfügt über genug Energie, um alles unter einen Hut zu bringen.«

»Ist sie glücklich?«

»Klar. Warum nicht? Aber keine dieser beiden Frauen hätte Stunden damit zugebracht, ein sechstausend Jahre altes Schienbein zu identifizieren. Sie hätten auch keine Narbe auf der Schulter, von einem Sturz von einem Felsbrocken in Wyoming. Und ganz sicher hätten sie dich nicht geheiratet – das spricht natürlich für sie.«

Callie blickte Jake an. »Du hättest ihnen höllische Angst eingejagt. Nein, ich bin froh, dass ich keine von beiden geworden bin. Das habe ich auch gedacht, als Suzanne mich schluchzend in den Armen hielt. Ich bin froh, die zu sein, die ich bin.«

»Dann sind wir schon zwei.«

»Ja, aber wir sind beide nicht besonders nett. Suzanne möchte ihre Tochter zurückhaben, und ich nutze das aus, damit sie mir hilft, das herauszufinden, was ich wissen will. Ich hoffe, sie wird es verstehen, wenn es so weit ist.«

14

Callie arbeitete wie eine Verrückte, kauerte jeden Tag bis zu zehn Stunden in der schwülen Hitze, nahm Proben, bürstete, sortierte. Sie grub in dem Schlamm, der nach dem heftigen Gewitter das Feld bedeckte, und schwitzte in der brütenden Augusthitze. Abends schrieb sie Berichte, stellte Hypothesen auf, las und zeichnete eingeschweißte Artefakte, bevor sie ins Labor nach Baltimore geschickt wurden. Sie hatte in dem Haus ein eigenes Zimmer, mit einem Schlafsack auf dem Fußboden, einem Schreibtisch, den sie auf dem Flohmarkt gekauft hatte, einer Superman-Lampe, die vom Sperrmüll stammte, ihrem Laptop, ihren Noten und ihrem Cello.

Kurzum, sie hatte alles, was sie brauchte.

Da die anderen Mitglieder des Teams ihre Abende in der Stadt oder auf dem Ausgrabungsgelände verbrachten, war Callie meistens mit Jake allein in dem großen Haus. Doch sie hielt es nicht aus, mit ihm glückliche Familie zu spielen; es erinnerte sie zu sehr an die Zeit, als sie noch verheiratet gewesen waren. Deshalb hielt sie sich nur selten unten im Wohnzimmer auf.

Callie musste sich eingestehen, dass sie offensichtlich nie ganz über Jacob Graystone hinweggekommen war. Dummerweise war dieser Hurensohn ihre große Liebe. Sie hatte geahnt, dass sie früher oder später bei einer Ausgrabung wieder aufeinander treffen würden; es war unvermeidlich gewesen.

Aber sie war sich völlig sicher gewesen, dass sie mit Jake und den Gefühlen, die sie immer noch für ihn empfand, würde umgehen können. Doch dann war durch das überraschende Wiedersehen alles wieder aufgewühlt worden, und obendrein hatte Jake ihr auch noch seine Freundschaft angeboten. Seine Art von Freundschaft, dachte Callie. Sie konnte nie sicher sein, ob er im nächsten Moment sauer auf sie sein, sie küssen oder ihr den Kopf tätscheln würde, als sei sie noch ein Kind. Und trotzdem war es zwischen ihnen ganz anders als früher.

Vielleicht lag es ja an dem, was geschehen war, seit sie nach Woodsboro gekommen war. Ein einziger Augenblick konnte ein ganzes Leben verändern, das hatte sie am eigenen Leib erfahren. Wenn Jake und sie nun damals versucht hätten, miteinander zu reden, anstatt sich gegenseitig Vorwürfe zu machen, sich anzuschreien und gleich von Scheidung zu sprechen? Hätten sie dann um die Ehe gekämpft, oder hätten sie sich trotzdem getrennt? Darüber konnte sie natürlich nur spekulieren, so wie sie über den Stamm spekulierte, der sich vor so langer Zeit am Antietam Creek niedergelassen hatte, oder darüber, was für einen Verlauf ihr Leben genommen hätte, wenn sie bei den Cullens aufgewachsen wäre.

Sie musste sich eingestehen, dass sie Jake nie richtig vertraut hatte. Nicht, wenn es um andere Frauen ging. Er galt als Frauenheld, das hatte sie schon gewusst, bevor sie ihn kennen lernte. Es war ihr gleichgültig gewesen, bis sie sich in ihn verliebte. Sie glaubte nicht daran, dass er sie liebte, jedenfalls nicht so, wie sie ihn. Und das hatte sie wahnsinnig gemacht. Denn je mehr sie ihn liebte, desto mehr Macht hatte er über sie. Also hatte sie ihn ständig gedrängt, ihr zu beweisen, dass er sie liebte. Und wenn ihm das nicht gelang, hatte sie noch mehr gedrängt. Aber konnte man ihr das vorwerfen? Er hatte schließlich nie den Mund aufgemacht, um ihr seine Gefühle zu gestehen. So gesehen war eben alles seine Schuld gewesen.

Callie arbeitete noch eine halbe Stunde weiter, bis ihr Magen ihr durch lautes Knurren mitteilte, dass die Portion Chili, die sie zum Abendessen in sich hineingeschlungen hatte, bereits verdaut war. Sie blickte auf ihre Armbanduhr und lief dann die Treppe hinunter, um nachzusehen, ob sie einen geeigneten Mitternachtssnack fände.

Barfuß tappte sie in die Küche und ging zum Kühlschrank. Als sie gerade nach dem Griff fassen wollte, ging plötzlich das Licht an. Callie stieß einen leisen Schrei aus, der sofort nahtlos in einen Fluch überging.

»Verdammt noch mal, Graystone!«, fauchte sie und wirbelte zu ihm herum. »Was ist los mit dir? Warum machst du das?«

»Warum schleichst *du* im Dunkeln durchs Haus?«

»Ich suche etwas zu essen, und im Übrigen schleiche ich nicht, sondern ich bewege mich leise, um niemanden zu stören.«

»Nun, es ist zehn nach zwölf.« Jake blickte auf seine Uhr. »Du bist wirklich ein Gewohnheitstier, Dunbrook.«

»Na und?« Auf dem Küchentresen lag eine Tüte mit Schokoladenplätzchen von *Suzanne's Kitchen*. Callie wandte sich vom Kühlschrank ab und griff danach.

»Hey, die habe ich gekauft!«

»Ich gebe dir das Geld wieder«, murmelte sie kauend.

Sie schenkte sich ein Glas Orangensaft ein, und Jake sah zu, wie sie das erste Plätzchen damit herunterspülte.

»Das ist eine ekelhafte Kombination. Warum trinkst du keine Milch?«

»Ich trinke nie Milch.«

»Dann solltest du es dir angewöhnen. Gib mir die Plätzchen.«

Besitzergreifend schlang sie die Arme um die Tüte. »Ich kaufe neue.«

»Gib mir ein Plätzchen!« Jake griff nach der Tüte und holte sich eins heraus. Dann nahm er die Milch aus dem Kühlschrank und schenkte sich ein kleines Glas ein.

Er trug lediglich schwarze Boxershorts. Callie stellte wieder einmal fest, wie gut er gebaut war, langgliedrig und muskulös zugleich, mit ein paar interessanten Narben. Und sie wusste, dass er am ganzen Körper gleichmäßig gebräunt war. Es hatte eine Zeit gegeben, in der sie der Versuchung nicht hätte widerstehen können, über ihn herzufallen. Dann hätten sie sich auf dem Küchentisch oder auf dem Fußboden geliebt, oder vielleicht hätten sie es sogar noch bis ins Bett geschafft. Callie griff nach der Tüte, aß noch ein Plätzchen und gratulierte sich im Stillen zu ihrer unglaublichen Selbstbeherrschung.

»Komm mit, ich will dir etwas zeigen«, sagte Jake. »Nimm die Plätzchen mit.«

Eigentlich wollte sie nicht mit ihm gehen. Schließlich war es bereits nach Mitternacht, er war fast nackt, und sein Duft brachte sie schier um den Verstand. Aber da sie auf ihre enorme Selbstbeherrschung baute, folgte sie ihm in sein behelfsmäßiges Büro.

Als Schreibtisch diente ihm eine lange Sperrholzplatte, die auf zwei Böcken lag. Darüber hing eine große Pinnwand mit etlichen Fotos, Zeichnungen und Karten. Auf dem Schreibtisch lag eine Zeichnung, die Jake mit einer leeren Bierflasche und einem Quarzblock beschwert hatte.

Es war eine mit Buntstiften gemalte Ansicht des Geländes am Antietam Creek. Es gab noch keine Straße und kein Farmhaus. Das Feld war breiter, und die Bäume am Bach spendeten Schatten. Jake hatte den Friedhofsbereich mit einer niedrigen Steinmauer darum gemalt. Im Westen standen einige Hütten, dahinter wuchs Sommerweizen auf dem Feld.

Lebendig wurde die Zeichnung jedoch durch die Menschen. Männer, Frauen und Kinder gingen ihren täglichen Pflichten nach. Einige waren auf dem Weg zur Jagd, ein alter Mann saß vor einer Hütte, und vor ihm stand ein junges Mädchen, das ihm eine flache Schale hinhielt. Eine Frau säugte ihr Baby, Männer fertigten Werkzeuge und Waffen an. Eine Gruppe von Kindern saß auf dem Boden und spielte mit Steinchen und Stöcken. Einer, ein kleiner Junge von ungefähr acht Jahren, hatte den Kopf zurückgeworfen und lachte lauthals.

»Nicht schlecht«, sagte Callie.

Jake schwieg und nahm sich noch ein Plätzchen. »Okay, es

ist toll«, gab sie zu. »So etwas macht mir immer wieder klar, warum wir unsere Arbeit tun. Außerdem kann Leo das Bild gut gebrauchen, um es zusammen mit den Daten den Investoren vorzulegen. Ich wünschte, ich könnte so zeichnen wie du«, fuhr sie nach einer Weile fort.

»Du zeichnest doch auch ganz gut.«

»Schon, aber im Vergleich zu dir ist es jämmerlich.« Sie blickte auf.

Als er seine Hand hob, um ihr über das Haar zu streicheln, wandte sie sich ab und trat auf die Terrasse hinaus. Die Bäume schimmerten silbrig im Mondlicht, und man konnte das Gurgeln des Baches und das Zirpen der Grillen hören. Die Luft war warm.

Callie spürte, dass Jake hinter sie trat, und legte die Hände auf das Geländer. »Wenn ich ganz konzentriert auf einem Ausgrabungsfeld stehe, habe ich manchmal das Gefühl, ganz allein dort zu sein. Kennst du das Gefühl?«

»Ja.«

»Spürst du auch manchmal die Anwesenheit der Menschen, die wir ausgraben? Kannst du sie hören?«

»Ja, natürlich.«

Lachend warf sie den Kopf zurück. »Natürlich, sagst du! Ich fühle mich immer ganz privilegiert, wenn das vorkommt. Wie berauscht. Aber ich habe es noch nie jemandem erzählt, weil ich diesen Rausch nicht mag.«

»Es ist dir immer schon schwer gefallen, dich gehen zu lassen.«

»Ich muss so vielen Erwartungen entsprechen. Denen meiner Eltern, meiner Lehrer, denen meiner Kollegen. Und ganz gleich, wie sehr du gelobt wirst – als Frau ziehst du immer den Kürzeren. Wenn eine Frau sich an einer Ausgrabungsstätte albern benimmt und davon erzählt, dass sie die Toten sprechen hört, ziehen die Männer über sie her.«

»Ich habe mich nie über dich lustig gemacht.« Jake berührte sanft ihre Haare.

»Nein, aber du wolltest ja auch mit mir schlafen.«

»Ja, das stimmt.« Seine Lippen glitten über ihren Nacken. »Das will ich immer noch. Aber dein Verstand hat mich mindestens genauso erregt. Ich habe deine Arbeit immer respektiert, Cal. Das tun alle.«

Seine Worte taten ihr gut. Callie wurde bewusst, dass er ihr gegenüber noch nie zuvor ein solches Lob ausgesprochen hatte. »Vielleicht, aber warum sollte ich das Risiko eingehen, mich lächerlich zu machen? Es ist doch klüger, clever und pragmatisch zu sein.«

»Es ist zumindest sicherer.«

»Wie auch immer. Nur bei dir habe ich mich albern benommen, und du siehst, wohin das geführt hat.«

»Es ist ja noch nicht vorbei.« Sanft strich er über ihre Arme und vergrub sein Gesicht in ihren Haaren.

Callie konnte Jakes Atem spüren, es war, als wolle er sie einatmen. Ihr Körper verlangte nach mehr, doch sie wehrte sich dagegen. Sie wusste, dass es ein Fehler wäre.

»Ich liebe deine Haare, vor allem, wenn sie so wild in alle Richtungen abstehen. Ich liebe es, wie sie sich anfühlen und wie sie riechen, wenn ich mein Gesicht darin vergrabe.«

»Wir werden das, was letzte Nacht geschehen ist, nicht wiederholen.« Callies Knöchel traten weiß hervor, als sie das Geländer fest umklammerte. »Es ist von mir ausgegangen, und ich habe die Verantwortung dafür übernommen. Aber es wird nicht wieder vorkommen.«

»Nein.« Er schob ihre Haare beiseite, strich mit seinen Lippen an ihrem Hals entlang und knabberte sanft an ihrem Ohrläppchen. »Dieses Mal wird es anders sein.«

Sie spürte, wie eine Welle der Lust in ihr aufstieg, und kämpfte gegen den Impuls an, sich umzudrehen und in seine Arme zu sinken. Unwillkürlich stöhnte sie leise auf. »Wie auch immer wir es angehen, Bolzen B passt immer noch in Schlitz A.«

Er lachte leise. »Wir haben ja auch lange genug geübt, Cal. Wir sind immer übereinander hergefallen, aber weißt du eigentlich, was wir nie gemacht haben?«

Sie sah starr geradeaus und versuchte krampfhaft, ein weiteres Stöhnen zu unterdrücken. Eigentlich sollte sie sich dazu zwingen, ihn wegzustoßen, aber dann würde er sie nicht mehr so sanft berühren. Großer Gott, das hatte ihr noch gefehlt!

»Ich glaube nicht, dass wir irgendwas ausgelassen haben.«

»Doch.« Jake schlang die Arme um ihre Taille, und sie wartete darauf, dass seine Hände zu ihren Brüsten wanderten. Sie würde ihn nicht aufhalten. Sie sehnte sich nach seiner besitzergreifenden Berührung.

Doch stattdessen zog er sie dichter an sich heran und küsste zärtlich ihren Nacken. »Wir waren nie romantisch«, flüsterte er.

Sie schmiegte sich an ihn. »Wir sind auch keine romantischen Menschen.«

»In diesem Punkt irrst du dich.« Er rieb seine Wange an ihren Haaren, und die seidige Fülle und der Duft hüllten ihn ein. »Und trotzdem – ich habe dich nie verführt.«

»Das brauchtest du ja auch nicht. Wir haben nie irgendwelche Spielchen gespielt.«

»Doch, wir haben immer nur gespielt.« Seine Lippen glitten über ihre Schulter und von da aus wieder zu ihrer Halsbeuge. Er spürte, wie sie zitterte. »Sollen wir das Ganze nicht noch einmal ernsthaft versuchen?«

»Wir würden uns damit nur gegenseitig verwirren.« Ihre Stimme klang gepresst. »Ich kann das nicht noch einmal durchstehen.«

»Callie ...«

Sie legte ihre Hand über seine und drückte sie. »Da draußen ist jemand«, flüsterte sie plötzlich.

Jake erstarrte. Er tat so, als knabbere er immer noch an ihrem Ohr, und fragte leise: »Wo?«

»Auf zwei Uhr, ungefähr zehn Meter entfernt, bei den Bäumen. Erst habe ich gedacht, es sei nur ein Schatten, aber da beobachtet uns jemand.«

Er zweifelte nicht einen Augenblick lang daran, dass sie Recht hatte. Sie hatte Augen wie eine Katze. Aufmerksam spähte er in die Dunkelheit, während er Callie weiter im Arm hielt. »Los, gib vor, ärgerlich zu werden, stoß mich weg und geh hinein. Ich komme dir nach«, flüsterte er.

»Ich habe dir gesagt, dass ich nicht will. Lass bloß die Finger von mir!«, fauchte sie prompt, während sie sich von Jake losriss und zum Haus umwandte. »Such dir doch eine von diesen eifrigen kleinen Studentinnen, die dich anbeten. Davon gibt es doch jede Menge.«

Mit diesen Worten lief sie ins Haus.

»Das sagst du mir nicht noch einmal!« Er stürmte ihr nach und knallte die Terrassentür hinter sich zu. Noch im Laufen hob er seine Jeans vom Boden auf.

»Schau nach, ob alle Türen verschlossen sind«, befahl er und machte das Licht in seinem Büro aus. »Dann gehst du nach oben. Und bleib da.«

»Sonst noch etwas?«

»Tu es einfach.« Er stieg in seine Hose und angelte nach seinen Schuhen. »Ich gehe zur Hintertür hinaus. Du schließt hinter mir ab, und dann kümmerst du dich um die anderen Türen.«

Sie sah, dass er nach dem Baseballschläger griff, der an der Wand lehnte.

»Um Gottes willen, Jake, was hast du vor?«

»Hör zu, irgendjemand hat Dolan umgebracht, nur ein paar Meilen von hier entfernt. Ich werde kein Risiko eingehen. Schließ die verdammten Türen ab, Callie. Wenn ich in zehn Minuten nicht zurück bin, rufst du die Polizei an.«

Er öffnete die Hintertür einen Spalt weit und blickte in die Dunkelheit hinaus. »Schließ hinter mir ab«, wiederholte er und schlich hinaus.

Callie brauchte ungefähr fünf Sekunden, um sich zu entscheiden, dann rannte sie durch das dunkle Haus zum Badezimmer und griff nach einer Dose mit Insektenspray. Ungefähr eine Minute nachdem Jake durch die Hintertür hinausgeschlüpft war, verließ sie das Haus durch die Vordertür.

Sie schlich in gebückter Haltung durch die Dunkelheit und

bemühte sich, jedes Geräusch wahrzunehmen. Als sie den Rasen überquert und die Bäume erreicht hatte, fluchte sie, weil sie keine Schuhe angezogen hatte und auf dem steinigen Boden nur langsam vorwärtskam. Aber trotzdem würde sie jetzt nicht mehr zum Haus zurücklaufen. Sie sah die Stelle, wo sie von der Terrasse aus die Gestalt zwischen den Bäumen entdeckt hatte. Da Jake das Haus durch die Hintertür verlassen hatte, würde er sich ihr von der anderen Seite aus nähern, sodass sie den Eindringling quasi in die Zange nehmen konnten. Callie unterdrückte einen Zischlaut, als ein scharfkantiger Stein ihr in den Fuß schnitt.

Wahrscheinlich hatte einer von diesen Idioten – Austin oder Jimmy – sie belauscht. Jemandem, der ein Auto mit Farbe besprühte, war auch so etwas zuzutrauen. Vermutlich wollten sie warten, bis es im Haus still und dunkel war, um dann Jakes Auto auch noch zu beschmieren oder einen Stein durchs Fenster zu werfen.

Callie hörte den klagenden Ruf einer Eule, und in der Ferne bellte unablässig ein Hund. Und irgendwo verbarg sich eine Gestalt im Schatten der Bäume … Callie wich einem Streifen Mondlicht aus und nahm schon mal den Deckel von der Spraydose. Als sie gerade weiterschleichen wollte, hörte sie links neben sich ein Rascheln im Gebüsch und sah, dass sich etwas auf das Haus zubewegte. Plötzlich knallte ein Schuss.

Alles verstummte – das Bellen, das Zirpen der Grillen, die Eule. Callie hatte das Gefühl, als bliebe ihr Herz stehen. Panik stieg in ihr auf, und sie schrie nach Jake. Dann rannte sie los, sprang über Steine und Wurzeln. Dass ihr jemand folgte, bemerkte sie erst, als es bereits zu spät war. Sie wirbelte herum, um den Angriff abzuwehren, doch dann traf sie ein heftiger Schlag, und sie wurde mit dem Kopf voraus gegen einen Baumstamm geschleudert.

Callie spürte einen furchtbaren Schmerz. Mit dem Geschmack von Blut im Mund taumelte sie blindlings in die Dunkelheit.

Der Schuss hatte Jake bei weitem nicht so erschreckt wie die Tatsache, dass Callie seinen Namen rief. Er rannte auf die Stelle zu, von wo er ihre Stimme gehört hatte, und wich dabei immer wieder tief hängenden Ästen aus.

Als er Callie leblos auf dem Boden liegen sah, wurden ihm die Knie weich. Er hockte sich neben sie und fühlte mit zitternden Händen nach ihrem Puls.

»Callie! Oh Gott!« Er hievte sie auf seinen Schoß und strich ihr über die Haare. Aus einer hässlichen Schramme quer über ihrer Stirn sickerte Blut, das ihr über das ganze Gesicht lief. Aber ihr Puls schlug stark und regelmäßig, und Jake konnte keine andere Verletzung entdecken.

»Okay, Baby. Du bist okay«, flüsterte er und wiegte sie in seinen Armen, bis seine Angst nachließ. »Komm schon, wach jetzt auf! Verdammt noch mal, ich sollte dich selbst zusammenschlagen.«

Er presste einen Kuss auf ihre Lippen, dann stand er auf und trug sie zum Haus zurück. Unterwegs stieß er mit dem Fuß gegen die Dose mit dem Insektenspray. Zähneknirschend stellte er sich vor, wie Callie damit durch die Dunkelheit geschlichen war. Als er an der Treppe angekommen war, begann sie sich zu regen, und ihre Augenlider flatterten.

»Bleib lieber bewusstlos, Dunbrook, bis ich mich wieder beruhigt habe.«

Sie hörte zwar seine Stimme, verstand jedoch nicht, was er sagte. Ihr gesamter Körper schmerzte, und sie stöhnte leise auf.

»Tut weh«, murmelte sie.

»Ja, darauf könnte ich wetten.« Mittlerweile überwog Jakes Zorn darüber, dass sie so unvernünftig gewesen war, und er empfand kein Mitgefühl mit ihr, als sie erneut aufstöhnte.

»Was ist passiert?«

»Ich glaube, du bist mit dem Kopf vor einen Baum gelaufen. Wahrscheinlich hat der Baum das meiste abbekommen.«

»Oh. Au!« Sie hob die Hand und betastete vorsichtig die Schramme. Beinahe wäre sie wieder ohnmächtig geworden, als sie die Finger zurückzog und sah, dass sie voller Blut waren.

»Fall bloß nicht wieder in Ohnmacht!« Jake trug sie in die Küche und setzte sie auf der Arbeitsfläche ab. »Bleib hier sitzen und atme tief durch. Ich hole Verbandszeug für deinen Granitschädel.«

Sie lehnte sich mit dem Hinterkopf an einen Küchenschrank, während Jake in den anderen Schränken rumorte, bis er gefunden hatte, was er suchte.

»Ich bin nicht gegen einen Baum gelaufen.« Sie hielt die Augen geschlossen und versuchte, das heftige Pochen in ihrem Kopf zu ignorieren. »Plötzlich ist jemand hinter mir aufgetaucht und hat mich gegen den Baum geschleudert, direkt nachdem ...«

Sie brach ab und richtete sich auf. »Der Schuss! Oh, mein Gott, Jake! Hat er dich getroffen? Bist du ...«

»Nein.« Er packte ihre Hände, bevor sie von der Arbeitsplatte herunterspringen konnte. »Halt still. Sehe ich etwa aus, als hätte ich eine Schussverletzung?«

»Ich habe aber einen Schuss gehört.«

»Ja, ich auch. Und ungefähr zehn Meter neben mir ist eine Kugel in einen Baum eingeschlagen.« Er tränkte einen Lappen mit Wasser. »Halt jetzt endlich still.«

»Jemand hat auf dich geschossen!«

»Das glaube ich nicht.« Jake begann die Wunde zu säubern, die ziemlich übel aussah. Dabei ging er sanfter vor, als Callie es verdient hatte. »Ich glaube, er hat auf den Baum geschossen, es sei denn, er war blind wie eine Fledermaus und konnte nicht zielen. Er kann höchstens zwanzig Meter von mir entfernt gewesen sein, als er schoss.«

Sie grub die Fingernägel in seinen Arm. »Jemand hat auf dich geschossen!«, wiederholte sie.

»Na ja, es war nahe dran. Meine Güte, Callie, ich hatte dir doch gesagt, du solltest alle Türen abschließen und im Haus bleiben.«

»Du bist nicht mein Boss. Bist du verletzt?«

»Nein, ich bin nicht verletzt. Okay, ich werde jetzt etwas Antiseptikum auf den Kratzer geben. Bereit?«

Callie holte mehrmals tief Luft und nickte dann tapfer. Es brannte so heftig, dass ihr die Luft wegblieb. »Oh, Scheiße, Scheiße, Scheiße!«, stöhnte sie.

»Ich bin gleich fertig. Fluch ruhig weiter.«

Das tat sie auch, bis er schließlich sanft über die Wunde blies, um sie zu kühlen. »Okay, das Schlimmste ist vorbei. Und jetzt sieh mich an. Kannst du mich klar erkennen?«, fragte er sie.

»Ja, es ist alles okay. Ich brauche nur ein paar Schmerztabletten.«

»Noch nicht. Du warst immerhin bewusstlos, und wir müssen ausschließen, dass du eine Gehirnerschütterung hast. Ist dir schwindlig?«

»Nein.«

»Übel?«

»Nur, wenn ich an diesen Scheißkerl denke. Nein, es ist alles in Ordnung, ich habe nur gewaltige Kopfschmerzen.« Sie streckte die Hand aus. »Du hast dir das Gesicht aufgekratzt.«

»Dornengebüsch.«

»Du könntest auch etwas von dem antiseptischen Zeug vertragen.«

»Unsinn, das ist halb so wild.« Sicherheitshalber stellte Jake das Fläschchen in den Schrank zurück, bevor Callie auf die Idee kommen konnte, ihn ebenfalls zu verarzten. »Es kann nicht nur *ein* Typ gewesen sein. Du warst ein ganzes Stück von mir entfernt, als die Kugel in den Baum einschlug.«

»Und er war hinter mir«, stimmte sie zu. »Ich habe den Schuss gehört und bin losgerannt.«

»Du hast geschrien.«

»Das stimmt doch gar nicht. Ich habe in verständlicher Besorgnis deinen Namen gerufen, weil ich dachte, du seiest erschossen worden.«

»Du hast meinen Namen geschrien.« Er stellte sich zwischen ihre Beine. »Das hat mich übrigens immer schon angemacht.«

»Ich habe gerufen«, korrigierte sie ihn erneut, aber ihre Mundwinkel zuckten. »Und dann bin ich sofort losgerannt. Weit bin ich allerdings nicht gekommen. Ich denke, zwischen dem Schuss und dem Moment, als ich gegen den Baum geschleudert wurde, lagen höchstens zehn, fünfzehn Sekunden. Also müssen es zumindest zwei gewesen sein. Unsere alten Kumpels Austin und Jimmy?«

»Wenn es so wäre, hätten sie den Bogen überspannt.«

»Ich möchte ihnen liebend gern in den Arsch treten.«

Er drückte ihr einen vorsichtigen Kuss neben die Wunde auf der Stirn. »Erst wäre ich dran.«

»Wir sollten wohl besser die Polizei anrufen.«

»Sieht ganz so aus.«

Aber sie bewegten sich beide nicht, sondern blickten einander nur an. »Ich hatte solche Angst«, sagte Callie schließlich.

»Ich auch.«

Sie schlang die Arme um ihn und stellte fest, dass sie sich eigenartigerweise in diesem Moment zittriger als zuvor fühlte. »Wenn irgendjemand auf dich schießen darf, dann bin ich das.«

»Genau. Und ich bin der Einzige, der dich bewusstlos schlagen darf.«

Grinsend drückte Callie ihre Wange an seine. Dieser grässliche Hurensohn war wirklich die Liebe ihres Lebens, ihr Verhängnis.

»Es freut mich, dass wir uns darüber einig sind. Und jetzt rufen wir den Sheriff an.«

»Gleich.«

»Weißt du noch, was du in dem Moment gesagt hast, als wir so unglaublich dreist unterbrochen wurden? Du sagtest, wir hätten uns nie die Zeit genommen, romantisch zu sein. Du hättest mich nie verführt. Aber ich habe dich auch nie verführt.«

»Callie, du hast mich vom ersten Moment an verführt.«

Sie lachte leise auf. »Das ist nicht wahr.«

»Du hast es nur nie geglaubt.« Er löste sich von ihr und

küsste sie so zart auf beide Wangen, dass sie ihn überrascht und misstrauisch zugleich anstarrte. »Mir war nie klar, warum eigentlich nicht«, fuhr er fort. »Ich rufe jetzt den Sheriff an, und dann gebe ich dir etwas gegen die Kopfschmerzen.«

»Das kann ich schon selbst.« Callie wollte sich von der Arbeitsfläche hinuntergleiten lassen, doch Jake hielt sie auf, indem er ihren Arm ergriff. Er wirkte frustriert, was sie an ihm gar nicht kannte.

»Warum lässt du nie zu, dass ich mich um dich kümmere? Selbst jetzt nicht, wo du verletzt bist?«

Verwirrt wies sie auf einen der Küchenschränke. »Die Tabletten sind doch da drin.«

»Gut. Toll.« Er ließ sie los und drehte ihr den Rücken zu. »Dann hol sie dir eben selbst.«

Callie zuckte mit den Achseln und rutschte halb von der Arbeitsplatte hinunter, hielt dann jedoch inne. Sie beherrschte die Schritte dieses neuen Tanzes noch nicht, aber sie konnte ja zumindest versuchen, den Rhythmus zu begreifen.

»Könntest du mir vielleicht helfen, hier hinunterzukommen? Ich habe das Gefühl, mir platzt der Kopf. Außerdem habe ich mir auch an den Füßen wehgetan.«

Wortlos drehte er sich wieder um und untersuchte ihre Füße. Dann fasste er sie leise fluchend um die Taille, hob sie hoch und setzte sie sanft auf dem Boden ab. Callie stellte verwundert fest, dass Jake schon den ganzen Abend über äußerst vorsichtig und sanft mit ihr umgegangen war – so sanft, wie sie ihn noch nie erlebt hatte.

Sie blickte in sein zerkratztes Gesicht. Seine Haare waren ganz zerzaust, und er blickte leicht verärgert drein. Callie wurde plötzlich ganz warm ums Herz. »Du hast mich vermutlich die ganze Strecke getragen, nicht wahr?«

»Wenn ich das nicht getan hätte, hätte ich dich da draußen liegen lassen müssen.« Er griff in den Küchenschrank und holte die Tabletten heraus. »Hier.«

»Danke. Weißt du was? Ich glaube, ich muss mich hinsetzen.« Kraftlos sank sie auf den Fußboden.

Jake blickte sie besorgt an. Er holte ihr ein Glas Wasser und hockte sich neben sie.

»Ist dir schwindlig?«

»Nein, es tut nur so schrecklich weh. Ich bleibe einfach hier sitzen, nehme die Tabletten und warte auf die Polizei.«

»Ich werde sie rasch anrufen, und dann legen wir dir einen Eisbeutel auf den Kopf. Vielleicht hilft das ja.«

»Okay.« Nachdenklich schüttelte sie die Tabletten aus dem Röhrchen, während er zum Telefon ging. Sie war sich nicht ganz im Klaren, was es mit dieser neuen Seite von Jacob Graystone auf sich hatte. Aber sie war äußerst interessant.

15

Nach nur drei Stunden unruhigem Schlaf fühlte Callie sich nicht in der Lage, zum Antietam Creek zu fahren. Und die dumpfen Kopfschmerzen machten auch die Büroarbeit nicht gerade zu einem Vergnügen. Aber Callie gehörte nicht zu den Menschen, die den ganzen Tag lang faulenzen konnten.

Eine Weile lang vergnügte sie sich damit, auszuprobieren, wie sie die Verletzung auf ihrer Stirn am besten verstecken konnte. Wenn sie ihre Haare ins Gesicht kämmte, sah sie aus wie eine Art Veronica-Lake-Abklatsch. Ein Stirnband machte sie zu einer Mischung aus Hippie und Piratenbraut. Das war nicht ganz der Effekt, den sie sich wünschte. Obwohl sie wusste, dass sie es wahrscheinlich bereuen würde, begann sie an ihren Haaren herumzuschnippeln. Es würde zwar lange dauern, bis die Haare wieder nachgewachsen wären, aber für den Augenblick erfüllte der Pony seinen Zweck. Wenn sie jetzt noch Sonnenbrille und Hut aufsetzte, würde niemand etwas von der mittlerweile in sämtlichen Regenbogenfarben schillernden Pracht sehen. Callie lag nichts daran, auf ihrem Ausflug Aufmerksamkeit zu erregen. Sie hatte beschlossen, zu *Treasured Pages* zu fahren, worum Doug sie gebeten hatte. Außerdem war sie selbst gespannt darauf, ein weiteres Mitglied der Familie Cullen kennen zu lernen.

Während sie auf der Main Street nach einem Parkplatz für Rosies riesigen Jeep Ausschau hielt – sie hatte sich den Wagen geliehen, um nicht mit ihrem verschmierten Landrover in die Stadt fahren zu müssen –, fragte sie sich, wie sie den alten Knaben begrüßen sollte. »Hey, Grandpa, wie geht es?«, erschien ihr nicht besonders passend.

Sie rangierte den Wagen vor und zurück und verfluchte die hohen Bordsteine. Schließlich gelang es ihr, den Jeep zwischen einem Pick-up und einem Kombi einzuparken. Schweißgebadet und leicht verlegen stieg Callie aus und machte sich auf den Weg zu dem Buchladen.

Als sie eintrat, sah sie eine Frau, die am Ladentresen stand, und dahinter einen Mann mit wirren grauen Haaren und einem weißen Hemd mit messerscharfen Bügelfalten. Als er Callie erblickte, brach er mitten im Satz ab und machte ein Gesicht, als drücke ihm jemand den Hals zu.

Die Kundin drehte sich um und warf stirnrunzelnd einen Blick auf Callie. »Mr Grogan? Geht es Ihnen gut?«, fragte sie.

»Ja, ja, es ist alles in Ordnung. Entschuldigung, Terri, ich war mit meinen Gedanken woanders. Ich bin gleich bei Ihnen«, rief er Callie zu.

»Ist schon okay. Ich schaue mich in der Zeit ein wenig um.«

Während sie die Buchrücken betrachtete, lauschte sie mit halbem Ohr auf die Unterhaltung hinter ihr.

»Die Bücher sind sehr hübsch, Terri. Aber Sie wissen doch, dass Doug oder ich auch zu Ihnen gekommen wären, um sie uns anzuschauen.«

»Ich dachte, ich bringe sie vorbei, damit Sie mir ein Angebot machen können. Tante Francie hat ihre Bücher geliebt, aber ich habe einfach keinen Platz dafür, seit sie tot ist. Und ehrlich gesagt könnte ich das Geld gut gebrauchen – falls die Bücher etwas wert sind.« Wieder warf sie Callie einen Blick zu. »Pete hat nicht viel Arbeit im Moment. Das hier ist einiges wert, nicht wahr? Schließlich hat es einen Ledereinband.«

»Wir nennen so etwas Halbleder«, erklärte er, wobei er sich bemühte, Callie nicht bei jeder Bewegung mit den Augen zu folgen. »Sehen Sie, das Leder geht vorn und hinten noch etwa zehn Zentimeter über den Rücken hinaus. Der Rest ist in Leinen gebunden.«

»Oh.«

Als die Kundin ihn enttäuscht anblickte, tätschelte er ihr die Hand. »Das sind ein paar sehr schöne Bücher, Terri. Francie hat sie wirklich sehr sorgfältig behandelt. Und dieses hier, *Früchte des Zorns*, ist sogar eine Erstausgabe.«

»Ich dachte, dafür würde ich nicht viel bekommen. Der Umschlag ist zerrissen.«

»Der Schutzumschlag ist an ein oder zwei Stellen eingerissen, aber sonst ist das Buch noch in sehr gutem Zustand. Wollen Sie mir nicht die Bücher für ein paar Tage dalassen, und dann rufe ich Sie an und schlage Ihnen einen Preis vor?«

»Gut. Ich wäre Ihnen sehr dankbar, wenn Sie mir recht bald Bescheid sagen könnten, Mr Grogan. Richten Sie Doug bitte aus, dass meine Nadine nach ihm gefragt hat?«

»Ja, gerne.«

»Es ist schön, dass er wieder in der Stadt ist. Vielleicht bleibt er dieses Mal ja länger.«

»Könnte sein.« Roger trat hinter dem Tresen vor, um die Kundin zur Tür zu begleiten, doch sie entwischte ihm und trat auf Callie zu.

»Gehören Sie zu den Archäologen?«

Callie blickte sie erstaunt an. »Ja.«

»Sie kommen mir irgendwie bekannt vor.«

»Ich bin schon seit ein paar Wochen in der Stadt.«

Die Frau sah die Verletzung unter den Ponyfransen, hatte jedoch keine Idee, wie sie danach fragen konnte, ohne unhöflich zu erscheinen. »Mein Schwager hat diesen Schädel ausgegraben, mit dem alles angefangen hat.«

»Im Ernst? Das muss ja ein aufregender Moment für ihn gewesen sein.«

»Es hat ihn seinen Job gekostet. Meinen Mann übrigens auch.«

»Oh, das ist schlimm. Es tut mir Leid.«

»Manche Leute glauben, das Gelände sei verflucht, weil Sie die Ruhe der Toten stören.«

»Die Leute sehen eben zu viele schlechte Horrorfilme.«

Terri kräuselte missbilligend die Lippen, hatte sich aber rasch wieder unter Kontrolle. »Na ja, immerhin ist Ronald Dolan tot. Und das ist eine schreckliche Sache.«

»Ja, nicht wahr? Es hat uns alle erschüttert. Ich habe noch nie jemanden gekannt, der ermordet worden ist. Sie?«

»Nein, das nicht. Aber mein Enkel geht drei Mal in der Woche mit dem kleinen Campbell in die Vorschule. Dessen Daddy ist bei einem Raubüberfall auf einen Lebensmittelladen in Baltimore erschossen worden. Der arme kleine Kerl. Da kommt man doch ins Grübeln, oder nicht? Man weiß eben nie.«

Callie fiel auf, dass sie noch nie mit Lana darüber gesprochen hatte, wie ihr Mann ums Leben gekommen war. »Ja, da haben Sie Recht.«

»Na ja, ich muss weiter. Vielleicht komme ich mal mit unserem Petey vorbei, um ihm zu zeigen, wo Sie da graben. Ein paar von den anderen Kindern waren schon da.«

»Tun Sie das. Wir freuen uns immer, wenn wir das Gelände zeigen und erklären können, was wir tun und wie wir es tun.«

»Sie kommen mir wirklich bekannt vor«, sagte Terri nachdenklich. »Es hat mich jedenfalls gefreut, Sie kennen zu lernen. Also, Mr Grogan, ich warte dann auf Ihren Anruf.«

»In ein oder zwei Tagen, Terri. Meine besten Grüße an Pete.«

Roger wartete, bis sich die Tür hinter ihr geschlossen hatte. »Du bist sehr geschickt mit ihr umgegangen«, sagte er dann.

»Es gehört zu meinem Job, freundliche Beziehungen zu den Einheimischen herzustellen. Und?«, fragte Callie und wies auf den Pappkarton und die Bücher, die auf dem Tresen lagen. »Ist etwas Spektakuläres dabei?«

»Der Steinbeck ist nicht schlecht, aber den Rest muss ich mir erst einmal anschauen. Wenn du nichts dagegen hast, hänge ich das ›Geschlossen‹-Schild an die Tür.«

»Ja, klar.«

Sie steckte die Hände in die hinteren Taschen ihrer Jeans,

während Roger zur Tür ging und abschloss. »Doug hat mich gebeten, vorbeizukommen. Ich hatte viel zu tun in der letzten Zeit.«

»Das ist alles nicht leicht für dich, nicht wahr?«

»Ja, allerdings.«

»Sollen wir ins Hinterzimmer gehen und einen Kaffee trinken?«

»Ja, danke.«

Roger starrte sie nicht an und machte auch keine Anstalten, ihre Hand zu ergreifen. Er wirkte kein bisschen nervös. Sein Verhalten beruhigte Callie, und erleichtert folgte sie ihm ins Hinterzimmer.

»Das ist ein hübscher Raum, und so gemütlich. Ich habe mir Bibliophile immer als chaotische Fanatiker vorgestellt, die ihre Bücher in verschlossenen Vitrinen aufbewahren.«

»Und ich habe immer geglaubt, Archäologen seien stramme junge Männer mit Schutzhelmen, die Pyramiden erforschen.«

»Wer sagt denn, dass ich keinen Schutzhelm habe?«, entgegnete Callie und brachte ihn damit zum Lachen.

»Ich hatte schon überlegt, ob ich zum Antietam Creek kommen soll, um deine Arbeit und vor allem auch dich zu sehen. Aber ich wollte dich nicht … bedrängen. Im Moment stürmt sicher vieles auf einmal auf dich ein, und ich habe mir gedacht, dass ein zusätzlicher Großvater noch ein Weilchen warten könnte.«

»Doug hat gesagt, ich würde Sie mögen. Ich glaube, er hat Recht.«

Roger schenkte ihr Kaffee ein und brachte die Tasse zu dem winzigen Tisch.

»Wie hast du dich am Kopf verletzt?«

Callie zupfte an ihren Ponyfransen. Einen Augenblick lang spielte sie mit dem Gedanken, Roger irgendeine harmlose Geschichte aufzutischen, doch dann entschloss sie sich, ihm die Wahrheit zu erzählen.

»Mein Güte, das ist ja Wahnsinn«, sagte er, als sie ihren Bericht beendet hatte. »Was hat der Sheriff gesagt?«

»Hewitt?« Sie zuckte mit den Schultern. »Was Polizisten immer sagen. Sie werden den Fall untersuchen. Er wird mit zwei Typen reden, die Jake und mich schon einmal bedroht und mein Auto mit Obszönitäten besprüht haben.«

»Wer war das?«

»Zwei Idioten namens Austin und Jimmy. Ein Großer und ein Kleiner. Die Dorfausgabe von Laurel und Hardy.«

»Austin Seldon und Jimmy Duke?« Roger schüttelte den Kopf und schob seine Brille hoch, die ihm immer wieder auf die Nasenspitze rutschte. »Nein, das kann ich mir nicht vorstellen. Sie mögen ja nicht die Hellsten sein, aber keiner von beiden würde auf einen Mann schießen oder eine Frau angreifen. Ich kenne sie, seit sie auf der Welt sind.«

»Sie wollen, dass wir verschwinden. Und mit dieser Meinung stehen sie nicht allein da.«

»Das Bauvorhaben ist sowieso vom Tisch. Kathy Dolan – Rons Witwe – war gestern Abend bei mir. Sie möchte das Grundstück an die Naturschutzorganisation verkaufen. Über den Preis werden wir noch verhandeln müssen, aber wir werden uns sicherlich einig. Am Antietam Creek wird nicht gebaut.«

»Dadurch macht ihr Umweltschützer euch auch nicht gerade beliebt.«

»Bei manchen sicher nicht.« Er lächelte. »Bei anderen dafür umso mehr.«

»Es ist nur eine Spekulation, aber könnte jemand Dolan umgebracht haben, damit seine Frau verkaufen muss?«

»Auch das kann ich mir nicht vorstellen. Und ich will es mir lieber auch nicht vorstellen. Ich kenne die Stadt und die Leute, die hier leben. Kein Mensch regelt hier die Dinge auf diese Art.«

Er stand auf, um ihr Kaffee nachzuschenken. Draußen im Laden klingelte das Telefon, aber er ignorierte es. »Es gab viele Leute, die eine hohe Meinung von Ron hatten, aber auch viele, die nichts von ihm hielten. Aber ich kann mir nicht vorstellen, dass einer von ihnen in der Lage gewesen wäre, ihm den Schädel einzuschlagen und ihn ins Wasser zu werfen.«

»Das Gleiche könnte ich von meinem Team sagen. Manche kenne ich zwar nicht so gut, wie Sie Ihre Nachbarn kennen, aber Archäologen neigen eigentlich nicht dazu, Leuten den Schädel einzuschlagen, wenn es Streitigkeiten gibt.«

»Du liebst deine Arbeit.«

»Ja, alles daran.«

»Dann ist sicher jeder Tag für dich ein Abenteuer.«

»Na ja, manche Tage sind abenteuerlicher als andere. Ich sollte mich jetzt auch langsam mal wieder in Richtung Feld bewegen.« Aber sie stand nicht auf. »Darf ich Ihnen eine persönliche Frage stellen?«

»Selbstverständlich.«

»Was ist zwischen Suzanne und Jay vorgefallen?«

Roger stieß geräuschvoll die Luft aus und lehnte sich auf seinem Stuhl zurück. »Ich glaube, die meisten Tragödien ziehen andere Tragödien nach sich. Wir sind alle völlig durchgedreht, nachdem du entführt worden warst. Wir waren vor Entsetzen wie gelähmt – ich kann es gar nicht beschreiben.«

Er nahm seine Brille ab, als sei sie ihm auf einmal zu schwer. »Wer entführte ein unschuldiges Kind? Was wollten sie dir antun? Wie hatte das nur passieren können? Wochenlang haben wir an nichts anderes gedacht. Es gab zwar Verhöre, aber sie führten nie zu irgendeinem Ergebnis. Du warst einfach spurlos verschwunden.«

Er schwieg einen Moment lang und faltete seine Hände auf dem Tisch. »Vorher waren wir eine ganz normale Familie gewesen und haben ein ganz normales Leben geführt. Aber durch diesen Vorfall haben wir uns alle verändert. Suzannes Verhältnis zu Jay hat sich verändert.«

»Inwiefern?«

»Suzanne konzentrierte sich nur noch darauf, dich wiederzufinden. Sie bedrängte die Polizei, ging zum Fernsehen, wandte sich an Zeitungen und Zeitschriften. Sie war immer eine glückliche Frau gewesen. Versteh mich nicht falsch, sie hat nicht den ganzen Tag gesungen und gelacht, aber sie war zufrieden mit dem Leben, das sie führte. Sie hatte keinen außergewöhnlichen Ehrgeiz, sondern wollte nur Jay heiraten, eine Familie gründen und sich ein schönes Zuhause schaffen. Das war das Einzige, was sie sich wirklich wünschte.«

»Auf solchen Wertvorstellungen gründet sich die Gesellschaft. Ohne ein Heim hat der Mensch keine Basis, um zu komplexeren Ebenen vorzudringen.«

»Das ist eine interessante These. Nun gut, es war beiden wichtig, eine solche Basis zu schaffen. Jay war – und ist – ein guter Mann. Solide, verlässlich, ein guter Lehrer, dem seine Arbeit und seine Schüler etwas bedeuten. Er hat sich schon in Suzanne verliebt, als die beiden sechs waren.«

»Das ist ja süß«, erwiderte Callie. »Ich wusste gar nicht, dass sie sich schon als Kinder kannten.«

»Suze und Jay. Die Leute sprachen ihre Namen aus wie ein einziges Wort.« Es tat Roger weh, wenn er daran dachte, dass es damit vorbei war. »Keiner von beiden zog jemals ernsthaft jemand anders in Betracht. Als sie alt genug waren, heirateten sie. Jay unterrichtete, und Suzanne blieb zu Hause. Zuerst kam Doug zur Welt, dann ihre Tochter. Ein perfektes Bild. Das junge Paar, zwei Kinder, ein hübsches kleines Haus in ihrer Heimatstadt.«

»Und dann brach plötzlich alles zusammen.«

»Ja.«

Er würde nie den Klang von Suzannes Stimme vergessen, als sie damals anrief. *Daddy, Daddy, jemand hat Jessie entführt! Jemand hat mir mein Baby weggenommen.*

»Das Leid hat meine Tochter zerstört, und es hat ihre Ehe mit Jay zerstört. Keiner von beiden wusste, wie sie es ändern sollten. Sicher, bevor sie verheiratet waren, hatte es ab und zu mal Streit gegeben ...« Roger setzte seine Brille wieder auf und fuhr fort: »Ich weiß noch, wie sie einmal nach einer Verabredung mit Jay ins Haus gestürmt kam und schwor, sie wolle nie wieder ein Wort mit ihm reden. Aber am nächsten Tag stand er schon wieder vor der Tür, ein verlegenes Grinsen auf dem Gesicht.«

»Aber das kann man doch keinen Streit nennen.«

»Wie auch immer, deine Entführung hat sie beide verändert. Jay zog sich in sich selbst zurück, während Suzanne auf einmal zur Aktivistin wurde. Und wenn sie nicht gerade nach dir suchte, Selbsthilfegruppen oder Seminare besuchte, dann war sie zutiefst depressiv. Jay kam damit nicht zurecht und konnte sie deshalb nicht so unterstützen, wie sie es gebraucht hätte.«

»Für Doug muss das alles sehr schlimm gewesen sein.«

»Ja. Er war hin und her gerissen zwischen den beiden. Eine Zeit lang versuchten sie, Doug gegenüber so etwas wie Normalität aufrechtzuerhalten, doch auf Dauer gelang es ihnen nicht.«

Vorsichtig legte Roger seine Fingerspitzen auf Callies Handrücken. »Sie sind anständige, liebevolle Menschen, die ihren Sohn vergöttern.«

»Ja, ich weiß.« Sie drückte Rogers Hand. »Aber sie konnten kein normales Leben mehr führen, weil ein Teil fehlte.«

»Ja.« Er stieß einen Seufzer aus. »Immer wieder wurde Suzanne von irgendetwas aufgeschreckt – eine neue Spur, eine Meldung in den Nachrichten über ein anderes Kind, das entführt worden war –, und alles fing von vorn an. Die letzten Jahre haben Jay und sie wie zwei Fremde nebeneinander gelebt und die Familie nur wegen Doug aufrechterhalten. Ich weiß nicht, was letztlich zur Scheidung geführt hat – ich habe sie nie gefragt.«

»Er liebt sie immer noch.«

Roger schürzte die Lippen. »Ja. Woher weißt du das?«

»Er machte eine Bemerkung, als sie nicht im Zimmer war, und die Art und Weise, wie er es sagte, hat mich darauf gebracht. Es tut mir so Leid für die beiden, Mr Grogan, aber ich weiß nicht, was ich tun kann.«

»Niemand kann etwas tun. Ich kenne die Menschen nicht, die dich großgezogen haben, aber sie müssen anständig und liebevoll sein.«

»Ja, das sind sie.«

»Ich bin dankbar für alles, was sie dir mitgegeben haben.«

Er räusperte sich. »Aber du hast bei der Geburt auch etwas von Suzanne und Jay mitbekommen. Und es reicht schon, wenn du das akzeptierst und schätzt.«

Sie blickte auf ihre Hände. »Ich bin froh, dass ich heute zu Ihnen gekommen bin.«

»Ich hoffe, du kommst wieder. Ich frage mich … Nun, vielleicht wäre es einfacher für uns beide, wenn du mich Roger nennst.«

»Okay.« Callie stand auf. »Also, Roger, musst du jetzt den Laden wieder aufmachen?«

»Wenn man sein eigenes Geschäft hat, kann man manchmal tun und lassen, was man will.«

»Wenn du möchtest, kannst du mit mir aufs Feld fahren, und ich führe dich ein bisschen herum.«

»Das ist das beste Angebot, das ich seit langem bekommen habe.«

»Hey, Callie!« Sie war noch nicht ganz aus dem Wagen ausgestiegen, als Bill McDowell schon auf sie zugerannt kam. Hastig fuhr er sich mit den Fingern durch die zerzausten Haare. »Wo warst du?«

»Ich hatte einiges zu erledigen.« Sie stellte die beiden Männer einander vor. »Roger Grogan. Bill McDowell. Bill ist eine unserer studentischen Hilfskräfte.«

»Oh, hi.« Bill begrüßte Roger, wandte seine Aufmerksamkeit dann jedoch sofort wieder Callie zu. »Ich hatte gehofft, heute mit dir arbeiten zu können. Wow! Was ist mit deinem Gesicht passiert?«

Sie verkniff sich, ihn zurechtzuweisen; es wäre ihr vorgekommen, als hätte sie einen großen, tollpatschigen Welpen ausgeschimpft, der ihr ständig um die Beine sprang. »Ich habe mir den Kopf gestoßen.«

»Oh je! Tut es sehr weh? Vielleicht willst du dich lieber in den Schatten setzen? Ich hole dir etwas zu trinken.« Er öffnete das Tor und hielt es Callie und Roger auf.

»Nein, danke, ich führe Roger herum, und dann …« Sie

brach ab, als sie Jake entdeckte, der vor dem großen Mann aus der Bar stand. Das war der Typ, der ihrem Rover einen neuen Anstrich verpasst hatte. »Was geht da vor sich?«, fragte sie Bill.

»Der Typ da? Er hat nach dir gesucht, und Jake ist auf ihn losgegangen.« Bill würdigte Jake, seinen Rivalen um Callies Gunst, kaum eines Blickes. »Wir haben schon genug Probleme hier, da braucht Jake nicht noch neuen Ärger anzufangen.«

»Wenn Jake Ärger angefangen hätte, säße dieser blöde Gorilla mittlerweile auf seinem Hintern. Entschuldigung, Roger, aber ich muss mich mal eben um die beiden kümmern. Bill, zeigst du bitte Mr Grogan das Gelände?«

»Ja, klar, wenn du möchtest, aber ...«

»Ich könnte mit Austin reden«, erbot sich Roger. »Ich habe ihm früher immer heimlich Pfefferminz zugesteckt.«

»Das mache ich schon. Es dauert nicht lange.« Callie ging über das Feld auf die beiden Männer zu, wobei sie kurz nach rechts oder links nickte, wenn sie angesprochen wurde.

»Meinst du, wir sollen die Polizei rufen?«, zischte Dory ihr zu. »Wenn sie anfangen, sich zu prügeln ...«

»Dann ist das ihre Sache. Hilf Frannie ein bisschen und halt dich raus.«

»Aber meinst du nicht ... Meine Güte, was ist denn mit deinem Gesicht passiert?«

»Halt dich bitte einfach raus, ja?«

Als Callie Jake und Austin erreichte, wäre sie am liebsten gleich auf Austin losgegangen.

»Ich habe gehört, Sie suchen nach mir«, begann sie.

»Ich habe einen Scheck für Sie. Ich bin nur vorbeigekommen, um Ihnen das Geld für den Schaden an Ihrem Auto zu bringen.«

Schweigend streckte sie die Hand aus. Er zog den Scheck aus seiner Hosentasche und ließ ihn auf ihre Handfläche fallen. Callie faltete ihn auseinander und las. Es war genau die Summe, die sie Hewitt genannt hatte.

»Gut. Und jetzt sehen Sie zu, dass Sie hier verschwinden.«

»Ich muss Ihnen etwas sagen. Ihm habe ich es schon gesagt.« Austin wies mit dem Daumen auf Jake. »Und auch Jeff, ich meine Sheriff Hewitt. Ich war gestern Nacht zu Hause. Um elf bin ich mit meiner Frau ins Bett gegangen. Ich habe noch nicht mal mehr die Spätnachrichten gesehen, weil ich heute früh einen Job hatte. Einen Job, den ich jetzt verpasse, weil ich hier bin. Vielleicht sind Jimmy und ich ja mit Ihrem Wagen zu weit gegangen …«

»Vielleicht?«, fragte Jake bedrohlich ruhig.

Austins Kiefernmuskeln zuckten. »Wir *sind* zu weit gegangen, und wir ersetzen Ihnen den Schaden ja auch. Aber ich schlage keine Frauen, und ich schieße auch nicht auf Leute. Jimmy auch nicht. Jeff ist heute früh zu uns auf die Arbeit gekommen und hat uns aufgefordert, Ihnen zu sagen, wo wir gestern Abend gegen Mitternacht waren, was wir getan haben und ob irgendjemand das bezeugen kann.«

»Wenn Sie mein Auto nicht beschmiert hätten, hätte Hewitt Sie auch nicht als Erstes aufgesucht. Also sind wir wohl quitt; es ist nämlich auch ziemlich peinlich, mit ›Lesbe‹ auf der Kühlerhaube durch die Gegend zu fahren.«

Austin wurde knallrot. »Dafür entschuldige ich mich, auch in Jimmys Namen.«

»Sie haben wohl das kurze Streichholz gezogen, was?«, fragte Jake.

Austin verzog zustimmend die Mundwinkel. »Wir haben eine Münze geworfen. Ich weiß nicht, was letzte Nacht passiert ist, aber ich kann Ihnen sagen, dass ich noch nie in meinem ganzen Leben einer Frau gegenüber die Hand erhoben habe. Nicht ein einziges Mal«, fügte er mit einem raschen Blick auf Callies Stirn hinzu. »Ich habe auch noch nie auf jemanden geschossen. Trotzdem wäre ich froh, wenn Sie nicht hier wären, das sage ich Ihnen ganz offen. Ron Dolan war ein guter Mann und ein Freund von mir. Was ihm passiert ist … es war nicht richtig. Einfach nicht richtig.«

»Da sind wir uns einig.« Callie steckte den Scheck in die Tasche.

»Mir kommt es so vor, als hätten die Leute Recht, die behaupten, der Ort hier sei verflucht.« Austin blickte zum Teich hinüber. »Ich würde hier jetzt wahrscheinlich sowieso nicht mehr arbeiten wollen.«

»Dann können Sie das ja uns überlassen. Also, alles vergeben und vergessen«, fügte Callie hinzu und streckte die Hand aus.

Austin blickte sie verwirrt an, ergriff dann aber vorsichtig ihre Hand. »Ein Mann, der eine Frau so schlägt, verdient, dass man ihm die Hand bricht«, sagte er und wies mit dem Kinn auf ihre Stirn.

»Auch in diesem Punkt sind wir uns einig«, erklärte Jake.

»Na ja ... mehr habe ich nicht zu sagen.« Austin nickte noch einmal und trat den Rückzug an.

»Der hat auf keinen Fall auf dich geschossen«, sagte Callie zu Jake. »Warum hast du ihn angemacht?«

»Er kam hier herein und führte sich auf wie Graf Rotz. Meinte, *mir* hätte er gar nichts zu sagen, und deswegen mussten wir uns erst einmal ein paar Beleidigungen an den Kopf werfen. Aber den Spaß hast du uns ja verdorben, als du aufgetaucht bist und er dein Gesicht gesehen hat.«

Jake zupfte an ihren Ponyfransen. »Soll das eine neue Frisur sein oder der Versuch, die Beule zu verdecken?«

»Halt den Mund.«

»Als Frisur sieht es ja nicht schlecht aus, aber verbergen kannst du damit nichts.« Er drückte ihr vorsichtig einen Kuss neben die Wunde. »Wie fühlst du dich heute?«

»Als ob ich gegen einen Baum gelaufen wäre.«

»Kein Wunder. Wer ist der alte Knabe?«

Sie drehte sich um und sah, dass Roger zwischen Bill und Matt stand und in eine Grube hinabsah. »Roger Grogan, Suzannes Vater. Ich war heute früh bei ihm. Er ist ... er ist richtig toll. Ich werde ihn ein bisschen herumführen.«

»Kannst du mich ihm vorstellen?«, fragte Jake und ergriff Callies Hand. »Dann können wir ihn gemeinsam herumführen.« Als sie versuchte, ihm ihre Hand zu entziehen, packte er nur noch fester zu. »Komm, sei kein Spielverderber. Es macht Bill wahnsinnig, wenn ich dich anfasse.«

»Lass den Jungen in Ruhe. Er ist harmlos.«

»Er betet den Boden unter deinen Füßen an.« Er zog ihre Hand an seine Lippen. »Wenn er ein Gewehr hätte, würde ich jetzt schon aus mehreren Schusswunden bluten.«

»Du bist gemein.«

Lachend ließ er ihre Hand los und legte ihr den Arm um die Schultern. »Das ist es doch, was du so an mir liebst, Babe, oder nicht?«

Als Callie am nächsten Morgen gerade in ihre Grube geklettert war, tauchte plötzlich Lana auf. Amüsiert beobachtete Callie, wie sie durch das Tor trat, auf ihre Pumps blickte, die Augen verdrehte und dann entschlossen quer über das Feld marschierte.

»Ist es nicht noch ein bisschen früh für eine Anwältin?«, rief Callie ihr zu.

»Nicht, wenn die Anwältin ihr Kind in die Vorschule und den Hund zum Tierarzt bringen muss.« Lana zog ihre Sonnenbrille herunter und zuckte zusammen, als sie Callies Stirn sah. »Auweia!«, entfuhr es ihr.

»Das können Sie laut sagen.«

»Ich möchte Sie darauf hinweisen, dass ich es nicht besonders schätze, wenn ich von den nächtlichen Abenteuern meiner Mandanten erst aus zweiter oder dritter Hand erfahre. Sie hätten mich anrufen sollen.«

»Ich weiß ja nicht einmal, wer es war.«

»Hat die Polizei jemanden im Verdacht?«

»Sie haben eine Kugel aus dem Baumstamm einer Pappel geholt. Wenn sie das Gewehr finden, aus dem sie abgefeuert wurde, haben sie vermutlich auch einen Verdächtigen.«

»Warum haben Sie eigentlich keine Angst?«

»Habe ich doch. Jake hat behauptet, der Schuss habe ihn um zehn Meter verfehlt, und ich muss es ihm glauben. Aber Tatsache ist, dass jemand bei unserem Haus war und geschossen hat.«

»Glauben Sie, dass der Vorfall etwas mit dem Mord an Dolan zu tun hat?«

»Der Sheriff scheint keinen Zusammenhang zu sehen, aber er äußert sich nicht. Ich selbst halte es nicht für abwegig. Es gibt ein paar Leute, die nicht wollen, dass wir hier arbeiten, und eine Methode, uns zu vertreiben, wäre, das Projekt zu stören. Eine Leiche und eine Schießerei stellen eine ziemlich große Störung dar.«

»Ich habe Neuigkeiten, die Sie leider auch nicht glücklicher machen werden.«

»Der Detektiv?«

»Ja, fangen wir damit mal an. Carlyles Sohn ist nicht besonders entgegenkommend. Er hat zu dem Detektiv gesagt, er wisse nicht, wo sein Vater sei, und wenn er es wüsste, würde er es nicht sagen, weil es ihn nichts anginge.«

»Ich will, dass er dranbleibt.«

»Es ist Ihr Geld.«

»Ein bisschen habe ich noch übrig.« Callie stieß die Luft aus. »Zwar nicht viel«, fügte sie hinzu, »aber für weitere zwei Wochen reicht es.«

»Sagen Sie mir einfach Bescheid, wenn wir noch einmal über die Kosten reden müssen. Ihre neue Frisur gefällt mir übrigens.«

»Ja?« Callie zupfte an ihrem Pony. »Wenn sie mir erst in die Augen fallen, machen sie mich rasend.«

»Dann können sie sie ja nachschneiden lassen. Okay, die zweite Sache, über die ich mit Ihnen reden wollte, hat mit dem Klatsch in der Stadt zu tun.«

»Soll ich schon mal Kaffee und Kuchen besorgen?«

»Es reicht, wenn Sie aus der Grube herauskommen. Wenn ich zu Ihnen hinunterklettern muss, sind meine Schuhe im Eimer.«

Lana blickte sich um, während Callie ihre Werkzeuge beiseite legte. Es war heiß und so schwül, dass man sich schon klebrig fühlte, wenn man nur nach draußen trat. Auf dem Ausgrabungsgelände roch es nach Schweiß, Insektenspray und

Erde. Lana hatte keine Vorstellung davon gehabt, wie strukturiert die Arbeit bei einer solchen Ausgrabung durchgeführt wurde. Das ganze Gelände war peinlich genau in quadratische Segmente unterteilt worden. Überall lagen Werkzeuge herum, Schaufeln, Hacken und breite Bürsten. Jemand hatte seinen Rucksack auf dem Boden abgestellt, und neben jeder Grube standen Krüge und Flaschen mit kalten Getränken.

»Was machen die beiden dort drüben?«, fragte Lana.

Callie blickte zu Jake und Dory hinüber, die dicht nebeneinander standen. »Jake flirtet gerade mit der Projektfotografin.« Sie zuckte mit den Schultern. Es überraschte sie, dass sie nicht sofort einen Stich der Eifersucht verspürte, als sie sah, wie vertraut Jake Dorys Schulter und Arm berührte.

»Er erklärt ihr vermutlich, aus welchem Blickwinkel sie die Fotos machen soll.« Geistesabwesend rieb Callie sich über den Kratzer auf ihrem Handrücken. »In dem Bereich sind Tonscherben gefunden worden.«

»Das muss ich mir ansehen, bevor ich gehe. Und Sie« – Lana wandte sich wieder Callie zu – »haben also gestern Roger besucht.«

»Ja, und? Ich mochte ihn.«

»Ich mag ihn auch, sehr sogar. Und danach sind Sie mit ihm irgendwohin gefahren.«

»Ja, ich habe ihn mit zur Ausgrabung genommen. Spielt das eine Rolle?«

»Es war jemand im Laden, als Sie hereinkamen.«

»Ja, eine Frau, die ein paar Bücher verkaufen wollte.« Callie bückte sich nach einer Kanne mit Eistee. Da sie ihren Becher vergessen hatte, trank sie direkt aus der Kanne. »Sie sagte, sie sei die Schwägerin des Mannes, der das erste Artefakt zu Tage gefördert hat. Warum interessiert Sie das?«

»Die Frau hat Sie erkannt.«

»Wie, aus dem Fernsehen?« Doch dann wurde Callie blitzartig klar, was Lana gemeint hatte. »Das ist doch nicht möglich. Sie hat zwei Minuten mit mir geredet und will mich als Jessica Cullen erkannt haben?«

»Ich weiß nicht, wie lange sie dazu gebraucht hat, aber jedenfalls hat sie eins und eins zusammengezählt. Ihr ist aufgefallen, dass Roger den Laden geschlossen hat, nachdem sie gegangen war. Und sie hat Sie zufällig später zusammen wegfahren sehen. Offensichtlich hat sie das jemand anders gegenüber erwähnt, und dieser Jemand hatte Sie mit Suzanne aus meinem Büro kommen sehen. Woodsboro ist klein, Callie. Die Leute kennen einander. Es wird bereits darüber getratscht, dass sie die vermisste Tochter von Suzanne und Jay sind. Ich dachte mir, Sie sollten es erfahren, damit Sie sich überlegen können, wie Sie damit umgehen wollen. Und wie ich damit umgehen soll.«

»Du liebe Güte!« Callie zog sich die Kappe vom Kopf und warf sie nachlässig auf den Boden. »Ich weiß es nicht. Es wird vermutlich nicht reichen, wenn wir einfach sagen ›Kein Kommentar‹. Dann denken sich die Leute erst recht ihren Teil.«

»Mit Sicherheit werden die Medien davon erfahren. Sie müssen eine Erklärung vorbereiten, ebenso wie die Cullens und ihre Eltern. Und Sie müssen sich überlegen, wie Sie taktisch vorgehen wollen.«

Callie blickte über das Feld. Jake hockte jetzt an dem Abschnitt, an dem Frannie mit Chuck arbeitete. Seine Hand ruhte auf ihrem unteren Rücken. Bill stand bei Dory und redete auf sie ein. Es sah nicht so aus, als ob Dory über seine Gegenwart auch nur halb so erfreut war wie über Jakes.

»Ich will nicht mit der Presse reden. Das möchte ich meinen Eltern ersparen«, sagte Callie nach einer Weile.

»Sie haben keine andere Wahl, Callie. Die Entführung war damals eine große Geschichte, und jeder kennt Suzanne. Darauf müssen Sie sich vorbereiten.«

»Weiß Suzanne davon?«

»Ich bin in einer Stunde mit ihr verabredet. Wenn sie es nicht schon weiß, werde ich es ihr erzählen.«

Callie hob ihre Kappe auf und setzte sie sich wieder auf den Kopf. »Ich brauche dringend die Liste mit den Namen von Suzanne. Die ihres Arztes, der Krankenschwestern und der anderen Frauen, die zur gleichen Zeit wie sie entbunden haben. Ich habe neulich nicht gewagt, Suzanne zu drängen.«

»Kein Problem – das kann ich für Sie übernehmen«, erwiderte Lana.

»Und besorgen Sie mir bitte die Adresse und Telefonnummer von Carlyles Sohn. Vielleicht kann ich ihn ja überreden, mit uns zu sprechen. Ich muss meine Mutter anrufen und sie warnen. Meine Mutter«, wiederholte sie, als Lana schwieg. »Suzanne überlasse ich Ihnen.«

»Ich verstehe.«

»Das macht es leichter. Roger war übrigens auch sehr verständnisvoll. Er hat es mir leicht gemacht.«

»Das glaube ich. Er ist ein ganz besonderer Mann. Wahrscheinlich ist eine solche Geschichte für einen Mann emotional nicht so belastend wie für eine Frau. Für eine Mutter. Doug jedenfalls kommt auch ganz gut damit zurecht.«

»Haben Sie beide eigentlich etwas miteinander?«

»Hm. Es ist zwar noch nichts vorgefallen, aber ich glaube, es wird darauf hinauslaufen. Ist das ein Problem für Sie?«

»Nein. Es ist nur ein weiterer seltsamer Zufall, dass ich mir ausgerechnet die Anwältin aussuche, die ein Verhältnis mit meinem leiblichen Bruder hat. Also, es wäre schön, wenn Sie mir diese Liste von Suzanne besorgen könnten. Es ist an der Zeit, dass ich auch bei diesem Projekt zu graben beginne.«

Während Suzanne Tee und Kuchen servierte, lauschte sie aufmerksam, was Lana ihr zu sagen hatte. Sie händigte der Anwältin eine Liste mit Namen aus, die sie auf dem Computer erstellt hatte. Dann begleitete sie Lana wieder zur Tür.

Als sie ins Wohnzimmer zurückkam, wandte sie sich wütend an Jay: »Ich habe dich gebeten, herzukommen, weil Lana sagte, es sei wichtig, mit uns beiden zu sprechen. Aber du hast keinen Ton gesagt. Du hast überhaupt nichts zu dem Gespräch beigetragen.«

»Was sollte ich denn sagen? Du hattest dich doch bereits um alles gekümmert.«

»Ja, ich habe mich um alles gekümmert. Wie immer.«

»Und du wolltest nicht, dass ich dir helfe. Wie immer.«

Suzanne ballte die Fäuste und ging an ihm vorbei in die Küche. »Geh, Jay. Geh einfach.«

Fast hätte er es getan. Genauso war es Jahre zuvor auch gewesen. »Geh, Jay«, hatte sie gesagt. Und er war gegangen. Aber dieses Mal folgte er ihr und packte sie am Arm.

»Du hast mich damals ausgeschlossen, und jetzt schließt du mich wieder aus. Und dabei schaust du mich voller Verachtung an. Was willst du, Suzanne? Ich habe immer nur versucht, dir das zu geben, was du wolltest.«

»Ich will meine Tochter zurückhaben. Ich will Jessie.«

»Du kannst sie nicht zurückhaben.«

»Du wärst natürlich nicht bereit, etwas dafür zu tun. Als wir in Lanas Büro waren, hast du kaum mit ihr geredet. Du hast sie ja nicht einmal in den Arm genommen.«

»Sie wollte nicht, dass ich sie berühre. Glaubst du wirklich, dass mich das kalt lässt?«

»Ich glaube, dass du sie schon vor langer Zeit abgeschrieben hast.«

»Das ist doch Blödsinn! Ich habe getrauert, Suzanne, und es hat wehgetan. Aber davon hast du ja nichts mitbekommen. Für dich gab es nur Jessie. Du warst plötzlich nicht mehr meine Frau, meine Geliebte. Du warst noch nicht einmal mehr meine Freundin, weil du nur noch Jessies Mutter sein wolltest.«

Jays Worte trafen Suzanne mitten ins Herz. So etwas hatte er noch nie zu ihr gesagt. Und er hatte auch noch nie so wütend und verletzt ausgesehen. »Du warst ein erwachsener Mann. Du warst ihr Vater.« Sie riss sich los und begann mit zitternden Händen, das Tablett abzuräumen. »Du hast mich im Stich gelassen, als ich dich am dringendsten brauchte.«

»Vielleicht habe ich das tatsächlich getan. Aber bei dir war es nicht anders. Ich brauchte dich auch, Suzanne, und du warst nicht für mich da. Ich wollte das, was wir hatten, erhalten, aber du wolltest alles opfern für das, was wir verloren hatten.«

»Sie war mein Baby.«

»Unser Baby. Verdammt noch mal, Suze, *unser* Baby.«

»Aber du wolltest sie ersetzen.«

Er trat einen Schritt zurück, als ob sie ihm eine Ohrfeige gegeben hätte. »Wie kannst du nur so etwas Dummes und Grausames sagen! Ich wollte noch ein Kind mit dir haben, keinen Ersatz. Ich wollte, dass wir wieder eine Familie sind. Ich wollte meine Frau wiederhaben, aber ich durfte dich ja nicht anfassen. Wir haben unsere Tochter verloren, Suzanne, aber ich habe zudem noch meine Frau verloren. Meine beste Freundin, meine Familie. Ich habe alles verloren.«

Suzanne wischte sich eine Träne von der Wange. »Das hat alles keinen Sinn. Ich fahre jetzt zu Jessica – Callie.«

»Nein, das wirst du nicht tun.«

»Was redest du da? Hast du nicht gehört, was Lana gesagt hat? Sie ist verletzt.«

»Lana hat auch gesagt, dass die Leute anfangen zu reden, und das bringt Callie in eine schwierige Position. Wenn du jetzt zur Ausgrabung fährst, gibst du den Gerüchten nur neue Nahrung.«

»Mir ist es egal, wenn die Leute klatschen. Sie ist schließlich meine Tochter. Warum sollten das nicht alle wissen?«

»Weil es *ihr* nicht egal ist, Suzanne. Weil du sie nur vertreibst, wenn du sie jetzt bedrängst. Wenn du nicht abwartest, bis sie von selbst zu uns kommt, wenn du ihre Grenzen nicht respektierst, wirst du sie ein zweites Mal verlieren. Sie liebt uns nicht.«

Suzannes Lippen bebten. »Wie kannst du so etwas nur sagen? Natürlich liebt sie uns. Tief in ihrem Herzen liebt sie uns. Ich weiß es.«

»Suzanne, ich will dich wirklich nicht verletzen. Aber wenn ich es dir nicht sage, dann wird es dir später nur noch mehr wehtun.«

Er ergriff ihre Arme und hielt sie fest, als sie versuchte, sich ihm zu entwinden. »Sie empfindet Mitleid für uns. Sie fühlt sich uns gegenüber verpflichtet. Und vielleicht – wenn wir ihr genug Zeit lassen und sie nicht bedrängen – wird sie eines Tages auch etwas für uns empfinden.«

»Ich möchte, dass sie nach Hause kommt.«

»Ich weiß, Liebes.« Jay drückte seine Lippen auf ihre Stirn.

»Ich möchte sie im Arm halten.« Suzanne schlang sich die Arme um die Taille und schaukelte hin und her. »Sie soll wieder ein Baby sein, damit ich sie im Arm halten kann.«

»Das wünsche ich mir auch. Ich weiß, dass du mir nicht glaubst, aber das wünsche ich mir von ganzem Herzen. Einfach nur ... sie einfach nur berühren.«

»Oh Gott, Jay.« Sie wischte ihm eine Träne von der Wange. »Es tut mir Leid. Es tut mir so Leid.«

»Vielleicht könntest du ja stattdessen mich festhalten, nur ein einziges Mal. Oder zulassen, dass ich dich in den Arm nehme.« Er schlang seine Arme um sie. »Lass mich dich einfach halten, Suzanne.«

»Ich habe all die Jahre versucht, stark zu sein, und jetzt kann ich nicht mehr aufhören zu weinen.«

»Ist schon gut. Wir sind ja allein. Es erfährt ja niemand.« Jay ging durch den Kopf, wie lange es schon her war, dass Suzanne ihn so nahe an sich herangelassen hatte, dass sie ihren Kopf an seine Schulter gelegt und die Arme um ihn geschlungen hatte.

»Ich dachte ... als ich das erste Mal zu ihr gegangen bin, da dachte ich, es reicht mir schon zu wissen, dass es unserem Baby gut geht. Dass sie zu einer so hübschen, klugen Frau herangewachsen ist. Ich dachte, dass es mir reichen würde, Jay. Aber es reicht mir nicht. Ich will mehr.«

»Sie hat wunderschöne Hände. Hast du gesehen? Sie sind ein bisschen zerschrammt von der Arbeit, aber sie hat schmale Hände mit langen Fingern. Als ich sie sah, ging mir durch den Kopf, ob sie wohl Klavier spielt. Mit solchen Händen muss man einfach Klavier spielen.«

Vorsichtig löste sie sich von ihm und umfasste sein Gesicht mit den Händen. Jay liefen die Tränen über beide Wangen. Suzanne erinnerte sich, dass er auch bei der Geburt der beiden

Kinder geweint hatte. Er hatte ihre kleinen Händchen umklammert, während ihm die Tränen übers Gesicht liefen, aber er hatte keinen Laut von sich gegeben.

»Oh, Jay«, seufzte sie und küsste ihn auf die nasse Wange. »Sie spielt Cello.«

»Tatsächlich?«

»Ja. Ich habe das Cello in ihrem Motelzimmer stehen sehen. Außerdem habe ich im Internet eine Biografie gefunden. Darin steht, dass sie Cello spielt. Und dass sie in Carnegie Mellon ihr Examen gemacht hat, mit Auszeichnung.«

»Ehrlich?«, fragte Jay mit erstickter Stimme. »An dieser Uni stellen sie verdammt hohe Anforderungen.«

»Möchtest du die Biografie sehen? Ich habe sie ausgedruckt. Es ist auch ein Bild von ihr dabei. Sie sieht so ernst und intellektuell aus.«

»Ja, das würde ich gerne sehen.«

Suzanne nickte. »Jay, du hast Recht. Ich muss warten, bis sie freiwillig zu uns kommt. Aber es fällt mir so schwer, jetzt, wo sie in der Nähe ist.«

»Vielleicht fiele es dir nicht so schwer, wenn wir gemeinsam warten würden.«

Sie lächelte, so wie sie vor vielen Jahren gelächelt hatte, als sie sich zum ersten Mal geküsst hatten. »Stimmt, vielleicht fiele es mir dann nicht so schwer.«

Lana war es nicht nur gelungen, eine weitere Verabredung mit Doug zu vereinbaren, sondern sie hatte ihn sogar dazu überreden können, dass sie ihn in der Wohnung über dem Buchladen abholte. Sie wollte sehen, wo er wohnte, auch wenn es nur zeitweise war. Und sie wollte endlich Klarheit über ihre Beziehung haben.

Als sie an die Eingangstür klopfte, ertönte ein »Herein«. Kaum jemand schloss in Woodsboro seine Wohnungstür ab, eine Gewohnheit, die Lana allerdings auch nach zwei Jahren noch nicht übernommen hatte. Sie trat ein und stand in Dougs Wohnzimmer. Auf einem braun-orange gemusterten Teppich standen ein Sofa mit einem marineblauen Überwurf und ein grüner Sessel mit zerschlissenen Armlehnen. Lana stellte fest, dass Doug offenbar nicht viel Wert auf passende Farben legte, und fragte sich, ob er womöglich farbenblind war. Ein hoher Tresen trennte den Wohnbereich von der Küche, die, wie Lana anerkennend feststellte, makellos aufgeräumt war. Entweder schätzte er Sauberkeit, oder er kochte nicht. Mit beiden Optionen konnte sie leben.

»Ich komme gleich!«, rief Doug in diesem Moment aus dem angrenzenden Zimmer. »Ich muss nur rasch etwas fertig machen.«

»Lass dir Zeit.«

Während sie wartete, schaute Lana sich weiter im Wohnzimmer um. Auf den Regalen lagen eine Baseball-Trophäe aus der Highschool, ein sehr zerschlissener Baseball-Handschuh und eine Art Modell eines mittelalterlichen Katapults. Außerdem natürlich die Bücher.

Mit einem gewissen Neid betrachtete Lana die wertvollen Bilder an den Wänden. Doug war ihr ein Rätsel, aber jemand, der offenbar Kunst sammelte und dazu noch seine alten Baseball-Trophäen aufbewahrte, war es sicher wert, dass sie ihn näher kennen lernte.

Dann warf sie einen Blick ins Schlafzimmer, wo ein schlichtes Bett ohne Kopfteil stand. Doug hatte eine verknautschte blaue Tagesdecke achtlos darüber geworfen. Die Kommode sah aus wie ein Erbstück, dunkles, altes Mahagoni mit Messinggriffen. Kein Spiegel.

Doug saß vor einem Laptop, der auf einem Metallschreibtisch stand, und seine Finger bewegten sich flink über die Tastatur. Er trug ein schwarzes T-Shirt und Jeans, und Lana stellte fasziniert fest, dass er beim Arbeiten eine Lesebrille trug.

Ein Lustgefühl durchrieselte sie, und sie trat ins Zimmer. Sie sah, dass Dougs Haare noch ein bisschen feucht waren. Offenbar hatte er soeben geduscht – sie konnte die Seife noch riechen. Aus einem Impuls heraus trat sie hinter ihn und fuhr mit den Fingern durch die feuchten, dunklen Haare. Er zuckte zusammen, fuhr auf dem Stuhl herum und starrte sie durch seine Brille entgeistert an. »Oh, Entschuldigung. Ich habe dich ganz vergessen. Ich wollte nur diese Inventarliste ... Was ist?«, fragte er, als sie ihn weiter lächelnd anblickte.

»Ich wusste gar nicht, dass du eine Brille trägst.«

»Nur beim Arbeiten am Computer und wenn ich lese. Bist du früher gekommen?«

»Nein, genau pünktlich.« Es schien ihn ein wenig nervös zu machen, dass sie in seinem Schlafzimmer stand. Das gab ihr ein Gefühl der Macht. »Aber du brauchst dich nicht zu hetzen. Der Film beginnt erst in einer Stunde.«

»Ah, gut.«

Sie trug noch ihr Nadelstreifen-Kostüm, mit dem sie morgens im Büro gewesen war.

»Wir wollten vorher noch eine Kleinigkeit essen«, sagte sie. Doug riss überrascht die Augen auf, als sie sich auf seinen Schoß setzte. »Ich könnte uns aber auch rasch hier etwas zubereiten«, fuhr sie fort.

»Ich habe nicht viel ...« Er brach ab, als sie sich vorbeugte und mit den Lippen seinen Mund streifte. »... nicht viel im Haus, aber es reicht wahrscheinlich«, beendete er seinen Satz.

Sie ließ ihre Hände über seinen Brustkorb gleiten und schlang ihm dann die Arme um den Hals. »Hungrig?«

»Oh ja.«

»Auf was hast du denn Appetit?«, fragte sie und lachte, als er sie leidenschaftlich küsste.

16

Lanas Geschmack, ihr Duft, ihr Körper verwirrten Doug die Sinne. Es war, als habe sie komplett von ihm Besitz ergriffen, und es hatte in jenem Moment begonnen, als sie sich vor dem Restaurant auf die Zehenspitzen gestellt und ihn geküsst hatte. Er war sich nicht sicher, ob er das Verlangen nach ihr lieber verdrängen oder zulassen wollte. Er wusste nur, dass er auf der Stelle mehr brauchte.

»Lass mich ...« Der Stuhl knarrte bedenklich unter ihrem Gewicht. Doug dachte jedoch nur noch daran, wie er möglichst schnell Lanas Bluse aufknöpfen konnte, um sie endlich zu spüren.

»Ja, ich lasse dich ja.« Das Herz klopfte Lana bis zum Hals, und sie fühlte sich so lebendig wie schon lange nicht mehr. Sie lehnte sich zurück, damit seine Hände sie erreichten. »Es muss an der Brille liegen, weißt du.«

»Ich werde sie nie wieder absetzen.«

»Ist schon okay.« Sie fuhr mit den Fingern durch seine Haare, dann nahm sie ihm die Brille ab und legte sie auf den Schreibtisch, während er die Knöpfe ihrer weißen Bluse öffnete. »Sie hat ihre Aufgabe schon erfüllt.«

»Das Gleiche gilt für dein Nadelstreifenkostüm. Es bringt mich fast um den Verstand.«

»Es ist von Brooks Brothers.«

»Ich liebe die Jungs«, flüsterte er. Lana war so vollkommen

mit ihrer glatten, milchweißen Haut. Er hätte am liebsten wie eine Katze an ihr geschleckt. »Sollen wir nicht ...« Er zog ihr das Jackett über die Schultern bis zu den Ellbogen hinunter. Ihre Bluse stand jetzt offen, und ihre runden Brüste quollen aus einem seidenen Büstenhalter. »So gefällst du mir«, erklärte er und fuhr mit seinen Lippen über ihren Hals. Sie roch frisch und sehr weiblich, und Doug konnte ihren Puls unter seinen Lippen spüren.

Lana konnte ihre Arme nicht bewegen. Sie fand es sehr erotisch, dass Doug so rasch die Kontrolle übernommen hatte, und gab sich diesem Gefühl völlig hin, als er seinen Mund über ihre Lippen senkte. Mit einer geschmeidigen Bewegung stand er auf und trug sie zum Bett, wobei er den Kuss nicht eine Sekunde lang unterbrach.

Dann lag sie unter ihm, die Arme immer noch vom Jackett gefesselt. Er zog es ihr aus, aber bevor sie die Arme nach ihm ausstrecken konnte, hatte er sie auf den Bauch gedreht.

»Nichts gegen die Brooks Brothers«, sagte er, während er langsam den Reißverschluss an ihrem Rock aufzog. »Aber es ist ein bisschen zu voll hier. Lass sie uns rausschmeißen.«

Sie blickte ihn über die Schulter an, wobei ihr eine Haarsträhne ins Gesicht fiel. »Das gilt auch für deine Levi's.«

»Wir geben ihnen allen eine Minute Zeit zu verschwinden.« Doug zog ihr die Bluse aus und fuhr mit der Fingerspitze sanft über ihr Rückgrat. »Hübscher Rücken, Frau Anwältin.«

Dann zog er ihr den Rock über die Hüften und legte ihn beiseite. Sie trug Strümpfe mit Spitzenrand und einen Strumpfhalter aus Satin, der nicht so aussah, als stammte er von Brooks Brothers. Als Dougs Lippen über ihren Rücken glitten, stöhnte Lana auf. Mit den Fingerspitzen streichelte er ihre Beine, und sie klammerte sich am Bettüberwurf fest.

»Ich werde dich nie wieder in einem deiner Kostüme anschauen können, ohne mir vorzustellen, was du darunter trägst.«

Sein Mund glitt langsam tiefer. »Aber das finde ich absolut in Ordnung.«

Kleine Wellen der Lust durchströmten sie, sie entspannte sich, und ihr war, als treibe sie durch einen weichen, grauen Nebel, in dem alles seine Bedeutung verlor. Er hörte sie seufzen und spürte, wie sie sich seinen Berührungen hingab. Ihr Körper gehörte ihm, er konnte ihn erforschen und genießen. Die schmale Taille, die langen Schenkel, den Duft ihrer Haut. Er öffnete ihren Büstenhalter und rieb mit den Lippen über ihre Haut. Sie schnurrte leise wie ein Kätzchen. Dann drehte er sie behutsam um und küsste die seidige, duftende Haut ihrer Brüste. Lanas Hände strichen über seine Haare, seine Schultern, seinen Rücken. Sie seufzte leise, als sie ihm das Hemd über den Kopf zog und es beiseite warf.

Sie bog sich ihm entgegen und stöhnte seinen Namen, als sein Mund und seine Hände fordernder wurden. Immer drängender und rascher wurden seine Bewegungen, und schließlich drangen seine Finger in sie ein. Sie grub die Fingernägel in seine Schultern, und ihr Blick verschleierte sich. Als sie leise aufschrie, erstickte er den Laut mit seinen Küssen. Wellen der Lust schlugen über ihr zusammen, als sie mit dem Knopf seiner Jeans kämpfte. Sie wollte ihn berühren, ihn in sich spüren.

»Doug, Douglas«, sagte sie immer wieder und führte seine Bewegungen.

Als er in ihre feuchte Hitze eindrang, widerstand er dem Drang, sie schnell zu nehmen, sondern genoss den langsamen Rhythmus ihrer Körper. Während er sich in ihr bewegte, fielen die letzten Sonnenstrahlen durch das offene Fenster auf ihr Gesicht. Ihre Lider flatterten, und der Puls an ihrem Hals pochte heftig, als sie den Kopf zurückwarf, während sie beide dem Höhepunkt entgegentrieben.

Und als sie sich an ihn klammerte, senkte er wieder seine Lippen über ihre, um sie aufzufangen.

»Doug?« Lana ließ ihre Finger durch seine Haare gleiten und blickte aus dem Fenster. Von hier aus konnte sie sehen, wie nach und nach die Straßenlaternen angingen.

»Hm?«

»Eins muss ich dir sagen.« Sie stieß einen tiefen Seufzer aus und reckte sich unter seinem Gewicht, so gut es ging. »Mmm.«

Er lächelte. »Damit ist wohl alles gesagt.«

»Jetzt schulde ich dir vermutlich ein Abendessen.«

»Ja, vermutlich. Heißt das, du ziehst dein Nadelstreifenkostüm wieder an?«

»Ich wollte dich eigentlich fragen, ob du nicht ein Hemd hast, das ich mir borgen kann, während ich nachschaue, was es in der Küche an Essbarem gibt.«

»Ein Hemd habe ich, aber ich warne dich, viel gibt es in der Küche nicht.«

»Ich kann gut improvisieren. Oh, und ich muss noch etwas sagen.«

Dieses Mal hob er den Kopf und blickte sie an. »Was?«

»Der Babysitter bleibt bis Mitternacht. Wir haben also noch ein bisschen Zeit – ich bin nämlich noch nicht mit dir fertig.«

Er grinste sie an. »Wieso bist du mir nur nicht gleich aufgefallen, als ich wieder in die Stadt gekommen bin?«

»Vermutlich war der richtige Zeitpunkt noch nicht da. Aber ab jetzt werde ich dir fehlen, wann immer du die Stadt verlässt.«

Dougs Lächeln erstarb. Er rollte sich von Lana herunter und stand auf. »Ich muss in der Tat zu einer Bibliothek fahren«, sagte er und trat zum Schrank. »In Memphis.«

»Oh.« Sie setzte sich auf und fragte so beiläufig wie möglich: »Und wann?«

»In zwei Tagen.« Er holte ein Hemd aus dem Schrank. »Aber ich komme wieder, sobald ich fertig bin.« Er reichte ihr das Hemd. »Ich halte es für keine gute Idee, zu lange weg zu bleiben, wo hier so viel passiert.«

Sie nickte und sprang aus dem Bett, um sich das Hemd überzuziehen. »Da hast du Recht. Deine Familie braucht dich.«

»Ja. Aber es gibt noch einen anderen Grund.«

Sie warf ihm einen Blick über die Schulter zu, während sie das Hemd zuknöpfte. »Ja?«

»Es sieht auch nicht so aus, als sei ich mit dir schon fertig.«

»Gut.« Sie trat zu ihm und gab ihm einen flüchtigen Kuss auf die Wange. »Das ist gut.«

Dann ging sie in die Küche.

Er fuhr sich mit der Hand durch die Haare und folgte ihr. »Lana, ich weiß nicht, wonach du suchst.«

Sie öffnete die Kühlschranktür und spähte hinein. »Ich auch nicht, bevor ich es nicht gefunden habe.«

»Ich habe nicht vom Essen gesprochen.«

»Ich weiß, wovon du gesprochen hast.« Sie blickte ihn an. »Du kannst dich entspannen, Doug. Ich bin wirklich gut darin, den Moment zu genießen und von einem Tag auf den anderen zu leben.« Sie wandte sich wieder dem Kühlschrank zu und schüttelte den Kopf. »Wie du offenbar auch. Drei Flaschen Bier, ein Viertelliter Milch, zwei einsame Eier und ein Glas Mayonnaise.«

»Vergiss nicht den Schinken in der Schublade da.«

»Hm. Na gut. Ich liebe Herausforderungen.« Sie begann, die Schränke zu öffnen, und fand vier Teller, die nicht zueinander passten, drei Wassergläser, ein Weinglas und eine Schachtel *Cap'n Crunch*, die ihr einen mitleidigen Blick entlockte.

»Das ist seit meiner Kindheit eine heimliche Schwäche von mir«, verteidigte er sich.

»Oh, oh! Okay, du hast also auch Kartoffelchips, ein Glas Mixed Pickles, einen halben Laib Weißbrot und eine halb volle Tüte mit Plätzchen.«

Verlegen stellte er sich vor den Kühlschrank. Er hatte Angst, sie würde das Tiefkühlfach öffnen und die große Dose Eiscreme und die gefrorene Pizza entdecken.

»Ich habe dir doch gesagt, dass nicht viel da ist. Wir können ja ausgehen oder uns etwas kommen lassen.«

»Wenn du glaubst, ich könnte aus den Sachen keine Mahlzeit zubereiten, dann irrst du. Ich brauche einen Topf, damit ich die Eier hart kochen kann. Einen Topf hast du doch, oder?«

»Ja, einen Topf habe ich. Möchtest du ein Bier?«

»Nein, danke.«

Er holte einen Topf aus dem Schrank und reichte ihn ihr. »Ich bin gleich wieder da.«

Lana krempelte die Ärmel hoch und machte sich an die Arbeit. Das Wasser für die Eier kochte gerade, als er völlig außer Atem wieder in die Küche trat. Er hielt eine Flasche Wein in der Hand. »Ich war drüben im Getränkeladen«, erklärte er.

»Das war lieb von dir. Ich hätte gern ein Glas Wein.«

»Was kochst du denn?«

»Sandwiches mit Schinken und Eiersalat. Dazu können wir die Chips essen, und dann betrachten wir das Ganze als Picknick.«

»Das klingt gut.« Er öffnete die Weinflasche und schenkte ihr in sein einziges Weinglas ein.

»Was sagt deine Mutter dazu, dass du nicht kochen kannst?«

»Wir vermeiden das Thema; es ist zu schmerzlich. Möchtest du Musik hören?«

»Gerne. Hast du Kerzen?«

»Nichts Besonderes, nur Haushaltskerzen, falls es mal einen Stromausfall gibt.«

»Das reicht aus.«

Wie es sich für ein Picknick gehörte, breitete Lana eine Decke auf dem Wohnzimmerboden aus. Bei Kerzenlicht und leiser Hintergrundmusik aßen sie die Sandwiches und tranken Wein. Danach liebten sie sich noch einmal und blieben dann eng umschlungen in zufriedenem Schweigen auf der Decke liegen.

Keiner von beiden rührte sich, als draußen plötzlich Sirenengeheul ertönte. »In Memphis wird es heiß sein«, sagte Lana nach einer Weile.

»Darauf kannst du wetten.«

»Fährst du auch manchmal nach Graceland?«

»Nein.«

Sie rollte sich herum, damit sie ihm ins Gesicht sehen konnte. »Warum nicht?«

»Weil … Nun ja, schließlich bin ich geschäftlich da und nicht, um dem King meine Aufwartung zu machen.«

»Du könntest ja beides miteinander verbinden.« Sie legte den Kopf schräg. »Du solltest mal hinfahren, nur so zum Spaß. Und dann musst du mir etwas unglaublich Albernes mitbringen.«

Sie küsste ihn auf die Nasenspitze. »Ich muss jetzt los.«

Doug hätte sie am liebsten zurückgehalten, und dieses Bedürfnis erschreckte ihn fast ein wenig. »Möchtest du mit mir ins Kino gehen, wenn ich zurück bin?«, fragte er.

»Ja.« Lana wollte gerade aufstehen, als das Handy in ihrer Aktenmappe zu klingeln begann.

»Das ist bestimmt Denny, der Babysitter«, sagte sie.

Doug konnte ihr an den Augen ablesen, dass sie Angst hatte. Sie riss die Aktentasche auf und holte das Handy heraus.

»Hallo? Denny, was – was? Mein Gott. Ja. Ja, ich komme sofort.«

Sie schaltete das Handy aus und rannte ins Schlafzimmer.

»Ist etwas mit Tyler?«, rief Doug erschrocken und sprintete hinter ihr her.

»Nein. Mit Ty ist alles in Ordnung.« Sie griff nach ihrer Bluse. »Meine Kanzlei brennt.«

Lana konnte nichts anderes tun, als von der gegenüberliegenden Straßenseite aus zuzusehen, wie der Rauch und die Flammen einen Teil ihres Lebens zerstörten. Ich habe schon etwas viel Wertvolleres verloren, rief sie sich ins Gedächtnis. Viel wertvoller als ein Büro, Akten und ein paar Möbel. Das konnte alles ersetzt werden. Und doch trauerte sie um das alte Stadthaus mit seinen sonnigen Zimmern und der hübschen Aussicht.

Die Feuerwehr hatte die Häuser neben der Kanzlei unter Wasser gesetzt, und die gepflegten Rasenflächen davor hatten sich bereits in riesige Schlammpfützen verwandelt. Aus den zerbrochenen Fenstern von Lanas Haus quollen Rauchschwaden in die klare Sommernacht. Dutzende von Schaulustigen waren aus ihren Häusern gekommen oder hatten im Vorbeifahren angehalten und starrten auf das brennende Haus. Lana sah die junge, vierköpfige Familie, die im Haus nebenan in der Wohnung im zweiten Stock wohnte. Erschreckt drängten sie sich aneinander und umklammerten die wenigen Habseligkeiten, die sie mit nach draußen hatten nehmen können.

»Lana!«

»Roger –« Lana sah, dass der alte Mann nur rasch eine Hose über den Pyjama gezogen hatte. An den Füßen trug er Pantoffeln. Hilfe suchend griff sie nach seiner Hand.

»Die Sirene hat mich geweckt«, sagte er. »Ich bin aufgestanden, um mir ein Glas Wasser zu holen. Als ich aus dem Fenster geschaut habe, war alles voller Rauch. Warst du im Haus?«

»Nein, ich war bei Doug. Jemand hat bei mir zu Hause angerufen und dem Babysitter gesagt, dass es brennt, und er hat mich dann auf dem Handy angerufen. Oh Gott, hoffentlich breitet sich das Feuer nicht aus!«

Roger blickte zu Doug. »Vielleicht solltest du dich für einen Moment hinsetzen.«

»Das tut sie sowieso nicht«, erwiderte Doug. »Ich habe schon versucht, sie zu überreden.«

»Ich weiß gar nicht, wie das passieren konnte. Ich habe doch alle Geräte ausgeschaltet, als ich das Gebäude verlassen habe. Und die elektrischen Leitungen sind alle in Ordnung – sie sind neulich erst gewartet worden.«

»Wir müssen abwarten, was die Ermittlungen ergeben«, sagte Doug. Roger fiel ein Stein vom Herzen, als er sah, wie sein Enkel Lana einen Kuss aufs Haar drückte.

Callie erfuhr um halb sieben am nächsten Morgen von dem Brand. Jake rüttelte sie wach.

»Geh weg, oder ich bringe dich um.«

»Wach auf, Dunbrook! Das Büro von deiner Anwältin ist heute Nacht abgebrannt.«

»Was?« Sie warf sich auf den Rücken, fuhr sich durch die

Haare und blinzelte verwirrt zu ihm auf. »Lanas Büro? Wo ist sie?«

»Ihr ist nichts passiert.« Jake hielt sie mit der Hand zurück, als sie aufspringen wollte. »Ich weiß nicht viele Einzelheiten, aber in den Frühnachrichten haben sie gesagt, dass niemand im Gebäude gewesen sei, als das Feuer ausbrach.«

»Großer Gott.« Callie rieb sich mit beiden Händen übers Gesicht. »Hier passiert aber auch dauernd etwas. Weiß man schon, wodurch das Feuer ausgebrochen ist?«

Er hockte sich neben ihren Schlafsack. »Sie vermuten, dass es Brandstiftung war. Die Ermittlungen laufen.«

»Brandstiftung? Ach, wer zum Teufel sollte ...« Sie brach ab. »Sie ist meine Anwältin.«

»Genau.«

»Die Unterlagen über die Entführung waren in ihrem Büro.«

»Du hast es erfasst.«

»Aber es ist trotzdem ein bisschen weit hergeholt.«

»So weit nun auch wieder nicht. Vielleicht stellt sich ja heraus, dass irgendwelche Kinder mit Streichhölzern gespielt haben oder der Vermieter spielsüchtig ist und das Haus angezündet hat, um die Versicherungssumme zu kassieren. Aber vielleicht gefällt auch jemandem die Vorstellung nicht, dass du Informationen sammelst, um herauszufinden, was vor neunundzwanzig Jahren mit dir passiert ist.« Er strich mit der Fingerspitze über die Wunde auf ihrer Stirn. »Wir sind offenbar nicht sehr beliebt hier.«

»Ich sollte mir am besten einen anderen Anwalt suchen. Lana hat ein Kind, Jake. Ich möchte nicht, dass sie oder ihr kleiner Sohn in Gefahr geraten, nur weil sie für mich arbeitet.«

»Ich kenne Lana nicht sehr gut, aber sie macht mir nicht den Eindruck, als würde sie leicht aufgeben.«

»Vielleicht nicht, aber ich werde mir trotzdem jemand anders suchen. Und dann fahre ich nach Atlanta. Hau ab, ich will mich anziehen.«

»Ich habe dir schon öfter beim Anziehen zugeschaut.« Ungerührt blieb er sitzen, als sie aus dem Schlafsack stieg. »Du willst also persönlich mit Carlyle reden?«

»Hast du eine bessere Idee?«

»Nein. Ich weiß sogar, dass in zwei Stunden eine Delta-Maschine nach Atlanta fliegt, in der es noch zwei freie Plätze gibt.«

Sie griff nach ihrer Jeans. »Ich brauche aber nur einen.«

»Mehr bekommst du auch nicht. Den anderen nehme ich. Doch, Callie«, fuhr er fort, bevor sie etwas erwidern konnte. »Dazu brauche ich nicht deine Erlaubnis. Meinetwegen können wir unsere Zeit damit verschwenden, uns deswegen zu streiten, aber ich werde sowieso gewinnen, also könntest du zur Abwechslung mal deine Niederlage von vornherein akzeptieren. Du fliegst nicht allein, und damit basta.«

»Wir brauchen dich hier bei der Ausgrabung.«

»Das kann warten. Finde dich besser damit ab, sonst sorge ich dafür, dass du den Flug verpasst. Das täte ich mit Freuden«, fügte er hinzu und stand auf. »Ich weiß nämlich nur zu gut, wie kuschelig ein Schlafsack sein kann.«

Da sie lediglich ein zu großes Basketball-Shirt trug, war ihr klar, dass Jake sich im Vorteil befand. »Also gut, sag du bitte Leo Bescheid. Ich bin in zehn Minuten fertig. Auf dem Weg zum Flughafen können wir bei Lana vorbeifahren.«

»Das klingt vernünftig.« Er ging zur Tür und blieb noch einmal stehen. »Ich werde nicht zulassen, dass dir etwas passiert. Damit wirst du dich abfinden müssen.«

»Wir wissen doch beide, dass ich allein auf mich aufpassen kann.«

»Ja, das wissen wir. Aber es muss ja nicht immer so sein.«

»Nein, es waren keine Kinder, die mit Streichhölzern gespielt haben.«

Lana saß in der Küche und trank die fünfte Tasse Kaffee. Ihre Stimme war rau vor Müdigkeit.

»Die Polizei hat gesagt, dass der Brand von meinem Büro im zweiten Stock ausgegangen ist. Sie konnten sogar feststellen, dass jemand durch die Hintertür eingedrungen ist. Das Schloss war aufgebrochen. Allerdings wissen sie nicht, ob jemand irgendwelche Unterlagen oder Dateien mitgenommen hat. Jedenfalls hat der Brandstifter Boden und Schreibtisch mit Benzin übergossen, eine Spur bis zum Fuß der Treppe gelegt und dann ein Streichholz angezündet. Danach ist er einfach hinausmarschiert.«

»So sieht die Polizei es also?«, fragte Callie.

»Nach Ansicht der Feuerwehrleute, mit denen ich sprechen konnte, war es auf jeden Fall Brandstiftung. Vielleicht finden die Spezialisten ja noch mehr heraus. Zum Glück haben die Nachbarhäuser nichts abbekommen. Der Bastard hat sich offenbar nichts dabei gedacht, dass nebenan unschuldige Familien schlafen.«

Lana stellte den Kaffeebecher ab. »Und er hat auch nicht gewusst, dass ich von jeder einzelnen Akte eine Kopie hier zu Hause habe. Auch meine Dateien speichere ich jeden Tag auf Diskette und nehme sie mit nach Hause.«

»Er hatte also keine Ahnung, wie gewissenhaft Sie sind«, sagte Jake. Er trat hinter Lana und begann, ihr die Schultern zu massieren.

»Genau. Oh, danke.« Sie seufzte entzückt auf, als er ihre verspannten Schultern knetete. »Dafür könnte ich Sie küssen, aber ich kann nicht aufstehen. Außerdem hätte Callie wahrscheinlich etwas dagegen.«

»Sein Mund gehört ihm allein«, warf Callie ein. Und doch beobachtete sie mit Argusaugen, wie Jake Lanas Schultern massierte. Es liegt ihm wohl im Blut, dachte sie. Sie hatte nur ein Problem damit, dass er immer sofort hilfreich die Hand ausstreckte.

»Mir tut das alles furchtbar Leid, Lana. Ich werde mir übrigens einen anderen Anwalt suchen.«

»Wie bitte?«

»Schicken Sie mir die Rechnung, und ich gebe Ihnen einen Scheck. Und jetzt muss ich Ihnen leider den freundlichen Masseur entreißen, weil wir sonst unseren Flieger verpassen.«

Jake spürte, wie sich Lanas Schultern wieder verhärteten.

»Wenn Sie glauben, Sie könnten mich ausbezahlen, nur weil Sie annehmen, dass der Brand etwas mit der Arbeit zu tun hat, die ich für Sie mache, dann haben Sie von vornherein den falschen Anwalt engagiert. Behalten Sie Ihr verdammtes Geld, dann können Sie mir wenigstens nicht vorschreiben, was ich zu tun und zu lassen habe.«

»Granit stößt auf Granit«, erklärte Jake und massierte Lana ungerührt weiter.

»Wenn ich nicht will, dass Sie in meinen Angelegenheiten herumschnüffeln, dann werden Sie es auch unterlassen.«

»Wenn ich nicht für Sie arbeite, haben Sie mir gar nichts zu sagen.«

»Du liebe Güte, Lana! Wer weiß, was als Nächstes passiert? Sie müssen an Ihr Kind denken.«

»Erklären Sie mir nicht, wie ich mich als Mutter zu verhalten habe. Und glauben Sie bloß nicht, dass ich von einer Vereinbarung zurücktrete, nur weil es gefährlich werden könnte. Jemand hat mein Büro angezündet, und ich werde dafür sorgen, dass er dafür bezahlt. So oder so.«

Callie lehnte sich auf ihrem Stuhl zurück und trommelte mit den Fingern auf den Tisch. »Warum bezahle ich Sie denn dann eigentlich, wenn Sie so oder so arbeiten?«

»Aus Gründen der Fairness.«

»Graystone kann Ihnen sagen, dass es mir nichts ausmacht, ab und zu auch mal unfair zu sein.«

»Sie liebt es geradezu«, bestätigte er. »Aber Ihnen gegenüber ist sie fair, weil sie Sie mag. Sie ist nur im Moment ein bisschen sauer, weil ich ihr vorausgesagt habe, dass Sie sich nicht so leicht abschütteln lassen würden.«

»Halt den Mund!« Callie funkelte Jake wütend an. »Wer hat dich eigentlich nach deiner Meinung gefragt?«

»Du.«

»Kinder, hört auf, euch zu zanken. Wo wollen Sie eigentlich hinfliegen?«

»Ich ... wir«, korrigierte sich Callie, als Jake ihr einen drohenden Blick zuwarf, »fliegen nach Atlanta, um mit Carlyles Sohn zu reden.«

»Warum sollte er mit Ihnen sprechen, wenn er nicht mit dem Detektiv reden will?«

»Weil ich ihm keine andere Wahl lassen werde.«

Jake beugte sich zu Lana hinunter und flüsterte nahe an ihrem Ohr: »Sie bohrt so lange weiter, bis man entweder schreiend wegläuft oder nachgibt.«

»Ich bohre nicht, ich frage beharrlich.«

»Also wirklich, man könnte meinen, Sie wären noch miteinander verheiratet«, sagte Lana, worauf Callie das Gesicht verzog. »Auf jeden Fall halte ich es für eine gute Idee. Carlyle wird sich schlecht weigern können, Ihnen die Information zu geben. Wenn er mit mir sprechen will, geben Sie ihm meine Handynummer. Ich arbeite zu Hause, bis ich ein neues Büro gefunden habe.«

Auf der Fahrt zum Flughafen sprachen sie nur wenig miteinander, und kaum waren sie in der Luft, klappte Jake seinen Sitz zurück. Callie wusste, dass er innerhalb von zehn Sekunden schlafen würde. Er konnte im Flugzeug jederzeit einschlafen, ob sie nun in einem Jumbo oder in einer winzigen Propellermaschine saßen. Um diese Fähigkeit beneidete Callie ihn ein wenig. Wahrscheinlich würde er sich erst wieder rühren, wenn der Landeanflug angesagt wurde, und dann frisch und erholt seinen Sitz wieder senkrecht stellen. Seufzend verstellte Callie ihren Sitz ebenfalls, verschränkte die Arme und versuchte an etwas anderes als die zwei Stunden Flug zu denken, die vor ihr lagen.

Jake lag mit geschlossenen Augen neben ihr. Er kannte ihre Gedanken, als ob sie sie laut ausgesprochen hätte. Und er wusste, dass sie sich in zwei Minuten wieder aufsetzen würde, weil sie das Nichtstun verrückt machte. Sie würde eines der Flugmagazine durchblättern, dann leise fluchen, weil sie vergessen hatte, sich ein Buch einzustecken, und anschließend seine Tasche durchwühlen, um nachzusehen, ob er vielleicht etwas zu lesen dabei hatte. Alle fünf oder sechs Minuten würde sie auf die Uhr blicken und ihn verwünschen, weil er schlief und sie nicht.

Man könnte meinen, Sie wären noch miteinander verheiratet, hatte Lana gesagt.

Carlyles Kanzlei im schicken Buckhead vermittelte die Pracht des Südens und kostspielige Exklusivität. Der Empfangsbereich war in dunklem Holz und warmen Farben gehalten. Ruhige, effiziente Geschäftigkeit lag in der Luft. Die Kleidung der Frau hinter dem riesigen Eichenschreibtisch wirkte ebenso teuer wie die Einrichtung. Ihr Lächeln war herzlich und ihr Tonfall süß wie Honig. Aber sie hatte ein Rückgrat aus Stahl.

»Es tut mir sehr Leid, aber Mr Carlyle hat keinen Termin mehr frei. Ich kann Sie aber für nächste Woche Donnerstag vormerken.«

»Wir sind nur heute in der Stadt«, erklärte Callie.

»Das ist sehr schade. Vielleicht kann ich Ihnen einen Termin für eine telefonische Beratung geben?«

»Telefonische Beratungen sind so unpersönlich, finden Sie nicht« – Jake blickte auf das Namensschild aus Messing auf dem Schreibtisch und setzte sein strahlendstes Lächeln auf –, »Ms Biddle?«

»Das hängt von den Gesprächsteilnehmern ab. Wenn Sie mir sagen könnten, worum es geht, könnte ich Sie eventuell mit einem von Mr Carlyles Partnern zusammenbringen.«

»Es handelt sich um eine persönliche Angelegenheit«, fuhr Callie Ms Biddle an, was ihr einen leicht missbilligenden Blick eintrug.

»Ich leite Mr Carlyle gerne eine Nachricht von Ihnen weiter und kann Ihnen, wie ich bereits sagte, für Donnerstag nächster Woche einen Termin geben.«

»Es geht um eine Familienangelegenheit«, sagte Jake. Er trat Callie absichtlich auf den Fuß, während er Ms Biddle seine volle Aufmerksamkeit zuwandte. »Es hat etwas mit Marcus Carlyle, Richards Vater, zu tun. Ich denke, er wird mit uns sprechen wollen, wenn Sie uns ein paar Minuten bei ihm einräumen.«

»Sind Sie mit Mr Carlyle verwandt?«

»Nun, es gibt in der Tat eine Verbindung. Wir sind nur kurze Zeit in Atlanta, und diese wenigen Minuten würden uns – und ich bin sicher, auch Richard – sehr viel bedeuten. Er möchte bestimmt nicht, dass wir wieder nach Maryland zurückfliegen, ohne ihn gesehen zu haben.«

»Wenn Sie mir bitte Ihre Namen sagen würden, dann teile ich ihm mit, dass Sie hier sind. Mehr kann ich nicht für Sie tun.«

»Callie Dunbrook und Jacob Graystone. Wir sind Ihnen sehr dankbar, Ms Biddle.«

»Wenn Sie bitte warten möchten. Sobald Mr Carlyle seine Konferenzschaltung beendet hat, sage ich ihm Bescheid.«

Kaum hatte Jake ihren Fuß freigegeben, trat Callie ihm gegen den Knöchel. Dann setzte sie sich in einen der Sessel. »Ich glaube nicht, dass wir mit Lügen weiterkommen«, flüsterte sie ärgerlich.

»Ich habe nicht gelogen, es waren lediglich Ausflüchte. Und jetzt sagt sie ihm zumindest, dass wir da sind.«

Callie griff nach einer Zeitschrift, warf sie aber gleich wieder auf den Tisch. »Warum musst du eigentlich mit jeder Frau flirten, die dir in die Quere kommt?«

»Das ist wahrscheinlich genetisch bedingt. Ich bin sozusagen ein Opfer meiner Gene. Na komm, Babe, du weißt doch, dass du die Einzige für mich bist.«

»Ja, das habe ich schon mal gehört.«

»Du hast es zwar gehört, aber nie verinnerlicht. Callie, wir haben viel zu besprechen. Wenn du deine Herkunft geklärt hast, werden wir uns Zeit für uns nehmen.«

Callie saß ein Kloß im Hals. »Fang bloß nicht so an, Jake. Ich habe im Moment schon genug Probleme.«

»Ich weiß, Callie. Ich wollte dir nur sagen …« Er brach ab, da in diesem Augenblick Ms Biddle auf sie zukam.

»Mr Carlyle kann Ihnen zehn Minuten geben. Bitte gehen Sie in den ersten Stock, dort erwartet Sie seine Sekretärin.«

»Danke.« Jake ergriff Callies Arm, als sie die Treppe hinaufgingen. »Siehst du? Das hat doch gut geklappt.«

Die erste Etage war genauso edel eingerichtet wie das Parterre. Carlyle war offensichtlich reich, hatte Erfolg und Stil. Sein Büro wirkte wie das Arbeitszimmer eines Gentlemans. Obwohl es sehr groß war, hatte es auch etwas Intimes. An den Wänden standen Regale mit Büchern und diversen Andenken, dazwischen hingen Gemälde amerikanischer Künstler. Die maskuline Note der Einrichtung wurde durch die Farbgebung – Burgunderrot und Marineblau waren die vorherrschenden Farben – noch verstärkt. Leder und Messing rundeten das Bild ab.

Richard Carlyle stand hinter seinem Schreibtisch. Er war groß und schlank und hatte eine schmale Nase und schmale Lippen. Das grau gesträhnte Haar trug er aus der hohen Stirn zurückgekämmt. Als er die Hand zur Begrüßung ausstreckte, fiel Callie auf, dass er Manschettenknöpfe mit seinem Monogramm darauf und eine Rolex trug. An seinem Ehering glitzerten mehrere Diamanten. Callie erinnerte sich, dass Henry Simpson Marcus Carlyle als gut aussehenden und dynamischen Mann von exquisitem Geschmack bezeichnet hatte. Wie der Vater, so der Sohn, dachte sie.

»Ms Dunbrook, Mr Graystone, es tut mir Leid, es zugeben zu müssen, aber ich weiß nichts von einer familiären Verbindung.«

»Die Verbindung besteht zu Ihrem Vater«, sagte Callie. »Er hatte mit meiner Familie zu tun. Ich muss unbedingt wissen, wo er sich aufhält.«

»Ich verstehe.« Carlyle legte seine Finger aneinander, und sein Gesicht verlor den höflich interessierten Ausdruck. »Da dies die zweite Nachfrage nach meinem Vater innerhalb weniger Tage ist, gehe ich davon aus, dass hier ein Zusammenhang besteht. Ich kann Ihnen nicht helfen, Ms Dunbrook. Und meine Zeit ist äußerst begrenzt, also …«

»Möchten Sie nicht wissen, warum ich ihn suche?«

Er stieß einen leisen Seufzer aus. »Um ganz aufrichtig zu

sein, Ms Dunbrook, es gibt nur wenig, was mich an meinem Vater interessieren würde. Wenn Sie mich jetzt bitte entschuldigen möchten?«

»Er ließ Säuglinge stehlen und verkaufte sie dann an kinderlose Paare, die ihm ein großzügiges Honorar dafür zahlten, ohne zu wissen, dass es sich um entführte Kinder handelte. Er hat die Adoptionspapiere gefälscht; sie haben nie irgendeinem Gericht vorgelegen.«

Richard starrte Callie an. »Das ist absurd. Ich muss Sie davor warnen, solche Behauptungen aufzustellen.«

»Es ist nichts als die Wahrheit. Und ich habe Beweise dafür.«

Er blickte sie unverwandt aus seinen kühlen blauen Augen an. Callie vermutete, dass er vor Gericht gnadenlos war.

»Was für einen Beweis sollten Sie wohl haben?«

»Zunächst einmal mich selbst. Ich wurde als Säugling entführt und an ein Ehepaar verkauft, das zu den Mandanten Ihres Vaters gehörte. Die Übergabe fand in seiner Bostoner Kanzlei im Dezember 1974 statt.«

»Sie müssen falsch informiert sein«, entgegnete er.

»Nein, das bin ich nicht. Ihr Vater muss mir viele Fragen beantworten. Wo ist er?«

Einen Moment lang war es so still im Büro, dass sie hörte, wie er einatmete.

»Sie können doch nicht im Ernst von mir erwarten, dass ich diesen verleumderischen Anschuldigungen Glauben schenke?«, sagte Carlyle dann.

Callie griff in ihre Tasche. »Das sind Kopien der Adoptionspapiere. Sie können sie überprüfen – sie sind von keinem Gericht beglaubigt. Hier, Kopien der Honorarrechnungen, die Ihr Vater für meine Übergabe erstellte. Kopien der ersten Bluttests, durch die festgestellt wurde, dass ich die biologische Tochter von Jay und Suzanne Cullen bin, deren Baby im Dezember '74 gestohlen wurde. Polizeiberichte«, fügte sie hinzu und legte den Stapel von Papieren auf seinen Schreibtisch. »Zeitungsausschnitte.«

»Sie sollten sie lesen«, schlug Jake vor und setzte sich. »Lassen Sie sich ruhig Zeit.«

Richards Finger zitterten leicht, als er seine goldgerahmte Lesebrille aus der Tasche zog. Wortlos blätterte er die Unterlagen durch.

»Das hier sind wohl kaum Beweise«, sagte er schließlich. »Sie beschuldigen einen Mann des Kinderhandels, der Entführung, des Betrugs.« Er setzte die Brille ab und legte sie beiseite. »Ganz gleich, welche persönlichen Probleme mein Vater und ich haben – dazu halte ich ihn nicht für fähig. Sollten Sie auf diesen Anschuldigungen beharren, werde ich gerichtliche Schritte gegen Sie einleiten.«

»Tun Sie das«, erwiderte Callie. »Ich werde erst aufhören, wenn ich die Antworten auf all meine Fragen bekommen habe. Wenn die Leute, die für das verantwortlich sind, was den Cullens und anderen Familien geschehen ist, bestraft worden sind. Wo ist Ihr Vater?«

»Ich habe meinen Vater seit mehr als fünfzehn Jahren nicht mehr gesehen«, erwiderte Carlyle ärgerlich. »Und selbst wenn ich wüsste, wo er ist, würde ich es Ihnen nicht sagen. Ich werde mir diese Unterlagen anschauen, da können Sie sicher sein. Aber ich glaube nicht, dass Ihre Anschuldigungen auch nur irgendeine Grundlage haben. Sollte sich aber herausstellen, dass dies doch der Fall ist, dann werde ich tun, was ich kann, um meinen Vater zu finden und ... Ich werde tun, was ich kann.«

»Jemand hat versucht, uns von der Suche nach ihm abzuhalten«, erklärte Jake ruhig. »Ich spreche von Körperverletzung und davon, dass die Kanzlei von Ms Dunbrooks Anwältin in Brand gesteckt wurde.«

»Du meine Güte, er ist neunzig.« Richard verlor sichtlich die Fassung. »Als ich ihn das letzte Mal gesehen habe, hat er sich gerade von einem Herzinfarkt erholt. Er ist nicht gesund und wohl kaum in der Verfassung, jemanden körperlich anzugreifen oder ein Feuer zu legen.«

»Jemand, der einen Babyhandel organisiert hat, kennt bestimmt genug Menschen, die er für die Drecksarbeit anheuern kann.«

»Ich bin nicht der Meinung, dass mein Vater irgendetwas mit dem Kinderhandel zu tun hatte. Das sind doch nichts als Annahmen und Vermutungen. Mein Vater hat als Ehemann und Vater völlig versagt und war ganz allgemein ein schwieriger Mensch. Aber er war ein guter Anwalt mit großem Respekt vor dem Rechtssystem, der sich hingebungsvoll dem Thema der Adoption gewidmet hat. Er hat dazu beigetragen, dass Familien geschaffen wurden. Darauf war er stolz.«

»So stolz, dass er Familien zerstörte, um neue zu schaffen?«, warf Callie ein.

»Wie ich schon sagte, ich werde mir die Unterlagen anschauen. Ich muss darauf bestehen, dass Sie keine weiteren verleumderischen Äußerungen über meinen Vater machen. Wenn Sie meiner Sekretärin Ihre Telefonnummern oder die Ihrer Anwältin geben möchten, rufe ich Sie an, sobald ich eine Entscheidung getroffen habe.«

Bevor Callie antworten konnte, erhob sich Jake. »Es ist ein seltsames Gefühl, Carlyle, wenn das Bild, das man von seiner Familie hat, wenn das eigene Selbstverständnis von einer Minute zur anderen erschüttert wird, nicht wahr?«

Er ergriff Callies Hand und zog sie hoch. »Und genau das ist Ms Dunbrook passiert. Ich bin gespannt, ob Sie auch nur halb so viel Mumm besitzen wie sie. Schauen Sie sich die Unterlagen an, und treffen Sie Ihre Entscheidung. Und denken Sie daran: Wir werden Ihren Vater auch ohne Ihre Hilfe finden. Ich werde es zu meiner Lebensaufgabe machen, ihn zu finden, weil niemand ungeschoren davon kommt, der Callie unglücklich macht.«

Er drückte ihre Hand, als sie ihn anstarrte. »Außer mir. Lass uns gehen.«

Sie schwieg, bis sie draußen waren. Dann sagte sie: »Das war ja eine fulminante Abschlussrede, Graystone.«

»Hat sie dir gefallen?«

»Ich fand sie ziemlich effektiv. Ich habe bisher nicht darüber nachgedacht, ob ich unglücklich bin. Wütend, entschlossen, verwirrt, ja – aber unglücklich?«

»Ich habe dich unglücklich gemacht. Darüber habe ich im letzten Jahr häufig nachgedacht.«

»Wir haben uns gegenseitig unglücklich gemacht.«

Er legte eine Hand unter ihr Kinn und drehte ihren Kopf zu sich. »Vielleicht, aber eines weiß ich ganz genau: Mit dir war ich glücklicher als ohne dich.«

Die Gedanken in ihrem Kopf überschlugen sich. »Verdammt, Jake!«, stieß sie hervor.

»Ich dachte, das solltest du wissen. Und da du eine kluge Frau bist, kannst du sicher nachvollziehen, dass ich lieber glücklich als unglücklich bin. Also werde ich dich zurückerobern.«

»Ich bin doch kein ... kein Jo-Jo.«

»Ein Jo-Jo kommt zurück, wenn man nur die richtige Handbewegung macht. Aber du bist kein Spielzeug, Dunbrook, dich zurückzuerobern bedeutet harte Arbeit. Möchtest du eigentlich hier auf dem Bürgersteig stehen bleiben und über unser zukünftiges Glück diskutieren?«

»Nein.«

»Wir können hier bleiben und versuchen, den Typ ein wenig zu bedrängen – oder aber wir lassen ihn einfach schmoren und gehen wieder an unsere Arbeit.«

»Was soll das? Du willst mir doch nicht etwa sagen, was ich tun soll?«

Er zuckte zusammen. »Ich versuche es, so gut es geht, zu vermeiden. Wie mache ich mich?«

»Eigentlich ganz gut.« Sie streichelte ihm flüchtig über die Wange, drehte sich dann aber sofort wieder zu Richard Carlyles Bürogebäude um. »Ich glaube ihm einfach nicht, dass er nicht weiß, wo sein Vater ist. Vielleicht hat er die exakte Adresse nicht im Kopf, aber er muss doch wissen, wie er ihn erreichen kann. Wenn wir ihn bedrängen, dann würde er ihn instinktiv abschirmen, oder?«

»Wahrscheinlich. Und er würde seinen Vater entweder mit unserem Verdacht konfrontieren oder ihn warnen.«

»Wegen einer Warnung brauchen wir uns keine Gedanken zu machen. Carlyle weiß bereits, dass wir nach ihm suchen, da bin ich mir sicher. Ich würde sagen, wir geben Richard ein paar Tage Zeit, machen uns wieder an die Arbeit auf dem Feld und kümmern uns um die Namensliste, die Suzanne mir gegeben hat.«

»Vermutlich ist damit jede Chance hinfällig, dass wir uns eine Suite im Ritz nehmen, wo ich über dich herfallen darf?«

»Ich fürchte, ja. Aber du kannst mich in der Flughafenbar zu einem Drink einladen und mit mir flirten.«

»Wenn das die beste Möglichkeit ist, dann lass uns schnell ein Taxi nehmen und damit beginnen.«

»Sie sind wieder da!« Bill McDowell kam sofort angerannt, als Callie auf dem Ausgrabungsgelände auftauchte. Sein junges, ernsthaftes Gesicht glänzte noch von der Morgenwäsche.

»Wir waren doch nur einen Tag weg, Bill«, antwortete Callie abwesend, weil sie zu Frannie hinüberblickte, die einen Landvermessungsstab hielt.

»Ja, ich weiß, aber niemand wusste genau, wann Sie zurückkommen würden. Ich hatte heute früh einen Termin beim Zahnarzt, sonst wäre ich schon eher da gewesen.«

»Hm. Und, wie war es?«

»Gut. Keine Probleme. Sie haben übrigens wirklich schöne Zähne.«

Callie unterdrückte ein Schmunzeln. »Danke.« Sie notierte sich die Höhe des Landvermessungsstabes und rief: »Nächster Punkt, Frannie.«

Jake hatte mit seiner Einschätzung der beiden Hilfskräfte aus West Virginia Recht gehabt: Frannie war dünn, dumm und vollkommen besessen von Chuck, befolgte aber willig jede Anweisung. Und im Gegensatz zu Bill blies sie ihr weder zärtlich in den Nacken, noch stellte sie ständig Fragen. Callie ließ das bewegliche Teleskop rotieren, bis die neue Position eingestellt war, und notierte den zweiten Wert. Bill hockte die ganze Zeit hinter ihr. Sie konnte sein Aftershave und einen Hauch von Mundwasser riechen.

»Ich habe gestern Tonscherben gefunden«, sagte er. »Dory hat sie fotografiert. Möchten Sie die Fotos sehen? Ich selbst habe zusätzlich ein paar Polaroidaufnahmen gemacht. Hey, Dory! Wie läuft's?«

»Hi, Bill. Irgendwelche Höhlen entdeckt?«

»Nö. Äh, Callie?«

»Hm?«

»Ich habe gestern Abend den Bericht geschrieben. Die Tonscherben sind wirklich cool. Digger sagt, dass sie vermutlich von einem Kochtopf stammen. Wir haben sie dokumentiert und so.«

»Das ist gut.« Callie notierte sich weitere Maße. »Das war es, Frannie. Danke!«, rief sie und fuhr, an Bill gewandt, fort: »Bleib heute an der gleichen Stelle, und sieh zu, ob du noch etwas findest.«

»Ich hatte gehofft, ich könnte heute mit Ihnen arbeiten.«

»Später vielleicht.«

»Okay, klar. Auf jeden Fall ist das alles viel cooler, als ich erwartet habe. Also, wenn Sie Hilfe brauchen ...« Er wies auf die Stelle hinter dem Friedhof. »Bei den Knochen, meine ich. Ich könnte bei Ihnen an einem Tag mehr lernen als bei den anderen in einem Monat.«

»Wir sehen mal, morgen vielleicht.«

»Irre.«

Bill machte sich auf den Weg, um sein Werkzeug zu holen.

»Pass auf, dass du keinen Ausschlag davon bekommst, dass er dir ständig den Arsch küsst«, sagte Jake, der in diesem Moment hinter Callie auftauchte.

»Ach, halt den Mund. Bill ist nur eifrig. Vielleicht könnte eine deiner Schönheitsköniginnen mit dem Einmessen anfangen. Sonya vielleicht? Dory könnte mit ihr zusammenarbeiten.«

»Das habe ich schon veranlasst.« Er wies zu der Stelle, wo die beiden Frauen mit Zollstöcken und Bleilot arbeiteten. »Ab nächste Woche kann Sonya nur noch am Wochenende kommen. Ihre Vorlesungen beginnen wieder.«

»Was ist mit Dory?«

»Sie versucht ein Sabbatical zu nehmen, weil sie bei der Ausgrabung bleiben möchte. Chuck und Frannie bleiben auch, ebenso wie Matt. Jedenfalls in der nächsten Zeit. Und Bill würden sowieso keine zehn Pferde von hier wegbekommen. Von den Erstsemestern verlieren wir allerdings ein paar, aber Leo bemüht sich schon um Ersatz.«

»Wenn uns die Hilfskräfte knapp werden, sollten wir zusehen, dass sie jetzt genug zu tun haben.«

Sie trennten sich. Jake machte sich im Hüttenbereich, wie sie ihn bezeichneten, wieder an die Arbeit, und Callie ging zum Friedhof. Sie spürte die Erde zwischen den Fingern, während ihr die Sonne auf den Rücken brannte und der Wind mit ihren Haaren spielte. Mit Hacke und Bürste enthüllte sie Stück für Stück die Vergangenheit, während ihre Gedanken zu ihrer eigenen Geschichte zurückkehrten.

William Blakely, Suzanne Cullens Gynäkologe, hatte sich zwölf Jahre nachdem er sie von einem gesunden, sieben Pfund schweren Mädchen entbunden hatte, zur Ruhe gesetzt. Vierzehn Jahre später starb er an Prostatakrebs. Seine Frau, die in der Praxis mitgearbeitet hatte, lebte noch. Sie hatten drei Kinder. Die Sprechstundenhilfe, die in der fraglichen Zeit bei Blakely gearbeitet hatte, war ebenfalls pensioniert und aus der Gegend weggezogen.

Callie hatte vor, die Witwe des Arztes zu besuchen und so bald wie möglich mehr über die Sprechstundenhilfe herauszufinden. Sie wollte auch die Hebamme aufspüren, die Suzanne während der Entbindung beigestanden hatte, und die Frau, mit der sie im Krankenhaus das Zimmer geteilt hatte.

Auch den Kinderarzt, zu dem Suzanne mit Doug und Jessie gegangen war, wollte sie aufsuchen. Es erinnerte sie an das Einmessen einer Grabungsfläche. Jeder der Namen auf Suzannes Liste war ein Punkt auf dem Bild ihrer Vergangenheit. Callie würde diese Punkte markieren, vermessen und untersuchen. Und irgendwie würde sich daraus das Raster ergeben, an dem ihr Leben zu erkennen war. Sorgfältig bürstete sie die

Erde von einem Kieferknochen ab. Als sie nach ihrer Kamera greifen wollte, stellte sie fest, dass sie nicht da war.

»Ich habe sie.« Dory hockte sich hin und nahm den Schädel ins Visier. »Ich kümmere mich heute um das Mittagessen.« Sie erhob sich und fotografierte den Schädel aus einem anderen Winkel. »Mein Name ist Dory, und ich bin heute Ihre Kellnerin. Was wünschen Sie?«

»Ich hätte gerne diese Fleischbällchen, mit extra Sauce und Käse. Und eine Tüte Chips – am liebsten Sour Cream und Onion.«

»Wie kann es sein, dass du so schlank bleibst, wenn du so etwas isst? Ich brauche Kartoffelchips bloß anzuschauen, und schon nehme ich fünf Kilo zu.« Dory ließ die Kamera sinken. »Das ist so ungerecht! Ich esse heute zur Abwechslung mal Joghurt.«

Sie legte die Kamera weg, zog einen Notizblock aus der hinteren Hosentasche und notierte Callies Bestellung.

»Brauchst du Geld?«

»Nein, ich habe noch genug. Apropos, wir versuchen, für heute Abend eine Pokerrunde zusammenzustellen. Hast du Lust mitzuspielen?«

»Ja, aber ich muss arbeiten.«

»Ab und zu braucht jeder mal ein bisschen Erholung. Du hast dir noch keinen Abend freigenommen, seit wir mit der Ausgrabung begonnen haben. Und wenn du nicht gerade auf dem Feld bist, fährst du durch die Gegend. Gestern nach Atlanta und zurück, letzte Woche einen Tag ins Labor ...«

»Woher weißt du, dass ich in Atlanta war?«

Dory zuckte bei Callies scharfem Tonfall zusammen. »Rosie hat es erwähnt. Sie sagte, du seiest mit Jake geschäftlich in Atlanta. Tut mir Leid, ich wollte nicht indiskret sein.«

»Ist schon okay. Wenn ich es schaffe, mache ich heute Abend mit, aber ich muss mich noch um ein anderes Projekt kümmern, das ziemlich zeitraubend ist.«

»Klar. Du kannst jederzeit dazustoßen.« Dory stand auf und klopfte sich den Staub von den Knien. Sie wies auf den Schädel. »Ich wette, er hat nicht oft Fleischbällchen gegessen.«

»Wahrscheinlich nicht.«

»Das sind die Vorteile der modernen Zivilisation«, erklärte Dory und ging zu ihrem Auto.

Callie wartete, bis sie fort war, dann stemmte sie sich aus ihrer Grube und winkte Rosie zu sich.

»Hast du irgendjemandem gegenüber erwähnt, dass ich gestern in Atlanta war?«

Rosie nahm sich eine Flasche Gatorade aus der Kühltasche. »Vermutlich.« Sie nahm einen großen Schluck. »Dein heimlicher Verehrer war so traurig, dass du nicht da warst. Ich habe ihm gesagt, ihr hättet geschäftlich im Süden zu tun und würdet in ein oder zwei Tagen zurück sein. Vielleicht habe ich das auch jemand anders gegenüber erwähnt. War es eine geheime Mission oder was?«

»Nein.« Callie zuckte die Achseln. Stirnrunzelnd blickte sie zu Bill hinüber. »Hat er sonst noch etwas über mich gefragt?«

»Ja, er stellt ständig Fragen. Was du gerne in deiner Freizeit machst. Ob du einen Freund hast.«

»Einen Freund? Ach, du lieber Himmel!«

»Er wirft Jake böse Blicke zu, wenn er sich sicher ist, dass der es nicht merkt. Und dich schaut er immer anbetend an.«

»Meine Güte, er benimmt sich wie ein Zwölfjähriger!«

»Er ist vierundzwanzig. Na komm, Callie.« Rosie stieß ihr freundschaftlich den Ellbogen in die Rippen. »Es ist doch süß. Sei nett zu ihm.«

»Ich *bin* nett zu ihm.«

Trotzdem machte Callie sich Gedanken darüber, was die Mitglieder des Teams wohl alles mitbekamen, und sie beschloss, die nächsten Schritte ohne Jake zu unternehmen.

Lorna Blakely hatte stahlgraue Haare und trug eine Bifokalbrille. Während sie misstrauisch durch die Fliegengittertür spähte, strichen ihr vier Katzen miauend um die Beine.

»Ich kenne niemanden namens Dunbrook.«

»Nein, Ma'am. Sie kennen mich nicht.« Die Umgebung

wirkte ruhig, wohlhabend und friedlich, und Callie fragte sich, ob die Frau allen Ernstes glaubte, dass das Fliegengitter jemanden davon abhalten würde, gewaltsam in ihr Haus einzudringen. »Ich möchte mit Ihnen über eine frühere Patientin Ihres Mannes sprechen. Suzanne Cullen.«

»Mein Mann ist tot.«

»Ja, Ma'am. Er war Suzanne Cullens Arzt und hat sie von ihren beiden Kindern entbunden. Erinnern Sie sich an sie?«

»Natürlich, ich bin ja nicht senil. Sie lebt im Süden des Bezirks und ist mit ihren Backwaren berühmt geworden. Sie war eine nette junge Frau. Hübsche Babys. Eines ist entführt worden. Schreckliche Geschichte.«

»Ja, Ma'am. Darüber möchte ich gerne mit Ihnen sprechen.«

»Sind Sie von der Polizei? Das ist doch bestimmt schon dreißig Jahre her. Damals habe ich auch schon mit der Polizei geredet.«

»Nein, ich bin nicht von der Polizei.« Callies Instinkt sagte ihr, dass diese misstrauische Frau mit den Katzen nicht fähig gewesen wäre, Babys, die ihr Mann entbunden hatte, entführen zu lassen und zu verkaufen. »Mrs Blakely, ich bin das entführte Baby. Ich bin Suzanne Cullens Tochter.«

»Warum haben Sie das denn nicht gleich gesagt?« Lorna stieß die Tür auf. »Wie geht es Ihrer Mama? Ich habe gar nicht gehört, dass man Sie gefunden hat, aber ich schaue mir auch nicht oft die Nachrichten an, seit William tot ist.«

»Ich habe es erst kürzlich erfahren. Möglicherweise würde es mir helfen, herauszufinden, was damals passiert ist, wenn ich Ihnen ein paar Fragen stellen dürfte.«

»Das ist großartig!« Lorna schüttelte so heftig den Kopf, dass ihre Haarnadeln herausfielen. »Genau wie bei diesen Sendungen wie *Vermisst* oder *Bitte melde dich*. Kommen Sie, setzen Sie sich.«

Sie führte Callie in ein kleines, voll gestopftes Wohnzimmer, in dem die gesamte Einrichtung bis hin zu den Lampen auf den Beistelltischen farblich aufeinander abgestimmt war. Lorna setzte sich in einen geblümten Sessel und legte die Füße auf ein Fußbänkchen. Als Callie sich aufs Sofa setzte, sprang eine der Katzen auf ihren Schoß.

»Sie sind also Suzannes kleines Mädchen«, fuhr Lorna fort. »Na, das ist doch toll! Wenn ich es recht bedenke, sehen Sie ihr auch ähnlich. Sie hat beide Schwangerschaften gut durchgestanden«, fügte sie hinzu. »Eine starke, gesunde junge Frau. Es hat mir fast das Herz gebrochen zu sehen, wie elend sie war, nachdem sie ihre Tochter verloren hatte.«

»Sie haben mit Ihrem Mann in der Praxis gearbeitet.«

»Ja, zweiundzwanzig Jahre lang.«

»Können Sie sich erinnern, ob sich damals irgendjemand auffällig für Suzanne interessiert hat, als sie während der Schwangerschaft Patientin Ihres Mannes war?«

»Die Polizei hat damals schon all diese Fragen gestellt, aber ich konnte ihnen gar nichts sagen. William hat es fast das Herz gebrochen, als er hörte, dass das Baby entführt worden war.«

»Wer hat damals außer Ihnen in der Praxis gearbeitet?«

»Mein Mann hatte zwei Sprechstundenhilfen, eine saß am Empfang, und dann noch Hallie. Sie war zehn, nein, elf Jahre bei uns.«

»Was ist mit der anderen? Hieß sie nicht Karen Younger?«

»Sie ist damals aus der Stadt hierher gezogen. Sie arbeitete ungefähr sechs Jahre am Praxisempfang, dann wurde ihr Mann nach Texas versetzt. Sie schreibt mir jedes Jahr zu Weihnachten eine Karte. Sie war ein gutes Mädchen. William hat ihr zweites Kind, einen Jungen, auf die Welt geholt. Danach hat sie noch zwei Jahre für uns gearbeitet, bis sie weggezogen ist.«

»Wissen Sie, wo genau sie in Texas lebt?«

»Selbstverständlich. Ich habe Ihnen doch schon gesagt, ich bin nicht senil. Sie wohnt in Houston. Mittlerweile hat sie zwei Enkelkinder.«

»Könnten Sie mir vielleicht die Adressen von ihr und Hallie geben? Ich möchte gerne Kontakt zu ihnen aufnehmen. Vielleicht erinnern sie sich ja an irgendetwas, was mir weiterhilft.«

»Ich wüsste nicht, woran die beiden sich nach dieser langen Zeit noch erinnern sollten. Irgendein Fremder hat Sie damals entführt, so etwas kommt leider vor. Die Menschen sind schlecht.«

»Im Krankenhaus gab es auch Leute, die Ihren Mann kannten und wussten, dass Suzanne ein Baby bekommen hatte. Pfleger, Krankenschwestern, andere Ärzte. Wissen Sie zufällig noch, welche Hebamme bei meiner Geburt geholfen hat?«

Lorna blies die Wangen auf. »Das könnte Mary Stern gewesen sein oder auch Nancy Ellis. Aber ganz sicher bin ich mir nicht.«

»Wohnen die beiden noch hier in der Gegend?«

»Soweit ich weiß, ja. Wissen Sie, man verliert die Leute ein wenig aus den Augen, wenn man verwitwet ist. Aber anstatt mit jedem Einzelnen zu reden, der damals im Krankenhaus gearbeitet hat, wenden Sie sich doch lieber an Betsy Poffenberger. Sie hat über vierzig Jahre da gearbeitet, und es gibt nichts, was sie nicht weiß oder gesehen hat. Sie hat ständig ihre Nase in anderer Leute Angelegenheiten gesteckt.«

»Wo finde ich sie?«

Betsy wohnte zwanzig Minuten entfernt in einer Siedlung, die Ronald Dolan gebaut hatte, wie Callie erfuhr.

»Lorna Blakely hat Sie geschickt?« Betsy war eine robuste Frau mit pechschwarzem Haar, das sie zu einem festen Knoten zusammengesteckt hatte. Sie saß auf der Vorderveranda vor ihrem Haus, ein Fernglas in Griffweite neben sich. »Die alte Beißzange! Sie konnte mich nie leiden, weil sie dachte, ich wollte etwas von ihrem William. Ich war damals nicht verheiratet, und Lorna dachte, alle unverheirateten Frauen seien ständig auf Männerjagd.«

»Lorna meinte, Sie könnten mir vielleicht sagen, wer damals im Kreißsaal bei Suzanne Cullen war, als sie ihre Tochter bekommen hat. Und vielleicht auch, mit wem sie auf dem Zimmer lag oder sonst Kontakt hatte. Die Krankenschwestern, das übrige Personal auf der Entbindungsstation und so weiter.«

»Meine Güte, das ist lange her.« Betsy beäugte Callie neugierig. »Ich habe Sie im Fernsehen gesehen.«

»Ich arbeite an dem archäologischen Projekt am Antietam Creek.«

»Genau. Das ist es. Sie erwarten doch nicht etwa von mir, dass ich Ihnen irgendetwas erzähle, ohne den Grund für Ihre Frage zu wissen.«

»Sie wissen ja, dass Suzanne Cullens Tochter entführt wurde. Damit haben meine Fragen zu tun.«

»Sind Sie nun Archäologin oder Detektivin?«

»Nun, manchmal ist das fast das Gleiche. Ich wäre Ihnen wirklich sehr dankbar, wenn Sie mir helfen könnten, Mrs Poffenberger.«

»Mir hat das damals für Mrs Cullen furchtbar Leid getan. Alle Leute haben das so empfunden. Normalerweise passiert so etwas hier nicht.«

»Aber es ist passiert. Können Sie sich vielleicht an irgendetwas Besonderes, irgendwelche außergewöhnlichen Vorfälle erinnern?«

»Wir haben damals wochenlang über nichts anderes geredet. Alice Lingstrom war zu dieser Zeit Oberschwester auf der Entbindungsstation. Ich bin gut mit ihr befreundet. Sie und Kate Regan und ich, wir haben in den Pausen viel über die Entführung gesprochen. Kate arbeitete in der Krankenhausverwaltung. Wir sind zusammen zur Schule gegangen. Im Moment erinnere ich mich an nichts Besonderes, aber ich kann mich ja noch einmal umhören. Ich habe immer noch ganz gute Beziehungen«, fügte sie augenzwinkernd hinzu. »Ja, das könnte ich sicher. Jay Cullen hat den Sohn meiner Schwester in der Schule unterrichtet. Mike ist nicht gerade der Hellste, wenn Sie wissen, was ich meine, aber meine Schwester hat gesagt, dass Mr Cullen ihm zusätzliche Stunden gegeben hat, um ihm zu helfen. Also könnte ich ja auch etwas für ihn tun.«

»Danke.« Callie schrieb ihre Handynummer auf einen Zettel. »Unter dieser Nummer können Sie mich erreichen. Jede Information ist mir wichtig.«

Betty betrachtete die Nummer mit geschürzten Lippen, dann musterte sie forschend Callies Gesicht. »Sind Sie mit den Cullens verwandt?«

»Es sieht so aus.«

In der Küche war der Pokerabend bereits in vollem Gange, als Callie nach Hause kam. Eilig wandte sie sich zur Treppe, in der Hoffnung, unbemerkt in ihr Zimmer zu gelangen. Aber anscheinend verfügte Jake über eine Art Radarsystem, wenn sie in der Nähe war. Sie war bereits auf halbem Weg nach oben, als er sie am Arm ergriff und mit sich nach unten zog.

»Hey, lass mich los!«

»Wir machen einen Spaziergang.« Er hielt sie weiter fest und dirigierte sie zur Tür. »Damit mir niemand in die Quere kommt, wenn ich dich verprügele.«

»Wenn du weiter so an mir zerrst, bekommst *du* gleich Ärger.«

»Warum hast du dich heimlich weggeschlichen?«

»Ich habe mich nicht weggeschlichen, ich bin weggefahren. Und zwar in meinem frisch lackierten Auto.«

»Wo warst du?«

»Ich bin dir keine Auskunft schuldig.«

»Wo warst du, und warum hast du dein Handy ausgeschaltet, sodass ich dich nicht erreichen konnte?«

Als sie am Bach angekommen waren, konnte Callie sich endlich losreißen. »Ich habe ein paar Informationen überprüft. Ich wollte das allein erledigen, weil ich keine Lust habe, dass das gesamte Team über uns redet, nur weil wir ständig zusammen sind.«

»Scheiß auf den Klatsch! Ist dir vielleicht jemals in den Sinn gekommen, dass ich mir Sorgen mache, wenn ich nicht weiß, wo du bist?«

»Nein. Ich habe mir bloß gedacht, dass du wütend sein wirst.«

»Ich *bin* wütend.«

»Das ist mir egal, aber ich wollte natürlich nicht, dass du dir Sorgen machst. Es tut mir Leid.«

»Was hast du gesagt?«

»Ich habe gesagt, es tut mir Leid.«

»Du hast dich wahrhaftig entschuldigt, ohne dass ich dich dazu gezwungen habe?« Jake hob die Hände und blickte zum Himmel. »Ein Wunder ist geschehen!«

»Und jetzt werde ich dir sagen, was du mit der Entschuldigung machen kannst.«

»Oh, oh, ich freue mich schon darauf!«

Er umfasste ihr Gesicht mit beiden Händen und gab ihr einen Kuss. Als sie ihn weder trat noch schubste, zog er sie dichter an sich heran. Sein Kuss wurde leidenschaftlicher, und er fuhr mit den Fingern in ihre Haare. Seine Lippen waren warm und sanft, und seine Hände überredeten sie eher, als dass sie Besitz von ihr ergriffen. Callie konnte sich nicht erinnern, jemals von Jake so liebevoll geküsst worden zu sein.

»Was ist los mit dir?«, fragte sie an seinem Mund.

Er löste sich von ihr und atmete tief durch. »Wir hören jetzt besser damit auf, sonst vergesse ich noch, warum ich wütend auf dich bin. Also, wo warst du?«

Callie holte tief Luft.

»Sollen wir uns setzen?«, fragte sie. Sie ließen sich am Bachufer nieder, und dann erzählte sie ihm, wo sie am Nachmittag gewesen war und was sie in Erfahrung gebracht hatte.

17

Callie saß im Schneidersitz auf dem Boden und füllte ein Formular aus. Die Blätter und Zettel auf ihrem Klemmbrett flatterten leise im Wind. Um sie herum herrschte reges Stimmengewirr. Es war Wochenende, und etliche Amateurarchäologen und neugierige Studenten waren auf dem Gelände erschienen. Leo plante für den nächsten Monat eine Art Tag der offenen Tür, damit die Ausgrabung vor dem Ende der Saison noch mehr Aufmerksamkeit in der Öffentlichkeit erlangte. Die freiwilligen Hilfskräfte, die das Team dadurch hinzugewinnen würde, würden wahrscheinlich selbst mehr Arbeit machen, als dass sie wirklich nützlich wären, aber Callie war es gleichgültig, solange es dem Projekt Publizität einbrachte.

Als plötzlich ein Schatten über sie fiel, sagte sie ohne aufzuschauen: »Sie können diese Kübel zum Abraumhaufen tragen. Aber vergessen Sie nicht, sie anschließend zurückzubringen.«

»Das würde ich ja gern tun, wenn ich wüsste, was ein Abraumhaufen ist und wo er sich befindet.«

Callie schaute auf, wobei sie ihre Augen mit der Hand abschirmte. Als sie Suzanne entdeckte, zuckte sie unwillkürlich leicht zusammen. Suzanne trug eine Sonnenbrille und eine Baseball-Kappe, und Callie hatte beinahe das Gefühl, einer etwas älteren Version ihrer selbst gegenüberzustehen.

»Entschuldigung, ich dachte, du wärst eine von den Aushilfen«, sagte sie.

»Ich habe dich heute früh im Radio gehört.«

»Ja, Jake, Leo und ich wechseln uns mit den Medien ab.«

»Es klang alles so faszinierend, dass ich dachte, ich müsste endlich mal vorbeikommen und es mir selbst ansehen. Ich hoffe, das ist in Ordnung.«

»Klar.« Callie legte das Klemmbrett zur Seite und stand auf. »Und« – sie hakte ihre Daumen in die Taschen ihrer Jeans, um die Hände ruhig zu halten – »wie findest du es?«

»Ehrlich gesagt, ordentlicher, als ich es mir vorgestellt habe«, sagte Suzanne, während sie ihren Blick über das Gelände schweifen ließ. »Und voller.«

»Am Wochenende kommen immer viele freiwillige Helfer.«

»Ja, das sehe ich«, erwiderte Suzanne lächelnd und blickte zu der Stelle, wo Tyler in einem kleinen Erdhaufen grub.

»Das ist Lana Campbells kleiner Junge. Er kommt jeden Samstag. Wir geben ihm immer Erde, die wir schon durchgesiebt haben, und verstecken ein paar kleinere Fundstücke darin, von denen er welche behalten kann.«

»Jedes noch so kleine Teil, das ihr hier findet, sagt dir etwas über die Menschen, die hier gelebt haben. So habe ich es jedenfalls aus deinem Rundfunkinterview verstanden.«

»Ja, genau. Um die Vergangenheit zu verstehen, musst du sie rekonstruieren können.« Callie schwieg einen Moment lang. »Und genau das versuche ich, Suzanne«, fuhr sie schließlich fort.

»Ja, ich weiß.« Suzanne legte die Hand auf Callies Arm. »Du fühlst dich nicht wohl in meiner Gegenwart, und das ist zum Teil meine Schuld, weil ich in Lanas Büro zusammengebrochen bin. Jay hat mir einen Vortrag darüber gehalten, dass ich mich völlig falsch verhalten habe.«

»Nun, du warst verständlicherweise …«

»Du brauchst das nicht zu verstehen«, unterbrach Suzanne sie. Leise Trauer schwang in ihren Worten mit. »Jay hält nicht grundlos Vorträge – was übrigens einer der Gründe ist, warum ich mich damals in ihn verliebt habe. Aber neulich hat er mir überaus deutlich seine Meinung gesagt. Es kam ziemlich unerwartet, aber wahrscheinlich war es genau das, was ich brauchte.«

»Für ihn ist die Situation vermutlich auch nicht einfach.«

»Nein. Das habe ich nur in all den Jahren verdrängt. Ich möchte dir sagen, dass ich dich nie wieder so unter Druck setzen will wie neulich in Lanas Büro.« Sie lachte kurz auf. »Ich werde zumindest *versuchen*, dich nicht mehr so unter Druck zu setzen. Aber ich möchte dich kennen lernen, Callie, und ich möchte, dass du mich kennen lernst. Ich weiß, dass du versuchst, die Vergangenheit zu ... rekonstruieren. Betsy Poffenberger hat mich heute früh angerufen. Sie hat dich auch im Radio gehört.«

»Das muss eine beliebte Sendung sein.«

»Offensichtlich. Sie hat mir erzählt, dass du bei ihr warst, und sie wollte sich bei mir vergewissern, dass es in Ordnung ist, wenn sie dir Informationen gibt. Aber in Wahrheit wollte sie mich über dich ausfragen. Ich habe ihr nichts gesagt, aber die Leute beginnen, eins und eins zusammenzuzählen.«

»Ich weiß. Kommst du damit klar?«

»Das weiß ich noch nicht.« Suzanne legte eine Hand auf ihren Bauch. »Ich bin ziemlich nervös. Die Vorstellung, Fragen zu beantworten, wo alles noch so in der Schwebe hängt, ist schwer. Aber ich kann damit umgehen. Ich bin stärker, als du vielleicht denkst.«

»Ich habe einige deiner Briefe gelesen, und ich glaube, du bist eine der stärksten Frauen, die ich kenne.«

»Oh. Nun.« Suzanne traten die Tränen in die Augen, und sie wandte sich einen Moment lang ab. »Es ist nett, wenn einem die erwachsene Tochter so etwas sagt. Ich möchte wirklich, dass du mir mehr über deine Arbeit hier erzählst. Ich möchte verstehen, was du tust und wer du bist. Wir wollen uns doch wohl miteinander fühlen. Das würde mir für den Augenblick schon genügen.«

»Ich arbeite hier an diesem Befund.« Callie ergriff Suzannes Arm und drehte sie um. »Wir wissen, dass es an diesem Ort eine neolithische Siedlung gegeben hat. Und ungefähr hier befand sich der Friedhof. Siehst du, hier haben wir eine niedrige Steinmauer freigelegt, die den Friedhof umgab. Wenn wir Knochen ausgraben – Knochen sind übrigens meine Spezialität.«

»Knochen sind deine Spezialität?«

»Ja. Ich wäre fast in die forensische Archäologie gegangen, aber da verbringt man zu viel Zeit im Labor. Ich grabe gerne. Hier, schau, das habe ich vor ein paar Tagen gefunden.«

Callie bückte sich nach ihrem Klemmbrett, blätterte ein paar Seiten zurück und zog das Foto eines Schädels heraus. »Er ist schon im Labor, deshalb kann ich ihn dir leider nicht in echt zeigen.«

»Das reicht schon.« Suzanne griff nach dem Foto. »Da ist ja ein Loch. War das eine Verletzung?«

»Eine Trepanation. Eine Operation«, fügte Callie erklärend hinzu, als Suzanne sie verständnislos anblickte. »Mit einem Steinmesser oder einem Bohrer wurde ein Stück aus dem Schädel entfernt. Wir nehmen an, dass sie damit den Schädeldruck bei Frakturen oder Tumoren verringern wollten.«

»Du machst Witze!«

»Nein. Es muss schrecklich wehgetan haben. Die Methoden waren zwar grob und schmerzhaft, aber sie haben versucht, die Kranken und Verletzten zu heilen. Ein Stamm schließt sich zusammen, um sich verteidigen und überleben zu können, und bildet eine Siedlung. Wenn dich die Hütten und Rituale interessieren, kannst du mit Graystone sprechen. Die Menschen haben gejagt und Versammlungen abgehalten. Sie betrieben auch Ackerbau«, fuhr sie fort und wies auf einen noch unberührten Bereich. »Und sie domestizierten Tiere. Aus einer Siedlung entstand ein Dorf, und aus dem Dorf eine Stadt. Warum? Warum gerade hier, warum gerade sie?«

»Dich fasziniert es, herauszufinden, wer und wie die ersten Siedler waren, nicht wahr?«

»Ja.« Callie warf Suzanne einen erfreuten Blick zu. »Und um das zu erfahren, muss die Ausgrabung ganz genau geplant werden – vorausgesetzt, du hast die Erlaubnis zum Graben, genug Finanzmittel und ein Team. Wenn man einfach anfängt, wild draufloszugraben, zerstört man das Gelände. Deshalb muss jeder Schritt und jede Phase detailliert geplant und dokumentiert werden.«

Jake beobachtete aus der Ferne, wie Callie Suzanne auf dem Feld herumführte. Er konnte an Callies Körpersprache ablesen, wie sie sich fühlte. Als Suzanne plötzlich vor ihr gestanden hatte, hatte Callie sich im ersten Moment sofort eingeigelt, aber mittlerweile wirkte sie ganz entspannt. Jetzt ist sie in ihrem Element, dachte Jake, als er sah, wie sie gestikulierte und Bilder zeigte.

»Es ist schön, die beiden zusammen zu sehen«, sagte Lana, die neben ihn getreten war. »Vermutlich ist es für beide nicht einfach, eine gemeinsame Basis zu finden, ohne sich gegenseitig zu verletzen. Ich glaube, es ist besonders für Callie eine Herausforderung, da sie an so vielen Fronten gleichzeitig kämpfen muss.«

»Wie meinen Sie das?«

»Oh, ich glaube, Sie wissen schon, wie ich es meine. Im Augenblick muss sie sich beruflich auf dieses Projekt konzentrieren, das sie fordert und erregt. Zugleich versucht sie, ihre Vergangenheit aufzuklären und eine Beziehung zu Suzanne aufzubauen. Und dann sind da noch Sie. Und Sie sind, wenn ich das sagen darf –«

»Sie werden es ja so oder so sagen.«

»Stimmt. Also, ich halte Sie für einen komplizierten Mann. Ich hatte schon immer ein Faible für komplizierte Männer – mit ihnen wird es selten langweilig. Ich mag Callie wirklich sehr gern. Und ich freue mich, wenn ich sie mit Suzanne zusammen sehe, so wie ich mich freue zu beobachten, dass Sie beide versuchen, miteinander klarzukommen.«

»Das geht schon lange so.« Jake drehte sich um, da Ty angelaufen kam, einen Knochen in der schmutzigen kleinen Faust.

»Guck mal, was ich gefunden habe! Einen Knochen!«

Jake schmunzelte, als Lana sich vergeblich bemühte, einen leisen Laut des Ekels zu unterdrücken. Er hob Ty hoch, damit er seiner Mutter den Knochen unter die Nase halten konnte.

»Er ist sauber, Mom, nicht?«

»Hm. Sehr sauber.«

»Ist er von Leuten? Von toten Leuten?«

»Ty, ich weiß gar nicht, warum du dich auf einmal so für tote Leute interessierst.«

»Tote Leute sind sauber«, erklärte Jake nüchtern. Er blickte zu Callie hinüber. »Warum fragen wir nicht einfach die Expertin? Hey, es gibt einen Fund hier, Dr. Dunbrook!«, rief er.

»Es ist ein Knochen!«, brüllte Ty und schwenkte ihn wie eine Fahne, als Callie mit Suzanne näher trat.

»Ja, das stimmt.« Callie betrachtete den Knochen nachdenklich.

»Ist er von einem Toten?«, fragte Ty.

»Er stammt von einem Reh«, erwiderte sie. Enttäuscht verzog der Junge das Gesicht.

»Aber es ist ein sehr wichtiger Fund«, fügte sie hinzu. »Siehst du den Wald da, Ty-Rex?« Sie strich ihm über die Haare. »Vielleicht ist das Reh dort durch den Wald gelaufen. Vielleicht ist ein Junge, nicht viel älter als du, an einem Tag wie heute mit seinem Vater, seinem Bruder und seinem Onkel auf die Jagd gegangen. Vielleicht war er sogar zum ersten Mal mit auf der Jagd, als sie dieses Reh erlegt haben. Und du hast jetzt den Knochen gefunden und kannst dich an ihn erinnern.«

»Darf ich ihn mit in die Schule nehmen?«

»Klar. Ich zeige dir, wie du ihn sauber machen und beschriften musst.«

Ty streckte die Arme nach Callie aus, und einen Moment lang hielten sie und Jake das Kind gemeinsam. In ihrem Bauch flatterte es, als sich ihre Blicke trafen. »Könntest du vielleicht Suzanne das Gelände aus anthropologischer Sicht erläutern?«, fragte sie. »Ty und ich müssen uns um den Knochen kümmern.«

»Klar.«

»Es ist eine seltsame Welt, nicht wahr?«, sagte Suzanne, als Callie mit Tyler auf dem Arm fortging.

»Ja, Ma'am.«

»Sie sind, mehr oder weniger, mein Schwiegersohn. Und da ich die Umstände Ihrer Beziehung zu Callie nicht kenne, weiß ich nicht, ob ich böse auf Sie sein soll oder enttäuscht von Ihnen, oder ob ich Mitleid mit Ihnen haben soll.«

»Wahrscheinlich hätte ich eine Mischung aus allen dreien verdient.«

»Sie haben an dem Tag, als wir uns in Lanas Kanzlei getroffen haben, vor dem Haus auf sie gewartet. Und Sie waren mit ihr in Atlanta. Bedeutet das, dass Sie sich um sie kümmern?«

»Ja.«

»Gut.«

Jake dachte einen Moment lang nach, dann zog er seine Brieftasche heraus. Er blickte zu Callie hinüber, um sicher zu gehen, dass sie noch mit Ty beschäftigt war, und zog ein Foto aus der Brieftasche.

»Ich kann es Ihnen leider nicht geben, weil ich nur das eine habe«, sagte er. »Aber ich dachte, Sie möchten es vielleicht gerne sehen. Das ist unser Hochzeitsfoto, jedenfalls so eine Art. Wir sind nach Vegas gefahren und haben dort eine Blitztrauung vornehmen lassen, am verrücktesten Ort, den wir finden konnten. Irgendein Typ hat dann diesen Schnappschuss von uns gemacht.«

Das Foto war verknickt und abgegriffen, aber die Farben waren immer noch leuchtend. Jake und Callie standen vor einer rosafarbenen Wand mit einer roten, herzförmigen Tür darin, an der ein Schild mit dem Wort *Ehe-Karussell* hing. Callie trug ein knallrotes Hochzeitskleid, das die Bezeichnung »Kleid« kaum verdient hatte, da es sich eigentlich nur um ein kurzes, trägerloses Stück Stoff handelte. Sie hatte beide Arme um Jakes Taille geschlungen, und hinter ihrem Ohr klemmte eine rote Rose. Er trug einen dunklen Anzug und eine rote Krawatte mit einem grünblauen Papagei darauf. Auch er hatte die Arme um Callie geschlungen. Sie grinsten beide über das ganze Gesicht und sahen sehr glücklich aus.

»Callie hat die Krawatte ausgesucht«, erzählte Jake. »Das war das erste und letzte Mal, dass ich es zugelassen habe, das können Sie mir glauben. In dem Raum gab es ein Karussell, auf das man sich stellen musste, mit Pferden, die wie Braut und Bräutigam angezogen waren. Und während sich das Karussell drehte, hat dieser Typ im Clownskostüm – na ja, Sie wissen schon.«

»Sie sehen schrecklich verliebt aus«, brachte Suzanne hervor. »Verrückt vor Liebe.«

»Ja, verrückt ist das richtige Wort.«

»Und Sie lieben Callie immer noch.«

»Sehen Sie sie doch an! Wie sollte man sie jemals nicht lieben? Also ...« Jake steckte das Foto wieder ein, klappte die Brieftasche zu und steckte sie wieder in seine Tasche. »Da Sie mehr oder weniger meine Schwiegermutter sind – wie wäre es, wenn Sie mir ein paar von diesen wunderbaren Macadamianuss-Brownies backen?«

Sie lächelte ihn an. »Das wäre schon möglich.«

»Es müsste nur unter uns bleiben, denn wenn einer von den Vielfraßen im Haus es mitbekommt, bleiben mir nur noch Krümel.« Er wurde von einem Geräusch abgelenkt. »Hier scheint heute Besuchstag zu sein.«

Suzanne blickte zu dem Auto hinüber, das am Zaun vorgefahren war. »Das ist Doug. Ich dachte nicht, dass er so schnell schon wieder zurück sein würde.« Sie zog scharf die Luft ein, als sie sah, dass Lana auf ihren Sohn zustürzte und dieser sie in seine Arme riss und küsste.

»Ich wusste gar nicht, dass die beiden zusammen sind.«

»Ist das ein Problem für Sie?«, fragte Jake.

»Nein. Nein«, erwiderte sie. »Ich bin nur überrascht.« Ty raste ebenfalls auf die beiden zu, wobei er immer noch den Knochen schwenkte. Als Doug über den Zaun sprang und sich neben den kleinen Jungen hockte, um seinen Fund zu betrachten, fügte Suzanne seufzend hinzu: »Eine sehr große Überraschung.«

Doug ließ sich von Ty berichten, wie er den Knochen gefunden hatte und was Callie ihm darüber erzählte hatte und schüttelte dann lächelnd den Kopf. »Das ist ja cool«, sagte er. »Tja, vielleicht willst du jetzt das, was ich hier drin habe, gar nicht mehr haben, wo du so etwas Aufregendes gefunden hast.«

»Was ist es denn?«, fragte Ty neugierig und blickte auf die Tasche, die Doug in der Hand hielt. »Für mich?«

»Ja. Aber wenn du ihn nicht willst, behalte ich ihn selbst.« Doug griff in die Tasche und zog einen Spielzeug-Dinosaurier daraus hervor.

»Ein Tyrannosaurus Rex! Danke!« Ty fiel Doug begeistert um den Hals. »Das ist toll! Darf ich ihn vergraben und wieder ausgraben?«

»Na klar.« Doug richtete sich auf, als Ty zum Abraumhaufen lief. »Das scheint ja ein Hit zu sein.« Er blickte Lana an, die ihn angrinste. »Willst du auch ein Geschenk?«

»Ja.«

Doug griff noch einmal in die Tasche, und Lana blieb der Mund offen stehen, als er ihr Mitbringsel zutage förderte.

»Ist das ...«

»Ja. Die offizielle, knallblaue, gitarrenförmige Elvis-Fliegenklatsche. Nach langer Suche und eingehender Beratung war sie das Albernste, was ich finden konnte. Ich hoffe, sie gefällt dir.«

»Sie ist wunderschön.« Lachend warf Lana Doug die Arme um den Hals.

»Du hast mir gefehlt. Ich weiß nicht so recht, ob mir das gefällt, weil ich nicht daran gewöhnt bin, jemanden zu vermissen, aber du hast mir gefehlt«, sagte er.

Sie löste sich von ihm. »Bist du denn daran gewöhnt, vermisst zu werden?«

»Eigentlich nicht.«

»Nun, du hast mir nämlich auch gefehlt«, sagte sie und ergriff seine Hand.

Callie hatte das Team gerade aufgefordert, alle Materialien und Werkzeuge einzusammeln, als sie sah, dass noch ein Besucher eintraf. Bill McDowell kam eilfertig zu ihr herübergelaufen. »Soll ich das übernehmen, Callie?« Er nickte zu der himmelblauen Limousine hinüber, die vor dem Zaun parkte. »Mir macht das nichts aus.«

»Ist schon okay.« Callie beobachtete, wie Betsy Poffenberger aus dem Auto stieg. »Ich kenne sie.«

»Okay. Ein paar von uns wollen heute Nacht hier zelten. Wir wollen grillen und Bier trinken. Einfach so ein bisschen herumhängen. Machen Sie mit?«

»Ich weiß nicht. Vielleicht.«

»Ich sammle Ihre Werkzeuge für Sie ein.«

»Danke«, erwiderte sie abwesend und ging Mrs Poffenberger entgegen, um sie zu begrüßen.

»Jetzt sehen Sie sich bloß diese riesigen Löcher im Boden an. Graben Sie die selbst?«

»Ja, zumindest ein paar davon. Ich hatte gehofft, von Ihnen zu hören.«

»Ich dachte, ich komme einfach mal vorbei und schaue mir alles mit eigenen Augen an. Ich habe Sie heute früh im Radio gehört. Es hat sich echt wissenschaftlich angehört.«

»Danke. Haben Sie etwas herausfinden können?«

Betsy musterte Callie. »Sie haben mir gar nicht erzählt, dass Sie Suzanne Cullens Tochter sind.«

»Macht das einen Unterschied?«

»Ja, sicher. Ich weiß noch, wie damals, als es passierte, ein Foto von Suzanne und Jay Cullen in der Zeitung erschien. Ein Babyfoto von Ihnen war auch abgebildet. Überall in Hagerstown wurden Flugblätter verteilt. Und jetzt sind Sie wieder da. Ist das etwa nichts?«

»Ich bin Ihnen für alles, was Sie mir erzählen können, dankbar, und sollte sich irgendetwas davon als hilfreich erweisen, könnte ich mir vorstellen, dass die Reporter mit Ihnen reden möchten.«

»Glauben Sie wirklich? Na, das wäre doch was. Also, ich

habe mit Alice und Kate geredet, und Alice wusste noch, dass Mary Stern als Hebamme bei Suzanne Cullen im Kreißsaal war. Das weiß sie deshalb so genau, weil sie mit Mary gesprochen hat, nachdem Sie entführt worden waren. Alice klatscht unheimlich gerne. Sie hat mir auch noch ein paar andere Namen nennen können, den der Nachtschwester und so weiter. Ich weiß allerdings nicht, ob sie alle noch hier in der Gegend wohnen.«

Sie zog ein Blatt Papier aus der Tasche. »Ich habe die Namen selbst im Telefonbuch nachgeschlagen. Ich bin ein neugieriger Mensch. Mary Stern lebt mittlerweile unten in Florida. Sie hat sich scheiden lassen, danach wieder geheiratet und mit knapp vierzig noch ein Baby bekommen. Sandy Parker ist bei einem Autounfall vor ungefähr fünf Jahren ums Leben gekommen. Schreckliche Geschichte, ich habe davon in der Zeitung gelesen. Sie kam gerade von der Nachtschicht.«

Callie versuchte, das Blatt Papier an sich zu nehmen, aber Betsy hielt es eisern fest, rückte ihre Brille gerade und las weiter. »An diese Barbara Halloway hier konnte ich mich erst erinnern, als Alice von ihr erzählte. Sie war höchstens ein Jahr bei uns und hat auch nur Nachtschicht gemacht. Ich kannte die meisten Nachtschwestern nicht besonders gut, aber Alice hat mir auf die Sprünge geholfen.«

»Danke, Mrs Poffenberger. Das hilft mir sicher weiter.«

»Sie war ein schnippisches junges Ding«, fuhr die ältere Frau fort. »Kam frisch von der Schwesternschule. Sie hatte rote Haare und wollte sich wohl einen Arzt angeln. Sie hat auch einen bekommen, aber nicht hier, sondern irgendwo oben im Norden. Sie ist, kurz nachdem es passiert ist, weggezogen, deshalb habe ich mich auch nicht gleich an sie erinnert. Sie hatte so eine kühle Art. Wenn ich Sie wäre, würde ich sie mir genauer anschauen. Ja, sie hatte so etwas Kühles.«

»Danke. Das mache ich. Und wenn ich etwas herausfinde, sage ich Ihnen Bescheid.«

»Außerdem stehen hier noch ein paar Pfleger auf der Liste. Jack Brewster zum Beispiel, das war ein gewiefter Bursche. Er war ständig hinter den Schwestern her, ob sie nun verheiratet waren oder nicht.«

In diesem Moment kam Jake herbeigeschlendert. »Dr. Dunbrook? Tut mir Leid, dass ich Sie stören muss, aber Sie werden an Segment fünfunddreißig gebraucht.«

»Bitte? Oh ja, natürlich. Bitte entschuldigen Sie mich, Mrs Poffenberger. Und noch mal vielen Dank für Ihre Mühe.«

»Machen Sie sich deswegen keine Gedanken. Rufen Sie mich einfach an, wenn Sie noch etwas brauchen. Meine Güte, das ist ja wie in einem Krimi.«

Callie steckte das Blatt Papier in ihre Gesäßtasche und trat vom Zaun weg, als Betsy in ihr Auto stieg. »Es gibt kein Segment fünfunddreißig«, sagte sie grinsend zu Jake.

»Du hast ziemlich panisch ausgesehen, deshalb bin ich gekommen, um dich zu retten.«

»Ich hatte keine Panik, mir sind nur beinahe die Ohren abgefallen. Meine Güte, diese Frau hört einfach nicht auf zu reden.« Callie stieß die Luft aus. »Aber sie hat mir auch einen riesigen Gefallen getan. Ich habe jetzt mindestens ein Dutzend Namen.«

»Und was willst du jetzt unternehmen?«

»Ich fange wohl am besten mit der Suche im Internet an und gucke nach, wie viele von den Leuten überhaupt noch leben und hier in der Gegend wohnen. Und dann werde ich weitersehen.«

»Brauchst du Hilfe?«

»Du bist in der letzten Zeit äußerst hilfsbereit.«

Er trat dicht an sie heran. »Die Rechnung stelle ich dir dann später.«

»Ich könnte tatsächlich Hilfe brauchen, und möglicherweise könnte ich dir auch schon eine Anzahlung geben.«

»Babe« – Jake gab ihr einen flüchtigen Kuss –, »keine Sorge, ich vertraue dir.«

Kopfschüttelnd blickte Callie ihm nach, als er quer über das Gelände zu den anderen ging. »Noch ein Krimi«, murmelte sie.

Bill McDowell war ein bisschen betrunken. Eigentlich brauchte er dazu nicht mehr als ein Bier, aber zur Sicherheit trank er zwei, damit der Zustand auch anhielt. Er hatte gesehen, wie Jake sich an Callie herangemacht hatte. Und was noch schlimmer war: Er hatte gesehen, wie sie darauf reagiert hatte. Sie würde an diesem Abend bestimmt nicht zum Ausgrabungsgelände kommen, um mit den anderen zu grillen und zu reden. Dabei wollte Bill sie doch einfach nur anschauen. Er konnte sich gut vorstellen, was jetzt, in dieser Minute, passierte, während er hier draußen saß, sein zweites Bier trank und zuhörte, wie dieser Typ aus dem Ort, Matt, auf seiner Gitarre herumzupfte. In diesem Moment besorgte es dieser verdammte Graystone Callie. Sie war viel zu gut für ihn, das sah man doch auf den ersten Blick. Sie war so klug und so hübsch. Und diese drei Grübchen, die entstanden, wenn sie lachte, brachten Bill beinahe um den Verstand. Wenn sie ihm nur eine Chance gäbe, dann würde er ihr schon zeigen, wie ein Mann eine Frau behandeln musste. Nachdenklich trank er sein Bier aus und malte sich aus, wie er diesen Jacob Graystone zusammenschlagen würde. Ja, genau das würde er tun. Schwankend stand er auf.

»Hey, komm, Kleiner!« Amüsiert packte Digger Bill am Arm, damit er nicht umfiel. »Wie viel hast du schon getrunken?«

»Genug.«

»Scheint mir auch so. Wo willst du hin?«

»Ich muss pinkeln. Was dagegen?«

»Keineswegs«, erwiderte Digger fröhlich. »Möchtest du das Klo im Wohnwagen benutzen?«

»Ich will ein bisschen spazieren gehen.« Bill riss sich los. Er wollte sich nicht von jemandem, der mit Jake zu tun hatte, bemuttern lassen. »Hier ist es mir zu voll.«

»Ja, das habe ich gemerkt. Pass bloß auf, dass du nicht in den Teich fällst und ertrinkst«, sagte Digger. Dann dachte er, dass eigentlich nichts dagegen sprach, wenn er ebenfalls seine Blase erleichterte, und machte sich auf den Weg zu seinem Wohnwagen.

Bill taumelte weg von den Zelten, der Musik und den anderen Leuten. Was wollte er eigentlich hier, wenn Callie nicht da war? Er wusste natürlich nicht mit absoluter Gewissheit, dass sie jetzt gerade mit Jake im Bett lag. Vielleicht wäre sie ja gerne seiner Einladung gefolgt, dachte er, während er durch die Bäume torkelte, aber Jake hatte sie nicht gehen lassen. Das würde er dem Bastard heimzahlen. Er würde zu ihm gehen, sich vor ihm aufbauen und Callie einfach mitnehmen. Sie wäre mir bestimmt dankbar, dachte Bill, während er seine Blase erleichterte. Er stellte sich vor, wie Callie sich an ihn klammerte, zu ihm aufschaute, und wie ihre Grübchen bebten, als sie ihn zaghaft anlächelte. Und da er von der Vorstellung des ersten heißen Kusses, den er Callie geben würde, so gefesselt war, hörte er das Geräusch hinter sich nicht.

Er stürzte bäuchlings zu Boden, als ihn der Schlag traf. Jemand rollte ihn unsanft zum Teich hinunter. Bill stöhnte auf, aber als er in das kühle Wasser glitt, hatte ihn der Schmerz bereits bewusstlos gemacht.

»Okay, das ist das Grundmuster.« Jake saß vor seinem Zeichenblock, während Callie am Computer arbeitete.

Nachdem sie eine Weile darüber debattiert hatten, hatten sie sich darauf geeinigt, in seinem Büro zu arbeiten. In den ersten beiden Stunden war der Lärm eines Actionfilms, den sich ein Mitglied des Teams ausgeliehen hatte, zu ihnen hereingedrungen. Doch jetzt war es ganz still im Haus geworden, und man hörte nur noch Leos leises Schnarchen, der auf dem Sofa im Wohnzimmer schlief.

Callie blickte vom Monitor auf und betrachtete Jakes Entwurf. Sie musste zugeben, dass er ihm gut gelungen war. Jake hatte Callies Namen als zentralen Punkt in die Mitte geschrieben, die ihrer Adoptiveltern auf die eine Seite, die der Cullens auf die andere. Die Namen von Henry Simpson, Marcus Carlyle, Richard Carlyle, dem Bostoner Kinderarzt und die der jeweiligen Angestellten – soweit sie ihnen bekannt waren – standen, in Gruppen zusammengefasst, auf der Seite ihrer Eltern.

Die Namen von den Listen, die Suzanne und Betsy Poffenberger erstellt hatten, waren auf der anderen Seite angeordnet.

»Du bist im Moment die einzige Verbindung, von der wir wissen«, sagte Jake. »Aber es muss noch andere geben, und die genau müssen wir herausfinden. Hier ist eine Tabelle mit den wichtigsten Daten: Vivians Totgeburt, dein Geburtsdatum, der erste Termin, den deine Eltern mit Carlyle hatten, und so weiter.«

»Da können wir bekannte Daten über jeden dieser Namen eintragen«, fügte Callie hinzu.

»Genau, und dadurch entdecken wir wahrscheinlich die Verbindungen. Hast du das letzte Plätzchen gegessen?«

»Nein, habe ich nicht. Du hast es dir genommen. Du hast übrigens auch den letzten Schluck Kaffee getrunken. Also musst du jetzt neuen Kaffee kochen, und in der Zwischenzeit trage ich die anderen Daten ein.«

»Du kannst besser Kaffee kochen als ich.«

»Ich kann auch schneller tippen.«

»Ich mache aber nicht so viele Tippfehler.«

»Ich sitze schon hier auf dem Stuhl.«

»Na gut, mach, was du willst. Aber beschwer dich nicht, wenn der Kaffee wie Sumpfwasser schmeckt.«

Sie grinste, als er sich auf den Weg in die Küche machte. Jake kochte nicht gerne Kaffee. Er wusch ab und kochte, bereitete das Frühstück zu, wusch sogar Wäsche, ohne sich großartig zu beklagen – aber Kaffeekochen verabscheute er. Deshalb erfüllte es Callie immer mit tiefer Zufriedenheit, wenn sie ihn trotzdem dazu brachte.

Ihr fiel auf, dass Jake und sie bereits wieder in ihre alten Verhaltensmuster zurückfielen, allerdings mit ein paar neuen, interessanten Variationen. Sie stritten sich nicht mehr so häufig, und wenn doch, auf eine andere Art. Neuerdings gab einer von ihnen immer nach, bevor der Streit eskalierte. Und sie hüpften auch nicht mehr bei jeder Gelegenheit miteinander ins Bett, was eine angenehme Spannung zwischen ihnen erzeugte. Dabei begehrten sie einander immer noch – dieser Teil des

Musters würde sich wohl nie ändern. Selbst nach der Scheidung hatte Callie Jake noch begehrt, hatte sich danach gesehnt, in der Nacht seinen Körper neben sich zu spüren, danach, wie er seinen Arm ein Stück anhob, damit sie sich an ihn schmiegen konnte.

Insgeheim hoffte sie, dass auch Jake sich nach ihr gesehnt hatte. Wenn er sie so sehr geliebt hätte wie sie ihn, hätte er sie niemals verlassen können, gleichgültig, wie entschieden sie ihn von sich gestoßen hätte. Und andererseits hätte sie ihn nicht von sich zu stoßen brauchen, wenn er ihr jemals die Worte gesagt hätte, nach denen sie sich so sehnte. Als Callie spürte, wie erneut die alte Wut in ihr aufzusteigen drohte, zwang sie sich, an etwas anderes zu denken. Manche Dinge ließ man besser in der Vergangenheit ruhen.

Entschlossen konzentrierte sie sich wieder auf die Unterlagen. Sie gähnte, als sie auf einen Artikel über Henry Simpson stieß.

»Was soll ich denn mit dem Geschreibsel über ein Wohltätigkeitsgolfturnier anfangen?«, murmelte sie vor sich hin.

Missmutig überflog sie den Text, rief sich dann jedoch zur Ordnung. Sie durfte nicht nachlässig werden. Es war wie das Durchsieben der Erde bei einer Ausgrabung: eine mühsame, aber notwendige Arbeit.

»Wie lange dauert es eigentlich, so eine blöde Kanne Kaffee zu machen?«, fragte sie laut und stützte ihr Kinn auf die Ellbogen, während sie den Artikel noch einmal las.

Fast hätte sie es übersehen. Ihre Augen waren schon in der nächsten Zeile, als ihr Gehirn die entscheidende Information erst registrierte. Rasch scrollte sie den Text zurück.

»Wir haben keine Milch mehr«, verkündete Jake, der in diesem Moment mit der Kaffeekanne ins Zimmer trat. »Ganz gleich, wie mies der Kaffee geworden ist, du musst ihn leider auch noch schwarz trinken.«

Er wollte gerade die Kanne abstellen, als Callie den Kopf wandte und ihn mit einem durchdringenden Blick ansah.

»Hast du etwas gefunden?«, fragte er sofort.

»Barbara Simpson ist eine geborene Halloway.«

»Warte ... Halloway ... Barbara Halloway. Die Krankenschwester auf der Entbindungsstation.«

»Das kann kein Zufall sein. Seltsam, dass sie bei unserem Besuch nicht erwähnt hat, dass sie in dem Krankenhaus gearbeitet hat, in dem Suzanne Cullens Tochter geboren wurde. Und genauso wenig hat sie erwähnt, dass sie hier in der Nähe gewohnt hat, als das Baby entführt wurde.«

Jake setzte die Kanne ab. »Wir werden es überprüfen.«

»Ja, ganz bestimmt. Die Poffenberger ist ganz schön über sie hergezogen. Kühl hat sie sie genannt. Ein schnippischer Rotschopf, der direkt von der Schwesternschule kam. Sie hat etwas damit zu tun, Jake. Simpson hat eine Verbindung zu Carlyle, Halloway eine zu Simpson und damit auch zu Carlyle. Simpson und Carlyle zu meinen Eltern. Halloway zu Suzanne.«

»Wir werden es überprüfen«, wiederholte Jake. »Finde heraus, wo sie zur Schule gegangen ist, was sie danach getan hat. Wie müssen alles wissen.«

»Wir haben in ihrem Haus gesessen. Wir haben in Simpsons Haus gesessen, und sie haben Entsetzen und Mitgefühl geheuchelt, während sie uns Limonade serviert hat.«

»Wir werden dafür sorgen, dass sie dafür bezahlen.« Er legte ihr sanft die Hände auf die Schultern. »Ich verspreche es dir.«

»Ich muss nach Virginia fahren und sie damit konfrontieren.«

»Wir fahren zusammen – sobald wir die übrigen Daten zusammengetragen haben.«

Sie legte ihre Hand auf seine. »Dafür werden die Simpsons büßen müssen.«

»Ganz richtig. Und jetzt lass mich mal an den Computer.«

»Nein, es geht schon«, antwortete Callie. »Ich muss es selbst tun«, fügte sie hinzu, als sie sah, wie sich sein Gesicht verdüsterte. »Ich muss es für meine Eltern tun, für die Cullens und für mich selbst. Aber ich weiß nicht, ob ich es durchhalte, wenn du dich zurückziehst.«

»Ich bleibe bei dir.«

Sie umfasste sein Gesicht mit beiden Händen. »Es gibt viele Möglichkeiten, sich von jemandem zurückzuziehen. Das kann ich dir wahrscheinlich nicht begreiflich machen. Du machst einfach dicht, und dann finde ich dich nicht mehr.«

»Wenn ich nicht dichtmache, schneidest du mich in winzige Stückchen.«

»Ich weiß nicht, wovon du redest. Ich habe dir nie wehgetan.«

»Du hast mir das Herz gebrochen, Callie. Verdammt noch mal, du hast mir das Herz gebrochen.«

Ihre Hände sanken schlaff in ihren Schoß. »Nein, das habe ich nicht. Das stimmt nicht.«

»Doch.« Eher wütend auf sich selbst als auf sie, ging er zur Tür. »Es ist mein Herz. Ich sollte es wissen.«

»Du … du hast mich verlassen.«

Er wirbelte herum. »Das ist doch Blödsinn, Callie. Du legst dir deine Erinnerungen so zurecht, wie sie dir in den Kram passen. Ich sage dir jetzt genau, was … Scheiße!« Er ballte die Fäuste, als das Telefon auf seinem Schreibtisch läutete.

»Graystone.« Er hob die Hand, um sich durch die Haare zu fahren, erstarrte jedoch mitten in der Bewegung. Callie stand mit weichen Knien auf, als sie seinen Gesichtsausdruck sah.

»Um Gottes willen … Wie? Ja, gut. In Ordnung. Beruhige die anderen. Wir machen uns sofort auf den Weg.«

»Was ist los?«, fragte Callie. »Ist jemand verletzt?«

»Bill McDowell. Er ist nicht verletzt, Callie. Er ist tot.«

18

Callie saß am Rand des brachliegenden Feldes hinter dem Ausgrabungsgelände auf dem Boden. Der Himmel war wolkenlos, und jeder einzelne Stern funkelte, als sei er mit einem Laser auf schwarzes Glas gebrannt. In der Luft lag bereits ein Hauch von herbstlicher Kühle. Callie hörte das Zirpen der Grillen im Gras und das gelegentliche heisere Bellen des Hundes auf der anderen Seite der Straße, den die ungewohnten nächtlichen Geräusche aus dem Schlaf gerissen hatten.

Gleich nach dem Anruf waren Jake und Callie, gefolgt von Rosie und Leo, aus dem Haus gestürzt und zehn Minuten vor der Polizei am Antietam Creek eingetroffen. Doch für Billy Dowell war jede Hilfe zu spät gekommen. Jetzt konnte Callie nur noch tatenlos dasitzen und abwarten. Sie sah das Licht durch die Bäume schimmern, dort, wo die Polizei mit der Spurensicherung begonnen hatte, und gelegentlich drangen die Stimmen der Männer herüber. Sonya, die neben ihr auf der Erde saß, schluchzte herzzerreißend. Die anderen Mitglieder des Teams waren ebenfalls da und starrten in benommenem Schweigen zum Tatort hinüber. Alle fragten sich, wie es nach diesem Vorfall nun weitergehen würde.

Callie wusste, dass man von ihr eine Antwort erwartete. Da Jake mit Digger und Leo im Wohnwagen saß und die Fragen der Polizei beantwortete, war sie die einzige Ansprechpartnerin für das Team. Doch sie kannte die Antwort auch nicht.

»Ich glaube, ich halte das nicht aus. Ich kann es einfach nicht ertragen.« Sonya blickte sie voller Verzweiflung an. »Ich kann nicht begreifen, warum Bill auf einmal tot ist. Noch vor ein paar Stunden haben wir hier gesessen und über Gott und die Welt geredet. Ich habe noch nicht einmal mitbekommen, dass er zum Teich gegangen ist.«

»Ich aber.« Bob trat von einem Fuß auf den anderen. »Aber ich habe mir nichts dabei gedacht. Bill hat ein paar Worte mit Digger gewechselt, und dann ist er in den Wald gegangen. Ich dachte, er müsse pinkeln. Er kam mir nicht betrunken vor. Jedenfalls habe ich nicht besonders auf ihn geachtet.«

»Das hat niemand«, warf Dory ein. »Ich war schon halb eingeschlafen und wollte eigentlich gerade ins Zelt gehen. Und ich ... ich habe noch gehört, wie Digger zu Bill sagte: ›Pass auf, dass du nicht in den Brunnen fällst und ertrinkst!‹ Und ich habe darüber gelacht.« Sie schluchzte auf. »Ich habe gelacht!«

»Wir haben ihn immer ausgelacht. Verdammt, er war aber auch so ein Trottel.«

Dory wischte sich die Tränen von den Wangen. »Es ist nicht deine Schuld«, sagte sie zu Bob. »Wir hätten ihn nicht so schnell gefunden, wenn du dich nicht gewundert hättest, wo er bleibt. Er läge immer noch im Wasser, wenn ...«

»Ich will nach Hause.« Sonya begann wieder zu weinen. »Ich will nicht mehr hier sein.«

Callie legte dem Mädchen den Arm um die Schultern. »Sobald der Sheriff sagt, dass wir gehen dürfen, kannst du zum Haus fahren. Und morgen früh überlegst du dir, was du tun willst.«

Sie blickte zum Wohnwagen hinüber und gab dann Dory mit einer Geste zu verstehen, dass sie ihren Platz neben Sonya einnehmen sollte. Als Dory sich hinsetzte und beide Arme um Sonya schlang, stand Callie auf.

Lass sie zusammen weinen, dachte sie. Sie selbst hatte keine Tränen mehr.

Im Wohnwagen stellte Jake gerade eine Tasse Kaffee vor Digger auf den Tisch. »Los, trink einen Schluck.«

»Ich will keinen Kaffee. Mein Gott, Jake, der Junge ist tot.«

»Du kannst ihm jetzt nicht mehr helfen. Und dir kannst du nur helfen, wenn du nüchtern wirst und anfängst nachzudenken.«

»Was gibt es denn da nachzudenken? Ich habe ihn allein zum Pinkeln gehen lassen, und er war so betrunken, dass er in den Scheißteich gefallen und ertrunken ist. Ich hätte mit ihm gehen sollen.«

»Meine Güte, Digger, du bist doch nicht verantwortlich für das, was McDowell passiert ist.«

»Ach, Himmel, Jake! Die meisten sind doch noch Kinder. Es sind Kinder, verdammt noch mal!«

»Ich weiß.« Jake presste seine Stirn an den Schrank und rang um Fassung. Dann holte er eine weitere Tasse aus dem Schrank.

Wie oft hatte er dem Jungen gegenüber spöttische Bemerkungen gemacht? Ihn wegen seiner Schwärmerei für Callie gehänselt?

»Aber sie sind alt genug, um auf sich selbst aufzupassen, so wie sie alt genug sind, um Bier zu trinken. Du brauchst nicht den Babysitter für sie zu spielen, Dig. Du sollst nur darauf achten, dass niemand bei der Ausgrabung etwas kaputtmacht.«

»Es ist ziemlich viel kaputtgegangen, wenn ein Kind ertrunken im Wasser liegt. Wo sind meine Zigaretten?«

Jake warf ihm das zerknüllte Päckchen zu. »Trink jetzt endlich den verdammten Kaffee, rauch eine Zigarette, und dann erzähl mir, was genau passiert ist. Wenn du heulen willst, heul später.«

In diesem Augenblick betrat Callie den Wohnwagen. »Ah, Mr Sensibel ist bei der Arbeit«, sagte sie und warf Jake einen finsteren Blick zu.

»Er versucht nur, mich aufzurichten«, erwiderte Digger. Er zog sein Bandana aus der Tasche und schnäuzte sich geräuschvoll.

»Ja, und wenn er dich mit dem Gesicht in die Scheiße drücken würde, würdest du noch behaupten, er täte das nur, um deinen Teint zu verbessern.«

Callie ging um den kleinen Klapptisch herum und tat etwas, was sie noch nie zuvor getan hatte. Sie schlang die Arme um Diggers knochige Schultern und strich ihm über die langen, verfilzten Haare.

»Ich war nur kurz hier im Wohnwagen, um aufs Klo zu gehen, das Bett schon mal herauszuziehen und Musik aufzulegen, für den Fall, dass ich Sonya hätte überreden können, ein bisschen mit mir rumzumachen. Ich wusste, dass Bill betrunken war. Das musst du dir vorstellen, er trinkt noch nicht mal zwei Bier und ist schon betrunken. Aber ab jetzt passe ich auf sie auf, das schwöre ich.«

Digger seufzte leise und rieb seine Wange trostbedürftig an Callies. »Matt hat Gitarre gespielt. Er spielt nicht besonders gut, aber es ist immer ganz nett, wenn jemand ein bisschen Musik macht. Die zwei aus West Virginia, Frannie und Chuck, haben irgendwas geredet, und Bob hat geschrieben. Er hatte so eine blöde Lampe an seiner Kappe, wie ein Grubenarbeiter. Dory war schon halb eingeschlafen, und Sonya hat ›Freebird‹ gesungen. Sie kam mit dem Text nicht ganz klar, aber es hat mir trotzdem gefallen.«

Er schloss die Augen. »Es war so ein schöner Abend. Überall flogen Glühwürmchen herum, und die Grillen haben gezirpt. Als Bill aufstand, schwankte er wie ein Rohr im Wind. Er war ein bisschen sauer, obwohl er doch normalerweise dieses blöde Grinsen im Gesicht hat. Nur bei dir nicht«, fügte er, mit halbem Lächeln an Jake gewandt, hinzu. »Dich konnte er überhaupt nicht leiden, weil er dich als seinen Rivalen bei Callie gesehen hat.«

Jake schwieg, trank seinen Kaffee und beobachtete Callie.

»Ich sagte ihm, er könne doch das Klo hier im Wohnwagen benutzen, wenn er pinkeln müsse, aber er erklärte, er wolle ein wenig spazieren gehen. Eigentlich wollte er mir wohl damit sagen, ich solle mich verpissen, aber das brachte er selbst im angetrunkenen Zustand nicht über die Lippen. Verdammt, und ich sagte noch zu ihm, er solle nicht in den Teich fallen und ertrinken. Und dann ist es doch passiert. Genau das hat er getan.«

Auf Jakes Gesicht spiegelten sich Entsetzen und Mitleid.

»Wie lange hat es gedauert, bis jemand ihn suchen gegangen ist?«, fragte er.

»Ich weiß nicht genau. Ich war eine ganze Weile hier drin, weil ich aufräumen wollte, für den Fall, dass ich mit Sonya Glück hätte. Außerdem habe ich ein paar CDs rausgesucht. Studentinnen haben es gern romantisch, oder, Cal?«

»Ja.« Sie schlang die Arme fester um ihn. »Das stimmt.«

»Ich habe auch ein bisschen sauber gemacht. Ich vermute, ich war ungefähr eine Viertelstunde hier, vielleicht auch zwanzig Minuten. Als ich wieder bei den anderen war, spielte Matt immer noch Gitarre. Ich setzte mich neben Sonya und versuchte sie anzubaggern. Bob war der Erste, der nach Bill fragte. Irgendjemand – wer, weiß ich nicht mehr – meinte, er sei schon zu Bett gegangen, und ein anderer sagte, er sei pinkeln. Daraufhin erwiderte Bob, das müsse er auch, und da könne er ja gleich nachsehen, ob Bill im Wald eingeschlafen sei. Ein paar Minuten später kam er schreiend zurückgerannt, und dann sind wir alle zum Teich gelaufen. Alle.«

»Es war wie bei Dolan. Genau wie bei Dolan«, sagte Jake.

Erst eine Stunde später hatte Callie die Gelegenheit, Leo für einen Moment unter vier Augen zu sprechen. »Weißt du schon etwas?«

»Die Polizisten sagen nicht viel. Über die Todesursache wollen sie sich erst nach der Autopsie äußern. Wenn sie mit der Spurensicherung fertig sind, sollten wir alle hier verschwinden.«

»Ich habe Rosie schon gebeten, dafür zu sorgen, dass heute Nacht alle ins Haus fahren. Wir brauchen aber jemanden, der hier aufpasst, und Digger ist nicht in der Verfassung dazu.«

»Ich bleibe hier.«

»Nein, Rosie und du, ihr solltet das Team beruhigen. Jake und ich können bis morgen früh hier bleiben. Mir gefallen die Blicke, die Hewitt Digger zuwirft, übrigens gar nicht.«

»Mir auch nicht. Aber es ist nun einmal eine Tatsache, dass er bei beiden Morden in der Nähe war.«

»Dieses Mal waren auch eine Menge andere Leute hier, und Digger war im Wohnwagen. Und so weit wir wissen, ist Bill in den Teich gestürzt und ertrunken. Es war ein Unfall. Wer sollte den Jungen auch ermorden wollen?«

»Ich hoffe, du hast Recht.« Leo setzte seine Brille ab und polierte sie mit rhythmischen Bewegungen an seinem Hemd. »Also gut, Rosie und ich sammeln jetzt die Leute ein. Morgen früh sind wir wieder da.«

»Um zu arbeiten?«

»Diejenigen, die graben wollen, sollen ruhig graben. Die Presse wird sich so oder so auf uns stürzen, Blondie, das ist dir hoffentlich klar.«

»Ja. Sieh zu, dass du ein bisschen schläfst, Leo. Wir machen das schon.«

Callie ging in den Wohnwagen zurück, schüttete den lausigen Kaffee weg, den Jake gekocht hatte, und setzte frischen auf. Der Geruch des Putzmittels, mit dem Digger sauber gemacht hatte, mischte sich mit dem Zimtduft der Kerzen, die er angezündet hatte. Sie hörte, wie die Stimmen draußen nach und nach leiser und mehrere Autotüren zugeschlagen wurden. Wahrscheinlich würden alle die halbe Nacht aufbleiben und sich die Köpfe darüber heiß reden, was geschehen war.

Callie brauchte dringend Ruhe. Am liebsten wäre sie allein geblieben, aber das hätte Leo nie zugelassen. Andererseits war Jake der einzige Mensch, dessen Anwesenheit sie selbst in einer solchen Nacht ertragen konnte. Sie schenkte sich gerade die erste Tasse Kaffee ein, als sie seine Schritte näher kommen hörte.

»Ich habe deinen Kaffee weggeschüttet«, sagte sie. »Er war bitter. Ich habe frischen gekocht.« Sie drehte sich zu ihm um und hielt ihm einen Becher hin.

»Ich schlafe nicht draußen, nur weil du sauer auf mich bist.«

»Ich erwarte auch gar nicht von dir, dass du draußen schläfst, und ich bin auch nicht sauer auf dich. Ich kann nur nicht da anknüpfen, wo wir aufgehört haben, als das Telefon klingelte. Ich kann jetzt einfach nicht darüber reden.«

»Ist mir auch recht.«

Sie kannte diesen Tonfall von Jake. Eigentlich wollte sie sich nicht mit ihm streiten, aber sie war auch nicht bereit, sich einfach zurückzuziehen.

»Mir hat die Art und Weise nicht gefallen, wie du mit Digger umgesprungen bist«, sagte sie. »Es wird dir nicht entgangen sein, dass ich mit ein bisschen Mitgefühl und Trost mehr bei ihm erreicht habe als du mit deiner Macho-Scheiße.«

»Warum verbinden Frauen eigentlich Macho immer automatisch mit Scheiße? Als ob das ein zusammenhängendes Wort wäre.«

»Weil wir klug sind.«

»Ich soll wohl zugeben, dass du Recht hast.« Müde ließ sich Jake auf die Sitzbank sinken. »Okay, du hast Recht. Du bist besser mit Digger klargekommen. Wir wissen beide, dass es nicht zu meinen stärksten Eigenschaften gehört, andere zu trösten.«

Callie hatte Jake schon völlig übermüdet nach der Arbeit erlebt, aber sie war nicht daran gewöhnt, ihn so erschöpft von Sorge und Stress zu sehen. Sie unterdrückte den Impuls, ihn in den Arm zu nehmen, wie sie es bei Digger getan hatte. »Du wusstest ja nichts von dem Kommentar, den er von sich gegeben hat, als Bill zum Pinkeln gegangen ist. Ich aber schon.«

»Digger wird das nie mehr vergessen können. Für den Rest seines Lebens wird diese gedankenlose Bemerkung in seinem Kopf sein, zusammen mit dem Bild der im Wasser treibenden Leiche.«

»Du glaubst nicht, dass Bill in den Teich gefallen ist?«

Jake blickte sie an, und sein Blick war ebenso kühl wie seine Stimme. »Alle sagen, er sei ertrunken.«

»Warum hat denn dann niemand ein Geräusch gehört? Bill wog bestimmt um die hundertsechzig Pfund, da hätte man doch ein Platschen gehört, zumal es sonst ringsum ganz still war. Ich konnte vorhin sogar vom Feld aus hören, was die Polizisten im Wald gesagt haben. Und warum hat Bill nicht aufgeschrien, als er ins Wasser gefallen ist? Digger hat gesagt, er hätte zwei Bier getrunken. Er wird also schnell betrunken, gut, aber es ist unwahrscheinlich, dass ein ausgewachsener Mann von zwei Flaschen Bier so betrunken wird, dass er nicht mal mehr zu sich kommt, wenn er ins kalte Wasser fällt.«

»Vielleicht hatte er ja außer Bier noch irgendwelche anderen Drogen genommen.«

»Das hätte Digger gemerkt, und dann hätte er etwas gesagt. So etwas entgeht ihm nicht. Er hätte sämtliche Drogen und Joints einkassiert, um sich bei Gelegenheit selbst was zu gönnen.«

Callie setzte sich ans andere Ende der Sitzbank. »Zwei Männer liegen kurz hintereinander tot in einem kleinen Teich außerhalb der Stadt. Wer glaubt, dass das nur ein Zufall ist, kann nicht bei klarem Verstand sein. Hewitt macht mir nicht den Eindruck, als habe er seine fünf Sinne nicht beisammen. Und von dir weiß ich es.«

»Nein, ich halte es in der Tat nicht für einen Zufall.«

»Und du glaubst auch nicht an die beliebte Theorie hier im Ort, dass das Gelände verflucht ist.«

Jake lächelte verhalten. »Sie gefällt mir ganz gut, aber ich glaube nicht daran. Jemand hat einen Grund gehabt, Dolan umzubringen, und es hat auch einen Grund gegeben, Bill McDowell zu töten. Nur – was haben die beiden miteinander zu tun?«

Callie ergriff ihre Kaffeetasse und setzte sich in den Schneidersitz. »Die Ausgrabung.«

»Das ist in der Tat das Erste, was einem einfällt.«

Er sah ihr an, dass sie auch schon daran gedacht hatte, und nickte. »Wegen der Ausgrabung wurde das Bauvorhaben gestoppt, und jetzt sind manche von den Einheimischen wütend, weil sie ihren Job verloren haben. Man könnte also die Theorie aufstellen, dass jemand so wütend darüber ist, dass er zwei Menschen umbringt, in der Hoffnung, dass uns die Polizei die Genehmigung entzieht.«

»Aber das ist nicht deine Theorie«, sagte Callie.

»Es ist eine Theorie, aber nicht die, die ich favorisiere.«

»Dir gefällt am besten die Theorie, dass die Morde etwas mit meiner Herkunft zu tun haben könnten, mit den Cullens, mit Carlyle oder mit irgendjemand anders, dessen Name auf der Liste steht. Aber es gibt keine wirkliche Verbindung von diesen Leuten zu Dolan und Bill.«

»Kennst du den?« Jake streckte seine Hände mit den Handflächen nach oben aus, drehte sie um, schüttelte die Handgelenke und drehte die Hände wieder nach oben. Auf seiner rechten Handfläche lag eine Münze. Dann schüttelte er die Handgelenke erneut, und die Münze war wieder verschwunden.

»Du könntest ohne weiteres auf Kindergeburtstagen auftreten, um dir etwas dazuzuverdienen«, kommentierte sie.

»Diese Tricks funktionieren durch Ablenkung. Wenn du mit den Augen hierher schaust« – er hielt ihr seine rechte Hand vors Gesicht –, »merkst du nicht, was hier vor sich geht.« Er zupfte Callie mit der linken Hand am Ohrläppchen und vermittelte ihr die Illusion, als habe er die Münze hinter ihrem Ohr hervorgezogen.

»Du glaubst, jemand hat zwei Menschen umgebracht, um mich abzulenken?«

»Es hat doch funktioniert, oder? Du bist zumindest so abgelenkt, dass du nicht mehr daran denkst, was du vor zwei Stunden über Barbara Halloway herausgefunden hast. Jeder im Team mochte den Jungen. Selbst ich. Er hat mir sogar ein bisschen Leid getan, weil er so nach dir schmachtete. Er wurde nur umgebracht, weil er das beste Opfer bot, indem er sich weit genug von der Gruppe entfernt hatte.«

Sie schob einen von Diggers verschlissenen Vorhängen zurück und blickte aus dem schmierigen Fenster. »Und man beobachtet uns. Genauso, wie man heute Abend das Haus beobachtet hat. Diese Leute sind eiskalt. Und wenn ich mich nicht ablenken lasse, wenn ich weiter nachforsche, muss dann womöglich noch jemand sterben?«

»Sich Vorwürfe zu machen ist nur eine andere Form von Ablenkung.«

»Ich habe Bill abblitzen lassen, Jake.« Callie zog den Vorhang mit einem heftigen Ruck wieder zu. »Als wir heute aufgeräumt haben, kam er vorbei und erzählte mir, dass ein paar Leute auf dem Gelände zelten wollten. Ich habe ihm nicht einmal richtig zugehört.«

Sie schüttelte den Kopf, bevor er etwas erwidern konnte. »Ich denke, dass du Recht haben könntest. Womöglich musste Bill sterben, weil mich jemand von meinen Nachforschungen ablenken will. Gott, Jake, Bill ist tot, und ich habe ihm heute nicht mal eine Minute lang zugehört.«

»Komm mal her.« Jake zog sie an sich, bis ihr Kopf in seinem Schoß lag. »Du solltest versuchen, ein bisschen zu schlafen.«

Einen Moment lang lag Callie mit geschlossenen Augen da und genoss das Gefühl, wie er ihr sanft über die Haare strich. Hatte er sie jemals zuvor so berührt? Hätte sie es überhaupt bemerkt?

»Jake?«

»Ja.«

»Ich hatte mir für heute Abend eigentlich etwas vorgenommen.«

»Ach ja?«

Sie öffnete die Augen und blickte zu ihm auf. Aus diesem Winkel konnte sie die Narbe an seinem Kinn sehen. Sie hob die Hand und fuhr zärtlich mit der Fingerspitze darüber.

»Ich wollte mich von dir verführen lassen. Oder dich verführen, je nachdem, was besser gepasst hätte.«

Seine Finger strichen sanft über ihre Wange. Warum hatte Callie nur früher nie auf diese kleinen Gesten geachtet? Warum hatte sie nie gemerkt, wie viel sie ihr bedeuteten? War sie so sehr auf Worte angewiesen, dass sie die stummen Zeichen seiner Zuneigung einfach ignoriert hatte?

»Wie schade, dass es nicht geklappt hat«, antwortete er.

»Der Abend ist ja noch nicht vorbei.«

Seine Fingerspitzen zuckten, als hätten sie etwas Heißes berührt, und er zog seine Hand weg. »Ich halte das für keine gute Idee. Warum schläfst du nicht ein bisschen? Wir haben morgen einiges vor uns.«

»Ich will nicht an morgen denken. Ich will auch nicht an heute, an nächste Woche oder gestern denken. Ich will einfach nur dich. Jake, ich will nicht allein sein.« Als sie es aussprach, wurde ihr klar, dass sie damit nicht nur die bevorstehende Nacht meinte, sondern alle zukünftigen Nächte. »Ich habe geglaubt, es macht mir nichts aus, aber ich will nicht allein sein.«

»Du bist nicht allein.« Er ergriff ihre Hand und zog sie an seine Lippen. »Und jetzt mach die Augen zu.«

Callie richtete sich auf und schlang ihm die Arme um den Nacken. »Bleib bei mir«, flüsterte sie und küsste ihn. »Bitte, bleib bei mir.«

Erstaunt stellte er fest, dass sie zitterte. Er zog sie an sich, und sie vergrub ihr Gesicht in seiner Halsbeuge. »Sag mir, dass du mich brauchst, Callie. Nur ein einziges Mal.«

»Natürlich brauche ich dich. Bitte berühre mich. Du bist der Einzige, der das jemals konnte.«

»Ich wollte nicht, dass es so ist.« Seine Lippen glitten über ihr Kinn, während sie sich auf die schmale Sitzbank sinken ließen. »Für keinen von uns. Aber vielleicht soll es einfach so sein. Denk nicht nach.« Er küsste sie auf die Schläfen, auf die Wangen. »Spür es einfach.«

»Ich kann nicht aufhören zu zittern.«

»Ist schon gut.« Er knöpfte ihre Bluse auf und hauchte Küsse auf ihren Hals, ihre Schultern. Als sie ihn ebenfalls berühren wollte, hielt er ihre Hände fest.

»Nein, warte. Schließ die Augen. Schließ einfach die Augen. Ich will dich berühren.«

Sie senkte die Augenlider. Die Luft glitt kühl über ihre Haut, als er ihr die Bluse auszog. Seine Hände waren warm und vertraut, und sie erbebte, als er den Knopf an ihrer Hose öffnete. Er drückte seine Lippen auf ihren Bauch, und sie stöhnte leise auf.

»Heb deine Hüften an«, flüsterte er und zog ihr die verschlissene alte Baumwollhose aus. Dann begann er ihre Füße zu massieren. Callie seufzte.

»Es gab mal eine Zeit, da hätte ich eine Fußmassage jeder noch so exotischen sexuellen Praktik vorgezogen.«

Sie öffnete ein Auge und sah, dass er sie angrinste. »Woran hast du gerade gedacht?«

»Ich werde es dich wissen lassen.« Er drückte seine Wange gegen ihren Spann und sah, wie ihre Lider flatterten. »Das funktioniert immer noch, was?«

»Oh ja. Ich glaube ja immer noch, dass der Orgasmus etwas mit den Füßen zu tun hat.«

»Ich mag deine Füße. Sie sind so klein und zart.« Er fuhr mit den Zähnen an ihren Fußsohlen entlang und grinste, als sie sich aufbäumte. »Und äußerst empfindlich. Und dann sind da noch deine Beine.«

Er knabberte an ihrem Knöchel und ließ seine Lippen ihren Unterschenkel hinaufgleiten. »Deine Beine kann ich gar nicht genug rühmen.«

Plötzlich legte er sein Gesicht auf ihren Bauch. »Himmel, Callie, du riechst immer noch wie früher. Ich bin aufgewacht und habe dich gerochen, selbst wenn du tausend Meilen von mir entfernt warst. Jeden Tag, wenn ich aufgewacht bin, habe ich dich begehrt«, murmelte er, während sich seine Lippen auf ihre senkten.

Callie schlang die Arme um ihn und erwiderte leidenschaftlich seinen Kuss. Er umfasste ihr Gesicht mit seinen Händen, und sein Kuss wurde weicher und zärtlicher. Sie öffnete die Augen. »Jake –«

»Schscht!« Er hauchte einen Kuss auf ihre Halsgrube. »Denk an nichts«, flüsterte er. »Spür mich nur.«

Als sein Mund sich erneut süß und weich auf ihren legte, gab sie sich ihm ganz hin. Ihr Herz pochte heftig, und ihr Atem kam keuchend und abgehackt. Und während die Luft warm und weich über Callies Körper strich, glitt sie in eine Welt, in der es nur noch Lust und Zärtlichkeit gab. Er hatte sie dorthin geführt. Sie seufzte seinen Namen, während seine Lippen, seine Zunge, seine Hände sie streichelten und liebkosten. Als sein Mund wieder ihren fand und sie sich küssten, schmolz ihr Herz.

Es erregte sie, ihn unter ihren Händen zu spüren, seinen langen, schlanken Oberkörper, die schmalen Hüften und die festen Muskeln, und das Wissen, dass er ihr gehörte, machte die Lust fast unerträglich. Sie erschauerte und schlug die Zähne in seine Schulter. »Jake –«

»Nicht so schnell dieses Mal.« Er strich mit langsamen Bewegungen über ihren Körper. »Nicht so schnell.«

Zeit, sie hatten alle Zeit der Welt. Callies Duft, das Beben ihres Körpers, die Hitze, die ihre Haut ausstrahlte – er begehrte sie so sehr. Dass er sie jetzt in den Armen hielt, entschädigte ihn für jede einsame Stunde, die er ohne sie gewesen war. Er drückte seine Lippen an ihren Hals, ihre Schulter, ihren Mund und ließ sich von seinem Begehren überwältigen. Als er sie zum Gipfel trieb, hallte ihr erstickter Schrei in seinem Blut wider.

Sie sahen einander in die Augen, als er in sie eindrang. Während sie gemeinsam ihren Rhythmus fanden, sah er, wie sich ihre Augen verschleierten, sah die Lust und Tränen darin, als sich ihre Hände verschränkten.

»Bleib bei mir«, flüsterte er und küsste sie leidenschaftlich. »Bleib bei mir.«

Fast wunderte sie sich, dass er nicht spürte, wie ihr Herz in seiner Hand bebte. Konnte er es ihr nicht ansehen? Tränen liefen ihr über die Wangen, und sie schloss die Augen und hielt seine Hände fest, bis sie schließlich beide kamen.

Callie schlief eine Stunde lang tief und fest, doch dann begann sie sich unruhig hin und her zu wälzen, weil böse Träume sie jagten. Sie träumte von einem dunklen Wald, von kaltem

Wasser, das über ihr zusammenschlug, und von Händen, die sie nach unten zerrten. Sie konnte sich nicht losreißen, kam nicht mehr an die Oberfläche, und während sie noch kämpfte, veränderte sich das Wasser, wurde schwer und fest und umschloss sie wie ein Grab.

Erschreckt fuhr sie hoch und rang nach Luft. Im Wohnwagen war es dunkel und kalt, und sie war allein. Voller Panik sprang sie auf und taumelte zur Tür, wobei sie sich die Hüfte am Tisch stieß. Ihre Kehle war eng, und sie bekam immer noch keine Luft, wie in ihrem Traum. Sie griff sich an die Brust, als könne sie den Druck, der darauf lastete, damit abwenden.

Keuchend zerrte sie an der Tür, und als sie sie endlich aufbekam, stürzte sie hinaus und brach vor dem Wohnwagen zusammen. Als sie Schritte näher kommen hörte, versuchte sie sich aufzurichten, aber die Muskeln in ihren Armen fühlten sich schwer wie Blei an.

»Hey, was ist los?« Jake hockte sich neben sie und hob ihren Kopf an.

»Ich kann nicht atmen«, keuchte sie. »Ich kann nicht atmen.«

»Doch, du kannst.« Callies Pupillen waren erweitert, ihr Gesicht war kreidebleich und von Schweiß überzogen. Jake legte ihr die Hand auf den Hinterkopf, zog sie in eine sitzende Haltung hoch und drückte ihr den Kopf zwischen die Knie. »Atme ganz langsam und tief.«

»Ich kann nicht.«

»Doch, du kannst. Einatmen. Ausatmen. Jetzt noch einmal.« Seine Anspannung ließ nach, als ihr Atem regelmäßiger wurde. »Gut so, mach weiter.«

»Es geht schon wieder.«

Er hielt ihren Kopf weiter nach unten gedrückt. »Weiter! Einatmen. Ausatmen. Und jetzt heb ganz langsam deinen Kopf. Ist dir übel?«

»Nein, alles in Ordnung. Ich bin nur plötzlich aufgewacht und war eine Minute lang desorientiert.«

»Du hattest eine ausgewachsene Panikattacke.«

»Ich habe nie Panikattacken«, erwiderte Callie voller Empörung, obwohl sie noch leicht benommen war.

»Wie du meinst. Ich hatte ja keine Ahnung, dass du nur zum Vergnügen nackt aus dem Wohnwagen gesprungen bist.«

»Ich ...« Sie blickte an sich hinunter und stellte fest, dass sie in der Tat vollkommen nackt war. »Oh mein Gott!«

»Ist schon okay. Ich mag es, wenn du nackt bist. Du hast einen tollen Körper, selbst wenn er mit kaltem Schweiß bedeckt ist. Und jetzt hinein mit dir! Du musst dich ein Weilchen hinlegen.«

»Meine Güte, Jake, hör auf, mich wie einen Säugling zu behandeln!«, fauchte sie, während sie in den Wohnwagen zurückging.

»Du bist zu klug, um zu leugnen, dass du Angst hast. Und zu stur, um es dir einzugestehen. Schwierige Lage für dich, Dunbrook. Setz dich.« Er drückte sie auf die Sitzbank und zog die Decke über sie. »Und jetzt halt mal eine Minute lang den Mund, bevor ich zurücknehme, dass ich dich für klug halte. Du stehst seit über einem Monat unter Stress und Anspannung, und du bist auch nur ein Mensch. Gönn dir mal eine Pause.«

Er öffnete eine Flasche Wasser und reichte sie ihr.

»Ich hatte einen Alptraum.« Callie biss sich auf die Unterlippe, weil sie zitterte. »Und als ich aufwachte, war ich allein und bekam keine Luft.«

»Es tut mir Leid.« Er setzte sich neben sie. »Ich bin hinausgegangen, um mich umzuschauen, und wollte dich nicht wecken.«

»Es ist nicht deine Schuld.« Sie trank einen Schluck Wasser. »Normalerweise lasse ich mir nicht so leicht Angst einjagen.«

»Was du nicht sagst!«

»Aber jetzt habe ich Angst. Und wenn du das irgendjemandem weitererzählst, muss ich dich leider umbringen. Ich habe Angst, und es gefällt mir überhaupt nicht.«

»Ist schon okay.« Er legte den Arm um sie und drückte ihr einen Kuss auf die Schläfe.

»Wenn mir etwas nicht gefällt, dann trenne ich mich davon.«

Sein Mund verzog sich zu einem Lächeln. »Was du nicht sagst!«, wiederholte er.

»Also werde ich keine Angst mehr haben.« Sie holte tief Luft und war erleichtert, als ihr der Atem nicht stockte. »Ich werde einfach keine Angst mehr haben. Ich werde herausfinden, was ich wissen muss. Ich werde nach Virginia fahren, und die Simpsons werden mir erzählen, was ich wissen muss. Ich möchte, dass du mit mir fährst.«

Er zog ihre Hand an die Lippen und küsste sie. »Vielleicht solltest du dir vorher besser etwas anziehen.«

19

Während die letzten Streifen von einem Pfund Bacon in der schwarzen Eisenpfanne brutzelten, schlug Jake zwei Dutzend Eier in eine Schüssel. Er hatte Callie überredet, Kaffee zu kochen, bevor sie unter die Dusche ging. Es machte Jake nichts aus, die Mahlzeiten für das Team zuzubereiten, jedenfalls nicht, wenn es sich um das Frühstück handelte. Schließlich mussten sie alle etwas essen, und bisher hatte an diesem Morgen außer ihm niemand die Energie aufgebracht, sich darum zu kümmern.

Bills Tod hatte die anderen Mitglieder des Teams näher zusammenrücken lassen. Das gemeinsame Vorbereiten und Verzehren von Nahrung stellte eine Zeremonie dar, die in vielen Kulturen aus gutem Grund in der Trauerzeit üblich war. Wie Sex war Essen ein natürlicher Teil des Lebens. Und genau wie der Kummer mussten auch das Schuldgefühl und die Erleichterung, selbst noch am Leben zu sein, während jemand anders seines verloren hatte, bewältigt werden.

Als Doug in die Küche trat, erblickte er Callies Ex-Mann, der mit der Hüfte am Herd lehnte und mit einem Gerät, das aussah wie eine Gartenharke, in einer Schüssel rührte. Dieser Anblick verstärkte den eigenartigen Eindruck, den Doug gewonnen hatte, als ihm ein Typ mit langen grauen Haaren in Unterhosen die Tür geöffnet hatte. Der Mann hatte wortlos in Richtung Küche gewiesen und war gleich darauf wieder auf ein zerschlissenes Sofa gekrabbelt. Auf dem Weg zur Küche musste Doug über zwei Haufen auf dem Fußboden steigen, von denen er aufgrund der Schnarchlaute annahm, dass es sich um schlafende Menschen handelte. Wenn Callie gerne unter solchen Umständen lebte, dann würde es lange dauern, bis er sie verstand.

»Tut mir Leid, wenn ich störe«, sagte er jetzt zu Jake.

Jake rührte weiter in der Schüssel. »Wenn Sie Callie suchen, sie ist in der Dusche.«

»Oh. Ich hatte gedacht, dass Sie mittlerweile schon alle bei der Arbeit wären.«

»Heute fangen wir erst später an. Wollen Sie einen Kaffee? Er ist frisch gekocht.«

»Danke.« Auf dem Tresen standen diverse Becher und Tassen. Doug nahm einen Becher und griff nach der Kaffeekanne.

»Da ist auch frische Milch, falls Sie welche möchten. Ich habe sie heute Morgen auf dem Weg vom Antietam Creek hierher gekauft.«

»Haben Sie die Nacht durchgearbeitet?«

»Nein.« Jake stellte die Schüssel mit den Eiern beiseite und wendete den Bacon in der Pfanne. »Ich dachte, Sie wären vorbeigekommen, um zu sehen, wie es Callie geht. Aber offenbar haben Sie es noch gar nicht gehört.«

»Was meinen Sie damit – wie es ihr geht? Was ist denn passiert?«

»Ein Mitglied unseres Teams ist gestern Abend ertrunken. Im Simon's Hole. Wir wissen noch nicht, wie es passiert ist. Die Polizei ermittelt noch. Können Sie bitte in den blauen Becher noch einmal Kaffee nachschenken?«

»Sie klingen ja schrecklich cool.«

Jake blickte von der Pfanne auf. »Hören Sie, wir müssen das Team zusammenhalten. Callie und ich sind für diese Menschen verantwortlich. Sie nimmt sich Bills Tod sehr zu Herzen, und es würde ihr gar nichts nützen, wenn ich das auch täte.«

Er blickte zur Decke, als im oberen Stockwerk die Bohlen

knarrten. Offenbar war Callie jetzt im Schlafzimmer, also würde es noch ein oder zwei Minuten dauern, bis sie herunterkäme. »Jemand hat den Jungen umgebracht«, sagte er leise.

»Sie haben doch gerade erklärt, er sei ertrunken.«

»Ich glaube, dass jemand nachgeholfen hat. Wir glauben, dass er, genau wie Dolan, sterben musste, weil Callie in ihrer Vergangenheit gräbt.«

Doug stellte sich neben Jake an den Herd und senkte ebenfalls seine Stimme. »Ron Dolan und dieser Junge sollen umgebracht worden sein, weil Callie 1974 aus ihrem Buggy entführt worden ist? Das scheint mir aber ziemlich weit hergeholt zu sein.«

»Nicht so weit, wie Sie annehmen. Callie muss jeden Moment hier sein, deswegen sollten wir jetzt lieber das Gesprächsthema wechseln. Ich möchte, dass sie keine Minute allein ist, und wenn ich nicht bei ihr sein kann, sollten Sie auf sie aufpassen.«

»Glauben Sie, dass jemand hinter ihr her ist?«

»Je mehr sie herausfindet, desto gezielter wird man versuchen, sie aufzuhalten. Ich werde nicht zulassen, dass ihr jemand etwas antut, und Sie auch nicht, denn Sie sind in einer Kultur aufgewachsen, in der ein Bruder – vor allem ein älterer Bruder – lernt, dass er auf seine Schwester aufpassen muss. Und da Sie als kleiner Junge dieser Aufgabe beraubt wurden, sind Sie jetzt als Erwachsener umso entschlossener, diese Rolle zu übernehmen.«

»Also werde ich Ihnen dabei helfen, auf sie aufzupassen, weil es in meinem Kulturkreis so üblich ist?«

»Genau. Und außerdem spüren Sie bereits die Blutsbande, die Sie mit Callie verbinden.« Jake hatte den Eindruck, als habe er Doug mit seiner letzten Bemerkung verwirrt. Außerdem schien es ihm ein wenig peinlich zu sein. »Sie ist eine Frau, und Sie haben gelernt, Frauen zu beschützen«, fuhr Jake fort. »Und außerdem mögen Sie sie.«

»Und warum wollen Sie auf Callie aufpassen?«, fragte Doug.

Jake nahm die Pfanne vom Herd. »Weil ich sie liebe. Sie kommt übrigens gerade die Treppe herunter und wird gleich nörgeln, weil ich keinen Käse an die Eier gemacht habe.«

Er zog das Geschirrtuch aus seinem Hosenbund und umfasste damit den Pfannenstiel, um das brutzelnde Fett in eine leere Konservendose zu gießen.

»Ich überlasse es Leo, die anderen zu wecken«, sagte Callie, als sie in die Küche trat. »Doug!«, fügte sie überrascht hinzu. »Wie geht es dir?«

»Jake hat mir gerade erzählt, was gestern Abend passiert ist.«

»Wir wissen noch nichts Genaues.« Callie hielt den Blick auf Doug gerichtet und streckte die Hand aus. Jake reichte ihr einen Becher mit Kaffee. »Ich habe gehört, du warst verreist?«

»Ich bin gestern zurückgekommen und war auch kurz auf dem Ausgrabungsgelände, aber du warst gerade beschäftigt.«

»Oh. Na ja. Hast du Käse in die Eier getan?«, fragte sie Jake.

»Nicht jeder mag die Eier mit Käse.«

»Das sollten aber alle mögen.« Sie öffnete den Kühlschrank, nahm den Käse heraus und reichte ihn Jake. Dann griff sie nach einem Laib Brot. »Mach mir welchen in meinen Anteil, und falls einer von den anderen noch etwas davon abbekommt, hat er eben Pech gehabt.«

Jake streckte die Hand nach dem Messer aus, das Callie aus einer Schublade genommen hatte, und Callie steckte zwei Brotscheiben in den Toaster. Dann nahm sie den Teller entgegen, den Jake ihr reichte.

Es ist wie ein Tanz, dachte Doug, die beiden sind perfekt aufeinander eingespielt.

»Ich bin vorbeigekommen, um dir etwas zu geben, das ich aus Memphis mitgebracht habe«, sagte er.

Sie blickte Doug überrascht an und lächelte, als er ihr eine kleine Papiertüte reichte.

»Nur ein kleines Souvenir aus Graceland«, fügte er hinzu.

»Du warst in Graceland? Da wollte ich immer schon mal hin! Wow, sieh nur, Graystone, ein Elvis-Bierkrug.«

»Davon kann man nie genug haben.«

Jake betrachtete das Geschenk und grinste. »Den solltest du besser vor Digger verstecken – er gefällt ihm bestimmt.«

»Nun, er bekommt ihn aber nicht.« Zögernd trat Callie einen Schritt auf Doug zu. Was sollte sie bloß tun? Sollte sie ihm einen Kuss geben oder ihn in den Arm kneifen? »Danke.« Sie begnügte sich damit, ihm die Schulter zu tätscheln.

»Bitte.« Wir kennen eben die Schritte und den Rhythmus unseres Tanzes noch nicht, dachte Doug. »Ich fahre jetzt besser wieder.«

»Hast du schon gefrühstückt?« Callie zog eine Schublade auf und holte einen Kochlöffel heraus, während Jake die Eier in die Pfanne gab.

»Nein.«

»Warum bleibst du dann nicht? Es ist doch genug da, oder, Jake?«

»Klar.«

»Gerne. Außerdem mag ich Rühreier mit Käse.«

»Nimm dir einen Teller«, forderte Callie Doug auf. Jake wich aus, als sie sich bückte, die Backofentür öffnete und die Platte mit dem gebratenen Speck herausholte.

In diesem Augenblick betrat Lana die Küche. »Leo hat mich herbestellt«, sagte sie. »Ich habe dein Auto draußen stehen sehen, Doug. Vermutlich hast du schon gehört, was passiert ist.«

»Nimm zwei Teller«, sagte Callie, an Doug gewandt, und steckte die nächsten zwei Brotscheiben in den Toaster. »Brauchen wir einen Anwalt?«

»Leo macht sich Sorgen, und ich bin hier, um sie ihm zu nehmen, die juristischen wie auch die übrigen.« Sie hob die Hände. »Es ist furchtbar. Ich weiß gar nicht, was ich sagen soll. Ich habe gestern Nachmittag noch mit Bill geredet. Ty hat ihm die Ohren abgekaut wegen dieses blöden Knochens.«

»Wo ist Ty?«, fragte Doug und reichte Lana einen Teller von dem Stapel auf der Anrichte.

»Was? Oh, bei Roger. Danke, ich glaube nicht, dass ich etwas essen kann. Ich wollte nur mit Leo reden.«

»Wenn ich koche, essen alle.« Jake holte einen riesigen Krug mit Pampelmusensaft aus dem Kühlschrank und reichte ihn Callie. »Du suchst dir besser schon mal einen Platz, bevor die Horde hier einfällt und alle Stühle belegt. Wie viele Personen sind wir überhaupt, Callie?«

»Rosie und Digger sind auf dem Feld. Mit Lana und Doug sind wir heute also elf zum Frühstück.«

Nach und nach trudelten die anderen Teammitglieder in der Küche ein. Manche holten sich nur etwas zu essen und verschwanden dann wieder mit ihren Tellern. Andere setzten sich an den langen, ramponierten Tisch, den Rosie auf dem Flohmarkt erstanden hatte. Aber Jake hatte Recht: Wenn er gekocht hatte, aßen alle.

Callie musste sich Bissen für Bissen von ihrem Frühstück in den Mund zwingen. Als Lana mit Leo über die Rechtslage sprach, mischte sie sich nicht ein.

»Die Leute wollen vielleicht, dass wir aufhören«, meinte Sonya. Sie zerkrümelte eine Scheibe Toast und rührte ihre Eier kaum an. »Ich meine, die Polizei oder der Stadtrat oder so. Vielleicht müssen wir ja die Ausgrabung einstellen.«

»Das Grundstück gehört bald der Naturschutzorganisation«, erklärte Lana. »Es ist nur noch eine Frage von wenigen Wochen, bis alles unter Dach und Fach ist. Und als Mitglied der Naturschutzorganisation kann ich Ihnen, auch im Namen eines weiteren wichtigen Mitglieds, mit dem ich heute früh erst gesprochen habe, versprechen, dass keiner von uns dem Ausgrabungsteam die Schuld an den Ereignissen gibt. Ihre Arbeit auf dem Feld hat nichts mit dem Tod von Billy McDowell zu tun.«

»Wir waren alle in der Nähe, als er gestorben ist«, sagte Sonya mit erstickter Stimme.

»Wärt ihr einfach sitzen geblieben, wenn ihr gewusst hättet, dass er in Schwierigkeiten steckt?«, fragte Jake.

»Nein, natürlich nicht.«

»Hättet ihr nicht alles getan, um ihm zu helfen, wenn ihr gewusst hättet, dass er Hilfe braucht?«

Sonya nickte.

»Aber ihr wusstet es nicht, also konntet ihr ihm auch nicht helfen. Die Ausgrabung war ihm wichtig, glaubst du nicht auch?«

»Oh ja.« Schniefend stocherte Sonya mit der Gabel in ihrem Rührei. »Er hat von nichts anderem gesprochen und war immer ganz aufgeregt, wenn ein neuer Fund auftauchte. Und wenn er nicht über die Arbeit gesprochen hat, dann hat er von Callie erzählt.« Sie zuckte zusammen und warf Callie einen Blick zu. »Entschuldigung.«

»Ist schon okay.«

»In vielen Kulturen und Gesellschaften erweist man den Toten seinen Respekt, indem man ihre Arbeit ehrt. Wir werden weitergraben«, sagte Jake.

»Ich will ja keine Probleme aufwerfen, aber ich habe mich gefragt, was passieren würde, wenn Bills Familie klagt«, warf Dory ein. »Gegen die Grundstückseigentümer und die Leiter des Ausgrabungsteams. Die Leute klagen doch schon wegen eines gebrochenen Zehs oder so, also könnte es doch durchaus sein. Könnte dann die Finanzierung in Gefahr sein?«

»So etwas kommt vor.« Achselzuckend griff Matt nach der Platte mit dem Bacon. »Ich meine, da hat Dory nicht Unrecht. Es ist nichts Ungewöhnliches, wenn jemand versucht, aus Emotionen Kapital zu schlagen.«

»Lassen Sie das meine Sorge sein«, erwiderte Lana. »Ich kann Ihnen im Moment nur raten, so weiterzumachen wie bisher. Sie sollten mit der Polizei und den Medien zusammenarbeiten, aber bevor Sie irgendwelche Erklärungen abgeben, sollten Sie sich mit mir oder einem anderen Anwalt beraten.«

»Und es wird niemand mehr allein irgendwohin gehen.« Leo schob seinen Teller beiseite und griff nach seiner Kaffeetasse. »Außerdem werden wir das Gelände rund um die Uhr bewachen. Immer zwei Mitarbeiter pro Schicht, auch nachts. Ich will nicht, dass noch jemandem etwas passiert.«

»Ich werde einen Plan aufstellen«, sagte Callie.

»Gut. Ich muss heute Abend nach Baltimore, bin aber Mitte

der Woche wieder zurück. Heute machen wir am besten einen Tag frei, und morgen arbeiten wir dann weiter.«

»Ich muss heute wegen einer persönlichen Angelegenheit nach Virginia.« Callie warf Jake einen Blick zu. »Dory und die zwei Turteltauben aus West Virginia können Rosie und Digger heute Nachmittag ablösen. Bob, Matt und Digger übernehmen die Nachtschicht. Bis morgen habe ich dann den Plan für die nächsten Tage fertig.«

Sonya stand auf. »Ich weiß, dass du mit dem, was du eben gesagt hat, Recht hast«, wandte sie sich an Jake. »Aber ich komme einfach nicht über Bills Tod hinweg. Ich weiß noch nicht, ob ich bleiben kann. Es tut mir Leid, wenn ich euch im Stich lassen muss, aber ich weiß wirklich nicht, ob ich es schaffe.«

»Nimm dir ein paar Tage frei«, schlug Callie vor. Sie stand ebenfalls auf und fuhr fort: »Ich muss jetzt noch ein paar Unterlagen zusammenstellen. Bis heute Abend brauche ich von jedem von euch vollständige Berichte und alle Filme von gestern.«

Sie ging in Jakes Büro, um den Artikel über Simpson auszudrucken und die Namenslisten einzupacken.

»Was willst du in Virginia?«, fragte Doug von der Türschwelle aus.

»Ich muss mit jemandem reden.«

»Geht es um ... Hat es etwas mit Jessica zu tun?«

»Ja.« Sie steckte die Aktenmappe mit dem Artikel und den Listen in ihre Umhängetasche. »Ich lasse dich wissen, was ich herausfinde.«

»Ich fahre mit dir.«

»Jake will mich begleiten. Ich komme schon klar.«

»Ich fahre mit dir«, wiederholte er. Er trat zur Seite, um Lana vorbeizulassen.

»Worum geht es?«, fragte sie.

»Ich muss nach Virginia, um ein paar Informationen zu überprüfen«, antwortete Callie.

»Fährst du mit?«, fragte Lana Doug.

»Ja.«

Stirnrunzelnd blickte sie auf ihre Armbanduhr. »Ich rufe schnell Roger an, um ihn zu fragen, ob er sich um Ty kümmern kann, bis wir wieder da sind.«

»Was soll das denn werden?«, fragte Callie überrascht.

»Ich glaube, bei euch nennt man so etwas ein Team. Ich bin die juristische Abteilung. Lass mich nur schnell anrufen, dann können wir los. Während der Fahrt kannst du mir dann alles erzählen.«

»Es könnte sein, dass das, was ich vorhabe, illegal ist«, murmelte Callie, während Lana ihr Handy hervorzog.

Lana schob sich die Haare hinter die Ohren. »Dann brauchst du mich erst recht.«

Callie durfte noch nicht einmal selbst fahren, sondern musste sich mit dem Beifahrersitz in Jakes Mercedes begnügen. Damit sie in Ruhe schmollen konnte, reichte sie Doug und Lana die Aktenmappe nach hinten. Doch das Schweigen im Wagen hielt nicht lange an, da die beiden begannen, sie mit Fragen zu überschütten.

»Hört mal, alles was ich weiß, steht da drin. Ich fahre ja gerade nach Virginia, um mehr herauszufinden.«

»Sie ist immer schlecht gelaunt, wenn sie nicht gut geschlafen hat«, sagte Jake. »Stimmt's, Babe?«

»Halt einfach den Mund und fahr.«

»Seht ihr?«

»Wie lange war Simpson der Arzt deiner Mutter?« Lana zog einen Block aus der Tasche und begann sich Notizen zu machen.

»Ich weiß nicht. Aber mindestens seit 1966.«

»Und damals war er noch nicht mit Barbara Halloway verheiratet?«

»Nein, ich glaube, sie haben erst ungefähr 1980 geheiratet. Er ist gut zwanzig Jahre älter als sie.«

»Und nach deinen Informationen hat sie von Juli oder August '74 bis zum Frühjahr des folgenden Jahres im Washington

County Hospital gearbeitet, und zwar auf der Entbindungsstation, wo Suzanne Cullen dich zur Welt brachte. Im Frühjahr '75 ist sie dann umgezogen, aber du weißt nicht, wohin.«

»Das werde ich herausfinden, und ich wette mit dir, dass sie irgendwann zwischen Frühjahr 1975 und 1980 in Boston war.« Callie wandte den Kopf nach hinten. »Sie hat immer noch in Hagerstown gearbeitet, als Jessica Cullen entführt wurde. Als wir im Juli mit ihr geredet haben, tat sie so, als höre sie zum ersten Mal von der Entführung. Aber so etwas vergisst man doch nicht – da stimmt doch etwas nicht!«

»Es ist nebensächlich.« Lana schrieb weiter. »Aber ich stimme dir zu.«

»Nebensächlich, du meine Güte! Sieh dir doch die Daten an, dann ist es doch ganz einfach, sich ein Bild von den Ereignissen zu machen. Halloway gehörte zu Carlyles Organisation. Sie war als Krankenschwester eine seiner wichtigen Kontaktpersonen. Er informiert sie, dass er einen Säugling braucht, am liebsten weiblich, und wahrscheinlich gibt er ihr auch eine kurze Beschreibung seiner Klienten. Suzanne Cullen wird von einem Baby entbunden, das die erforderlichen Kriterien erfüllt.«

»Aber sie haben das Kind doch erst über drei Monate später entführt«, gab Doug zu bedenken.

»Selbst ein noch so verzweifeltes Ehepaar könnte misstrauisch werden, wenn sie ein Kind adoptieren wollen und es auf der Stelle bekommen. Also wartet man lieber ein paar Monate, vergewissert sich, dass das Kind gesund bleibt, nimmt sich Zeit, um die tägliche Routine der Familie zu studieren und passt eine günstige Gelegenheit ab. Und in der Zwischenzeit kann man noch jede Menge zusätzliche Gebühren in Rechnung stellen.«

»Barbara Halloway muss diejenige gewesen sein, die dich gestohlen hat«, warf Doug leise ein. »Sie lebte hier, konnte meine Eltern beobachten und wusste genau, wie man am schnellsten wieder aus dem Einkaufszentrum herauskam.«

»Ja, das erscheint mir auch wahrscheinlich«, stimmte Callie

zu. »Meine Eltern haben erzählt, eine Krankenschwester habe mich in Carlyles Büro gebracht.«

»Jessica war vermutlich nicht das einzige Baby, das in Frage kam«, sagte Lana. »Bestimmt sind in der Zeit noch weitere Babys geboren worden, die in Frage gekommen wären. Und Barbara Halloway hat höchstwahrscheinlich auch nicht als Einzige für Carlyle gearbeitet. Er muss landesweit noch andere Helfer gehabt haben. Jessica war zwar der einzige Säugling, der hier in der Gegend entführt worden ist, aber Carlyle hat ja in all den Jahren zahlreiche Kinder vermittelt.«

»Je tiefer du gräbst, desto klarer wird das Bild«, sagte Jake. »Diese Halloway spielt bestimmt eine wichtige Rolle.«

»Sie müsste in der Tat verhört werden.« Lana kreiste Barbara Halloways Namen auf ihrem Block ein. »Obwohl eure Annahmen immer noch rein spekulativ sind, haben wir genug in der Hand, um die Polizei einzuschalten. Und wahrscheinlich würde Ms Halloway bei einem offiziellen Verhör mehr erzählen, als wenn wir mit ihr sprechen.«

Callie warf Jake einen viel sagenden Blick zu und grinste, als er ihn erwiderte.

Lana, die den Blickwechsel bemerkt hatte, schüttelte den Kopf. »Was habt ihr vor? Wollt ihr sie an einen Stuhl fesseln und die Wahrheit aus ihr herausprügeln?«

Callie streckte die Beine aus, und Jake trommelte mit den Fingern aufs Lenkrad. Doug schaute aus dem Fenster. Alle drei schwiegen.

Lana stieß die Luft aus. »Wenn ihr wegen Körperverletzung angezeigt werdet, kann ich nichts für euch tun. Callie« – sie beugte sich vor –, »lass mich mit ihr reden. Ich bin Anwältin, und ich kann großartig reden. Sie wird glauben, dass wir bereits viel mehr wissen. Ich weiß, wie man jemandem die Daumenschrauben anlegt.«

»Willst du ihr einen Schrecken einjagen? Dann frag sie, wen sie nach Maryland geschickt haben und ob sie Bill McDowell überhaupt gekannt haben, als sie den Auftrag gaben, ihn umzubringen.«

»Ihn umzubringen? Aber ich dachte, er sei ... Oh Gott!« Hektisch suchte Lana in ihrer Handtasche nach ihrem Handy, um Roger zu fragen wie es ihrem Sohn ging.

»Es geht ihm gut«, erklärte Doug, als sie die Nummer eintippte. »Grandpa würde niemals zulassen, dass ihm etwas geschieht.«

»Natürlich nicht. Ich will nur ... Roger? Nein, alles in Ordnung.« Sie entspannte sich, als Doug nach ihrer Hand griff.

»Ich wollte dich nicht erschrecken«, sagte Callie, als Lana das Gespräch beendet hatte.

»Das hast du aber. Trotzdem bin ich dir dankbar. Ich habe immer daran gedacht, dass das alles schon furchtbar lange her ist, und darüber die aktuellen Ereignisse vergessen. Du musst zur Polizei gehen, Callie!«

»Wenn wir mit den Simpsons geredet haben, werde ich Sheriff Hewitt alles erzählen, was ich weiß. Hoffentlich nützt es etwas.« Als sie bemerkte, dass Lana und Doug Händchen hielten, drehte sich Callie noch weiter auf ihrem Sitz herum. »Ihr zwei habt also was miteinander?«

»Wie kommst du eigentlich dazu, so eine Frage zu stellen?«, fragte Doug.

»Ich versuche nur, mich wie eine Schwester zu benehmen. Bisher hatte ich schließlich keine Gelegenheit, es zu üben, also muss ich jetzt einfach ins kalte Wasser springen. Wie ist denn der Sex bei euch? Gut?«

Lana fuhr sich mit der Zunge über die Zähne. »Also eigentlich –«

»Du musst darauf nicht antworten«, fiel Doug ihr ins Wort.

»Männer mögen es nicht, wenn Frauen über Sex reden«, sagte Callie grinsend.

»Ich schon.« Jake tätschelte ihr liebevoll das Bein.

»Du bist ja auch eine Ausnahme. Aber Graystone ist wirklich gut im Bett.«

»Ich will es gar nicht wissen«, erwiderte Doug.

»Ich rede mit Lana. Weißt du, manche Typen sind nur in einer bestimmten Hinsicht gut. Sie können vielleicht gut küssen, haben dafür aber Hände wie ein toter Fisch oder die Ausdauer eines neunzigjährigen Asthmatikers.«

»Ja, ich weiß.« Lana schraubte ihren Füllfederhalter zu und steckte ihn wieder in die Tasche.

»Na ja, und Graystone hat es in jeder Beziehung drauf. Er hat tolle Lippen. Und er beherrscht so kleine Zaubertricks mit den Händen, da ist er wirklich kreativ. Beinahe könnte man darüber seine vielen schlechten Eigenschaften vergessen.«

Lana beugte sich vor und sagte leise: »Doug hat eine Lesebrille. Mit Hornrand.«

»Im Ernst? Dafür sterbe ich. Hast du sie dabei?« Callie tätschelte Dougs Knie, erntete jedoch nur einen bösen Blick. »Dir kommt wohl langsam der Gedanke, dass es gar keine so schlechte Idee war, mich aus meinem Buggy zu klauen, was?«

»Ich überlege gerade, wen ich dazu überreden könnte, dich noch einmal zu entführen.«

»Nur dass ich jetzt jederzeit wieder den Weg nach Hause finden würde ... Du sagst ja gar nichts, Graystone.«

»Ich genieße es zuzuhören, wie du zur Abwechslung mal einen anderen Mann fertig machst. Wir sind gleich da, Doug.«

»Denkt dran, *ich* übernehme das Reden«, erklärte Callie, als Jake in die Ausfahrt abbog. »Ihr drei seid nur meine Begleitung.«

Als Jake den Wagen ein paar Minuten später auf der Einfahrt der Simpsons geparkt hatte, stieg Callie aus, ging zur Haustür und läutete. Außer dem spätsommerlichen Gezwitscher der Vögel und dem leisen Brummen eines Rasenmähers ein paar Häuser weiter war nichts zu hören.

»Ich sehe mal in der Garage nach.« Jake marschierte davon, während Callie noch einmal auf den Klingelknopf drückte.

»Vielleicht sind sie weggefahren. Ins Restaurant oder zum Tennisspielen«, sagte Lana.

»Nein. Sie wissen schließlich, dass ich mit Leuten geredet habe, die sich an Barbara Halloway erinnern könnten. Da schlürfen sie doch nicht in Seelenruhe ihre Drinks oder spielen ein Doppel im Club.«

»Die Garage ist leer«, berichtete Jake.

»Dann brechen wir eben ein.«

»Sachte, nicht so hastig.« Doug legte Callie die Hand auf die Schulter. »Die meisten Häuser in solchen Gegenden haben Alarmanlagen, und wenn wir durch ein Fenster einsteigen oder die Tür aufbrechen, wird die Polizei hier sein, bevor du irgendetwas findest. Wenn es überhaupt etwas zu finden gibt.«

»Sei doch nicht so vernünftig. Ich bin stinksauer.«

Callie hämmerte mit der Faust gegen die Tür. »Sie können nicht gewusst haben, dass ich zurückkomme, dazu ging es zu schnell.«

»Eins nach dem anderen. Doug hat Recht, dies ist eine gehobene Wohngegend.« Jake musterte die Häuser auf der anderen Straßenseite. »Bestimmt gibt es jemanden, der weiß, was mit den Simpsons los ist. Lasst uns einfach an ein paar Türen klopfen und höflich nachfragen, wo unsere Freunde stecken könnten.«

»Okay.« Callie riss sich zusammen. »Wir gehen paarweise. Paare wirken Vertrauen erweckender. Jake und ich gehen in Richtung Süden, Doug und Lana in Richtung Norden. Wie spät ist es?« Sie blickte auf ihre Uhr. »Okay, vielleicht ist es noch ein bisschen zu früh, aber es wird schon klappen. Wir waren mit Barb und Henry auf einen Drink verabredet. Jetzt fragen wir uns, ob wir uns vielleicht im Tag geirrt oder irgendetwas falsch verstanden haben.«

»Das könnte funktionieren.« Jake ergriff ihre Hand und verschränkte die Finger mit ihren, als sie daran zerrte. »Wir sind ein Ehepaar, denk daran. Ein nettes, harmloses Ehepaar, das sich wegen seiner Freunde Sorgen macht.«

»Wenn auch nur irgendjemand den Eindruck haben sollte, du seiest harmlos, muss er taub, blind und blöd sein«, sagte Callie, während sie auf das Nachbarhaus zusteuerten.

Lana und Doug gingen in die entgegengesetzte Richtung los. »Ich finde, die beiden benehmen sich nicht wie geschiedene Leute«, sagte Doug.

»Ach ja? Wie müssten sie sich denn deiner Meinung nach benehmen?«

»Jedenfalls nicht so. Ich habe sie beobachtet, als sie zusammen Frühstück gemacht haben. Es war wie eine Choreographie. Und du hast doch gesehen, wie sie sich im Auto benommen haben. Sie verstehen sich ohne Worte. Ich weiß zwar nicht, was für ein Abkommen sie miteinander haben, aber ich bin froh, dass Jake bei Callie ist und auf sie aufpasst.«

Er drückte auf die Klingel des ersten Hauses.

Als Jake am dritten Haus läutete, trugen sie ihre Geschichte bereits glatt und routiniert vor. Die Frau, die ihnen öffnete, riss die Tür so rasch auf, dass er sofort wusste, dass sie sie bereits beobachtet hatte.

»Ich bitte um Entschuldigung, Ma'am, aber meine Frau und ich machen uns Gedanken wegen der Simpsons.«

»Wir haben uns bestimmt im Tag geirrt, Liebling.« Besorgt blickte Callie zum Haus der Simpsons.

»Ich wollte nur sichergehen, dass alles in Ordnung ist«, fuhr Jake an die Nachbarin gewandt fort. »Wir sollten auf einen Drink vorbeikommen, aber sie machen nicht auf.«

»Sie sind zu viert bei den Simpsons eingeladen?«

»Ja«, bestätigte Jake, ohne mit der Wimper zu zucken, und lächelte. Die Frau hatte das Haus also tatsächlich beobachtet. »Mein Schwager und seine Verlobte sind in die andere Richtung gegangen, um zu sehen, ob uns jemand helfen kann.«

»Mein Bruder und ich sind mit Henry und Barb befreundet«, spann Callie Jakes Geschichte weiter. »Das heißt, meine Eltern und Dr. Simpson kennen sich schon lange. Er hat meinen Bruder und mich zur Welt gebracht. Unser Vater ist auch Arzt. Na ja, und mein Bruder hat sich gerade verlobt, deshalb sind wir auch vorbeigekommen, um ein wenig zu feiern.«

»Ich wüsste nicht, wie Sie feiern wollen, wenn die beiden gar nicht in der Stadt sind.«

Callie packte Jakes Hand fester. »Nicht in der Stadt? Siehst du, wir haben doch den falschen Tag erwischt«, sagte sie an

Jake gewandt. »Aber als ich vor zwei Wochen mit ihnen gesprochen habe, haben sie nichts von einer Reise erwähnt.«

»Es war eine spontane Idee«, erklärte die Frau. »Wie, sagten Sie noch einmal, ist Ihr Name?«

»Oh, Entschuldigung.« Callie streckte die Hand aus. Wir sind die Bradys, Mike und Carol. Wir wollen Sie nicht belästigen, Mrs ...«

»Fissel. Nein, Sie belästigen mich nicht. Habe ich Sie vor einer Weile nicht schon einmal bei den Simpsons gesehen?«

»Ja, im Frühsommer. Wir sind gerade erst wieder in den Osten gezogen. Es ist so nett, alte Freunde wieder zu treffen. Sie sagten, es sei eine spontane Idee gewesen? Es war doch kein Notfall, oder? Oh, Mike, ich hoffe, dass ...« – wie zum Teufel hieß die Tochter der Simpsons noch einmal? – »Angela nichts passiert ist.«

»Nein, da ist wohl alles in Ordnung.« Mrs Fissel trat vor die Tür. »Ich habe zufällig gesehen, wie die beiden ihr Gepäck in die Autos einluden, als ich morgens die Zeitung hereingeholt habe. Also ging ich hin und fragte, ob irgendetwas nicht in Ordnung sei. Dr. Simpson erwiderte, sie hätten beschlossen, für ein paar Wochen in ihr Haus in die Hamptons zu fahren. Es kam mir seltsam vor, dass sie mit beiden Autos fuhren, aber er meinte, Barbara wolle ihr eigenes dort haben. Sie haben so viel Gepäck mitgenommen, dass es für ein Jahr reichen würde, wenn Sie mich fragen. Aber Barbara liebt ihre Kleider. Es sieht ihr gar nicht ähnlich zu vergessen, dass Sie kommen wollten. Ihr entgeht sonst nie etwas.«

»Wir haben wahrscheinlich etwas durcheinander gebracht. Die beiden haben nicht zufällig gesagt, wann sie wieder zurückkommen?«

»Wie ich schon sagte, sie wollten ein paar Wochen fortbleiben. Er ist pensioniert, wie Sie ja wissen, und sie arbeitet nicht, also haben sie jede Menge Zeit. Sie haben ungefähr gegen zehn Uhr morgens eingeladen – und dabei steht Barbara sonntags sonst nie vor zwölf Uhr auf. Anscheinend hatten sie es sehr eilig, fortzukommen.«

»Nun ja, es ist ein weiter Weg bis in die Hamptons«, sagte Callie. »Vielen Dank, Mrs Fissel. Wir müssen wohl später noch einmal versuchen, sie zu erreichen.«

»Mike und Carol Brady«, sagte Jake leise, als sie wieder auf der Straße standen. »Wie die Fernsehfamilie?«

»Das war das Erste, was mir eingefallen ist. Die Frau war viel zu alt, als dass sie es damals im Fernsehen gesehen hat, und sie kam mir auch nicht unbedingt so vor, als würde sie sich gern *Nick at Night* anschauen. Verdammt, Jake.«

»Ich weiß.« Er zog ihre Hand an seine Lippen und küsste sie auf die Knöchel.

»Glaubst du, sie sind wirklich in die Hamptons gefahren?«, fragte Callie.

»Sie mögen es ja eilig gehabt haben, aber sie sind bestimmt nicht so blöd, der größten Tratschtante der ganzen Siedlung auf die Nase zu binden, wo sie hinfahren.«

»Das glaube ich auch. Und ich glaube auch, dass sie nicht zurückkommen werden.«

»Irgendwo müssen sie ja hingefahren sein, und wo auch immer das sein mag, sie haben sicher irgendeine Spur hinterlassen. Wir werden sie finden«, sagte Jake.

Callie nickte nur und starrte frustriert auf das leere Haus.

»Na komm, Carol, lass uns Alice und die Kinder holen und nach Hause fahren.«

»Okay«, murmelte sie. Wenn sie das Ganze durchstehen wollte – und dazu war sie fest entschlossen –, dann musste sie sich beherrschen und ihren klaren Blick bewahren. »Sag mal, fandest du Carol Brady eigentlich scharf?«, fragte sie Jake grinsend.

»Oh Mann, machst du Witze? Sie hat *geraucht*!«

Teil III

Der Fund

Wenn du das Unmögliche eliminiert hast, muss das,
was übrig bleibt, *wie unwahrscheinlich es auch sein mag*,
die Wahrheit sein.

Sir Arthur Conan Doyle

20

»Du hast das Richtige getan.«

Lana stand mit Callie am Ufer des Baches, der an dem Haus vorbeifloss, und klimperte mit ihrem Autoschlüssel. Sie konnte sich kaum aufraffen, endlich zu fahren, obwohl sie Rogers Hilfe an diesem Tag schon viel zu lange in Anspruch genommen hatte.

Es war für alle frustrierend, dass die Simpsons ihnen entwischt waren. Callie musste sich eingestehen, dass sie sich insgeheim auf einen Showdown gefreut hatte, und jetzt war sie enttäuscht, dass das Zusammensetzen der einzelnen Puzzleteilchen dem Sheriff überlassen bliebe. Sie hatten ihn umgehend aufgesucht, nachdem sie wieder in Maryland eingetroffen waren. Es musste doch irgendetwas geben, das sie selbst noch tun konnte.

»Hewitt wirkte nicht besonders beeindruckt von unseren detektivischen Fähigkeiten.«

»Stimmt. Aber er kann unsere Erkenntnisse nicht einfach ignorieren, immerhin liegt ihm jetzt alles schriftlich vor, und er ...«

»... wird es überprüfen«, beendete Callie lachend Lanas Satz. »Ich kann ihm seine Skepsis nicht einmal verübeln. Immerhin geht es um ein Verbrechen, das mittlerweile dreißig Jahre zurückliegt und von einem Archäologenpaar, einer Anwältin und einem Buchhändler aufgedeckt wurde.«

»Entschuldige bitte, wir sind zwei angesehene Wissenschaftler, eine brillante Anwältin und ein scharfsinniger Antiquar.«

»Stimmt, so klingt es schon besser.« Callie hob einen Stein auf und warf ihn ins Wasser. »Weißt du, ich bin dir wirklich dankbar für alles, was du getan hast. Und darüber hinaus hast du sogar noch für bezahlbare Hilfskräfte gesorgt.«

»Es gehört nicht zu meinen üblichen Aufgaben, aber ich muss zugeben, dass ich es ganz schön aufregend finde.«

»Ja.« Callie schleuderte noch einen Stein ins Wasser. »Es muss wahnsinnig aufregend sein, wenn einem jemand das Büro anzündet.«

»Es wurde ja niemand verletzt. Außerdem bin ich versichert, und die Tatsache, dass ich stinksauer bin, ist nur zu eurem Vorteil. Ich bleibe auf jeden Fall an der Sache dran. Es ist mir wichtig, weil es so viel für Doug bedeutet.«

»Hm. Hey, sieh mal, da ist eine schwarze Schlange.«

»Was? Wo?« Entsetzt sprang Lana beiseite.

»Entspann dich.« Callie hob einen weiteren Stein auf und zielte. »Da drüben«, sagte sie und warf den Stein nach dem Reptil, verfehlte es jedoch um etliche Meter. Offensichtlich verärgert glitt die Schlange am Ufer entlang und verschwand zwischen den Bäumen. »Sie ist harmlos.«

»Aber es ist eine Schlange!«

»Ich mag die Art, wie sie sich bewegen«, sagte Callie. Nach einer Weile fuhr sie fort: »Doug ist ein interessanter Mann. Er hat mir einen Elvis-Bierkrug aus Memphis mitgebracht.«

Lana seufzte unwillkürlich auf. »Warum rührt mich das eigentlich so?«

»Weil du scharf auf ihn bist.«

»Das ist wohl wahr.«

»Hör mal, das Gerede über euer Sexleben vorhin im Auto war einfach nur ...« Callie drehte sich um und verscheuchte eine dicke Biene, die ihr um den Kopf summte.

Lana duckte sich unwillkürlich und erschauerte. »Hat sie dich gestochen?«

»Nein. Bienen machen für gewöhnlich nur viel Lärm, tun aber nichts. So ähnlich wie Teenager, weißt du.«

»Du warst als Kind wahrscheinlich ein halber Junge, was?«

»Ich weiß nicht, vielleicht. Was hatte ich eben gesagt?«

»Äh ... du hast über mein Sexleben geredet.«

»Ach ja. Das Gerede im Auto hat wirklich nur zur Ablenkung gedient.«

Callie blickte zum Haus hinüber, aus dem laute Musik drang. Da es sich um die Backstreet Boys handelte, kam sie wahrscheinlich aus Frannies Zimmer.

»Ich glaube, Doug und ich wären als Kinder gut miteinander ausgekommen«, sagte sie nach einer Weile. »Wir hätten uns bestimmt gemocht. Deshalb fällt es mir auch nicht so schwer, mit ihm oder Roger zusammen zu sein, während ich mich in Jays oder Suzannes Gegenwart nicht so wohl fühle.«

»Und es ist leichter, nach den Verantwortlichen zu suchen und herauszufinden, wie und warum es passiert ist, als mit den Resultaten umzugehen. Das soll keine Kritik sein«, fügte Lana hinzu. »Ich finde, du gehst an diese schwierige Situation mit bewundernswert gesundem Menschenverstand heran.«

»Aber die Cullens sind natürlich trotzdem verletzt. Und wenn es stimmt, was wir vermuten, mussten zwei Menschen sterben, die überhaupt nichts mit der ganzen Angelegenheit zu tun haben, weil ich mit meinem bewundernswert gesunden Menschenverstand Antworten verlange.«

»Du könntest ja damit aufhören.«

»Könntest du es?«

»Nein. Aber ich wäre vielleicht in der Lage, mir mal eine Pause zu gönnen, um ein wenig Abstand zu gewinnen.«

Callie hielt es für eine gute Idee, das Puzzle ihrer Vergangenheit einmal aus der Distanz zu betrachten. Wie war sie dorthin gekommen, wo sie sich jetzt befand? Sie setzte sich an den Computer und begann, ihren persönlichen Lebenslauf vom Datum ihrer Geburt an zu entwerfen.

Geboren am 11. September 1974

Entführt am 12. Dezember 1974

Zu Elliot und Vivian Dunbrook gekommen am 16. Dezember 1974

Bis dahin fiel es ihr leicht. Aus dem Gedächtnis fügte sie hinzu, wann sie in die Schule gekommen war, die Daten jenes Sommers, als sie sich den Arm gebrochen hatte, das Weihnachtsfest, als sie sich ihr erstes Mikroskop gewünscht und auch bekommen hatte. Ihre erste Cellostunde, ihr erstes Konzert, ihre erste Ausgrabung. Der Tod ihres Großvaters väterlicherseits. Ihre erste sexuelle Erfahrung. Das Datum ihres College-Abschlusses. Das Jahr, in dem sie ihre erste eigene Wohnung bezogen hatte. Berufliche Höhepunkte, ihr Staatsexamen, signifikante körperliche Verletzungen und Krankheiten. Das Jahr, in dem sie Leo und Rosie kennen gelernt hatte, ihre kurze Affäre mit einem Ägyptologen. Der Tag, an dem sie Jake kennen gelernt hatte. Wie hatte sie das nur vergessen können?

Dienstag, 6. April 1998

Callie hatte sich damals auf den ersten Blick in ihn verliebt. Sie hatten die Hände nicht mehr voneinander lassen können, wenn sie sich in dem kleinen, voll gestopften Zimmer in Yorkshire trafen, wo sie damals eine mesolithische Grabungsstätte studierten. Im Juni desselben Jahres zogen sie bereits zusammen und waren ab da unzertrennlich. Wenn einer von ihnen nach Kairo oder Tennessee reisen musste, fuhr der andere unweigerlich mit. Sie stritten und liebten sich leidenschaftlich, überall auf der Welt. Callie erinnerte sich an das Datum ihrer Hochzeit, an den Tag, als Jake sie verließ. Daran, wie sie die Scheidungspapiere erhalten hatte. Das alles war ziemlich schnell gegangen.

Dann rief sie sich kopfschüttelnd zur Ordnung. Sie wollte *ihr* Leben dokumentieren, nicht ihr gemeinsames Leben mit Jake. Sie tippte das Datum ihrer Promotion ein, dann das Datum des Tages, an dem sie zu Leo nach Baltimore gefahren war, ihren ersten Tag bei dem Projekt, durch das sie Lana Campbell kennen gelernt hatte. Der Tag, an dem Jake eingetroffen war. Der Tag, an dem Suzanne Cullen sie in ihrem Hotelzimmer aufgesucht hatte. Ihre Fahrt nach Philadelphia, die Rückkehr. Dann hatte sie Lana engagiert und mit Jake zu Abend gegessen. Ihr Rover war beschmiert worden. Der Mord an Dolan. Gespräch mit Doug, Sex mit Jake, Blutuntersuchungen, der erste Besuch bei den Simpsons.

Stirnrunzelnd konsultierte Callie ihren Terminkalender und trug die Daten ein, an denen die einzelnen Teammitglieder sich ihnen angeschlossen hatten. Dann der Tag, an dem jemand auf Jake geschossen hatte, der Flug nach Atlanta, der Brand. Gespräche mit Dr. Blakelys Witwe und Betsy Poffenberger. Bill McDowells Tod, dann die erneute Fahrt nach Virginia.

Nachdem Callie die Ereignisse zusammengestellt hatte, versuchte sie feststellen, ob und wie die einzelnen Ereignisse miteinander in Beziehung standen. Eine Zeit lang beschäftigte sie sich damit, die Daten Oberbegriffen zuzuordnen: Ausbildung, Medizinisches, Berufliches, Persönliches, Antietam-Creek-Projekt, Jessica.

Als sie fertig war, lehnte sie sich auf ihrem Stuhl zurück. Sie stellte fest, dass es von dem Tag an, an dem sie Jake kennen gelernt hatte, eine Verbindung zwischen ihm und jedem wichtigen Punkt in ihrem Leben gab. Selbst an ihrer Doktorarbeit war er in gewisser Weise beteiligt gewesen, denn sie hatte sich mit großer Vehemenz hineingestürzt, um nicht ständig an Jake denken zu müssen. Und jetzt half er ihr bei dem Versuch, ihre wahre Identität zu klären.

Geistesabwesend griff sie nach einem Plätzchen, musste jedoch feststellen, dass die Tüte auf dem Schreibtisch leer war.

»Ich habe einen geheimen Vorrat in meinem Zimmer«, ertönte in diesem Moment Jakes Stimme.

Erschreckt fuhr Callie herum. Jake lehnte am Türrahmen.

»Verdammt noch mal, schleich nicht ständig herum und spionier mir nach!«

»Kann ich etwas dafür, dass ich mich mit der Anmut eines Panthers bewege? Außerdem stand deine Tür offen, und in einer offenen Tür zu stehen ist kein Spionieren. Woran arbeitest du da?«

»Das geht dich nichts an.« Callie speicherte die Datei und schloss sie.

»Du bist nur so gereizt, weil du keine Plätzchen mehr hast.«

»Mach die Tür zu.« Sie knirschte mit den Zähnen, als er ihrer Aufforderung auf der Stelle nachkam. »Ich meinte, von der anderen Seite.«

»Dann hättest du dich exakter ausdrücken sollen. Warum machst du kein Mittagsschläfchen?«

»Weil ich keine Dreijährige bin.«

»Du bist erschöpft, Dunbrook.«

»Ich muss arbeiten.«

»Wenn du am Ausgrabungsbericht gesessen hättest, hättest du die Datei nicht so eilig geschlossen, damit ich sie nicht sehen kann.«

»Es ist etwas Persönliches, das dich nichts angeht.«

»Du bist ziemlich fertig, Baby, nicht wahr?«

Bei dem weichen Klang seiner Stimme rutschte ihr der Magen bis zu den Knien. »Sei nicht so nett zu mir. Das macht mich wahnsinnig. Ich weiß dann nie, was ich tun soll.«

»Ich weiß.« Jake beugte sich zu ihr hinunter und gab ihr einen flüchtigen Kuss. »Warum ist mir das eigentlich früher nie eingefallen?«

Sie wandte sich erneut dem Bildschirm zu und öffnete die Datei wieder. »Ich habe mal ein paar Daten zusammengetragen, um ein eventuelles Muster erkennen zu können. Schau mal.« Sie stand auf, damit er sich auf ihren Schreibtischstuhl setzen konnte. »Die Höhe- und Tiefpunkte meines Lebens.«

Sie hockte sich auf ihren Schlafsack, während Jake las.

»Du hast mit Aiken geschlafen? Diesem schmierigen Ägyptologen? Was hast du dir denn dabei gedacht?«

»Stell nicht so blöde Fragen. Schließlich kommentiere ich auch nicht sämtliche Frauen, mit denen du etwas gehabt hast.«

»Du kennst gar nicht alle Frauen, mit denen ich etwas gehabt habe. Übrigens hast du ein paar Ereignisse vergessen.«

»Nein, habe ich nicht.«

»Du hast die Konferenz in Paris vergessen, die wir gemeinsam besucht haben. Mai 2000. Und den Tag, an dem wir geschwänzt haben. Wir sind in ein Café gegangen und haben Wein getrunken. Du hattest ein blaues Kleid an. Als es anfing zu regnen, sind wir zum Hotel zurückgegangen und haben uns geliebt. Und die Fenster standen offen, damit wir den Regen hören konnten.«

Callie hatte den Tag nicht vergessen. Sie erinnerte sich sogar so klar und deutlich daran, dass es fast ein wenig schmerzte, Jake davon reden zu hören. »Das ist kein relevantes Ereignis.«

»Es war einer der wichtigsten Tage in meinem Leben, nur, dass ich es damals noch nicht wusste. Das ist das Komplizierte am Leben: Oft weiß man erst, was wirklich wichtig ist, wenn ein Moment bereits vorüber ist. Hast du das Kleid eigentlich noch?«

Callie stützte ihre Wange in die Hand und musterte ihn. Seitdem sie mit der Ausgrabung begonnen hatten, hatte er sich noch nicht die Haare schneiden lassen. Ihr hatte es immer schon gefallen, wenn seine Haare ein bisschen länger waren. »Ja, ich glaube schon.«

»Ich würde dich gerne noch einmal darin sehen.«

»Dir war es doch sonst immer egal, was ich trage.«

»Das stimmt nicht. Ich habe nur nie darüber gesprochen.«

»Was machst du da?«, fragte sie, als er anfing zu tippen.

»Ich trage Paris, Mai 2000, ein. Und dann schicke ich die Datei auf meinen Laptop, damit ich sie mir später herunterladen und damit spielen kann.«

»Gut, toll. Tu, was dir beliebt.«

»Du scheinst ja in einem grauenhaften Zustand zu sein. Du hast mir noch nie erklärt, ich könne tun, was mir beliebt.«

Warum hätte sie in diesem Moment nur am liebsten geweint? »Du hast ja sowieso immer getan, was du wolltest«, sagte sie leise.

Er schickte die Datei an seine E-Mail-Adresse, dann stand er auf und trat zu ihr. »Das hast du immer nur geglaubt.« Er setzte sich neben sie und streichelte ihr über die Schulter. »Ich wollte dich an jenem Tag in Colorado nicht verlassen.«

»Und warum bist du dann gegangen?«

»Du hast mir zu verstehen gegeben, dass du es so wolltest. Du hast gesagt, dass jede einzelne Minute, die du mit mir verbracht hast, ein Fehler gewesen sei. Unsere Ehe sei ein schlechter Witz, und wenn ich nicht aus deinem Leben verschwände, würdest du gehen.«

»Meine Güte, wir hatten eben einen Streit!«

»Du hast gesagt, du wolltest dich scheiden lassen.«

»Ja, und du bist blitzschnell darauf eingegangen. Dann hast du dich mit dieser großen Brünetten aus dem Staub gemacht, und zwei Wochen später hatte ich die Scheidungsklage in der Post.«

»Ich bin nicht mit ihr weggegangen.«

»Ach, dann war es also bloß ein Zufall, dass sie zur gleichen Zeit verschwunden ist?«

»Du hast mir nie vertraut, Cal. Du hast nie an mich geglaubt, und an unsere Ehe auch nicht.«

»Ich habe dich gefragt, ob du mit ihr geschlafen hast.«

»Du hast nicht gefragt, du hast mich beschuldigt, es getan zu haben.«

»Du hast dich geweigert, es zu leugnen.«

»Ja, das stimmt«, gab er zu. »Und zwar deshalb, weil es beleidigend war. Es ist immer noch beleidigend. Wenn du glaubst, dass ich mein Ehegelübde gebrochen hätte und dir untreu geworden wäre, dann war unsere Ehe wirklich ein schlechter Scherz. Es hatte überhaupt nichts mit ihr zu tun. Himmel, ich kann mich noch nicht einmal mehr an ihren Namen erinnern.«

»Veronica. Veronica Weeks.«

»Dass *du* ihn noch weißt, war ja klar«, murmelte er. »Es hatte überhaupt nichts mit ihr zu tun«, wiederholte er. »Nur mit uns.«

»Ich wollte, dass du um mich kämpfst.« Sie streckte ihren Rücken durch. »Nur einmal solltest du um mich kämpfen, statt gegen mich. Ich wollte es so sehr, Jake, deshalb kann ich mich so gut daran erinnern. Und ich weiß auch, was du nicht ein einziges Mal zu mir gesagt hast.«

»Was denn? Was habe ich nie zu dir gesagt?«

»Dass du mich liebst.«

Als sie den Schock auf seinem Gesicht sah, wusste sie nicht, ob sie lachen oder weinen sollte. So erstaunt und verwirrt hatte sie ihn nur selten gesehen.

»Das ist doch Blödsinn, Callie. Natürlich habe ich dir gesagt, dass ich dich liebe.«

»Nicht ein einziges Mal. Und ›Mmm, Babe, ich liebe deinen Körper‹ zählt nicht, Graystone. Manchmal bekam ich ein ›Ja, ich dich auch‹ zu hören, wenn ich es zu dir gesagt habe. Aber du hast es nie ausgesprochen. Offensichtlich konntest du es nicht, denn eins bist du ganz sicher nicht: ein Lügner.«

»Warum hätte ich dich denn bitten sollen, mich zu heiraten, wenn ich dich nicht liebte?«

»Du hast mich nie gebeten, dich zu heiraten. Du hast gesagt: ›Hey, Dunbrook, lass uns nach Vegas abhauen und heiraten‹.«

»Das ist doch dasselbe.«

»So begriffsstutzig kannst doch noch nicht einmal du sein.« Erschöpft fuhr sich Callie mit den Händen durch die Haare. »Aber es ist ja egal.«

Er ergriff sie am Handgelenk und zog ihren Arm herunter. »Warum hast du das denn nicht alles schon früher gesagt? Warum hast du mich nicht einfach gefragt, ob ich dich liebe?«

»Weil ich eine Frau bin, du blöder Idiot!« Sie boxte ihn auf den Arm und stand auf. »Dass ich im Dreck grabe, mit Knochen spiele und in einem Schlafsack schlafe, bedeutet noch lange nicht, dass ich keine Frau bin.«

Die Tatsache, dass Callie Dinge sagte, die Jake in den letzten Monaten selbst durch den Kopf gegangen waren, machte für ihn alles nur noch schlimmer. »Du meine Güte, ich weiß, dass du eine Frau bist«, sagte er leise.

»Dann überleg mal. Für jemanden, der sein ganzes Leben

damit verbringt, das menschliche Verhalten und gesellschaftliche Sitten in den verschiedenen Kulturen zu studieren, bist du ganz schön blöd.«

»Hör auf, mich zu beschimpfen, und lass mir eine Minute Zeit, um nachzudenken.«

»Nimm dir so viel Zeit, wie du willst.« Callie ging zur Tür.

»Nicht!« Jake stand nicht auf und hob auch nicht die Stimme. Überrascht blieb sie stehen. So hatte sie ihn noch nie erlebt. »Geh nicht. Lass uns zumindest dieses Mal versuchen, nicht voreinander zu fliehen. Du hast nicht gefragt, ob ich dich liebe, weil in unserer Kultur die Verbalisierung von Emotionen genauso viel Bedeutung hat wie das Zeigen von Emotionen. Wenn du mich hättest fragen müssen, wäre die Antwort bedeutungslos gewesen.«

»Bingo, Professor.«

»Und weil ich es dir nicht gesagt habe, hast du gedacht, ich würde mit anderen Frauen schlafen.«

»Du hast nun einmal diesen Ruf weg. Jake, der Frauenheld.«

»Ach verdammt, Callie!« Er hasste es, wenn sie ihn so nannte. »Wir sind doch beide ganz schön herumgekommen.«

»Und was hätte dich davon abhalten sollen, weiter herumzukommen?«, konterte sie. »Du magst doch Frauen.«

»Ja, ich mag Frauen«, erwiderte er. »Und ich liebe dich.«

Ihre Lippen zitterten. »Es ist gemein, es mir jetzt erst zu sagen.«

»Ich mache alles verkehrt, was? Aber ich will dir noch etwas anderes sagen, was ich dir schon vor langer Zeit hätte sagen sollen. Ich war dir nie untreu. Und dass du mir Untreue vorgeworfen hast … das hat wehgetan, Callie. Und deshalb bin ich wütend geworden, weil ich lieber wütend als verletzt bin.«

»Du hast *nicht* mit Veronica geschlafen?«

»Weder mit ihr noch mit sonst irgendeiner. Für mich gab es von der ersten Minute an immer nur dich.«

Callie musste sich abwenden. Sie hatte sich die ganze Zeit

über eingeredet, er habe sie betrogen, weil es für sie die einzige Möglichkeit gewesen war, ohne ihn leben zu können. Nur das hatte sie davon abgehalten, ihm nachzulaufen.

»Ich glaubte, du hättest mit ihr geschlafen. Ich war mir sogar sicher.« Callie ließ sich langsam mit dem Rücken an der Tür entlang zu Boden sinken. »Veronica hat dafür gesorgt, dass ich es glaubte.«

»Sie mochte dich nicht. Sie war eifersüchtig auf dich. Wenn sie etwas vorgetäuscht hat, dann nur, weil sie mich nicht bekommen konnte.«

»Sie hat ihren Büstenhalter in unserem Zimmer liegen lassen.«

»Was? Ach, du liebe Güte!«

»Halb unter dem Bett«, fuhr Callie fort. »Als ob sie ihn dort vergessen hätte, als sie sich wieder anzog. Als ich das Zimmer betrat, hing ihr Parfüm in der Luft. Und ich dachte, du hättest diese Schlampe mit in unser Bett genommen. Es hat mich fast zerrissen.«

»Ich kann dir nur sagen, dass ich nicht mit ihr geschlafen habe. Und in unserem Bett schon gar nicht. Nicht mit ihr, Callie, und auch mit keiner anderen, seit ich dich zum ersten Mal berührt habe.«

»Okay.«

»Okay?«, wiederholte er. »Ist das alles?«

Eine Träne rollte ihr über die Wange, die sie ärgerlich mit dem Handrücken wegwischte. »Ich weiß nicht, was ich sonst noch sagen soll.«

»Warum hast du mir denn damals nichts davon erzählt?«

»Weil ich Angst hatte. Ich hatte Angst, dass du alles zugeben würdest, wenn ich dir den Beweis zeigte – und für mich war der BH unbestreitbar ein Beweis. Und wenn du gesagt hättest, dass es ein Fehltritt war und dass es nicht wieder vorkommen würde, dann hätte ich es dir durchgehen lassen. Also wurde ich wütend«, erklärte sie seufzend. »Ich bin nämlich auch lieber wütend als verletzt. Und jetzt weiß ich nicht mehr, was ich tun soll.«

Jake stand auf und ging vor ihr in die Hocke, sodass sich ihre Knie berührten. »Wir haben ziemliche Fortschritte mit unserer Freundschaft gemacht.«

»Ja, ich glaube schon.«

»Wir könnten es weiter versuchen. Ich werde versuchen, immer daran zu denken, dass du eine Frau bist, und du arbeitest daran, mir zu vertrauen.«

»Ich glaube dir, dass du nichts mit Veronica hattest. Das ist doch zumindest schon mal ein Anfang.«

Er ergriff ihre Hand. »Danke.«

»Ich will dich immer noch anschreien, wenn mir danach ist.«

»Das ist in Ordnung. Ich will immer noch Sex mit dir.«

Sie schniefte und wischte sich mit den Fingerknöcheln eine weitere Träne weg. »Jetzt?«

»Ich würde es niemals ablehnen, aber vielleicht könnte ich auch warten. Weißt du, wir haben es nie geschafft, meine Eltern zu besuchen, nachdem wir verheiratet waren.«

»Ich glaube, jetzt ist kein guter Zeitpunkt, um nach Arizona zu fahren.«

»Nein«, gab Jake zu. Doch er hatte das Bedürfnis, Callie einen Teil von sich zu zeigen, den er noch nie zuvor preisgegeben hatte.

»Mein Vater – er ist ein guter Mensch. Ruhig, zuverlässig, fleißig. Meine Mutter ist stark und tolerant. Zusammen bilden sie ein gutes Team, eine verlässliche Einheit.«

Er blickte auf Callies Hand und begann, zärtlich mit ihren Fingern zu spielen. »Ich kann mich nicht erinnern, dass je einer von ihnen zum anderen gesagt hätte, er liebe ihn. Jedenfalls nicht laut. Und auch zu mir haben sie es nicht gesagt. Ich wusste, dass sie mich liebten, aber wir sprachen nicht darüber. Wenn ich meine Eltern anrufen und ihnen sagen würde, dass ich sie liebe, würde ich uns alle in Verlegenheit bringen.«

Callie hatte nie darüber nachgedacht, dass diese simplen drei Worte Jake verlegen machen könnten. »Und du hast nie zu einem anderen Menschen gesagt, dass du ihn liebst?«, fragte sie.

»Ich habe noch nie darüber nachgedacht, aber nein, vermutlich nicht – falls du sicher bist, dass dieses Ich-liebe-deinen-Körper nicht zählt.«

»Nein, das zählt nicht.« Ein warmes, zärtliches Gefühl stieg in ihr auf, und sie strich Jake sanft die Haare aus der Stirn. »Wir haben uns nie viel von unseren Familien erzählt, nicht wahr? Aber in den letzten Tagen hast du ja an einem Crash-Kurs teilgenommen, was meine betrifft.«

»Ich mag deine Familie. Beide Familien.«

Sie lehnte den Hinterkopf gegen die Tür. »Bei mir zu Hause wurde ständig über Gefühle geredet. Was wir fühlen, warum wir es fühlen. Ich glaube, es verging kein Tag, an dem meine Eltern nicht ›Ich liebe dich‹ sagten – zu mir oder zueinander. Carlyle konnte gar nicht ahnen, wie gut die Cullens und die Dunbrooks in dieser Hinsicht zueinander passen.«

»Wie meinst du das?«

»In beiden Familien ist es üblich, große Gefühle in Worte zu fassen. Ich zeige es dir.«

Sie stand auf und holte die Schuhschachtel aus ihrer Reisetasche. »Ich habe sie mittlerweile alle gelesen.«

Callie nahm einen Brief aus der Schachtel und reichte ihn Jake. Dann setzte sie sich wieder neben ihn.

»Na los«, forderte sie ihn auf. »Lies ihn, dann merkst du, was ich gemeint habe. Und das ist bei jedem dieser Briefe so.«

Er öffnete den Umschlag und entfaltete den Brief.

Liebe Jessica,

herzlichen Glückwunsch zu deinem sechzehnten Geburtstag. Du bist heute sicher ganz aufgeregt. Sechzehn ist so ein wichtiger Geburtstag, vor allem für ein Mädchen. Für eine junge Frau, ich weiß. Mein kleines Mädchen ist eine junge Frau.

Du bist wunderschön, auch das weiß ich.

Ich sehe andere junge Mädchen in deinem Alter und denke, wie hübsch, strahlend und frisch sie aussehen. Wie aufregend es für sie ist, so vieles vor sich zu haben. Und auch, wie frustrierend und schwierig es sein kann.

So viele Emotionen, so viele Bedürfnisse und Zweifel. So vieles, was vollkommen neu ist. Ich überlege oft, welche Gespräche wir wohl miteinander führen würden. Über die Jungen, die dir gefallen, und die Verabredungen, die du schon hattest.

Ich weiß auch, dass wir uns streiten würden – das muss bei Müttern und Töchtern so sein. Ich würde alles darum geben, dich hier zu haben, damit ich mich mit dir auseinander setzen könnte. Du würdest in dein Zimmer stürmen und die Tür hinter dir zuknallen, um mich auszuschließen. Dann würdest du die Musik so laut wie möglich stellen.

Ich würde alles dafür geben.

Ich denke daran, wie wir zusammen einkaufen gehen und viel zu viel Geld ausgeben würden. Und danach würden wir irgendwo zusammen zu Mittag essen.

Ich frage mich, ob du wohl stolz auf mich wärst. Ich hoffe es. Stell dir Suzanne Cullen, die Geschäftsfrau, vor. Ich hoffe, du wärst stolz darauf, dass ich ein eigenes und noch dazu ein erfolgreiches Geschäft habe.

Ich frage mich, ob du in irgendeiner Zeitschrift schon einmal mein Foto gesehen hast, während du beim Zahnarzt oder beim Friseur gewartet hast. Ich denke darüber nach, ob du meine Plätzchen kennst und wie sie dir schmecken.

Ich versuche, nicht zu trauern, aber es ist so schwer zu ertragen, dass du vielleicht nie erfährst, wer ich bin. Und dass du nie erfährst, wie sehr ich dich liebe.

Jessie, du bist jeden Tag und jede Nacht in meinen Gedanken, meinen Gebeten, meinen Träumen. Du fehlst mir.

Ich liebe dich.

Mom.

»Ich kann mir vorstellen, wie schlimm das für dich sein muss.« Jake ließ den Brief sinken und blickte Callie an. »Ich war so von den Tatsachen und Verbindungen gefesselt, dass ich darüber beinahe vergessen habe, wie du dich dabei fühlst.«

»In welchem Jahr hat sie das geschrieben?«

»Du warst sechzehn.«

»Sechzehn Jahre. Sie wusste nicht, wie ich aussehe, nicht genau jedenfalls. Sie wusste nicht, was aus mir geworden war, was ich machte, wo ich war. Aber sie liebte mich. Nicht nur das Baby, das sie verloren hatte, sondern mich, ganz gleich, wer ich war. Sie liebte mich so sehr, dass sie mir diesen Brief schrieb. Und sie liebt mich immer noch so sehr, dass sie mir alle diese Briefe gegeben hat, damit ich weiß, dass sie mich liebt.«

»Und in dem Wissen, dass du diese Liebe nicht erwidern kannst.«

»Ja«, stimmte Callie zu. »Ich habe eine Mutter, die alle diese Dinge, von denen Suzanne schreibt, mit mir geteilt hat. Ich hatte eine Mutter, die mir ihre Liebe zeigte. Eine Mutter, die mit mir einkaufen ging und sich mit mir stritt, die ich für zu streng oder für zu dumm hielt – und was Teenager sonst noch so von ihren Müttern halten.« Sie schüttelte den Kopf. »Ich will damit sagen, dass meine Mutter diesen Brief genauso hätte schreiben können. Vivian und Suzanne haben beide die gleichen Gefühle und Bedürfnisse. Einige der Antworten, die ich suche, habe ich bereits. Ich weiß, wo ich herkomme. Ich weiß, dass meine Gene und die Umgebung mir ermöglicht haben, so zu werden, wie ich bin. Und ich weiß, dass ich das zwei Elternpaaren verdanke, auch wenn ich nur eines davon vorbehaltlos lieben kann. Und ich weiß, dass ich das alles durchstehen werde. Den emotionalen Aufruhr, die Angst und die Sorge. Denn mein Lebenslauf ist erst dann vollständig, wenn ich der Frau, die diesen Brief geschrieben hat, die restlichen Fragen beantworten kann.«

21

Lana wusste, dass es erfolgreiche berufstätige Frauen gab. Frauen, die ein Unternehmen leiteten, ganze Imperien schufen und gleichzeitig ihre Kinder zu glücklichen, gesunden Menschen erzogen, die in Harvard mit summa cum laude graduierten oder weltberühmte Konzertpianistinnen wurden. Und so ganz nebenbei gelang es diesen Frauen, täglich wahre Feinschmeckermahlzeiten zuzubereiten, ihr Heim mit italienischen Antiquitäten einzurichten, intelligente Interviews für *Money* und *People* zu geben, glücklich verheiratet zu sein, ein aktives, aufregendes Sexleben zu führen und niemals auch nur um ein Gramm ihr Idealgewicht zu überschreiten.

Solche Gedanken gingen Lana durch den Kopf, während sie – immer noch in den Boxershorts und dem T-Shirt, in denen sie geschlafen hatte – durch die Wohnung humpelte. Auf der Jagd nach dem Hund, der ihren neuen Slingpumps entführt hatte, war sie über irgendeine Figur von Luke Skywalker gestolpert, die Ty gehörte. Später hatte sie sich zwanzig Minuten lang mit dem Klempner gestritten, der, ohne mit der Wimper zu zucken, behauptet hatte, die Reparatur ihrer Toilette könne noch ein paar Tage warten. Währenddessen hatte sich Ty von Kopf bis Fuß mit Erdnussbutter beschmiert, wobei er auch den Hund und den Küchenfußboden nicht ausgelassen hatte. Und dabei war es noch nicht einmal neun Uhr.

Am liebsten hätte Lana in Ruhe eine Tasse Kaffee getrunken, dann ihre hübschen neuen Schuhe angezogen und sich auf den Weg in ein neues Büro gemacht. Dass sie stattdessen das Gefühl hatte, im Chaos zu versinken, war zum Teil ihre eigene Schuld – schließlich hatte sie beschlossen, dass Ty keinen Babysitter brauchte, während sie zu Hause arbeitete. Und sie hatte großzügigerweise verständnisvoll genickt, als ihre Sekretärin um eine Woche Urlaub gebeten hatte, weil sie ihre Tochter in Columbus besuchen wollte. Lana hatte eben geglaubt, alles ohne Probleme allein bewältigen zu können.

Und jetzt schmollte ihr kleiner Sohn oben in seinem Zimmer, weil sie ihn angeschrien hatte, der Hund lag verängstigt in der Ecke, der Klempner war wütend auf sie – Lana mochte sich gar nicht ausmalen, was *das* für Konsequenzen haben würde –, und sie hatte noch nichts Produktives geschafft, außer ihren Computer einzuschalten. Sie hatte als Mutter, als berufstätige Frau und als Hundebesitzerin komplett versagt. Außerdem schmerzte ihr Fuß.

Als das Telefon läutete, spielte sie einen Moment lang mit dem Gedanken, einfach nicht abzunehmen. Wenn jemand dachte, sie sei in der Lage, anderer Leute Probleme zu lösen, hatte er sich ohnehin schwer getäuscht. Doch dann holte sie tief Luft und griff zum Hörer.

»Guten Morgen, hier ist Lana Campbell.«

Doug klopfte und öffnete ohne abzuwarten vorsichtig die Tür. Bei dem Lärm, der in Lanas Haus herrschte, hätte sowieso niemand sein Klopfen gehört. Der Hund bellte wie besessen, das Telefon läutete, der Fernseher im Wohnzimmer lief und Tyler heulte.

»Tyler Mark Campbell, hör sofort auf damit!«, hörte Doug Lana brüllen, wobei sich ihre Stimme beinahe überschlug.

»Ich will zu Brock! Ich mag dich nicht mehr! Ich will bei Brock wohnen!«

»Du kannst jetzt nicht zu Brock, weil ich keine Zeit habe, dich hinzubringen. Und im Moment mag ich dich auch nicht besonders, aber wir sind leider aufeinander angewiesen. Also geh jetzt auf dein Zimmer und komm erst wieder heraus, wenn du dich wie ein zivilisiertes menschliches Wesen benehmen kannst. Und schalte endlich den Fernseher ab!«

Um ein Haar hätte Doug kehrtgemacht und wäre zu seinem Auto zurückgeschlichen. Niemand hätte gemerkt, wenn er sich auf und davon gemacht hätte. Schließlich ging ihn das alles ja nichts an. Das Leben war schon kompliziert genug, auch ohne dass er sich in Lanas Alltag einmischte.

»Du bist gemein!«, schluchzte Tyler in diesem Moment, wobei seine Stimme in ein lang gezogenes Heulen überging. »Mein Daddy wäre nicht so gemein zu mir. Ich will meinen Daddy und nicht dich!«

»Oh, Ty, ich will deinen Daddy auch wiederhaben.«

Wahrscheinlich lag es an dem kläglichen Schluchzen des Kindes und dem elenden Klang von Lanas Stimme, dass Doug doch eintrat.

»Hey, was ist denn hier los?«, rief er betont fröhlich.

Lana wandte sich zu ihm um. Bisher hatte er sie immer nur tadellos gekleidet gesehen, und selbst nachdem sie sich geliebt hatten, war es ihr irgendwie gelungen, perfekt auszusehen. Doch jetzt standen ihr die Haare wirr um den Kopf, ihre Augen glänzten feucht, und auf ihrem T-Shirt prangte ein großer Kaffeefleck.

Doug hatte die elegante, intelligente Anwältin attraktiv gefunden. Die warmherzige, selbstbewusste Frau hatte ihn verführt, und die allein erziehende Witwe, die scheinbar mühelos ihr Leben bewältigte, hatte ihn fasziniert. Zu seinem größten Erstaunen verliebte er sich jedoch in diesem Augenblick unsterblich in die chaotische, frustrierte, unglückliche Frau, die mit nackten Füßen mitten in einem Gewirr von Spielsachen stand.

»Entschuldigung«, sagte Lana und rang sich mühsam ein Lächeln ab. »Wir befinden uns hier gerade in der Irrenanstalt. Es ist wohl kein guter Zeitpunkt, um …«

»Sie hat mich angeschrien!« Ty umschlang Hilfe suchend Dougs Beine. »Sie hat gesagt, ich wäre böse.«

Doug nahm Ty auf den Arm. »Du hast es aber auch darauf angelegt, was?«

Tys Unterlippe bebte. Er schüttelte den Kopf und vergrub ihn an Dougs Schulter. »Sie hat mir den Hintern verhauen.«

»Tyler!« Lana versank vor Scham fast im Boden.

»Und warum?«, fragte Doug und tätschelte den misshandelten Kinderpo.

»Doug, ich –« Am liebsten hätte Lana sich die Haare gerauft.

»Ich weiß nicht. Mommy ist gemein. Kann ich mit zu dir nach Hause kommen?«

»Nein, du wirst nirgendwohin gehen, junger Mann. Du gehst jetzt sofort auf dein Zimmer.« Kochend vor Wut versuchte Lana, ihren Sohn aus Dougs Armen zu reißen, aber er klammerte sich wie ein Äffchen an dem Mann fest.

»Willst du nicht ans Telefon gehen?«, schlug Doug vor und wies mit dem Kopf zu dem unermüdlich läutenden Apparat hinüber. »Ich mache das hier schon.«

»Ich möchte nicht, dass du ...« Hier bist, das alles siehst, *mich* siehst, vervollständigte sie den Satz in Gedanken. »In Ordnung«, fuhr sie gereizt fort und ging zum Telefon.

Doug schaltete den Fernseher aus und pfiff nach dem Hund. Ty hielt er dabei die ganze Zeit auf dem Arm. »Das war ein anstrengender Morgen, was, Kerlchen?«

»Mommy hat mir den Hintern verhauen. Mit der Hand. *Drei Mal*!«

»Meine Mom hat mich auch manchmal verhauen. Es hat zwar nicht wirklich wehgetan, aber sie hat damit meine Gefühle verletzt. Vermutlich wolltest du es ihr nur heimzahlen, als du gesagt hast, du magst sie nicht mehr.«

»Wenn sie so gemein ist, mag ich sie auch nicht.«

»Ist sie denn oft gemein?«

»Nöö. Aber heute schon.« Der Junge hob den Kopf und sah Doug mit einem Blick an, der kläglich, hoffnungsvoll und unschuldig zugleich war. »Kann ich heute mit zu dir nach Hause kommen?«

»Wenn du das tätest, wäre deine Mom schrecklich allein.«

»Sie mag mich sowieso nicht mehr, weil die Bösen das Klo verstopft haben, und es ist übergelaufen, und dann ist mir das mit der Erdnussbutter passiert, und Elmer hat Mommys Schuh geklaut.« Tränen traten in Tys Augen. »Aber ich habe es doch nicht absichtlich gemacht.«

»Das ist ja ziemlich viel auf einmal.« Doug küsste die heißen, nassen Kinderwangen. »Vielleicht solltest du deiner Mom sagen, dass er dir Leid tut.«

»Das ist ihr bestimmt sowieso egal. Sie hat gesagt, wir wären Barbaren.« Ty blickte ihn ernst aus weit aufgerissenen Augen an. »Was sind Barbaren?«

Doug seufzte. Wie hätte er diesem kleinen Kerl widerstehen können? Sein ganzes Leben lang war Doug allein seinen Weg gegangen, und er war ganz zufrieden damit gewesen. Und jetzt hatten auf einmal diese Frau, ihr Junge und der Hund im Sturm sein Herz erobert.

»Ein Barbar ist jemand, der sich schlecht benimmt. Offenbar habt ihr, du und Elmer, euch nicht gut benommen, als deine Mom versucht hat zu arbeiten.«

»Brocks Mom arbeitet nicht.«

Es war, als hörte Doug sich selbst als kleiner Junge reden. Er hatte sich damals auch oft beschwert oder geschmollt, wenn seine Mutter zu beschäftigt gewesen war, um ihm ihre ungeteilte Aufmerksamkeit zu widmen.

»Brocks Mom ist nicht deine Mom. Und die eigene Mom ist etwas ganz Besonderes. Niemand auf der ganzen Welt ist so besonders.« Er zog Ty an sich und strich ihm über den Kopf. Elmer sprang mit einem Ball im Maul um sie herum. Offensichtlich wollte er spielen.

»Wenn du etwas falsch machst, musst du auch dafür einstehen.« Doug setzte Ty ab und warf den Ball für den Hund. »Ich wette, das hätte dein Dad auch gesagt.«

»Ich habe keinen Dad. Er ist im Himmel und kommt nie mehr zurück.«

»Das ist schlimm.« Doug ging vor Tyler in die Hocke. »Das

ist so ungefähr das Schlimmste, was es gibt. Aber du hast eine tolle Mom. Es steht jedenfalls auf ihrem T-Shirt.«

»Grandma hat mir geholfen, Mommy das T-Shirt zum Geburtstag zu kaufen, und dann ist Elmer hochgesprungen, und Mommy hat Kaffee auf das neue T-Shirt gekleckert. Und dann hat sie ein schlimmes Wort gesagt, das Wort mit S.« In der Erinnerung daran verzogen sich Tys Mundwinkel zu einem Grinsen. »Zwei Mal hat sie es gesagt. Ganz laut.«

»Wow! Da muss sie ja richtig böse gewesen sein. Aber das können wir in Ordnung bringen. Willst du das?«

Ty schniefte und wischte sich mit dem Handrücken die Nase ab. »Okay.«

Als Lana ihr Telefonat beendet hatte und ihren Kopf nur für eine einzige Minute auf den Schreibtisch sinken lassen wollte, wurde die Tür geöffnet. Lana stand auf und fuhr sich mit den Händen rasch durch die Haare, um sie wenigstens ein bisschen in Form zu bringen. Tyler trat ein, einen zerrupften Strauß mit schwarzäugiger Susanne in der Faust. »Es tut mir Leid, dass ich böse war und gemeine Sachen gesagt habe. Sei nicht mehr böse auf mich.«

»Oh, Ty!« Den Tränen nahe hockte Lana sich hin und zog ihn in die Arme. »Ich bin dir nicht mehr böse. Es tut mir Leid, dass ich dich verhauen habe, und es tut mir auch Leid, dass ich dich angeschrien habe. Ich liebe dich doch über alles.«

»Ich habe dir die Blumen gepflückt, weil du sie gern magst.«

»Ja, ich mag sie sehr gern.« Sie löste sich von ihm. »Ich stelle sie auf meinen Schreibtisch, damit ich sie sehen kann, wenn ich arbeite. Und später rufe ich bei Brock zu Hause an und frage, ob du mit ihm spielen kannst.«

»Ich will nicht zu Brock. Ich will hier bleiben und dir helfen. Ich räume jetzt meine Spielsachen auf.«

»Im Ernst?«

»Hm. Und ich lasse die Bösen auch nicht mehr im Klo ertrinken.«

»Okay.« Sie drückte ihm einen Kuss auf die Stirn. »Dann ist ja alles wieder gut. Na los, räum deine Sachen auf, und dann lege ich dir ein *Star-Wars*-Video ein.«

»Klasse! Komm, Elmer.« Tyler rannte mit dem Hund hinaus.

Lana fuhr sich noch einmal durch die Haare, obwohl es hoffnungslos war, und richtete sich auf. Als das Telefon erneut klingelte, ignorierte sie es einfach und ging in die Küche, wo Doug saß und einen Kaffee trank.

»Das war vermutlich eine neue Erfahrung in Sachen Kindererziehung für dich, nicht wahr? Tut mir Leid, dass du es mitbekommen hast.«

»Was mitbekommen? Einen normalen Alltag?«

»Für gewöhnlich gerate ich nicht so in Rage.«

»Deswegen ist es doch nicht weniger normal. Einer muss schließlich die Zügel in der Hand halten.«

»Sag das bitte noch einmal.« Lana nahm eine kleine, grüne Vase aus dem Schrank. »Ich bin aber auch selbst schuld, weil ich versucht habe, das Büro von hier aus zu managen, obwohl meine Sekretärin frei hat. Warum sollte ich Ty auch zur Tagesmutter bringen, wenn er hier bei mir sein kann? Schließlich bin ich ja seine Mutter. Und dann ist mir alles ein wenig über den Kopf gewachsen, und ich habe es an Ty und dem Hund ausgelassen.«

»Ich würde sagen, die beiden hatten einen großen Anteil daran, dass dir die Dinge über den Kopf gewachsen sind.« Doug griff nach dem ramponierten Schuh, der auf der Arbeitsfläche lag. »Wer von den beiden hat denn darauf herumgekaut?«

Seufzend füllte Lana Wasser in die Vase. »Ich habe sie noch nicht ein einziges Mal getragen. Der blöde Hund hat ihn einfach aus der Schuhschachtel gezerrt, während ich versucht habe, der Flut im Badezimmer Herr zu werden.«

»Du hättest einen Klempner rufen sollen.« Er verkniff sich das Lachen, als sie die Zähne fletschte. »Oh, du hast also einen gerufen. Ich schaue es mir mal an.«

»Es ist nicht deine Aufgabe, meine Toilette zu reparieren.«

»Du brauchst mich ja auch nicht dafür zu bezahlen.«

»Doug, ich weiß deine Hilfsbereitschaft zu schätzen. Ich bin dir dankbar dafür, dass du Ty aus der Schusslinie genommen hast, bis ich mich wieder beruhigt hatte, dass du mit ihm Blumen gepflückt hast und mir anbietest, meine Toilette zu reparieren, aber ...«

»Du lässt dir nicht gerne helfen.«

»Nein, darum geht es nicht. Ganz bestimmt nicht. Ich habe mich nicht mit dir eingelassen, damit du den Klempner spielst und andere Krisen im Haus bewältigst. Ich möchte nicht, dass du glaubst, ich erwarte so etwas von dir, nur weil wir miteinander ausgehen.«

»Wie wäre es denn, wenn du so etwas erwarten könntest, weil ich dich liebe?«

Die Vase glitt ihr aus den Fingern und fiel polternd auf die Arbeitsplatte. »Was? Was?«

»Es ist vor etwa fünfzehn Minuten passiert, als ich hereinkam und dich sah.«

»Mich sahst ...« Fassungslos blickte sie ihn an. »So wie ich aussehe?«

»Du bist nicht perfekt. Du bist zwar verdammt nahe dran, aber nicht absolut perfekt. Für mich ist das eine gewaltige Erleichterung. Die Vorstellung, mit einer absolut perfekten Frau auf lange Sicht zusammenzubleiben – was ich im Übrigen noch nie vorher ins Auge gefasst habe –, flößt mir irgendwie Angst ein. Aber wenn diese Frau Kaffeeflecken auf dem T-Shirt hat, es nicht schafft, sich die Haare zu kämmen, und ihr Kind anschreit, wenn es das verdient hat, dann lohnt es sich schon, darüber nachzudenken.«

»Ich weiß nicht, was ich sagen soll. Ich bin noch ...«

»... nicht so weit«, ergänzte er ihren Satz. »Sag mir am besten einfach, wo die Saugglocke ist, und dann schaue ich, was ich tun kann.«

»Sie ist, äh ...«, stammelte Lana und machte eine fahrige Geste mit der Hand. »Sie ist schon da oben. Ich habe ... ich konnte nicht ... ach, Doug!«

»Du hast es schon selbst versucht? Wie süß!« Er hob ihr Kinn an und küsste sie. »Und wie süß, dass du ein bisschen Angst hast – dadurch gewinne ich Zeit, um mir darüber klar zu werden, wie *ich* damit umgehen soll.«

Sie machte eine hilflose Handbewegung. In ihrem Bauch tanzten Schmetterlinge. »Sag mir Bescheid, wenn du es weißt.«

»Du bist die Erste, der ich es mitteile.«

Als Doug die Küche verlassen hatte, umklammerte sie die Arbeitsplatte. Er hatte sich wegen des Kaffeefleckens auf ihrem T-Shirt und ihren wirren Haaren in sie verliebt. Jetzt hatte sie ein Problem. Als das Telefon erneut klingelte, nahm sie geistesabwesend ab.

»Hallo? Ja. Sie sind mit der Kanzlei von Lana Campbell verbunden. Was kann ich für Sie tun?«

Ein paar Minuten später ging sie nach oben ins Bad, wo Doug, Ty und der Hund vor der Toilette kauerten. »Raus! Alle drei raus! Ich muss duschen. Doug, vergiss alles, was ich eben gesagt habe, weil ich dich jetzt schamlos ausnutzen werde.«

Er blickte von Ty zu ihr. »Vor Zeugen?«

»Haha! Ich bitte dich, geh mit Ty nach unten und stopfe alles, was so aussieht, als gehöre es nicht in das Heim oder die Kanzlei einer brillanten Anwältin, in einen Schrank. Ich werde mich später darum kümmern. Lass den Hund in den Garten. Ty, du gehst doch zu Brock.«

»Aber ich will nicht …«

»Na komm schon, Kumpel.« Doug wandte sich an Ty. »Wir werden uns von Mann zu Mann darüber unterhalten, dass man einer Frau besser nicht widerspricht, wenn sie so einen gewissen Ausdruck in den Augen hat.«

»In zwanzig Minuten bin ich wieder unten.« Lana schob die beiden hinaus und schloss die Badezimmertür hinter sich.

Als sie gerade aus der Dusche kam, trat Doug nach einem flüchtigen Anklopfen ins Badezimmer. »Was ist denn eigentlich los?«, fragte er.

»Du liebe Güte, Doug, ich bin nackt! Ty –«

»Räumt unten seine Spielsachen auf. Und da ich demnächst in diesem Haus ein und aus gehen werde, gewöhnt er sich besser gleich daran, dass ich dich nackt sehen darf. Was hat dich so in Fahrt gebracht, Lana?«

»Richard Carlyle.« Sie wickelte sich in ein Handtuch ein und ging in ihr Schlafzimmer. »Er hat gerade vom Flughafen aus angerufen. Aus Dulles. Er möchte sich mit mir treffen. Verdammt, das marineblaue Escada-Kostüm ist nicht von der Reinigung zurückgekommen.«

»Er kommt hierher?«

»Ja, gegen zwölf wird er hier sein. Bis dahin muss ich unbedingt wieder wie eine absolut professionelle Anwältin aussehen. Außerdem muss ich Callie anrufen und noch einmal die Akten durchgehen.« Sie schlüpfte in Büstenhalter und Höschen. »Ich muss ganz sicher sein, dass ich alle notwendigen Informationen verfügbar habe.«

Sie nahm ein graues Nadelstreifenkostüm aus dem Schrank, hängte es aber gleich wieder hinein. »Nein, das wirkt viel zu offiziell. Da ich im Moment von zu Hause aus arbeite, kann es ruhig ein bisschen lässiger sein, aber gleichzeitig ... ah ja!«

Sie griff nach einem graublauen Jackett. »Das wird gehen. Ich muss Jo anrufen – Brocks Mutter –, um zu fragen, ob Ty für ein paar Stunden zu ihnen kommen kann. Und dann werde ich dich bitten, ihn hinzufahren.«

Sie warf das Jackett aufs Bett, griff nach ihrem mobilen Telefon und wählte bereits, während sie ins Badezimmer zurückrannte, um sich die Haare zu trocknen.

»Ich fahre ihn hin, aber ich komme wieder. Ich werde an diesem Treffen teilnehmen.«

»Das kann ich nicht entscheiden. Es ist Callies Sache.«

»Nein, es ist meine Sache«, korrigierte er sie und ging die Treppe hinunter.

Als Lana Callie und Jake ins Wohnzimmer führte, hatte sie alles wieder unter Kontrolle. »Es ist wahrscheinlich das Beste, wenn wir uns im Wohnzimmer treffen. Mein Büro oben ist klein, und vielleicht entspannt er sich in dieser Umgebung ja und bleibt freundlich.«

»Wir sollten ihm vermutlich Tee und Plätzchen servieren«, sagte Callie mit einem bissigen Unterton.

Lana legte ihr die Hand auf den Arm. »Ich weiß, dass du das Gefühl hast, er verschweigt dir etwas. Aber wir müssen ihn auf unserer Seite haben, wenn er uns dabei helfen soll, seinen Vater zu finden. Bisher waren alle anderen Spuren, die wir verfolgt haben, Sackgassen.«

»So ein Typ verschwindet doch nicht einfach aus dieser Welt.«

»Da stimme ich dir zu. Und ich bin auch sicher, dass wir ihn letztendlich finden werden, wenn wir weiter nach ihm suchen. Aber mit Richard Carlyles Hilfe geht es schneller.«

»Warum sollte er mir helfen, seinen Vater zu finden, wenn ich die Absicht habe, dieses Schwein für den Rest seines Lebens hinter Gitter zu bringen?«

»Das solltest du vermutlich nicht laut aussprechen.« Jake setzte sich und streckte seine langen Beine aus. »Und du solltest ihn in Gegenwart seines Sohnes auch besser nicht als Schwein bezeichnen.« Jake zuckte mit den Schultern, als Callie ihn wütend anfunkelte. »Es ist nur ein Vorschlag.«

»Ich sehe es genauso. Setz dich, Callie.« Lana wies auf das Sofa. »Und wenn du noch so viel Abscheu vor Richard Carlyle empfindest, es bringt uns gar nichts, wenn du ihn vor den Kopf stößt. Er und sein Vater mögen ja nicht die besten Freunde sein, aber sie sind trotzdem immer noch Vater und Sohn. Ich habe übrigens Bedenken, weil wir so viele sind. Carlyle wollte sich mit mir und meiner Mandantin treffen. Ich glaube nicht, dass es ihm gefällt, wenn er hier hereinkommt und feststellt, dass wir so in der Überzahl sind.«

»Das ist sein Problem«, sagte Jake.

Doug verschränkte eigensinnig die Arme. »Ich bleibe hier. Wenn sich Carlyle unwohl fühlt, dann ist das seine Sache. Meine Familie hat sich dreißig Jahre lang unwohl gefühlt.«

»Wenn du ihm die Sünden seines Vaters ankreidest, wird er

uns wohl kaum helfen.« Lana ahnte, dass sie bei Doug auf Granit biss. »Ich bitte euch nicht, zu gehen, aber ich muss darauf bestehen, dass ihr mir die Wortführung überlasst. Er kommt extra aus Atlanta hierher«, sagte sie zu Callie. »Das sollten wir ihm hoch anrechnen.«

»Ich rechne ihm alles hoch an, wenn er uns erst einmal gesagt hat, wo sich sein Schwein von Vater aufhält«, sagte Callie und lächelte Jake triumphierend an.

Als man auf dem Kies der Einfahrt Reifen knirschen hörte, trat Lana ans Fenster und schob den Vorhang ein wenig zurück. »Ich würde sagen, das ist er. Doug, setz dich um Himmels willen endlich hin, und hör auf, hier herumzuschleichen.«

»Okay.« Er ging zum Sofa und setzte sich neben Callie.

»Toll.« Sie bohrte Jake und ihm scherzhaft die Ellbogen in die Rippen. »Jetzt habe ich so eine Art Buchstützen. Lasst mich noch ein bisschen atmen, Jungs, ja? Ich glaube, ich bin über das Alter hinaus, wo man mich erneut zum Verkauf anbieten kann.«

»Hör auf, herumzumeckern«, wies Doug sie milde zurecht. »Wir zeigen dir nur unsere Solidarität.«

»Ja, das mittlerweile hundertzwanzig Pfund schwere Baby, der verlorene Bruder und der Ex-Mann. Ein irres Bild!«

Jake legte ihr den Arm um die Schultern. »Mir gefällt es.«

Lana öffnete die Haustür. Ihre Stimme klang kühl und höflich. »Mr Carlyle? Ich bin Lana Campbell.« Sie reichte ihm die Hand. »Ich danke Ihnen, dass Sie die weite Reise auf sich genommen haben, um mit uns zu sprechen. Bitte, kommen Sie herein. Ich hoffe, Sie entschuldigen die mangelnde Förmlichkeit. In meiner Kanzlei hat es vor kurzem gebrannt, und deshalb arbeite ich jetzt eine Zeit lang zu Hause. Ich glaube, Dr. Dunbrook und Dr. Graystone kennen Sie bereits.«

Callie fiel auf, dass Carlyle ziemlich erschöpft aussah, und sie vermutete, das dies nicht nur an dem Flug lag, den er hinter sich hatte.

»Das ist Douglas Cullen«, stellte Lana vor.

»Ich habe mich nicht damit einverstanden erklärt, mit jemandem aus der Familie Cullen zu sprechen«, sagte Richard und blickte Lana verärgert an. »Ich bat ausdrücklich um ein Treffen mit Ihnen und Ihrer Mandantin. Sie hätten mir viel Zeit und Mühe erspart, wenn Sie mir von vornherein mitgeteilt hätten, dass das nicht möglich ist.«

»Da Mr Cullen der Vertreter der Familie Cullen ist, ist seine Anwesenheit nicht nur erforderlich, sondern auch vernünftig, da meine Mandantin natürlich sowieso die Familie Cullen über das Ergebnis dieses Treffens informieren würde«, antwortete Lana höflich. »Durch die Anwesenheit von Mr Cullen vermeiden wir also jegliche Fehlkommunikation. *Sie* haben dieses Treffen gewünscht, Mr Carlyle. Und da Sie ein äußerst beschäftigter Mann sind, hatten Sie sicher einen guten Grund dafür, die weite Reise auf sich zu nehmen.«

»Eine äußerst unangenehme Reise. Ich möchte klarstellen, dass ich mich nicht verhören lassen werde.«

»Bitte setzen Sie sich doch, ich bringe Ihnen gerne einen Kaffee oder etwas Kaltes zu trinken.«

»So lange werde ich nicht bleiben«, sagte Richard und nahm auf einem Sessel gegenüber vom Sofa Platz. »Dr. Dunbrook und ihr Partner haben sich Zutritt zu meinem Büro verschafft, indem sie behaupteten, es gäbe eine familiäre Verbindung.«

»Die *familiäre* Verbindung haben Sie vermutet«, korrigierte Callie ihn. »Wir sagten lediglich, ich hätte eine Verbindung zu Ihrem Vater. Und da er mit meinem Verkauf viel Geld verdient hat, stimmt das ja wohl auch.«

»Solche Anschuldigungen sind verleumderisch. Wenn Ihre Anwältin Sie darüber nicht in Kenntnis gesetzt hat, ist sie inkompetent. Ich habe die Dokumente, die Sie mir ausgehändigt hatten, überprüft. Es stimmt zwar, dass die Adoptionspapiere für Elliot und Vivian Dunbrook nicht gerichtlich bestätigt wurden …«

»Es waren Fälschungen.«

»Sie wurden nicht ordentlich bestätigt. Wie Ihre Anwältin

wissen sollte, könnte es sich auch um einen Fehler seitens des Gerichts handeln.«

»Das ist meines Erachtens ausgeschlossen« – Lana setzte sich ebenfalls –, »da das Adoptionsgesuch und die letztendliche Bewilligung von allen Parteien unterzeichnet wurden und die Papiere ein offensichtlich gefälschtes Gerichtssiegel tragen. Außerdem sind sie in den entsprechenden Akten nicht enthalten.«

»Vermutlich ist irgendein überarbeiteter, unterbezahlter Gerichtsangestellter dafür verantwortlich.«

»Der Austausch – Geld gegen Kind – fand in der Kanzlei Ihres Vaters statt, Mr Carlyle. In Anwesenheit Ihres Vaters.«

»Zahlreiche Kinder sind in der Kanzlei meines Vaters übergeben worden. Und wie in allen großen Kanzleien arbeiteten viele Menschen an den Fällen, die er übernahm. Mein Vater war ein angesehener Anwalt, und es ist einfach lächerlich, ihn des illegalen Handels mit Babys zu beschuldigen. Ich möchte nicht, dass sein Ruf – und in der Folge auch meiner – geschädigt wird. Meine Mutter oder meine Kinder sollen nicht das Opfer böswilliger Gerüchte werden.«

»Sie erzählen uns nichts anderes als in Atlanta«, sagte Jake. Weil er spürte, wie nervös Callie war, legte er ihr beruhigend eine Hand auf die Schulter. »Aber eigentlich wirken Sie auf mich nicht wie ein Mann, der seine Zeit damit verschwendet, sich zu wiederholen.«

»Wenn es sein muss, wiederhole ich mich auch. Ich habe volles Mitgefühl mit Ihrer Lage, Dr. Dunbrook, Mr Cullen. Nachdem ich die Dokumente und Artikel, die Sie mir zur Verfügung gestellt haben, überprüft habe, weiß ich, wie tragisch diese Situation für Sie ist. Aber selbst wenn ich glaubte, dass mein Vater in irgendeiner Weise involviert gewesen wäre – was ich nicht tue –, könnte ich Ihnen nicht helfen.«

»Warum fragen Sie ihn denn nicht einfach selbst, wenn Sie so sicher sind, dass er nicht involviert war?«, fragte Callie. »Warum zeigen Sie ihm die Papiere nicht und bitten ihn um eine Erklärung?«

»Das ist leider nicht möglich. Mein Vater ist tot. Er starb vor zehn Tagen in seinem Haus auf Grand Cayman. Ich komme soeben von dort; ich war auf seiner Beerdigung und habe seiner Frau geholfen, den Besitz zu verkaufen.«

Callie hatte das Gefühl, als täte sich der Boden unter ihren Füßen auf. »Und wir sollen Ihnen einfach glauben, dass er zu einem so passenden Zeitpunkt gestorben ist?«

»Als passend kann man ihn wohl kaum bezeichnen. Er war schon seit einiger Zeit krank. Aber ich erwarte natürlich nicht, dass Sie lediglich meinem Wort Glauben schenken.« Richard öffnete seine Aktentasche und zog eine Dokumentenmappe heraus. »Ich habe hier Kopien der Arztberichte, der Sterbeurkunde und seines Testamentes.« Ohne den Blick von Callie zu wenden, reichte er Lana die Papiere. »Sie können sie jederzeit verifizieren lassen.«

»Sie haben uns gesagt, Sie wüssten nicht, wo sich Ihr Vater aufhält. Wenn Sie damals gelogen haben, dann könnte dies hier nur eine weitere Verschleierungstaktik von Ihnen sein.«

»Ich habe nicht gelogen. Ich hatte meinen Vater seit Jahren nicht mehr gesehen, vermutete aber, dass er sich auf den Caymans oder auf Sardinien aufhielt, wo er schon vor Jahren unter den Namen seiner jeweiligen Geliebten Grundbesitz erworben hatte. Aber das war lediglich eine Vermutung, und ich fühlte mich bei Ihrem Besuch nicht verpflichtet, sie Ihnen mitzuteilen. Meine Pflicht ist es, meine Mutter, meine Frau und meine Kinder, meinen Ruf und meine Kanzlei zu schützen. Und genau das beabsichtige ich auch zu tun.«

Carlyle erhob sich. »Es ist vorbei, Dr. Dunbrook. Was auch immer mein Vater getan oder nicht getan hat – er ist tot. Er kann ihre Fragen nicht mehr beantworten. Ich werde nicht zulassen, dass meine Familie für seine Fehler bestraft wird. Lassen Sie also bitte die Toten ruhen.«

22

Jake hörte den tiefen, klagenden Klang des Cellos. Da er die Klassiker noch nie hatte auseinander halten können, hätte er nicht sagen können, um welches Stück oder welchen Komponisten es sich handelte. Doch an der Stimmung des Stückes konnte er erkennen, dass Callie keine besonders gute Laune hatte. Er konnte es ihr nicht verübeln. Seiner Meinung nach war in diesem Sommer bereits genug vorgefallen. Am liebsten hätte Jake einfach die Zelte abgebrochen, um mit Callie irgendwohin zu fahren. Darin waren sie schon immer gut gewesen. Vielleicht ein wenig zu gut, dachte er. Während ihrer Ehe hatten sie sich niemals irgendwo dauerhaft niedergelassen. Jake zumindest hielt das auch nicht für wichtig. Damals zählte für sie beide immer nur der Augenblick. Sie sprachen selten von der Vergangenheit, und an die Zukunft verschwendeten sie nie einen Gedanken. Doch im vergangenen Jahr hatte Jake viel Zeit zum Nachdenken gehabt, und er war zu der Erkenntnis gekommen, dass er sich eine Zukunft mit Callie wünschte.

Er ging in die Küche, wo Dory am Tisch saß und arbeitete. »Wir haben heute etwas Tolles gefunden. Matt hat eine Handaxt ausgegraben«, erklärte sie ihm.

»Das ist wirklich interessant.« Jake öffnete den Kühlschrank, griff nach einer Dose Bier und entschied sich dann doch für Wein.

»Ich ... ich trage gerade Bills Notizen zusammen. Ich dachte mir, irgendeiner muss es ja tun.«

»Das brauchst du nicht, Dory. Ich kümmere mich schon darum.«

»Nein, ich ... ich möchte es gerne tun, wenn es okay ist. Ich war nicht sehr nett zu Bill. Ich habe manchmal ... nein, eigentlich ständig an ihm herumgemeckert, weil er dauernd Callie hinterhergelaufen ist. Ich komme mir so schäbig vor.«

»Du hast es doch nicht böse gemeint«, erwiderte Jake.

»Meistens meint man es nicht böse, wenn man jemanden aufzieht, bis es dann auf einmal zu spät ist. Ich habe mich offen über ihn lustig gemacht, Jake!«

»Glaubst du, es ginge dir besser, wenn du hinter seinem Rücken über ihn geredet hättest?« Er entkorkte die Weinflasche und schenkte Dory ein Glas ein. »Ich habe Bill im Übrigen auch ein paar Probleme bereitet.«

»Ich weiß. Danke.« Sie ergriff das Weinglas, trank jedoch nicht. »Du brauchst dir keinen Vorwurf zu machen, schließlich wart ihr beide hinter Callie her.« Sie blickte zur Decke. Die leisen Töne des Cellos drangen durch die nächtliche Stille. »Das ist hübsch, aber so verdammt traurig.«

»Ich finde, Cellomusik klingt nie besonders fröhlich.«

»Vermutlich nicht. Callie ist wirklich begabt. Aber es ist schon ein bisschen seltsam, dass sie ihr Instrument überallhin mitschleppt, damit sie Beethoven spielen kann.«

»Tja, sie spielt nun einmal nicht Mundharmonika. Arbeite nicht mehr zu lange, Dory.«

Jake ging mit der Weinflasche und zwei Gläsern nach oben. Er wusste, was es bedeutete, wenn Callies Tür geschlossen war, doch er ignorierte das Signal und trat ohne anzuklopfen ein. Sie saß auf dem einzigen Stuhl am Fenster und zog den Bogen über die Saiten. Die Haare hatte sie zurückgebunden. Jake fiel auf, wie zart und weiblich ihre Hände wirkten, wenn sie spielte. Es hatte ihm wirklich gefehlt, sie spielen zu hören. Er trat zum Schreibtisch und schenkte den Wein in die Gläser ein.

»Geh weg«, sagte sie, ohne ihn anzublicken. »Das ist kein öffentliches Konzert.«

»Mach mal eine Pause.« Er hielt ihr ein Weinglas hin. »Beethoven kann warten.«

»Woher weißt du, dass es Beethoven ist?«

»Du bist hier nicht die Einzige, die etwas von Musik versteht.«

»Da Willie Nelson in deiner Welt der größte Künstler ist …«

»Pass auf, was du sagst, Babe. Keine Beleidigungen, sonst teile ich den Wein nicht mit dir.«

»Warum hast du die Flasche mitgebracht?«

»Weil ich ein selbstloser, umsichtiger Mann bin.«

»Der mich betrunken machen möchte, damit er seinen Vorteil daraus ziehen kann.«

»Natürlich, aber deswegen bin ich trotzdem umsichtig.«

Sie ergriff das Glas und trank einen Schluck. »Mmh, der ist hervorragend.« Sie stellte das Glas auf dem Boden ab und spielte die ersten Töne von *Turkey in the Straw*. »Das ist schon eher dein Tempo, was?«

»Möchtest du mit mir über die Bedeutung der Musik für die Kulturen und ihre Auswirkung auf Stammesgebräuche diskutieren?«

»Heute Abend nicht, Professor.« Sie griff erneut nach ihrem Glas. »Geh weg, Jake.«

Er setzte sich auf den Fußboden, lehnte sich mit dem Rücken an die Wand und nippte an seinem Wein. Callie schaute ihn einen Moment lang verärgert an, dann nahm sie den Bogen wieder auf und spielte die bedrohlich klingende Filmmusik aus *Der weiße Hai*.

»Du jagst mir keine Angst ein.«

Ihre Mundwinkel verzogen sich, aber sie spielte weiter. Er würde schon aufgeben – das hielte er nicht durch. Es dauerte fast dreißig Sekunden, bis Jake die beiden Töne tatsächlich nicht mehr ertragen konnte. Er beugte sich vor und schlug Callie auf den Arm. »Hör auf!«, sagte er, obwohl er lachen musste. »Du bist ein Luder.«

»Ganz richtig. Warum gehst du nicht endlich?«

»Als ich das letzte Mal gegangen bin, war ich fast ein Jahr lang wütend, traurig und einsam. Und das hat mir nicht gefallen.«

»Es geht doch hier gar nicht um dich.«

»Nein, sicher nicht, es geht um dich. Aber du bist mir wichtig.«

Erschöpft lehnte Callie die Stirn an den Hals des Cellos. »Seit wann komme ich mir eigentlich dumm vor, wenn du so etwas sagst?«

Er strich ihr sanft über den Schenkel. »Warum konnte ich früher so etwas nicht zu dir sagen? Dieses Mal werde ich nicht gehen. Ich weiß, was du denkst, was in dir vorgeht. Musste der Scheißkerl ausgerechnet jetzt sterben?«

»Vielleicht lügt Carlyle junior ja. Vielleicht ist die Sterbeurkunde gefälscht.«

Jake blickte Callie unverwandt an. »Vielleicht.«

»Wozu sollte das gut sein – er weiß ja, dass wir es überprüfen werden. Der Bastard ist tot, und ich kann ihm nie mehr ins Gesicht sagen, wer ich bin. Er wird nie den Preis für das bezahlen, was er getan hat, und ich kann nichts dagegen tun. Nichts.«

»Also ist an dieser Stelle alles zu Ende?«

»Das wäre die logische Schlussfolgerung. Carlyle ist tot. Simpson und seine Schlampe sind verschwunden. Wenn ich über unendlich viel Zeit und Geld verfügen würde, könnte ich vielleicht dafür sorgen, dass ein Detektiv so lange nach ihnen sucht, bis er sie gefunden hat, aber so ist es leider nicht.«

»Ob du es nun dem Bastard ins Gesicht sagen kannst oder nicht, du weißt doch auf jeden Fall, wer du bist. Und wenn der Preis, den er bezahlen würde, auch noch so hoch wäre, es würde ja nichts an dem ändern, was er den Cullens, deinen Eltern und dir angetan hat. Was zählt, ist einzig und allein das, was du jetzt für sie und für dich tust.«

Diese Dinge waren auch Callie schon Dutzende Male durch

den Kopf gegangen. »Was soll ich denn tun, Jake? Ich kann für Suzanne und Jay nicht Jessica sein. Ich kann die Schuld, die meine Eltern empfinden, nicht tilgen. Meine einzige Möglichkeit wäre gewesen, den Verantwortlichen vor Gericht zu stellen, um meine Fragen beantwortet zu bekommen.«

»Welche Fragen meinst du?«

»Die gleichen wie immer. Wie viele andere Personen sind noch beteiligt gewesen? Wie viele Kinder sind entführt worden? Soll ich nach ihnen suchen? Was soll ich tun, wenn ich sie finde? Soll ich wirklich das Leben fremder Leute auf den Kopf stellen, so wie es mir passiert ist? Oder soll ich die Toten ruhen lassen und nicht mehr daran rühren?«

Jake ergriff sein Weinglas und lehnte sich wieder an die Wand. »Wann hätten wir jemals die Toten ruhen lassen?«

»Das wäre jetzt das erste Mal.«

»Warum solltest du aufgeben? Weil du wütend und deprimiert bist? Das wirst du schon überwinden. Carlyle ist tot, aber das bedeutet nicht, dass du deine Fragen nicht beantwortet bekommen kannst. Du bist doch hervorragend darin, den Toten Antworten zu entlocken – wobei ich darin natürlich noch ein bisschen besser bin.«

»Ich würde ja gerne lachen, aber dazu bin ich zu deprimiert.«

»Du weißt doch, wo Carlyle gelebt hat. Finde heraus, was er dort getan hat, wen er kannte, mit wem er Kontakt hatte. Wie er lebte. Hole dir deine Daten aus den verschiedenen Schichten.«

»Glaubst du, daran hätte ich nicht auch gedacht?« Callie stand auf, um das Cello wieder in den Kasten zu legen. »Ich habe den ganzen Nachmittag darüber nachgedacht, aber ich weiß nicht, wozu es gut sein soll. Wenn ich weiter Fragen stelle, mein Ziel aber nicht mehr Carlyle ist, dann verlängere ich für meine Eltern und die Cullens nur die Qual.«

»Du hast dich selbst wieder einmal vergessen.«

»Natürlich würde ich auch eine persönliche Befriedigung daraus ziehen. Eine persönliche und eine intellektuelle Befriedigung, weil ich das Rätsel der Vergangenheit gelüftet hätte. Aber das allein wiegt nicht schwer genug.«

Sie beugte sich vor und griff nach ihrem Weinglas. »Zwei Menschen sind tot, aber ich kann nicht mit Sicherheit sagen, ob ihr Tod mit der Sache zu tun hat. Ich weiß noch nicht einmal genau, ob der Brand bei Lana etwas damit zu tun hat. Carlyle war offenbar alt und krank. Er hat sich ganz gewiss nicht auf den Weg nach Maryland gemacht, um zwei Menschen umzubringen, auf dich zu schießen, mich bewusstlos zu schlagen und Lanas Kanzlei anzuzünden.«

»Er hat vermutlich einen Haufen Geld mit dem jahrelangen Verkauf von Babys verdient.« Jake starrte in sein Weinglas. »Genug jedenfalls, um Leute anzuheuern, die morden, Frauen zusammenschlagen und Gebäude niederbrennen.«

»Du lässt mich einfach nicht vom Haken, was?«

»Nein.«

»Warum willst du unbedingt, dass ich dran bleibe?«

»Das bin gar nicht ich. *Du* willst dran bleiben, und du wirst erst lockerlassen, wenn du fertig bist.«

»Seit wann kennst du mich so gut?«

»Ich habe dich immer schon ganz gut gekannt, ich war mir nur nicht im Klaren darüber.«

»Mir ist nicht klar, was du willst. Du weißt doch schon, dass ich mit dir schlafen werde.«

»Willst du die Wahrheit hören?« Er ergriff sein Glas, füllte es bis zum Rand und trank es halb leer, bevor er weitersprach. »Ich möchte, dass du glücklich bist. Das habe ich erst jetzt gemerkt. Weil« – wieder trank er einen großen Schluck – »ich dich mehr liebe, als mir bisher klar war.«

Seine Worte trafen sie wie ein Schock. »Musst du erst Wein in dich hineinschütten, bevor du mir das sagen kannst?«

»Ja. Bitte mache mir keinen Vorwurf daraus – das ist schließlich noch neu für mich.«

Sie trat zu ihm und hockte sich vor ihn. »Meinst du es ernst?«

»Mit ein bisschen Wein kommen die Worte ganz leicht heraus. Ja, ich meine es ernst.«

»Warum?«

»Ich wusste, dass du es nicht einfach so annehmen würdest. Woher zum Teufel soll ich wissen, warum? Es ist eben so. Und seit ich es weiß, möchte ich, dass du glücklich bist. Und glücklich wirst du erst sein, wenn du diese Sache zu Ende gebracht hast. Also werde ich dich weiter antreiben und dir helfen. Und wenn wir das alles erledigt haben, widmen wir uns unserer Beziehung.«

»Und das soll funktionieren?«

»Ja.« Er nahm ihr Glas und füllte es erneut. »Und jetzt musst du auch trinken«, befahl er und drückte ihr das Glas in die Hand. »Damit ich dich in diesen Schlafsack bekomme.«

»Ich habe eine bessere Idee.« Sie leerte ihr Glas in einem Zug und stellte es ab. »Ich bekomme *dich* in diesen Schlafsack.«

»Du musst wohl immer deinen Willen kriegen, was?« Grinsend ließ Jake sich von ihr hochziehen. »Geh bloß sanft mit mir um.«

»Ja, klar.« Mit diesen Worten zerrte sie ihm das T-Shirt über den Kopf.

Als sie später heftig atmend und schweißüberströmt neben ihm lag, lächelte sie in der Dunkelheit. »Ich fühle mich ziemlich glücklich.«

Seine Hand glitt über ihre Hüfte und ihre Taille. »Für den Anfang ist das schon ganz gut.«

»Ich möchte dir etwas sagen.«

»Ich werde dir sowieso nicht glauben, dass du früher einmal ein Mann warst.«

»Halt's Maul, Graystone.«

»Klar, kein Problem.«

»Dreh dich um. Ich will nicht, dass du mich ansiehst.«

»Ich sehe dich nicht an. Ich habe die Augen zu.« Als Callie ihn ungeduldig kniff, drehte er sich brummelnd um.

»Du hast früher ein paar Mal gesagt, ich bräuchte dich nicht. Das hat nicht ganz gestimmt. Nein, dreh dich nicht um.«

»Du hast mich nicht gebraucht, und das hast du klar und deutlich zum Ausdruck gebracht.«

»Ich dachte, du würdest das Weite suchen, wenn ich erkennen ließe, dass ich dich brauche. Du warst nicht gerade berühmt für deine lang dauernden Beziehungen. Und ich auch nicht.«

»Bei uns war es etwas anderes.«

»Ich wusste, dass es bei *mir* etwas anderes war. Und das machte mir Angst. Wenn du dich jetzt umdrehst, sage ich keinen Ton mehr.«

Leise fluchend blieb er liegen. »Gut.«

»Ich hatte nicht damit gerechnet, jemals das zu empfinden, was ich bei dir empfand. Ich glaube, selbst die größten Romantiker haben keine Vorstellung davon, dass man so in einem anderen Menschen aufgehen kann. Wenn es um die Arbeit, um andere Leute oder um Allgemeines ging, dann konnte ich dich gut einschätzen.« Sie seufzte. »Aber nicht, wenn es um uns ging. Na ja, zum Teil hat das sicher auch mit dem zu tun, was du als meine Familienkultur bezeichnest. Ich kenne kein Ehepaar, das einander mehr liebt als meine Eltern. Und doch war mir auch immer klar, dass meine Mutter die Bedürftigere war. Sie hat ihre Musik aufgegeben, ist von ihrer Familie weggezogen und wurde die perfekte Arztfrau, weil sie auf die Billigung meines Vaters angewiesen war. Es war ihre Entscheidung, das weiß ich. Und sie ist auch glücklich damit. Aber sie hat immer hinter meinem Vater zurückgestanden, und ich habe mir geschworen, dass mir dass nie passieren würde. Ich wollte nie jemanden so sehr brauchen, dass ich ohne ihn keine ganze Person wäre. Und dann bist du in mein Leben hereingebrochen, und ich musste aufpassen, dass ich nicht vergaß, wer ich war.«

»Ich habe nie von dir verlangt, dass du irgendetwas aufgibst.«

»Nein. Aber ich hatte Angst, ich würde es tun. Angst, nicht mehr denken zu können, ohne mich zuerst zu fragen, was du denkst. Bei meiner Mutter war es so. ›Wir fragen deinen Vater‹, ›Warten wir ab, was dein Vater dazu sagt.‹ Es hat mich wahnsinnig gemacht.« Callie lachte leise und schüttelte den Kopf. »Ich wollte nicht, dass ich dich brauche, weil es mich schwach und dich stark gemacht hätte. Und dabei war es schon schlimm genug, dass ich dich mehr liebte als du mich und du dadurch im Vorteil warst.«

»Dann war es also ein Wettbewerb?«

»Teilweise. Je mehr ich an deiner Liebe zweifelte, desto mehr bohrte ich. Je mehr ich bohrte, desto stärker zogst du dich zurück, und deshalb bohrte ich noch mehr. Du solltest mir beweisen, dass du mich liebst.«

»Und das habe ich nie getan.«

»Nein, das hast du nie getan. Und deshalb wollte ich dich verletzen. Ich wollte dir tiefe Wunden zufügen, um mir zu beweisen, dass ich dich verletzen kann.«

»Dann musst du dich jetzt ja besser fühlen, nachdem du mich förmlich in Stücke zerrissen hast.«

»Ja. Und dabei ist es eigentlich ziemlich mies.«

»Es freut mich, dass ich dir behilflich sein konnte.« Er zog ihren Arm zu sich heran und führte ihre Hand an seine Lippen.

»Du kriegst kaum heraus, dass du mich liebst. Ich habe Angst, dich zu lieben. Was zum Teufel sollen wir nur tun?«

»Offensichtlich sind wir füreinander bestimmt.«

Sie drückte ihr Gesicht an seinen Rücken und lachte. »Wahrscheinlich hast du Recht.«

Lass die Toten ruhen, dachte Callie, während sie vorsichtig Erde von den Fingerknochen einer Frau bürstete, die seit tausenden von Jahren tot war. Würde ihr diese Frau, die nach Callies Schätzung bei ihrem Tod ungefähr sechzig gewesen sein musste, wohl zustimmen? Würde sie entsetzt darüber sein, dass ihre Knochen von einer Fremden, die in einer anderen Zeit, in einer anderen Welt lebte, ausgegraben wurden? Vielleicht würde die Frau sich ja auch darüber freuen, dass diese Fremde etwas über sie erfahren wollte. Während Callie kurz in der Arbeit innehielt, um sich Notizen zu machen, fragte sie sich, ob es ihr selbst wohl Recht wäre, wenn jemand tausende von Jahren nach ihrem Tod ihre sterblichen Überreste untersuchen würde. Dabei blieben, trotz aller modernen Untersuchungsmethoden, immer noch so viele Fragen unbeantwortet. Die Archäologen konnten nur spekulieren, wie lange ein Mensch gelebt hatte, wie seine Lebensgewohnheiten und sein Gesundheitszustand gewesen waren und was seinen Tod verursacht hatte. Aber sie würden niemals erfahren, wer die Eltern dieses Menschen gewesen waren, wen er geliebt hatte, mit wem er befreundet gewesen war oder ob er Kinder gehabt hatte. Sie würden nie erfahren, was ihn zum Lachen oder Weinen gebracht, was ihn geängstigt oder wütend gemacht hatte.

Doch galt das nicht in gewisser Weise auch für sie selbst? Was wusste sie schon – abgesehen von einigen wenigen nüchternen Fakten –, wer Callie Dunbrook wirklich war? War sie stark genug, um die Fragen nach ihrer eigenen Vergangenheit zu klären? Wenn sie davor zurückscheute, die Knochen ihrer eigenen Vergangenheit auszugraben, dann hatte sie auch kein Recht dazu, diejenigen einer Frau zu untersuchen, die schon seit Ewigkeiten tot war.

»Wir beide sitzen sozusagen im selben Boot«, seufzte Callie leise und legte ihr Klemmbrett beiseite. Am liebsten wäre sie davongelaufen, hätte ihr Bündel geschnürt und die Ausgrabung verlassen. Weg von den Toten, von den Cullens, von den vielen Fragen. Am liebsten hätte sie vergessen, dass sie jemals die Namen Marcus Carlyle oder Henry und Barbara Simpson gehört hatte. Vielleicht würde sie sogar damit leben können. Ob es für ihre Eltern leichter wäre, wenn sie einfach mit der Suche aufhörte und alles begrub und vergaß?

Außerdem gab es genügend andere Archäologen, die das Antietam-Creek-Projekt kompetent leiten konnten. Andere, die Dolan oder Bill nicht gekannt hatten und nicht jedes Mal an sie erinnert wurden, wenn sie auf den Teich blickten, der in der Sonne glitzerte. Wenn sie wegginge, würden Jake und sie sich ein neues Leben aufbauen können. Wenn sich ihnen schon eine zweite Chance bot, warum sollten sie sie dann nicht wahrnehmen? Sie war doch sowieso niemandem verpflichtet – weder der Ausgrabung noch dem Teil ihrer Vergangenheit, den sie erst vor zwei Monaten entdeckt hatte. Warum sollte sie ihr Glück und das Leben anderer Menschen riskieren, nur um alle Fakten über etwas herauszufinden, das sowieso nicht mehr geändert werden konnte?

Entschlossen legte sie die Knochen ab, die sie so sorgfältig gesäubert hatte, stemmte sich aus ihrer Grube und klopfte sich die Erde ab. In diesem Moment trat Jake auf sie zu.

»Mach doch mal fünf Minuten Pause«, sagte er und zog sie mit sich fort. Er hatte sie schon seit einigen Minuten beobachtet und die Erschöpfung und Verzweiflung auf ihrem Gesicht sehr wohl bemerkt.

»Ich bin fertig. Ich bin einfach total fertig.«

»Geh eine Weile aus der Sonne. Oder noch besser wäre, wenn du dich in Diggers Wohnwagen eine Stunde hinlegst.«

»Sag mir nicht, was ich nötig habe. Jake – ich habe gerade gemerkt, dass mir diese Knochen egal sind.« Sie wies in die Grube. »Und wenn sie mir egal sind, dann gehöre ich offenbar nicht mehr hierher.«

»Callie, du bist physisch und emotional erschöpft. Das macht dich wütend, und jetzt bist du auf dich selbst sauer, weil sonst keiner da ist.«

»Ich werde mich von dem Projekt zurückziehen und nach Philadelphia zurückfahren. Ich habe hier nichts mehr verloren.«

»Und was ist mit mir?«

»Komm mir nicht schon wieder damit.« Callies Stimme bebte, und sie hasste sich dafür. »Dazu bin ich nicht in der Stimmung.«

»Ich bitte dich nur, dir ein paar Tage Zeit zu nehmen. Mach eine Pause. Erledige Papierkram, fahr ins Labor, tu einfach, wozu du Lust hast. Und wenn dein Kopf wieder klar ist und du immer noch gehen willst, dann reden wir mit Leo und helfen ihm dabei, einen Ersatz für uns zu finden.«

»Für uns?«

»Wenn du gehst, gehe ich auch.«

»Meine Güte, Jake, ich weiß nicht, ob ich das kann.«

»Ich kann es. Dieses Mal wirst du dich auf mich stützen, und wenn ich dich dazu zwingen muss.«

»Ich will nach Hause.« Sie hatte einen Kloß im Hals, und einen Moment lang fürchtete sie, weinen zu müssen. »Ich möchte mich endlich wieder normal fühlen.«

»Okay.« Er zog sie an sich und schüttelte verneinend mit dem Kopf, als er sah, dass Rosie näher kam. »Wir nehmen uns ein paar Tage frei. Ich werde mit Leo sprechen.«

»Sag ihm ... Himmel, ich weiß nicht, was du ihm sagen sollst.« Als sie sich von ihm löste, sah sie, dass Suzanne gerade ihren Wagen am Straßenrand parkte. »Oh Gott, das passt ja perfekt. Einfach perfekt.«

»Geh zum Wohnwagen. Ich wimmele sie ab.«

»Nein.« Callie wischte sich mit dem Handrücken über die Wangen, um sich zu vergewissern, dass sie trocken waren. »Wenn ich schon für ein paar Tage verschwinde, muss ich es ihr zumindest selbst sagen. Allerdings wäre es nett von dir, wenn du in der Nähe bliebest.«

»Falls du es nicht bemerkt haben solltest – das tue ich schon die ganze Zeit.«

»Hallo, Callie, hallo, Jake!«, rief Suzanne fröhlich, als sie durch das Tor trat. »Gerade ging mir durch den Kopf, dass es hier so aussieht, als ob die Arbeit richtig Spaß macht.«

Callie rieb ihre schmutzigen Hände an der Hose ab. »Ja, manchmal kann es Spaß machen.«

»Vor allem an einem solchen Tag. Ist es nicht ein wunderbares Wetter, so frisch und klar? Ich dachte, Jay wäre noch vor mir hier, aber offensichtlich hat er sich verspätet.«

»Entschuldigung, waren wir für heute miteinander verabredet?«

»Nein. Wir wollten nur ... Nun, ich werde nicht mehr auf ihn warten. Herzlichen Glückwunsch.« Sie streckte Callie eine Geschenkschachtel entgegen.

»Danke, aber ich habe heute nicht Geburts–« Die Erkenntnis traf Callie wie ein Schlag, und fassungslos starrte sie auf die hübsche kleine Schachtel mit den glänzenden blauen Sternen. Es war Jessicas Geburtstag.

»Ich habe mir schon gedacht, dass du nicht daran denkst.« Suzanne ergriff Callies Hand und hängte ihr die kleine Schachtel an den Finger. »Aber ich habe lange darauf gewartet, dir endlich einmal persönlich zum Geburtstag gratulieren zu können.«

Suzannes Gesicht strahlte vor Freude, und Callie konnte weder Trauer noch Bedauern darin erblicken. »Nun«, sagte sie und blickte auf das Geschenk. »Ich weiß nicht, was ich sagen soll. Es ist sowieso schon blöd, neunundzwanzig zu werden und so nahe an die Dreißig zu rücken. Und jetzt passiert es mir auch noch früher als erwartet.«

»Warte erst mal, bis du fünfzig wirst, das ist noch viel schlimmer. Ich habe dir einen Kuchen gebacken.« Suzanne wies auf ihr Auto. »Vielleicht fällt es dir ja damit leichter.«

»Du hast einen Kuchen gebacken«, murmelte Callie.

»Ja. Und ich möchte dich darauf hinweisen, dass nicht jeder in den Genuss eines von Suzanne höchstpersönlich gebackenen Kuchens kommt. Ach, da kommt auch Jay gerade. Hast du ein paar Minuten Zeit?«

»Ja, sicher.«

»Er soll den Kuchen aus meinem Wagen holen. Ich bin gleich wieder da.«

Callie starrte einen Augenblick lang auf das Geschenk und blickte dann Jake an. »Suzanne wird mich nicht gehen lassen.«

»Du wolltest doch auch eigentlich gar nicht weg«, sagte Jake und gab ihr einen Kuss. »Komm, lass uns ein Stück Kuchen essen.«

Das Team machte sich mit Begeisterung über den Geburtstagskuchen her. Callie ging durch den Kopf, dass diese kleine spontane Feier für alle die richtige Ablenkung nach Bills Tod bedeutete. Sie saß am Waldrand im Schatten und nahm das in Geschenkpapier gewickelte Päckchen entgegen, das Jay ihr reichte. »Suzanne kann dir bestätigen, dass Geschenke aussuchen nicht meine Stärke ist.«

»Zu unserem vierten Hochzeitstag hast du mir Fußmatten fürs Auto geschenkt!«

Er zuckte zusammen. »Das hältst du mir seit Jahren vor.«

Amüsiert packte Callie das Geschenk aus. Jay und Suzanne gingen so unkompliziert miteinander um, ganz anders als an jenem Tag in Lanas Kanzlei.

»Na, das hier ist allemal besser als Fußmatten fürs Auto.« Sie fuhr mit den Händen über den Umschlag des Bildbandes über Pompeji. »Toll! Vielen Dank.«

»Wenn es dir nicht gefällt, kannst du es ...«

»Nein, es gefällt mir sehr gut.« Es fiel Callie gar nicht so schwer, sich vorzubeugen und Jay einen Kuss auf die Wange zu hauchen. Viel, viel schwerer fiel es ihr allerdings, zuzusehen, wie er vor lauter Dankbarkeit über die kleine Geste beinahe die Fassung verlor.

»Gott sei Dank«, sagte er und griff nach Suzannes Hand. »Ich bin es eigentlich gewöhnt, dass meine Geschenke umgetauscht werden.«

Suzanne schnaubte empört. »Habe ich diese hässliche Spieldose, die du mir zum Valentinstag geschenkt hast, etwa nicht behalten? Sie spielt ›Feelings‹«, erklärte sie Callie.

»Wow, das ist ja fantastisch!« Callie hatte Suzannes Päckchen geöffnet und zog eine Perlenkette heraus.

»Sie hat meiner Großmutter gehört.« Suzanne hielt immer noch Jays Hand. »Sie hat sie meiner Mutter an ihrem Hochzeitstag geschenkt, und meine Mutter wiederum hat sie mir gegeben, als ich heiratete. Ich hoffe, du hast nichts dagegen, aber ich wollte sie dir gern schenken. Du hast meine Mutter und meine Großmutter zwar nicht gekannt, aber ich dachte, die Kette könnte vielleicht ein Band zwischen euch darstellen.«

»Sie ist wunderschön. Vielen Dank.«

Callie blickte zum Ausgrabungsfeld hinüber. Plötzlich wurde ihr klar, dass Jake Recht hatte. Sie würde niemals weggehen können. Vorsichtig ließ sie die Perlenkette wieder in die Schachtel gleiten. »Eines Tages musst du mir von den beiden erzählen«, sagte sie.

23

Unter vergnüglichen Aktivitäten an der frischen Luft stellte sich Lana Sommerpicknicks an einem schattigen Plätzchen, einen kühlen Drink am Strand oder vielleicht ein Wochenende im Schnee vor. Doch dass sie einmal auf einem Ausgrabungsgelände sitzen und einen verkohlten Hot Dog essen würde, während sie eine Mandantin auf dem Laufenden hielt, hätte sie sich nie träumen lassen. Aber bei ihrer Tätigkeit für Callie war ja ohnehin nichts normal.

»Möchtest du ein Bier dazu?«, fragte Callie und öffnete die Kühlbox.

»Sie trinkt kein Bier.« Doug streckte die Hand aus. »Aber ich.«

»Nun, Pinot Noir haben wir leider nicht da.« Callie warf Doug eine Dose Coors-Bier zu. »Dieses Picknick zu viert ist wirklich richtig kuschelig.«

»Wenn wir alle zum Knutschen ins Auto gehen, erhebe ich Anspruch auf den Rücksitz.« Jake langte in die offene Chipstüte.

»Ich sage dir Bescheid, wenn es so weit ist.« Lana rutschte auf dem harten Boden hin und her, um eine bequemere Sitzposition zu finden. »Und in der Zwischenzeit …«

Sie schob sich die Haare aus dem Gesicht und holte eine Aktenmappe aus ihrer Tasche. »Ich habe Carlyles Sterbeurkunde überprüft und persönlich mit seinem Arzt gesprochen. Da er von den nächsten Verwandten die Erlaubnis dazu bekommen hat, hat er mir einige Details über Carlyles Gesundheitszustand erzählt. Vor acht Jahren hat man bei ihm Krebs diagnostiziert und eine Behandlung begonnen. Vor kurzem ist die Krankheit dann wieder ausgebrochen. Im April wurde erneut mit einer Chemotherapie begonnen, und im Juli wurde Carlyle ins Krankenhaus eingeliefert, da sich sein Zustand verschlechterte. Anfang August wurde er in ein Pflegeheim gebracht.«

Sie ließ die Mappe sinken und blickte Callie an. »Daraus schließe ich, dass Carlyle nicht in der Verfassung war zu reisen, und es gibt auch keinen Anhaltspunkt dafür, dass er sein Haus auf Grand Cayman verlassen hat. Bis zu einem gewissen Grad mag er in der Lage gewesen sein, Telefongespräche zu führen, aber auch das nur sehr eingeschränkt. Er war ein schwer kranker Mann.«

»Und jetzt ist er tot«, ergänzte Callie.

»Möglicherweise können wir genug Beweise gegen ihn erbringen, um das Gericht davon zu überzeugen, dass es seine Aufzeichnungen beschlagnahmen lässt. Wahrscheinlich gibt es nämlich Aufzeichnungen, Callie, und es könnte dir helfen, wenn du sie siehst. Aber ich kann nicht garantieren, dass das, was wir bisher in der Hand haben, ausreicht.«

»Dann müssen wir uns eben noch mehr Beweise besorgen. Wir haben die Verbindung von Barbara Halloway und Suzanne zu Simpson und meinen Eltern hergestellt und deren Verbindung zu Carlyle. Es muss noch weitere Personen geben, die an dem Geschäft beteiligt waren.«

»Wie wichtig ist es dir, die Wahrheit herauszufinden?« Doug hob die Hand und ließ sie wieder sinken. »Du weißt doch ungefähr, was geschehen ist. Du kannst es vielleicht nicht beweisen, aber du weißt es. Carlyle ist tot. Also, wie wichtig ist es dir?«

Callie griff erneut in die Kühlbox und holte ein in Alufolie eingewickeltes Päckchen heraus. Sie öffnete es und hielt es Doug hin. »Suzanne hat mir einen Geburtstagskuchen gebacken.«

Doug starrte auf die rosafarbene Rosenknospe auf dem weißen Zuckerguss.

»Ich kann sie nicht so lieben wie du. Und Jay auch nicht«, fuhr Callie fort. »Aber sie bedeuten mir etwas.«

»Carlyle hatte Angestellte, Leute, die für ihn gearbeitet haben«, warf Jake ein. »In seiner Kanzlei, in seinem Netzwerk. Er war insgesamt drei Mal verheiratet und hatte höchstwahrscheinlich auch noch andere intime Beziehungen. Ganz gleich, wie vorsichtig der Mann war – irgendjemandem muss er doch etwas erzählt haben. Um das herauszufinden, brauchen wir ein klares Bild von ihm. Wer war Marcus Carlyle? Was ging in ihm vor?«

»Ein bisschen steht schon im Bericht des Detektivs.« Lana blätterte die Aktenmappe durch. »Der Name seiner Sekretärin in seinen Kanzleien in Boston und Seattle zum Beispiel. Wir glauben, dass sie wieder geheiratet hat und nach North Carolina gezogen ist, aber er hat sie bisher nicht aufspüren können. Es gab auch einen Kanzleiangestellten, mit dem der Detektiv gesprochen hat, aber es gibt kein Anzeichen dafür, dass er etwas mit der Sache zu tun hatte. Außerdem gab es noch ein paar andere Angestellte, von denen aber keiner Kontakt zu Carlyle hatte, nachdem er aus Boston weggezogen war.«

»Was ist mit seinen Geschäftspartnern? Anderen Anwälten, Mandanten, Nachbarn?«

»Mit einigen hat der Detektiv gesprochen.« Lana hob die Hände. »Aber wir reden hier über eine Zeit, die über zwanzig Jahre zurückliegt. Ein paar der Leute sind tot, andere weggezogen, und einige sind einfach noch nicht aufgespürt worden. Wenn wir es so breit angehen wollen, bräuchten wir realistischerweise mehrere Detektive und viel Zeit und Geld.«

»Ich könnte nach Boston fahren.« Doug brach sich ein weiteres Stück Kuchen ab. »Und auch sonst überallhin.« Er zuckte die Achseln, als Callie ihm einen fragenden Blick zuwarf. »Reisen ist schließlich mein Job. Und wenn du auf der Jagd nach alten Büchern bist und entscheiden musst, ob sie etwas wert sind oder nicht, musst du mit vielen Leuten reden und eine ganze Menge recherchieren. Also gehe ich auf Reisen und stelle ein paar Fragen. Tust du mir einen Gefallen?«, fuhr er, an Jake gewandt, fort.

»Ja, welchen?«

»Kümmerst du dich um meine Frau und ihren Jungen, während ich weg bin?«

»Gerne.«

»Moment mal.« Verlegen schloss Lana die Akte. »Jake hat schon genug zu tun, auch ohne sich um mich zu kümmern. Außerdem weiß ich nicht so recht, wie ich es finden soll, als ›deine Frau‹ bezeichnet zu werden.«

»Du hast damit angefangen«, antwortete Doug und fügte erklärend hinzu: »Sie hat mich gefragt, ob ich mit ihr ausgehe.«

»Ja, zum Abendessen, du liebe Güte!«

»Und dann hat sie sich mich geangelt.« Doug biss in seinen Hot Dog und sprach mit vollem Mund weiter. »Und jetzt, wo sie mich an der Angel hat, weiß sie nicht, was sie tun soll.«

»Geangelt –« Sprachlos griff Lana nach Callies Bier und nahm einen großen Schluck.

»Jedenfalls wäre mir wohler, wenn du nach Lana und Ty sehen könntest, während ich weg bin. Wenn ich zurückkomme«, fügte er, an Lana gewandt, hinzu, »bist du dir ja vielleicht darüber im Klaren, was du mit mir anstellen willst.«

»Oh, ich habe jetzt schon ein paar ganz gute Ideen.«

»Sind sie nicht süß?« Callie fuhr mit dem Finger durch den Zuckerguss an ihrem Kuchenstück und leckte ihn genüsslich ab. »Es macht wirklich Spaß, euch Turteltäubchen zuzuschauen.«

»Es tut mir auch wirklich Leid, dass ich nicht bleiben kann, damit du Doug und mich weiter beobachten kannst, aber ich muss nach Hause zu Ty. Die Akte enthält die neuesten Informationen. Wenn du irgendwelche Fragen hast, ruf einfach an.«

»Ich komme mit.« Doug stand auf und streckte die Hand aus, um Lana aufzuhelfen.

Lana reichte Callie die Bierdose. »Wie lange bleibt ihr beide heute Nacht hier?«

»Matt und Digger lösen uns um zwei ab.«

Lana ließ ihren Blick über das Gelände und den Teich schweifen. »Ich kann nicht behaupten, dass es mir Spaß machen würde, den größten Teil der Nacht hier zu verbringen, ganz gleich unter welchen Umständen.«

»Und mir würde es ganz sicher keinen Spaß machen, den größten Teil des Tages im Büro zu verbringen, ganz gleich, unter welchen Umständen.« Callie prostete Lana mit ihrer Bierdose zu. »Wir haben eben alle unsere Vorlieben.«

Doug wartete im Wohnzimmer, während Lana Ty zu Bett brachte. Er vertrieb sich die Zeit damit, die Fotografien zu betrachten, die auf den Bücherregalen standen. Auf einer war Lana zu sehen, die sich an einen blonden Mann lehnte, der die Arme fest um ihre Taille geschlungen hatte. Steven Campbell, dachte Doug. Die beiden waren ein schönes Paar gewesen und wirkten entspannt und glücklich. Ty hatte offenbar die Augen seines Vaters. Der Mann auf dem Foto grinste fröhlich, und sein Kinn ruhte auf Lanas Scheitel. Die Geste strahlte Zuneigung und Intimität aus.

»Er war ein toller Mann«, hörte Doug Lana leise sagen. Sie trat zum Bücherregal und nahm das Foto heraus. »Sein Bruder hat uns fotografiert. Wir waren zu Besuch bei seiner Familie und hatten gerade verkündet, dass ich schwanger sei. Es war einer der schönsten Momente in meinem Leben.«

Vorsichtig stellte sie das Bild wieder zurück.

»Ich habe gerade gedacht, wie gut ihr zusammen ausseht. Und dass Ty mit euch beiden ein bisschen Ähnlichkeit hat. Er hat deinen Mund und seine Augen.«

»Und Steves Charme und mein Temperament. Steve war außer sich vor Freude, als Ty zur Welt kam. Er war ein guter Vater und hatte viel weniger Probleme mit dieser Rolle als ich mit meiner als Mutter.«

»Er hat euch beide geliebt. Das sieht man ganz deutlich an der Art, wie er euch im Arm hält.«

»Ja.« Lana wandte sich ab.

»Ich will nicht seinen Platz einnehmen, Lana. Weder bei dir noch bei Ty. Ich weiß aus eigener Erfahrung, dass man unmöglich die Lücke ausfüllen kann, die ein anderer Mensch hinterlässt. Als Kind glaubte ich, ich könnte es, es sei sogar meine Aufgabe, aber letztendlich konnte ich nur zusehen, wie meine Eltern sich auseinander lebten.«

»Es muss sehr schwer für dich gewesen sein.«

»Jetzt, wo meine Schwester wieder da ist, ist es noch schwerer, weil ich dadurch mein ganzes Leben mit anderen Augen betrachte. Ich habe meinen Eltern nicht beigestanden.«

»Doug, das stimmt nicht.«

»Doch, es stimmt.« Es war ihm wichtig, dass Lana seine Gefühle verstand und auch begriff, dass er bereit war, sich zu ändern. »Ich verließ meine Eltern, weil ich nicht mit dem Geist meiner Schwester leben wollte, und weil ich dachte, ich sei ihnen ohnehin nicht wichtig genug, als dass sie wegen mir zusammenblieben. Gleichzeitig warf ich ihnen das vor«, gab er zu. »Seitdem bin ich keine feste Beziehung eingegangen. Ich wollte auch nie Kinder haben, weil das Verantwortung und Sorgen bedeutet.«

Er trat zu Lana und ergriff ihre Hände. »Ich will nicht Stevens Platz einnehmen, Lana, aber ich möchte die Chance haben, mit dir und mit Ty zusammenzuleben.«

»Doug ...«

»Ich bitte dich, mir diese Chance zu geben. Und ich bitte dich, darüber nachzudenken, während ich weg bin.«

»Ich weiß nicht, ob ich jemals wieder jemanden so lieben kann.« Mit zitternden Fingern umfasste sie seine Hände. »Ich weiß nicht, ob ich den Mut dazu habe.«

»Ich zweifele nicht daran, dass du eine mutige Frau bist.« Er küsste sie sanft auf die Stirn, auf die Wangen und auf den Mund. »Lass dir Zeit und denk darüber nach. Wir reden, wenn ich wieder zurück bin.«

»Bleib heute Nacht hier.« Sie schlang die Arme um ihn. »Bitte, bleib.«

»Bist du sicher?«

»Ja. Ja, ich bin mir sicher.«

Callie arbeitete bis zum Einbruch der Dunkelheit an ihrem Laptop, dann streckte sie sich und blickte zum Sternenhimmel empor. In Gedanken plante sie die Arbeiten für den nächsten Tag. Sie würde das Skelett der Frau ganz ausgraben und für den Transport ins Labor vorbereiten. Dann würde sie in diesem Abschnitt horizontal weiterarbeiten. Jake und sie mussten das Gelände von neuem überprüfen und die Einteilung anpassen. Außerdem musste sie sich den Langzeitwetterbericht ansehen, um das weitere Vorgehen planen zu können. Im Moment sah es so aus, als würde es in den nächsten Tagen warm und klar bleiben. Perfekte Bedingungen für die Grabung, da sich die Temperaturen konstant um 25 Grad Celsius bewegten und sich die Luftfeuchtigkeit in Grenzen hielt.

Callie entspannte sich und lauschte den Geräuschen der Nacht. Auf der Straße fuhr ein Auto vorbei, und am Ufer des Teiches quakte ein Frosch. Als der Mond aufging, begann der Hund von der Farm im Westen des Geländes zu heulen. Lana ahnt gar nicht, was ihr entgeht, dachte Callie. Nachts unter freiem Himmel herrschte ein Frieden, wie man ihn sonst nirgendwo fand. Sie konnte hören, wie Jakes Stift leise über das Papier kratzte. Er zeichnete im Schein seiner Coleman-Laterne häufig bis tief in die Nacht. Callie hatte sich schon oft gefragt, warum er eigentlich nicht Kunst studiert hatte. Träge öffnete sie ein Auge und musterte ihn. Er hatte seinen Hut abgesetzt, und die leichte Brise zerzauste seine Haare.

»Warum verdienst du dir eigentlich deinen Lebensunterhalt nicht mit Kunst?«

»Nicht gut genug.«

Callie rollte sich auf den Bauch. »Die Kunst oder du als Künstler?«

»Beides. Das Malen hat mich nie genug interessiert, als dass ich ihm die erforderliche Zeit gewidmet hätte. Außerdem fand ich ein Kunststudium damals nicht männlich genug. Es war schon schlimm genug, dass ich die Farm meiner Eltern nicht übernehmen wollte, aber dann auch noch Künstler werden? Mein Vater wäre vor Verlegenheit im Boden versunken.«

»Hätte er dich nicht unterstützt?«

Jake warf ihr einen Blick zu und blätterte das oberste Blatt seines Skizzenblocks um. »Er hätte sicher nicht versucht, mich davon abzubringen, aber unterstützt hätte er mich nicht. Die Männer in meiner Familie arbeiten auf dem Feld oder mit Pferden und Rindern, nicht im Büro oder als Künstler. Ich war der Erste in meiner Familie, der einen Collegeabschluss gemacht hat.«

»Das wusste ich gar nicht.«

Er zuckte mit den Schultern. »So ist es eben. Ich habe mich schon als Junge für Anthropologie interessiert. Meine Eltern haben mich im Sommer ein paar Mal zu öffentlichen Ausgrabungen geschickt. Das war ein großes Entgegenkommen von ihnen, denn eigentlich brauchten sie mich auf der Ranch. Und dass ich aufs College ging, bedeutete ein Opfer für sie, trotz der Stipendien.«

»Sind deine Eltern eigentlich stolz auf dich?«

Jake schwieg einen Moment lang. »Das letzte Mal bin ich vor fünf, sechs Monaten auf einen kurzen Besuch zu Hause gewesen. Sie wussten vorher nicht, dass ich komme. Meine Mutter stellte einen zusätzlichen Teller auf den Tisch – nein, zwei, weil Digger dabei war. Mein Vater kam herein und gab mir die Hand. Wir aßen, sprachen über die Ranch, die Familie und meine Arbeit. Ich hatte sie fast ein Jahr lang nicht mehr gesehen, aber es war so, als sei ich noch gestern da gewesen. Sie haben kein Kalb für mich geschlachtet, weißt du. Aber als ich später einen Blick auf das Bücherregal im Wohnzimmer warf, standen da neben den Büchern von Louis L'Amour, die mein Vater immer liest, zwei Bücher über Anthropologie. Das hat mich gefreut, weil es bedeutet, dass sie sich über meinen Beruf informiert haben.«

Callie strich ihm über den Handrücken. »Das ist die schönste Geschichte, die du mir je über deine Eltern erzählt hast.«

»Hier.« Er drehte den Block so, dass sie die Zeichnung sehen konnte. »Es ist nur eine grobe Skizze, aber so ungefähr sehen sie aus.«

Callie betrachtete die Zeichnung einer Frau mit einem schmalen Gesicht und ruhigen, von Fältchen umgebenen Augen. Ihre Mundwinkel waren zu der Andeutung eines Lächelns verzogen. Sie hatte lange, glatte Haare mit grauen Strähnen darin. Der Mann neben ihr hatte ausgeprägte Wangenknochen, eine gerade Nase und blickte ernst. Er hatte tief liegende Augen, und sein Gesicht war vom Wetter gegerbt.

»Du siehst aus wie dein Vater.«

»In etwa.«

»Wenn du ihnen das Bild schickst, lassen sie es bestimmt rahmen und hängen es an die Wand.«

»Ach was.«

Verlegen blickte er sie an. Sie nahm ihm den Block aus der Hand. »Doch. Jede Wette, wenn du es ihnen schickst, hängt es bei deinem nächsten Besuch zu Hause gerahmt an der Wand. Du könntest es morgen früh zur Post bringen. Haben wir eigentlich noch Wasser in der Kühlbox?«

»Ich glaube, ja.« Nachdenklich blickte er sie an, dann beugte er sich vor, um den Deckel der Box zu öffnen.

Als er nichts sagte, fragte Callie ungeduldig: »Ist noch welches da oder nicht?«

»Ja, hier ist noch eine Flasche.« Er drehte sich wieder zu ihr um. »Da ist jemand mit einer Taschenlampe im Wald«, fuhr er in dem gleichen beiläufigen Tonfall fort, als er ihr die Flasche reichte.

Obwohl Callie das Herz bis zum Hals schlug, öffnete sie den Verschluss der Flasche und setzte sie an den Mund, während sie gleichzeitig zum Wald blickte und beobachtete, wie der Lichtstrahl durch die Bäume glitt.

»Es könnten Kinder sein oder diese Arschlöcher, die uns hier vertreiben wollen.«

»Möglich. Du gehst am besten in den Wohnwagen und rufst den Sheriff an.«

»Warum?« Langsam drehte Callie den Verschluss der Flasche wieder zu. »Wenn es wirklich zwei von den Kerlen sind, sehe ich ganz schön alt aus. Wir schauen erst mal nach, und zwar alle beide.«

»Als du das letzte Mal nachgeschaut hast, hattest du eine Gehirnerschütterung.«

»Und auf dich ist geschossen worden. Wenn wir hier sitzen bleiben, können sie uns wie Enten auf dem Teich abknallen, falls sie das vorhaben.« Callie ließ die Hand in ihren Rucksack gleiten und umschloss den Griff einer Hacke. »Entweder gehen wir gemeinsam zum Wohnwagen und rufen an, oder wir sehen beide nach.«

Er blickte auf ihre Hand. »Du hast dich offensichtlich schon für Letzteres entschieden.«

»Dolan und Bill waren allein, als sie umgebracht wurden. Wenn jemand da draußen die Vorstellung wiederholen will, hat er es dieses Mal mit uns beiden zu tun.«

»Na gut.« Jake zog ein Messer aus seinem Stiefel. Callie riss die Augen auf.

»Meine Güte, Graystone, seit wann hast du das denn dabei?«

»Seit auf mich geschossen worden ist. Wir bleiben zusammen, klar?«

»Absolut.«

Er griff nach seiner Taschenlampe und stand auf. »Hast du dein Handy dabei?«

»Ja, in meiner Tasche.«

»Halte es bereit.«

Jake schaltete seine Taschenlampe ein und richtete sie auf den Wald, worauf der andere Lichtstrahl sofort die Richtung wechselte.

»Er läuft zur Straße«, zischte Jake.

Sie rannten los. Callie sprang über einen umgestürzten Baumstamm und machte längere Schritte, um sich Jakes Tempo anzupassen. Sie fluchte, als das Licht der Taschenlampe ausgeschaltet wurde, aber Jake hob die Hand, um sie zum

Schweigen zu bringen. Mit geschlossenen Augen konzentrierten sie sich auf die Geräusche. Man konnte das Rascheln eiliger Schritte hören.

»Er hat wieder die Richtung geändert«, flüsterte Callie.

»Wir holen ihn nicht mehr ein. Er hat einen zu großen Vorsprung.«

»Sollen wir ihn denn einfach abhauen lassen?«

Jake leuchtete die Umgebung ab. »Es war dumm von ihm, hier mit einer Taschenlampe herumzulaufen. Jeder Idiot hätte sich denken können, dass er dann gesehen wird.«

Er hatte den Satz noch nicht zu Ende gesprochen, als ihnen beiden klar wurde, was das bedeutete. »Oh, Scheiße!«, stieß Callie hervor und rannte zurück zum Feld.

Sekunden später zerriss eine Explosion die nächtliche Stille.

»Der Wohnwagen!« Jake blickte auf die Stichflamme, die in den Himmel schoss. »Dieser Hurensohn!«

Callie rannte blindlings weiter, nur von dem Gedanken beherrscht, den Feuerlöscher aus ihrem Auto zu holen. Aber plötzlich sprang Jake sie von hinten an und riss sie zu Boden. Sie versuchte, den Kopf zu heben, doch Jake lag mit seinem ganzen Gewicht auf ihr und drückte sie nach unten. »Propangas!«, brüllte er.

Und dann schien es, als explodiere die ganze Welt. Eine Hitzewelle überflutete Callie und nahm ihr den Atem. In ihren Ohren rauschte es, und sie hörte, wie etwas krachend einstürzte. Dann prasselte ein Funkenregen nieder, gefolgt von Trümmern, die wie Brandbomben umherflogen. Beinahe hätte Callie das Bewusstsein verloren – sie kam jedoch sofort wieder zu sich, als sie spürte, wie Jakes Körper zuckte.

»Verdammt, Jake, geh runter!« Sie bäumte sich auf und versuchte, ihn von sich hinunterzurollen, was ihr jedoch nicht gelang.

»Bleib liegen. Bleib still liegen.« Jake Stimme klang eigentümlich heiser.

Als er sie schließlich doch freigab, kniete sie sich hin und schaute sich um. Überall lagen glimmende Trümmer herum, und das, was vom Wohnwagen noch übrig war, brannte lichterloh. Sie sprang auf Jake zu, der sich das qualmende Hemd vom Leib riss.

»Du blutest. Lass mich mal sehen. Ist es schlimm? Hast du Brandwunden?«

»Ich glaube nicht«, erwiderte er, obwohl er sich nicht ganz sicher war. Wie sich herausstellte, rührte der stechende Schmerz in seinem Arm jedoch von einer Schramme her und nicht von einer Brandwunde. »Du solltest den Notruf anrufen.«

»Ruf du an«, sagte Callie. Sie zog das Handy aus ihrer Hosentasche und reichte es Jake. »Wo ist die Taschenlampe? Wo ist die verdammte Taschenlampe?«

Aber sie konnte auch im Schein der Flammen erkennen, dass die klaffende Wunde an seinem Arm ärztlich versorgt werden musste. Sie kroch um Jake herum, um seinen Rücken zu betrachten. Mit zitternden Fingern fuhr sie darüber, konnte aber zu ihrer Erleichterung nur Kratzer, Schrammen und ein paar Brandblasen entdecken. »Ich hole den Erste-Hilfe-Kasten aus dem Rover.«

Eilig stolperte sie davon. Bleib ruhig, befahl sie sich, als sie die Wagentür aufriss. Sie musste Ruhe bewahren, um Jakes Wunde notdürftig verbinden zu können. Sie konnte es sich nicht leisten, in Ohnmacht zu fallen, also würde sie es auch nicht tun. Sie dachte daran, wie er ihren Kopf mit seinen Armen geschützt hatte, ihren Körper mit seinem Körper. Sie unterdrückte ein Schluchzen, ergriff den Verbandskasten und eine Flasche Wasser und rannte zurück.

Jake saß immer noch dort, wo sie ihn zurückgelassen hatte, das Handy in der Hand, und starrte auf den Wohnwagen.

»Hast du angerufen?«

»Ja.« Schweigend ließ er es über sich ergehen, als sie die Wunde an seinem Arm säuberte.

»Das wird genäht werden müssen«, erklärte sie. »Außerdem hast du ein paar Verbrennungen, aber sie sehen nicht schlimm aus. Bist du sonst irgendwo verletzt?«

»Nein.« Jake schoss durch den Kopf, dass er ihr gesagt hatte, sie solle in den Wohnwagen gehen. Er hatte ihr gesagt, sie solle hineingehen, während er sich um das Licht im Wald kümmern wollte.

»Du hast nicht auf mich gehört.«

»Was?« Besorgt wickelte sie den Verband um seinen Arm und suchte in seinen Augen nach den Anzeichen eines Schocks. »Ist dir kalt? Jake, ist dir kalt?«

»Nein, mir ist nicht kalt, ich fühle mich nur ein bisschen zitterig. Du bist nicht in den Wohnwagen gegangen, wie ich es dir gesagt habe. Wenn du hineingegangen wärest –«

»Bin ich aber nicht.« Callie unterdrückte ein Schaudern. In diesem Moment ertönten bereits die ersten Sirenen von der Straße her. »Aber du gehst jetzt ins Krankenhaus, wie ich es dir sage.« Sie befestigte den Verband und hockte sich vor ihn. »Ich habe an die Propangastanks im Wohnwagen gar nicht gedacht. Gut, dass sie dir eingefallen sind.«

»Ja.« Jake stand schwerfällig auf. »Digger wird stinksauer sein.« Er seufzte tief auf. Ins Krankenhaus würde er erst gehen, wenn er sich einen Überblick verschafft hatte, wie groß der Schaden war und wie viel gerettet werden konnte. Auf jeden Fall waren alle Berichte und Fundstücke, die im Wohnwagen gelegen hatten, verloren. Von Callies Laptop war nur noch eine zusammengeschmolzene Masse aus Plastik und verbrannten Chips übrig. Auch der Computer, der im Wohnwagen gestanden hatte, war verbrannt. Das Ergebnis stundenlanger mühsamer Arbeit war innerhalb von Sekunden zerstört worden. Das ganze Feld war übersät von Trümmern. Aus einem Erdhügel ragte wie eine Lanze ein Stück Aluminium. Jake stellte sich vor, wie Feuerwehrleute, Polizisten und Sanitäter über das Gelände trampeln würden. Es würde Tage dauern, vielleicht sogar Wochen, bis das Team den Schaden behoben und den Verlust kalkuliert hätte. Und erst dann konnten sie wieder anfangen zu arbeiten.

Jake stand neben Callie und hörte zu, wie sie den Polizisten berichtete, was sie gesehen hatte, bevor es zu der Explosion gekommen war. Er selbst hatte seine Aussage bereits gemacht.

»Dass jemand mit der Taschenlampe durch den Wald lief, diente nur zur Ablenkung«, sagte Callie. Jake erkannte an ihrer Stimme, wie wütend sie war. »In der Zeit hat jemand anders das Feuer gelegt.«

Hewitt betrachtete die verkohlten, rauchenden Überreste des Wohnwagens und schätzte die Entfernung zum Wald ab. »Aber Sie haben niemanden gesehen?«

»Nein. Wir waren etwa zweihundert Meter entfernt, dort zwischen den Bäumen. Als wir die erste Explosion hörten, wollten wir gerade zurücklaufen.«

»Und dann sind die Propangastanks explodiert?«

»Der erste. Es klang wie Kanonendonner, und dieser Held hier hat mich mit seinem Körper geschützt. Dann flog der zweite Tank in die Luft.«

»Und Sie haben kein Fahrzeug gehört oder gesehen?«

»Ich habe nur die Explosion gehört«, gab Callie giftig zurück. »Jemand hat diese Tanks in die Luft gejagt, und das war bestimmt kein Geist aus der Steinzeit.«

»Ich widerspreche Ihnen in diesem Punkt ja gar nicht, Dr. Dunbrook. Natürlich hat jemand den Wohnwagen angezündet, aber dazu mussten die Täter schließlich irgendwie hierher und auch wieder wegkommen. Und höchstwahrscheinlich haben sie das mit einem Fahrzeug getan.«

Sie stieß ungeduldig die Luft aus. »Sie haben Recht. Entschuldigung. Nein, nach der Explosion habe ich nichts gehört. Davor habe ich natürlich ab und zu Autos vorbeifahren hören. Die Person im Wald ist jedenfalls in Richtung Straße gelaufen. Wahrscheinlich haben sie also ganz in der Nähe geparkt.«

»Das denke ich auch«, pflichtete Hewitt ihr bei.

»Ich glaube, dass die ganze Geschichte mit dem zusammenhängt, was ich Ihnen über Carlyle und die Cullens erzählt habe. Jemand will mir Angst einjagen, damit ich Woodsboro verlasse und meine Nachforschungen einstelle.«

Der Sheriff blickte ihr in das rußverschmierte Gesicht. »Könnte sein«, erwiderte er.

»Sheriff?« Einer der Polizisten trat zu ihnen. »Das sollten Sie sich einmal ansehen.«

Sie folgten dem Mann zu dem Abschnitt, wo Callie an diesem Tag mehr als acht Stunden gearbeitet hatte. Das Skelett, das sie ausgegraben hatte, war voller Schlamm und Schmutz, offensichtlich aber unversehrt. Daneben lag eine Schaufensterpuppe mit blonder Perücke, die mit olivfarbenen Chinos, einer Bluse und einer Stoffkappe bekleidet war. Um den Hals der Puppe hing ein Schild, auf dem, mit der Hand geschrieben, *R.I.P.* stand.

Callie ballte die Fäuste. »Das sind meine Sachen und meine Kappe. Der Hurensohn muss im Haus gewesen sein und meine Sachen durchwühlt haben.«

24

Mit den Händen in den Hosentaschen musterte Jake zum wiederholten Mal nachdenklich das Haus und dachte, dass es für den Täter bestimmt nicht schwer gewesen war, dort heimlich einzudringen. Jake hatte der Polizei noch in der Nacht das Haus gezeigt. Es hatte vier Türen, die oft unverschlossen waren, und auch durch jedes der achtundzwanzig Fenster hätte ein Fremder ohne weiteres einsteigen können. Die Tatsache, dass die Polizei keinen Hinweis auf ein gewaltsames Eindringen gefunden hatte, bedeutete gar nichts. Jemand war im Haus gewesen, hatte Callies Kleider durchwühlt und ihr mit der Puppe in der Grube eine äußerst klare Botschaft hinterlassen. Jake zweifelte nicht daran, dass derjenige, der den Wohnwagen angezündet und die Tanks in die Luft gejagt hatte, es auch getan hätte, wenn Callie im Wohnwagen gewesen wäre. Womöglich war der Täter sogar ein wenig enttäuscht, dass er sie nicht erwischt hatte.

Wer mochte es gewesen sein? Carlyle war tot. Die Simpsons? Jake ging durch den Kopf, dass die beiden theoretisch fit genug wären, um eine solche Tat auszuführen. Wie lang waren er und Callie im Wald gewesen? Vier Minuten? Fünf? Jedenfalls lange genug, dass der Täter die Puppe in die Grube werfen und das Feuer legen konnte. Aber Jakes Instinkt sagte ihm, dass Barbara und Henry Simpson weit weg von Callie und Woodsboro waren. Sie hatten ganz genau gewusst, wann sie verschwinden mussten. Und Jake glaubte zu wissen, woher. Als er gerade wieder ins Haus gehen wollte, fuhr Doug vor.

»Wo ist sie?«, fragte er.

»Sie schläft. Vor einer Stunde ist sie endlich eingeschlafen. Schön, dass du so schnell kommen konntest.«

»Ist sie verletzt?«

»Nein. Außer ein paar blauen Flecken hat sie nichts.«

Doug holte tief Luft und warf einen Blick auf Jakes verbundenen Arm. »Und wie schlimm hat es dich erwischt?«

»Ein Kratzer von einem Metallteil. Die Wunde ist genäht worden. Der größte Schaden ist auf dem Gelände entstanden. Wir warten darauf, dass die Polizei es freigibt, damit wir mit dem Aufräumen anfangen können. Aber alles, was im Wohnwagen war, ist verbrannt, außerdem die Dateien auf Callies Laptop, die sie noch nicht auf Disketten gespeichert hatte. Die Täter haben uns übrigens etwas dagelassen.«

Er erzählte Doug von der Schaufensterpuppe.

»Meinst du, dass du Callie überreden kannst, das Projekt aufzugeben?«, fragte Doug.

»Oh ja, absolut. Wenn ich ihr ein Beruhigungsmittel gebe und sie irgendwo ankette. Kann ich mir vielleicht deine Handschellen leihen?«

»Sie sind leider gerade in der Reparatur.«

Einen Moment lang standen die beiden Männer schweigend da.

»Callie hat Blut geleckt«, sagte Jake schließlich. »Sie wird nicht von der Stelle weichen, bis sie gefunden hat, wonach sie sucht. Pass bloß auf dich auf, falls du immer noch nach Boston fahren willst.«

»Ja, das werde ich. Aber in der Zeit kann ich nicht auf meine Familie oder auf Lana und Ty aufpassen. Ich denke, ich werde Jay und Roger bitten, für ein paar Tage zu meiner Mutter zu ziehen. Lana ist allerdings ganz allein mit Tyler in ihrer Wohnung.«

»Was glaubst du, was sie von einem Untermieter hielte? Vielleicht könnte sich Digger bei ihr einquartieren.«

»Digger?«

Ein freudloses Lächeln umspielte Jakes Lippen. »Ja, ich weiß, er sieht so aus, als könne ihm eine Zwölfjährige den Arsch versohlen, aber lass dich davon nicht täuschen. Ich kenne ihn seit fünfzehn Jahren, und wenn ich jemanden bräuchte, der sich um meine Familie kümmert, würde ich zuerst ihn fragen. Du wirst allerdings aufpassen müssen, dass sich deine Freundin nicht in ihn verliebt. Ich weiß nicht, warum, aber die meisten Frauen fliegen auf Digger. Auf jeden Fall würde er gut auf Lana aufpassen«

»Das klingt beruhigend. Ich denke, es ist noch nicht vorbei, oder?« Doug blickte sich um. »Irgendjemand ist so verzweifelt über Callies Nachforschungen, dass er andere Menschen umbringt. Und solange wir nicht alle Fragen geklärt haben, ist die Gefahr nicht gebannt.«

»Ich glaube immer noch, dass wir etwas übersehen haben. Irgendein Detail. Also müssen wir sozusagen die ganze Erde noch einmal durchsieben.«

»In der Zwischenzeit grabe ich in Boston.« Doug stieg wieder ins Auto. »Sag Callie – sag meiner Schwester«, korrigierte er sich, »dass ich mich bemühe, etwas herauszufinden.«

Callie schlief noch, als Jake ins Schlafzimmer trat. Sie hatte sich einfach auf den Schlafsack gelegt und ein Kissen unter den Kopf geschoben. Es gefiel Jake nicht, dass sie so blass war, und offensichtlich hatte sie auch abgenommen. Er beschloss, sie für eine Weile aus Woodsboro fortzubringen. Bei der nächsten Gelegenheit würden sie für ein paar Tage zusammen wegfahren, und dann nichts anderes tun als essen, schlafen und sich lieben, bis sie wieder zu Kräften gekommen wäre. Und danach würden sie sich ein gemeinsames Leben aufbauen. In Ermangelung einer Decke deckte Jake Callie mit einem großen Handtuch zu. Dann gab er seiner eigenen Erschöpfung nach und legte sich neben sie. Er zog sie an sich und schlief auf der Stelle ein.

Ein scharfer Schmerz weckte ihn, als er sich im Schlaf auf

seinen verletzten Arm wälzte. Fluchend versuchte er, sich in eine bequemere Position zu bringen, und als er sich umdrehte, sah er, dass Callie weg war. Panik stieg in ihm auf. Die Schmerzen waren vergessen, und er sprang auf und stürzte aus dem Zimmer. Im Haus war alles still. Außer sich vor Angst rief Jake laut Callies Namen. Als sie aus seinem Büro trat, wusste er nicht, ob er über ihren ärgerlichen Gesichtsausdruck lachen oder vor ihr auf die Knie sinken und ihr die Füße küssen sollte.

»Wieso schreist du hier herum?«

»Wo zum Teufel warst du? Wo sind die anderen?«

»Du brauchst deine Medikamente.« Sie ging in die Küche, um seine Schmerztabletten zu holen. »Ich war in deinem Büro. Vielleicht kannst du dich dunkel daran erinnern, dass mein Laptop verbrannt ist? Ich habe an deinem gearbeitet. Nimm jetzt die Tablette.«

»Ich will keine Tablette.«

»Du dummer, dummer Junge.« Sie schenkte Wasser in ein Glas. »Na komm, nimm auch das Antibiotikum, wie der nette Arzt es dir gesagt hat, als er dir den Lutscher geschenkt hat.«

»Du bekommst gleich einen Kinnhaken.« Jake tippte im Scherz mit der Faust leicht gegen ihr Kinn. »Wo sind die anderen?«

»Ausgeschwärmt. Ein paar wollten zum Gelände, bis die Polizei es freigibt, ein paar sind zum College gefahren, um dort zu arbeiten, und der Rest ist im Labor. Sie brauchen doch nicht träge hier herumzuhängen, nur weil du beschließt, dass jetzt Schlafenszeit ist.«

»Außer dir und mir ist also keiner da?«

»Genau. Aber das heißt noch lange nicht, dass jetzt der Zeitpunkt für Sexspielchen ist. Und jetzt sei ein artiger Junge und nimm deine Medikamente.«

»Wie lange sind sie schon weg?«

»Seit ungefähr einer Stunde.«

»Dann lass uns mal anfangen.« Er ignorierte die Tabletten, die sie ihm hinhielt, und eilte aus der Küche.

»Mit was?«

»Wir sehen ihre Sachen durch.«

Callie umklammerte das Tablettenröhrchen. »Nein.«

»Dann muss ich es eben allein tun, aber das dauert zwei Mal so lange.« Er ergriff den Rucksack, der in einer Ecke des Wohnzimmers lag, warf ihn auf den Tisch und öffnete den Reißverschluss.

»Dazu haben wir kein Recht, Jake.«

»Es hatte auch niemand das Recht, Diggers Wohnwagen in die Luft zu jagen. Wir müssen uns vergewissern, dass der Täter nicht mitten unter uns ist.«

»Das reicht doch nicht aus, um ...«

Er blickte sie an. »Frage: Wer wusste, dass wir nach Virginia gefahren sind?«

Sie hob die Schultern. »Wir beide, Lana und Doug.«

»Und jeder, der in der Küche war, als wir darüber geredet haben. Jeder, der gehört hat, wie du sagtest, du hättest eine persönliche Angelegenheit in Virginia zu erledigen.«

Callie ließ sich auf einen Stuhl sinken. »Mein Gott!«

»Die Klatschtante, die gegenüber von den Simpsons wohnt, hat gesagt, sie hätten gegen zehn Uhr das Auto beladen. Wir sind gegen neun hier vom Küchentisch aufgestanden. Es brauchte nur jemand bei ihnen anzurufen, um unser Kommen anzukündigen.«

»Okay, okay, du könntest Recht haben, aber ... Was willst du eigentlich finden?«

»Das weiß ich erst, wenn ich nachgesehen habe.« Jake begann systematisch den Inhalt des Rucksacks zu durchsuchen, legte Notizbücher, Kugelschreiber, Bleistifte und ein paar Videospiele beiseite, bevor er erneut aufblickte. »Willst du mir nun helfen oder nur zugucken?«

»Verdammt!« Sie hockte sich neben ihn. »Nimm deine Tabletten.«

Murrend schluckte er sie. Callie griff kopfschüttelnd nach einem von Chucks Notizbüchern und blätterte es durch. Dann runzelte sie die Stirn und nahm das zweite in die Hand.

»Die sind leer, Jake. Hier steht nichts drin. Keine Notizen, keine Zeichnungen, nichts.« Sie drehte sie um, blätterte sie noch einmal durch. »Leere Seiten.«

»Hatte er eins dabei, als er ging?«

»Ich weiß nicht. Möglicherweise.«

Entschlossen machte sie sich daran, Chucks Kleidung zu durchsuchen. Als der gesamte Inhalt des Rucksacks auf dem Tisch lag, stand Callie auf, holte ihr eigenes Notizbuch und listete alles auf. Danach packten sie die Sachen wieder ein und wiederholten die Prozedur mit Frannies Rucksack. Wieder fand sie ein Notizbuch, das, in ein T-Shirt eingewickelt, ganz unten im Rucksack lag.

»Es ist ein Tagebuch.« Callie setzte sich mit gekreuzten Beinen auf den Boden und begann zu lesen. »Es beginnt mit ihrem ersten Tag auf der Ausgrabung. Bla bla bla, allgemeine Aufregung wegen des Projekts. Oh, sie hält dich für einen echt tollen Typ.«

»Ja?«

»Hier steht, wenn es mit ihr und Chuck nicht klappen sollte, könnte sie sich in dich verlieben.«

Sie überflog die Seiten und blätterte um. »Rosie ist nett. Aber bei Dory ist sie sich nicht so sicher. Sie findet sie ein bisschen hochnäsig. Sonya ist freundlich, aber langweilig.«

Callie schwieg und runzelte die Stirn. »Ich bin doch nicht herrschsüchtig«, sagte sie nach einer Weile.

»Doch. Was schreibt sie denn sonst noch so über mich?«

»Du meine Güte, sie und Chuck hatten einen Quickie in Digs Wohnwagen in der Mittagspause. Matt ist Frannies Meinung nach ziemlich verträumt für sein Alter, aber er ist wahrscheinlich schwul, weil er nie mit einer der Frauen flirtet. Bob hat einen dicken Hintern und schwitzt zu stark. Bill …«

Schweigend las sie weiter. »Sie hält Bill für klug, aber zu langweilig. Jetzt kommen zahlreiche Alltagseinträge. Wir hatten Eier zum Frühstück … Es hat geregnet … Was sie gefunden hat, wann sie nichts gefunden hat. Beschreibungen ihrer sexuellen Begegnungen.«

»Vielleicht solltest du die laut vorlesen.«

»Beobachtungen«, fuhr Callie fort und ignorierte seinen Einwurf. »Ärgernisse – warum sie nicht mit den Reportern sprechen darf, die sie interviewen wollten. Sie kann Dory nicht leiden, weil sie sie so von oben herab behandelt. Und eine kurze Zusammenfassung der Ereignisse bei Bills Tod. Nichts Neues. Überhaupt nichts Neues«, wiederholte sie und klappte das Heft zu.

»Es ist eben nur das Tagebuch einer Studentin. Harmlos.«

Callie zuckte unwillkürlich zusammen, als das Telefon läutete.

»Sie haben das Feld freigegeben«, sagte sie zu Jake, nachdem sie aufgelegt hatte. »Wir müssen hinfahren.«

»Okay.« Er begann, Frannies Rucksack wieder einzupacken. »Aber bei der nächsten Gelegenheit durchsuchen wir das Gepäck weiter.«

Es dauerte noch nicht einmal anderthalb Tage, bis Doug eine erste Spur entdeckt hatte. Ihm war klar, dass er gegenüber dem professionellen Detektiv den Vorteil hatte, nicht mehr nach Marcus Carlyle persönlich forschen zu müssen. Er suchte nur nach irgendeinem Menschen, der eine Verbindung zu diesem Mann gehabt hatte. Und tatsächlich hatte Maureen O'Brien vor langen Jahren in einem Country Club gearbeitet, in dem Carlyle und seine erste Frau Mitglieder gewesen waren.

»Du liebe Güte, ich habe Mrs Carlyle seit fünfundzwanzig Jahren nicht mehr gesehen«, erklärte Maureen und zog ein Päckchen *Virginia Slims* aus der Tasche. »Wie um alles in der Welt haben Sie mich nur gefunden?«

»Ich habe herumgefragt. Mrs Carnegy vom Salon im Country Club hat mir Ihren Namen gegeben.«

»Der alte Drachen!« Maureen zündete sich eine Zigarette an und blies den Rauch aus. »Sie hat mich gefeuert, weil ich so oft gefehlt habe, als ich mit meinem dritten Kind schwanger war. Das ist jetzt fast sechzehn Jahre her. Nehmen Sie mir die Bemerkung nicht übel, aber sie ist eine vertrocknete alte Hexe.«

Da Mrs Carnegy Maureen als oberflächliche, verantwortungslose Klatschtante bezeichnet hatte, wurde Doug einiges klar. »Sie sagte mir, Mrs Carlyle sei zu Ihnen zur Maniküre gegangen.«

»Ja, ich habe ihr jede Woche die Nägel gemacht. Drei Jahre lang, jeden Montagnachmittag. Sie mochte mich und hat mir immer gutes Trinkgeld gegeben. Sie war eine nette Frau.«

»Kannten Sie ihren Mann?«

»Natürlich hat sie von ihm erzählt. Und einmal habe ich ihn auch gesehen, als ich zu ihnen ins Haus kam, um ihr die Nägel zu machen. Er sah sehr gut aus, und das wusste er auch. Wenn Sie mich fragen – er war nicht gut genug für sie.«

»Wie meinen Sie das?«

Maureen kniff die Lippen zusammen. »Ein Mann, der sich nicht an sein Eheversprechen hält, ist niemals gut genug für die Frau, die er geheiratet hat.«

»Wusste sie, dass er sie betrog?«

»Das weiß eine Frau immer – ob sie es nun zugibt oder nicht. Im Salon und im Club wurde schließlich auch viel geredet. Seine Geliebte kam auch ab und zu in den Salon.«

»Kannten Sie sie?«

»Eine von ihnen auf jeden Fall, aber es hieß, es gäbe noch mehr. Die, die ich meine, war selbst verheiratet und hatte sogar einen Doktortitel. Dr. Roseanne Yardley. Sie wohnte in Nob Hill in einem großen, eleganten Haus. Meine Freundin Colleen hat ihr die Haare gemacht.« Maureen verzog die Mundwinkel zu einem höhnischen Grinsen. »Die Frau Doktor war nicht von Natur aus blond.«

Ob von Natur aus blond oder nicht, Dr. Roseanne Yardley war in Dougs Augen jedenfalls immer noch eine attraktive Frau. Er traf sich mit ihr nach der Visite im Boston General. Dr. Yardley war groß und stattlich und hatte ein ausdrucksstarkes, eckiges Gesicht. Mit ihrem abgehackten Bostoner Akzent machte sie ganz deutlich, dass sie keine Zeit für Unsinn hatte.

»Ja, ich kannte Marcus und Lorraine Carlyle. Wir waren im

gleichen Club und bewegten uns in den gleichen gesellschaftlichen Kreisen. Entschuldigen Sie, aber ich habe wirklich keine Zeit, um über alte Bekannte zu plaudern.«

»Nach meinen Informationen waren Marcus Carlyle und Sie mehr als Bekannte.«

Ihre blauen Augen wurden eiskalt. »Was könnte *Sie* das angehen?«

»Wenn Sie mir ein paar Minuten unter vier Augen gewähren, Dr. Yardley, werde ich Ihnen erklären, warum es mich etwas angeht.«

Sie antwortete nicht, führte Doug aber nach einem prüfenden Blick auf ihre Armbanduhr den Flur entlang zu einem kleinen Büro, wo sie sich sofort hinter den Schreibtisch setzte. »Was wollen Sie?«

»Ich habe Beweise dafür, dass Marcus Carlyle eine Organisation leitete, die von betrügerischen Adoptionen profitierte, indem sie Säuglinge kidnappte und an kinderlose Ehepaare verkaufte.«

Dr. Yardley zuckte angesichts dieser Anschuldigung nicht einmal mit der Wimper. »Das ist völlig absurd«, sagte sie.

»In seiner Organisation arbeiteten auch Ärzte und Pflegepersonal mit.«

»Mr Cullen, wenn Sie glauben, Sie könnten mich der Teilnahme an einem Kinderhandelsring beschuldigen und mich so einschüchtern, dass Sie mich erpressen können, dann haben Sie sich sehr geirrt.«

Doug konnte sich lebhaft vorstellen, dass diese Frau ihn im Ernstfall mit einem einzigen Hieb zu Boden hätte strecken können. »Ich will kein Geld«, sagte er. »Und ich weiß nicht, ob Sie an dem Babyhandel beteiligt waren oder nicht. Was ich jedoch weiß, ist, dass Sie eine Affäre mit Marcus Carlyle hatten, dass Sie Ärztin sind und mir vielleicht Informationen geben können, die mir helfen könnten.«

»Ich habe ganz gewiss keine Informationen für Sie. Und jetzt entschuldigen Sie mich bitte, ich habe zu tun.«

Doug wich nicht von der Stelle, als sie sich erhob. »Meine

Schwester wurde entführt, als sie drei Monate alt war, und ein paar Tage später wurde sie in Carlyles Bostoner Kanzlei an ein Ehepaar verkauft. Ich habe Beweise dafür, dass ein anderer Bostoner Arzt in die Ereignisse verwickelt ist. Die entsprechenden Informationen und Beweise sind bereits in Händen der Polizei. Man wird letztendlich auch auf Sie stoßen, Dr. Yardley. Aber Sie werden verstehen, dass meine Familie schon jetzt die Antworten auf viele Fragen haben möchte.«

Langsam setzte sie sich wieder hin. »Welcher Arzt?«

»Henry Simpson. Er und seine jetzige Frau haben ihr Haus in Virginia Hals über Kopf verlassen, nachdem meine Schwester mit ihren Nachforschungen begonnen hatte. Dr. Simpsons Frau war Krankenschwester und hatte in der Nacht, als meine Schwester geboren wurde, Dienst auf der Entbindungsstation des Krankenhauses in Maryland.«

»Ich glaube Ihnen kein Wort«, erwiderte Dr. Yardley.

»Möglich. Aber ich möchte etwas über Ihre Beziehung zu Carlyle wissen. Wenn Sie sich weigern, mit mir zu sprechen, werde ich die Informationen, über die ich bis jetzt verfüge, an die Öffentlichkeit bringen.«

»Das ist eine Drohung.«

»Ja, das ist eine Drohung«, bestätigte Doug freundlich.

»Ich möchte nicht, dass mein Ruf beschädigt wird.«

»Wenn Sie an den illegalen Aktivitäten nicht beteiligt waren, brauchen Sie sich deswegen auch keine Sorgen zu machen. Ich möchte lediglich wissen, was für ein Mensch Marcus Carlyle war, wer seine Partner waren. Sie müssen es wissen, Sie hatten schließlich eine Affäre mit ihm.«

Dr. Yardley ergriff einen silbernen Füller und tippte leicht gegen die Schreibtischkante. »Mein Mann ist über meine Beziehung zu Marcus unterrichtet. Sie können mich nicht erpressen.«

»Ich bin nicht an einer Erpressung interessiert«, wiederholte Doug.

»Ich habe vor dreißig Jahren einen Fehler gemacht und möchte jetzt nicht noch dafür bezahlen müssen.«

Doug griff in seine Aktentasche und zog eine Kopie von Callies Geburtsurkunde und ein Foto von ihr als Säugling heraus. Er legte beides auf Dr. Yardleys Schreibtisch, dann holte er die gefälschten Adoptionspapiere und das Foto, das die Dunbrooks zur Verfügung gestellt hatten, heraus.

»Sie heißt jetzt Callie Dunbrook. Sie möchte wissen, was damals genau geschehen ist. Und meine Familie auch.«

»Wenn es stimmt – wenn auch nur ein Bruchteil davon stimmt –, dann verstehe ich trotzdem nicht, was meine Affäre mit Marcus damit zu tun haben sollte.«

»Ich sammle alle Informationen über Carlyle. Wie lange waren Sie zusammen?«

»Fast ein Jahr.« Seufzend lehnte sich Dr. Yardley zurück. »Er war fünfundzwanzig Jahre älter als ich, und ich fand ihn faszinierend. Er war attraktiv, charismatisch und ungemein charmant. Ich hielt es für schick und modern, eine Affäre zu haben, die uns anscheinend beide befriedigte und niemanden verletzte.«

»Haben Sie jemals mit ihm über Ihre Arbeit oder Ihre Patienten gesprochen?«

»Natürlich. Ich bin Kinderärztin, und Marcus befasste sich vor allem mit Adoptionen. Wir beide liebten Kinder, das war einer der Gründe, die uns zusammenbrachten. Aber ich kann mich nicht erinnern, dass er jemals versucht hätte, mir spezifische Informationen zu entlocken. Und von meinen Patienten wurde auch niemand entführt – das hätte ich erfahren.«

»Aber manche Ihrer kleinen Patienten waren adoptierte Kinder.«

»Ja, natürlich. Das ist doch wohl kaum überraschend.«

»Kamen einige Eltern mit ihren gerade adoptierten Kindern auf Carlyles Empfehlung zu Ihnen?«

Dr. Yardley runzelte die Stirn. »Ja, höchstwahrscheinlich. Ein paar Mal war es bestimmt so. Wir waren, wie ich bereits sagte, miteinander bekannt und hatten dann ein intimes Verhältnis. Es ist doch nur natürlich –«

»Erzählen Sie mir von Carlyle. Wenn er so charismatisch und attraktiv war, warum ging die Affäre dann zu Ende?«

»Er war auch kalt und berechnend.« Sie fuhr nachdenklich mit den Fingern über die Fotos und Papiere auf ihrem Schreibtisch. »Ein sehr berechnender Mann, der kein Gefühl für Treue hatte. Es mag Ihnen seltsam vorkommen, da wir ja eine außereheliche Beziehung hatten, aber ich erwartete von ihm, dass er mir treu blieb. Er war mir jedoch nicht treu. Seine Frau wusste sicher von mir, aber sie hielt die Fassade ihrer Ehe aufrecht, auch wenn sie vielleicht Probleme mit den Affären ihres Mannes hatte. Es hieß, sie sei ihm und ihrem Sohn sklavisch ergeben und drücke deshalb beide Augen zu.«

Ihre Lippen zuckten, und Doug ahnte, was sie von einer solchen Frau hielt. »Ich zog es jedoch vor, weiterhin einen scharfen Blick zu behalten. Als ich entdeckte, dass er außer mir auch noch eine andere Affäre hatte, stellte ich ihn zur Rede. Wir stritten erbittert und trennten uns dann. Ich konnte eine Menge ertragen, aber zu erfahren, dass er mich mit seiner Sekretärin betrog, war mir dann doch zu klischeehaft.«

»Was wissen Sie über diese Sekretärin?«

»Sie war jung. Ich war schon fast dreißig, als Marcus und ich ein Paar wurden, und sie war kaum über zwanzig. Sie zog sich sehr gewagt an, redete aber mit leiser Stimme – eine Masche, der ich von Anfang an misstraute. Und als ich schließlich erfuhr, dass Marcus ein Verhältnis mit ihr hat, fiel mir ein, dass sie mich öfter spöttisch angegrinst hatte, wenn sie mich begrüßte. Wahrscheinlich wusste sie von mir, lange bevor ich von ihr wusste. Ich habe gehört, dass sie eine der wenigen Mitarbeiterinnen aus der Kanzlei war, die Marcus mitnahm, als er nach Seattle zog.«

»Haben Sie seither etwas über Carlyle oder diese Frau gehört?«

»Ab und zu. Ich habe zum Beispiel gehört, dass er sich von Lorraine hat scheiden lassen, und war überrascht, dass er nicht diese Sekretärin zu seiner zweiten Frau machte. Irgendjemand hat mir erzählt, sie habe einen Buchhalter geheiratet und ein Kind bekommen. Und Marcus hat ja dann sogar noch ein drittes Mal geheiratet.«

Dr. Yardley tippte wieder mit dem Füller auf die Schreibtischplatte. »Sie haben meine Neugier geweckt, Mr Cullen. Ich werde selbst ein paar Erkundigungen einholen. Ich schätze es nicht, wenn ich missbraucht werde, und sollte Marcus das getan haben, möchte ich es wissen.«

»Er ist gestorben.«

Sie riss den Mund auf, machte ihn jedoch gleich wieder zu und presste die Lippen aufeinander. »Wann?«

»Vor ungefähr zwei Wochen, an Krebs. Zuletzt lebte er mit Ehefrau Nummer drei auf den Caymans. Ihn selbst kann ich also nicht mehr befragen, und sein Sohn weigert sich, unsere Beweise anzuerkennen.«

»Ja, ich kenne Richard ein wenig. Er und Marcus hatten sich nicht viel zu sagen. Richard hängt sehr an seiner Mutter und seiner Familie. Haben Sie mit seiner Mutter gesprochen?«

»Noch nicht.«

»Wahrscheinlich wird Richard gerichtlich gegen Sie vorgehen, wenn Sie versuchen sollten, Kontakt zu ihr aufzunehmen. Sie geht nicht mehr so viel aus wie früher, und ich habe gehört, dass sie ziemlich gebrechlich ist. Aber das war sie eigentlich schon immer. Bleiben Sie noch lange in Boston?«

»Möglich – aber Sie können mich so oder so jederzeit anrufen.«

»Wie gesagt, Sie haben mich neugierig gemacht. Hinterlassen Sie mir bitte eine Nummer, unter der ich Sie erreichen kann.«

Als Doug sich in seinem Hotelzimmer eingerichtet hatte, nahm er ein Bier aus der Minibar und rief Lana an.

»Ja?«, meldete sich eine Männerstimme.

»Äh ... ich versuche Lana Campbell zu erreichen.«

»Hey, ich auch. Sind Sie Doug?«

»Ja. Wie meinen Sie das? Wo ist sie?«

»Bisher noch ungefähr eine Armlänge entfernt, aber ich gebe die Hoffnung nicht auf. Hey, sexy Lady, Telefon für Sie!«

Man hörte Geräusche, ein Kichern – das offenbar von Ty stammte – und dann ein warmes weibliches Lachen.

»Hallo?«

»Wer war das denn?«

»Doug, ich habe gehofft, dass du anrufst.«

Ein Geräusch, das wie das Grunzen eines Affen klang, gefolgt von hysterischem Kinderlachen, übertönte Lanas Stimme. Doug vermutete, dass sie mit dem Telefon in einen anderen Raum ging, denn der Lärm wurde schwächer.

»Meine Güte, das ist das reinste Irrenhaus hier! Digger kocht. Bist du im Hotel?«

»Ja, gerade angekommen. Es klingt so, als fände bei dir eine Party statt.«

»Ich möchte nur darauf hinweisen, dass es *deine* Idee war, Digger bei mir einzuquartieren. Zum Glück wirkt seine Anwesenheit äußerst beruhigend – ganz zu schweigen von seinen Fähigkeiten als Entertainer. Er versteht sich prächtig mit Ty, und ich habe bis jetzt erfolgreich seinen Avancen widerstehen können, auch wenn es ein ständiger Kampf ist. Allerdings behauptet er, ich würde den Kampf verlieren.«

Doug ließ sich aufs Bett sinken und kratzte sich am Kopf. »Ich war noch nie in meinem Leben eifersüchtig, und jetzt muss ich meine ersten Erfahrungen mit diesem Gefühl ausgerechnet wegen eines Kerls machen, der aussieht wie ein Gartenzwerg.«

»Wenn du die Spaghettisauce riechen könntest, die er gerade kocht, würdest du vor Eifersucht durchdrehen.«

»Der Bastard!«

Lana lachte, dann fragte sie leise: »Wann kommst du nach Hause?«

»Ich weiß noch nicht. Ich habe heute mit ein paar Leuten gesprochen und hoffe, dass ich morgen noch weiterkomme. Vielleicht fliege ich noch nach Seattle, bevor ich zurückkomme. Bedeutet deine Frage, dass du mich vermisst?«

»Ich denke schon. Ich habe mich so daran gewöhnt, dass du in meiner Nähe bist. Ich hätte nie gedacht, dass ich mich an so etwas jemals wieder gewöhnen würde. Was hast du denn herausgefunden?«

Er streckte sich auf dem Bett aus und grinste bei dem Gedanken, dass er ihr fehlte. »Eins ist sicher: Carlyle mochte Frauen, und zwar mehrere auf einmal. Ich habe so ein Gefühl im Bauch, als ob seine frühere Sekretärin eine Schlüsselfigur ist, und ich werde mich darauf konzentrieren, sie zu finden. Was ich dich übrigens noch fragen wollte: Soll ich dir ein Geschenk aus Boston mitbringen?«

»Natürlich.«

»Okay, dann weiß ich auch schon, was. Gibt es irgendwelche Neuigkeiten, die ich wissen sollte?«

»Es hat ewig gedauert, bis das Grabungsgelände wieder gesäubert war. Das ganze Team ist entmutigt und völlig durcheinander, und sie machen sich ernsthafte Sorgen, dass die Grabungen gestoppt werden könnten. Von der Polizei haben wir noch nichts erfahren – falls sie irgendwelche Spuren haben, so sagen sie es uns nicht.«

»Pass auf dich und Ty-Rex auf.«

»Da kannst du sicher sein. Komm bald nach Hause, Doug. Und pass du auch auf dich auf.«

»Da kannst *du* sicher sein.«

Als um drei Uhr morgens das Telefon neben seinem Bett klingelte, schreckte Doug aus dem Schlaf hoch. Mit klopfendem Herzen griff er nach dem Hörer.

»Hallo?«

»Sie haben viel zu verlieren und nichts zu gewinnen. Fahren Sie nach Hause, solange Sie noch ein Zuhause haben.«

»Wer ist da?« Aber er wusste sowieso, dass es zwecklos war, das zu fragen. Der Anrufer hatte bereits aufgelegt.

Doug legte den Hörer auf die Gabel und starrte in die Dunkelheit. Irgendjemand wusste, dass er in Boston war, und offensichtlich gefiel es diesem Jemand überhaupt nicht. Das konnte nur bedeuten, dass es in Boston etwas herauszufinden gab.

25

Dass Callie jeden Abend völlig erschöpft nach Hause kam, lag nicht nur an den langen Arbeitstagen oder an der Tatsache, dass ihre Arbeit sie körperlich und geistig beanspruchte. Callie hatte schon unter viel anstrengenderen Bedingungen gearbeitet. Jetzt ging der Sommer unmerklich in den Herbst über, und auf immer noch warme Tage folgten kühle Nächte. Doch abgesehen von vereinzelten gelben Blättern an den Pappeln war das Laub der Bäume noch üppig und grün. Unter anderen Umständen wären dies ideale Arbeitsbedingungen gewesen. Doch Callie fühlte sich angeschlagen und konnte sich nicht mehr auf das Wesentliche konzentrieren. Hin und wieder schweifte ihr Blick über das Grabungsfeld hin zu der Stelle, wo früher Diggers Wohnwagen gestanden hatte. Sie ahnte, dass sie genau so auf die jüngsten Ereignisse reagierte, wie es sich die Täter erhofft hatten. Das Problem war jedoch, dass Callie nicht wusste, wer die Täter waren. Es gab niemanden, gegen den sie kämpfen konnte, und sie wusste nicht mehr, wohin mit ihrer Wut.

Wie oft sollte sie sich noch die Zeittafel anschauen, die Jake und sie zusammengestellt hatten? Wie oft sollte sie noch versuchen, die Verbindungen zwischen den verschiedenen Menschen, Jahren und Ereignissen aufzudecken? Wenigstens Doug tat etwa Handfestes, indem er in Boston recherchierte. Aber wenn sie an seiner Stelle dorthin gefahren wäre, hätte sie das

Team in einer Zeit im Stich gelassen, in der es sie am meisten brauchte. Nein, sie musste vor Ort bleiben und die tägliche Routine aufrechterhalten. Sie wusste, dass die Leute erwarteten, dass sie den Ton angab, ebenso wie sie wusste, dass sie über das sprachen, was Callie über ihre Vergangenheit herausbekommen hatte. Sie bemerkte die Blicke, die man ihr zuwarf, die Gespräche im Flüsterton, die abrupt beendet wurden, wenn sie das Zimmer betrat. Doch sie machte den anderen deswegen keinen Vorwurf, schließlich waren es ja auch sensationelle Neuigkeiten, dass Dr. Callie Dunbrook die seit langem vermisste Jessica Cullen war.

Allerdings weigerte sich Callie, den Medien Interviews zu geben. Es war eine Sache, die Wahrheit zutage fördern zu wollen, aber eine ganz andere, irgendwelchen Reportern persönliche Dinge aus dem eigenen Leben zu erzählen. Gegen die Neugier der Menschen konnte sie allerdings nichts ausrichten. Callie war sich absolut im Klaren darüber, dass mindestens die Hälfte der Schaulustigen auf der Grabung mehr an ihrer Person als an dem Projekt interessiert waren. Es hatte ihr zwar nie etwas ausgemacht, im Rampenlicht zu stehen, aber es war schon etwas anderes, wenn dabei nicht ihr Beruf im Vordergrund stand.

Das alles hatte dazu geführt, dass Callie in der letzten Zeit äußerst reizbar, schreckhaft und zerstreut geworden war. Und deshalb erschrak sie auch eines Abends unter der Dusche beinahe zu Tode, als plötzlich die Badezimmertür geöffnet wurde. Sie ergriff den Brausekopf und hielt ihn wie eine Waffe vor sich, während in ihrem Kopf die berühmte Mordszene aus *Psycho* ablief. Vorsichtig umklammerte sie den Rand des Duschvorhangs, bereit, ihn jeden Moment zurückzuziehen.

»Ich bin es, Rosie«, ertönte eine weibliche Stimme.

»Wie kannst du mich so erschrecken, verdammt noch mal!« Callie rammte den Duschkopf wieder in die Halterung. »Ich stehe nackt unter der Dusche.«

»Das will ich doch hoffen. Wenn du anfingest, in deinen Klamotten zu duschen, würde ich mir ernsthafte Sorgen um dich machen. Ich habe mir gedacht, dass das Badezimmer so ziemlich der einzige Ort ist, an dem wir mal unter vier Augen miteinander reden können.«

Callie zog den Duschvorhang ein Stück beiseite. Durch den Dampf sah sie, wie Rosie sich auf den Toilettendeckel setzte und die Beine übereinander schlug.

»Du musst hier raus, meine Liebe«, sagte sie.

»Wo raus?« Callie zog den Vorhang wieder zu und brauste sich ab. »Himmel, hier herrscht aber auch kein Respekt untereinander. Die Leute kommen einfach ins Badezimmer, wenn jemand nackt unter der Dusche steht.«

»Du hast Ringe unter den Augen. Außerdem hast du abgenommen, und deine Laune ist durchgängig beschissen. Meine Güte, Callie, du kannst nicht mit der Hacke auf einen Reporter losgehen! Das ist schlechte PR.«

»Ich habe ihm gesagt, dass ich zu persönlichen Dingen keinen Kommentar abgeben möchte. Ich habe ihm sogar angeboten, ihm etwas über das Projekt zu erzählen. Aber er hat einfach nicht lockergelassen.«

»Süße, ich weiß, dass das alles hart für dich ist. Du solltest Leo, Jake und mir den Umgang mit den Medien überlassen.«

»Ich brauche keinen Schutzschild, Rosie.«

»Doch, den brauchst du. Von jetzt an werde ich mit den Reportern reden, und wenn du dich weigerst, das einzusehen, werden wir zum ersten Mal ernsthaft Streit bekommen. Wir kennen uns jetzt seit sechs Jahren, und ich möchte unsere Freundschaft nur ungern aufs Spiel setzen. Aber wenn du mich dazu zwingst, Callie, dann streite ich mich auch mit dir.«

Callie schob den Duschvorhang erneut ein Stück beiseite und funkelte Rosie wütend an. »Du hast leicht reden, wenn ich nackt und nass unter der Dusche stehe.«

»Dann trockne dich ab und zieh dich an. Ich warte so lange.«

»Sehe ich wirklich so schlecht aus?«

»Es war schon mal besser. So habe ich dich zum letzten Mal gesehen, als Jake und du damals auseinander gegangen seid.«

»Ich kann aber die Finger nicht von der Ausgrabung lassen. Und ich will auch nicht aus Woodsboro fort.«

»Die Leute reden zu viel, das ist das Problem mit dieser Spezies. Wir können nicht einfach schweigen.« Als Callie das Wasser abgedreht hatte und aus der Dusche stieg, reichte Rosie ihr ein Handtuch. »Die Leute aus dem Team wollen dich nicht noch mehr unter Druck setzen, aber Menschen sind eben von Natur aus neugierig. Und gerade unsereins will alles wissen, sonst würden wir keine Ausgrabungen machen.«

»Ich mache ja auch niemandem einen Vorwurf.« Callie wickelte sich das Handtuch wie einen Turban um die nassen Haare und griff dann zu einem Badetuch, um sich abzutrocknen. »Es macht mich nur fertig, dass Digger seine Blechbüchse von Eigenheim verloren hat, nur weil jemand mir ans Leder wollte.«

»Digger kann sich eine neue Blechbüchse kaufen. Wichtig ist nur, dass dir und Jake nichts Ernsthaftes passiert ist.«

»Das ist mir klar, Rosie. Und mir ist auch klar, dass es jemand darauf anlegt, mir Angst einzujagen. Und ich habe tatsächlich Angst und obendrein das Gefühl, weiter denn je davon entfernt zu sein, das zu finden, was ich suche.«

Sie griff nach der frischen Unterwäsche, die sie mit ins Badezimmer genommen hatte. »Warum hast *du* mich eigentlich nie nach den Cullens gefragt und danach, wie es sich anfühlt, plötzlich ein ganz anderer Mensch zu sein?«

»Ein oder zwei Mal wollte ich dich danach fragen, aber dann habe ich gedacht, dass du es mir bestimmt eines Tages von selbst erzählst. Callie, ich muss dir wohl nicht extra sagen, dass das Team hinter dir steht, nicht wahr?«

»Wenn ich nicht im Team wäre, wäre das Projekt nicht gefährdet.«

Rosie nahm eine Dose mit Körpercreme in die Hand. Sie öffnete den Deckel und roch daran. Dann nickte sie zustimmend und begann, die Creme auf ihren Armen zu verteilen.

»Du gehörst zum Team, und du hast mich dazugeholt. Wenn du gehst, gehe ich auch. Und wenn Jake geht, geht auch

Digger. Und dann ist das Projekt erst recht gefährdet, das weißt du auch.«

»Ich könnte Jake überreden, zu bleiben.«

»Du überschätzt deine Überredungskünste. Er wird dich nicht mehr aus den Augen lassen. Eigentlich bin ich ein bisschen enttäuscht, dass ihr nicht zusammen geduscht habt.«

»Es gibt hier schon genug Klatsch und Tratsch, auch ohne dass Jake und ich zusammen duschen.«

»Ach ja, da du es gerade erwähnst, eine Frage habe ich doch. Was ist eigentlich mit euch beiden?«

Callie schlüpfte in eine frisch gewaschene Jeans. »Ich weiß nicht.«

»Wenn du es nicht weißt, wer weiß es dann?«

»Niemand. Wir versuchen immer noch ... ach, ich weiß nicht«, wiederholte sie und griff nach ihrem T-Shirt. »Es ist kompliziert.«

»Nun, ihr seid komplizierte Menschen, deshalb war es damals ja auch so interessant, euch zu beobachten. Ich kam mir vor, als würde ich Zeuge einer Kernverschmelzung. Dieses Mal ähnelt es allerdings mehr einem langsam brennenden Feuer, wobei ich mir nicht ganz sicher bin, ob es einfach nur weiterglimmen wird oder ob irgendwann große Flammen herausschlagen werden. Ich habe euch immer gerne zusammen gesehen.«

»Warum?«

Rosie lachte perlend auf. »Ihr erinnert mich immer an zwei anmutige Tiere, die einander umkreisen und nicht genau wissen, ob sie sich in Stücke reißen oder paaren sollen.«

Callie ergriff eine Tube mit Feuchtigkeitscreme und begann, sich das Gesicht einzureiben. »Du und deine Vergleiche!«

»Ich bin eine romantische Natur, und ich sehe euch beide eben gern zusammen. Im Augenblick möchte Jake nur mit dir kuscheln, aber er weiß nicht, wie er es anstellen soll. Er weiß ganz genau, dass er vorsichtig sein muss, weil du ihm bei lebendigem Leib die Haut abziehen würdest, wenn er es falsch anstellt. Und das bereitet ihm Kopfzerbrechen, obwohl er andererseits dein Temperament auch liebt.«

Callie nahm das Handtuch vom Kopf und griff nach ihrem Kamm. »Ich habe gern Gewissheit.« Nachdenklich schlug sie mit dem Kamm auf ihre Handfläche, bevor sie begann, ihre Haare durchzukämmen. »Ich war mir nie sicher, ob Jake mich liebte. Ich habe gedacht, er betrügt mich mit Veronica Weeks.«

»Tja, darauf hatte sie es vom ersten Tag an abgesehen. Zum einen war sie eifersüchtig auf dich, und zum anderen ist dein Mann natürlich ganz schön sexy. Sie wollte dir eins auswischen, weil du zu viel Mumm hast.«

Callie kämmte sich die Haare aus dem Gesicht. »Das ist ihr ja auch gelungen«, sagte sie. Dann ließ sie plötzlich den Kamm sinken. »Wieso wusstest du das eigentlich und ich nicht?«

»Es stand dir im Gesicht geschrieben, Schätzchen. Ich glaube übrigens nicht, dass Jake etwas mit ihr hatte, Cal. Sie war nicht sein Typ.«

»Ach, hör auf! Groß, gut gebaut, verfügbar. Warum soll sie nicht sein Typ gewesen sein?«

»Weil sie nicht du war.«

Callie stieß die Luft aus und musterte sich im Spiegel. »Ich bin ganz nett anzusehen, und wenn ich mich zurechtmache, kann ich sogar ziemlich attraktiv sein. Aber mehr ist nicht drin. Veronica war schön, sie sah absolut toll aus.«

»Wo hast du bloß diesen Minderwertigkeitskomplex her?«

»Den habe ich entwickelt, als ich mich in Jake verliebte. Du kennst doch seinen Ruf, und du weißt doch, dass er Frauen ständig anfasst und mit ihnen flirtet.«

»Das ist für ihn nur eine Art zu kommunizieren. Und den Ruf als Frauenheld hatte er *vor* der Zeit, als er mit dir zusammen war«, fuhr Rosie fort. »War das nicht auch einer der Gründe, warum du dich in ihn verliebt hast?«

»Ja.« Callie schnaubte verächtlich. »Ich habe mich aus diesem Grund in ihn verliebt und gleich versucht, ihn zu ändern. Blöd, was? Ich konnte einfach nicht glauben, dass er anderen Frauen widerstehen könnte. Vor allem nicht Veronica und ihrer eindeutigen Aufforderung – und dann habe ich auch noch ihre Dessous unter unserem Bett gefunden.«

»Oh nein!«, stieß Rosie hervor.

»Sie hat mich vorgeführt, und ich bin darauf hereingefallen.« Callie warf den Kamm ins Waschbecken. »Es ist zum Kotzen. Ich bin darauf hereingefallen, weil ich nicht glauben konnte, dass Jake mich liebt. Zumindest habe ich gedacht, er liebt mich nicht genug. Und als er mir auf meine Fragen keine Antwort gab, habe ich ihn hinausgeworfen.«

»Und jetzt lässt du ihn wieder an dich heran. Es könnte übrigens nichts schaden, wenn du es ein bisschen mehr genießt.« Rosie trat ans Waschbecken, und ihre Blicke begegneten sich im Spiegel. »Hat er dich wirklich betrogen, Cal?«

»Nein. Er hat mit anderen Frauen geflirtet, aber er hat mich nie betrogen.«

»Okay. Und du, hast du auch geflirtet?«

Callie stieß zischend die Luft aus. »Reichlich.«

»Na, siehst du. Und jetzt hör auf die kluge Tante Rosie: Wenn es in meinem Leben so viel Aufregung gäbe, hätte ich auch gerne einen solch großen, starken Mann an meiner Seite.«

Callie legte den Kopf schräg, bis er an Rosies stieß. »Warum bist du eigentlich nicht verheiratet und ziehst Kinder groß?«

»Süße, es gibt so viele große, starke Männer da draußen. Wer kann sich da schon entscheiden?« Sie tätschelte Callies Schulter. »Ich habe ein paar Kräuterpads, die gegen die Ringe unter deinen Augen Wunder bewirken werden. Ich hole dir rasch welche. Und dann legst du dich eine halbe Stunde hin.«

Callie kam sich mit den nach Gurke duftenden Pads auf den Augen ziemlich merkwürdig vor, aber sie fühlten sich gut an, kühl und beruhigend. Und obwohl sie bei ihrem Beruf nur selten auf ihr Aussehen achten konnte, wollte Callie nicht unbedingt mit dem Wissen herumlaufen, dass sie grauenhaft aussah. Sie spielte mit dem Gedanken, auch noch eine

Gesichtsmaske aufzutragen. Rosie hatte solches Zeug immer im Überfluss dabei. Und am nächsten Morgen würde Callie Make-up auflegen. Schließlich brauchte sie ja nicht wie eine Vogelscheuche herumzulaufen, auch wenn sie sich elend fühlte.

Die von Rosie verordnete halbe Stunde Ruhe hielt sie zwar nicht durch, doch sie betrachtete es bereits als Sieg ihrer Willenskraft, dass sie fünfzehn Minuten lang still liegen blieb. Dann stand sie auf und musterte sich kritisch in ihrem Handspiegel. Halbwegs zufrieden mit dem Ergebnis, machte sie sich auf den Weg in die Küche, um sich etwas zu essen zu holen und Rosie zu fragen, was sie ihr als Gesichtsmaske empfehlen konnte. Auf halber Treppe blieb sie wie angewurzelt stehen, als sie Jake und ihre Eltern an der Wohnzimmertür stehen sah.

Callie fiel auf, dass die drei ein wenig befangen wirkten. Wie oft waren sie sich eigentlich persönlich begegnet? Zwei, drei Mal? Sie war immer automatisch davon ausgegangen, dass ihre Eltern und Jake nichts miteinander würden anfangen können, sodass sie sich nie die Mühe gemacht hatte, ihn wirklich in ihre Familie zu integrieren. Callie fuhr sich mit den Fingern durch die Haare und lief auf ihre Eltern zu.

»Das ist aber eine Überraschung!«, rief sie, wobei sie versuchte, fröhlich und locker zu klingen. Aber die Anspannung, die in der Luft lag, war beinahe mit Händen zu greifen. »Ihr hättet mir Bescheid sagen sollen, dass ihr kommt, dann hätte ich euch vorher den Weg erklärt. Wir sind hier nicht so einfach zu finden.«

»Wir haben uns nur zwei Mal verfahren«, sagte Vivian und schlang die Arme um Callie.

»Ein Mal«, korrigierte Elliot sie. »Das zweite Mal war ein Abstecher. Und wir wären schon vor einer Stunde angekommen, wenn deine Mutter nicht darauf bestanden hätte, dass wir wegen dem hier anhalten.« Er hielt eine hübsch verpackte Schachtel in die Höhe.

»Das ist dein Geburtstagskuchen.« Vivian löste sich von

Callie. »Wir konnten doch nicht hierher kommen, ohne dir einen Kuchen mitzubringen. Natürlich hast du erst morgen Geburtstag, aber ich konnte einfach nicht widerstehen.«

Callie lächelte gezwungen, griff aber tapfer nach der Schachtel. »Etwas Süßes kommt mir immer gelegen.«

Sie spürte förmlich die Neugier der Teammitglieder, die im Wohnzimmer saßen. »Ach, das sind übrigens Dory, Matt und Bob. Rosie kennt ihr ja.«

»Ja, selbstverständlich. Nett, Sie kennen zu lernen«, sagte Vivian. »Wie schön, Sie wieder zu sehen, Rosie.«

»Sollen wir mit dem Kuchen in die Küche gehen? Dort haben wir zumindest genug Stühle.« Callie drehte sich um und drückte Jake die Schachtel in die Hand, bevor er sich davonmachen konnte. »Ich koche Kaffee.«

»Mach dir unseretwegen keine Umstände«, sagte Elliot. »Wir dachten, du würdest vielleicht gerne mit uns zu Abend essen. Wir haben uns in dem Hotel auf der anderen Seite des Flusses einquartiert, und man hat uns gesagt, das Restaurant dort sei sehr gut.«

»Nun, ich …«

»Ich könnte den Kuchen so lange verstecken«, schlug Jake vor. »Sonst ist er weg, wenn du wiederkommst.«

»Als ob ich dir über den Weg trauen würde, wenn es um Kuchen geht.« Callie nahm ihm die Schachtel ab. »*Ich* verstecke ihn. Und du musst mit uns kommen.«

»Ich muss noch arbeiten –«, setzte er an.

»Ich auch. Aber ich kann ein Essen ohne diese ganze Horde hier nicht ablehnen, und ich werde dich nicht mit diesem Kuchen allein lassen. Ich mache mich rasch fertig. In zehn Minuten bin ich wieder unten«, sagte sie zu ihren Eltern und eilte mit dem Kuchen nach oben.

Jake trommelte nervös mit den Fingern auf seinen Oberschenkel und überlegte, wie er Callie heimzahlen konnte, dass sie so über ihn verfügt hatte. »Hören Sie, ich muss nicht unbedingt mitkommen«, sagte er an ihre Eltern gewandt. »Sie wollen sicher mit Callie allein sein.«

»Callie möchte aber, dass Sie mitkommen.« Vivian wirkte so verblüfft, dass Jake beinahe gelacht hätte.

»Sagen Sie ihr einfach, dass ich noch mal zum Grabungsfeld gefahren bin.«

»Sie möchte, dass Sie mitkommen«, wiederholte Vivian. »Also kommen Sie auch mit.«

»Mrs Dunbrook –«

»Sie müssen sich ein frisches Hemd und ein Jackett anziehen. Eine Krawatte wäre nicht schlecht«, fügte sie hinzu, »aber das ist nicht zwingend erforderlich.«

»Ich habe keine. Das heißt, ich habe keine bei mir. Natürlich besitze ich eine Krawatte, aber ich ... ich habe eben keine bei mir«, wiederholte er, wobei er sich wie ein Idiot vorkam.

»Hemd und Jackett sind völlig in Ordnung. Gehen Sie sich rasch umziehen. Wir warten so lange.«

»Ja, Ma'am.«

Als Jake verschwunden war, gab Elliot seiner Frau einen Kuss. »Das war süß von dir.«

»Ich weiß nicht, was ich davon halten soll, aber wenn Callie ihn dabei haben möchte, sollten wir ihr den Gefallen auch tun. Ist es nicht niedlich, wie verlegen er wegen der Krawatte war? Ich könnte ihm fast vergeben, dass er sie unglücklich gemacht hat.«

Jake war nicht nur verlegen, sondern vollkommen aus der Fassung geraten. Er wusste schon unter normalen Umständen nicht, was er zu diesen Leuten sagen sollte. Und dies waren ganz sicher keine normalen Umstände. Als er ein Hemd aus seiner Tasche zog, stellte er fest, dass es gebügelt werden musste. Er hatte aber leider kein Bügeleisen griffbereit. Normalerweise zog er Hemd und Jackett nur ab und zu für ein Fernsehinterview oder einen Besuch in der Universität an. Er schnüffelte an dem Hemd und versuchte sich zu erinnern, ob es nach dem letzten Tragen gewaschen worden war. Okay, es roch zumindest nicht unangenehm. Noch nicht. Wahrscheinlich würde er schon durchgeschwitzt sein, bevor er wieder in der Diele angelangt wäre. Wenn Callie ihn mit der Einladung zum Abendessen bestrafen wollte, dann würde sie dafür büßen müssen. Erbittert zog er sich das Hemd an und hoffte, dass das Jackett die meisten Falten verbergen würde. Dann tauschte er seine Arbeitsstiefel gegen ein Paar ansehnlicherer Rockports. Als er sich mit der Hand durch das Gesicht fuhr, stellte er fest, dass er sich seit Tagen nicht mehr rasiert hatte. Leise fluchend schnappte er sich seinen Kulturbeutel und marschierte zum Badezimmer. Es war nicht in Ordnung, dass er sich ein Jackett anziehen und sich rasieren musste, um mit Leuten zu Abend zu essen, die in ihm Callies bösen Ex-Ehemann sahen. Das würde bestimmt ein anstrengender Abend werden. Dabei hätte er eigentlich arbeiten müssen und konnte zusätzliche Probleme in diesem Moment überhaupt nicht brauchen. Er zog gerade das Rasiermesser über das Leder, als es an der Tür klopfte.

»Ja?«

»Ich bin es, Callie.«

Er öffnete die Tür und zerrte sie hinein. »Warum tust du mir das an?«, fauchte er. »Womit habe ich das verdient?«

»Was denn – wir gehen doch nur zum Essen.« Sie bog den Kopf zurück, damit er sie nicht mit Rasierschaum beschmierte. »Du isst doch gerne.«

»Halt mich da raus.«

Callie zog die Augenbrauen hoch. »Du kannst ja ablehnen.«

»Das lässt deine Mutter nicht zu.«

Ihr wurde warm ums Herz. »Wirklich?«

»Sie sagte, ich solle mir ein frisches Hemd anziehen.«

»Es ist ein hübsches Hemd.«

Er schnaubte verächtlich. »Ja, aber es ist verknittert. Und ich habe keine Krawatte.«

»Es ist gar nicht verknittert, und eine Krawatte brauchst du nicht.«

»Du hast ein Kleid angezogen«, sagte er vorwurfsvoll. Stirnrunzelnd drehte er sich zum Spiegel und widmete sich wieder seiner Rasur.

»Du bist nervös, weil du mit meinen Eltern zu Abend essen musst.«

»Ich bin nicht nervös.« Er fluchte, als er sich am Kinn schnitt. »Ich sehe nur nicht ein, warum ich mitkommen soll. Sie wollen mich doch gar nicht dabeihaben.«

»Hast du nicht gerade gesagt, dass meine Mutter dich doch dabeihaben will?«

Er warf ihr einen finsteren Blick zu. »Bring nicht immer alles durcheinander.«

»Wollten wir nicht versuchen, miteinander klarzukommen, Graystone?«

»Ich dachte, wir kämen schon miteinander klar.« Er schwieg und spülte das Rasiermesser ab.

»Siehst du. Und so etwas gehört ab jetzt dazu. Wir werden solche Situationen nicht wieder aussparen«

»Ist ja schon gut, ich komme ja mit.« Er musterte sie. »Aber warum musstest du ein Kleid anziehen?«

Sie hob die Hände und drehte sich einmal um die eigene Achse. »Gefällt es dir nicht?«

»Doch, schon. Was trägst du darunter?«

»Wenn du ein artiger Junge bist, darfst du später vielleicht nachschauen.«

Beim Essen bemühte sich Jake, nicht ständig daran zu denken, wie er Callie später das kleine Schwarze ausziehen würde. In Gegenwart ihrer Eltern erschienen ihm solche Gedanken unhöflich. Die Unterhaltung bei Tisch drehte sich um alles Mögliche, nur nicht um Callies Herkunft, wodurch dieses Thema merkwürdigerweise erst recht präsent zu sein schien. Jake und Callie erzählten von der Ausgrabung, wobei sie den Brandanschlag und die Todesfälle allerdings nicht erwähnten.

»Ich glaube, Callie hat uns nie erzählt, wie Sie zu Ihrem Beruf gekommen sind.« Elliot hatte gerade den Wein gekostet, und jetzt schenkte der Kellner allen ein.

»Ach … ich habe mich schon immer dafür interessiert, wie die verschiedenen Kulturen entstanden und sich entwickelten.« Jake zwang sich, nicht sofort nach seinem Glas zu greifen und den Wein wie Medizin in sich hineinzuschütten. »Ich wollte wissen, wie Traditionen entstehen und wie Menschen ihre Gesellschaften aufbauen –« Jake brach ab. Liebe Güte, der Mann wollte doch keinen Vortrag hören! »Ich war schon als Junge davon fasziniert«, fuhr er nach einer Weile fort. »Mein Vater ist zu je einem Drittel Apache, Engländer und Franko-Kanadier. Meine Mutter hat irisches, italienisches, deutsches und französisches Blut in den Adern. Ich fand die Vorstellung spannend, alle diese ethnischen Spuren zu ihrem Ursprung zurückzuverfolgen.«

»Und jetzt helfen Sie Callie dabei, ihre eigene Spur zurückzuverfolgen«, sagte Elliot.

Einen Moment lang herrschte betretenes Schweigen. Jake konnte spüren, wie Vivian neben ihm erstarrte, aber Callie legte ihrem Vater dankbar lächelnd die Hand auf den Arm.

»Ja. Sie lässt sich nur nicht gerne helfen, deshalb muss man sie dazu zwingen«, sagte Jake.

»Wir haben sie zu einem selbständigen, unabhängigen Menschen erzogen, und das hat sie sich sehr zu Herzen genommen.«

»Ach, es ging Ihnen in Wahrheit also gar nicht darum, dass sie eigensinnig, stur und dickköpfig wird?«

Elliot trank einen Schluck Wein. An dem Glitzern in seinen Augen erkannte Jake, dass er seine Bemerkung mit Humor aufgenommen hatte. »Nein, darüber hatte sie ihre eigenen Vorstellungen.«

»Ich nenne mein Verhalten selbstbewusst und zielorientiert.« Callie brach sich ein Stück Brot ab und knabberte daran. »Ein richtiger Mann hätte damit keine Probleme.«

Jake reichte ihr die Butter. »Nun, was willst du – ich bin schließlich noch da, oder nicht?«

Sie bestrich eine Scheibe Brot mit Butter und gab sie ihm. »Einmal bin ich dich schon losgeworden.«

»Das glaubst du auch nur.« Jake wandte sich wieder an Elliot. »Wollen Sie mal auf dem Grabungsfeld vorbeischauen, solange Sie hier sind?«

»Ja, natürlich. Vielleicht, wenn es euch beiden passt.«

»Wenn ihr mich bitte einen Moment entschuldigen würdet.« Vivian schob ihren Stuhl zurück und legte Callie beim Aufstehen auffordernd die Hand auf die Schulter.

»Äh ... ich gehe mit dir«, sagte Callie. »Was ist?«, flüsterte sie ihrer Mutter zu, als sie vom Tisch weggingen. »Ich habe noch nie verstanden, warum Frauen immer zusammen aufs Klo gehen müssen.«

»Das hat vermutlich einen kulturhistorischen Hintergrund. Frag doch mal Jacob.« Als sie im Waschraum vor dem Spiegel standen, zog Vivian ihre Puderdose aus der Tasche. »Du bist neunundzwanzig Jahre alt und selbst verantwortlich für dein Leben. Aber trotzdem bin ich immer noch deine Mutter.«

»Natürlich.« Callie stellte sich neben Vivian und legte ihre Wange an die ihrer Mutter. »Daran ändert sich auch nichts.«

»Und als deine Mutter nehme ich mir das Recht heraus, meine Nase in deine Angelegenheiten zu stecken. Also, erzähle: Hast du dich mit Jacob versöhnt?«

»Oh ... Na ja, ich weiß nicht, ob ›versöhnen‹ bei Jake und mir das richtige Wort ist. Aber wir sind wieder zusammen. Irgendwie.«

»Bist du sicher, dass es das ist, was du willst, oder liegt es vielleicht daran, dass deine Gefühle in Aufruhr sind?«

»Jake war immer schon der Mann, den ich wollte«, erwiderte Callie schlicht. »Ich kann es nicht anders erklären. Wir haben es beim ersten Mal einfach nur vermasselt.«

»Liebst du ihn denn noch?«

»Ja, ich liebe ihn noch. Jake macht mich wahnsinnig, aber er macht mich auch glücklich. Er hilft mir durch diese schwierige Phase, und ich kann es endlich auch zulassen. Ich weiß, dass wir geschieden sind und dass ich ihn fast ein Jahr lang nicht gesehen habe. Ich weiß auch noch, was ich gesagt habe, als wir uns trennten, und damals habe ich jedes einzelne Wort ernst gemeint. Aber ich liebe ihn. Bin ich deshalb verrückt?«

Vivian strich Callie zärtlich über die Haare. »Wer hat gesagt, dass Liebe nicht verrückt ist?«

Callie lachte leise auf. »Ich weiß nicht.«

»Und sie ist auch nicht immer bequem, sondern meistens muss man viel dafür tun.«

»Beim ersten Mal haben wir nicht an unserer Liebe gearbeitet. Irgendwie wussten wir beide nicht, wie so etwas geht.«

»Ihr hattet guten Sex. Also bitte!« Vivian lehnte sich an das Waschbecken, als Callie sie überrascht anblickte. »Ich weiß wovon ich rede, schließlich habe ich in meinem Leben selbst guten Sex gehabt. Man merkt, dass ihr, du und Jacob, euch körperlich sehr voneinander angezogen fühlt. Ist er gut im Bett?«

»Er ... er ist großartig.«

»Das ist wichtig.« Vivian drehte sich zum Spiegel und puderte sich die Nase. »Lust und Leidenschaft spielen eine große Rolle, und Sex ist eine wichtige Form der Kommunikation in einer Ehe. Aber meiner Meinung nach ist es ebenso wichtig, dass er jetzt da draußen mit deinem Vater sitzt. Jake ist heute Abend mitgekommen, obwohl er eigentlich nicht wollte. Das zeigt, dass er bereit ist, an eurer Beziehung zu arbeiten. Achte darauf, dass auch du deinen Teil dazu beiträgst, dann habt ihr beide eine reelle Chance.«

»Ich wünschte ... ich wünschte, ich hätte schon früher mit dir über Jake geredet.«

»Ich auch, Baby.«

»Ich wollte es allein schaffen, aber ich habe alles vermasselt.«

»Ja, das ist wohl wahr.« Vivian umfasste Callies Gesicht. »Aber ich bin mir absolut sicher, dass er seinen Teil dazu beigetragen hat.«

Callie grinste. »Ich liebe dich, Mom.«

Auf der Heimfahrt wartete Callie auf Jakes Kommentare, und als er schwieg, fragte sie schließlich: »Und? Wie fandest du es?«

»Was?«

»Das Abendessen.«

»Gut. Ich habe schon seit Monaten keine Prime Ribs mehr gegessen.«

»Du Idiot, ich habe doch nicht das Essen gemeint. Wie fandest du *sie*, meine Eltern? Dr. und Mrs Dunbrook.«

»Auch gut. Sie bewahren trotz dieser ganzen Geschichte die Fassung. Dazu braucht man viel Rückgrat.«

»Sie mochten dich.«

»Sie haben mir zumindest nicht gezeigt, dass sie mich hassen.« Jake zuckte mit den Schultern. »Ich hatte schon Angst, sie könnten mich nicht leiden, und die Stimmung beim Essen wäre eisig und höflich. Oder sie würden mir Gift ins Essen schütten, wenn ich nicht hinschaue.«

»Sie mochten dich«, wiederholte Callie. »Und du hast dich gut gehalten. Danke.«

»Ich habe mich die ganze Zeit über etwas gefragt.«

»Was denn?«

»Wirst du jetzt immer zwei Mal im Jahr Geburtstag haben? Ich gehe sowieso nicht gerne einkaufen, und die Vorstellung, jedes Mal zwei Geschenke besorgen zu müssen, macht mich schon jetzt krank.«

»Bis jetzt habe ich noch nicht einmal *ein* Geschenk von dir gesehen.«

»Dazu wollte ich gerade kommen.« Er bog in die Einfahrt ein und hielt an.

»Du bist in einer schwierigen Lage, Babe. Woodsboro ist eine kleine Stadt, und wir arbeiten an einer noch kleineren Ausgrabung. Deine Eltern werden unweigerlich den Cullens begegnen, wenn sie länger als eine Nacht hier bleiben.«

»Ich weiß. Aber darum kümmere ich mich erst, wenn es so weit ist.«

Sie stieg aus dem Wagen und blieb einen Moment lang in der kühlen Nachtluft stehen. »Ich habe mir sagen lassen, dass man etwas für seine Liebe tun muss. Also arbeiten wir daran.«

Jake ergriff ihre Hand und zog sie an seine Lippen.

»Früher hast du mir nie die Hand geküsst«, sagte Callie. »Und jetzt tust du es ständig.«

»Ich habe vieles früher nicht getan. Warte mal.« Seine Finger glitten in ihren Ausschnitt.

Callie lachte leise. »*Das* hast du allerdings auch früher schon getan.«

Als er die Hand wieder herauszog, baumelte an seinen Fingern ein goldenes Armband. Das byzantinische Muster funkelte im Mondschein. »Wo kommt das denn bloß her?«, fragte er lächelnd.

»Wow!«, hauchte Callie.

»Herzlichen Glückwunsch zum Geburtstag.«

»Das ist ... das ist Schmuck. Du hast mir noch nie Schmuck geschenkt.«

»Das ist eine niederträchtige Lüge. Schließlich habe ich dir einen Goldring gekauft, oder etwa nicht?«

»Eheringe zählen nicht.« Sie nahm ihm das Armband aus der Hand und betrachtete es. Das Gold fühlte sich so weich an, dass sie fast das Gefühl hatte, es flösse ihr jeden Moment aus den Fingern. »Lieber Himmel, Jacob, es ist wunderschön!«

Ihre Reaktion freute ihn. Er nahm das Armband und legte es ihr ums Handgelenk. »Mir ist das Gerücht zu Ohren gelangt, dass Frauen Schmuck mögen. Es steht dir gut, Cal.«

Sie fuhr mit dem Finger über die goldenen Glieder. »Es ist ... Wow!«

»Wenn ich geahnt hätte, dass ein paar Klunker dich sprachlos machen, hätte ich dich schon vor Jahren damit zugeschüttet.«

»Du kannst mir mit deinen Beleidigungen die Freude nicht verderben. Ich finde das Armband wunderschön.« Callie umfasste Jakes Gesicht mit beiden Händen und küsste ihn. Nach einer Weile löste sie sich von ihm, aber dann küsste sie ihn gleich noch einmal.

Sie begann zu schnurren, als der Kuss leidenschaftlicher wurde. Und als er die Arme um sie legte, stieg eine Welle der Lust in ihr empor. Eng umschlungen verschmolzen sie miteinander. Schließlich legte sie seufzend ihre Wange an seine Brust und beobachtete, wie die Glühwürmchen sie umtanzten. Jake ergriff ihre Hand, und sie gingen gemeinsam auf das

Haus zu. Als er die Haustür aufschloss, hörten sie, dass im Wohnzimmer der Fernseher lief.

»Ziemlich voll hier. Lass uns gleich nach oben gehen«, sagte er.

»Dein Zimmer ist hier unten.«

»Ich war artig«, erinnerte er sie. »Und jetzt will ich sehen, was du unter deinem Kleid trägst.«

»Nun, ein Versprechen ist ein Versprechen.«

Als Callie ihr Zimmer betrat, blickte sie fassungslos auf das alte, silbern gestrichene Eisenbett, das mitten im Raum stand. Es war frisch bezogen, und auf dem Kopfkissen lag ein Zettel.

»Wo kommt das denn her?«, fragte Callie verblüfft.

»Die Matratze stammt aus dem Einkaufszentrum, das Kopfteil und der Rahmen vom Flohmarkt. Die Leute vom Team haben es hierher geschleppt.«

»Wow!« Entzückt setzte Callie sich auf die Bettkante und hopste auf und ab. »Das ist ja toll! Wirklich toll! Ich muss hinuntergehen und mich bei allen bedanken.«

Grinsend schloss Jake die Tür hinter sich und schob den Riegel vor. »Bedank dich zuerst bei mir.«

26

Vielleicht lag es am neuen Bett oder am Sex, vielleicht auch an der Tatsache, dass sie Geburtstag hatte – auf jeden Fall war Callie blendender Laune, als sie am nächsten Morgen in der Küche stand. Sie hatte spontan beschlossen, ihren Geburtstagskuchen zum Frühstück mit allen zu teilen, zumal sie bei dem Gedanken, dass sie mit Jake die Rucksäcke der Teammitglieder durchwühlt hatte, leichte Schuldgefühle verspürte. Sie bereitete gerade den Eistee für ihre Thermoskanne vor, als Leo die Küche betrat.

»Herzlichen Glückwunsch«, sagte er zu Callie, nachdem er alle begrüßt hatte, und stellte eine Geschenkschachtel auf die Arbeitsplatte. »Und ich möchte gleich klarstellen, dass ich mit dem Inhalt nichts zu tun habe.«

Callie tippte mit spitzem Finger auf das Geschenk. »Es lebt doch nicht etwa, oder?«

Sie goss den Eistee in ihre Kanne und machte sich dann daran, die riesige rosafarbene Schleife auf dem Päckchen zu öffnen. Sie musste sich durch Unmengen von Styroporkügelchen wühlen, bis sie schließlich eine flache, viereckige Schale herauszog, die blau, grün und gelb glasiert war.

»Wow! Es ist ein ... Was ist es denn?«

»Ich habe doch gesagt, dass ich nichts damit zu tun habe«, rief Leo ihr ins Gedächtnis.

»Ein Aschenbecher?«, schlug Rosie vor.

»Zu groß.« Bob blickte ihr über die Schulter, um das Objekt zu mustern. »Eine Suppenschüssel?«

»Dafür ist sie nicht tief genug.« Dory schürzte die Lippen. »Vielleicht eine Servierplatte.«

»Man könnte vielleicht ein Blütenpotpourri hineintun.« Fran griff nach ihrer Thermoskanne. Alle drängelten sich jetzt um Callies Geschenk.

»Das ist ein Staubfänger«, urteilte Matt.

»Kunst«, korrigierte Jake ihn. »Und ein Kunstwerk braucht zu nichts nütze zu sein.«

»Da hast du Recht.« Callie drehte die Platte um. »Seht ihr, Leos Frau hat sie signiert. Das ist eine originale Clara-Greenbaum-Schale. Mann, sie ist ganz schön schwer. Außerdem hat sie eine sehr ... interessante Form und ein faszinierendes Muster. Ich werde bei Clara anrufen und mich bei ihr bedanken.« Callie stellte die Schale mitten auf den Tisch. »Seht ihr, sie sieht ... sehr künstlerisch aus.«

»Ich sage nur: Blüten.« Rosie tätschelte ihr tröstend die Schulter. »Unmengen von Blüten.«

»Genau. Und jetzt Schluss mit der Feierei.« Callie drehte ihre Thermoskanne fest zu. »Lasst uns an die Arbeit gehen.«

»Als was wirst du das Kunstwerk bezeichnen, wenn du dich bei Leos Frau bedankst?«, fragte Jake, als sie ins Auto stiegen.

»Als Geschenk.«

»Gute Idee.«

Nervös wischte sich Suzanne die Hände an der Hose ab, als sie zur Tür ging. Das Herz schlug ihr bis zum Hals. Am liebsten hätte sie die Tür gar nicht geöffnet – schließlich war die Frau, die vor der Tür stand, indirekt schuld an dem größten Kummer, der Suzanne in ihrem Leben widerfahren war. Doch dann straffte sie die Schultern, hob das Kinn und öffnete Vivian Dunbrook die Tür. Ihr erster Gedanke war, wie hübsch die Frau aussah. Sie trug ein gut geschnittenes graues Kostüm, teuren, geschmackvollen Schmuck und wundervolle klassische Pumps. Suzanne hatte sich nach Vivians Anruf zwei Mal umgezogen, und jetzt wünschte sie sich, sie hätte ihr marineblaues Kostüm statt der weniger formellen schwarzen Hose mit der weißen Bluse gewählt, um neben der Eleganz der anderen Frau bestehen zu können.

»Ich bin Ihnen sehr dankbar, dass Sie mich empfangen, Mrs Cullen«, sagte Vivian und umklammerte den Griff ihrer Handtasche.

»Bitte, kommen Sie herein.«

»Was für ein wundervolles Haus!« Vivian trat ein. Wenn ihre Nerven angespannt waren, so merkte man es ihrer Stimme nicht an. »Der Garten ist einfach hinreißend.«

»Eines meiner Hobbys.« Mit geradem Rücken und gleichmütigem Gesichtsausdruck führte Suzanne ihren Gast ins Wohnzimmer. »Bitte, setzen Sie sich doch. Kann ich Ihnen etwas anbieten?«

»Nein, danke, machen Sie sich keine Umstände.« Vivian ließ sich vorsichtig auf einen Sessel nieder, aus Angst, ihre Beine könnten ihr vorzeitig den Dienst versagen. »Sie sind bestimmt sehr beschäftigt ... eine Frau in Ihrer Position.«

»Meine Position?«

»Nun ja, Ihre Firma ist doch sehr erfolgreich. Wir mögen Ihre Produkte sehr. Vor allem mein Mann. Elliot hat eine Schwäche für Süßes. Er möchte Sie und Ihren Mann natürlich auch kennen lernen. Aber ich wollte zuerst ... Ich habe gehofft, wir könnten einfach miteinander reden. Nur Sie und ich.«

Suzanne setzte sich ebenfalls, schlug die Beine übereinander und lächelte. »Werden Sie lange in Woodsboro bleiben?«

»Nur ein oder zwei Tage. Wir wollten uns die Ausgrabung ansehen. Callie arbeitet nicht so oft in unserer Nähe ... Oh, es ist alles so peinlich.«

»Peinlich?«, wiederholte Suzanne.

»Ich dachte, ich wüsste eigentlich, was ich sagen wollte und wie ich es Ihnen sagen wollte. Ich habe mich heute früh extra eine Stunde lang im Badezimmer eingeschlossen und vor dem Spiegel geübt. Als ob ich Schauspielerin wäre.« Vivians Stimme klang belegt. »Aber jetzt weiß ich nicht mehr, was ich sagen soll. Was nützt es Ihnen, wenn ich Ihnen sage, dass es mir Leid tut? Es ändert sich ja dadurch nichts, Sie bekommen ja trotzdem nicht zurück, was Ihnen weggenommen wurde. Und wie könnte ich behaupten, dass es mir Leid tut, dass ich Callie gehabt habe? Das ist doch unmöglich. Ich kann mir gar nicht vorstellen, was Sie durchgemacht haben.«

»Nein, das können Sie auch nicht. Jedes Mal, wenn Sie sie im Arm gehalten haben, hätte eigentlich ich sie halten sollen. Als Sie sie am ersten Schultag zur Schule gebracht haben, hätte eigentlich ich ihr stolz und ein wenig traurig zugleich nachschauen sollen. Ich hätte ihr Gutenachtgeschichten erzählen und mir in der Nacht Sorgen machen sollen, wenn sie krank war. Ich hätte sie bestrafen sollen, wenn sie nicht gehorchte, und ich hätte ihr bei den Schulaufgaben helfen sollen. Ich hätte ein paar Tränen vergießen sollen, als sie ihre erste Verabredung hatte. Und ich hätte den Verlust empfinden sollen, als sie zum College ging, dieses kleine leere Gefühl im Herzen.«

Suzanne legte die Faust auf ihr Herz. Steif saßen die beiden Frauen einander in dem hübschen Zimmer gegenüber und empfanden nur Bitterkeit.

»Ich kann Ihnen all das nicht wiedergeben.« Vivian hob den Kopf und straffte ihre Schultern. »Und ich weiß tief in meinem Herzen, dass ich gekämpft hätte, um all das zu behalten, wenn wir zehn, zwanzig Jahre früher davon erfahren hätten. Ich hätte Callie um jeden Preis behalten wollen, und ich kann nicht vorgeben, dass es anders gewesen wäre.«

»Ich habe sie neun Monate in mir getragen, ich habe sie im Arm gehalten, als sie ihren ersten Schrei getan hat.« Suzanne beugte sich vor, als wolle sie aufspringen. »Ich habe ihr das Leben geschenkt.«

»Ja. Und diese Erfahrung fehlt mir. Dieses Band wird mich nie mit ihr verbinden, sondern immer nur Sie, und deshalb werden Sie auch immer wichtig für Callie sein. Ein Teil des Kindes, das ich großgezogen habe, wird immer Ihnen gehören.« Vivian schwieg für einen Moment und rang um Fassung. »Ich kann nur schwer nachvollziehen, was Sie empfinden, Mrs Cullen, und Ihnen geht es sicher bei mir genauso. Und vielleicht wollen wir einander auch gar nicht verstehen. Am meisten macht mir jedoch zu schaffen, dass wir nicht wissen, wie sich Callie fühlt.«

»Ja«, erwiderte Suzanne mit bebender Stimme. »Wir können nur versuchen, es ihr so leicht wie möglich zu machen.«

Sie wusste, dass Vivian und sie eine gemeinsame Basis finden mussten. Um des Kindes willen, das sie beide verband, durfte nicht nur Wut herrschen. »Ich will sie nicht verletzen, niemand darf sie verletzen. Und ich habe Angst um sie, Angst, weil jemand sie daran hindern will, die Antworten auf ihre Fragen zu finden.«

»Sie wird trotzdem nicht aufgeben. Ich habe schon überlegt, ob wir beide nicht zu ihr gehen und sie bitten sollten, ihre Nachforschungen einzustellen. Ich habe auch schon mit Elliot darüber gesprochen. Aber Callie wird nicht aufgeben. Wir würden sie nur unnötig verärgern, wenn wir sie um etwas bitten, das sie nicht tun kann.«

»Mein Sohn ist im Moment in Boston und versucht, dort etwas herauszufinden.«

»Wir haben Erkundigungen bei den Ärzten eingezogen. Ich kann es immer noch nicht glauben, dass Henry ... mein Arzt –« Vivian brach ab und spielte mit ihrer goldenen Halskette. »Wenn Callie herausfindet, was damals geschehen ist – und das wird der Fall sein –, werden einige Leute bezahlen müssen. Und zumindest ist sie jetzt nicht allein. Sie hat ihre Familie, ihre Freunde und Jacob.« Zum ersten Mal, seit sie Suzannes Haus betreten hatte, lächelte Vivian. »Ich hoffe, die beiden kommen dieses Mal miteinander klar. Ich ... ich sollte jetzt wohl besser gehen, aber ich wollte Ihnen das hier noch geben.«

Sie griff nach ihrer Tasche, die sie neben dem Sessel abgestellt hatte. »Ich habe die Fotos in unseren Alben durchgesehen und Abzüge von den Bildern machen lassen, die ... von denen ich glaubte, Sie wollten sie vielleicht gerne haben. Soweit ich mich erinnern konnte, habe ich die Daten und Anlässe hinten drauf geschrieben.«

Sie reichte Suzanne einen großen Umschlag und stand auf. Auch Suzanne erhob sich zögernd. Sie konnte kaum atmen, und ihr war, als hielte eine eiserne Faust ihr Herz umklammert.

»Ich habe mir vorgenommen, Sie zu hassen«, erklärte sie. »Ich wollte Sie hassen und Sie schrecklich finden. Natürlich habe ich mir gesagt, dass das falsch ist – schließlich sollte meine Tochter doch nicht bei einer schrecklichen Frau aufgewachsen sein. Aber ich konnte nicht anders.«

»Ich weiß. Mir ging es genauso. Ich wollte nicht, dass Sie so ein bezauberndes Heim besitzen und so liebevoll von Callie reden. Mir wäre es am liebsten gewesen, wenn Sie wütend und kalt gewesen wären. Und fett.«

Suzanne lächelte unter Tränen. »Jetzt geht es mir gleich besser.« Sie blickte Vivian in die Augen. »Ich weiß nicht, was wir tun sollen.«

»Ich auch nicht.«

»Eigentlich möchte ich mir jetzt gerne die Fotos anschauen. Sollen wir nicht in die Küche gehen? Ich mache uns einen Kaffee.«

»Das wäre wunderbar.«

Während Suzanne und Vivian zwei emotionale Stunden damit verbrachten, sich bei Kaffee und Krümelkuchen die Kinderfotos von Callie anzusehen, saß Doug zum zweiten Mal in Roseanne Yardleys Büro.

»Sie haben gar nicht erwähnt, dass Sie Suzanne Cullens Sohn sind.«

»Macht das einen Unterschied?«

»Ich bewundere Frauen, die aus eigener Kraft beruflich erfolgreich sind. Vor ein paar Jahren habe ich an einer Konferenz über Gesundheit und Sicherheit von Kindern teilgenommen. Ihre Mutter hat dort einen Vortrag gehalten und eloquent und äußerst beeindruckend über ihre eigenen Erfahrungen gesprochen. Ich hatte damals den Eindruck, dass sie sehr tapfer ist.«

»Das sehe ich mittlerweile auch so.«

»Ich habe mich fast mein ganzes Leben lang der Gesundheit und dem Wohlergehen von Kindern gewidmet und mich immer für sehr gewissenhaft gehalten. Ich kann nur schwer akzeptieren, dass ich mich möglicherweise mit einem Mann eingelassen habe, der Kinder zu seinem eigenen Profit ausgebeutet hat.«

»Marcus Carlyle hat dafür gesorgt, dass meine Schwester entführt und verkauft wurde. Mit anderen Säuglingen hat er es zweifellos genauso gemacht. Und Sie hat er höchstwahrscheinlich auch benutzt. Sie haben sicher gelegentlich einen kleinen Patienten erwähnt, oder Eltern, die ein Kind verloren haben und keine weiteren Kinder bekommen konnten. Auch einer Ihrer kleinen Patienten könnte durchaus gestohlen und in eine andere Stadt verkauft worden sein.«

»Ich habe lange darüber nachgedacht, wie ich Ihnen helfen kann. An Lorraine werden Sie nicht herankommen – das wird Richard zu verhindern wissen. Aber sie hat sich auch noch nie für Marcus' Arbeit interessiert.« Dr. Yardley schob Doug einen Zettel zu. »Vielleicht ist das ein nützlicherer Kontakt. Ich habe ein paar Anrufe gemacht und die Adresse von Marcus' Sekretärin herausgefunden. Allerdings kann ich Ihnen nicht versprechen, dass dies wirklich immer noch ihr Wohnsitz ist.«

Doug blickte auf den Zettel. Anscheinend wohnte Dorothy McLain Spencer in Charlotte. »Danke.«

»Lassen Sie es mich bitte wissen, wenn sie Ihnen etwas Interessantes erzählen konnte.« Dr. Yardley stand auf. »Mir ist eine Bemerkung eingefallen, die Marcus eines Abends machte, als wir über unsere Arbeit sprachen und darüber, wie viel sie uns bedeutete. Er sagte, ein Kind in einem stabilen, liebevollen Elternhaus unterzubringen sei der dankbarste Teil seines Berufs. Ich glaubte ihm, und ich könnte schwören, dass er es auch glaubte.«

Lana lächelte, als sie Dougs Stimme am Telefon hörte. Sie ließ ihre Stimme absichtlich atemlos und zerstreut klingen. »Oh ... du bist das!«, sagte sie. »Jetzt nicht, Digger«, flüsterte sie dann laut, während sie den Hörer nachlässig zuhielt.

»Hey!«

»Es tut mir Leid, dass du es auf diese Weise erfährst, aber Digger und ich haben uns wahnsinnig ineinander verliebt und hauen nach Bora Bora ab. Es sei denn, du kannst mir etwas Besseres anbieten.«

»Wie wäre es mit einem Wochenende im Holiday Inn?«

»Einverstanden. Wo bist du?«

»Auf dem Weg zum Flughafen. Ich habe eine Spur zu Carlyles Sekretärin und fliege nach Charlotte, um sie zu überprüfen. Die Verbindungen sind so schlecht, dass ich wahrscheinlich den ganzen Tag unterwegs sein werde. Ich wollte dir nur sagen, wo du mich findest. Hast du etwas zum Schreiben?«

»Was für eine Frage – ich bin schließlich Anwältin.«

»Ach ja.« Doug nannte ihr den Namen des Hotels, in dem er absteigen würde. »Sag auch bitte meiner Familie Bescheid, ja?«

»So schnell wie möglich.«

»Gibt es sonst noch etwas, was ich wissen müsste?«

»Ich kann in einer oder höchstens zwei Wochen wieder in mein Büro ziehen. Ich bin schon ganz aufgeregt.«

»Hat die Polizei noch etwas über den Brandanschlag herausgefunden?«

»Sie wissen, wie es gemacht wurde, aber nicht, wer es getan hat. Das Gleiche gilt übrigens für den Anschlag auf den Wohnwagen. Du fehlst uns.«

»Nett, dass du das sagst. Ich melde mich, sobald ich im Hotel bin, und wenn ich zurückkomme, nehme ich Diggers Platz ein.«

»Ach, tatsächlich?«

»Er muss dann sofort verschwinden, da lasse ich mich auf keine Diskussion ein.«

»Hm, das klingt nach einer echten Herausforderung. Komm bald wieder, damit wir darüber reden können.«

Lana lächelte immer noch, als sie auflegte. Dann griff sie sofort wieder zum Hörer, um den Plan, den sie sich zurechtgelegt hatte, in die Tat umzusetzen.

»Mach mal Pause, Chefin.«

Callie blies vorsichtig die Erde von einem flachen Stein. »Ich habe zu tun.«

Rosie zog die Augenbrauen hoch. »Das hast du jeden Tag bei deinem hübschen Haufen Knochen hier.«

»Das hier ist ein Stein.«

»Komm, Callie, es ist Mittagspause.«

»Ich habe keinen Hunger.«

Rosie sprang in die Grube und hockte sich hin, um Callies Thermoskanne zu öffnen. »Du hast ja noch gar nichts getrunken. Soll ich dir mal was über Dehydrierung erzählen?«

»Ich habe Wasser getrunken. Ich glaube nicht, dass das hier ein Werkzeug ist, Rosie. Eine Waffe allerdings auch nicht.«

Rosie goss Tee in den Becher und trank einen Schluck, bevor sie einen Blick auf den Stein warf. »Er ist definitiv bearbeitet worden.« Sie fuhr mit dem Daumen über die glatte Kante, die Callie freigelegt hatte. »Sieht aus wie Rhyolith. Typisch für unsere bisherigen Fundstücke.«

»Er fühlt sich aber anders an.«

»Ja, da hast du Recht.« Rosie hockte sich auf die Fersen, während Callie weiterarbeitete. »Willst du Fotos haben?«

Callie grunzte zustimmend. »Schnapp dir einfach die Kamera, dann brauchst du Dory nicht extra zu bemühen. Schau, hier ist eine Erhebung. Sie kommt mir nicht natürlich vor.«

Rosie ergriff eine der Kameras. »Gerade ist schon wieder eine ganze Gruppe von Leuten eingetroffen. Ich komme mir schon den ganzen Morgen vor wie in Disneyland. Lehn dich mal zurück – du wirfst einen Schatten.«

Callie wartete, bis Rosie die Aufnahmen gemacht hatte, dann legte sie den Stein vorsichtig weiter frei. »Für eine Handaxt ist er zu klein, aber für eine Speerspitze zu groß. Außerdem hat er nicht die richtige Form dafür.«

Behutsam bürstete sie die gelockerte Erde ab.

»Willst du ein halbes Sandwich?«, fragte Rosie.

»Noch nicht.«

»Ich nehme mir noch etwas von deinem Tee, dann brauche ich meine Flasche nicht extra zu holen.« Rosie setzte sich wieder und sah Callie bei der Arbeit zu. »Weißt du, wie das für mich aussieht?«

»Ich weiß zumindest, wie es für mich aussieht.« Ein Schauer der Erregung überlief Callie, aber ihre Hände blieben ruhig und sicher. »Himmel, Rosie, heute ist offenbar der Tag der Kunst. Es ist eine Kuh! Eine gottverdammte Steinkuh.« Callie grinste, als sie das Objekt in der Hand drehte. »Was wird wohl unser Anthropologe zu dem uralten Bedürfnis der Menschen nach Nippes sagen? Das ist doch süß, oder?«

»Schrecklich süß.« Rosie rieb sich die Augen. »Puh! Ganz schön heiß heute. Soll ich noch mehr Bilder machen?«

»Ja. Warte, wir legen die Kelle zum Größenvergleich daneben.« Callie nahm die Kamera und machte ein paar Aufnahmen. Sie wollte gerade nach ihrem Klemmbrett greifen, als sie merkte, dass Rosie sich nicht von der Stelle gerührt hatte.

»Hey, geht es dir nicht gut?«

»Ein bisschen schwindlig. Komisch. Ich glaube, ich ...« Rosie stand schwankend auf und wäre fast vornüber gefallen. Als Callie aufsprang, um sie zu stützen, taumelte ihr Rosie in die Arme.

»Rosie? Mein Gott! Hey! Hilft mir mal jemand?«, rief Callie den anderen zu, während sie ihre Freundin fest hielt.

»Was ist los?« Leo kam angelaufen. »Was ist passiert?«

»Ich weiß nicht. Rosie geht es nicht gut. Kommt, wir schaffen sie hier fort. Sie ist bewusstlos«, sagte sie, an Jake gewandt, der in diesem Moment ebenfalls auftauchte und zu Callie und Rosie hinabkletterte.

»Ich nehme sie.« Er hob Rosie hoch. »Dig, Matt?«

Er stemmte die bewusstlose Rosie nach oben, wo die anderen sie in Empfang nahmen und auf den Boden legten.

»Treten Sie bitte zurück. Ich bin Krankenschwester.« Eine Frau drängte sich durch die Menge. »Was ist passiert?«

»Sie sagte, ihr sei schwindlig, und dann ist sie plötzlich ohnmächtig geworden.«

»Ist sie krank?«, fragte die Frau und fühlte nach Rosies Puls.

»Nein, nicht dass ich wüsste. Rosie ist kerngesund.«

Die Krankenschwester hob Rosies Augenlider, um ihre Pupillen zu überprüfen. »Rufen Sie einen Krankenwagen.«

Callie rannte hinter den Sanitätern her durch die Tür der Notaufnahme. Sie war sich mittlerweile völlig sicher, dass Rosie nicht grundlos ohnmächtig geworden war.

»Was ist los? Was fehlt ihr?«, rief sie.

Die Krankenschwester, die Rosie im Krankenwagen begleitet hatte, packte Callie am Arm. »Sie werden es schon herausfinden. Wir müssen dem diensthabenden Arzt nur so viele Informationen wie möglich geben.«

»Sie heißt Rosie – Rosie Jordan. Sie ist vierunddreißig, fast fünfunddreißig. Soweit ich weiß, hat sie keine Allergien oder Krankheiten. Eben ging es ihr noch gut, und auf einmal war sie bewusstlos.«

»Hat sie irgendwelche Drogen oder Medikamente genommen?«, fragte die Schwester.

»Nein, nein. Ich habe Ihnen ja gesagt, dass sie nicht krank ist. Und Drogen nimmt sie auch nicht.«

»Warten Sie bitte dort drüben. Es wird gleich jemand kommen und mit Ihnen sprechen.«

In diesem Moment traf auch Jake in der Notaufnahme ein. »Was haben sie gesagt?«, fragte er.

»Bisher überhaupt nichts. Sie haben Rosie mitgenommen.«

»Ruf deinen Vater an.«

»Was?«

»Er ist doch Arzt. Ihm werden sie schon sagen, was sie uns nicht sagen wollen.«

»Himmel, darauf hätte ich auch selbst kommen können. Ich kann einfach nicht mehr klar denken«, sagte Callie und zog ihr Handy aus der Tasche. Sie ging nach draußen, atmete tief durch, um sich zu beruhigen, und rief ihren Vater an.

»Er kommt sofort vorbei«, berichtete sie Jake, als sie wieder hereinkam. Sie umfasste seine Hand, als die Krankenschwester auf sie zutrat.

»Kommen Sie, setzen wir uns.«

»Mein Gott ... oh, mein Gott«, stammelte Callie.

»Die Ärzte kümmern sich um Ihre Freundin. Sie müssen uns helfen und mir sagen, welche Drogen sie genommen hat. Je eher sie es wissen, desto besser können sie sie behandeln.«

»Sie hat keine Drogen genommen, ganz bestimmt nicht. Ich kenne sie seit Jahren, und ich habe noch nicht einmal erlebt, dass sie mal einen Joint geraucht hätte. Das stimmt doch, Jake, nicht wahr?«

»Ja«, bestätigte er. »Ich habe heute früh nur ein paar Meter von ihr entfernt gearbeitet. Sie war die ganze Zeit neben mir, bis zur Mittagspause. Und dann ist sie direkt zu Callie gegangen.«

»Als sie bei mir war, hat sie ein halbes Sandwich gegessen und ein paar Becher Eistee getrunken. Ich habe weitergearbeitet, und sie hat ein paar Fotos für mich gemacht. Dann sagte sie plötzlich, sie habe zu viel Sonne abbekommen und ihr sei schwindlig.« Callie beugte sich vor und umklammerte das Handgelenk der Krankenschwester. »Hören Sie, wenn sie etwas genommen hätte, würde ich es Ihnen sagen. Sie ist eine meiner besten Freundinnen. Sagen Sie mir, wie es ihr geht.«

»Sie wird gerade untersucht. Ihre Symptome weisen auf eine Überdosis Drogen hin.«

»Das ist unmöglich.« Callie warf Jake einen Blick zu. »Es ist einfach unmöglich. Das muss ein Irrtum sein. Irgendein ...« In diesem Moment krampfte sich Callies Magen zusammen, und sie griff Hilfe suchend nach Jakes Hand. »Mein Tee!«, rief sie. »Sie hat von meinem Tee getrunken!«

»War etwas darin?«, fragte die Krankenschwester.

»Ich habe nichts hineingetan, aber ...«

»... jemand anders könnte etwas hineingetan haben«, vollendete Jake ihren Satz. Er zog sein Handy aus der Tasche. »Ich rufe die Polizei an.«

Callie saß am Straßenrand, den Kopf auf die Knie gelegt. Sie hatte den Geruch und die Geräusche im Krankenhaus nicht mehr ausgehalten. Allein schon der Anblick der orangefarbenen Stühle im Wartebereich bereitete ihr Übelkeit. Als ihr Vater sich neben sie hockte, blickte sie nicht auf. Müde lehnte sie sich an ihn.

»Sie ist tot, nicht wahr?«

»Nein, Liebes, sie haben sie stabilisiert. Sie ist zwar noch sehr schwach, aber ihr Zustand ist jetzt stabil.«

»Wird sie wieder gesund?«

»Sie ist jung und stark. Entscheidend war, dass sie sofort behandelt worden ist. Sie hat eine gefährliche hohe Dosis Seconal zu sich genommen.«

»Seconal? Hätte sie daran sterben können?«

»Möglich. Es ist zwar nicht wahrscheinlich, aber immerhin möglich.«

»Es muss in meinem Tee gewesen sein. Das ist die einzige Möglichkeit.«

»Ich möchte, dass du mit uns nach Hause kommst, Callie.«

»Das kann ich nicht.« Sie sprang auf. »Du darfst mich nicht darum bitten.«

»Warum?« Zornig stand auch Elliot auf und packte sie am Arm. »Das Ganze ist es nicht wert, dass du dein Leben aufs Spiel setzt. Du könntest jetzt an ihrer Stelle hier liegen. Du bist zehn, vielleicht fünfzehn Pfund leichter als deine Freundin. Und wenn du den Tee während der Arbeit getrunken hättest, wärst du womöglich ins Koma gefallen, ohne dass es jemand gemerkt hätte. Die Dosis, die sie zu sich genommen hat, hätte dich töten können.«

»Dad, ich kann jetzt nicht mehr aufhören. Ich stecke bereits viel zu tief drin. In Philadelphia wäre ich nicht sicherer. Wir haben schon zu viele Schichten freigelegt, die wir nicht wieder zuschütten können, und wir sind erst in Sicherheit, wenn wir alles wissen.«

»Überlass das doch der Polizei.«

»Ich werde sie nicht an ihrer Arbeit hindern, das verspreche ich dir. Hewitt hat bereits das FBI informiert. Aber ich kann die Sache auch nicht auf sich beruhen lassen. Wer auch immer dahinter steckt, soll merken, dass er mich nicht erwischen kann.« Sie blickte Jake entgegen, der auf sie zukam. »Ich werde nicht von hier weggehen.«

Es war schon fast dunkel, als sie mit Jake auf dem verlassenen Gelände stand.

»Leo möchte die Grabung abbrechen. Zumindest für eine Zeit lang.«

»Das müssen wir ihm ausreden«, erwiderte Callie. »Wir machen weiter. Und wenn Rosie wieder auf den Beinen ist, wird sie auch gleich wieder an die Arbeit gehen.«

»Du kannst vielleicht Leo überreden, aber was glaubst du, wie viele von unseren Leuten hier bleiben werden?«

»Und wenn nur wir beide übrig bleiben, dann ist es eben so.«

»Und Digger.«

»Ja, und Digger«, stimmte sie ihm zu. »Ich lasse mich nicht fortjagen. Und ich lasse mich auch nicht bedrohen.«

Jake stellte fest, dass Callie in dem fahlen Mondlicht blass und erschöpft wirkte. Doch sie machte einen fest entschlossenen Eindruck. Plötzlich musste er daran denken, wie sie ausgesehen hatte, als sie in der Nacht mit ihm geschlafen hatte. Ihr Gesicht hatte vor Erregung geleuchtet. Und während sie sich einander hingegeben hatten, hatte ein anderer geplant, sie zu töten.

»Es muss jemand aus dem Team gewesen sein«, sagte er gepresst.

Callie seufzte. »Ja, du hast Recht. Ich bin in Gedanken alles noch einmal durchgegangen. Die Kanne stand heute Morgen offen auf der Arbeitsfläche. Dann ist Leo mit dem Geschenk hereingekommen, und ich habe es am Tisch geöffnet. Zu der Zeit waren alle in der Küche, und jeder weiß, welches meine

Thermoskanne ist. Und alle wissen, dass ich meistens allein arbeite, zumindest während der Mittagspause.«

»Du hast heute früh keinen Tee getrunken.«

»Nein, nur Wasser. Rosie ...« Callie brach verwirrt ab, als Jake sich abrupt abwandte und wegging. Als er am Rand des Grabungsfeldes stehen blieb, trat sie zu ihm und legte ihm zögernd die Hand auf den Rücken.

Er wirbelte herum und umarmte sie so fest, dass sie fürchtete, er würde ihr die Rippen brechen.

»Hey, du zitterst ja«, sagte sie.

»Sei still!« Seine Stimme klang erstickt. Er küsste sie. »Sei still.«

»Okay. Mein Gott, jetzt zittere *ich*. Ich glaube, ich muss mich hinsetzen.«

»Nein. Bleib stehen, verdammt noch mal.«

»Ist ja schon gut. Meine Güte, Jake, langsam beginne ich zu glauben, dass du mich wirklich liebst.«

»Du hättest heute sterben können. Wer weiß, wie lange es gedauert hätte, bis jemand von uns es gemerkt hätte.«

»Ich bin aber nicht gestorben. Und Rosie liegt im Krankenhaus.«

»Wir werden das Team auseinander nehmen. Einen nach dem anderen. Wir werden nicht nur das Projekt weiterlaufen lassen, sondern auch die Mannschaft so lange zusammenhalten, bis wir den Schuldigen gefunden haben.«

»Und wie wollen wir die Mannschaft zusammenhalten?«

»Indem wir lügen. Wir erzählen einfach, dass ein paar Idioten aus dem Ort das Projekt sabotieren wollen, um uns heimzuzahlen, dass sie hier nicht bauen können. Wir tun so, als ob wir das glaubten, und überzeugen unsere Leute davon, dass wir jetzt erst recht zusammenhalten müssen, um der Wissenschaft und der persönlichen Sicherheit jedes Einzelnen willen. Wir spielen große, glückliche Familie, und wenn der Täter es uns abkauft, können wir ihn einkreisen.«

»Bob können wir ausschließen. Er war schon dabei, bevor ich von den Cullens wusste.«

Jake schüttelte den Kopf. »Wir können ihn höchstens auf eine zweite Liste setzen. Bis wir den absoluten Beweis haben, können wir niemanden ausschließen.« Er streichelte ihr über die Wange. »Niemand versucht ungestraft, meine Frau zu vergiften.«

»Ex-Frau. Wir müssen Leo darüber unterrichten.«

»Okay. Lass uns zum Haus fahren und es hinter uns bringen.«

Leo tobte und fluchte, gab sich aber schließlich geschlagen.

»Die Polizei wird das Gelände auf jeden Fall sperren müssen.«

»Bis es so weit ist, bleiben wir.«

Leo starrte Callie an. »Glaubst du wirklich, du kannst das Team überreden, weiterzumachen?«

»Das wirst du schon sehen.«

Leo nahm seine Brille ab und massierte seinen Nasenrücken. »Ich stehe hinter euch. Unter einer Bedingung.«

»Ich mag es nicht, wenn jemand Bedingungen stellt. Du?«, fragte Callie Jake.

»Ich hasse es.«

»Ihr werdet damit leben, oder ich schicke die Kinder da draußen alle nach Hause. Die Kinder«, wiederholte er.

»Okay, okay«, grummelte Callie.

»Meine Bedingung ist, dass ich noch ein paar weitere Männer hinzuhole. Männer, die ich kenne und denen ich vertraue. Sie werden über die Lage voll informiert sein. Sie werden ihre Arbeit tun, aber hauptsächlich werden sie aufpassen und sich eine Meinung bilden. Es wird ein oder zwei Tage dauern, bis sie hier sein können.«

»Das ist in Ordnung.« Callie nickte.

»Und ich werde mit der Polizei sprechen, ob nicht ein Polizeibeamter ins Team eingeschleust werden kann. Undercover.«

»Ach, komm, Leo.«

»Das war jetzt übrigens schon die zweite Bedingung.« Leo stand auf. »Einverstanden?«

Sie willigten ein und riefen den Rest der Mannschaft zu einer Besprechung in die Küche. Callie teilte Bier aus, während Leo die Situation erläuterte.

»Die Polizei hat uns nicht alles erzählt«, sagte Frannie, als Leo seinen Bericht beendet hatte, und blickte die anderen verängstigt an. »Sie haben nur eine Menge Fragen gestellt, und es klang fast so, als ob einer von uns Rosie mit Absicht krank gemacht hätte.«

»Wir glauben, dass es Absicht war.« Alles schwieg fassungslos, als Callie fortfuhr: »Wir haben durch die Grabung viele Leute um ihren Job gebracht, und einige sind darüber außer sich vor Wut. Sie verstehen nicht, was wir hier tun, und es ist ihnen auch völlig egal. Jemand hat Lanas Kanzlei in Brand gesteckt. Warum?« Sie machte eine kleine Pause und musterte die Gesichter der Teammitglieder. »Weil sie die Anwältin der Naturschutzgesellschaft und deshalb im weitesten Sinne dafür verantwortlich ist, dass wir hier sind. Jemand hat Diggers Wohnwagen angezündet und einen Teil unserer Ausrüstung in die Luft gejagt.«

»Bill ist tot«, warf Bob leise ein.

»Vielleicht war es ein Unfall, vielleicht aber auch nicht.« Nachdenklich musterte Jake seine Bierdose. »Wie auch immer, Bills Tod war der Sache unserer Gegner nur zuträglich. So können sie nur noch mehr Gerüchte darüber verbreiten, dass das Gelände verflucht ist, weil wir die Totenruhe stören.«

»Ja, vielleicht.« Dory presste die Lippen zusammen. »Mein Gott, und jetzt das mit Rosie …«

»Geister geben keine Barbiturate in Thermoskannen mit Eistee.« Callie verschränkte die Arme. »Menschen aber schon. Und das bedeutet, dass wir alle Fremden von der Ausgrabung fern halten müssen. Keine Besichtigungen und Führungen mehr, keine Besucher mehr. Wir bleiben zusammen und passen aufeinander auf. Dazu sind Teams da.«

»Wir haben eine wichtige Arbeit zu erledigen«, erklärte Jake. »Und wir werden diesen Arschlöchern aus dem Ort zeigen, dass sie uns nicht vergraulen können. Das Projekt hängt von jedem Einzelnen von euch ab. Also …«

Jake legte seine Hand auf den Tisch. Callie legte ihre darüber. Nach und nach streckten auch die anderen ihre Hände aus, bis schließlich alle Hände aufeinander lagen. Noch einmal musterte Callie alle Gesichter. Sie wusste, dass eine der Hände einem Mörder gehörte.

27

Doug machte sich gerade Gedanken, wie er weiter vorgehen sollte, als die Rezeption ihm mitteilte, er möge bitte ein Päckchen von Lana Campbell am Empfang abholen kommen. Er hatte keine Ahnung gehabt, dass Lana ihm ein Päckchen hatte schicken wollen, und fragte sich, warum es nicht jemand vom Hotel zu ihm heraufbringen konnte. Kopfschüttelnd zog er seine Schuhe an, schnappte sich seinen Zimmerschlüssel und fuhr mit dem Aufzug nach unten.

Und da stand sie, wie immer absolut perfekt gekleidet und sorgfältig frisiert. Doug war klar, dass er grinste wie ein Idiot, als er quer durch die kleine Halle auf sie zuging. Er riss sie in die Arme und küsste sie.

»Du bist mir vielleicht ein Päckchen!« Er hielt sie fest umschlungen.

»Ich hatte gehofft, dass es dir gefällt.«

»Wo ist Ty?«

Lana umfasste sein Gesicht mit beiden Händen und gab ihm einen Kuss. »Du sagst mal wieder genau das Richtige zum richtigen Zeitpunkt. Ty verbringt ein paar Tage bei seinen Großeltern in Baltimore und ist ganz selig darüber. Sollen wir nicht auf dein Zimmer gehen? Ich habe dir viel zu erzählen.«

»Klar.« Er blickte auf ihre Aktentasche, den Rollkoffer und die Laptoptasche. Ihre Handtasche war so groß wie halb Idaho. »So viel Gepäck? Wie lange willst du denn bleiben?«

»Na, das war jetzt aber nicht die richtige Bemerkung.« Sie rauschte an ihm vorbei und drückte auf den Rufknopf neben dem Aufzug.

»Wie würde es dir denn gefallen, wenn ich dir sagte, wie sehr ich mich freue, dich zu sehen?«

»Das klingt schon besser.«

Er schleppte ihr Gepäck in den Aufzug und drückte den Knopf für das Stockwerk, auf dem sein Zimmer lag. »Aber ich frage mich auch, was du hier tust.«

»Akzeptiert. Zum einen wollte ich Ty in Sicherheit bringen und hatte das Gefühl, dass Digger Callie und Jake bessere Dienste erweisen kann als mir. Und zum anderen dachte ich, dass ich dir vielleicht zur Hand gehen könnte. Du kannst sicher Verstärkung gebrauchen.«

»Ich würde sagen, eine so wunderbare Verstärkung habe ich noch nie gehabt.«

»Darauf kannst du wetten.« Sie traten aus dem Aufzug und gingen den Flur entlang zu seinem Zimmer. »Ich konnte mich nur für zwei Tage freimachen, aber hier bin ich dir sicher nützlicher als zu Hause.«

»Also bist du nicht hergekommen, weil du vor Sehnsucht nach mir fast umgekommen bist und es nicht einen Moment länger ohne mich ausgehalten hast?«

»Na ja, das war natürlich auch ein wesentlicher Faktor.« Lana trat in das Zimmer und blickte sich um. Es enthielt zwei Betten – eines davon noch ungemacht –, einen kleinen Schreibtisch und einen Sessel. »Du wohnst spartanisch.«

»Wenn ich gewusst hätte, dass du kommst, hätte ich mir ein anderes Zimmer genommen.«

»Es ist schon in Ordnung.« Sie legte ihre Handtasche auf das unbenutzte Bett. »Ich muss dir erzählen, was gestern passiert ist.«

»Ist es wichtig, dass du es mir sofort erzählst?«

»Nein. Aber du musst –«

»Dann lass uns zuerst einmal Wichtigeres erledigen.« Er nahm ihr das Jackett ab. »Schöner Stoff«, sagte er anerkennend und warf es neben die Tasche auf das Bett. »Weißt du, was mir als Erstes an dir aufgefallen ist, Lana?«

»Nein. Was?« Sie blieb ganz still stehen, während er ihre Bluse aufknöpfte.

»Alles an dir ist weich. Dein Aussehen, deine Haut, deine Haare. Deine Kleider.« Er zog ihr die Bluse aus. »So viel Weichheit muss ein Mann einfach berühren.« Sein Finger glitt zu ihrem Hosenbund.

»Vielleicht solltest du das ›Bitte nicht stören‹-Schild an die Tür hängen.«

»Das habe ich bereits.« Er knabberte an ihren Lippen, während er den Verschluss ihrer Hose öffnete.

Lana zog ihm das Hemd über den Kopf. »Du bist ein klar denkender, umsichtiger Mann. Das ist mir an dir als Erstes aufgefallen. Ich finde diese Eigenschaften sehr attraktiv.« Sie hielt die Luft an, als er sie in die Arme nahm.

»Wir sind eben beide klar denkende, umsichtige Menschen.«

»Meistens«, erwiderte sie, während sie zusammen auf das Bett sanken.

Lana genoss es, sich gehen zu lassen und zu spüren, wie die Angst und Aufregung der zurückliegenden Stunden dahinschmolzen. Doug roch nach der Hotelseife, aber selbst das fand sie erregend, genau wie die Tatsache, dass sie mit ihm in einem anonymen Zimmer in einem Bett lag, in dem er schon eine Nacht ohne sie geschlafen hatte. Auf dem Flur dröhnte ein Staubsauger, und irgendwo wurde eine Tür zugeschlagen. Lana spürte ihren eigenen Pulsschlag, als Dougs Lippen sich auf ihren Hals senkten, und als sie sich ihrem Mund näherten, seufzte sie leise seinen Namen.

Doug hatte in der Nacht von ihr geträumt, dabei träumte er normalerweise nur selten. Er hatte sich nach ihr gesehnt, und auch das war ungewöhnlich für ihn. Aber seit Lana in sein Leben getreten war, hatte sich alles verändert. Was er früher einmal entschieden abgelehnt hatte, wünschte er sich jetzt von ganzem Herzen – eine Frau, ein Heim, eine Familie. Und wenn

Lana diese Frau war, war es das Risiko wert, seine bisherigen Ansichten über Bord zu werfen.

Sie bewegte sich unter ihm, während seine Zunge über ihren Körper glitt. Er wollte hören, wie ihr Atem flach wurde, spüren, wie ihr Herz heftig klopfte. Ungeduldig zog er sie in eine kniende Position, und mit fliegenden Fingern rissen sie sich gegenseitig die letzten Kleidungsstücke vom Leib. Als sie wieder auf das Laken zurücksank und sich ihm darbot, stürzte er sich voller Verlangen auf sie. Genau das wollte sie jetzt, Leidenschaft und Tempo. Ein wilder, nasser Ritt. Sie bog sich ihm entgegen, umklammerte ihn mit den Beinen und drückte ihre Lippen an seine Schulter.

Und als er in ihr kam, ihren Körper und ihr Herz erfüllte, flüsterte sie seinen Namen. Nur seinen Namen.

Erschöpft und befriedigt lagen sie danach eng umschlungen da. Die Versuchung war groß, sich einfach nur unter die Bettdecke zu kuscheln und die Außenwelt auszuschließen.

»Ich möchte mehr Zeit mit dir verbringen, Lana. Zeit, die nicht gleichzeitig jemand anders gehört.«

Sie rieb ihre Wange an seiner Schulter. »Du meinst, Zeit im Alltag? So etwas hatten wir bisher kaum. Was glaubst du, wie würde es sein?«

»Ruhig.«

Lana lachte. »Na, bei mir zu Hause gibt es aber nicht viel Ruhe.«

»Doch. Es ist doch nett, wenn ein Kind herumläuft …«

»… und der Hund bellt und ständig das Telefon klingelt. Ich bin zwar sehr gut organisiert, Doug, aber in meinem Leben gibt es eine Menge Anforderungen, mit denen ich fertig werden muss.«

»Meinst du, ich wüsste nicht, wie anstrengend dein Alltag ist, nur weil es so leicht aussieht?« Er löste sich von ihr. »Ich bewundere es, wie du euer Leben meisterst.«

»Siehst du, jetzt sagst du schon wieder das Richtige.« Sie stand auf und öffnete den Reißverschluss ihres Rollkoffers.

Direkt obenauf lag ein ordentlich gefalteter, kurzer, dünner Morgenmantel. Doug musste lächeln. »Bist du eigentlich schon so ordentlich zur Welt gekommen?«

»Leider ja.« Lana warf sich den Morgenmantel über und setzte sich auf das andere Bett. »Und mit diesem Hang zum Pragmatismus. Deshalb muss ich jetzt auch leider unsere Kuschelstunde unterbrechen. Gestern ist etwas passiert.«

Und dann erzählte sie ihm von Rosie. Doug wurde blass, als er hörte, was passiert war. Er stand auf und schlüpfte in seine Jeans, unterbrach sie jedoch nicht.

»Hast du gestern mit Callie gesprochen?«, fragte er, als Lana ihren Bericht beendet hatte.

»Ja, bevor ich losgefahren bin. Und ich habe sie auch eben vom Flughafen aus noch einmal angerufen. Es geht ihr gut, Doug, sie war nur ein bisschen ungehalten, weil mein zweiter Anruf sie aus der Arbeit gerissen hat.«

»Das war kein Unfall und auch kein Versuch, Callie von ihren Nachforschungen abzulenken. Das war kaltblütig geplant und zielte direkt auf ihr Leben.«

»Das ist ihr bewusst. Und sie weiß auch, dass es jemand aus ihrem eigenen Team gewesen sein muss. Im Moment müssen wir es Jake und ihr überlassen, die Sache zu klären. Wir kümmern uns um die Angelegenheiten hier vor Ort.«

»Ich habe mir eine Liste mit allen Spencers gemacht – das ist der Nachname von Carlyles Sekretärin –, und es haben sich sechs herauskristallisiert, die es sein könnten. Die anderen leben schon viel zu lange hier, als dass sie in Frage kämen. Ich war gerade dabei, mein weiteres Vorgehen zu planen, als der Anruf von der Rezeption kam.«

»Wir könnten versuchen, durch Umfragen am Telefon den Kreis weiter einzuschränken.«

»Willst du am Telefon danach fragen, ob jemand etwas über einen illegalen Handel mit Säuglingen weiß?«

Lana öffnete ihre Aktentasche und holte einen Notizblock heraus. »Ich dachte eher an eine Art ›Hausfrauenumfrage‹ – waren Sie jemals berufstätig, in welchem Bereich und so weiter.«

»Das dauert ziemlich lange. Und du musst auch damit rechnen, dass die Leute einfach auflegen.«

»Tja, *ich* würde es bestimmt tun.« Gedankenverloren kritzelte Lana etwas auf ihren Block. Dann nickte sie. »Ja, du hast Recht, es spricht einiges für die direkte Methode. Also werden wir einfach an die Türen klopfen und fragen, ob wir mit Marcus Carlyles früherer Sekretärin sprechen.«

»So weit war ich mit meinen Überlegungen auch schon. Weißt du was? Wir versuchen beides – ich gehe von Tür zu Tür, und du bleibst hier und spielst die nervtötende Interviewerin am Telefon.«

»Damit ich auch bestimmt im Hotelzimmer bleibe? Nein, Doug, so haben wir nicht gewettet. Ich werde dich begleiten.«

»Jetzt denk doch mal nach.« Er folgte ihr ins Badezimmer, wo sie die Hähne an der Dusche aufdrehte und so lange die Wassertemperatur regulierte, bis sie damit zufrieden war. »Du weißt doch gar nicht, was uns erwartet. Deine Kanzlei hat gebrannt, und du hast immerhin so viel Angst, dass du Ty zu seinen Großeltern geschickt hast. Was soll denn aus ihm werden, wenn dir etwas passiert?«

Lana schlüpfte aus ihrem Morgenmantel und hängte ihn an den Haken hinter der Tür. Dann trat sie in die Dusche. »Du versuchst, mir Angst einzujagen, und damit drückst du genau den richtigen Knopf.«

»Gut.«

»Aber ich will keine Angst mehr haben. Weißt du, nach Steves Tod habe ich zwei Monate gebraucht, bis ich zum ersten Mal wieder am helllichten Tag in einen Lebensmittelladen gegangen bin. Damals habe ich mir gesagt, dass ich nicht ständig Angst davor haben kann, dass etwas passiert. Dadurch hatte ich nämlich gar nicht mehr richtig am Leben teilgenommen.«

»Verdammt!« Doug zog seine Jeans aus und trat ebenfalls in die Dusche. Er schlang die Arme um ihre Taille. »Du gibst mir keine Möglichkeit zu widersprechen.«

Sie tätschelte ihm den Kopf. »Ich bin eben ein Profi.«

»Die Liste liegt auf dem Schreibtisch. Daneben liegt ein Stadtplan. Wir sollten als Erstes die beste Route ausarbeiten.«

Als Lana fertig geduscht hatte, trocknete sie sich ab und schlüpfte wieder in ihren Morgenmantel. »Ich knöpfe mir schon mal den Stadtplan vor«, sagte sie.

Doch als Doug ebenfalls aus dem Badezimmer kam, sah er, dass sie am Schreibtisch stand und gedankenverloren eine kleine Kappe von den Boston Red Sox in der Hand drehte. »Hast du die für Tyler gekauft?«

»Ja. Ich dachte, sie würde ihm gefallen. Wenn mein Großvater auf Reisen war, hat er mir immer eine Kleinigkeit mitgebracht.«

Er zog sein Hemd wieder an und beobachtete Lana ein wenig unbehaglich. »Ich habe sie nicht gekauft, um bei ihm oder dir damit Punkte zu sammeln. Jedenfalls nicht in erster Linie.«

»Nicht in erster Linie.«

Leicht gereizt erwiderte er: »Da ich auch einmal ein kleiner Junge war, kenne ich den Wert einer Baseballkappe. Ich habe sie am Flughafen gesehen und spontan mitgenommen. Und erst als ich bezahlt habe, ist mir in den Sinn gekommen, dass man es auch falsch verstehen könnte.«

»Ty hat gefragt, wann du zurückkommst.«

»Ehrlich?«

Die Freude auf Dougs Gesicht war unmittelbar und echt, und Lanas Herz machte einen Satz. »Ja. Und die Kappe wird ihm gefallen. Punkte oder nicht – es war lieb von dir, dass du daran gedacht hast.«

»Dich habe ich auch nicht vergessen.«

»Ach nein?«

»Natürlich nicht.« Er zog eine Schublade auf. »Ich habe sie nur nicht draußen stehen lassen, weil ich nicht wusste, was das Zimmermädchen damit anstellen würde.«

Lana riss die Augen auf, als er eine Dose Boston Baked Beans hervorholte. Als er sie ihr grinsend in die Hand drückte, machte ihr Herz nicht nur einen Satz, sondern flog ihm entgegen.

»Das übertrifft meine kühnsten Hoffnungen. Mit einer Dose Bohnen bekommst du mich auf der Stelle herum.« Sie drückte die Dose an ihr Herz und begann zu weinen.

»Oh, bitte, Lana, weine doch nicht! Es sollte ein Scherz sein.«

»Du hinterhältiger Hurensohn! Ich hätte nie geglaubt, dass mir so etwas noch einmal passiert.« Sie ging zu ihrem Koffer und holte ein Päckchen Taschentücher heraus. »Schon als du vorhin aus dem Aufzug kamst, wusste ich, dass ich ein Problem habe. Du kamst auf mich zu, und mein Herz ...« Sie drückte erneut die Dose Bohnen an ihre Brust und fuhr fort: »Mein Herz machte einen Satz, wie ich es nicht mehr erlebt habe, seit ich mich damals in Steve verliebt hatte. Ich habe nie im Leben erwartet, dass mir das noch einmal passiert. Natürlich habe ich gehofft, dass ich jemandem begegnen würde, den ich lieben und bei dem ich mich wohl fühlen könnte. Und wenn es nicht passiert wäre, wäre das auch in Ordnung gewesen, weil es bereits eine so außergewöhnliche Liebe in meinem Leben gegeben hat. Ich habe wirklich nicht geglaubt, dass ich noch einmal für jemanden so ein starkes Gefühl empfinden könnte, wie ich es für Steve empfunden habe. Bitte, sag jetzt nichts.« Lana musste sich hinsetzen. »Ich wollte auch nie wieder jemanden so lieben, weil ich Angst davor habe, noch einmal alles zu verlieren. Und deshalb wäre alles viel leichter, wenn ich dich nur ein bisschen lieben könnte. Damit wäre ich zufrieden gewesen, und ich hätte gewusst, dass du gut zu Ty bist. Dieses Wissen hätte schon ausgereicht.«

»Jemand hat mal zu mir gesagt, dass man sich nicht sein ganzes Leben lang Sorgen darüber machen kann, was passieren könnte, weil man dadurch vermeidet, dass überhaupt etwas passiert.«

Sie schniefte. »Du bist ganz schön clever, was?«

»Das war ich schon immer. Ich werde gut zu Ty sein.« Er setzte sich neben sie. »Und zu dir auch.«

»Ich weiß.« Sie legte ihm die Hand aufs Knie. »Ich möchte, dass Ty Steves Namen behält –«

Doug blickte auf ihre Hand. Sie trug immer noch ihren Ehering.

»– aber ich werde deinen Namen annehmen.«

Lana schaute ihn an, und er hatte das Gefühl, von der Liebe in ihrem Blick überflutet zu werden. Er ergriff ihre Hand, an der der Ring eines anderen Mannes steckte. »Weißt du, du bringst mich langsam wirklich aus der Fassung. Zuerst bist du diejenige, die um eine Verabredung bittet, dann verführst du mich, bevor ich den ersten Schritt tun kann. Du folgst mir hierher. Und jetzt machst du mir auch noch einen Antrag.«

»Willst du damit sagen, dass ich dich bedränge?«

»Nein, nicht unbedingt. Ich möchte nur festhalten, dass dieses Mal ich derjenige sein möchte, der *dich* fragt.«

»Oh. Ja, klar. Vergiss einfach, was ich gesagt habe.«

Er küsste ihre Handfläche. »Heirate mich, Lana.«

»Schrecklich gerne, Douglas.« Seufzend lehnte sie den Kopf an seine Schulter. »Und jetzt lass uns die Angelegenheit hier erledigen, damit wir nach Hause fahren können.«

Während sie sich auf den Weg zur vierten Adresse auf der Liste machten, ging Lana durch den Kopf, dass Doug und sie ein gutes Team abgaben. Offenbar wirkten sie auf andere wie ein harmloses Ehepaar, denn bisher war keine Tür vor ihnen verschlossen geblieben. Die richtige Tür würde ihnen vermutlich nicht so einladend geöffnet werden.

»Hübsche Gegend«, bemerkte Lana, als sie durch eine Straße fuhren, an der große Häusern inmitten gepflegter Gärten standen. Die Autos in den Einfahrten waren die neuesten Modelle.

»Die Leute scheinen viel Geld zu haben«, sagte er.

»Ja. Und auch unsere Mrs Spencer hat mit Sicherheit jede Menge Geld. Und sie ist vermutlich klug genug, es gut anzulegen und nicht damit um sich zu werfen, damit sie nicht zu viel Aufmerksamkeit erregt. Fahr mal langsamer – es müsste eines der nächsten Häuser auf der linken Seite sein.«

Das rötliche Ziegelhaus hatte eine weiße Veranda, an deren

Geländer blühende Kletterpflanzen emporrankten. Rechts und links von der Einfahrt, auf der eine hellgelbe Mercedeslimousine stand, wuchsen zwei große Magnolien. Im Vorgarten war das Schild eines Maklers angebracht.

»Das ist ja interessant – es ist zu verkaufen«, sagte Doug.

»Hm.« Lana stieg aus und legte sich im Geiste eine Strategie zurecht. »Die Dame, die wir suchen, kann sich sicher vorstellen, dass jemand Nachforschungen anstellt. Und dann wäre es nur natürlich, dass sie wegziehen will. Na ja, so haben wir auf alle Fälle einen Grund, sie zu besuchen.«

»Indem wir vorgeben, wir seien an dem Haus interessiert?«

»Genau. Das wohlhabende, glückliche junge Paar, das auf der Suche nach seinem Traumhaus ist.« Lana warf die Haare zurück, holte ihren Lippenstift aus der Tasche und zog sich sorgfältig die Lippen nach. »Wir sind die Beverlys – das ist mein Mädchenname – aus Baltimore.«

Sie drehte den Lippenstift zu und steckte ihn wieder in die Tasche. »Wir wollen hierher ziehen, weil du eine Stelle an der Universität angenommen hast. Los, setz deine Brille auf.«

»Lehraufträge werden nicht besonders gut bezahlt.«

»Wir haben von Haus aus Geld. Und ich bin Anwältin. Dabei bleiben wir, weil es uns vielleicht nützen könnte. Ich habe mich auf Unternehmensrecht spezialisiert. Hoffentlich lässt sie uns ins Haus.«

Händchen haltend gingen sie auf die Eingangstür zu und läuteten. Nach einer Weile öffnete ihnen eine Frau in einer engen schwarzen Hose und weißer Bluse. Lauras Hoffnungen sanken. Die Frau war viel zu jung, um Dorothy Spencer sein zu können.

»Kann ich Ihnen helfen?«

Lana beschloss, es trotzdem zu versuchen. »Mein Mann und ich haben gesehen, dass das Haus zu verkaufen ist, und wir suchen ein Haus in dieser Gegend.«

»Ich glaube nicht, dass Mrs Spencer für heute Nachmittag Besichtigungstermine vereinbart hat.«

»Nein. Wir haben auch keinen Termin.« Lana schöpfte erneut Hoffnung. »Wir sind gerade zufällig hier vorbeigefahren und haben die wunderschönen Häuser bewundert. Vermutlich kommt es Ihnen ungelegen, dass wir uns gerade jetzt umschauen möchten. Sind Sie die Eigentümerin? Können wir vielleicht einen Termin für heute oder morgen machen?«

»Nein, ich bin die Haushälterin.« Die junge Frau lächelte und trat einen Schritt zurück. »Wenn Sie bitte hier warten möchten – ich informiere Mrs Spencer.«

»Oh, vielen Dank. Ist es nicht hübsch, Roger?«, wandte sich Lana an Doug, während die Haushälterin im Innern des Hauses verschwand.

»Roger?«, fragte er leise.

»In ihn habe ich mich damals als Erstes verliebt«, flüsterte Lana. »So viel Licht!«, fuhr sie laut fort. »Und sieh dir nur die Fußböden an!«

»Das andere Haus lag näher an der Universität.«

Lana strahlte ihn entzückt an. »Ich weiß, Liebling, aber dieses hier hat wirklich Charakter.« In diesem Moment kam eine Frau in einem beigefarbenen Kostüm an die Tür.

Sie könnte im richtigen Alter sein, dachte Lana. Sie sah zwar jünger aus, aber das gelang ja vielen Frauen. »Mrs Spencer?« Lana trat einen Schritt auf die Frau zu und streckte die Hand aus. »Wir sind die unglaublich unhöflichen Beverlys. Verzeihen Sie unser Eindringen, aber ich bin schon von einem kurzen Blick auf Ihr Haus völlig hingerissen.«

»Die Maklerin hat gar nicht erwähnt, dass sie uns jemanden vorbeischicken wollte.«

»Nein, wir waren auch noch nicht da. Wir sind zufällig durch diese Gegend gefahren und haben das Schild in Ihrem Vorgarten gesehen. Genau von einem solchen Haus habe ich geträumt, als wir beschlossen, in den Süden zu ziehen.«

»Wir haben doch erst angefangen, uns umzuschauen, Tiffany«, sagte Doug und drückte Lanas Hand. »Ich möchte erst Anfang des Jahres umziehen.«

»Sie ziehen nach Charlotte?«

»Ja«, bestätigte er. »Aus Baltimore. Es ist wirklich ein sehr schönes Haus. Und groß«, fügte er mit einem Seitenblick auf Lana hinzu.

»Ich will ein großes Haus. Außerdem brauchen wir Platz für die Feste, die wir geben werden. Wie viele Schlafzimmer –« Lana brach kopfschüttelnd ab und lachte verlegen. »Oh, verzeihen Sie! Wir sollten sicher zuerst einmal einen Termin mit Ihnen machen, ich bin viel zu aufdringlich. Roger glaubt, wir hätten noch jede Menge Zeit, weil wir erst im Januar umziehen wollen, aber wenn ich an die Packerei denke, wird mir ganz schwindlig. Ich möchte schrecklich gerne endlich loslegen.«

»Nun, ich habe ein wenig Zeit, wenn Sie sich umschauen möchten.«

»Furchtbar gerne.«

Lana und Doug ließen sich von Mrs Spencer in das Wohnzimmer führen.

»Macht es Ihnen etwas aus, mir den Preis zu sagen?«, fragte Lana.

»Nein, keineswegs.« Mrs Spencer nannte eine Summe und fuhr dann fort: »Das Haus ist Ende des achtzehnten Jahrhunderts erbaut worden und wurde sorgfältig restauriert und renoviert. Es gibt ein Elternschlafzimmer mit großem Ankleidebereich und einem Badezimmer mit Whirlpool, vier Schlafzimmer und vier weitere Bäder sowie ein kleines Apartment neben der Küche, das ideal für das Hausmädchen ist – oder für Ihre Schwiegermutter.«

Doug lachte. »Sie kennen meine Schwiegermutter nicht! Sie sind aber auch nicht hier aus der Gegend, oder?«

»Nein. Ich wohne erst seit vier Jahren in Charlotte, komme aber ursprünglich aus Cleveland. Ich bin schon oft umgezogen.«

»Was für fabelhafte Fenster! Und der Kamin! Funktioniert er?«

»Ja, er ist voll funktionsfähig.«

»Er ist wundervoll gearbeitet«, sagte Lana und fuhr mit der Hand andächtig über das Kaminsims, um die Fotos, die darauf standen, näher betrachten zu können. »Sind Sie wegen Ihres Berufs oder wegen dem Ihres Ehemannes so häufig umgezogen?«

»Wegen meines Berufs. Ich bin Witwe.«

»Oh, das tut mir Leid. Wir ziehen zum ersten Mal um. Ich bin schon ganz aufgeregt. Ich liebe dieses Zimmer! Oh, ist das Ihre Tochter?«

»Ja.«

»Sie ist reizend. Sind das noch die ursprünglichen Fußböden?«

»Ja.« Mrs Spencer blickte auf den Fußboden, und Lana gab Doug rasch ein Zeichen, damit er zu ihr an den Kamin trat. »Das ist Pinienholz.«

»Die Teppiche sind vermutlich nicht im Preis inbegriffen. Sie sind außergewöhnlich schön.«

»Nein, sie gehören nicht zum Inventar. Wenn Sie bitte hier entlangkommen möchten.« Mrs Spencer trat durch eine Kassettentür in ein gemütlich eingerichtetes, sehr feminin wirkendes kleines Zimmer. »Das ist mein Lesezimmer.«

»Es fällt Ihnen sicher sehr schwer, das Haus zu verkaufen. Aber ich nehme an, Ihre Tochter ist ausgezogen, und sie brauchen nicht mehr so viel Platz.«

»Ja, so ungefähr.«

»Sind Sie pensioniert, Dorothy?«

Die Frau drehte sich um und erwiderte ein wenig misstrauisch: »Ja, schon seit einiger Zeit.«

»Und haben Sie Ihr Interesse an Ihrem Beruf an Ihre Tochter weitergegeben? So wie Sie ihr Ihren Namen weitergegeben haben? Werden Sie auch Dory genannt?«

Dorothy erstarrte. Aus den Augenwinkeln sah sie, dass Doug die Tür zur Diele versperrte, während Lana an der Kassettentür stand. »Wer sind Sie?«, fragte sie.

»Ich bin Lana Campbell, Callie Dunbrooks Anwältin. Das ist Douglas Cullen, ihr Bruder. Jessica Cullens Bruder.«

»Wie viele Babys haben Sie geholfen zu verkaufen?«, fragte Doug. »Wie viele Familien haben Sie zerstört?«

»Ich weiß nicht, wer Sie sind und wovon Sie reden. Ich möchte, dass Sie mein Haus verlassen. Wenn Sie nicht sofort gehen, rufe ich die Polizei.«

Doug ergriff das mobile Telefon, das in der Diele lag. »Tun Sie das. Wir werden uns bestimmt ausgezeichnet mit ihnen unterhalten.«

Sie riss ihm das Telefon aus der Hand, eilte ans andere Ende des Zimmers und wählte hektisch eine Nummer. »Geben Sie mir die Polizei. Ja, es ist ein Notfall!«, schrie sie in den Hörer. »Ich möchte einen Einbruch melden. Ein Mann und eine Frau sind in mein Haus eingedrungen und weigern sich zu gehen. Ja, sie bedrohen mich und verleumden meine Tochter. Genau. Beeilen Sie sich.«

Sie schaltete das Telefon aus.

»Sie haben ihnen weder Name noch Adresse genannt.« Lana trat auf Dorothy zu und hob die Hände, als diese das Telefon nach ihr schleuderte.

»Gute Reaktion«, kommentierte Doug, als Lana das Gerät auffing. Er packte Dorothy an den Armen und drückte sie in einen Sessel. »Drück auf Wahlwiederholung.«

»Habe ich schon.«

Es läutete zwei Mal, bevor eine atemlose Stimme ertönte. »Mom?«

Fluchend schaltete Lana das Telefon ab und zog ihr Adressbuch aus der Tasche. »Sie hat ihre Tochter angerufen. Verdammt, ich hätte Callies Handynummer auswendig lernen sollen. Ah, hier.« Rasch gab sie die Nummer ein.

»Dunbrook?«

»Callie, ich –«

»Was ist los, Lana, willst du kündigen?«

»Hör zu. Es ist Dory. Wir haben Dorothy Spencer gefunden, Carlyles Sekretärin. Dory ist ihre Tochter.«

»Mein Gott! Bist du sicher?«

»Ja. Ihre Mutter hat sie gerade angerufen. Sie weiß Bescheid.«

»In Ordnung. Ich rufe dich wieder an.«

»Jetzt kann Callie nichts mehr passieren«, sagte Lana zu Doug, als sie aufgelegt hatte. »Sie weiß jetzt, nach wem sie Ausschau halten muss. Dory wird nicht davonkommen«, fügte sie hinzu und trat auf Dorothy zu. »Wir werden sie finden, genauso wie wir Sie gefunden haben.«

»Sie kennen doch meine Tochter gar nicht.«

»Leider doch. Sie ist eine Mörderin.«

»Das ist eine Lüge!«, zischte Dorothy.

»Sie sollten es besser wissen. Was auch immer Sie und Carlyle getan haben – Sie, er, Barbara Halloway und Henry Simpson –, was immer Sie alle getan haben, Mord stand nicht auf Ihrem Programm. Ihre Tochter hat aber gemordet.«

»Dory wollte nur sich selbst und mich schützen. Und ihren Vater.«

»Carlyle war ihr Vater?«, fragte Doug entgeistert.

Dorothy lehnte sich, scheinbar entspannt, im Sessel zurück. »Ach, Sie wissen also auch nicht alles, was?«

»Auf jeden Fall genug, um Sie dem FBI zu übergeben.«

»Bitte, tun Sie sich keinen Zwang an.« Dorothy schlug die Beine übereinander und zuckte sorglos mit den Schultern. »Ich war nur eine kleine Sekretärin und blind vor Liebe zu einem mächtigen, viel älteren Mann. Woher sollte ich wissen, was er tat? Es wird Ihnen schon schwer fallen, es ihm nachzuweisen, geschweige denn, mir nachzuweisen, dass ich daran beteiligt war.«

»Barbara und Henry Simpson können es bezeugen, und das haben sie auch bereits mit Freuden getan«, log Doug. »Nachdem man ihnen Straffreiheit garantiert hat, hatten sie kein Problem damit, die Wahrheit zu erzählen.«

»Das ist nicht möglich. Sie sind in Mex–« Dorothy brach ab und presste die Lippen zusammen.

»Haben Sie in der letzten Zeit mit ihnen gesprochen?« Lana machte es sich in einem anderen Sessel gemütlich. »Man hat sie gestern gefasst, und sie verhalten sich bereits äußerst kooperativ. Sie haben Sie bereits beschuldigt. Wir sind nur hier, weil Doug sich gerne mit Ihnen unterhalten wollte, bevor Sie verhört werden. Sie sind nicht schnell genug gewesen, Dorothy. Sie hätten abhauen sollen.«

»Dieser Idiot Simpson und seine Frau können erzählen, was sie wollen. Es wird nicht ausreichen, um mich vor Gericht zu stellen.«

»Vielleicht nicht. Sagen Sie mir einfach nur den Grund«, warf Doug ein. »Warum haben Sie meine Schwester entführt?«

»Ich habe niemanden entführt, das hat immer Barbara getan. Es gab natürlich auch noch andere Beteiligte.« Dorothy holte tief Luft. »Und wenn es nötig sein sollte, werde ich zu meinen eigenen Gunsten auch Namen nennen.«

»Warum sind überhaupt Babys gestohlen worden?«

»Ich will meine Tochter noch einmal anrufen.«

»Beantworten Sie unsere Fragen, dann geben wir Ihnen auch das Telefon.« Lana legte das Gerät in ihren Schoß und faltete die Hände darüber. »Wir sind nicht von der Polizei, und Sie wissen ganz genau, dass nichts von dem, was Sie uns erzählen, gegen Sie verwendet werden kann.«

Dorothy blickte auf das Telefon, und Lana sah ihr an, dass sie Angst um ihre Tochter hatte.

»Warum hat Carlyle es getan?«, drängte Doug. »Ich will doch nur wissen, warum er es getan hat.«

»Es war Marcus' Mission – und ein äußerst einträgliches Hobby.«

»Ein Hobby«, flüsterte Lana.

»So sah er es. Es gab so viele wohlhabende Ehepaare, die keine Kinder bekommen konnten, und so viele andere bekamen ein Kind nach dem anderen und konnten sich finanziell kaum über Wasser halten. Marcus fand, dass ein Kind pro Familie genug sei. Die legalen Adoptionsverfahren, die er in die Wege leitete, zogen sich immer furchtbar in die Länge. Und durch sein Vorgehen wurde das Verfahren beschleunigt.«

»Und die Unsummen, die er mit dem Verkauf von Kindern verdiente, tauchten nie in den Büchern auf.«

Dorothy warf Lana einen gelangweilten Blick zu. »Aber

natürlich. Marcus war ein äußerst raffinierter Geschäftsmann. Warum war Ihren Eltern denn ein Kind nicht genug?«, fuhr sie, an Doug gewandt, fort. »Das zweite hätten sie doch ohne weiteres einem wohlhabenden Paar überlassen können, das sich verzweifelt ein Kind wünschte. Für uns war vor allem wichtig, dass es sich um liebevolle Menschen in einer stabilen Beziehung handelte.«

»Sie haben den Kindern keine Wahl gelassen.«

»Sehen Sie es doch einmal so: Wenn Ihre Schwester heute vor die Wahl gestellt würde – für wen würde sie sich wohl entscheiden? Für die Menschen, die sie gezeugt haben, oder für die Eltern, die sie großgezogen haben?« Voller Überzeugung fuhr Dorothy fort: »Sie sollten gründlich darüber nachdenken, bevor Sie in dieser Angelegenheit weiterbohren. Wenn Sie jetzt einfach gehen, braucht niemand sonst von alldem zu erfahren. Andernfalls werden Sie dafür verantwortlich sein, dass etliche Familien auseinander gerissen werden. Und das nur, damit Sie Ihre Genugtuung haben.«

»Genauso viele Familien wurden damals auseinander gerissen«, erwiderte Lana und stand auf. »Und das nur, weil Marcus Carlyle sich dadurch bereichern wollte, dass er Gott spielte.«

Sie reichte Doug das Telefon. »Ruf die Polizei an.«

»Meine Tochter!« Dorothy sprang auf. »Sie haben gesagt, ich könne meine Tochter anrufen.«

»Das war eine Lüge«, sagte Lana. Es war ihr eine persönliche Befriedigung, die Frau wieder in den Sessel zu drücken.

28

Ein paar hundert Meilen entfernt kletterte Callie bereits aus ihrer Grube, noch bevor sie ihr Handy ausgeschaltet hatte. Die Wut verlieh ihr Flügel, als sie auf Dory zuschoss, die bereits eilig in Richtung der Autos floh, die am Rand des Grabungsfeldes geparkt waren. Digger schrie unwillkürlich auf, als Callie sein Segment umrundete und über den daneben aufgeworfenen Erdhügel sprang. Sein Schrei veranlasste Dory, sich umzusehen. Die beiden Frauen starrten sich eine Sekunde lang an, dann rannte Dory weiter. In Callies Ohren rauschte es, weshalb sie die Geräusche ringsum, das Lachen, die Musik, die Gesprächsfetzen, nur wie durch einen Nebel wahrnahm. Sie konzentrierte sich nur auf ihr Ziel – Dory einzuholen. Callie sah, dass Dory auf Bob zurannte, der mit einem Klemmbrett in der Hand und dem Kopfhörer seines Walkmans auf den Ohren ihren Weg kreuzte. Dory rannte ihn einfach über den Haufen, und er lag immer noch flach auf dem Rücken, als Callie über ihn hinwegsetzte und sich auf Dory stürzte. Die Wucht ihres Sprungs riss sie beide zu Boden.

Rote Schleier trübten Callies Blick, als sie blindlings auf Dory einschlug. Irgendjemand schrie, während die beiden Frauen sich keuchend und grunzend im Dreck wälzten. Vor Schmerz traten Callie die Tränen in die Augen, als jemand plötzlich an ihren Haaren riss. Sie schmeckte Blut und schlug wie wild um sich, als sie hochgehoben wurde. In ihrer Wut konnte sie die Geräusche um sich herum nicht unterscheiden, sondern sah nur die Frau, die auf dem Boden vor ihr lag, und die Leute, die sich um sie scharten. Obwohl jemand ihre Arme fest hielt, versuchte sie, sich aus dem Griff zu lösen, um sich wieder auf Dory stürzen zu können.

»Hör auf! Verdammt noch mal, Callie, hör damit auf, oder ich muss dir wehtun.«

»Lass mich los! Lass los! Ich bin noch nicht fertig mit ihr!«

»Aber *sie* ist fertig.« Jake packte sie noch ein wenig fester. »Es sieht so aus, als hättest du ihr die Nase gebrochen.«

»Was?« Langsam lichteten sich die Nebel. Callies Atem kam keuchend, und sie hatte die Hände immer noch zu Fäusten geballt, doch allmählich ließ ihre ohnmächtige Wut nach. Aus Dorys Nase tropfte Blut, und ihr rechtes Auge war bereits zugeschwollen. Als Leo versuchte, ihr das Blut abzuwischen, regte Dory sich stöhnend und begann zu weinen.

»Sie war es!«, keuchte Callie. »Sie war es!«

»Das habe ich bereits begriffen. Wirst du dich wieder auf sie stürzen, wenn ich dich jetzt loslasse?«

»Nein.« Callie zog pfeifend die Luft ein. »Nein«, wiederholte sie.

Jake lockerte seinen Griff, ließ sie jedoch nicht los. Als er Callies Gesicht musterte, zuckte er unwillkürlich zusammen. »Mann, wie du aussiehst! Sie hatte offenbar auch ein paar Treffer.«

»Ich spüre überhaupt nichts.«

»Wart's nur ab.«

»Lass mich los, Jake. Ich tue ihr nichts mehr, aber ich muss ihr etwas sagen.«

Jake ließ seine Hand auf Callies Schulter liegen, rückte jedoch so weit zur Seite, dass sie sich über Dory beugen konnte. Die anderen Mitglieder des Teams verstummten unwillkürlich.

»Der Kinnhaken war für Rosie«, fauchte Callie.

»Du bist verrückt!« Weinend schlug Dory die Hände vor ihr übel zugerichtetes Gesicht.

»Die kaputte Nase ist für Bill, und das blaue Auge widmen wir Dolan.«

»Du musst wahnsinnig sein.« Jämmerlich schluchzend streckte Dory den anderen ihre blutverschmierten Hände entgegen. »Ich weiß nicht, wovon sie spricht.«

»Die anderen Verletzungen widmen wir einfach der Tatsache, dass du ein verlogenes, mordendes Luder bist«, fuhr Callie ungerührt fort. »Und der Rest ist für das, was du meiner Familie angetan hast.«

»Ich weiß nicht, wovon sie spricht«, wiederholte Dory kläglich. »Sie hat mich angegriffen. Ihr habt es alle gesehen. Ich brauche einen Arzt.«

»Um Himmels willen, Callie!« Frannie kauerte sich hinter Dory. »Warum hast du bloß so auf sie eingeprügelt? Sie ist verletzt.«

»Sie hat Bill getötet. Und sie hat Rosie vergiftet.« Callies Hand schoss vor, und ehe sie jemand daran hindern konnte, packte sie Dory an ihrem zerrissenen T-Shirt. »Du hast Glück gehabt, dass Jake mich weggezogen hat.«

»Haltet sie mir vom Leib«, flehte Dory. »Sie hat den Verstand verloren. Ich lasse dich einsperren.«

»Wir werden ja sehen, wer die Nacht im Gefängnis verbringt«, fauchte Callie.

»Ich finde, wir sollten uns jetzt alle beruhigen.« Bob fuhr sich mit den Fingern durch die wirren Haare. »Wir sollten uns jetzt alle erst mal beruhigen.«

»Weißt du, was du da sagst, Callie?«, fragte Leo.

»Und ob ich das weiß. Sie haben deine Mutter geschnappt, Dory, aber das weißt du ja schon. Das Kartenhaus stürzt ein. Es begann in dem Moment einzustürzen, als Suzanne mich erkannt hat. Du hast dich sehr bemüht, etwas dagegen zu unternehmen, Dory, du hast sogar dafür gemordet. Aber jetzt bist du dran.«

»Du weißt ja nicht, was du sagst.«

Leo erhob sich seufzend. »Dann werde ich wohl mal die Polizei rufen.«

Jake tupfte Antiseptikum auf die Kratzer auf Callies Schlüsselbein. Er saß ein wenig abseits mit ihr, während sich die anderen Teammitglieder um Dory kümmerten. Als er einen Blick über die Schulter warf, sah er, dass Bob Dory gerade die Schulter tätschelte und Frannie ihr ein Glas Wasser reichte.

»Sie ist ganz schön clever. Offenbar hat sie die anderen davon überzeugt, dass du dich völlig grundlos auf sie gestürzt hast.«

»Das wird sie nicht lange durchhalten, Jake. Doug und Lana sind in Charlotte und haben Dorothy Spencer. Das reicht bestimmt, damit Hewitt Dory zur Vernehmung mitnimmt.« Callie stieß zischend die Luft aus. Seit Lanas Anruf war sie nur noch vom Gedanken an Dory beherrscht gewesen. »Ich habe nicht nachgedacht, sondern einfach nur gehandelt. Aber sie wäre sonst abgehauen – sie ist ja schon auf die Autos zugelaufen. Wenn ich ihr nicht nachgerannt wäre, wäre sie weg gewesen.«

»Ich widerspreche dir ja gar nicht. Sie musste aufgehalten werden, und du hast sie aufgehalten. Wir können uns darauf verlassen, dass Doug und Lana die Polizei in Charlotte ins Bild setzen. Das heißt, dass wir wieder einige Teilchen zu dem Puzzle hinzufügen können.«

»Verdammt, Jake, Dory hat mit uns an einem Tisch gesessen! Sie hat mit uns um Bill geweint, und nachdem der Wohnwagen in die Luft geflogen war, hat sie sich mehr als mancher andere an den Aufräumarbeiten beteiligt.«

»Und sie hätte dich um ein Haar umgebracht.« Er drückte ihr einen Kuss auf die Stirn. »Sie ist wirklich abgebrüht und wird jetzt sämtliche Register ziehen. Also müssen wir …«

»… ruhig und konzentriert vorgehen«, beendete Callie seinen Satz. »Und jetzt muss ich aufstehen und mich bewegen, bevor ich steif wie ein Brett werde. Hilfst du mir mal?«

Er reichte ihr die Hand und sah zu, wie sie ein wenig auf und ab humpelte. »Babe, du brauchst ein heißes Bad, eine Massage und ein paar Schmerztabletten.«

»Ja, du hast Recht. Aber das kann warten. Vielleicht solltest du Lana und Doug anrufen und ihnen mitteilen, dass wir Dory haben.«

»Ich kümmere mich darum. Halt dich von ihr fern, Cal«, fügte er hinzu, als er sah, dass sie zu Dory hinüberblickte. »Je weniger sie von dem erfährt, was wir wissen, desto mehr kannst du der Polizei erzählen.«

»Ich hasse es, wenn du so logisch und rational bist und dann auch noch Recht hast.«

»Wow! Das ist dir jetzt aber schwer gefallen, was?«

Callie lachte, aber ihr geschwollener Mund schmerzte dabei so sehr, dass sie gleich darauf wieder fluchte. Sie straffte die Schultern, als der Wagen des Sheriffs vorfuhr. »Na, dann wollen wir mal.«

Sheriff Hewitt kaute bedächtig auf seinem Kaugummi. Er wandte den Blick nicht von dem Polizisten, der Dory in einen Streifenwagen half, der sie zur Ambulanz bringen sollte.

»Das ist eine interessante Geschichte, Dr. Dunbrook, aber ich kann die Frau nicht verhaften, nur weil Sie behaupten, sie sei eine Mörderin.«

»Sie haben mehr in der Hand als nur meine Behauptung. Sie brauchen die einzelnen Fakten nur miteinander zu verbinden. Sie ist Marcus Carlyles Tochter, und ihre Mutter, Dorothy Spencer, war seine Sekretärin. Dorothy hat uns nicht gesagt, wer sie wirklich ist.«

»Nun, jetzt hat sie keinen Versuch gemacht, die Verwandtschaft zu leugnen.«

»Sie hat es aber nicht erwähnt, als sie erfuhr, dass ich nach Carlyle und allen anderen suchte, die etwas mit der Entführung zu tun hatten.«

Der Sheriff stieß die Luft aus. »Sie sagt, dass sie davon nichts wusste.«

»Ach, hören Sie doch auf! Das ist doch Blödsinn. Glauben Sie etwa, dass Dory zufällig zu dem Projekt gestoßen ist? Die Tochter des Mannes, der für meine Entführung verantwortlich ist, bewirbt sich rein zufällig in meinem Team?«

»Tatsache ist, dass Sie selbst auch rein zufällig an das Projekt gekommen sind. Ich sage ja gar nicht, dass ich ihr glaube.« Hewitt hob die Hand, als er sah, dass Callie kurz davor war zu explodieren. »Für meinen Geschmack gibt es ein paar Zufälle zu viel, aber deswegen kann man diese Frau noch lange nicht wegen den Morden an dem Jungen und an Ron Dolan belangen. Ich kann ja noch nicht einmal beweisen, dass sie hier war, als Dolan ermordet wurde. Ich werde sie natürlich vernehmen, und ich werde auch mit der Polizei in Charlotte und dem FBI reden. Glauben Sie mir, ich werde meine Arbeit tun.«

Er musterte Callies verquollenes Gesicht. »Vielleicht wäre es in Zukunft ganz gut, wenn Sie mich meinen Job selbst machen ließen.«

»Sie wollte fliehen.«

»Ich sage ja gar nicht, dass das nicht stimmt. Aber sie behauptet, sie habe sich nur ein bisschen die Beine vertreten wollen, als Sie sich auf sie gestürzt haben. Und die Zeugen haben diesbezüglich widersprüchliche Aussagen gemacht. Sie sollten einmal darüber nachdenken, dass ich Sie theoretisch wegen des tätlichen Angriffs belangen könnte.«

»Und Sie sollten einmal darüber nachdenken, dass sich Dory ausgerechnet in dem Moment die Beine vertreten wollte, als ihre Mutter aus Charlotte anrief, um ihr zu sagen, dass sie aufgeflogen ist.«

»Ich werde das überprüfen. Dr. Dunbrook. Aber schreiben Sie mir bitte nicht vor, wie ich in diesem Fall zu ermitteln habe. Ich sage Ihnen schließlich auch nicht, wie Sie diese Ausgrabung hier machen sollen. Am besten fahren Sie jetzt nach Hause und legen sich einen Eisbeutel auf Ihre Wange. Das sieht ziemlich schmerzhaft aus. Ich möchte, dass Sie und alle anderen sich zu meiner Verfügung halten.«

»Vielleicht sollten Sie versuchen herauszufinden, ob Dorothy Spencer vor kurzem in Woodsboro war, da Dory die Taten nicht allein begangen haben kann.«

Hewitt hielt ihr seinen Zeigefinger unter die Nase. »Gehen

Sie nach Hause, Dr. Dunbrook. Ich melde mich, wenn Sie etwas wissen müssen.«

Mit versteinertem Gesichtsausdruck blickte Callie ihm nach, als er wegging.

Callie nahm ein Bad, schluckte eine Schmerztablette und überlegte, was sie als Nächstes tun sollte. Sie hatte nicht vor, einfach nur abzuwarten. Nachdem sie sich ihre bequemste Hose und ein T-Shirt angezogen hatte, warf sie einen sehnsüchtigen Blick auf das Bett und humpelte die Treppe hinunter. Die Unterhaltung erstarb, als sie in die Küche trat und sich etwas zu trinken aus dem Kühlschrank holte.

»Du solltest vielleicht besser Kräutertee trinken.« Frannie sprang auf, blieb dann jedoch verlegen stehen.

»Haben wir denn welchen?«

»Ja. Ich könnte dir einen machen. Dory wollte abhauen!«, platzte Frannie heraus und warf einen herausfordernden Blick in die Runde. »Sie wollte wirklich abhauen. Und wenn sie wirklich das mit Bill und Rosie auf dem Gewissen hat, dann bin ich froh, dass du sie in den Arsch getreten hast.«

Sie ging zum Herd und ergriff den Kessel. Schniefend ließ sie Wasser hineinlaufen.

»Danke, Frannie.« Callie drehte sich um, als Jake eintrat. »Ich weiß, dass ihr alle aufgeregt und durcheinander seid. Ihr mochtet Dory, und ich mochte sie ja auch. Aber wenn jetzt nicht jemand von euch aufsteht und sagt, dass er das Seconal in meinen Tee getan hat, dann kann es nur Dory gewesen sein.«

»Wenn Cal sagt, Dory hat es getan, dann war es Dory auch.« Digger nickte bestätigend.

Bob rutschte unbehaglich auf seinem Stuhl hin und her. »Es war nicht richtig, dass du sie so angegriffen hast. Dazu hat niemand das Recht.«

»Sie hat dich über den Haufen gerannt«, rief Digger ihm ins Gedächtnis.

»Ja, aber trotzdem.«

»Hattest du auch den Eindruck, dass sie abhauen wollte?«, fragte Callie.

»Ich weiß nicht, ich habe nicht darauf geachtet. Meine Güte, Callie, sie war diejenige, die den Krankenwagen für Rosie geholt hat. Und als das mit Bill passierte, ist sie fast zusammengebrochen.«

»Sie hat Sonya erzählt, Callie wolle sie aus dem Projekt hinausdrängen.« Frannie kämpfte mit den Tränen. »Du kannst Sonya fragen. Sie hat behauptet, Callie wolle sie loswerden, weil sie glaubte, sie sei hinter Jake her, und Callie sei nun einmal auf jede andere Frau eifersüchtig.«

»Du lieber Himmel!« Matt rieb sich über das Gesicht. »Das ist doch nur Mädchenkram. Ich weiß nicht, was los ist, und ich glaube, ich möchte es auch gar nicht wissen. Ich kann mir bloß nicht vorstellen, dass Dory irgendetwas mit Bills Tod zu tun hat. Ich kann es mir einfach nicht vorstellen.«

Jake öffnete eine Flasche Wasser. »Ich habe gerade mit Lana telefoniert. Sie und Doug sind eben in Dulles gelandet. Das FBI verhört Dorothy Spencer, und sie schicken einen Beamten hierher, damit er mit ihrer Tochter redet. Vielleicht können sie es sich vorstellen.«

Callie nahm ihren Tee mit in Jakes Büro, setzte sich an den Schreibtisch und betrachtete gedankenverloren die Tabelle mit den wichtigsten Daten ihres Lebens.

»Wenn sich ein Ereignis veränderte, wären die folgenden auch alle davon betroffen«, sagte sie zu Jake, der im Türrahmen stand. Sie trank einen Schluck Tee. »Ich bin mir nicht sicher, ob ich eines der Ereignisse selbst verändern würde, wenn ich die Wahl hätte. Wenn ich mir zum Beispiel nicht den Arm gebrochen hätte, hätte ich wahrscheinlich nie so viele Bücher über Archäologie gelesen. Wenn ich dich nicht hinausgeworfen hätte, hätten wir uns vielleicht nie die Mühe gemacht, an unseren Problemen zu arbeiten. Wenn ich nicht die Ausgrabung in Cornwall abgelehnt und das Sabbatical genommen hätte, wäre ich nie hierher gekommen. Suzanne Cullen hätte mich wahrscheinlich nie gesehen und wiedererkannt. Bill wäre noch am Leben, und keiner hätte herausbekommen, was Carlyle getan hat.«

Jake setzte sich neben sie auf die Schreibtischplatte.

»Ich hätte Dory einfach zurufen sollen, ich wolle sie etwas fragen, und sie bitten, stehen zu bleiben«, fuhr Callie fort. »Wenn sie dann weitergerannt wäre, hätten es alles mitbekommen. Aber ich habe nicht nachgedacht.« Sie schüttelte den Kopf. »Und ich wollte sie nicht nur aufhalten – ich wollte auf sie losgehen.«

»Ja, ich weiß«, erwiderte er.

»Ich hätte mir denken können, dass du mich verstehst.« Sie nippte wieder an ihrem Tee. »Es ist sonderbar, ich fühle mich irgendwie niedergeschlagen, obwohl ich damit rechne, dass die Polizei und das FBI alles herausbekommen werden. Aber es ist, als hätte ich die Wahrheit Schicht um Schicht freigelegt, und jetzt sagt mir mein Gefühl, dass es eigentlich nicht das ist, was ich ursprünglich finden wollte.«

»Jeder gute Archäologe weiß, dass er sich nicht aussuchen kann, was er findet.«

»Ja, du siehst das wie immer absolut rational.«

»Ich habe auch lange geübt.« Er ergriff ihre Hand und strich zärtlich über ihre zerschrammten Knöchel.

Als das Telefon klingelte, griff Callie zum Hörer. »Dunbrook?« Sie verdrehte die Augen, runzelte dann jedoch die Stirn und stand auf. Als sie das Gespräch beendet hatte, blickte sie Jake fassungslos an.

»Dory ist verschwunden. Der Polizist, der sie bewachen sollte, wurde kurz abgelenkt, und da ist sie einfach aus dem verdammten Krankenhaus abgehauen. Niemand hat sie gehen sehen – sie ist einfach weg.«

Doug war auf dem Weg zu seiner Mutter, um ihr persönlich zu sagen, was er herausgefunden hatte. Da er sich nicht sicher war, wie sie reagieren würde, wollte er es ihr nicht am Telefon erzählen. Er wusste, dass sein Großvater um diese Uhrzeit noch in der Buchhandlung und sein Vater an der Schule war, sodass Suzanne allein zu Hause wäre. Wenn er sich davon überzeugt hätte, dass es ihr gut ging, würde er zu Lana fahren, um gemeinsam mit ihr Callie und Jake auf den neuesten Stand zu bringen. Doug fuhr die Auffahrt hinauf und parkte hinter dem Wagen seiner Mutter. Es war an der Zeit, die ganze Sache abzuschließen, damit sie alle endlich wieder ihr normales Leben führen konnten. Er freute sich darauf, seiner Mutter zu erzählen, dass er sich verliebt hatte und dass er ihr sogar schon einen Enkel präsentieren konnte und weitere in Planung waren. Als er ins Haus trat, ging ihm durch den Kopf, dass er dem Unternehmen seiner Mutter eigentlich nie genug Aufmerksamkeit geschenkt hatte. Wie viel Stärke und Willenskraft es doch erfordert haben musste, trotz allen Unglücks ein blühendes Geschäft und ein schönes Zuhause aufzubauen!

»Doug?«, rief sie in diesem Moment von oben. »Bist du schon wieder zurück? Ich komme gleich herunter.«

Doug trat in die Küche, wo es angenehm nach frisch gebrühtem Kaffee duftete. Er schenkte sich eine Tasse ein und füllte eine zweite für seine Mutter. Als er das Klappern ihrer Absätze auf dem Holzfußboden hörte, drehte er sich um und hätte vor Überraschung beinahe den Kaffee verschüttet.

»Wow!«, stieß er hervor. »Was ist denn mit dir los?«

»Oh! Ach ... eigentlich nichts.«

Suzanne errötete. Doug hatte gar nicht gewusst, dass Mütter überhaupt vor Verlegenheit erröten konnten. Und offensichtlich hatte er völlig vergessen, wie schön seine Mutter war. Die Haare schmiegten sich weich um ihr Gesicht, Lippen und Wangen schimmerten rosig. Sie trug ein dunkelblaues kurzes Kleid, in dem ihre schönen Beine zur Geltung kamen. Es war tief ausgeschnitten und so eng, dass es ihre Figur vorteilhaft betonte.

»Ziehst du dich zu Hause oft so an?«, fragte Doug verblüfft.

Suzannes Röte vertiefte sich, und sie zupfte verlegen an

ihrem Rock. »Ich gehe heute aus. Ist der Kaffee für mich? Warte, ich hole uns ein paar Plätzchen.«

Sie nahm eine durchsichtige Keksdose aus dem Schrank.

»Wohin gehst du denn?«

»Ich habe eine Verabredung.«

»Was?«

»Eine Verabredung.« Verlegen ordnete sie die Plätzchen auf einem Teller an, so wie sie es immer getan hatte, wenn Doug von der Schule nach Hause gekommen war. »Ich gehe essen.«

»Oh.« Eine Verabredung? Suzanne ging mit einem Mann zum Essen? Und dafür hatte sie sich so schick gemacht?

Sie stellte den Teller auf den Tisch und reckte das Kinn. »Mit deinem Vater.«

»Wie bitte?«

»Ich sagte, ich habe eine Verabredung zum Abendessen mit deinem Vater.«

Er setzte sich. »Du und Dad … ihr *verabredet* euch?«

»Nur zum Abendessen. Wir wollen einfach nur zwanglos miteinander zu Abend essen.«

»Dein Kleid sieht aber nicht danach aus.« Doug blickte seine Mutter schmunzelnd an. »Dad werden die Augen aus dem Kopf fallen, wenn er dich sieht.«

»Gefällt dir das Kleid? Ich habe es erst zwei Mal bei geschäftlichen Anlässen getragen.«

»Du siehst hinreißend aus. Wirklich, du bist wunderschön, Mom.«

Vor Überraschung traten Suzanne die Tränen in die Augen. »Ach, ich bitte dich.«

»Nein, wirklich, das hätte ich dir eigentlich jeden Tag sagen müssen. Ich hätte dir auch jeden Tag sagen müssen, dass ich dich liebe und dass ich stolz auf dich bin.«

»Oh Douglas!« Sie drückte die Hand auf ihr Herz. »Jetzt war die halbe Stunde, die ich auf mein Make-up verwandt habe, völlig umsonst.«

»Es tut mir Leid, dass ich es dir nicht öfter gesagt habe. Ich hatte immer Angst, dass du mir an allem die Schuld gibst.«

»Dir die Schuld –« Tränen rannen Suzanne über das Gesicht, als sie ihre Wange auf seinen Scheitel legte. »Oh, Douglas, nein! Mein armer kleiner Junge«, murmelte sie. »Mein süßer kleiner Junge, ich habe dich so allein gelassen.«

»Das stimmt doch nicht, Mom.«

»Doch, das habe ich getan. Es muss schrecklich für dich gewesen sein. Oh, Baby.« Sie küsste ihn auf die Wangen und umfasste sein Gesicht mit den Händen. »Ich habe dir nicht eine einzige Minute lang die Schuld gegeben. Nie, das schwöre ich dir. Du warst doch noch ein kleiner Junge.« Sie küsste ihn auf die Stirn. »Ich liebe dich, Doug, und es tut *mir* Leid, dass ich es dir nicht jeden Tag gesagt habe. Es tut mir Leid, dass ich nicht mit dir über meinen Kummer geredet habe. Ich habe dich und deinen Vater und alle anderen ausgeschlossen. Und als ich versuchte, mich wieder zu öffnen, war es zu spät.«

»Es ist nicht zu spät. Setz dich, Mom. Komm, setz dich.« Er ergriff ihre Hände, als sie sich auf dem Stuhl neben ihm niederließ. »Ich werde Lana Campbell heiraten.«

»Du –« Sie drückte seine Hand und rief lachend und weinend zugleich aus: »Oh, mein Gott! Du *heiratest*! Warum trinken wir eigentlich Kaffee? Ich habe auch Champagner im Haus.«

»Später. Später, wenn wir alle zusammen sind.«

»Ich freue mich so für dich. Dein Großvater wird völlig außer sich vor Freude sein. Oh, ich kann es gar nicht erwarten, es Jay zu erzählen. Wir feiern eine Party. Wir …«

»Immer mit der Ruhe, alles zu seiner Zeit. Ich liebe Lana, Mom. Seit ich mich in sie verliebt habe, habe ich mich völlig verändert.«

»So sollte es auch sein. Meine Güte, ich brauche ein Taschentuch.« Sie stand auf und nahm ein Päckchen Taschentücher aus der Schublade. »Ich mag Lana sehr gern, ich habe sie immer schon gemocht. Und ihr kleiner Sohn –« Sie brach ab. »Oh, dann bin ich ja Großmutter!«

»Ja. Wie findest du das?«

»Lass mir eine Minute Zeit.« Sie presste sich die Hand auf

den Bauch und atmete tief durch. »Ich glaube, ich finde es gut«, stellte sie fest. »Ja, ich glaube, es gefällt mir.«

»Ich bin verrückt nach dem Kleinen. Setz dich wieder, Mom. Ich muss dir noch mehr erzählen. Über Jessica.«

»Callie.« Suzanne trat an den Tisch und setzte sich wieder hin. »Wir sollten sie Callie nennen.«

29

»Wohin mag sie gegangen sein?« Callie ging in Jakes Arbeitszimmer auf und ab. »Nach Charlotte kann sie nicht zurück, jetzt, wo ihre Mutter verhaftet worden ist. Ihr Vater lebt nicht mehr. Meint ihr, sie würde es riskieren, das Land zu verlassen, um auf die Caymans zu fliegen?«

»Dort käme sie möglicherweise an Geld«, erwiderte Lana. »Und das kann sie brauchen, wenn sie auf der Flucht ist.«

»Eine Sache verstehe ich nicht«, sagte Callie. »Carlyle war krank und weitestgehend außer Gefecht gesetzt. Aber wenn keiner mehr mit dem Babyhandel Geschäfte gemacht hat, warum hat man sich dann so bemüht, mich von meinen Nachforschungen abzuhalten? Bis ich Carlyle gefunden und genug Beweise gehabt hätte, um ihn der Polizei zu übergeben, wäre er doch sowieso tot gewesen.«

»Es ist doch ganz logisch, dass seine Verbindungsleute fürchteten, entdeckt zu werden«, erwiderte Jake. »Sie hätten nicht nur ihr Ansehen verloren, sondern wären womöglich sogar verhaftet worden. Und falls doch noch jemand mit dem Geschäft weitergemacht hat, müsste er erst recht fürchten, entdeckt zu werden. Außerdem käme dann noch ein erheblicher finanzieller Verlust hinzu.«

»Wie kannst du Babyhandel nur als Geschäft bezeichnen?« Doug steckte die Hände in die Taschen. »Finanzieller Verlust, du meine Güte!«

»Du musst versuchen, wie diese Verbrecher zu denken«, erwiderte Callie. »Du musst die Dinge so sehen, wie sie sie sehen. Erst dann kannst du verstehen, wie das Ganze funktioniert hat.«

»Wir dürfen nicht aus den Augen verlieren, dass Dory nicht allein gewesen sein kann«, sagte Lana.

»Die anderen Teammitglieder haben bestimmt nichts damit zu tun.« Jake blätterte in den Papieren, die er auf seinem Schreibtisch ausgebreitet hatte. »Dory hat sich mit gefälschten Referenzen bei uns eingeschlichen. So eine Ausgrabung zieht immer irgendwelche Studenten und freie Archäologen an.«

»Außerdem kann sie fotografieren«, fügte Callie hinzu. »Sie ist sogar eine ziemlich gute Fotografin.«

»Vielleicht verdient sie sich damit normalerweise ihren Lebensunterhalt«, sagte Doug und zuckte mit den Schultern. »Jedenfalls den legitimen.«

»Von Ausgrabungen hatte sie jedenfalls nicht viel Ahnung, aber sie hat schnell gelernt. Und sie kann hart arbeiten«, sagte Callie. »Wie auch immer – Bob und Sonya waren jedenfalls bereits hier, bevor alles begann. Sie sind mit Sicherheit sauber. Frannie und Chuck sind schon zu zweit gekommen. Sie hatte nicht viel Ahnung, aber für ihn ist es auf keinen Fall die erste Ausgrabung. Das Gleiche gilt für Matt, auch er besitzt beachtliche Kenntnisse.«

»Seit Juli sind auch einige andere Hilfskräfte hier gewesen, die schon wieder weg sind. Bei denen können wir nicht sicher sein.« Jake legte seinen Kugelschreiber beiseite. »Aber diese Kerntruppe hat wahrscheinlich wirklich nichts mit den Vorfällen zu tun.«

»Wahrscheinlich«, echote Doug.

»Wir können uns eben nur auf ein paar bekannte Daten und ansonsten auf unseren Instinkt verlassen«, erklärte Jake.

»Ich glaube, die Polizei wird Dory früher oder später finden, genau wie die Simpsons.« Lana hob die Hände. »Und dann werden sie alles herausbekommen. Du hast der Organisation schon das Kreuz gebrochen, Callie.«

»Ich glaube, dass noch mehr dahinter steckt. Wir haben noch nicht alles herausgefunden.« Callie stellte sich hinter Jake, der etwas auf der Zeittafel notierte. »Was machst du da?«

»Ich versuche, die Daten miteinander in Verbindung zu bringen. Deine, Carlyles und Dorys.«

»Warum?«, fragte Doug.

»Je mehr Daten man hat, desto logischer werden die Spekulationen.« Callie überflog Carlyles Daten, die Jake gerade eintrug. Seine erste Ehe, die Geburt seines Sohnes, sein Umzug nach Boston.

»Zwischen der Hochzeit und der Geburt seines Sohnes klafft eine große Lücke«, kommentierte sie.

»Viele Leute warten ein paar Jahre, bevor sie Kinder bekommen. Bei Steve und mir hat es fast vier Jahre gedauert«, sagte Lana.

»Vor vierzig, fünfzig Jahren haben die Leute normalerweise nicht so lange gewartet. Und sechs Jahre ist eine ganz schön lange Zeit. Lana, hast du die Daten über die Adoptionen greifbar, die er vor der Zeit in Boston abgewickelt hat?«

»Ich kann mal nachsehen. Ich habe alles auf Diskette dabei. Kann ich deinen Computer benutzen, Jake?«

»Bedien dich«, antwortete er. »Ich füge jetzt noch die Daten hinzu, als Vivian die Fehlgeburten und die Totgeburt hatte. Es wäre übrigens bestimmt ganz interessant, sich einmal die medizinischen Unterlagen über die erste Mrs Carlyle anzuschauen, nicht wahr?«

»Hm. Du weißt noch gar nicht genau, ob Dory uns ihr richtiges Geburtsdatum genannt hat.«

»Es müsste aber in etwa stimmen. Sie ist ungefähr in deinem Alter, Cal, also ungefähr zwanzig Jahre jünger als Richard Carlyle. Und wenn ich richtig gerechnet habe, müsste Carlyle bei ihrer Geburt über sechzig gewesen sein.«

»Man sagt doch, dass Männer in dem Alter die besten Kinder zeugen«, erwiderte Callie. »Wie alt ist Dorothy?«

»Ende vierzig, schätze ich«, sagte Doug.

»Mitte fünfzig«, korrigierte Lana ihn. »Aber sehr gut erhalten.«

Jake nickte und rechnete weiter. »Vielleicht zehn Jahre älter als Carlyle junior.«

Doug blickte ihn stirnrunzelnd an. »Ich kann euch nicht folgen.«

»Hast du etwas gefunden, Lana?«, fragte Callie.

»Ja. Nach den Akten fand die erste Adoption 1946 statt. In diesem Jahr gab es zwei.«

»Das war zwei Jahre nach Carlyles Hochzeit«, murmelte Callie. »Er praktizierte also schon sechs Jahre, bevor er ein Interesse an Adoptionen entwickelte.« Sie blickte prüfend auf die Daten, die Jake auf der Tafel eintrug. »Das ist ein ziemlich großer Sprung«, sagte sie zu ihm.

»Aber es gibt eine logische Hypothese, die auf den verfügbaren Daten beruht.«

»Und wie lautet die Hypothese?« Doug nahm Callie das Blatt aus der Hand und versuchte vergeblich, in den Linien etwas zu erkennen.

»Richard Carlyle war der erste Säugling, den Marcus Carlyle gestohlen hat. Allerdings nicht aus Profitgier, sondern weil er einen Sohn wollte.«

Doug schob sich die Brille höher auf die Nase. »Und das kannst du hieran erkennen?«

»Ja – schau es dir doch an«, erwiderte Callie. »Zwei Jahre nach seiner Hochzeit, sechs Jahre nachdem er sich als Anwalt niedergelassen hatte, ändert er sein Fachgebiet. Vielleicht konnten er und seine Frau ja keine Kinder bekommen, sodass er ein persönliches Interesse an dem Thema Adoption entwickelte und sich mit den Richtlinien und Abläufen vertraut machte.«

»Warum hat er denn dann nicht einfach selbst ein Kind adoptiert?«, warf Lana ein.

»Darüber kann man spekulieren.« Jake ergriff die Kaffeekanne, stellte fest, dass sie leer war, und warf Callie einen hoffnungsvollen Blick zu.

»Jetzt nicht«, sagte sie.

Achselzuckend stellte er die Kanne wieder ab. »Carlyle war vermutlich ein Mann, der alles unter Kontrolle haben wollte. Was wir über seine häufigen Seitensprünge wissen, weist darauf hin, dass er Sex für seine Zwecke einsetzte. Für solche Menschen ist der eigene Nachwuchs Teil ihrer Identität.«

»Es hätte also sein Ego gestört, wenn er zeugungsunfähig gewesen wäre.« Doug nickte. »Nehmen wir einmal an, es sei so gewesen, dann wollte er sicher nicht, dass es jemand erfährt. Aber wie –«

»Warte.« Callie hob die Hand. »Immer nur eine Schicht auf einmal. Durch eine offizielle Adoption wäre sein Versagen bekannt geworden, und das passt ihm nicht. Er will jedoch auf jeden Fall ein Kind, und er ist der Typ, der einen Sohn will. Ein Mädchen würde ihm nicht reichen. Außerdem möchte er genau wissen, woher dieses Kind kommt, was auch gegen eine Adoption spricht, da damals die leiblichen Eltern oft nicht genannt wurden. Also sieht er sich um. Überall gibt es Leute mit Kindern. Mit zwei, drei oder vier Kindern. Leute, die in seinen Augen viel weniger wert sind als er. Weniger wohlhabend, weniger wichtig.«

»Das passt.« Lana schaute Callie an. »Es passt alles in sein Profil.«

»Er hat mittlerweile jahrelang Adoptiveltern vertreten. Er kennt die Abläufe, er kennt Ärzte, andere Anwälte, Agenturen. Er verkehrt gesellschaftlich mit ihnen«, fuhr Jake fort. »Über sie findet er Eltern, die seine Kriterien erfüllen. Er nimmt sich Zeit. Und dann holt er sich seinen Sohn, ob nun mit oder ohne privates Arrangement mit den leiblichen Eltern. Ich wette, dass es kein Adoptionsgesuch für Richard Carlyle in den Gerichtsunterlagen gibt, dass jedoch irgendwo gefälschte Akten existieren.«

»Kurz danach zieht er nach Houston um. Neue Stadt, neue Kanzlei, neues soziales Umfeld.«

»Und weil es funktionierte, weil er das, was er gewollt hatte, bekam, begann er sein – wie hat Dorothy es noch genannt?«, fragte Doug Lana.

»Sie nannte es seine Mission, sein einträgliches Hobby.«

»Wie auch immer – er hatte die Idee, die Bedürfnisse anderer wohlhabender, kinderloser Paare auf dieselbe Art zu erfüllen und zugleich davon zu profitieren.«

»So kann es gewesen sein. Jetzt muss man noch an irgendeinem Punkt auf der Zeitlinie hinzufügen, dass Richard es herausgefunden hat. Das hat Vater und Sohn entzweit. Marcus behandelte seine Frau schlecht, und womöglich ging er so häufig fremd, weil sie ihm keinen Sohn schenken konnte.«

»Sie haben sich erst scheiden lassen, als Richard zwanzig war.« Jake tippte mit dem Zeigefinger auf das Datum. »In dem Jahr, als Dory zur Welt kam.«

»Die Ehe passte in Carlyles Konzept. Aber dann ist sein Sohn erwachsen und entdeckt die Wahrheit. Die Familie bricht auseinander, die Ehe wird geschieden.«

»Und dann bekommt Carlyles Sekretärin eine uneheliche Tochter von ihm. Das muss für Mutter und Sohn wie ein Schlag ins Gesicht gewesen sein.« Doug ergriff die Kaffeekanne, stellte sie jedoch gleich wieder hin. »Das ist eine interessante Theorie, aber ich verstehe nicht, wieso sie uns dabei helfen soll, Dory zu finden.«

»Es gibt noch eine weitere Schicht.« Callie wandte sich wieder der Zeittafel zu. Ihr erschien jetzt alles vollkommen klar. Sie brauchte nur noch den letzten Rest Erde abzubürsten, und alles läge deutlich sichtbar vor ihr. »Sieh dir noch einmal die Daten an. Der Umzug von Boston nach Seattle. Weiter weg kann man kaum noch ziehen. Warum? Weil deine Sekretärin, die deine Geliebte war, alle deine persönlichen Angelegenheiten und deine kriminellen Aktivitäten kennt und jahrelang daran teilgehabt hat, dir gerade gesagt hat, dass sie schwanger ist. Aber nicht von dir, sondern von deinem Sohn.«

»Dorothy Simpson und *Richard* Carlyle?« Lana blickte Callie entgeistert an.

»Ein junger Mann, der völlig durcheinander ist, weil er gerade entdeckt hat, dass er nicht der ist, für den er sich gehalten hat«, erklärte Callie. »Er ist verletzt. Und wütend. Dann begegnet er der älteren, attraktiven Frau. Womöglich weiß er, dass sein Vater ein Verhältnis mit ihr hatte, was den Reiz nur noch erhöht. Dorothy ist zu dieser Zeit Ende zwanzig, Anfang dreißig. Sie hat Carlyle die besten Jahre ihrer Jugend geschenkt und ist es leid, immer nur die zweite Geige zu spielen. Und jetzt kommt der Sohn ins Spiel. Jung, frisch. Und sie kann Carlyle eins auswischen, indem sie mit ihm ins Bett geht.«

»Wenn wir davon ausgehen, dass Dorothy mit Carlyle geschlafen hat, seit sie achtzehn, neunzehn war, ohne dass sie jemals schwanger wurde, dann war er möglicherweise wirklich zeugungsunfähig«, warf Lana ein.

»Oder sie waren äußerst vorsichtig und hatten Glück«, sagte Jake. »Logischer ist auf jeden Fall die Annahme, dass Carlyle junior sie geschwängert hat. Sein Vater ist sechzig, und nach allem, was wir wissen, hat er selbst noch nie ein Kind gezeugt.«

»Richard Carlyle wollte also nicht seinen sterbenden Vater schützen, sondern seine Tochter«, schloss Callie.

»Gut, also kommen wir zurück zur Ausgangsfrage: Wohin kann Dory geflohen sein?« Jake zeichnete einen Kreis um Richard Carlyles Namen auf der Tafel. »Zu Daddy.«

»Wenn du diese Theorie der Polizei vorträgst, halten sie dich entweder für verrückt oder für brillant.« Doug stieß geräuschvoll die Luft aus. »Aber wenn sie sich darauf einlassen und Dorothy damit konfrontieren, könnte sie alles leugnen.«

»Ich werde das Ganze mal zu Papier bringen.« Lana krempelte sich die Ärmel hoch. »Und zwar so objektiv und detailliert wie möglich.« Dieses Mal ergriff sie die leere Kaffeekanne. »Aber dazu brauche ich Koffein.«

»Okay, okay. Ich setzte ja schon Kaffee auf.« Widerstrebend nahm Callie die Kanne und machte sich auf den Weg in die Küche. Im Wohnzimmer umrundete sie die schlafenden Gestalten. Das Schnarchen konnte nur von Digger stammen, und der Schläfer auf der Liege war wohl Matt. Callie wusste, dass die beiden Turteltauben sich in ein Zimmer im oberen Stockwerk zurückgezogen hatten, und auch Leo schlief oben. Obwohl Callie im Grunde genommen mit Jake übereinstimmte und niemanden aus dem restlichen Team verdächtigte, lief sie doch rasch nach oben und überzeugte sich davon, dass wirklich alle schliefen. Danach ging sie in die Küche, um Kaffee zu kochen.

»Sind alle da?«, fragte Jake hinter ihr, als sie das Kaffeepulver abmaß. »Ich habe mir schon gedacht, dass du nachgucken würdest – sonst hätte ich es getan.«

»Ja, alle schlafen tief und fest.« Sie gab eine Prise Salz auf das Kaffeepulver und stellte die Maschine an. »Wenn unsere Vermutungen stimmen, sind bereits drei Generationen in die Geschichte verwickelt. Und Richard Carlyle wusste auf jeden Fall Bescheid, ob er nun aktiv an dem Babyhandel teilgenommen hat oder nicht. Was er damals herausgefunden hat, war im Grunde viel schlimmer als das, was ich erfahren habe. Seine Eltern – oder zumindest sein Vater – hatten seine Entführung selbst veranlasst. Wie konnte Richard seinen Vater nur decken?«

Jake trat zu ihr und fuhr mit der Fingerspitze zart über ihren angeschwollenen Wangenknochen. »Du weißt so gut wie ich, dass Umfeld und Gene ein Individuum formen. Richard hat seine Wahl getroffen und ist seinen Weg gegangen.«

»Ob ich meinen Vater wohl auch gedeckt hätte? Den Vater, den ich kannte und liebte? Ob ich ihn auch gedeckt hätte, wenn ich herausgefunden hätte, dass er ein Monster ist?«

»Ich kenne die Antwort. Du auch?«

Seufzend nahm sie frische Kaffeebecher aus dem Schrank. »Ja. Ich hätte es nicht gekonnt. Es hätte mich zerrissen, aber ich hätte es nicht gekonnt.«

»Du hast gefunden, wonach du gegraben hast, Cal.«

»Ja. Und jetzt muss ich mich ihm stellen. Ich habe keine andere Wahl.«

»Nein.« Er zog sie an sich und gab ihr einen Kuss auf den Scheitel. »Bestimmt nicht.«

Sie schrak zusammen, als das Telefon klingelte. »Meine Güte, es ist zwei Uhr morgens. Wer zum Teufel ruft jetzt noch an?« Sie nahm den Hörer ab. »Dunbrook?«

»Hallo, Callie.«

»Hallo, Dory.« Callie griff nach einem Bleistift und schrieb an die Wand neben dem Telefon: *Ruf die Polizei. Anruf verfolgen!* »Wie geht es deiner Nase?«

»Sie tut verteufelt weh. Glaub mir, dafür wirst du bezahlen.«

»Dann komm doch vorbei. Wir können ja die nächste Runde einläuten.«

»Das werden wir auch tun, das verspreche ich dir. Aber du wirst zu mir kommen müssen.«

»Wann und wo?«

»Du hältst dich wohl für sehr clever und cool, was? Ich habe dich schon seit Wochen im Visier, Callie. Ich habe deine Mutter.«

Callie wurde es plötzlich eiskalt. »Das glaube ich dir nicht.«

Dory lachte böse auf. »Doch. Willst du nicht wissen, welche Mutter? Versuch es doch herauszufinden.«

»Was willst du?«

»Wie viel bist du denn bereit zu zahlen?«

»Sag mir, was du willst, und ich beschaffe es dir.«

»Ich will meine Mutter!« Der wütende Aufschrei ließ Callie das Blut in den Adern gefrieren. »Bringst du sie mir, du Schlampe? Du hast ihr Leben ruiniert, und jetzt werde ich deines ruinieren!«

»Sie verhören sie doch nur.« Zitternd umklammerte Callie die Arbeitsplatte. »Sie haben sie vielleicht schon längst wieder gehen lassen.«

»Lügnerin! Noch eine Lüge über meine Mutter, und ich setze das Messer, das ich in der Hand halte, deiner Mutter an den Hals.«

»Tu ihr nicht weh, Dory!« Blankes Entsetzen packte Callie. »Sag mir, was ich tun soll.«

»Wenn du die Polizei einschaltest, ist sie tot. Verstanden?

Wenn du die Polizei anrufst, bist du schuld, dass sie sterben muss.«

»Okay, keine Polizei. Das geht nur uns beide etwas an. Ich verstehe. Kann ich mit ihr reden? Lass mich bitte mit ihr reden.«

»Lass mich bitte mit ihr reden!«, ahmte Dory sie höhnisch nach. »Du redest jetzt mit mir! Ich treffe hier die Entscheidungen, Dr. Schlampe. Ich!«

»Ja, du triffst die Entscheidungen.« Callie zwang sich, ruhig zu sprechen.

»Und du redest mit mir. Wir reden über Geld und darüber, was du zu tun hast. Nur du und ich. Du kommst allein, oder ich bringe sie um. Du weißt, dass ich dazu fähig bin.«

»Ich werde allein sein. Wo?«

»Am Simon's Hole. Du hast zehn Minuten Zeit, danach setze ich das Messer an. Zehn Minuten. Die Uhr läuft schon, also beeilst du dich besser.«

»Handy«, sagte Jake, kaum dass Callie aufgelegt hatte. »Sie versuchen, ihren Standpunkt zu orten.«

»Dazu bleibt keine Zeit. Sie hat meine Mutter. Mein Gott, zehn Minuten!« Sie stürzte zur Haustür.

»Warte! Verdammt noch mal, du kannst nicht einfach so losrasen, ohne nachzudenken!«

»In zehn Minuten muss ich am Teich sein, das kann ich kaum noch schaffen. Sie hat meine Mutter in ihrer Gewalt, und wenn ich nicht komme, bringt sie sie um. Ich soll auf der Stelle und allein kommen. Verdammt, ich weiß ja noch nicht mal, welche meiner Mütter sie hat.«

Jake umarmte sie kurz, dann zog er sein Messer aus dem Stiefel. »Nimm das mit. Ich bin direkt hinter dir.«

»Das kannst du nicht tun. Sie wird …«

»Vertraue mir.« Noch einmal zog er sie in die Arme. »Dir bleibt keine Wahl, du musst mir vertrauen. Ich vertraue dir auch.«

Sie blickte ihm in die Augen. »Beeil dich«, sagte sie dann und rannte los.

Der Schweiß rann ihr über den Rücken, als sie den Rover in halsbrecherischem Tempo über die schmalen, kurvigen Straßen jagte. Jedes Mal, wenn sie auf ihre Armbanduhr blickte, trat sie das Gaspedal ein Stück weiter durch. Sie wusste, dass Dory sie womöglich in eine Falle gelockt hatte, und trotzdem raste sie mit quietschenden Reifen weiter durch die Nacht.

Sie schaffte es in neun Minuten. Das Grabungsgelände war in völlige Dunkelheit getaucht. Callie sprang aus dem Auto und über den Zaun.

»Dory, ich bin hier!«, rief sie. »Ich bin allein. Tu ihr nichts!«

Voller Angst lief sie auf den Teich bei den Bäumen zu. »Wir machen die Sache unter uns aus. Nur du und ich. Du kannst sie gehen lassen. Ich bin hier.«

Plötzlich traf sie der Lichtstrahl einer Taschenlampe.

»Ich tue alles, was du willst«, fuhr Callie fort.

»Bleib stehen. Du hast es schnell geschafft. Aber vielleicht hast du ja von unterwegs die Polizei angerufen?«

»Nein. Um Gottes willen, ich werde doch nicht das Leben meiner Mutter aufs Spiel setzen, um dich zu bestrafen.«

»Du hast mich bereits bestraft. Und warum? Um zu beweisen, wie klug du bist. Aber jetzt hat dich deine Klugheit verlassen, was?«

Mit zitternden Knien machte Callie einen Schritt vorwärts. »Ich wollte doch nur wissen, was mit mir passiert ist. Hättest du es nicht auch wissen wollen, Dory?«

»Bleib, wo du bist. Heb deine Hände, damit ich sie sehen kann. Marcus Carlyle war ein toller Mann. Ein Visionär. Und er war klug, klüger, als du jemals sein wirst.«

»Was soll ich tun?« Callies Augen hatten sich mittlerweile an die Lichtverhältnisse gewöhnt. Sie konnte Dory erkennen, deren Gesicht voller Schrammen und blauer Flecken und vor Hass verzerrt war. »Sag mir, was ich tun soll.«

»Du sollst leiden. Bleib stehen.« Dory trat zurück in den Schatten zwischen den Bäumen. Sekunden später rollte ein lebloser Körper auf den Teich zu.

Callie sah blonde Haare schimmern und wollte vorwärts springen.

»Ich bringe sie um! Wenn du nicht stehen bleibst, bringe ich sie um.« Dory hob eine Pistole. »Sieh her! Ich habe gesagt, ich hätte ein Messer, nicht wahr? Ich muss mich wohl geirrt haben, das hier sieht mir eher nach einer Pistole aus. Und zwar nach der Pistole, mit der ich beinahe ein Loch in deinen äußerst sexy Ex-Ehemann gepustet hätte. Wenn ich es gewollt hätte, hätte ich ihn umbringen können.«

Der Strahl der Taschenlampe blendete Callie. »Es wäre ganz einfach gewesen«, fuhr Dory fort. »Dolan hatte ich bereits getötet. Es war eigentlich ein Unfall, ich wollte ihn nur bewusstlos schlagen. Ich habe ihn dabei erwischt, wie er hier herumschlich – genau wie ich.«

Mit einem höhnischen Lachen trat sie gegen die gefesselte und geknebelte Gestalt am Boden. Callie glaubte, ein leises Stöhnen zu hören, und stieß in Gedanken ein Stoßgebet aus.

»Aber ich hatte fester zugeschlagen, als ich wollte, und da schien es mir das Beste zu sein, den Typ in den Tümpel zu werfen. Ich hoffte, man würde dich verdächtigen, aber das hat ja leider nicht funktioniert.«

Ich bin direkt hinter dir, hatte Jake gesagt. Callie beschwor sich, ruhig zu bleiben.

»Du hast Lanas Kanzlei in Brand gesteckt.«

»Ja, ein Fegefeuer. Du hättest sie nie engagieren dürfen. Du hättest nie in Angelegenheiten herumstochern dürfen, die dich nichts angehen.«

»Ich war neugierig. Lass meine Mutter frei, Dory. Es hat doch keinen Sinn, ihr etwas anzutun. Sie hat dir doch gar nichts getan. Ich war es.«

»Ich könnte dich erschießen.« Dory hob die Pistole und zielte auf Callies Herz. »Dann wäre für dich alles vorbei. Aber das reicht mir nicht mehr. Das wäre zu einfach.«

»Und warum Bill?« Callie bewegte sich vorsichtig vorwärts, als Dory einen Schritt zurücktrat.

»Er stellte zu viele Fragen. ›Hast du das gesehen?‹, ›Was ist dies, was ist jenes, was tust du da?‹ Er hat mich auf die Palme gebracht. Und ständig wollte er etwas über die Seminare wissen, die ich belegt hatte. Dauernd musste er seine Nase in die Angelegenheiten anderer Leute stecken. Genau wie du. Ach, sieh mal, was ich hier gefunden habe.«

Wieder rollte ein gefesselter Körper auf das Wasser zu. »Der Kreis schließt sich immer enger. Siehst du? Ich habe deine beiden Mütter.«

Jake näherte sich, gefolgt von Doug und Digger, aus östlicher Richtung durch den Wald. Es war ihm unendlich schwer gefallen, Callie allein gehen zu lassen. Angestrengt lauschend schlich er durch die Dunkelheit. Sein Herz machte einen Satz, als er Stimmen hörte, aber er zwang sich, nicht einfach loszulaufen – schließlich war er nur mit einem Küchenmesser bewaffnet. Es war die einzige Waffe gewesen, die auf die Schnelle greifbar gewesen war. Geräuschlos bewegte er sich auf die Stimmen zu und blieb mit heftig klopfendem Herzen stehen, als er eine an einen Baum gelehnte menschliche Gestalt erblickte. Als er auf Zehenspitzen weiterging, sah er, dass es zwei Menschen waren und erkannte Callies Väter, die geknebelt und an den Baum gefesselt worden waren. Ihre Köpfe waren auf die Brust gesunken.

Jake hob die Hand, um Doug und Digger zu signalisieren, dass sie zu ihm aufschließen sollten.

»Sie sind wahrscheinlich betäubt«, flüsterte er. »Schneid sie los.« Er reichte Doug das Messer. »Bleib bei ihnen und halt sie ruhig, wenn sie wieder zu sich kommen.«

»Um Himmels willen, Jake, sie hat Vivian und meine Mutter in ihrer Gewalt.«

»Ich weiß.«

»Ich komme mit dir.« Doug drückte kurz die schlaff herabhängende Hand seines Vaters, dann reichte er das Messer an Digger weiter. »Pass gut auf die beiden auf.«

Callie wurde es eiskalt. Die Mutter, die ihr das Leben geschenkt hatte, die Mutter, die sie aufgezogen hatte. Jetzt hing das Leben beider von ihr ab. »Du … du hast Recht. Du hast den Kreis um mich immer enger geschlossen. Aber du warst dabei nicht allein. Wo ist dein Vater, Dory? Können Sie sich den Tatsachen nicht stellen, Richard?«, rief sie laut. »Noch nicht einmal jetzt?«

»Ach, das hast du also auch herausgefunden?« Breit grinsend schwenkte Dory ihre freie Hand. »Komm raus, Dad. Komm zu uns.«

»Warum konnten Sie die Vergangenheit nicht ruhen lassen?«, fragte Richard, als er aus dem Schatten neben seine Tochter trat. »Warum nicht?«

»So wie Sie es getan haben? Sollte ich einfach wegschauen und es akzeptieren? Wie lange haben Sie mit dem Wissen gelebt, Richard? Wie konnten Sie es einfach so hinnehmen? Er hat Sie entführt – Sie hatten keine Wahl. Er hat nie jemandem die Wahl gelassen.«

»Er hat es zum Wohle aller getan. Und er hat mir ein schönes Leben geschenkt.«

»Und Ihre Mutter?«

»Sie wusste es nicht. Oder vielleicht wollte sie es auch nicht wissen, aber das läuft auf dasselbe hinaus. Ich bin gegangen und habe meinen Vater und das, was er tat, hinter mir zurückgelassen.«

Callie spürte, dass ihre Handflächen feucht waren. Am liebsten hätte sie das Messer aus ihrem Stiefel gezogen und wäre auf die beiden losgegangen. Um ihre Mutter – ihre Mütter – zu retten, hätte sie ohne Zögern gemordet. »Und damit konnten Sie leben? Es zu wissen und nichts dagegen unternommen zu haben?«

»Ich musste an mein Kind denken. An mein Leben. Warum sollte ich es mit einem Skandal beflecken? Warum sollte ich mein Leben ruinieren?«

»Aber dieses Kind ist doch gar nicht bei Ihnen aufgewachsen, sondern bei Dorothy. Und Marcus hat großen Einfluss darauf genommen.«

»Das war nicht meine Schuld«, erklärte Richard. »Ich war ja damals kaum zwanzig. Was sollte ich denn tun?«

»Sie hätten sich wie ein Mann verhalten sollen.« Aus den Augenwinkeln sah Callie, dass Dory Richard beobachtete. Versuch, den richtigen Knopf zu drücken, befahl sie sich. Aber sei vorsichtig. »Dem Kind ein Vater sein. Stattdessen haben Sie es Ihrem Vater überlassen. Und er hat sie verbogen, Richard. Können Sie da immer noch einfach nur zuschauen? Wollen Sie Ihre Tochter immer noch beschützen, obwohl Sie wissen, dass sie gemordet hat?«

»Sie ist meine Tochter, und sie trifft keine Schuld. Es war einzig und allein seine Schuld, und ich werde nicht zulassen, dass ihr etwas geschieht.«

»Genau. Es ist nicht meine Schuld«, bestätigte Dory. »Du bist schuld, Callie. Du hast dir das alles selbst eingebrockt.« Sie blickte auf die Frauen, die vor ihr auf dem Boden lagen. »Und ihnen auch.«

»Sie müssen nur für ein paar Wochen verschwinden«, sagte Richard. »So lange untertauchen, bis die Polizei ihre Ermittlungen einstellt, sodass ich Dory in Sicherheit bringen und dafür sorgen kann, dass Dorothy freigelassen wird. Wenn Sie fort sind, hat die Polizei keine Veranlassung mehr, nachzuforschen, also müssen Sie einfach nur verschwinden.«

»Hat Dory Ihnen das eingeredet? Hat sie Sie damit überredet, das Haus zu beobachten und den Wohnwagen in die Luft zu sprengen? Hat sie Ihnen das eingeredet, damit Sie ihr heute Nacht helfen? Sind Sie so blind, dass Sie nicht merken, dass sie verletzt ist und es ihr nur um Rache geht?«

»Es muss niemandem mehr etwas geschehen«, beharrte er. »Ich bitte Sie nur, mir Zeit zu geben.«

»Sie wird dir etwas vorlügen.« Dory warf die Haare zurück. »Sie wird alles sagen, was du hören willst. Sie wollte meinen Großvater bezahlen lassen. Alle sollten bezahlen, aber jetzt wird sie selbst bezahlen.«

Sie hockte sich hin und drückte die Pistole an den blonden Haarschopf.

»Dory, nein!«, schrie Richard, noch bevor Callie einen Ton herausbringen konnte.

»Welche willst du retten?« Dory schob die andere Gestalt mit dem Fuß ins Wasser. »Entweder wird die eine ertrinken, oder die andere wird erschossen. Schwere Entscheidung, was?«

»Dory, um Himmels willen!« Richard stürzte auf seine Tochter zu, erstarrte jedoch in der Bewegung, als er sah, dass sie die Pistole auf ihn richtete.

»Halt dich da raus! Du bist ein jämmerlicher Waschlappen. Ach, zum Teufel, sollen sie doch beide ertrinken.« Sie schob auch den anderen schlaffen Körper in den Teich, dann richtete sie die Pistole auf Callie. »Und du kannst ihnen dabei zusehen.«

Callie machte einen Satz nach vorn in den Teich. Noch im Sprung nahm sie im Hintergrund eine Bewegung wahr, sah jedoch schon nicht mehr, dass es Jake war, der aus dem Wald gerannt kam und auf Dory zustürzte, weil in diesem Moment bereits das Wasser über ihr zusammenschlug. Ein stechender Schmerz durchfuhr ihre Schulter, aber sie achtete nicht darauf, sondern schwamm auf die Stelle zu, an der eine der beiden Frauen im Wasser versunken war. Welche es war, wusste sie nicht. Aber sie wusste, dass sie nicht beide würde retten können. Callie holte tief Luft und tauchte. Schwarzes Wasser umschloss sie, sodass sie nichts mehr sehen konnte. Sie hoffte inständig, dass sie an der richtigen Stelle getaucht war. Ihre Lungen brannten, und ihre Gliedmaßen fühlten sich im kalten Wasser schwer an, aber sie arbeitete sich mit zügigen Bewegungen tiefer vor. Und als sie den Umriss einer menschlichen Gestalt erblickte, biss sie die Zähne zusammen und schwamm darauf zu.

Sie packte die Seile, mit der die Frau gefesselt war und zog sie daran mit an die Oberfläche. Callies Lungen schrien nach Luft, und ihre Muskeln brannten wie Feuer, während sie die leblose Last nach oben zerrte. Weiße Lichtpunkte tanzten vor ihren Augen, und sie spürte, wie Panik in ihr aufstieg. Callies Stiefel waren schwer wie Blei, sodass sie das Gefühl hatte, wieder nach unten gezogen zu werden. Doch dann gelangte sie endlich keuchend und spuckend an die Wasseroberfläche. Nach Luft ringend, ließ sie sich von Jake ans Ufer ziehen.

»Die andere ist noch drin. Sie muss weiter da vorn liegen. Bitte!«

»Doug taucht schon nach ihr. Es ist alles in Ordnung. Komm, ich hole euch raus.«

Callie glaubte zu hören, wie Jake jemandem am Ufer etwas zurief, aber sie konnte nichts sehen. Vor ihren Augen waberte ein roter Schleier, und in ihren Ohren rauschte es. Weitere Hände griffen nach ihr und halfen ihr aus dem Wasser. Sie drehte sich zu der leblosen Gestalt um, die sie gerettet hatte, und sah, dass es Suzanne war.

»Oh Gott!«, stöhnte sie und blickte verzweifelt auf den Teich. »Jake, bitte, tu was!«

»Warte.« Er sprang ins Wasser.

»Atmet Sie noch?« Mit zitternden Fingern schob Callie Suzanne die nassen Haarsträhnen aus dem Gesicht. »Ich glaube, sie atmet nicht mehr.«

»Lass mich mal.« Lana drängte sie beiseite. »Ich habe drei Sommer lang als Rettungsschwimmerin gejobbt.« Sie bog Suzannes Kopf zurück und begann mit der Mund-zu-Mund-Beatmung.

Callie richtete sich mühsam auf und taumelte zum Wasser.

»Bleib hier, Callie«, hörte sie Matt rufen. Er stand am Ufer und hatte die Pistole auf Dory gerichtet, die mit dem Gesicht nach unten auf dem Boden lag. Neben ihr saß Richard, den Kopf in den Händen vergraben. »Das schaffst du nicht mehr, Cal, und dann muss dich auch noch jemand retten. Da kommt schon die Polizei«, fügte er hinzu, als in der Ferne Sirenen ertönten. »Und auch der Notarzt. Wir haben sie informiert, als wir die ersten Schüsse hörten.«

»Meine Mutter!« Callie blickte zum Teich, und dann wieder auf Suzanne. Plötzlich tauchten drei Köpfe an der Wasseroberfläche auf, und Callie sank erleichtert in die Knie. In diesem Moment ertönte hinter ihr ein keuchendes Husten.

»Sie atmet wieder!«, rief Lana.

»Jemand soll ihr die Fesseln abschneiden.« Mühsam die Tränen unterdrückend, kroch Callie ans Ufer und half den beiden Männern, Vivian an Land zu ziehen. »Schneidet ihr die verdammten Fesseln ab!«

Doug streckte die Hand aus dem Wasser und ergriff Callies Handgelenk. »Wir haben deine Mutter!«, stieß er hervor.

Callie umklammerte seine Hand. »Und wir deine.«

Epilog

Kurz nach Tagesanbruch betrat Callie das Wartezimmer der Ambulanz. Die Szene, die sie dort sah, wärmte ihr das Herz. Die Mitglieder des Teams hatten sich auf sämtliche verfügbaren Sitzgelegenheiten verteilt und schliefen. Callie traten die Tränen in die Augen, und sie war froh, dass keiner es sehen konnte. Diese Menschen waren ihr zu Hilfe gekommen, hatten ihr im schlimmsten Moment ihres Lebens zur Seite gestanden.

Leise trat sie zu Lana und rüttelte sie sanft an der Schulter.

»Was? Oh Gott!« Lana fuhr sich durch die Haare. »Ich muss eingedöst sein. Wie geht es ihnen?«

»Es geht allen gut. Mein Vater und Jay können nach Hause gehen, meine Mutter und Suzanne wollen sie noch ein paar Stunden zur Beobachtung hier behalten. Doug und Roger sind noch bei Suzanne, aber sie kommen auch gleich.«

»Wie geht es dir?«

»Ich bin euch allen so dankbar, mehr, als ich sagen kann. Dir danke ich für alles, was du getan hast, bis hin zu den trockenen Sachen, die du geholt hast.«

»Kein Problem. Wir sind doch jetzt eine Familie – wahrscheinlich sogar in mehr als nur einer Hinsicht.«

Callie hockte sich hin. »Mein Bruder ist wirklich ein guter Mann, nicht wahr?«

»Ja. Er liebt dich sehr. Du hast hier« – Lana wies auf die schlafenden Gestalten – »eine Familie, deren Zusammensetzung sich von Zeit zu Zeit ändert. Und du hast deine andere Familie, die sich ebenfalls geändert hat.«

»Ich wusste gar nicht, dass es Suzanne war, die ich gerettet habe.« Callie schauderte bei der Erinnerung. Sie wusste, dass das Entsetzen sie noch lange Zeit begleiten würde. »Ich musste eine Entscheidung treffen und bin nach derjenigen getaucht, die am längsten unter Wasser war.«

»Sie wäre vielleicht gestorben, wenn du diese Entscheidung nicht getroffen hättest, also hast du das Richtige getan. Was macht deine Schulter?«

Callie bewegte sie vorsichtig. »Sie schmerzt. Es hört sich immer so harmlos an, wenn es heißt, es sei nur eine Fleischwunde, aber wenn es sich um dein eigenes Fleisch handelt, bekommt es eine völlig andere Dimension. Nimmst du Roger und Doug mit nach Hause? Doug ist völlig erschöpft, und Roger ist für die ganze Aufregung eigentlich schon zu alt. Jay wird so lange hier bleiben, bis Suzanne entlassen wird. Ich glaube, zwischen den beiden bahnt sich wieder etwas an.«

»Das wäre doch nett, oder?«

»Ja, das finde ich auch. Lana, du musst sie davon überzeugen, dass jetzt alles in Ordnung ist.«

»Da ja wirklich alles in Ordnung ist, wird das kein Problem sein. Die Polizei hat Dory und Richard, und es gibt keine Geheimnisse mehr.«

»Wenn das Ganze an die Öffentlichkeit dringt, werden bestimmt noch andere Familien mit einer überraschenden Vergangenheit konfrontiert werden.«

»Ja. Manche werden bestimmt Nachforschungen anstellen, aber andere wollen vielleicht lieber die Vergangenheit ruhen lassen. Du hast für dich das Richtige getan, und dadurch hast du verhindert, dass diese schlimmen Geschäfte weitergeführt werden. Das sollte dir jetzt reichen, Callie.«

»Der Hauptverantwortliche ist nie bestraft worden.«

»Und das sagst du, bei deinem Beruf? Glaubst du wirklich, dass am Ende nur noch Knochen von einem Menschen übrig bleiben?«

Lana blickte auf ihre Hand, auf den Finger, an dem sie den Ehering getragen hatte. Sie hatte ihn abgezogen und voller Liebe weggelegt. Und dabei hatte sie gespürt, dass Steve ihr zuschaute.

»Das ist keineswegs so«, fuhr sie fort.

Callie dachte daran, wie oft sie schon bei der Arbeit gemeint hatte, das Gewisper der Toten zu hören. »Dann kann ich mich also damit trösten, dass Marcus Carlyle in der Hölle brät, wenn es denn eine Hölle gibt?« Sie dachte einen Moment lang darüber nach. »Ich glaube, damit kann ich leben«, sagte sie dann grinsend.

»Fahr du auch nach Hause.« Lana tätschelte ihr den Arm. »Nimm deine Familie hier mit und fahr nach Hause.«

»Ja. Gute Idee.«

Es dauerte noch eine ganze Stunde, bis sich alle vor dem Krankenhaus versammelt hatten, weil jeder noch einmal schnell bei Rosie vorbeischauen wollte, obwohl sie am selben Tag entlassen werden sollte.

Auf der Heimfahrt hielt Callie die Augen geschlossen. »Ich habe dir viel zu sagen«, kündigte sie Jake an, »aber im Moment kann ich noch nicht klar denken.«

»Wir haben viel Zeit.«

»Du hast mir so sehr geholfen, in jeder Beziehung. Ich möchte dir gerne sagen, dass ich wusste, dass ich mich auf dich verlassen konnte. Ich hatte solche Angst da draußen am Teich. Aber ich sagte mir, dass du hinter mir stehst, und das gab mir Mut.«

»Sie hat auf dich geschossen.«

»Okay, du hättest dreißig Sekunden früher da sein können, aber das mache ich dir nicht zum Vorwurf. Du hast mir das Leben gerettet. Du warst da, als ich dich brauchte. Das werde ich dir nie vergessen.«

»Na ja, warten wir mal ab.«

Während der Fahrt fielen Callie die Augen zu, und sie öffnete sie erst wieder, als der Wagen plötzlich hielt. Blinzelnd blickte sie auf das Grabungsfeld. »Was zum Teufel tun wir hier? Verdammt, Jake, das ist bestimmt nicht der richtige Zeitpunkt zum Arbeiten.«

»Nein, aber es ist wichtig, dass du diesen Ort in guter Erinnerung behältst. Komm mit mir, Cal.«

Er stieg aus und wartete auf sie. Dann nahm er ihre Hand und ging mit ihr zum Tor.

»Glaubst du, ich bin jetzt nervös bei der Ausgrabung und traue mich nicht mehr ans Wasser?«

»Es kann ja nichts schaden, wenn du dir alles noch mal ansiehst.« Er öffnete das Tor. »Du schaffst das schon.«

»Ja, bestimmt. Es ist wirklich ein schöner Ort. Das werde ich nie vergessen.«

»Ich muss dir auch einiges sagen, und ich kann klar denken.«

»Okay.«

»Ich möchte dich wiederhaben, Callie. Mit allem Drum und Dran.«

Sie warf ihm einen Blick zu. »Ja?«

»Ich möchte wieder mit dir zusammenleben, so wie früher. Nur besser.« Er schob ihr eine Haarsträhne hinter das Ohr. »Ich will nicht, dass wir uns jemals wieder trennen. Als ich den Schuss hörte und sah, wie du in den Teich sprangst, dachte ich, das wäre das Ende.« Er schwieg und wandte sich ab. »Das wäre das Ende«, wiederholte er. »Ich kann nicht mehr warten, Cal. Ich will keine Zeit mehr verschwenden.« Grimmig verzog er das Gesicht. Im ersten Licht des Tages wirkten seine Augen ganz dunkel. »Vielleicht habe ich ja auch einiges vermasselt.«

»Vielleicht?«

»Du aber auch.«

Sie zeigte ihre Grübchen. »Vielleicht.«

»Du sollst mich wieder so lieben, wie du es getan hast, bevor uns alles entglitten ist.«

»Das ist Blödsinn, Graystone.«

»Und wenn schon.« Er wollte sie an den Schultern packen, aber dann fiel ihm ihre Schusswunde ein, und er trat einfach nur vor sie. »Ich habe deine Liebe nicht so erwidert, wie du es brauchtest. Aber dieses Mal will ich alles richtig machen.«

»Es ist Blödsinn, weil ich nie aufgehört habe, dich zu lieben, du dummer großer Kerl. Nein, das werde ich nicht tun.« Sie schlug ihm vor die Brust, als sie das Funkeln in seinen Augen sah. »Dieses Mal fragst du zuerst.«

»Was soll ich fragen?«

»Du weißt ganz genau, was ich meine. Wenn du mich zurückhaben willst, dann mach es auch richtig. Sink auf die Knie und frag mich.«

»Ich soll mich hinknien?« Er blickte sie entsetzt an. »Ich soll vor dir im Staub kriechen und dich anbetteln?«

»Ja, genau. Knie dich hin, Graystone, oder ich gehe.«

»Du meine Güte!« Er drehte sich um, wobei er leise etwas vor sich hinmurmelte.

»Ich warte.«

»Schon gut, schon gut. Verdammt! Ich bereite mich nur seelisch darauf vor.«

»Auf mich ist heute Nacht geschossen worden.« Sie flatterte kokett mit den Wimpern, als er ihr einen Blick zuwarf. »Und ich wäre um ein Haar ertrunken. Fast wäre alles zu Ende gewesen«, fügte sie dramatisch hinzu. »Und irgendjemand verschwendet hier gerade reichlich Zeit.«

»Du hast schon immer mit schmutzigen Tricks gearbeitet.« Jake durchbohrte sie mit einem finsteren Blick und kniete sich hin.

»Jetzt musst du meine Hand nehmen und mich seelenvoll anschauen.«

»Ach, halt den Mund und lass mich mal machen. Ich komme mir vor wie ein Idiot. Willst du mich nun heiraten oder was?«

»So stellt man diese Frage nicht. Versuch es noch einmal.«

»Heilige Mutter Gottes!« Er stieß die Luft aus. »Callie, willst du mich heiraten?«

»Du hast noch nicht gesagt, dass du mich liebst. Und um aufzuholen, finde ich, solltest du es mindestens zehn Mal hintereinander sagen.«

»Du machst es mir wirklich schwer.« Jake seufzte. »Callie, ich liebe dich.« Ihr Lächeln löste den Knoten in seiner Brust. »Verdammt, ich habe dich von der ersten Minute an geliebt. Es hat mir eine Höllenangst eingejagt und mich wütend gemacht. Ich konnte nicht damit umgehen, weil es zum ersten Mal in meinem Leben eine Frau gab, die mich verletzen konnte, die mir mehr bedeutete, als ich ertragen konnte. Das hat mich wirklich stinksauer gemacht.«

Gerührt streichelte sie ihm über die Wange. »Okay, jetzt hast du dich genug im Staub gewälzt.«

»Nein, jetzt bringe ich das auch zu Ende. Also habe ich dich schnell in mein Bett geholt, weil ich dachte, dann nutzt es sich ab. Es war aber nicht so. Dann haben wir geheiratet, und ich habe erwartet, dass es sich dadurch erledigt. Das war aber auch nicht so. Und das ...«

»... hat dich erst recht stinksauer gemacht.«

»Ganz richtig. Also habe ich angefangen, mich mit dir zu streiten. Und ich ging weg, weil ich mir so sicher war, dass du mir schon nachgelaufen kommst. Du kamst aber nicht. Ich werde nie wieder weggehen, Callie. Ich liebe dich, so, wie du bist. Auch wenn du mich wahnsinnig machst – ich liebe dich. Ich hole auf, was?«

»Ja.« Tränen verschleierten ihren Blick. »Du machst das gut. Ich werde auch nie wieder weggehen, Jake. Ich werde nicht mehr voraussetzen, dass du weißt, was ich empfinde oder denke. Ich werde es dir sagen. Ich werde dich fragen. Und wir werden schon einen Weg finden.«

Sie beugte sich zu ihm hinunter, um ihn zu küssen. Als er aufstehen wollte, hielt sie ihn zurück.

»Was ist jetzt noch?«

»Hast du einen Ring?«

»Machst du Witze?«

»Ein Ring wäre jetzt richtig. Aber du hast Glück, ich habe zufällig einen dabei.« Sie zog die Kette unter ihrer Bluse hervor, löste sie und ließ ihren früheren Ehering in seine Hand gleiten.

Er starrte sie aufgewühlt an. »Den kenne ich irgendwoher.«

»Ich habe die Kette erst abgenommen, als du plötzlich bei der Ausgrabung aufgetaucht bist. Ich habe Lana gebeten, sie mitzubringen, als sie vorhin die trockenen Kleider aus dem Haus geholt hat.«

Der Ring war noch warm von ihrem Körper, und wenn Jake nicht schon gekniet hätte, dann wäre er jetzt auf die Knie gesunken. »Du hast ihn die ganze Zeit bei dir getragen, als wir getrennt waren?«

»Ja. Ich bin eben sentimental.«

»Das ist ja ein Zufall.« Er zog ebenfalls eine Kette unter seinem Hemd hervor und zeigte ihr den anderen Ring. »Ich auch.«

Sie umschloss den Ring mit der Hand und zog ihn daran hoch. »Wir sind schon ein seltsames Paar.«

Er küsste sie. »Ich wollte mir beweisen, dass ich auch ohne dich leben konnte.«

»Dito.«

»Wir haben es beide bewiesen, aber mit dir bin ich um einiges glücklicher.«

»Ich auch. Oh Jake!« Trotz der Schmerzen in ihrer Schulter schlang sie ihm die Arme um den Hals. »Dieses Mal werden wir nicht in Vegas heiraten.«

»Hm?«

»Wir suchen uns einen schönen Ort aus und feiern eine richtige Hochzeit. Und wir kaufen uns ein Haus.«

»Ach ja?«

»Ich möchte eine Art Basislager. Wir kaufen uns irgendwo ein schönes Haus, in dem wir Wurzeln schlagen können.«

»Im Ernst?« Er umfasste ihr Gesicht mit den Händen und ließ seine Stirn gegen ihre sinken. »Das will ich auch. Wo, ist mir egal – wir können ja einfach einen Punkt auf der Landkarte bestimmen. Aber ich will ein richtiges Heim. Callie, ich möchte Kinder.«

»Ich auch. Dieses Mal werden wir unseren eigenen Stamm gründen.« Sie atmete tief durch. »Wir werden einen Ort finden, der genauso gut ist wie dieser hier. Wir werden unser Zuhause finden.«

»Ich liebe dich.« Er küsste ihre Grübchen. »Ich werde dich glücklich machen.«

»Das machst du jetzt schon.«

»Und du liebst mich. Du bist verrückt nach mir.«

»Offensichtlich.«

»Das ist gut.« Er ergriff ihre Hand und schlenderte mit ihr zum Auto zurück. »Da ist nämlich noch etwas. Wegen der Hochzeit.«

»Keine Elvis-Imitatoren, kein Vegas. Dieses Mal nehmen wir es ernst.«

»Absolut ernst. Nur ist die Hochzeit irgendwie überflüssig, wir sind nämlich noch verheiratet.«

Callie blieb abrupt stehen. »Wie bitte?«

»Ich habe die Scheidungspapiere nie unterschrieben. Weißt du, du solltest hinter mir herlaufen, mich deswegen zur Rede stellen und sie mir in den Mund stopfen. So habe ich mir das zumindest vorgestellt.«

Callie starrte ihn mit offenem Mund an.

»Du hast sie nicht unterschrieben? Wir sind nicht geschieden?«

»Nein. Hier, steck dir den Ring wieder an.«

»Warte mal.« Sie legte die Hände auf den Rücken. »Und wenn ich jemand anders kennen gelernt hätte, den ich hätte heiraten wollen? Was wäre dann gewesen?«

»Ich hätte ihn umgebracht und die Leiche beiseite geschafft. Und dich hätte ich natürlich getröstet. Komm schon, Cal, lass dir den Ring an den Finger stecken. Ich möchte jetzt nach Hause fahren und mit meiner Frau schlafen.«

»Ach, du findest das wohl lustig, was?«

»Na ja.« Er grinste sie an. »Du etwa nicht?«

Sie verschränkte die Arme und musterte ihn aus zusammengekniffenen Augen. Doch er ließ sich nicht aus der Fassung bringen, sondern grinste weiter.

Schließlich streckte sie lachend die Hand aus. »Du hast

Glück, dass mein Sinn für Humor genauso schräg ist wie deiner.«

Er streifte ihr den Ring über, dann steckte er sich seinen ebenfalls an den Finger. Und als er sie auf den Arm nahm und durch das Tor trug, wie ein Bräutigam seine Braut über die Schwelle trägt, lachten sie beide. Callie blickte über seine Schulter zurück auf das Feld, auf die Vergangenheit, die noch darauf wartete, entdeckt zu werden. Sie würden sie ausgraben.

Alles, was es noch zu finden gab, würden sie finden. Gemeinsam.